# El error de mi vida

# LUCY SCORE

# El error de mi vida

Traducción de
Eva Carballeira Díaz

Papel certificado por el Forest Stewardship Council®

Penguin
Random House
Grupo Editorial

Título original: *Mistakes Were Made*

Primera edición: abril de 2026

© 2026, Lucy Score
© 2026, Penguin Random House Grupo Editorial, S. A. U.
Travessera de Gràcia, 47-49. 08021 Barcelona
© 2026, Eva Carballeira Díaz, por la traducción
Imágenes de interior: © Olena Zagoruyko/Getty Images, Chaiwate Chat-uthai/
Getty Images, oknebulog/Getty Images, procurator/Getty Images
Mapa de Camila Gray

*Printed in Spain* – Impreso en España

ISBN: 978-84-666-7905-3
Depósito legal: B-2476-2026

Compuesto en Llibresimes

Impreso en Liberdúplex
Sant Llorenç d'Hortons (Barcelona)

BS 7 9 0 5 A

*Para todos aquellos que alguna vez
han sentido que son demasiado
y que, al mismo tiempo, no son suficiente*

# 1

## *Una serpiente en las narices*

### Zoey

Menos mal que mi prima estaba a un estado de distancia y el asesinato era ilegal.

—Inez —dije, con la poca paciencia que me quedaba—. Necesito que reduzcas el nivel de histeria unos ocho puntos. No puedo ayudarte si sigues gritando incoherencias.

—¿Por qué te oigo como si estuvieras en una cueva? —me preguntó Inez, olvidándose por un instante del drama que le había hecho llamarme, presa del pánico—¡Ay, la leche, Zoey! ¿De verdad estás atrapada en una cueva?

Habría puesto los ojos en blanco, pero teniendo en cuenta que estaba tumbada sobre la tripa explorando los bajos de la cama, el esfuerzo habría sido un desperdicio.

—Sí, Inez —repliqué inexpresivamente—. Estoy atrapada en una cueva, pero soy tan maja que no he querido molestarte contándote que mi vida corre peligro, cuando me has llamado.

—¡No jodas! —El chillido de la ingenua de mi prima a través del altavoz estuvo a punto de hacerme sangrar los oídos—. Vale, envíame la ubicación y te mando a la Policía Montada, o a quien sea que se meta en las cuevas para rescatar a la gente.

—Por el amor de Dios. No estoy haciendo espeleología. Estoy debajo de la cama buscando una bota. Olvídate de la Policía Montada que, por cierto, es canadiense. Yo estoy en Pennsylvania. —Seguí inspeccionando el oscuro abismo que había bajo la cama gigante del hotel con la linterna del móvil.

Así que era allí donde habían ido a parar mis calcetines largos de felpa.

—¿Seguro que no estás perdida en una cueva, a punto de ser devorada por los murciélagos?

—Segurísimo. —¡Anda! Ahí estaba la bota Stuart Weitzman que me faltaba, encajada entre la mesilla rústica y la pata de la cama. Acabé con un tirón en el cuello y un golpe en la cabeza, pero tras mucho esfuerzo conseguí liberarla.

—Vale. Entonces volvemos a lo mío. ¿Dónde voy a viviir?

Los Moody éramos muy dramáticos.

—Tengo una idea —dije al tiempo que salía reptando de debajo de la cama—. ¿Por qué no sigues en mi apartamento? Me refiero a ese tercero sin ascensor de un dormitorio que tengo el detalle de alquilarte mientras vivo temporalmente en este pueblecito de película de Hallmark. ¿Es que ya te has cansado de lo del catering y las modelos?

Inez se había mudado a Manhattan con intención de montar una empresa de catering con camareras en topless. Bueno, según ella, una empresa de catering con camareras en topless pero con un toque artístico. La última noticia que tenía era que había decidido servir solo aperitivos fríos, tras un desafortunado incidente con una sopa de tomate caliente.

Jadeando y masajeándome el cuello dolorido, me tiré en el colchón mientras observaba el caos en el que se había convertido mi habitación de hotel. Montones de ropa limpia y sucia se peleaban por un trozo de suelo. Mis «cosas del trabajo», es decir, el ordenador portátil y varias miniexplosiones de papeles, estaban desparramadas por la cama y llenaban la diminuta mesa para dos personas situada bajo el gran ventanal con vistas al lago. El minúsculo armario había sido víctima de un apocalipsis textil y las puertas ya no cerraban.

Vivir y trabajar en una habitación de hotel no era tan glamuroso como creía, a la larga. Y aunque me hacían un descuento más que generoso, seguía resultando carísimo. Algo de lo que acababa de darme cuenta de la peor forma posible.

Ese mes había tardado unas semanas más de lo habitual en

comprobar cómo andaba de dinero y acababa de descubrir que me había quedado sin ahorros.

Tendría que tomar medidas drásticas para sobrevivir, hasta que recibiera la comisión que, como agente, me correspondía del anticipo del libro que mi única clienta iba a publicar... dentro de siete semanas.

—Ese es el problema, Zoey. Que ya no tienes apartamento —se lamentó Inez, mientras yo levantaba una pierna para meter un pie en la bota.

—¿No te habrás zampado uno de esos *cupcakes* de la risa del repostero del séptimo piso y te habrás jugado mi apartamento en la timba de póquer del edificio? Te advertí que madame Reneski era una timadora. Tiene prohibida la entrada en cuatro casinos de Las Vegas.

—¡Claro que no! Solo me he jugado tu jersey de Chanel.

—Como te refieras al Chanel rojo, te mato en la reunión familiar.

—Zoey, ¿quieres centrarte, por favor? Estoy intentando explicarte que van a dejar de alquilar nuestro apartamento. Quieren venderlo.

Me incorporé de un salto, como el muñeco de pelo rizado de una caja sorpresa.

—¿Qué dices?

—Que van a dejar de alquilar los apartamentos que hay en el edificio. Han dicho que tienes treinta días para comprarlo o marcharte.

—¿Quién lo ha dicho, Inez? —le pregunté.

—No lo sé, Zoey. Los tipos que enviaron los avisos y hablaron en la reunión de la comunidad hace un par de semanas.

Me di una palmada en la frente.

—¿Y por qué no me lo has dicho antes?

—Creía que lo había hecho. ¿No lo hice?

Como alguien que había tenido que soportar que la tacharan de alocada durante casi toda la vida, la etiqueta de «tonta de remate» acuñada por la industria de las novelas románticas siempre me había parecido un poco excesiva. Hasta entonces.

—No —repliqué—. Me contaste que aquel tío tan peludo que habías conocido en pilates había atascado el desagüe de la ducha y que creíste ver al ganador de *RuPaul's Drag Race* comprando perritos calientes en Quick Stop.

—Ah, ya. No. Esto fue mucho antes. A lo mejor se lo conté a otra prima.

—Oye, Inez, luego te llamo. —Colgué antes de sucumbir a la necesidad imperiosa de insultarla. El incordio de alarma del móvil sonó para recordarme que había quedado con Hazel en dos minutos—. Mierda —murmuré, antes de coger una americana medianamente limpia de una de las sillas que había al lado de la ventana y marcar otro número.

—¡Zoey! Qué alegría tener noticias tuyas. ¿Qué ha hecho ahora la pava de tu prima? —Era la señora Newville, una estrella de Broadway, jubilada de ochenta y pico años, reconvertida en crítica gastronómica aficionada que vivía en la puerta de enfrente en Manhattan.

—Olvidarse de contarme que iban a dejar de alquilar los apartamentos del edificio.

Se produjo una pausa tensa.

—Joder.

—¿Cómo es posible? —pregunté, mientras me ponía la manga de la chaqueta.

—El propietario del edificio se ha visto envuelto en una estafa piramidal inmobiliaria y ha acabado en la cárcel. Y la nueva propietaria ha decidido que los alquileres son un engorro y ha optado por vender los apartamentos. Sabes que solo tienes treinta días, ¿no?

—¿Treinta días para decidir si quiero comprar el piso? —pregunté esperanzada, mientras me aplicaba una capa de mi segundo brillo de labios favorito. Había perdido el primero hacía una semana y no se me olvidó de pedir uno nuevo. Lo cual ya no iba a hacer, debido a la catástrofe financiera antes citada.

—Treinta días para comprarlo o largarte —me corrigió la señora Newville.

—Joder —murmuré.

Alguien llamó alegremente a la puerta. Salté por encima de la bandeja de la cena de la noche anterior y la abrí de un tirón.

Hazel, mi mejor amiga y única clienta, estaba allí de pie encantada de la vida, radiante y enamorada. Llevaba la larga melena castaña recogida en una cola de caballo oscilante y el flequillo tupido y desigual le resaltaba las gafas. El perro despeluchado que se encontraba a sus pies me lanzó una mirada de reproche, o eso me pareció. Flechazo era una bola de pelo desgreñado blanco y negro, de tamaño medio, que había formado parte de la gran declaración de amor y propuesta de matrimonio de Campbell Bishop, el futuro marido de Hazel, el verano anterior.

El perro empezó a juguetear con mis botas como si fueran un hueso masticable. Les hice pasar e intenté mantener cierta distancia entre mi valioso calzado y la boca de Flechazo, llena de dientecitos afilados como cuchillas.

No es que no me gustaran los animales. Es que prefería apreciarlos desde una distancia respetuosa. Lejos de sus dientes, garras, pelo y babas.

—Ahora te envío un mensaje con el link —me dijo la señora Newville—. Pero ya te digo que el precio de venta no es moco de pavo.

—Gracias por la advertencia. ¿Usted se va a quedar? —No podía imaginarme ni Nueva York ni ese edificio sin ella.

Ella resopló.

—¿A ese precio? Ni de broma. Me voy a Portugal con un novio nuevo que me he echado. Oye, tengo que dejarte. He quedado con un subdirector financiero y dos monjas para ir al karaoke. ¡Chao, nena!

Aunque viviera hasta los doscientos años, jamás tendría una vida tan interesante como la suya.

—Adiós, señora Newville —dije con tristeza.

Aquello no podía estar pasando; no estaba contemplado en el regreso triunfal que había estado urdiendo desde que me despidieron de manera fulminante el año anterior. Era un revés descomunal.

—¿Cómo está nuestra chica favorita de Broadway? —me preguntó Hazel, soltando a Flechazo mientras yo colgaba.

Aquella monada de diablillo se zambulló inmediatamente en mi ropa sucia con un gemido de éxtasis.

—Se va a vivir a Portugal. País que también podría ser mi próximo destino, dependiendo del coste de la vida. —Abrí el link del mensaje de la señora Newville y me desplacé rápidamente por la página, deseando con todas mis fuerzas poder retroceder en el tiempo para volver a una época más feliz y menos precaria de mi vida. Ni la antigua Zoey, una agente literaria triunfadora y con una cartera de clientes más que rentables, habría podido permitirse comprar el apartamento. Por lo que la Zoey actual, que tenía una sola clienta y vivía de unos ahorros cada vez más escasos, estaba bien jodida…, y no en el buen sentido de la palabra—. ¡Mierda!

—¿Qué pasa? —preguntó Hazel, apartando un montón de cartas de una de las sillas de comedor para sentarse.

—Mi prima…

—¿La del catering con camareras en topless, la hostelera hippy o la bioquímica que cría alpacas? —me preguntó, interrumpiéndome.

—La camarera con cerebro de mosquito a la que subalquilo el piso. Acaba de soltarme que van a vender todos los apartamentos del edificio y que tengo treinta días para comprarlo o pirarme.

Hazel hizo todo lo posible por disimular su alegría, pero no coló ni de lejos.

La señalé acusadoramente con el dedo.

—Para.

—¿Que pare de qué? —me preguntó con sus ojos marrones muy abiertos, haciéndose la inocente.

—Que pares de disfrutarlo.

—No lo estoy disfrutando. Flechazo, ¿lo estoy disfrutando?

El perro levantó la vista del calcetín que estaba mordiendo y ladeó la cabeza, pensativo.

—Tengo unas cuantas opciones —declaré.

—Por supuesto que sí.

—Podría comprar el piso. —Si robaba unos cuantos bancos o descubría que un pariente rico, cuya existencia desconocía, acababa de morir y me había dejado toda su herencia en el testamento. Pero eso probablemente llevaría más de treinta días—. O podría buscarme otro en la ciudad. O mudarme al Village. O a New Jersey. O buscarme algo… para compartir. —Me felicité por no atragantarme al decir aquello.

—Claro —dijo Hazel, organizando en montoncitos mis papeles desordenados.

—No te pongas cómoda. Ya estoy lista para irnos —le advertí.

—¿Seguro? —me preguntó ella con inocencia, mientras echaba un vistazo a algo que yo había estado investigando, antes de imprimirlo y dejarlo sobre la mesa. El rostro arrugado y enfadado del escritor Earl Wiggens, mi gallina de los huevos de oro, me miró fijamente. Era un tocahuevos de primer orden, pero si conseguía que se convirtiera en mi cliente, las penurias económicas se transformarían en alegrías.

Le arrebaté el papel de las manos y lo guardé en mi bolso gigante.

—Segurísimo. ¿Tengo que llevar abrigo?

El comienzo de la primavera en el este de Pennsylvania era bastante caprichoso, por decirlo de forma suave, y me resultaba imposible calcular la temperatura y la velocidad del viento de principios de abril a través de la ventana de la habitación.

Hazel se quedó sentada, mirando fijamente mi bolso.

—Earl Wiggens es un cabrón misógino de la vieja escuela. Una vez me dijo en un cóctel que las novelas románticas eran «tonterías poco realistas» porque las mujeres no podían tener orgasmos múltiples. Nunca ha tenido una mujer como agente porque las considera genéticamente inferiores. Vas a necesitar un abrigo. Y podrías quedarte a vivir aquí.

Le lancé una mirada asesina.

Desde que Hazel se había comprometido oficialmente con Cam, el contratista cascarrabias, estaba empeñada en convencerme de que Story Lake era el lugar perfecto para reconstruir mi imperio de agente literaria.

—Haze, me encanta que te guste vivir en un pueblo pequeño, «donde todo el mundo sabe cómo te llamas». Me alegro por ti y esas cosas. Pero no puedo levantarles a los best sellers del puto *The New York Times* a esos capullos narcisistas, entre los que están tu exmarido y el resto de mis antiguos compañeros, si vivo a varias horas de distancia, en un pueblucho que eligió como lema: «El que quiera peces, que se moje el culo». Los agentes tienen que vivir en sitios en los que pasan cosas de libros.

Hazel resopló.

—Por favor. El noventa y cinco por ciento de tu trabajo se puede hacer desde casa, hoy en día. La mayoría de los agentes ya ni siquiera van a la oficina. Piensa en cuánto dinero ahorrarías si te vinieras a vivir aquí, aunque solo fuera un año. —Se levantó y me puso las manos sobre los hombros—. Y piensa en todo el espacio que tendrías en el armario.

Ese era el problema de las amigas íntimas. Que conocían a la perfección tus puntos débiles. Como orgullosa y fiel amante de la moda, los armarios grandes formaban parte de la mayoría de mis fantasías. Una de las pocas cosas que Nueva York no podía ofrecerme, dado mi presupuesto.

—Valoraré mis opciones —le prometí.

En efecto, alargar mi estancia en Story Lake era una de ellas. Pero para mí era como aceptar que había fracasado. No estaba hecha para la vida de pueblo. Era una manhattanita inquieta y exitosa… o al menos lo fui. Y volvería a abrirme camino, si era necesario. Solo tenía que sobrevivir durante los próximos meses, hacer que el libro de Hazel llegara a la estratosfera y conseguir como cliente al ligeramente repulsivo Earl Wiggens. Pan comido.

—¿Podemos irnos ya, por favor? —le pregunté—. Tienes que firmar varios ejemplares en rústica que han encargado y hay que planificar lo de las reservas.

—Vale. Pero sabes que no llevas pantalones, ¿verdad?

—¡No me jodas!

Después de solucionar el problemilla de los pantalones con unos shorts de tela ideales y unas medias estampadas, y de arrancar mi sujetador favorito de las fauces de Flechazo, bajamos a la planta principal. El Story Lake Lodge se encontraba en la tranquila y arbolada orilla este del lago. Era un edificio rústico de tres plantas con revestimiento de listones negros de madera y tejados metálicos verdes, con una extensión perpendicular a cada lado en dirección a la orilla rocosa.

Al principio, cuando me instalé allí, había semanas enteras en las que era la única huésped. Pero gracias, en gran medida, al interés de los lectores por el final feliz que Hazel había encontrado en la vida real, llegaban cada vez más turistas amantes de los libros tanto al hotel como al pueblo. Incluso había unos cuantos lectores que, inexplicablemente, decidieron convertir Story Lake en su hogar.

Salimos del ascensor y nos adentramos en el trajín del soleado vestíbulo.

—Uy —dije, esquivando el extremo de un rollo de tul con brillos que Hana, una de las dueñas del hotel y jefa de cocina, llevaba sobre el hombro tatuado.

—¡Perdona, Zo! ¡Estamos preparando la boda! —exclamó, mientras pasaba a nuestro lado moviendo apresuradamente sus largas piernas.

Dos hombres corpulentos corrían tras ella, empujando unos carritos llenos de bandejas con cristalería tintineante.

Billie, la esposa y socia de Hana, nos saludó con el codo desde recepción, donde se encontraba con un teléfono en cada oreja, mientras le hacía señas con la cabeza al repartidor para que fuera hacia el bar del vestíbulo.

Le devolví el saludo y estuve a punto de caerme de culo cuando una mujer con las mejillas sonrosadas y una felicidad desbordante en los ojos se me metió delante. Llevaba una sudadera extragrande que ponía NOVIA N.º 2.

—Madre mía —dijo, con los ojos brillantes—. De verdad eres tú. Es decir, ya sabía que vivías aquí. Por eso mi futura esposa y yo hemos elegido este lugar para casarnos. Vinimos desde Maryland para el Festival de Invierno y el Campeonato de Bingo Definitivo persiguiéndote, básicamente, y acabamos enamorándonos del pueblo, así que reservamos el hotel para nuestra boda, que es este fin de semana. ¡Tienes que venir! ¡Te adoramos!

La Novia n.º 2 le dijo todo aquello de carrerilla por encima de mi cabeza a mi mejor amiga, que era mucho más alta y famosa que yo.

Hice el típico análisis rápido de agente para cerciorarme de que aquella novia tan risueña no representaba ninguna amenaza física para Hazel, antes de coger a regañadientes la correa del perro y quitarme de en medio.

—¿Te vas a casar aquí? ¡Yo también! ¡Enhorabuena! —chilló Hazel.

—Ay, madre, ¿me voy a casar en el mismo sitio que la increíble Hazel Hart?

Aquel tono más agudo hizo que Flechazo emitiera un gemido lastimero. Me apiadé de él y salí por la puerta principal para disfrutar de aquel día de primavera soleado pero frío. El perro empezó a olisquear y husmear por la acera como si tuviera un asunto importante del que ocuparse.

—Ay, Dios. Por favor, no hagas popó. Por favor, no hagas popó. —Elevé mis plegarias a los dioses de la defecación animal hasta que Hazel se reunió con nosotros al cabo de un rato—. Esa sí que era una novia emocionada —comenté, mientras le pasaba la correa con alivio.

—Qué mona, ¿verdad? Que sepas que el día de mi boda voy a estar totalmente insoportable —replicó ella, con aire soñador.

Flechazo dibujó un pequeño círculo sobre el césped y se agachó.

¡Sí, señor! ¡Gracias, dioses del popó! Por fin algo me salía bien ese día.

—No me cabe la menor duda. Me llevaría una decepción si no fuera así. ¿Qué tal lleva Cam la organización del evento?

Hazel sacó una bolsa para recoger las cacas del perro del elegante dispensador que llevaba en la correa.

—Es alucinante lo quisquilloso que está siendo con la comida, las flores y las invitaciones.

—¿Y qué ha dicho del vestido?

Hazel esbozó una sonrisa pícara, a pesar de estar recogiendo caca. El amor hacía que las personas se comportaran de forma muy rara.

—Que tiene que ser fácil de quitar.

Suspiré.

—Si no te quisiera tanto, seguramente te odiaría.

—No me extraña —replicó ella, con suficiencia.

—¿Cómo va el libro?

Hazel puso cara de circunstancias.

—Todavía estoy tanteando a los personajes.

Resumiendo, que estaba dedicando más tiempo a comprar por internet que a escribir.

—Ya sabes que lo único mejor que un best seller para volver a estar en el candelero es…

—Ya, ya: dos best sellers.

—¿Dónde te has quedado atascada?

—No sé. Es que tengo la sensación de que todavía no los conozco bien. Así que aún no sé por qué no pueden estar juntos.

—Pues dile a Cam que se ponga las pilas para inspirarte —le sugerí.

—Uy, eso ya lo ha hecho. Esta misma mañana. En la cocina —dijo Hazel, con la espeluznante sonrisa de satisfacción de una mujer que había tenido un orgasmo sobre la encimera de la cocina.

—Qué antihigiénico es el amor.

Decidimos ir andando hasta la librería. Así Flechazo podría hacer pis en todos los árboles por los que pasáramos. Y yo podría no romperme todas las uñas agarrándome a la manilla de la puerta mientras Hazel conducía el medio kilómetro que nos separaba de nuestro destino en el todoterreno que Cam le había regalado. Su forma de conducir estaba mejorando. Muy poco a poco. El gran tamaño del todoterreno garantizaba su seguridad al volante, aunque no podía decirse lo mismo de los bordillos del pueblo y de los contenedores de reciclaje de los vecinos.

El sol brillaba en el límpido cielo azul y centelleaba sobre los últimos vestigios de nieve que bordeaban Lake Drive. Los brotes verdes de los narcisos y crocus empezaban a asomar la cabeza, augurando la llegada inminente de la belleza y del calor. Nuevos horizontes. Nuevas etapas.

Pues sí. Todo el mundo parecía haber empezado un nuevo capítulo; solo que el mío era un poco menos maravilloso que el del resto. Perder el apartamento había sido la última gota metafórica que había colmado un vaso lleno de fracasos.

—¿A que no sabes quién estaba encima de la mesa esta mañana, desayunando comida para gatos, cuando Cam y yo nos hemos levantado? —me preguntó Hazel, ajustándose la correa que llevaba enganchada al cinturón, porque de repente era de las que llevaban la correa del perro alrededor de la cintura.

—Voy a decir DeWalt. —DeWalt era el gato naranja y regordete de Hazel, que solía hacerle compañía en la mesa mientras escribía. Y por «hacerle compañía» me refería a extender su orondo cuerpo sobre el teclado e insertar caracteres sin sentido en el manuscrito.

—DeWalt y Bertha —contestó ella, mientras Flechazo corría hacia el bosque en busca del palo perfecto para llevarse al pueblo.

Hazel había comprado aquel engendro de casa de color rosa en un momento de pánico, a través de una subasta online muy poco rigurosa y luego había descubierto que estaba en un grave estado de deterioro… y que, además, era el hogar de un mapache enorme y semidomesticado. Me gustaba considerar a Bertha como una combinación de Liam Neeson y Houdini a la inversa. Tenía una serie de habilidades especiales que le permitían entrar de nuevo en casa por más medidas antimapaches que tomara Cam.

—Eso habrá hecho que Cam vuelva a caer en la madriguera del conejo, ¿no? —bromeé.

—Querrás decir en la del mapache. Ya ha llamado por teléfono a sus hermanos para hablar con ellos de tácticas de vigilancia.

—Eso suena a inspiración para el segundo libro.

—Uf, ya veremos. Escribir es difícil, pero la verdad es que no me apetece nada buscarme un trabajo de verdad.

—Escribiste un libro entero inspirado en ti y en Cam. Puede que necesites encontrar una nueva pareja que te sirva de inspiración —le sugerí.

—No es mala idea. Por algo me gusta tenerte cerca.

Flechazo salió brincando del bosque con una rama de árbol de tamaño medio entre los dientes. Me dio un golpe en las espinillas con ella, orgullosísimo.

—¡Oooh! ¡Qué mono! ¡Lo has hecho genial! —le dijo Hazel con voz melosa.

—Ay. Sí, eres todo un atleta. Eso no nos impedirá en absoluto seguir paseando —dije, dándole una palmadita en la cabeza a regañadientes. Él se deshizo en alegres contorsiones corporales sin soltar la rama.

Seguimos caminando hacia el pueblo. Cuando nos estábamos acercando, Hazel señaló un discreto buzón con un cartel de madera en el que ponía «Bishop».

—Levi está avanzando mucho con el manuscrito. Se lo está tomando muy en serio. Solo me ha dejado leer unos cuantos capítulos, pero son buenos. Si te interesa, puedo conseguirte una copia cuando acabe el primer borrador.

—Si mi plan de acoso y derribo para engatusar a Earl Wiggens no ha funcionado cuando Levi haya terminado, le echaré un vistazo —le prometí.

Hazel frunció la nariz.

—En serio, ¿por qué te interesa tanto ese vejestorio anticuado?

Es de los que piensan que en sus tiempos sí había hombres de verdad y que las mujeres solo servían para prepararles la cena.

—Los últimos quince libros de ese vejestorio han acabado en la lista de best sellers de tapa dura de *The New York Times* —señalé—. Además, una vez que catapultemos tu libro a los primeros puestos de ventas y le robe otro autor best seller a mi antigua empresa, podré considerar oficialmente que he triunfado en la vida.

—La Zoey con sed de venganza es una de mis Zoeys favoritas. Pero ya sabes lo que diría si fueras mi heroína.

—Yo no soy la heroína de nadie —repliqué.

Se llevó la mano al corazón.

—Yo sería la mejor amiga guapa e inteligente que le recordaría a la heroína guapa e inteligente que la venganza no es la mejor recompensa que hay en la vida.

—Ah, ¿no? ¿Y cuál es?

—El amor —respondió con dramatismo.

—Bueno, pues menos mal que esto es la vida real y no uno de tus libros. Así no tengo que escucharte.

De repente, una sombra se cernió sobre nosotras. Flechazo abrió todavía más sus ojos saltones y soltó el palo para ponerse a ladrar ferozmente a lo que acechaba allá en lo alto.

—Mierda, Goose —dijo Hazel, mirando enfadada al águila calva que se había posado en una rama desnuda, por encima de nuestras cabezas. Todavía no me había acostumbrado a que en aquel pueblo tuvieran su propia águila calva. En Nueva York solo teníamos palomas. Era un pajarraco enorme y bastante majestuoso, pero también un verdadero peligro. Si se pudiera tener un enemigo en el reino animal, Goose sería el mío. Nos había dado la bienvenida a Story Lake arreándole un golpe en la cabeza a Hazel y lanzándome sobre el regazo un pez muerto gigante. Aún no había superado las secuelas emocionales.

—No nos cagues encima —le advertí con voz autoritaria.

—Y no te comas a mi perro —añadió Hazel.

—No, eso tampoco —añadí enseguida.

—¿Lleva algo en las garras? —preguntó Hazel, ladeando la cabeza.

Flechazo dejó de ladrar por un instante y la imitó.

Entorné los ojos. Definitivamente, había algo moviéndose sobre la rugosa corteza gris del roble. Algo largo y delgado.

Juro por Dios que el pájaro me miró fijamente a los ojos mientras extendía sus enormes alas.

—¿Es una...? —Hazel dejó la pregunta en el aire, horrorizada.

—Ni se te ocurra, Goose —le advertí en un susurro, con voz ronca.

Pero ya era demasiado tarde. El ave abrió las garras y dejó caer la presa directamente sobre mí.

La serpiente, una puñetera serpiente viva, me dio en la frente y se deslizó por mi hombro.

—Pero ¿tú de qué coño vas? ¡Plumífero asqueroso! —grité. Mi instinto de supervivencia se activó y salí disparada por la carretera, sacudiéndome con fuerza el pelo y los hombros—. ¡Quítamela! ¡Quítamela!

Me puse a correr en zigzag por el asfalto, presa del pánico, intentando alejarme lo máximo posible de aquella puñetera águila y su puñetera serpiente. Pero el miedo y la adrenalina habían reducido mi campo de visión. Y cuando Hazel gritó mi nombre, el brillo del sol sobre el cristal y el metal ya me había deslumbrado.

# 2

## *El atropello de las tetas*

### Gage

Era el típico día primaveral que hacía que mereciera la pena soportar el invierno largo y gris de Pennsylvania.

Tenía las ventanillas del todoterreno bajadas, un café caliente y el sol de abril brillaba a través de los árboles aún desnudos mientras conducía hacia el norte por Lake Drive. Por primera vez en mucho tiempo, sentía que había vuelto a encauzar mi vida y los objetivos que había tenido que dejar de lado hacía unos años volvían a parecer alcanzables. Y estaba deseando ir a por ellos.

—Nos vemos en mi despacho a las tres, señora Babcock —le dije a mi clienta por el manos libres del todoterreno.

Estaba en medio de uno de esos días superajetreados que tanto me gustaban. Después de una mañana entera en las obras con mis hermanos, me esperaba una tarde repleta de citas en el despacho de abogados.

—Llevaré mis famosos *cupcakes* de plátano y también a mi nieta. A la soltera heterosexual, no a la lesbiana casada —aclaró.

Desde que había aumentado la población de mayores de sesenta y cinco años en Story Lake tras la apertura del nuevo complejo de viviendas tuteladas, tenía un montón de clientes que intentaban emparejarme con familiares solteras. Daba igual que estuviera empuñando un martillo o redactando un testamento. Al parecer, los jubilados me consideraban un soltero muy codiciado.

Lo cual no me molestaba en absoluto, teniendo en cuenta que

las aplicaciones de citas en las que me había metido en los últimos tiempos no me estaban proporcionando lo que buscaba, precisamente. ¿De verdad era tan difícil conocer a alguien dispuesto a tener una relación seria? Mi hermano Cam, una de las personas más irascibles del universo, lo había conseguido mientras conducía tranquilamente por el pueblo. Yo era mil veces más agradable que él y solía estar de mejor humor, así que no entendía por qué a mí no me resultaba aún más fácil.

—Estupendo —dije, antes de colgar y mirar a mi acompañante.

Llevaba la cabeza por fuera de la ventanilla y estaba ocupada embadurnando el lateral del vehículo con un chorro constante de baba.

Nana (abreviatura de Banana Stand, el puesto de plátanos congelados de la serie *Arrested Development*, que mis sobrinos acababan de tragarse enterita) era una golden retriever de alto mantenimiento y bajo coeficiente intelectual que mi madre había rescatado de un criadero de perros. Me había endosado a aquella nueva compañera de casa de cuatro patas hacía unos meses, vendiéndomelo como una «acogida temporal». Pero nadie se había molestado en buscarle un adoptante y Nana y yo habíamos acabado acostumbrándonos el uno al otro.

Así que ahora tenía una perra.

«Mensaje de texto de Cammy —anunció lacónicamente el manos libres del todoterreno—: "Hola, capullo. Como te hayas olvidado de la espuma de poliuretano, es mejor que no vuelvas". ¿Desea contestar?».

—Sí. «Te voy a sellar la boca con la puta espuma de poliuretano, gilipollas» —dije.

«Mensaje de texto de Livvy —anunció el todoterreno—: "Tráeme un sándwich, Gigi. Así me lo como mientras te asfixias, caraculo"».

Mis hermanos eran unos idiotas. Unos idiotas bastante majos. A veces hasta divertidos. A menudo me preguntaba cómo era posible que nuestros padres no nos hubieran matado en la adolescencia.

Nana me miró extasiada, como si fuera el mejor día de su vida. Le acaricié las orejas de color dorado rojizo y volví a centrarme en la carretera, donde otro destello dorado rojizo captó mi atención.

—¡Mierda!

Di un volantazo hacia la derecha mientras mantenía a Nana pegada al asiento con el brazo. Detuve bruscamente el vehículo en mitad de la cuneta y una fracción de segundo después escuché un ligero golpe, más que sentirlo.

Me desabroché el cinturón de seguridad y salí disparado del asiento del conductor. Casi me dio un infarto al verla.

—¡Zoey!

Detrás de mí, Nana empezó a gemir dentro del todoterreno.

La mujer a la que llevaba meses intentando olvidar yacía en la carretera, tras haberse empotrado contra el parachoques y haber rebotado. Tenía los rizos extendidos por encima de la cabeza como un halo ardiente y los ojos verde musgo cerrados con fuerza. Joder. Solo había apartado la vista de la carretera un instante. Zoey había salido de la nada y ahora no se movía. Me arrodillé a su lado y la agarré de la muñeca para ver si tenía pulso.

—¡Zoey! —volví a gritar, mientras el miedo se apoderaba de mi cuerpo.

Ella elevó el pecho para coger aire y soltó un gemido. Mi corazón volvió a latir.

—He chocado con tu puñetero todoterreno —refunfuñó.

Joder.

—Pues sí —dije agobiado, mientras le pasaba las manos por las extremidades para comprobar si tenía alguna lesión—. ¿De qué coño vas, Zo? Podrías haberte matado. ¿Qué leches hacías corriendo por el medio de la puta carretera?

Precisamente por eso me había prohibido a mí mismo sentirme atraído por ella cuando había llegado al pueblo. Aquella mujer era un desastre con patas que nunca se tomaba nada en serio. Era impulsiva y descuidada, y siempre estaba demasiado ocupada divirtiéndose como para preocuparse por cosas como la seguridad y la responsabilidad.

—Eso, encima échame la bronca. Justo lo que me faltaba ahora mismo —se quejó.

El corazón seguía latiéndome con fuerza mientras mi cerebro repasaba a toda velocidad todas las posibilidades de que aquello hubiera acabado en catástrofe. Y a Zoey le daba por hacer bromas.

—Cállate y dime si puedes moverte —le ordené.

Se había hecho un rasguño en el antebrazo y estaba sucísima, pero parecía que no sangraba por ningún otro sitio, ni tenía nada roto.

Entreabrió los ojos y me lanzó una mirada asesina de color verde. Aunque intenté con todas mis fuerzas no fijarme en ellos, eran los más bonitos que había visto jamás.

—¿Qué quieres, listillo? ¿Que me calle o que te diga si puedo moverme?

Me incliné hacia ella y le sujeté la barbilla con la mano para mirarle las pupilas. El pánico remitió un poco, pero la adrenalina seguía allí.

—Parece que la lengua te funciona perfectamente.

—Si no me hubiera quedado sin aliento, te demostraría lo bien que me funciona… Y no lo digo en plan erótico —añadió de inmediato.

—Qué suerte tengo.

Un pitido largo y estridente nos sobresaltó a ambos. Era el claxon del todoterreno.

Me di la vuelta y vi a Nana en el asiento del conductor, con las patas delanteras sobre el volante. Era un truco que había aprendido en el aparcamiento del Wawa. Cada vez que le parecía que llevaba demasiado tiempo dentro, tocaba el claxon como una boba. A Cam le parecía graciosísimo.

Estaba casi seguro de que había sido él quien le había enseñado a hacerlo.

La perra volvió a pitarnos, con la lengua colgando alegremente.

—¡Nana, ven aquí! —le ordené.

Se bajó del todoterreno arrastrando la correa y me dio un empujoncito nervioso con el morro en la espalda. Le rodeé el cuello con un brazo para mantenerla alejada de Zoey, que seguía tumbada.

—¡Madre mía, Zoey! ¿Estás bien? —Hazel llegó corriendo hasta nosotros sin aliento, arrastrando al desgreñado y sobreexcitado Flechazo. El perrito decidió añadir más leña al fuego dejando caer sobre la frente de Zoey el palo que llevaba.

Ella se lo quitó de encima y se incorporó.

—¡Ay! Espero que no sea otra serpiente.

—¿Otra serpiente? ¿Te has dado un golpe en la cabeza al chocar con el todoterreno, o qué? —le pregunté, sujetándola por el hombro con una mano mientras intentaba controlar a una Nana cada vez más inquieta con la otra. El hecho de que hubiera unos humanos a la altura de sus ojos solo podía significar una cosa: que era la hora de jugar.

—Lo que me ha dado en la cabeza ha sido una serpiente. Uno de esos reptiles resbaladizos y siseantes, ¿te suenan? Y no me he chocado con tu todoterreno. Han sido mis tetas las que se han estrellado contra él. Por cierto, ¿por qué estás tan cabreado? Todo el mundo dice que eres el hermano majo, pero en los últimos seis meses no has parado de gruñir —dijo Zoey.

—Creo que ya he señalado el hecho de que podrías haber muerto por haber estado haciendo el tonto en la carretera. Deberías tener más cuidado, joder —le dije, sin conseguir disimular del todo mi enfado. En mi familia sabíamos perfectamente qué consecuencias podía tener un descuido al volante. Lo rápido que podían cambiar las cosas.

—¿Ahora te pones a gritar? Usted sí que sabe tratar bien a los pacientes, doctor Capullo.

—Abogado Capullo —la corregí con sarcasmo. No sabía cómo lo hacía, pero aquella mujer era capaz de sacarme de quicio una y otra vez hasta hacerme perder el norte, por eso la evitaba como a un niño con piojos.

—No estaba haciendo el tonto, Gage —dijo Hazel, defendiéndola—. Goose le ha tirado una serpiente viva en la espalda y se ha asustado.

—No me he asustado —replicó Zoey, apartándose el pelo de la cara, lo que empeoraba su estética general pero mantenía intacta su belleza arrebatadora. No me gustaba reconocerlo, pero el hecho de que fuera un desastre total no hacía que me pareciera menos atractiva—. Solo he echado a correr agitando los brazos de forma controlada —aseguró Zoey.

—Sí, como un puto tornado —añadí.

—¿Por qué siempre te empeñas en llevarme la contraria? —me preguntó.

—Es abogado. No puede evitar protestar —dijo Hazel.

—Yo no he protestado —protesté.

Hazel y Zoey se quedaron mirándome como si me consideraran un pobre imbécil.

Empecé a contar mentalmente hacia atrás desde diez. Iba por la mitad cuando me fijé en un pequeño rasguño que tenía Zoey en la mandíbula. Estaba a punto de examinarlo, cuando Nana se soltó y volvió a tirarla alegremente al suelo. La puñetera perra remató el ataque dándole un lametón en la cara con su larga lengua rosada.

—¡Aaah! —gritó Zoey, intentando defenderse del agresivo afecto de Nana para volver a sentarse—. ¿En serio? Los animales son unos cabrones.

Le quité el perro de encima con un suspiro y le pasé la correa a Hazel, antes de volver a inclinarme hacia Zoey.

—Dame las manos.

—¿Para qué? ¿Quieres echarles la bronca por separado del resto del cuerpo? —me soltó.

Su impertinencia era otra de las razones principales por las que pasaba de explorar cualquier tipo de atracción física que pudiera sentir por ella. Yo quería una pareja sensata y responsable, no una mujer que me volviera loco a los treinta segundos de empezar cualquier conversación.

Enfadado, le metí las manos por debajo de los brazos y la levanté. Era menuda y con curvas. Todos sus rasgos, desde el verde intenso de sus ojos hasta los rebeldes rizos rojos parecían diseñados específicamente para obnubilarme. Como si fuera una especie de purgatorio personal. La sujeté por los antebrazos para que no se cayera y atribuí la descarga eléctrica que me recorrió todo el cuerpo al exceso de adrenalina y a la irritación constante que ella me producía.

—¿Estás bien? —le pregunté.

Resultó ser una pregunta absurda.

—¡No, no estoy bien! ¡Una puñetera águila calva me ha atacado con una serpiente! ¡Y luego un todoterreno me ha atropellado, me han dado con un palo y un perro me ha tirado al suelo! ¡Y tú todavía pretendes que me quede a vivir aquí! —exclamó, señalando a Hazel—. ¡Un lugar donde los pájaros te lanzan serpientes!

—Podría ser el nuevo lema del pueblo. —Un coche de cinco puertas se detuvo al lado del circo que estábamos montando en la carretera—. ¿Estáis bien? —preguntó Garland Russell a través de la ventanilla abierta del copiloto. Parecía más emocionado que preocupado. Puede que tuviera algo que ver con el hecho de que aquel aspirante a periodista, que informaba de todos los chismes del vecindario en la aplicación de cotilleos del pueblo, nos estaba grabando con el móvil.

—Goose le ha tirado una serpiente en la cabeza a Zoey, que ha salido corriendo y se ha empotrado contra el todoterreno de Gage, y ahora los dos están enfadados —resumió Hazel.

Garland se rio entre dientes.

—Típico de Goose. Y típico de Zoey.

La mujer en cuestión consiguió librarse de mí y agitó las manos en el aire.

—Ojalá viviera en un sitio donde eso no fuera típico de Zoey.

—A lo mejor deberías mudarte —le sugerí.

—En eso estamos de acuerdo —replicó ella.

—¿Queréis que llame al agente Bishop? —se ofreció Garland, ilusionado.

—No —contestamos los tres a la vez.

Hacía un año, mi hermano Levi había sido nombrado jefe de policía en contra de su voluntad, gracias a mí y al resto de mis hermanos. Algo de lo que toda la familia seguía cachondeándose. Levi desempeñaba sus funciones a regañadientes, pero yo sabía que solo era cuestión de tiempo que utilizara su poder para vengarse de todos nosotros. Ya había detenido a Cam el verano anterior. Y yo no estaba dispuesto a darle la oportunidad de vengarse de mí.

—Pues vale. Publico la historia y me largo. —Con una floritura de lo más innecesaria, Garland pulsó un botón en la pantalla del teléfono y se marchó.

Volví a centrarme en Zoey.

—¿Seguro que no te duele nada? —le pregunté, esa vez sin perder los estribos. Por los pelos.

—Solo las tetas, el coxis, el orgullo y la integridad emocional —refunfuñó, sacudiéndose las huellas de patas sucias de las solapas del abrigo de lana. Siempre iba el doble de elegante que cualquier otra persona. Ese día llevaba una americana y un top ajustado con un escote capaz de mantener despierto a un hombre toda la noche, además de unos pantalones cortos de tela por encima de unas medias negras rotas y unas botas de ante hasta la rodilla cubiertas de barro.

«Mensaje de Cammy —anunció el manos libres del todoterreno, para todo aquel que quisiera escucharlo—: "¿Por qué Garland acaba de publicar que estás toqueteando a la mejor amiga de mi mujer en medio de la carretera? ¿Y dónde coño está la puñetera espuma de poliuretano? ¿Me lo quieres explicar?"».

—¡Oooh! Te ha llamado «mi mujer» —le dijo Zoey a Hazel con voz melosa.

La tía se estaba comportando como si estar a punto de ser atropellada por un coche fuera de lo más normal. Otra razón más para que me mantuviera lo más alejado posible de ella.

«Mensaje de Livvy: "Y lo que es más importante: ¿dónde está mi puto sándwich?". ¿Le gustaría contestar?».

—Sí. «Estoy ocupado. Que os den a los dos».

—Y esa es solo una agradable muestra de la dinámica familiar de la que voy a formar parte cuando me case —dijo alegremente Hazel, mientras hacía malabarismos con los dos perros y sus respectivas correas—. ¿Quieres armarte de valor e ir hasta la librería, Zo? ¿O prefieres volver al hotel y fingir que este día nunca ha existido?

—A la librería —respondió Zoey con fría determinación, mientras se sacudía las hojas caídas y el polvo de las medias.

—Ya os llevo yo —dije. Nada me gustaría más que dejarla tirada en medio de la carretera, pero, conociendo a Zoey, seguro que se las apañaba para que la aplastara un árbol o para provocar un accidente múltiple en la vía más tranquila del condado.

—Justo así nos conocimos Cam y yo. Fue Goose el que nos unió —nos recordó Hazel. Mi hermano había sido testigo de cómo el águila caía en picado sobre Hazel y Zoey, que iban en un descapotable, lo que había hecho que causaran una primera impresión memorable al estrellarse contra el cartel de bienvenida de Story Lake—. Y aquí estamos de nuevo, en medio de otro drama aguileño y con otro hermano Bishop que acude al rescate. Es como si hubiéramos instaurado una nueva tradición.

—No. Una tradición es hacer la misma tarta cada Acción de Gracias, no que un águila calva intente cometer un asesinato —señaló Zoey.

Hazel se ahuecó el pelo y abrió la puerta trasera del todoterreno para que se subieran los perros.

—Soy escritora. Tengo derecho a inventarme patrones ficticios en la vida real.

Zoey abrió la boca para replicar, pero yo ya había tenido suficiente.

—Sube al puñetero camión —murmuré, abriéndole la puerta del copiloto.

Zoey me fulminó con la mirada.

—No esperes que te dé las gracias por ser un payaso de mierda.

Exhalé entre dientes y empecé de nuevo con la cuenta atrás. Yo era un tío encantador, joder. Pero Zoey se las arreglaba para volverme loco cada vez que estábamos en la misma habitación.

—Oye, me has dado un susto de muerte. Creía que estabas herida, o algo peor. —Alargué la mano y le quité una ramita de entre los rizos.

Zoey exhaló.

—No pasa nada.

—Pero ya eres mayorcita para hacer una estupidez como…

Ella arqueó las cejas, desafiante.

—¿Una estupidez? Va a hablar el que se cayó del tejado cuando nos conocimos.

—Era una casa de planta baja. Y fue un arbusto el que amortiguó la caída, no un todoterreno de media tonelada —señalé, poniéndome a la defensiva. No había sido la estupidez lo que me había hecho caer del tejado. Había sido algo mucho peor.

—Tengo una idea, Gage. Vamos a jugar a que tú te quedas calladito mientras nos llevas a la librería y yo no meto unas gambas congeladas debajo de las alfombrillas del coche para que luego te las encuentres.

No me cabía la menor duda de que Zoey Moody, aquella pelirroja impulsiva y temperamental, era perfectamente capaz de hacer aquello.


—Solo porque hayas tenido una mala experiencia con un águila calva…

Zoey se giró hacia el asiento de atrás para lanzarle a Hazel una mirada asesina.

—Dos malas experiencias. Olvidas lo del pez muerto. Y no me hagas hablar del mapache allanador de moradas o del cerdo que campa a sus anchas por ahí.

—Ya te he dicho que Rump Roast no te estaba persiguiendo. Solo quería tus sobras del Fish Hook —le explicó Hazel—. Además, fíjate en cuánto estás mejorando gracias a toda esta terapia de exposición. Hace unos meses, una serpiente en la cabeza te habría dejado en coma. Admítelo. Story Lake te ha sentado bien.

—Qué suerte tengo —replicó Zoey con frialdad.

—Gage, ¿sabes de algún alquiler en el pueblo? Zoey necesita un sitio donde vivir —dijo Hazel, cambiando de tema.

Abrí la boca.

Zoey levantó un dedo.

—Ni se te ocurra. Una sola palabra y compro una caja entera de gambas.

Mi ritmo cardiaco finalmente había vuelto a la normalidad, pero mi cerebro seguía planteándose todos los posibles desenlaces trágicos. Cada una de aquellas hipótesis terroríficas me hacía agarrar el volante con más fuerza. Detrás del enfado justificado por su irresponsabilidad, se ocultaban varias opciones terribles. ¿Y si no la hubiera visto? ¿Y si no hubiera frenado a tiempo?

Una cosa estaba clara: Zoey y yo acabábamos de tener muchísima suerte, pero solo a uno le importaba.

El lago y el pueblo aparecieron ante mí y dejé que aquella estampa familiar me reconfortara. Era tan perfecta como una postal, con las fachadas impecables de los comercios frente al agua resplandeciente. Pasamos por delante de la nueva cafetería y de la tienda de plantas de al lado que acababan de abrir en Lake Drive. Se rumoreaba que también iban a poner una tienda de quesos en la plaza del pueblo. Más indicios del crecimiento de Story Lake. Un crecimiento del que la constructora Bishop Brothers se estaba beneficiando. La empresa familiar había pasado de encontrarse al borde de la quiebra a estar desbordada en menos de un año. Y mi despacho de abogados también se estaba beneficiando de aquel apogeo.

Giré en redondo en medio de la calle para aparcar en una plaza libre que había delante de Stories, una tienda que hacía esquina cuya fachada estaba recubierta por un revestimiento de madera blanca y que tenía un escaparate muy ecléctico, lleno de libros tanto antiguos como nuevos.

—Fin del viaje. Y haz el puto favor de tener más cuidado —le dije a Zoey, considerándome a salvo de la amenaza del marisco.

Ella puso los ojos en blanco.

—Madre mía. Relájate, Gage. No ha muerto nadie.

Pero en otra carretera, otro día, alguien sí lo había hecho.

Hazel, que iba entre los dos perros en el asiento de atrás, ahogó un gritito. Un silencio tenso se apoderó de la cabina. Hasta Nana y Flechazo parecían conscientes de la incomodidad.

Nana gimió y Zoey dejó caer la cabeza contra el respaldo del asiento.

—Mierda. Haze, ¿nos dejas un minuto?

—Sí, claro. Me llevo a mi perro a… Uy. Mejor dicho, a los dos perros, porque Nana ya está en la acera. Os dejo con… este momento tan incómodo —dijo, mientras abandonaba el asiento de atrás.

Zoey esperó a que Hazel cerrara la puerta y luego se tapó la cara con las manos.

—Lo siento mucho. No sé por qué he dicho esa tontería. Estoy teniendo un día horrible y no he filtrado.

Negué con la cabeza.

—No pasa nada. Yo también me he llevado un susto de muerte y lo he pagado contigo. Se me ha ido de las manos. —«Aunque deberías tener más cuidado», añadí para mis adentros.

—Aun así, no me estaba refiriendo al accidente de Laura. A veces las palabras se me escapan sin más, como si no tuviera ningún control sobre ellas.

—Ya me he dado cuenta —repliqué con frialdad—. Puede que me arrepienta un poco de haber sido tan capullo y siento que Goose se haya comportado igual. Aunque no te lo creas, el hecho de que haya compartido la comida contigo significa que le caes bien.

—Genial. He pasado de que los chicos me tiren de las coletas en el patio del colegio a una relación de amor-odio con un águila calva. No debería extrañarme, tal y como van las cosas últimamente. En fin, gracias por tener tan buenos reflejos y por habernos traído. —Agarró la manilla de la puerta.

—Tengo que recoger a la perra —dije, señalando con la cabeza hacia la librería.

Salimos del todoterreno y nos quedamos de pie en la acera, sin saber qué hacer. No sabía qué era, pero Zoey Moody tenía algo que me incomodaba. Se trataba de un cúmulo de cosas, en realidad. Llevaba analizándolo desde que la había conocido. Lo que estaba claro era que no podía bajar la guardia cuando estaba con ella. Me metí las manos en los bolsillos—. ¿Seguro que estás bien?

—Que sí. Tengo las tetas como si me acabaran de hacer una doble megamamografía, y mi culo ha tenido días mejores. Pero, aparte de eso, yo diría que estoy intacta.

—¿Por qué estás buscando piso? —le pregunté, para cambiar de tema y hablar de algo más seguro que de sus curvas imposibles de obviar.

Ella suspiró.

—Es una larga historia, pero básicamente porque me he quedado sin el mío de Nueva York. Lo que significa que tendré que llevarme todas mis cosas y buscarme un sitio más grande que una habitación de hotel para meterlo todo. Además, si al final voy a quedarme aquí indefinidamente, necesito encontrar una opción de vivienda más económica.

Se estremeció al decir «indefinidamente».

Solté un gruñido mientras evitaba fijarme en cómo el sol se reflejaba en su pelo, haciendo que sus rizos parecieran de fuego. Cuando estaba con Zoey, invertía mucho tiempo en intentar no fijarme en cosas.

—Hay cosas peores que quedarse aquí, ¿sabes? —Señalé el otro lado de la calle, hacia las aguas resplandecientes del lago.

—Eso es justo lo que diría alguien que nunca ha vivido en Nueva York. Pareces uno de los héroes de Hazel intentando convencer a la heroína de que sucumba al encanto de vivir en un pueblo pequeño.

—Siempre he creído que tenía madera de héroe.

Ella fingió que vomitaba.

Señalé la puerta de la librería.

—Tú primero.

# 3

## A dos velas

### Zoey

—Insisto, primero las víctimas de las águilas calvas y luego los caballeros —dijo Gage, sujetando la puerta.

Puse los ojos en blanco. Hacía tiempo que sospechaba que no le caía bien. Solía tener un sexto sentido para calar a las personas. Gage Bishop era el tío más encantador del mundo… con todos menos conmigo. Era como si yo tuviera algo que no pudiera soportar, pero fuera demasiado educado para decirlo. Lo cual me parecía una pérdida de tiempo y energía. Era obvio que seguía enfadado conmigo por mi irresponsable carrera de cincuenta metros lisos por el medio de la carretera, por culpa de la serpiente, y porque había insultado sin querer a su familia, pero ahí seguía, impostando sus buenos modales. Me parecía fatal. ¿Por qué la gente no podía ser sincera? Llegué a la conclusión de que seguramente era igual de educado y caballeroso en la cama. «Disculpe, señora. ¿Le importaría que le metiera la polla repetidas veces?». Vaya. Qué interesante. El Gage imaginario estaba sorprendentemente bien dotado.

—¿Qué? —me preguntó Gage.

Parpadeé para volver a la realidad y me di cuenta de que él me estaba mirando fijamente, mientras seguía sujetando la puerta.

—¿Qué de qué? —contesté con falsa inocencia y un rubor revelador en las mejillas.

Él entrecerró aquellos ojos audaces tan característicos de los Bishop.

— 37 —

—Tienes pinta de estar tramando algo.

—No me conoces lo suficiente como para saber cuándo estoy tramando algo. —Pasé por delante de él para entrar en la tienda y respiré hondo.

Ay, el olor de los libros. Era el olor de las posibilidades.

Tantos miles de obras en las estanterías escritas por personas que habían hecho cosas dificilísimas, vivido vidas extraordinarias y logrado escribir novelas enteras al respecto. Las librerías siempre me infundían la esperanza de que allí encontraría las respuestas que buscaba para poder poner finalmente orden en mi vida.

—Quítate de en medio. —Un anciano blanco, con la cara como una ciruela pasa y unas gafas tan gruesas que parecían lentes de microscopio, pasó zumbando a mi lado en un scooter para personas con movilidad reducida que tenía unas llamas pintadas con aerógrafo.

Siempre tan caballeroso, aunque fuera a regañadientes, Gage me alejó del peligro pegando totalmente mi espalda a su pecho.

Joder. Menudo torso. Duro, musculoso y cálido. Y la camisa de leñador le aportaba el toque perfecto de proletario de novela romántica. Mi cuerpo disfrutó como un idiota del contacto físico.

Definitivamente, llevar tanto tiempo a dos velas estaba empezando a volverme loca, si el mero roce de un cuerpo masculino me hacía pensar en echar un polvo.

—Te hace falta un ángel de la guarda —gruñó Gage, soltándome.

—Esto no ha sido culpa mía —repliqué.

—Mira por dónde vas, George, si no quieres que nos echen de aquí —le advirtió al hombre del scooter la mujer negra, alta y serena que iba con él, que tenía unos esponjosos rizos plateados. Estaba usando como asiento un andador que había plantado delante de un expositor giratorio de novelas de ciencia ficción.

—No es culpa mía que estos pasillos sean más estrechos que mi ojete —respondió a gritos George, el conductor agresivo, desde la sección histórica del Oeste.

Me aparté de Gage por puro instinto de supervivencia. Necesitaba alejarme de aquella tensión sexual unilateral antes de hacer o decir algo de lo que me arrepintiera.

Giré la cabeza hacia él y estuve a punto dar un traspié al ver que me estaba mirando fijamente el culo. Puede que no me odiara tanto, después de todo.

Me aclaré la garganta con prepotencia y él volvió a mirarme de inmediato a los ojos.

—Estás… un poco… manchada —dijo, señalando mi culo.

Joder. Pues claro.

—Gracias —murmuré, antes de meterme en el baño.

Cuando volví a salir, con la mayoría de las manchas de suciedad reemplazadas por lamparones de agua, Hazel y Chevy, el dueño de la librería, ya estaban amontonando los libros de bolsillo que habían encargado en la mesa que usábamos para firmar. Y los dos perros estaban mirando embobados el tarro de golosinas del mostrador, en el que Gage tenía metida la mano.

—Sentaos —les ordenó a ambos. Los perros se sentaron a la vez, moviendo el rabo.

Fingí estar absorta en la contraportada de la nueva biografía de un famoso para poder observarlo por detrás de la cubierta.

Gage era el hermano perfectamente afeitado y amable que se mostraba absolutamente encantador con todos menos conmigo. Tenía el cabello, de color castaño cálido, un poco rizado en las puntas, lo que hacía que pareciera que siempre iba despeinado. Parecía el típico tío que ayudaba a las mujeres mayores a guardar la compra en el coche. ¿Se podía decir que el rostro de un hombre hecho y derecho tenía un encanto juvenil? Tendría que preguntárselo a Hazel, que era la experta.

Aunque en realidad daba igual. Lo cierto era que Gage Bishop estaba tan lejos de ser mi tipo que era más probable que saliera con mi propio primo segundo antes que con él.

El espécimen en cuestión se agachó con una golosina en cada mano, lo que me hizo fijarme muy a mi pesar en aquellos muslos musculosos recubiertos de tela vaquera. Suspiré y apreté los dientes. Vale, lo de estar a dos velas se había convertido oficialmente en un problema. Mi lema era «usar y tirar», pero aquel pueblo era demasiado pequeño para eso. Todo el mundo estaría al tanto de mi escarceo antes de que me hubiera dado tiempo a desabrocharme el sujetador. Además, nunca se me ocurriría liar al futuro cuñado de Hazel, al que ni siquiera le caía bien, para que tuviera conmigo un rollo de una noche.

Aunque sería perfectamente capaz de hacerlo.

Si quisiera.

Lo que no era para nada el caso.

—Lo miras como si tuvieras ganas de comértelo.

Sobresaltada, dejé caer el libro de tapa dura sobre la mesa con un golpe seco. La cesta de la parte delantera del andador de la mujer estaba llena de novelas.

—¿Quién? ¿Yo? ¿Qué? ¿A él? No. Qué va —repliqué, negando de forma tan enérgica con la cabeza que empecé a marearme.

Ella esbozó una sonrisa burlona.

—Muy convincente.

—No es para nada mi tipo.

La mujer me miró como si me hubiera ofrecido a hacerle una colonoscopia pirata.

—¿Y qué coño importa? La vida es corta. Pide postre. Tírate al tío bueno.

—Gracias por darme consejos sobre mi vida sexual, perfecta desconocida.

—Opal —dijo ella—. Y pierdes el tiempo pensando si es tu tipo y todas esas mierdas. Solo se vive una vez. ¿Por qué no disfrutar un poco de la vida?

Se alejó con el andador, dejándome boquiabierta. La gente de este pueblo era bastante entrometida y no se cortaba un pelo a la hora de impartir moralina.

—Opal, ¿cuándo vas a convencer a George para que se apunte a mi clase? —le preguntó Hazel, señalando al hombre del scooter. Cómo no, se sabía los nombres de ambos. Ahora era oficialmente una habitante de Story Lake y seguro que conocer a los vecinos formaba parte de alguna retorcida ordenanza municipal.

Opal puso los ojos en blanco.

—Hazme caso, Hazel: solo te faltaba tener a ese liante en clase.

—Iré cuando no tenga nada mejor que hacer. Y yo siempre tengo algo mejor que hacer —le espetó George, haciendo treinta y siete maniobras para girar.

Hazel había empezado hacía poco a impartir clases de escritura creativa en Story Lake Haven y, al parecer, le encantaba. Era escritora, concejala del ayuntamiento y ahora profesora. Aquella mujer introvertida que no se duchaba y se negaba a salir de casa durante semanas había quedado ya muy atrás.

Pasé por delante de un expositor de libros infantiles ilustrados y me acerqué a una mesa repleta de obras de historia local mezcladas con plantas de un verde deslumbrante.

—¿Y todas estas plantas, Chevy? —pregunté.

El dueño de la librería levantó la vista del montón de novelas de Hazel en rústica que estaba organizando. Era un tipo grandote, tanto a lo alto como a lo ancho, y llevaba puestos, como siempre, unos vaqueros holgados, unas zapatillas y una camiseta de un grupo de música. Ese día le había tocado a Miles Davis. Chevy había jugado al fútbol americano en la universidad durante tres temporadas, antes de que una lesión le obligara a centrarse en su doble licenciatura de Biblioteconomía e Historia de la Música.

—Estamos haciendo una prueba de promoción cruzada con Leafy Greens. Se las he cambiado por un puñado de libros de jardinería, para que los expongan en la tienda —dijo.

De repente me vino la inspiración y abrí la aplicación de notas del teléfono. Deslicé el dedo por unas cuantas páginas de ideas brillantes anteriores, listas de la compra y reflexiones filosóficas que había olvidado, y me disponía a anotar que estaría bien dejar algunos libros de Hazel en la tienda de plantas, cuando sentí una presencia curioseando por encima de mi hombro.

—Sabes que se puede crear más de una nota, ¿no? No tienes por qué guardarlas todas en el mismo archivo —comentó Gage.

Me pegué el móvil al pecho.

—Tengo mi propio sistema, don Fisgón.

Vale. En realidad no tenía ningún sistema. Pero sí tenía intención de crear y empezar a usar uno. Lo cual era básicamente lo mismo.

—Pues no parece muy eficaz.

—¿No tienes varios sitios a los que irte a trabajar, lejos de aquí? —le pregunté con sorna.

—¿Quieres decir ahora que no estoy ocupado salvándote la vida?

—Voy a añadir unas gambas a la lista de la compra —lo amenacé.

—Haznos un favor a todos y mantente alejada de la carretera —replicó él—. Hasta luego, Hazel.

—Gracias por traernos, Gage. Dale un beso a Cam de mi parte —gritó esta.

—No cuentes con ello. Hasta luego, Chevy. Venga, Nana. Vamos a ver a tus tíos, antes de que hagan alguna tontería.

Nana emitió un gemido lastimero que hizo que un gato blanco y negro muy peludo, en el que no había reparado hasta entonces, se subiera de un salto a la mesa que estaba a mi lado. Apenas fui capaz de reprimir un grito de sorpresa. ¿Qué pasaba en aquel pueblo con los animales? En Nueva York solo tenía que preocuparme por las bandadas de palomas, algún que otro paseador de perros con una docena de yorkshires diminutos y las ratas, el día de la recogida de la basura. Pero Story Lake era como pasear por un zoológico interactivo abierto las veinticuatro horas del día.

Para cuando Gage y su perro salieron de la librería —no es que estuviera contemplando ni admirando aquel culo insuperable—, ya había olvidado lo que quería anotar. Con un suspiro de fastidio, me senté en un taburete giratorio que había al lado de la caja registradora, mientras Hazel y Chevy se ocupaban de firmar los encargos.

—Oye, ¿cómo van las prerreservas del libro nuevo, Chev? —pregunté.

—Bien. Aquí nunca habíamos tenido tantas. Hay un pósit en la caja con las cifras de esta mañana.

Me incliné sobre el mostrador y arranqué la nota adhesiva de la pantalla.

—Vale. No está mal. Pero creo que podemos llegar a petarlo en serio.

Hazel resopló mientras firmaba una página.

—¿A qué le llamas «petarlo en serio»? —preguntó Chevy, abriendo otro libro y poniéndoselo delante a Hazel.

—Quiero unas cantidades de best seller. Unas cifras que hagan que el resto del mundillo editorial me ponga verde a mis espaldas porque se muere por tener a Hazel como clienta.

—Estás como una cabra —dijo esta, cogiendo el siguiente libro.

—No hables mientras firmas. Ya sabes que no eres capaz de hacer dos cosas a la vez —le recordé.

George chocó con el scooter contra una estantería de la parte delantera de la tienda y tiró varios libros al suelo.

—¡Servicio de limpieza acuda al pasillo tres! —berreó, antes de soltar una carcajada y reírse de su propio chiste.

Chevy me hizo un gesto para que me encargara de abrir los libros en su lugar mientras él iba a solucionar el problema.

—Estoy encantada por el mero hecho de volver a escribir. ¿Podríamos dejar de preocuparnos por la presentación y las cifras? —me dijo Hazel, mientras dejaba a un lado un montón de libros de tapa blanda firmados.

—Amiga mía. Compañera —repliqué, abriendo otra de sus novelas por la página de las dedicatorias—. Tú concéntrate en escribir lo mejor que hayas escrito jamás y yo haré el trabajo sucio. Es como mejor funciona esta relación. Tú sigue con esa cabecita tan mona en las nubes de la creatividad y deja que yo me ocupe de los pactos con el diablo para asegurarte el éxito.

—Ya. Y en este caso, ¿Chevy es el diablo? —me preguntó Hazel.

El susodicho se puso dos dedos en la cabeza a modo de cuernos.

La campanilla de la puerta tintineó y Flechazo se puso a ladrar como un energúmeno antes de salir corriendo como loco hacia el recién llegado.

—¡Flechazo! ¡Quieto! —le ordenó Hazel. Pero el perrito estaba demasiado emocionado como para hacerle caso.

Me agaché para sujetar el extremo de la correa. Nos enredamos en las patas del taburete, lo tiramos al suelo y, al caer, chocó con un expositor de libros de segunda mano de *Las gemelas de Sweet Valley*.

El alcalde adolescente y estrella del campo a través, Darius Oglethorpe, entró precipitadamente.

—Justo la mujer a la que estaba buscando —dijo, sin extrañarse al verme en el suelo.

—¿A mí? —pregunté, antes de escupir unos cuantos pelos de Flechazo. El chucho se giró y me llenó la cara de besos caninos, entusiastas y malolientes—. Puf —me quejé.

Flechazo posó el morro frío y húmedo sobre mi cuello y me olisqueó extasiado. Le acaricié la espalda con torpeza.

—Perdón por lo del perro. El amor es su arma favorita. Al menos esta vez no se ha hecho pipí de la emoción —dijo Hazel, alegremente.

Me quité la cariñosa bola de pelo de nueve kilos del pecho y comprobé si la parte delantera de mi ropa había sobrevivido.

—Menos mal. —Dejé al perrito en el suelo y lo ahuyenté para que volviera con su madre—. ¿No deberías estar en el instituto? —le pregunté a Darius.

Él me tendió la mano y me ayudó a levantarme. Se trataba de un adolescente alto y desgarbado con unas extremidades como las de un potro, lo que le había servido para batir la mayoría de los récords de carreras campo a través del instituto. Además, era bastante empollón.

—Tengo una hora libre. El director Sprout me deja dedicarla a temas consistoriales.

—¿Y qué te trae por la librería, consistorialmente hablando? —le pregunté, sacudiéndome los pelos de perro de las medias. Ese día a mi outfit no le estaba yendo demasiado bien.

Darius se subió las gafas sobre la nariz.

—En primer lugar, me he enterado de que has tenido un encontronazo con Goose y quería disculparme en nombre del pueblo. Espero que no pienses que ese desafortunado incidente refleja la experiencia general con la fauna silvestre de Story Lake.

—Me cago en el bocazas de Garland —murmuré—. Estoy bien. Ha sido horrible y me ha dejado secuelas emocionales, pero lo superaré. —Siempre lo hacía. Superar las cosas era un arte en el que yo era toda una artista.

Darius me sonrió.

—Estupendo. Por favor, acepta este cupón de diez dólares como disculpa en nombre del pueblo, válido para un crucero por el lago en la barcaza neumática recreativa Tiki Barge.

—¿Esa no es la barcaza que se hundió el verano pasado? —El pueblo de al lado se las había ingeniado para sabotear el festival de verano de Story Lake y había hundido en el lago una barcaza neumática llena de ancianos. Por suerte para los afectados, el lago tenía poco más de un metro de profundidad y los pasajeros habían disfrutado del refrescante baño para volver a la orilla.

—Qué buena memoria tienes. Pues sí, el barco sufrió algunos

daños por culpa del agua, pero debería volver a estar a flote y como nuevo el mes que viene. O en junio, como mucho.

—Lo apuntaré sin falta en mi agenda —dije, mientras me guardaba el cupón en el bolsillo. Mis dedos se toparon con otro papel y lo cogí. Era la lista de las compras navideñas que había perdido. ¡Joder! La olla de Le Creuset habría sido perfecta para Hazel, en vez del set de baño con pestazo a pino con el que me había conformado en Nochebuena.

Darius aplaudió.

—Genial. Pues pasamos al siguiente punto. Hazel me ha comentado que, como parte de tus funciones como agente literaria, también has hecho incursiones en el ámbito de la promoción, ejerciendo de publicista extraoficial.

—Ah, ¿sí? No me digas.

—No hagas como si no supieras que también eres mi publicista —gritó Hazel desde la mesa—. Si organizaste toda la gira promocional europea del libro.

—¿Esa en la que las dos pillamos un gripazo y un mangui me robó el pasaporte? —le recordé.

Ella me señaló con el bolígrafo.

—La misma. Aun así, conseguiste engatusar a seis editoriales extranjeras y hacer que volviéramos a casa sanas y salvas.

—Me gustaría ofrecerte un trabajo —me dijo Darius.

Yo parpadeé, extrañada.

—¿Qué? ¿Cómo? ¿A mí?

Él se echó a reír como si acabara de contarle el final de un chiste malo.

—Sí, a ti.

Me pregunté si el estrés de intentar graduarse como el primero de su promoción, liderar el equipo de campo a través y gestionar un pueblo, que hacía poco había estado a punto de entrar en bancarrota por problemas con el alcantarillado, le estaría pasando factura al pobre.

—Me siento halagada, pero ya tengo trabajo. Soy la agente literaria de la diva que está ahí atrás, dándole un concierto al perro.

Hazel le estaba cantando *Our Song*, de Taylor Swift, a Flechazo, que la escuchaba extasiado.

A mí me iba más *Anti-Hero*.

—Claro, claro —dijo Darius, en tono conciliador—. Me refería a un trabajo a tiempo parcial para el pueblo. Me gustaría contratarte para que dediques unas cuantas horas a la semana a ser nuestra publicista. Se acerca la temporada alta de turismo y quiero demostrarle a Dominion que vamos en serio.

Dominion era el pueblo de al lado, que tenía una gran actividad turística durante todo el año y un gran problema de desfachatez, también durante todo el año. No hacía mucho, su alcaldesa había intentado obligar a Story Lake a renunciar a su autonomía para quedar anexionado a Dominion; hasta había puesto a uno de nuestros concejales en nuestra contra, Emilie Rump, que seguía viviendo en el pueblo y pagando con valentía el precio de la traición.

Le di una palmadita en el hombro.

—¿Eres demasiado educado para decir que quieres machacar a Dominion?

Él puso cara de circunstancias.

—Sí. Por favor, no pienses mal de mí.

—Darius, amigo mío, estás hablando con la reina de la venganza. El rencor es el motor de mi vida.

—Eso es verdad —exclamó Hazel—. Aún sigue odiando a una niña que iba en nuestra clase en quinto de primaria que le recordó al profesor que no nos había puesto deberes un viernes, justo cuando estábamos a punto de salir.

—Puñetera Gwendolyn Murphy —murmuré al recordarlo.

—Dominion intentó acabar con nuestro pueblo. Intentó convertirnos en una especie de apéndice ruidoso y contaminado para las vacaciones de primavera de los adolescentes. Y quiero hacérselo pagar. Quiero darles donde más les duele. ¡Quiero hacer que se arrepientan del día que intentaron meterse con Story Lake! —exclamó Darius, alzando el puño hacia el techo y agitándolo.

—Me gusta esta faceta tuya, cerebrito. Y ¿cómo puedo ayudarte, exactamente?

—El pueblo necesita a alguien capaz de convencer a los turistas de que Story Lake es el destino de veraneo ideal. Ya estamos notando un aumento gracias a la apertura de la comunidad para jubilados y, por supuesto, a nuestra famosa escritora de novela romántica residente —añadió.

—Esa soy yo. Está hablando de mí —canturreó Hazel. Flechazo ladró para expresar su conformidad.

—Pero necesitamos más. Tenemos que emplearnos a fondo para conseguir que la gente venga aquí a gastarse el dinero, preferiblemente durante todo el año —añadió Darius.

—Yo me vuelvo a Nueva York en otoño. —«Por favor, virgencita», añadí mentalmente—. A lo mejor podría a ayudarte con las temporadas turísticas de primavera y verano. Pero que sepas que soy agente, no publicista profesional.

—No le hagas caso, Darius —dijo Hazel, desde la mesa—. Lleva años publicitándome. Es perfecta para lo que necesitas.

Yo nunca había sido perfecta para nada que nadie necesitara.

—Estupendo —dijo Darius—. Hay un sueldo. Uno discretito.

Me crucé de brazos.

—Soy toda oídos.

Él echó un vistazo a la librería antes de entregarme un envoltorio de chicle doblado, como si fuera la preciada receta de chili de su bisabuela.

La cifra era inferior a lo que ganaba vendiendo pretzels tiernos en el centro comercial cuando estaba en la universidad. Pero dada mi situación actual, cada centavo contaba.

—Ya sé que no es mucho —dijo de inmediato—, pero el presupuesto no nos da para más. Ten en cuenta que estarás prestando un servicio muy necesario a la buena gente de Story Lake. Y tendrás acceso ilimitado a productos promocionales exclusivos del pueblo, como este.

Con mucha ceremonia, sacó una postal de la mochila.

Era una ilustración en la que se veía el cartel de bienvenida de la ciudad con un descapotable empotrado en él. También había un dibujito de Goose posado en el techo del coche con un pez en el pico. Bienvenidos a Story Lake.

—Habéis conmemorado nuestra llegada. Qué detalle tan divertido.

—El club de marketing y diseño gráfico del instituto se inspira en la vida real. Tú y Hazel sois lo mejor que le ha pasado a Story Lake desde que el autobús de la gira de Dave Matthews se averió aquí en 2013.

—¿Qué quieres que haga, exactamente? —le pregunté.

Darius juntó las palmas de las manos.

—Quiero que colabores con el ayuntamiento y los comercios locales para atraer a más gente. Cuantos más turistas vengan, más personas se enamorarán de nuestro precioso pueblo y se vendrán a vivir aquí, por lo que obtendremos más ingresos con los impuestos sobre la propiedad. Así podremos mejorar la planta de tratamiento de aguas residuales, construir pistas de *pickleball* y dejar preciosos el centro del pueblo y la orilla del lago. ¡Y después le restregaremos nuestro éxito a Dominion por las narices!

Me gustaba Story Lake. A ver, no me apetecía quedarme a vivir allí definitivamente, pero era un sitio mono y peculiar. Me recordaba a mí misma. Y lo que era más importante, necesitaba el dinero.

—Vale.

—Vale. Pero ¿vale, vale? —preguntó Darius.

Asentí con la cabeza.

—Sí. Acepto. ¿Nos damos la mano, firmamos un contrato, o qué?

—Mejor chocamos solemnemente los cinco —dijo él, levantando el puño.

—¿Qué?

Darius sonrió.

—Es broma. Tengo aquí el contrato. —Volvió a rebuscar en la mochila y sacó un pequeño fajo de papeles.

—Mejor haz que lo revise un abogado —me recomendó Hazel.

—Seguro que Gage estará encantado de responder a todas tus preguntas —dijo Darius, antes de echar un vistazo a su reloj inteligente—. Tengo que volver para la clase de Química.

—Te acompaño —le dije, enganchando mi brazo en el suyo—. Dime, Darius. ¿Pensáis hacerme una transferencia quincenal o pagármelo todo junto por adelantado?

# 4

## *Unos cupcakes que parecen meteoritos*

### Gage

La entrada de Story Lake Haven se encontraba en el extremo norte del pueblo y estaba formada por una zona amplia y recién asfaltada delimitada por dos columnas de piedras apiladas. La primera fase había consistido en la remodelación de las antiguas instalaciones del hospital y el pequeño complejo de apartamentos que había al lado, que en su día había albergado a los empleados, para convertirlos en una moderna residencia de ancianos y una comunidad para jubilados.

En ese momento, la constructora Bishop Brothers estaba acometiendo la segunda fase: la construcción de un barrio de viviendas tuteladas en ocho hectáreas de tierras de cultivo abandonadas. En total, habría cincuenta casas de planta baja con garaje incorporado, entrada principal accesible y puertas lo bastante anchas para sillas de ruedas. Se esperaba que la primera tanda de inquilinos pudiera entrar a vivir en mayo.

Saludé con la mano al equipo de paisajistas que estaba trabajando en los nuevos parterres que flanqueaban el camino de acceso y me detuve delante de una casa de planta baja, prácticamente acabada y con revestimiento de color verde oscuro. El orgullo hizo desaparecer la tensión residual de la mañana. Nosotros habíamos construido eso. Juntos. Éramos la última generación de la familia Bishop que dejaba su huella en Story Lake.

El todoterreno de Cam se encontraba delante de la puerta y el de Levi estaba aparcado al otro lado de la calle. Nana se estremeció de emoción, ilusionada. Le encantaban las obras. Eran la combinación perfecta de gente que la mimaba y comida olvidada al alcance de un golden retriever.

Entramos por la puerta corredera de atrás y respiré hondo. Olía a pintura fresca, moqueta nueva y serrín. Olía a hogar y familia.

Y también era igual de ruidosa.

—Deja de tocarme los cojones. No sé de qué estás hablando.

—¿Se te ha ido la puta olla desde ayer o qué? ¿Cómo no te vas a acordar? Si nos tirábamos horas con esa mierda.

La discusión que estaban teniendo mis hermanos en el sótano era tan fuerte que ahogaba el estruendo del equipo de carpinteros de la cocina. Después de que todos saludaran a Nana como era debido, bajamos las escaleras.

Desde que me había ido, Cam y Levi no habían avanzado demasiado en el armario para los Lego que nos habían pedido que añadiéramos. Estaban sentados en unos cubos enormes de plástico puestos del revés, mirando el móvil.

Cam levantó la vista.

—Gigi, ¿tú te acuerdas del pinball que nos puso papá en el granero cuando éramos niños? ¿O eres tan inútil como este? —me preguntó señalando a Levi, que me miró y negó con la cabeza, bostezando.

—¿La de Fun House?

—¡Te lo dije! —exclamó Cam, antes de levantarse de un salto y señalar victorioso a Levi.

Él puso los ojos en blanco.

—Ya había conseguido engañarlo. Estaba a punto de ir a casa de papá y mamá a buscar en los álbumes viejos de fotos. Pensaba echarme una siestecita en el todoterreno, mientras tanto.

—Sabía perfectamente que me estabas tomando el pelo —aseguró Cam.

—Menuda pinta, Livvy —comenté. Mi hermano tenía ojeras y el pelo revuelto.

Él me respondió levantando el dedo corazón.

—¿Qué coño te pasa? ¿Has estado de fiesta toda la noche? —le preguntó Cam.

Resoplé. El día que Levi decidiera socializar voluntariamente, el diablo empezaría a practicar snowboard.

—He estado escribiendo —contestó él, con otro bostezo.

—Genial. Justo lo que me hacía falta. Otro hermano a tiempo parcial —refunfuñó Cam.

—Vete a la mierda, Cammy. Paso de escuchar tus gilipolleces. Si no habéis hecho nada desde que me fui —dije, señalando el sótano, que estaba exactamente igual que cuando me había marchado.

—Oye, capullo, hemos estado al otro lado de la calle cambiando las baldosas rotas del cuarto de la colada —me explicó Levi, frotándose la cara con la mano—. ¿Dónde está mi sándwich?

—A la mierda tu sándwich. ¿Y la espuma de poliuretano? —me preguntó Cam.

—Aquí tenéis la puñetera espuma de poliuretano y el condenado sándwich. —Les lancé una bolsa a cada uno.

Cam sacó el bote de la suya.

—¿Por qué has tardado tanto?

—¿Dónde coño está la mostaza? —me preguntó Levi, mirando el sándwich con el ceño fruncido. Nana se le acercó sigilosamente, ilusionada.

—He tenido que llevar en coche a tu prometida y a la irresponsable de su mejor amiga porque han tenido un tropiezo con Goose. Y la mostaza está en la bolsa, memo.

Levi dejó de buscar la salsa.

—Je, je. Estás jodido.

Cogí el cinturón de las herramientas.

—¿Perdona?

Señaló con el sándwich a Cam y Nana se acercó a él, moviendo el hocico.

—Así empezó este. Rescatando a Hazel de Goose. ¿Y ahora tú vas de héroe con Zoey? Es una señal.

Cam sonrió, algo que me resultó de lo más desconcertante. Aún no me había acostumbrado al hecho de que mi hermano, el gruñón, hubiera encontrado la felicidad.

—Me comporté como un puto héroe —declaró.

Negué con la cabeza mientras me abrochaba el cinturón.

—Por favor, deja de inventarte cosas. Le gritaste y la acusaste de intentar matar a un águila calva. Deberías besarle los pies todos los días por soportar tu mala leche. ¿Y tú desde cuándo eres tan supersticioso, Livvy?

Levi encogió aquellos hombros tan anchos mientras echaba un río de mostaza amarillo en el sándwich. Nana emitió un gruñido grave y empezó a babear.

—Puede que sea por la falta de sueño, pero tengo la sensación de que se ha convertido en una costumbre —contestó.

No me gustaba el rumbo que estaba tomando la conversación. Ya era bastante chungo tener que recordarme constantemente que Zoey no podía gustarme. Y como mis hermanos se dieran cuenta de la incómoda atracción puramente física que sentía por ella, sería mil veces peor.

—Te recuerdo que Goose no es ningún casamentero. Es un águila calva a la que le gusta hacer gilipolleces. Le ha lanzado una serpiente a Zoey. Ella ha salido corriendo hacia el medio de la carretera y se ha empotrado conmigo —expliqué.

Eso bastó para borrar la sonrisa del rostro de Cam, que le estaba acariciando el pelo a Nana para que dejara de centrarse en el embutido.

—¿Y está bien?

—Perfectamente. —Como lo estaría yo después de una cerveza, una ducha y una buena noche de sueño para poder dejar de imaginármela allí tumbada e inmóvil en medio de la carretera.

—Entonces ¿por qué tienes esa cara de que alguien te ha meado en la cerveza? —preguntó Cam.

—Son imaginaciones tuyas. —Me dispuse a coger un tablón de cinco por diez para colocarlo sobre el segundo par de caballetes.

—¿Liv? —dijo Cam, señalándome.

—Tiene razón —dijo Levi con la boca llena de pavo y queso—. Pareces agobiado de cojones.

—A lo mejor es porque no me queda más remedio que quedarme aquí trabajando con los capullos de mis hermanos en este día de primavera tan bonito. —La mayor parte del tiempo, al menos uno de nosotros tenía ganas de partirle la cara a otro. Alguna vez nos dábamos algún que otro puñetazo, pero eso era en contadas ocasiones, y solíamos arreglarlo con una cerveza fría y haciendo un pacto para no contárselo a nuestra madre.

—Y una mierda —dijeron ambos al unísono.

Exhalé un suspiro.

—Vale. Me ha faltado poco para no verla a tiempo. La he atropellado. Casi me da un puto infarto. Me he cagado de miedo. Ya está. ¿Contentos?

Volví a imaginarme a Zoey tumbada en la carretera, con los ojos cerrados, y se me aceleró el pulso.

—¿Por qué íbamos a estar contentos? —preguntó Levi, horrorizado.

Cam sacó de inmediato el móvil del bolsillo para llamar.

—Haze —dijo—. ¿Por qué no me has llamado para decirme que mi hermano había intentado atropellar a tu mejor amiga?

—Yo no he intentado atropellar a nadie —protesté, en voz lo suficientemente alta como para que Hazel y todos los que estaban arriba me oyeran.

Cam me dedicó una peineta y se dirigió con paso firme al rincón más alejado del sótano para continuar con el interrogatorio.

—Qué putada —dijo Levi.

—Zoey está bien —le aseguré.

—Seguro que te habrá recordado a lo de Laura —comentó.

Me encogí de hombros.

—Puede. —La vida de nuestra hermana había dado un vuelco cuando ella y su marido habían salido a correr una mañana temprano y un conductor los había atropellado. Ahora Laura estaba en una silla de ruedas y Miller... Miller estaba muerto. ¿De verdad estábamos todos a un pequeño error de arruinarle la vida a alguien? Era una idea en la que prefería no ahondar. Yo tenía cuidado. Era responsable. Planificaba las cosas, me fijaba metas, tomaba medidas. No cometía errores que destruían familias por descuido. Levi asintió sabiamente, antes de darle otro mordisco al sándwich—. Qué buena conversación —dije.

Él soltó un gruñido.

Cam volvió.

—Las dos se encuentran bien. No pensarás venirte abajo recordando lo del accidente de Larry, ¿no? Porque sería absurdo. Y nosotros no estamos preparados para enfrentarnos a eso, así que lo más probable es que tuviéramos que acabar llamando a mamá y ella te apretaría las tuercas.

—Ya está en esas —dijo Levi, delatándome.

—Que estoy bien.

—Probablemente sea más fácil creerle que involucrar a mamá —opinó Levi.

—Bien pensado. Fin de la conversación. Problema resuelto. —Cam miró enfadado a Levi—. Genial. Ahora me apetece un puñetero sándwich.

Nana levantó las orejas y giró sobre el trasero para mirar a su otro tío, que acababa de decir una de sus palabras favoritas.

Señalé la tercera bolsa que había dejado sobre los caballetes.

—Hay dos más ahí. Con patatas fritas.

—Eres mi hermano favorito —dijo Cam, abalanzándose sobre la bolsa.

—Qué bien. Y ahora, ¿podemos avanzar un poco con el armario antes de que me toque largarme?

—Después de los sándwiches —me prometió Cam—. Volviendo a lo de la boda. Imaginaos una barra libre con degustación de whiskies.

—¿Quieres que vomiten encima de la novia? —le preguntó Levi.


Miré el reloj, maldiciendo, mientras entraba a todo correr por la puerta principal del edificio. Finalmente, habíamos conseguido acabar la estructura del armario para los Lego antes de vernos obligados a salir a la calle para mediar en una contienda entre los fontaneros y los electricistas, que estaban discutiendo por los plazos de otra de las casas.

—Tienes catorce minutos —me dijo el pasante desde la puerta del piso de abajo.

Declan tenía el pelo de color rojo chillón y vestía de una forma muy atrevida. Había dado por hecho que aquellos dos factores serían el reflejo de una personalidad aplastante. Pero llevábamos dos meses trabajando juntos y aún no había detectado el menor indicio de carácter. Al menos el chaval era eficiente. A veces hasta demasiado. Me alegraba que el bufete fuera cada vez mejor, porque los días en los que estaba concentrado en el trabajo, Declan escuchaba audiolibros de fantasía épica y representaba las escenas de lucha con espadas con un tubo de cartón.

—Llegaré a tiempo —le aseguré, mientras me quitaba la camiseta por la cabeza y corría hacia la puerta de la escalera con Nana pisándome los talones. El edificio que había comprado para el despacho de abogados hacía cinco años tenía un pequeño apartamento de un dormitorio en el piso de arriba, que en su día había pensado alquilar, pero que había acabado convirtiéndose en una especie de trastero y en un sitio para ducharme.

—También te he dejado un informe del agente judicial encima de la mesa y el mediador del cliente once cero siete ha cambiado a otro día la reunión de mañana —me informó el pasante, siguiéndome hasta la puerta.

—Los clientes son personas, no números, Declan. Y, por favor, empieza a preparar el té —le grité mientras subía las escaleras de dos en dos.

—¿Saco las galletas? —me preguntó.

La señora Babcock me traía *cupcakes* cada vez que venía y, aunque era una mujer muy inteligente, elegante y rica, la repostería no era lo suyo. Al oír la palabra «galletas», Nana me abandonó y bajó corriendo las escaleras para entrar en el despacho.

—No, va a volver a traer *cupcakes*.

—Esconderé la papelera debajo de la mesa, al lado de tu silla —me informó Declan.

Abrí la puerta sin contemplaciones de una patada e iba a quitarme los pantalones cuando se me ocurrió una idea de lo más desafortunada. Me quedé inmóvil, con la mano en la bragueta, en medio de la sala de estar. Le hacía falta una moqueta nueva y una mano de pintura. Y tendría que sacar todos los archivos del dormitorio y del salón. Pero, en general, el apartamento estaba en buen estado. Nunca había sido el casero de nadie, pero si el inquilino era el adecuado... Solo que Zoey era la inquilina menos adecuada del mundo. Sería un error monumental, una idea terrible.

—Trece minutos —me comunicó Declan desde abajo.

—Mierda.

Once minutos más tarde volví a la planta baja, todavía atándome la corbata.

—Lo sé, lo sé. Dos minutos —dije en cuanto Declan abrió la boca detrás del escritorio.

Después de comprar el edificio, había dado carta blanca a mi madre y a Laura para decorarlo. Y en vez de convertirlo en un lugar oscuro y digno, como todos los bufetes de abogados, habían optado por un estilo luminoso y despejado, con suelos de madera clara, paredes blancas y algún que otro toque de verde. Había conseguido mantener vivas las plantas, que ellas habían insistido en poner, e incluso había añadido algunos cuadros de temática agrícola que no les disgustaban demasiado. El efecto general era alegre y sereno. Encajaba conmigo y con mi forma de trabajar.

—En realidad, falta un minuto y cuarenta y nueve segundos —dijo Declan, señalando un reloj digital, uno de los dos únicos objetos personales que había traído consigo. El otro era una taza de café completamente blanca.

—Gracias por la exactitud. ¿Has imprimido las copias? —La señora Babcock había modificado el testamento tres veces en los últimos cuatro meses y yo estaba deseando saber cuál era el último apéndice.

Él asintió con solemnidad.

—Las he colocado en abanico al lado del té, en la sala de reuniones.

Oí a Nana golpeteando con la cola detrás de la mesa de Declan. Puede que aquel chico fuera impasible como una estatua, pero dejaba que mi perra durmiera a sus pies.

—Genial. Gracias.

Estaba metiendo la cabeza en la sala de conferencias, cuando la puerta principal se abrió con un tintineo y la señora Babcock entró, saludando con el «yujuuuu» habitual.

Era una mujer imponente, con una piel oscura y tersa que atribuía a la práctica de lo que predicaba en su prestigiosa consulta de dermatología, que había vendido por una pequeña fortuna al jubilarse. Le gustaban los caftanes coloridos y los bolsos caros. Su nieta soltera heterosexual también era alta, pero tenía un aire más bohemio. Llevaba el pelo recogido en unas largas trenzas que había sujetado en una cola alta, y una chaqueta de flores extragrande por encima de un mono salpicado de pintura. Tenía en las manos una bandeja envuelta en celofán con unos *cupcakes* que parecían meteoritos.

—Llegan pronto —anunció Declan, un tanto molesto. Mi pasante no llevaba bien las alteraciones de su meticuloso horario.

Nana salió trotando de detrás de la mesa y ofreció educadamente la pata a las recién llegadas.

—Aquí está mi bombón —canturreó la señora Babcock, agachándose para revolverle el pelo a Nana. Mi perrita se derritió extasiada antes de acercarse contoneándose a su nieta.

—Siempre es un placer verla, señora Babcock. Declan ha preparado el té en la sala de reuniones —dije. El té hacía que aquellos discos de hockey disfrazados de *cupcakes* bajaran mejor.

—¡Estupendo! Declan, eres un tesoro. Bueno, Gage. Te presento a mi maravillosa nieta, Gabby. Gabby, este es mi atractivo abogado, Gage.

—Abuela —replicó Gabby, abochornada.

—Encantado de conocerte —le dije, tendiéndole la mano.

—He oído hablar mucho de ti —contestó ella.

—Solo le he dicho que eres todo un caballero y que me parece inaudito que sigas sin pareja. Bueno, ¿listos para hablar de cuánto dinero puedo dejarle a un centro de acogida de gatos monísimo que acabo de descubrir? —canturreó la señora Babcock, yendo hacia la sala de conferencias.

Gabby me entregó los *cupcakes*.

—El truco es desmenuzarlos en el plato para que parezca que has comido más. Y que sepas que tengo novio. Es encantador. Solo que aún no se lo he presentado porque es un pelín autoritaria e intimidante.

—Me alegro por ti, aunque es una lástima.

—Ya. La abuela siempre ha tenido buen gusto —bromeó—. Venga, vamos a atragantarnos con los *cupcakes* y a salvar a unos cuantos gatos tuertos.

*Laura*
Acabo de volver del gimnasio
Hoy Radio Macuto estaba a tope
Según la mujer que tenía al lado haciendo pesas,
Gage ha atropellado a una turista del pueblo al
dar marcha atrás, pero al final no ha sido nada
porque era una trampa de Dominion para
aumentar el índice de criminalidad del pueblo

*Hazel*
Gage ha atropellado a Zoey con el todoterreno,
pero porque ella se ha metido en medio de la
carretera para escapar de un águila y una
serpiente. No le ha pasado nada. Dominion no ha
tenido nada que ver, a menos que hayan estado
entrenando en secreto a nuestra águila calva

*Cam*
A qué has ido al gimnasio?

*Laura*
A entrenar, melón

*Gage*
Ha sido culpa de Zoey
Mi impecable historial al volante sigue intacto
Por qué has ido al gimnasio sin nosotros, Larry?
Siempre entrenamos juntos

*Laura*
No os parece un poco codependiente?

*Levi*
Acabo de preguntarle al tío de recepción
y dice que tiene un entrenador personal

*Laura*
Es que este pueblo está lleno de bocazas?

*Cam*
Qué va a saber un entrenador que nosotros no?

*Hazel*
Seguramente muchas cosas

*Gage*
Qué referencias tiene? Dónde se ha sacado el
título?

*Laura*
Normal que le caigáis mal a todo el mundo

*Levi*
Según mis fuentes,
Wes empezó a entrenar con él hace unas
semanas, por lo del baloncesto
Les hará descuento familiar?

*Hazel*
Es guapo? Por aquello de documentarme

*Cam*
No te estabas documentando conmigo?

*Laura*
La que va a aumentar el índice de criminalidad de
Story Lake soy yo,
cuando os mate a todos

# 5

## *Con el culo al aire*

### Zoey

Llegaba tarde. Otra vez. Me había entretenido dándole los últimos retoques a la presentación y había estado trabajando hasta que había sonado la alarma del móvil. Y, obviamente, no quedaba ningún sitio libre en el aparcamiento de la funeraria. Era surrealista que Story Lake celebrara los plenos municipales en un edificio lleno de cadáveres y todavía más surrealista que a nadie le resultara extraño. Pero formaba parte de la idiosincrasia de aquel pueblo en el que los bichos raros eran bienvenidos.

Los últimos días habían sido un caos y me sentía como si estuviera en una cinta de correr, deslizándome cada vez más hacia atrás, a punto de salir volando. Además de para preparar el lanzamiento de Hazel, metiéndoles por las orejas a todos los periodistas, podcasteros e *influencers* de mi lista de contactos la historia de Hazel —escritora de novela romántica encuentra inspiración y final feliz—, había vuelto a la ciudad para empezar con la ingente tarea de vaciar mi apartamento.

Me había bebido demasiadas botellas de vino de despedida con mi prima Inez y la señora Newville y me había pillado tal cogorza que le había comprado a Earl Wiggens una caja de sus puros favoritos y se los había enviado por mensajería urgente a su casa. No solo había descubierto demasiado tarde, una vez sobria, que eran escandalosamente caros, sino que además se me había olvidado poner mi nombre en la tarjeta, por lo que no había recibido ningún tipo de agradecimiento por aquel regalo tan excesivo.

El arrepentimiento financiero y táctico se había visto agravado por una resaca monumental, durante la cual había tenido que devolver el coche de alquiler. Pretendía alquilar un todoterreno modesto y funcional, pero había acabado enamorándome de un Mazda Miata descapotable vintage que era cualquier cosa menos práctico. Su último propietario había sido un repartidor, por lo que los frenos chirriaban y el interior olía ligeramente a cebolla frita, pero ya abriría la capota para que se ventilara cuando fuera por ahí a toda pastilla. Además, cuando volviera, el invierno ya no estaría allí, así que no tenía sentido preocuparse por la tracción trasera para la nieve de Pennsylvania.

Todavía no había buscado casa en Story Lake. Pero era lo siguiente de la lista... después de lo de esa noche.

Mientras cumplía con el resto de mis obligaciones, había dedicado una cantidad ingente e imprevista de horas a preparar la primera presentación para el ayuntamiento como publicista oficial de Story Lake. Bueno, tan «oficial» como era posible, teniendo en cuenta que aún no había revisado ni firmado el contrato. Eso también estaba en la lista.

Entré sin aliento por la puerta de Criando Malvas. Aquella noche se habían abierto las tres salas de velatorio para dar cabida a la multitud. Desde que habían empezado a llegar los residentes de Haven, la asistencia a las reuniones del ayuntamiento se había triplicado. Al parecer, a la gente mayor le encantaba el alcohol y los plenos municipales.

Hablando de alcohol, ya llegaba demasiado tarde para tomarme un ponche de frutas con vodka y poner mi granito de arena en la recaudación de fondos para el equipo de voleibol femenino de esa noche. La venta de alcohol se cerraba cuando comenzaba la reunión. Así que adiós a la oportunidad de tomarme un trago de valor en estado líquido.

El grupo de canto a capela del pueblo, Los Jilgueros de Story Lake, estaba terminando de interpretar la canción oficial de apertura de la sesión plenaria cuando por fin localicé una silla libre en medio de la sala, entre Billie y Gage. Lo de Gage no me entusiasmaba demasiado —el hecho de que todo lo que hacía le pareciera mal no me iba a ayudar a tranquilizarme—, pero Billie siempre llevaba algo para picar, así que di por sentado que la molestia merecería la pena.

Me disculpé y me abrí paso por la fila, pasando por encima de varias piernas y aparatos de ayuda a la movilidad hasta llegar a la silla.

—Espero que este sitio no esté ocupado, porque prefiero sentarme en el regazo de alguien que intentar volver a salir de aquí —susurré, dejándome caer en la silla.

—Todo tuyo. ¿Un regaliz? —me preguntó Billie, ofreciéndome una bolsa de golosinas.

—No me vendría mal. Hola —le dije a Gage.

—Hola —respondió él sin ningún entusiasmo. Estaba tan condenadamente guapo como siempre. Tenía el pelo un poco ondulado, como si acabara de salir de la ducha. Y en lugar del atuendo habitual de obrero de la construcción, llevaba una chaqueta de punto con cremallera por encima de una camiseta, algo que decidí inmediatamente que no me ponía en absoluto.

Hazel me saludó haciendo un gesto con los dedos desde el estrado que había en la cabecera de la sala. Estaba sentada entre Cam y Kitty Suárez, la nueva concejala. Kitty había sustituido a Emilie Rump, la traidora con malas pulgas que había sido destituida por «traición al pueblo». Emilie estaba sentada en la segunda fila y la tensión se reflejaba en todo su cuerpo, desde los hombros hasta los tupidos rizos rubios. La valentía que demostraba aquella mujer al seguir acudiendo a los plenos municipales, a pesar de saber que no era bienvenida, era digna de admiración. Hacía falta tener unos ovarios de acero para soportar la rabia de todo el pueblo.

—Qué alegría ver tantas caras sonrientes de Story Lake —dijo el alcalde Darius desde la cabecera de la mesa—. Esta noche hay muchas cosas interesantes en la agenda, así que vamos a empezar. En primer lugar, hablaremos del estado de las obras de mejora de la planta de tratamiento de aguas residuales.

Se enzarzó en una explicación, larga y técnica, sobre las mejoras que se iban a llevar a cabo en los próximos años que me hizo dejar de prestar atención al cabo de dos frases. Me comí el regaliz esperando que mi presentación tuviera más gancho. Quería causar buena impresión, demostrarle al pueblo que era la persona ideal para aquel puesto. Aunque en realidad no quería el trabajo y no tenía intención de conservarlo a largo plazo, deseaba hacerlo bien.

Gage se acercó y el corazón me dio un vuelco, mientras me preparaba para recibir un insulto o algún pequeño desprecio. Percibí un olorcillo a fresco y a jabón. A un jabón normal y corriente. ¿Por qué coño sentía entonces aquellas mariposas en el estómago? Por favor, si llevaba puesta una chaqueta de punto. Las chaquetas de punto no eran nada sensuales, a no ser que las llevara Pedro Pascal. A mí me gustaban los trajes que se ponían los hombres inalcanzables que eran buenos en la cama y malos en todo lo demás.

—He oído que estás en la agenda de esta noche —comentó, desviando mi atención de aquella chaqueta extrañamente sexy.

Asentí con la cabeza.

—Es mi primera presentación como publicista del pueblo. ¿Algún consejo? Aparte del de mantenerme alejada de los vehículos en movimiento.

Eché un vistazo a la multitud. Era un crisol de gente de todas las edades, etnias, orientaciones sexuales y niveles económicos. Yo diría que lo único que tenían todos en común era el hecho de encontrarse en aquella sala escuchando hablar a Darius sobre adónde iba a parar la caca.

—Somos un pueblo muy leal —replicó Gage—. Si consigues convencer a todo el mundo de que será beneficioso para Story Lake, te apoyarán.

—Es bueno saberlo.

—Por cierto, ¿no me ibas a pasar un contrato para que le echara un vistazo? —me preguntó.

—¿Cómo...?

Él se dignó a dedicarme una sonrisita.

—¿Has olvidado que es un pueblo pequeño? Cam me lo comentó la semana pasada. Y luego Hazel me envió un mensaje para que te lo recordara si te veía esta noche. Ah, y Darius me contrató para redactar ese condenado documento.

—¿Eso no supone un pequeño conflicto de intereses?

—Prometo no intentar joderte.

—Lo mismo digo. —Aquellas palabras salieron de mi boca antes de que mi cerebro pudiera filtrarlas—. Uy. ¿Un regaliz? —Cogí otro de la bolsa de Billie y se lo ofrecí.

Él lo miró como si acabara de ofrecerle un cáliz rebosante de veneno.

—No, gracias.

Sí que era quisquilloso con los tentempiés.

—Bueno, volviendo a lo del contrato. Esta semana estoy un poco justa de tiempo. ¿Tienes algún hueco la semana que viene? —le pregunté.

—Puedo hacerte uno.

Saqué el móvil y abrí la aplicación de la agenda.

—La leche. Pero ¿qué coño es eso? —preguntó Gage.

—Mi agenda.

—Si tienes quince compromisos al día.

Tenía al menos dos recordatorios o alarmas para cada uno, pero no hacía falta que él lo supiera.

—No quiero olvidarme de nada. Deja de criticarme. —Me desplacé por la pantalla para echar un vistazo a la semana—. Yo podría el miércoles a las cuatro.

Gage consultó una agenda ordenadísima y organizada por colores.

—Vale. —Me dio la sensación de que iba a añadir algo más, pero todo el mundo empezó a murmurar y volvimos a mirar hacia el frente de la sala.

Emilie Rump estaba de pie delante del micrófono que habían instalado para que los asistentes dieran su opinión.

—Me gustaría comentar la ordenanza municipal número cincuenta y cinco, subsección L.

Los murmullos de la multitud se intensificaron.

Los miembros del consejo hicieron gala de su profesionalidad y, en lugar de poner los ojos en blanco, comenzaron a hojear sus gruesas carpetas. Por lo visto, para gestionar un pueblo hacía falta al menos un siglo de papeleo.

—No es necesario, amigos. Lo tengo todo aquí —dijo Darius, dándose unos golpecitos con el dedo en la sien—. La ordenanza número cincuenta y dos, subsección L, establece los métodos de pesca adecuados. Concretamente, prohíbe pescar con las manos.

Cam se recostó en la silla al lado de Hazel y se cruzó de brazos. La mirada fulminante que le lanzó a Emilie habría reducido a cenizas a un mortal menos aguerrido.

—¡Venga ya! —exclamó alguien detrás de nosotros.

—¡Vuelve a sentarte, Rump, y deja los asuntos del pueblo para las personas que realmente se preocupan por Story Lake! —gritó otra persona.

El público empezó a abuchearla.

—Tengo derecho a denunciar cualquier tipo de infracción —declaró Emilie—. Vi a Willis Whimperschmidt sacar un lucioperca del lago con sus propias manos el sábado a las nueve y diecisiete de la mañana. Lo denuncié ante el jefe de policía, que me dijo, cito textualmente: «¿Por qué no te metes en tus asuntos antes de que alguien decida convertirte en comida para peces?».

La multitud se echó a reír. Levi Bishop llevaba solo unos meses ocupando a regañadientes el cargo de jefe de policía y había adoptado un sistema muy poco ortodoxo para ejercer su autoridad.

Willis, que estaba en la cuarta fila, se levantó. Siempre iba vestido con una camisa de franela y un peto.

—Enganché el puto pez con el anzuelo, recogí el puto sedal y la puta red tenía un puto agujero, así que lo cogí con las putas manos. Denúnciame —le soltó.

—Puede que me vea obligada a hacerlo, si nuestras fuerzas del orden se niegan a hacer cumplir las leyes de nuestros antepasados —replicó Emilie con dramatismo por el micrófono. Estaba claro que aquella mujer se tomaba las reglas muy en serio.

—¡Me la pelan tus antepasados! ¡Deja de hacernos perder el tiempo! —gritó alguien.

—¿Desea hacer algún comentario al respecto, jefe de policía? —le preguntó Darius a Levi.

Todo el mundo giró la cabeza hacia el fondo de la sala, donde este se encontraba apoyado contra la pared. Era tan guapo como sus hermanos, pero en lugar de ser tan extrovertido y encantador como lo era Gage —con todos menos conmigo—, Levi era más reservado. Y en vez de ser tan cascarrabias como Cam, Levi era más melancólico.

Se encogió de hombros.

—Es una ley absurda. No pienso obligar a nadie a cumplirla.

—Gracias por tu comentario, Emilie. Añadiré la ordenanza cincuenta y siete, subsección L, a la lista de normas que serán derogadas este año —dijo Darius.

—Pero por ahora sigue siendo una ley —insistió ella—. Y las leyes deben cumplirse.

Una patata salió volando por los aires y le dio en el hombro. Reventó con el impacto y cayó al suelo con un ruido sordo.

Un murmullo de risas se extendió entre el público.

—Sigo sin pillar lo de las patatas —le susurré a Billie.

—El patatazo es una forma de castigo permitida que se reserva a los ciudadanos que han cometido delitos contra el pueblo. Las patatas deben estar asadas y no medir más de quince centímetros —me explicó, mientras se metía una mano en el bolsillo y sacaba una auténtica patata asada. Billie se la lanzó a Emilie y le dio de lleno en la nalga izquierda—. ¿Lo ves? Es una manera segura y divertida de mostrar tu descontento. Además de un modo estupendo de aprovechar las patatas que te sobran antes de que se estropeen.

Ante una nueva ronda de abucheos, Emilie, derrotada y cubierta de puré, volvió a sentarse al lado de su marido, que tenía pinta de estar deseando que se lo tragara la tierra.

—Casi me da pena —dije, muriéndome de vergüenza ajena—. Puede que simplemente cometiera un error.

—Uno no intenta por error cargarse su pueblo para llegar al poder —replicó Gage con frialdad.

Pero el hecho de que Emilie no acabara de encajar me tocaba la fibra sensible. Había oído que sus dos hermanos eran unos fuera de serie y que ella era la mediocre hermana mediana. Eso hacía que me sintiera identificada. Mi hermana mayor era la niña bonita de mis padres. Yo era la moraleja de un chiste que empezaba así: «Deberíamos haber tenido una sola hija».

Laura, la hermana de Gage, levantó la mano desde la primera fila, donde estaba sentada junto a sus padres.

—Me gustaría proponer que solo los vecinos que no hayan cometido traición contra el pueblo puedan hablar en los plenos municipales.

—Gracias por la moción, Laura —dijo Darius—. La añadiré al listado de propuestas para que pueda revisarlas el abogado municipal.

Gage suspiró molesto a mi lado, mientras los asistentes expresaban su conformidad en voz baja.

—Tú eres el abogado municipal, ¿no? —le pregunté.

—Sí.

—Los Bishop estáis implicadísimos en la comunidad —comenté.

—Este pueblo nos ha dado muchas cosas. Qué menos que devolverle algo —replicó, poniéndose a la defensiva.

—Tranquilo, don Perfecto. Era un comentario positivo, no una crítica.

Gage respiró hondo y exhaló, pero se abstuvo de responder. Empezó a tamborilear con dos dedos sobre el muslo, lo que me indicó que una vez más había conseguido sacarlo de quicio simplemente por estar respirando cerca de él. Me lo anoté como otra victoria.

—Prosigamos —dijo Darius desde el frente de la sala—. A continuación, la publicista municipal Zoey Moody hará su primera presentación. Así que abajo esas patatas, amigos.

—Suerte —me susurró Billie mientras pasaba por encima de ella.

—Gracias. Disculpen. Lo siento. Perdón.

Conseguí llegar al pasillo sin pisarle los dedos de los pies a nadie y tropezando solo dos veces. Me alisé la chaqueta y comprobé que no llevaba la falda levantada por detrás.

—¿Todo listo? —le susurré a Lacresha, directora de la funeraria y reina de los recursos audiovisuales, mientras iba hacia el micrófono. Le había enviado mi presentación por correo electrónico antes de salir.

—Estoy deseando ver qué discurso acompaña a estas diapositivas —contestó ella, sonriendo de oreja a oreja y levantando el pulgar.

Básicamente, pensaba leer lo que ponía en ellas, que se explicaba por sí solo, así que el comentario me mosqueó un poco. Pero aun así me giré para dirigirme al consejo.

—Bueno... Gracias, alcalde Oglethorpe. Para los que no me conocen...

—¡Todos sabemos quién eres, Zoey, ve al grano! —gritó Gator Johnson, el conductor canoso de la grúa del pueblo, que estaba en la segunda fila. Su elegante esposa, Lang, le dio un codazo en las costillas y me dedicó una sonrisa de ánimo.

—Ah, vale. Muy bien. Estoy aquí para hablar de una iniciativa de formación para todo el pueblo...

—¡No me gusta la formación! ¡La escuela es para tontos! —bramó un hombre que iba en un scooter para discapacitados y llevaba una camiseta que ponía: ME HE TIRADO UN PEDO. Menuda suerte. Era el gruñón de George, el de la librería.

—Puede que no te disguste tanto, porque te facilitaría el acceso a todas esas novelas del Oeste que tanto te gustan, George. Así que te sugiero que te calles un ratito y te guardes los comentarios para el final. Si no, cada vez que me interrumpas perderé el hilo, tendré que empezar de nuevo y nos pasaremos aquí toda la noche —le advertí. Él resopló, pero cerró el pico. Le hice una señal a Lacresha para que empezara con la presentación—. Muy bien. Como podéis ver aquí, Dominion atrae sobre todo a turistas de entre veinte y treinta años. Suele tratarse de solteros que beben para divertirse y buscan aventuras y acción.

Se escuchó una carcajada generalizada, acompañada de algunos silbidos de admiración. Me di la vuelta para mirar hacia la pantalla e inmediatamente compartí el deseo del marido de Emily de que me tragara la tierra. Aquello no era la presentación. Eran las fotos de mis vacaciones en la playa de hacía tres años. Había cogido el disco duro equivocado y ahora todo el pueblo me estaba viendo con un biquini rosa chillón y un margarita del tamaño de un acuario en la mano.

—¡Ay, madre! —chillé.

—Rectifico. La formación no está tan mal —gritó George.

Empecé a pulsar como loca los botones del mando a distancia, buscando una forma de apagarlo, pero solo conseguí pasar varias fotos más antes de que apareciera un vídeo en el que salía en tanga, presumiendo de culo bronceado. Los silbidos se volvieron aún más intensos y me puse más colorada que las nalgas de la pantalla.

—¡Por el amor de Dios, Lacresha, quita eso! —grité.

La pantalla se quedó en blanco y la multitud empezó a aplaudir.

—Sea lo que sea lo que quieras vendernos, nos apuntamos —bromeó Quaid, el culturista del pueblo.

—Que conste que esa no era la presentación —dije por el micrófono.

—Bueno, sin duda has captado la atención de todos —comentó Darius, todavía sin apartar la mirada—. Por favor, continúa.

—Vale. De acuerdo. Pero necesito un momento para… organizar las ideas. —Cerré los ojos un instante e intenté concentrarme en superar aquel bochorno. Al menos nadie me había tirado una patata. ¿Por qué estaba allí? ¿Cuáles eran las ideas que había incluido en la presentación?

La formación. Eso. Podía hacerlo.

—¡Tú puedes, Zoey! —gritó Billie.

Se escucharon algunos aplausos dispersos y abrí los ojos.

—A ver, la conclusión es… que Dominion es una mierda. —Esa vez la gente aplaudió de un modo más contundente y organizado, mientras asentían con la cabeza. Miré fijamente a Gage, que asintió a regañadientes—. Creen que como tienen el monopolio del mercado turístico pueden pisotear a Story Lake. Pues de eso nada. Yo he visto con estos ojitos cómo Story Lake le paraba los pies a Dominion.

—¡Sí, tirando a la alcaldesa del muelle! —gritó Laura desde la primera fila.

—¡Payasa de mierda! —berreó alguien.

Esa vez fue Hazel la que se puso roja como un tomate. Fue ella quien empujó a la alcaldesa de Dominion al lago desde el muelle el verano anterior y había popularizado la expresión «payasa de mierda», que se había convertido en el insulto extraoficial de Story Lake.

—Exacto. Bueno, pues quiero proponeros ir un poco más allá. Hay mucha gente por ahí a la que le gustaría pasar unas vacaciones en el lago, pero sin la comida de mala calidad, las bebidas caras y el ambiente desagradable de Dominion. Con un poco de formación y algo de ayuda aquí y allá, podéis encontrar la forma de atraer a todos aquellos que Dominion excluye: familias con niños, personas mayores de treinta y cinco años, jubilados, clubes de lectura… —dije, señalando a Hazel. Ella sonrió—. Mi magnífica mejor amiga, que escribe unas novelas que todos deberíais leer, iba en la dirección correcta con el Festival de Verano. Story Lake no es un sitio cualquiera al que irse de juerga durante las vacaciones de primavera, propulsado por motos acuáticas y alimentado por gasóleo. Vosotros valéis más que eso y es hora de que los turistas se den cuenta. —Los aplausos me hicieron sentir tan confiada como a la presentadora de un programa de entrevistas nocturno con un público fiel—. Vamos a hablar de cómo hacerlo —continué—. Propongo que Story Lake organice una serie de jornadas de formación... —Miré a George, que parecía a punto de volver a quejarse—. De jornadas festivas, quiero decir —rectifiqué—. Habrá comida y bebida, y ponentes oficiales que podrán ayudaros a implementar diversas iniciativas en todo el pueblo, como protocolos adaptados al autismo, clases de lengua de signos y planes de accesibilidad para que vuestros comercios y restaurantes sean más seguros y cómodos para las personas con problemas de movilidad. Ya habéis trabajado mucho para facilitar el acceso a todo el mundo. Ahora solo tenéis que convertir ese acceso en una bienvenida. Todas las personas que se sientan excluidas en Dominion serán bien recibidas aquí.

—¿Quién se encargará de la formación? —preguntó alguien.

—¿Y cómo vamos a conseguir que la gente venga? —quiso saber otro vecino.

—Tengo un par de ideas sobre ambas cosas. La primera es poner vallas publicitarias con mis fotos de las vacaciones. Es broma, obviamente.

—Has estado genial —declaró Billie, abrazándome por el cuello cuando volví a mi sitio—. ¿Era en esto en lo que estabas trabajando todas las noches abajo en el bar?

—En esto y en mi umbral de tolerancia al alcohol —bromeé.

Tenía el corazón desbocado, como si acabara de correr cinco kilómetros cuesta arriba, y una cascada de sudor me caía por la espalda, pero lo había conseguido. Me había recuperado tras la catástrofe, había improvisado la presentación y había obtenido la aprobación unánime del consejo para seguir adelante con mis planes. Y encima casi nadie se había quedado dormido, no me habían acribillado con verduras cocidas y George no se había quejado de nada al final de la presentación. Cierto era que él había sido uno de los pocos dormilones. Pero aun así lo consideré una victoria.

—Por cierto, tu culo estaba increíble en el vídeo. Lo digo como amiga, no solo como miembro de la comunidad LGBTQ —comentó Billie, ofreciéndome una bolsa abierta de nubes.

—Gracias. —Desvié la mirada hacia Gage—. ¿A ti qué te ha parecido?

—No ha estado del todo mal —contestó, sin dejar de mirar al frente—. Has sido inteligente y divertida. No solo les has vendido la idea, sino que has conseguido que se entusiasmen con ella.

—Me refería a mi culo.

Por un instante breve y maravilloso, Gage sonrió, aunque siguió sin mirarme.

—También me ha impresionado bastante, Desastre. —Había tenido apodos peores.

Estaba tonteando con él. Lo cual era una mala idea por un montón de razones, pero me sentía eufórica y además me había dicho que era inteligente, aunque fuera a regañadientes. Y eso significaba que me lo merecía de verdad. Me sentía bien. Bien no, genial.

Estaba a punto de meterme una nube en la boca para evitar decir algo demasiado atrevido, cuando vi que Laura abandonaba su lugar en la primera fila. Salió de la sala muy pálida, en la silla de ruedas, bajo las miradas preocupadas de Frank y Pep Bishop.

—¿Tu hermana se encuentra bien?

—¿Por qué? —me preguntó Gage, con el ceño fruncido.

—Porque se acaba de ir a toda prisa. Y tus padres parecen preocupados.

Sacó el móvil del bolsillo. La pantalla estaba iluminada con algún mensaje urgente que no podía leer sin subirme a su regazo.

Gage levantó la vista hacia mí. Me miró fijamente con sus ojos verdes, pero me di cuenta de que su mente estaba ya muy lejos.

—Tengo que irme. —Se levantó y se abrió paso hasta el corredor. Al cabo de unos segundos, sus padres lo siguieron. Cam frunció el ceño desde su puesto en el estrado y le enseñó el teléfono a Hazel, que puso cara de estar a punto de vomitar. Me giré en el asiento y me di cuenta de que Levi ya no estaba en su sitio, al fondo de la sala.

Nadie más parecía haberse fijado en que casi todos los Bishop habían abandonado la sala. Pero a mí me había invadido una tensión inexplicable. Cam estaba cada vez más nervioso y Hazel le estaba acariciando una pierna por debajo de la mesa.

Tuve que padecer otros diez minutos de «temas consistoriales» antes de que el doctor Ace levantara la sesión.

—Secundo la moción —dijo Cam, antes de ponerse en pie de un salto. Le estrechó los hombros a Hazel posesivamente y salió corriendo hacia la puerta, mientras aprobaban la propuesta.

—¿Qué pasa? —le pregunté, cuando por fin logré abrirme paso entre la multitud para llegar hasta ella.

Mi amiga volvió a sacudir la cabeza y me agarró del brazo.

—Aquí no.

Salimos al pasillo y, como la mitad del pueblo estaba saliendo de la funeraria al mismo tiempo, Hazel me empujó hacia una puerta en la que ponía PRIVADO. Resultó ser una cocinita para el personal en la que había una nevera con varios imanes de temática mortuoria.

Cerró la puerta y apoyó la espalda en ella.

—¿Qué pasa? ¿Alguno de los niños se ha puesto malo? —Laura tenía tres adolescentes que eran el centro de su universo.

Hazel se frotó la cara con las manos.

—No. Ellos están perfectamente. Es que acaban de dictar la sentencia de la conductora que atropelló a Laura y a su marido, Miller.

# 6

## *Una tachuela de la moqueta en el culo*

### Gage

De un solo golpe, conseguí que la cabeza del mazo atravesara el montante y el panel de yeso beis de los años noventa con un agradable estruendo. No tenía muy claro en qué momento había decidido reformar el apartamento del piso de arriba, pero seguramente tendría algo que ver con el deseo primitivo de demoler algo que sentía desde que me había enterado de la noticia, esa misma semana. Era como si la rabia me asfixiara.

Estaba volviendo a ponerme en posición cuando Cam apareció en la puerta del dormitorio.

—¿Qué coño haces? Creía que solo iban a ser unos cuantos parches estéticos. ¿Te vas a poner a cambiar de sitio los tabiques? —refunfuñó.

Levi asomó la cabeza por la puerta con una mueca de desagrado.

—¿Dónde está mi sobrina perruna?

—Con nuestra sobrina humana. Le he dado veinte pavos a Isla para que Nana se quedara con ella todo el día y así no se dedicase a morder los paneles de yeso —contesté, antes de dejar el martillo en el suelo de madera y coger el termo—. Y para tu información, no estoy cambiando de sitio los tabiques. He eliminado la despensa para ampliar el armario de la habitación. ¿Algún problema?

Cam resopló.

—Pues sí. Dijiste que solo serían «unos retoques». Y no se puede «retocar» un agujero gigante en la pared.

—En primer lugar, deja de entrecomillar las cosas con los dedos. Hace que parezcas aún más idiota de lo normal. Y en segundo, nos dedicamos a esto. ¿No me crees capaz de rehacer el armario en un día?

—Lo que creo es que tienes pinta de querer tirar unos cuantos tabiques más —dijo Levi, inexpresivo.

—Pues vete a la mierda tú también, Livvy.

Él levantó las manos como si se estuviera rindiendo.

—Solo era un comentario, tío.

—¿Un comentario sobre qué exactamente? —le pregunté, antes de tomar con rabia un trago de agua fría del termo. Pero nada lograba enfriar el fuego que sentía en el pecho.

La conductora que había matado a mi cuñado y destrozado la vida de mi hermana acababa de ser condenada. Pero los cargos por conducción temeraria que le habían impuesto eran como un puto jarro de agua fría, teniendo en cuenta todo lo que mi familia había perdido.

—Si vas a comportarte como un puto tarado, paso de perder el sábado y vuelvo a casa a tirarme a mi prometida. Por segunda vez —dijo Cam con prepotencia.

Mi hermano era un gilipollas. Un gilipollas bien servido que, en mi opinión, no estaba lo bastante cabreado. ¿Era ese el efecto que el amor y el sexo regular tenían en los hombres?

Me encogí de hombros y volví a dejar el termo en el rincón.

—Vale. ¿No queréis echarme una mano? No os necesito. Puedo tener esto listo para el miércoles yo solo.

—¿A qué viene tanta prisa? —me preguntó Levi, deslizándose por la pared para sentarse en el suelo y estirar las piernas, como si no tuviera nada mejor que hacer. Levi, como yo, estaba soltero y, por lo tanto, no tenía ninguna prometida a la que tirarse.

—Es el día que viene a verlo la posible inquilina. Por eso quiero que parezca menos cutre. ¿Algún problema? —Si alguien debiese tener algún problema al respecto, ese era yo. Ni siquiera debería habérseme pasado por la cabeza la posibilidad de que Zoey Moody se mudara allí. No era el mismo cuando estaba con ella. Cada vez que la veía, perdía los papeles. Sabía que era mejor mantenerla lejos de mí. Y sin embargo, allí estaba, demoliendo un armario con ella en mente.

—Es la segunda vez que dice «¿algún problema?» desde que hemos llegado —señaló Levi.

Cam me lanzó una mirada asesina.

—Yo sí que estoy empezando a tener algún problema.

—¿Por qué? —le pregunté.

—¿Quién es esa posible inquilina? Más vale que no sea quien yo creo.

—Me da igual quién creas que es.

—Espero que no sea la puñetera Zoey Moody —dijo Cam—. Te lo prohíbo.

—¿Me lo prohíbes? ¿Me prohíbes alquilar el apartamento de un edificio de mi propiedad? —De repente la idea de alquilárselo a Zoey empezó a resultarme más atractiva.

—Te prohíbo que uses un apartamento para intentar ligarte a la mejor amiga de mi mujer —replicó mi hermano, dándome un empujón. Ahí estaba esa rabia que quería ver.

Yo se lo devolví.

—No estoy intentando ligármela. Solo le estoy ofreciendo un sitio donde quedarse.

—Ah, ¿así que solo le estás «ofreciendo» un sitio donde quedarse, que «casualmente» está encima de tu bufete, por «pura generosidad»? —me soltó.

—Gigi tiene razón. Pareces gilipollas cuando entrecomillas las cosas con los dedos —dijo Levi.

Yo lo ignoré.

—En primer lugar, sería muy raro, por no decir ilegal, que entrara en la propiedad de otra persona y me pusiera a ampliar el armario. Y, en segundo lugar, no le voy a ofrecer el apartamento gratis. Existe algo llamado «alquiler» que los inquilinos deben pagar.

Cam miró a Levi, negando con la cabeza.

—No me lo trago.

—¿Por qué? —preguntamos Levi y yo al unísono.

—¿Desde cuándo tienes este apartamento? ¿Desde hace cinco años? Y en cuanto aparece ese pibón de pelo rizado y enormes...

—¡Oye! —le advertí.

—Si estoy prácticamente casado; iba a decir ojos. En cuanto esa chica de ojos enormes dice que necesita un sitio donde vivir, pierdes el culo por hacerle un armario nuevo. Ergo: estás intentando tirártela.

—Déjate de comillitas y de ergos. Pareces gilipollas —dijo Levi.

—Ergo: vete a tomar por culo —le espetó Cam.

—Venga ya —repliqué—. Si Zoey es casi de la familia. Y por la familia se hacen este tipo de cosas, anormal de mierda. ¿O es que ya has olvidado que después de lo del accidente tú te fuiste a vivir con Laura? Es lo que toca.

Si el silencio fuera ruido, nos habrían estallado los tímpanos. Acababa de hacerlo. Había sacado a relucir lo que todos intentábamos fingir que no había sucedido.

—¡Exacto! —gritó Cam, como si yo mismo hubiera verbalizado su absurda opinión—. Ella y Hazel son como hermanas, lo que la convierte en mi cuñada, lo que hace que sea intocable para ti, joder.

—Creo que lo de organizar la boda ha acabado fundiéndole un fusible —le dije a Levi.

—Yo sí que te voy a fundir, como le toques un pelo a esa chica.

—Por favor, Cammy. Es un apartamento, no una caja de condones —dije, enfadado.

—No sabía que te gustaba —comentó Levi.

—Que no me gusta. Es desquiciante, irresponsable, siempre llega tarde, dice lo primero que se le pasa por la cabeza, le dan pánico los animales y odia Story Lake. Tiene más papeletas para mudarse al Caribe y montar una discoteca que para sentar la cabeza y formar una familia. Por cierto, ¿por qué pensabas que no me gustaba?

—Porque siempre eres un borde con ella —contestó Levi.

—Yo no soy un borde.

—Eres un borde que le ha dado tropecientas vueltas a esa lista, o no serías capaz de soltarla así, de carrerilla —señaló Cam con suficiencia.

—¿Quieres sentar la cabeza? —me preguntó Levi—. ¿Te refieres a casarte?

Esa vez me tocó a mí encogerme de hombros.

—Pues sí. ¿Tú no?

—No sé. Nunca me lo había planteado. Estoy demasiado ocupado haciendo de puto jefe de policía y planeando la forma de vengarme de vosotros, gilipollas.

—Genial. Ahora vamos a tener que aguantarlo lamentándose de lo del Gran Incidente del Paintball y lo del jefe de policía durante el resto de nuestras vidas —gruñí.

—No creo que ninguna mujer esté tan desesperada como para atarse a dos memos como vosotros de por vida, payasos. ¿Me estás diciendo que no sientes nada por Zoey? —me preguntó Cam, retomando el tema inicial.

¿El hecho de encontrarla tan atractiva que me resultaba imposible concentrarme contaba como sentimiento?

—Solo cosas negativas —le aseguré.

Levi frunció el ceño.

—¿Qué problema tienes con ella? Es una tía genial. Además, a ti te cae bien todo el mundo.

—Vosotros dos no. ¿Por qué no le das la turra a él, Cammy? Está claro que Livvy sí siente algo por Zoey —añadí, señalando a Levi.

—Eres gilipollas —me espetó él.

—Porque Livvy no ha decidido reformar un apartamento entero para a obligar a Zoey a estar cerca de él —replicó Cam.

—Oye, que no la voy a secuestrar —le dije, poniéndome a la defensiva.

—La proximidad forzosa es un tropo narrativo —explicó Levi—. Hace que a los protagonistas no les quede más remedio que aguantarse mutuamente.

—No vamos a tener que aguantarnos mutuamente. Créeme, eso es lo último que quiero —le aseguré.

—¿De verdad esperas que creamos que haces todo esto por pura bondad? —insistió Cam.

—Soy un buen tío, imbécil.

—Si te caíste del tejado la primera vez que la viste —señaló Levi.

Eso era cierto. Aunque tenía la esperanza de que nadie más se hubiera dado cuenta de que aquella cara tan bonita y aquellos rizos rebeldes me habían impactado tanto como para hacerme caer del tejado de Erleen Dabner. Una prueba más de lo peligrosa que era Zoey.

—¿Tú de qué lado estás? —le pregunté.

—Del mío. He venido aquí a pintar paredes y beber cerveza, no a hablar de sentimientos —declaró Levi.

Cam empezó a pasearse por delante del montón de moqueta vieja que yo había arrancado el día anterior.

—No. No cuela. Dice que no siente nada por ella, pero yo decía exactamente lo mismo y no era verdad. Porque a los Bishop se nos da como el culo eso de los sentimientos. —Me señaló con el dedo, indignado—. Te vas a liar con ella. Y después las vas a pasar putas. Y yo tendré que tragarme tus lloriqueos sobre lo jodido que estás. O te vas a portar como un cabrón con ella y voy a tener que darte una paliza porque, prácticamente, es como si fuera mi hermana. Lo que la convierte en tu hermana. Lo que te convierte en un cerdo.

—Necesitas urgentemente unas clases de biología.

—Y yo necesito urgentemente una cerveza —refunfuñó Levi.

—No pienso permitir que mi boda se vaya a la mierda porque un padrino y una dama de honor la hayan cagado liándose —insistió Cam.

—Si estuviera interesado en Zoey, que no lo estoy en absoluto, ¿por qué no iba a funcionar? A ti te ha ido bien con Hazel —argumenté, con una lógica aplastante. Buscaba pelea, y si no podía librar una batalla legal satisfactoria con la enemiga de nuestra familia, al menos podía apuntarme una victoria intelectual sobre mi hermano.

—Lo mío con Haze es distinto.

—¿Por qué? Si es exactamente el mismo caso. Una mujer guapa y agobiada de la gran ciudad llega a un pueblo pequeño y conoce a un apuesto obrero de la construcción.

—Tú has estado leyendo los libros de Hazel —dijo Levi.

—Pues claro. Es una buena escritora. No te vendría mal aprender un par de cosas de ella. —Así eran las peleas de los Bishop: cualquiera podía acabar en primera línea de fuego.

—Ya lo intento. Me he apuntado a sus clases de escritura en Haven —replicó él.

—¿En serio? —le pregunté, olvidándome por un instante del enfado—. ¿Y qué tal?

—De puta madre, porque mi mujer es la hostia. Pero corta el

rollo. Solo puedo ocuparme de un hermano a la vez —dijo Cam, antes de volver a señalarme con el dedo—. Lo mío con Hazel es totalmente distinto. Hazel vino aquí buscando algo y lo encontró. Y ese «algo» soy yo. Zoey vino para darle apoyo moral y todo el mundo sabe que está deseando poder volver a la ciudad. Además, yo soy irresistible y acabé convenciendo a Hazel.

—Creo que está diciendo que tú no eres irresistible, Gigi —apostilló Levi.

—Aunque me pillaras en el peor momento, después de tres días con un virus estomacal y cuarenta de fiebre, seguiría siendo más irresistible que Cam en su mejor día —aseguré.

—Odio tener que ser la voz de la razón, porque me encantaría veros a los dos estampándoos mutuamente la cabeza contra la pared, pero en realidad estáis cabreados por otra cosa y os estáis inventando movidas menos jodidas por las que discutir —dijo Levi.

—¿Desde cuándo es tan listillo? —pregunté, señalando a Levi con el pulgar.

—Eso, don Estoy por Encima del Bien y del Mal Porque Soy un Escritor Atormentado —dijo Cam, pasándose al otro bando.

—Se llama «motivación del personaje» y me lo enseñó tu prometida, la misma que te va a largar al sofá a dormir con un mapache en un periquete como se entere de que te estás riendo de los escritores, tarugo.

No sé quién empezó con la guerra de empujones —prefería pensar que era más adulto que ellos y que me habían provocado—, pero, en cuestión de segundos, comenzamos a lanzarnos los unos a los otros contra las paredes.

—Esto es una puta gilipollez —refunfuñó Levi mientras intentaba sujetar con fuerza a Cam por el cuello haciéndole una llave de cabeza.

—Ya, pero sienta genial —repliqué, antes de ponerles la zancadilla y hacerles caer sobre el montón de moqueta arrancada—, ¿no?

—Mucho mejor que hablar de chorradas —coincidió Cam, dándome una patada en el muslo, mientras Levi conseguía agarrarme por el tobillo contrario y tirarme al suelo.

—Que nadie se lo cuente a mamá —dijo Levi, mientras me pegaba la cara al reverso de la moqueta.

Algo afilado se me clavó en el culo.

—¿Quién me ha dado una puñalada en el culo? ¡Las armas siempre han estado prohibidas!

—Ah, hola.

Temiendo por nuestras vidas, nos quedamos paralizados y miramos hacia la puerta. Por suerte no era nuestra madre. Era mi pasante, Declan, vestido con un chaleco de punto de color verde potito de bebé y unos pantalones cargo blancos. Llevaba una taza de café en la mano.

—Ah, hola, Declan —dije con voz ronca, intentando levantarme. Hice una mueca al sentir un dolor agudo—. Solo estábamos…

—Peleándonos —dijo Cam, dándole una patada en el culo a Levi.

—Solo venía a cambiar de taza. Pero he oído la pelea y he decidido investigar —comentó Declan, mirándonos con indiferencia.

—Ya, te agradecería que no se lo contaras a nadie, principalmente a nuestra madre —dije, dándole un codazo a Cam en las costillas.

—Vale. Adiós. —Dicho lo cual, se marchó.

—Qué tío más raro —comentó Cam—. Me cae bien.

—A mí también —repliqué.

—¿Sabéis? Se me ha ocurrido una idea mientras os zurraba —dijo Levi—. Si Zoey no se muda aquí, podría vivir contigo y con Hazel, Cammy. No estaría tan mal. Claro que ya no podríais montároslo en el salón ni en el comedor ni en la cocina. Y tendrías que llevar pantalones fuera del dormitorio.

Cam se quedó pensando como diez segundos. Luego, con un gruñido, se puso en pie.

—Pásame el mazo.

—Hablando de culos, creo que tengo una tachuela de la moqueta clavada en el mío —anuncié.

Decidí echarle la culpa a Zoey.


Con la vida sexual de Cam en flagrante peligro y tras haber extraído de mi culo la tachuela oxidada de la moqueta, seguimos trabajando en silencio durante una hora, comunicándonos solo mediante gruñidos y algún que otro dedo corazón levantado. Demoler y construir tenía un efecto terapéutico. Trabajar con las manos para hacer algo nuevo, algo mejor, era bueno para la mente. Además de una forma bien considerada de desahogarse lo justo para no implosionar. Todos lo necesitábamos.

—¿Alguien quiere otra birra? —pregunté. Después de la cirugía menor de culo, sacamos de allí la moqueta y los escombros de la demolición y colocamos la estructura del nuevo armario, que era mucho más grande. Y yo pedí una cita con el doctor Ace para vacunarme contra el tétanos al día siguiente.

Mis hermanos soltaron sendos gruñidos.

Abrí la tapa de la nevera y les pasé dos cervezas heladas.

Nos las llevamos al salón, donde había menos tachuelas de moqueta en las que sentarse, y nos recostamos en las paredes.

—Entonces ¿qué tal la clase de escritura? —le pregunté a Levi.

Él se encogió de hombros, antes de darle un trago a la cerveza.

En general, a los Bishop nos costaba más abrirnos que a una almeja pocha. Pero, comparados con Levi, Cam y yo hablábamos por los codos. Siempre había sido un tío duro y reservado, pero tras la muerte de Miller se había vuelto más duro y reservado todavía. Habían estado juntos en el ejército y habían forjado un vínculo fraternal que rivalizaba con el que tenía con sus propios hermanos.

—Bien —contestó él—. De momento solo han sido unas cuantas sesiones.

—¿Por qué vas a clase con un grupo de ancianos? —le preguntó Cam.

—Están abiertas a todo el mundo. También se ha apuntado más gente del pueblo. Scooter está yendo para mejorar las letras de Los Jilgueros —dijo Levi.

Cam torció el gesto, algo que me hizo muchísima gracia. Había sido objeto de unas cuantas venganzas a capela después de romper con Hazel el verano anterior.

—¿Y cómo te va con la escritura? —le pregunté a Levi.

Él apoyó la cabeza en la pared y cerró los ojos.

—Depende del día. Pensaba que cuanto más mejorara, más fácil me resultaría. Pero Hazel dice que no funciona así.

Cam agitó la cabeza.

—No sé cómo cojones lo hacéis. Si me dais una pistola de clavos y un montón de placas de yeso, lo flipáis. Pero como me pongáis delante una hoja en blanco y me pidáis que me invente algo que a la gente le interese leer, prefiero clavarme la cabeza en la pared con la pistola de clavos.

—Pues yo tengo la sensación de estar clavándome la cabeza al escritorio a diario —declaró Levi.

—Vamos a tener que colarnos en su casa para leer lo que está escribiendo —le dije a Cam.

Este esbozó una sonrisa burlona.

—Seguro que va de un tío que se carga a sus dos hermanos.

—O de una hermana que se carga a sus tres hermanos —repliqué.

Ambos evitaron a propósito mirarme a los ojos. Había vuelto a hacerlo: acababa de sacar a relucir de nuevo el tema que todos teníamos en mente y que ninguno quería mencionar.

Me aclaré la garganta.

—¿Alguien ha hablado con Laura desde el día de la reunión?

Nos habíamos presentado todos en su casa, pero ella nos había mandado a freír espárragos después de soltarnos que estaba perfectamente y que no necesitaba tener a una panda de memos encima.

Levi se rascó la nuca.

—No —contestó.

Cam se distrajo quitándole la etiqueta a la cerveza.

—A mí no me ha respondido a ninguno de los memes graciosos que le he enviado.

—Los niños dicen que está bien, aunque bastante callada —comenté.

Levi levantó la cerveza.

—Utilizando a tus sobrinos para espiar. Te parecerá bonito.

—De todos modos, ¿qué íbamos a decirle? ¿Que sentimos que la hija de puta que mató a su marido solo vaya a pasar tres años en la cárcel? —replicó Cam, con vehemencia—. Es un puto chiste.

Un chiste que a ninguno nos hacía ninguna gracia. Yo me jactaba de ser el más tranquilo, pero no sabía qué hacer con la rabia que bullía en mi interior, aparte de ponerme a derribar paredes con un mazo. Creía en la justicia. Luchaba por ella a diario. Pero aquello no me parecía justo. Me parecía otra tortura más.

—¿Qué te dijeron papá y mamá cuando hablaste con ellos? —me preguntó Levi.

Yo suspiré.

—Poca cosa. Les expliqué lo que era el homicidio involuntario y cuántos años de cárcel podían caerle. Tres es lo mínimo, pero, teniendo en cuenta que en un principio la fiscalía se resistía a presentar cargos, es probable que no le caiga ninguno más. Obviamente es muy poco. Pero, como dijo mamá, nada nos va a devolver a Miller ni a hacer que Laura vuelva a andar. Esta es la nueva normalidad.

—Pues la nueva normalidad es una mierda —murmuró Cam.

—Nada de lo que digamos o hagamos va a mejorar la situación —señaló Levi.

El timbre de la planta baja nos evitó seguir hablando del tema.

Yo me levanté.

—Es el mueble nuevo del baño.

—Será mejor que volvamos al trabajo y dejemos de hablar de estas mierdas —dijo Cam, antes de acabarse la cerveza.

—Secundo la moción —murmuró Levi, mientras yo bajaba las escaleras.

Me encontré a dos repartidores en la puerta principal, haciendo equilibrios con una carretilla, uno a cada lado de la caja.

—Este mueble es descomunal. ¿Dónde lo dejamos, Gage? —me preguntó la mujer con tirantes y acento de Georgia, asomándose por encima de la caja gigantesca.

—En el piso de arriba, Ida. Gracias. ¿Te han encasquetado las entregas del sábado? —Ida y su marido eran los dueños de la ferretería que había a las afueras del pueblo.

—Mi marido está en Atlanta con nuestra hija mayor, ayudándola a construir una terraza en la casa. Este de aquí es mi sobrino. Se va a sacar unos cuantos pavos y una tarta de melocotón por echarme una mano hoy. —Le dio una palmadita en el hombro a su ayudante.

—Me hace más ilusión la tarta que el dinero —reconoció el chico, con una breve sonrisa—. La tía Ida hace la mejor tarta de melocotón del mundo.

—Se agradece el orden de prioridades. Venga, vamos a subir esto para que puedas seguir comiendo tarta.

Los tres tuvimos que emplearnos a fondo y hacer algunas maniobras creativas, pero al final conseguimos llegar al piso de arriba con el mueble y todas las partes del cuerpo intactas.

—Eso no es un mueble de baño. Es un continente —comentó Levi cuando se marcharon.

Cam me lanzó una mirada asesina.

—¿Qué? —le pregunté, enfadado.

—Ya sabes qué —contestó entre dientes.

—¿Por qué no me lo dices a la cara?

—Un mueble de baño gigante, un armario nuevo... Sigo pensando que te gusta Zoey.

—Joder. Que no me gusta. ¿Si la encuentro atractiva? Por supuesto. Tengo ojos en la cara. Cualquiera la encontraría atractiva. Pero lo de la relación seria iba en serio. Y Zoey es cualquier cosa menos seria. Más bien es... —Busqué unas palabras que me convencieran para dejar de pensar en ella—. Un desastre.

—Yo creo que se está engañando a sí mismo. Pero hoy ya le he quitado a alguien una tachuela del culo, así que paso de seguir discutiendo —dijo Levi.

Cam se cruzó de brazos.

—¿Qué quieres decir?

—Quiero decir que, mientras Gigi se mantenga alejado de Zoey, no hay más que hablar.

—¿Y si no me mantengo alejado de ella? —Llevaba en la sangre lo de discutir con ambas partes.

—Cam y yo te daremos una paliza y tendrás que decirle a mamá que fuiste tú el que pintó la puerta del granero con la escopeta de paintball —dijo Levi.

Solté un bufido.

—No pienso asumir la culpa por eso.

De adolescentes, habíamos pasado por la típica fase del paintball y a alguien le había dado por acribillar con pintura verde fosforito la puerta del granero recién pintada. El verde fosforito era el color de Levi, así que le habían echado a él la culpa y lo habían castigado, pero él nunca había dejado de reivindicar su inocencia.

—¡Llevo cargando con las culpas casi dos décadas! —gritó Levi.

—Pues no haber puesto perdido el granero —replicó Cam.

—¡Que yo no fui! —Entre que era casi imposible sacar de quicio a Levi y que ya nos habíamos peleado una vez, me pareció más inteligente cambiar de tema. Ninguno de nosotros necesitaba acabar con más tachuelas de la moqueta en el culo.

—¿Cómo llevas la organización de la boda, Cammy? —le pregunté.

Cam se rio.

—Alucina: Hazel pretendía que los vestidos de las damas de honor fueran de satén. ¡De satén!

—¿Y a ti no te gusta el satén? —dije, echándome a adivinar.

—Si son de satén, al final de la noche parecerán un puñado de servilletas arrugadas. Eso por no hablar de las manchas. ¿Alguna vez has estado en una buena fiesta en la que no acabaras al menos con media cerveza por encima?

—El satén es horrible —declaró Levi, dándole la razón, mientras abría la bolsa de patatas fritas que había guardado en el bolsillo con cremallera de la nevera.

—¿Queréis seguir refunfuñando o queréis acabar el trabajo? —les pregunté.

Cam esbozó una sonrisa burlona.

—Seguir refunfuñando, obviamente.

—Obvio —coincidió Levi.


Conseguimos ser productivos durante otra hora y media sin liarnos a puñetazos. Hasta yo estaba satisfecho con los avances. El mueble nuevo del baño, con su exceso de cajones y espacio de encimera, estaba instalado. Habíamos bajado el viejo al camión. Las placas nuevas de pladur estaban atornilladas en su sitio en la cocina y el dormitorio, listas para recibir la primera capa de pintura.

Empezaba a parecer un apartamento de verdad.

Oímos unos pasos en las escaleras seguidos de un alegre «¡toc, toc!». Hazel asomó la cabeza por la puerta de la entrada y miró directamente a Cam.

—Hola, Calamidad —dijo él, de repente de mucho mejor humor que en toda la tarde.

—Hola —dijo ella, antes de ir hacia él y darle un beso digno de las páginas de una de sus novelas.

Levi y yo hicimos lo que haría cualquier hermano y fingimos que nos entraban náuseas hasta que se despegaron.

—¡Qué pasada, Gage! Está quedando genial. A Zoey le va a encantar —aseguró Hazel, juntando las manos bajo la barbilla. Llevaba puestas unas mallas, una gorra de béisbol y un jersey largo. Y tenía la correa de Flechazo enrollada en la muñeca.

—Un momento. ¿Tú sabías que estaba arreglando esto para Zoey? —le preguntó Cam.

Hazel entrelazó un brazo con el suyo.

—Pues claro. Me envió un mensaje y me pareció una idea estupenda.

Cam me fulminó con la mirada.

—Pues a mí me parece demasiado trabajo para un simple alquiler —dijo con sarcasmo.

Lo ignoré mientras Levi y yo competíamos por la atención de nuestro sobrino canino.

—¿Quién es el mejor perrito del mundo? —le pregunté a Flechazo, revolviéndole el pelo.

—Son cosas que se hacen por la familia —le espetó Hazel al cansino de mi hermano por encima del hombro mientras iba a echar un vistazo al dormitorio.

—Eso, Cam. Son cosas que se hacen por la familia. —Le hice una peineta a espaldas de su prometida.

—¡Caray, el armario le va a chiflar! —gritó Hazel.

—Pero ¿le chiflará el panoli que ha hecho el armario? —se preguntó Cam en un susurro teatral.

—Cierra la puta boca —murmuré, lanzándole un pincel limpio.

—Oblígame —farfulló él.

Levi suspiró y estrechó la cara de Flechazo entre sus manazas.

—Tus tíos son idiotas.

Hazel reapareció.

—Tengo que confesaros una cosa. —Todos nos quedamos inmóviles, con cierto recelo.

—¿Qué tipo de cosa? —preguntó Cam.

—No he venido solo a ver el apartamento. He venido con intención de haceros sentir culpables para que vayáis a ver a Laura.

—Si no quiere ver a nadie —replicó Levi.

—¿Lo decís porque creéis que a ella no le apetece hablar del tema o porque no os apetece a vosotros? —le preguntó Hazel.

—Ambas cosas —respondimos los tres al unísono.

—Sois su familia. Y la familia está para apoyarse mutuamente, sobre todo en momentos incómodos y dolorosos.

—Tú no conoces a Laura tan bien como nosotros —dijo Cam—. Es chunguísima cuando no quiere que la molesten.

—Lanza cosas —añadió Levi.

—Igual que vosotros. Venga, moved el culo y subid al coche.

# 7

## Definitivamente, no es mi tipo

## Zoey

Volví a pulsar el timbre y, por si acaso, aporreé con fuerza la puerta morada.

—Madre mía. Tampoco hace falta ponerse así. Ya voy —contestó alguien muy cabreado desde el interior.

Puede que estuviera metiendo la pata, pero Laura era mi amiga. Una amiga nueva que solía ser bastante borde. Y llevaba sin verla y sin saber nada de ella desde que se había enterado en el pleno municipal de la condena que habían propuesto para la culpable del accidente. Así que allí estaba, una soleada tarde de sábado, después de haber estado trabajando como una posesa y haberme saltado la colada en casa de Hazel, para meter las narices donde no me llamaban.

—¿Qué? —me dijo Laura, al abrir la puerta principal. Iba vestida con ropa de deporte y tenía el ceño fruncido. Se había hecho un tupé superchulo que desafiaba a la gravedad con su pelo rubio platino.

A sus espaldas se oía el rock que estaba escuchando a todo volumen.

—Hola. He traído vino —dije, levantando la botella.

Laura me miró con los ojos entornados.

—Vale. Pero como me preguntes alguna gilipollez como qué tal estoy, te largo y me quedo con la botella.

—Trato hecho.

La seguí al interior mientras ella giraba la silla de ruedas y se adentraba en la casa. La sala de estar era acogedora y hogareña. Después de toda una vida viviendo en Manhattan, los salones espaciosos seguían dejándome con la boca abierta. Había un montón de cojines y mantas en el sofá y en el suelo, como si hubieran tenido una noche de cine en familia.

Melvin, el perro gigante de Laura, roncaba boca arriba ocupando gran parte del sofá.

Había una montaña de ropa limpia doblada al pie de las escaleras, justo delante de la puerta de la habitación de Laura, que estaba en la planta baja. Una remodelación reciente llevada a cabo por Bishop Brothers. En el comedor se veían los restos caóticos del desayuno familiar y, un poco más allá, parecía que habían dejado la cocina a medio recoger. El lavavajillas ya estaba en marcha, pero aún había un montón enorme de platos sucios apilados junto al fregadero.

Laura cogió el móvil en la encimera de la cocina y la música se cortó a medio alarido.

—¿Dónde están los niños? —le pregunté al darme cuenta de la paz y la tranquilidad reinantes.

—Isla está cuidando al perro de su tío y estudiando con una amiga. No sabe que yo sé que es una tapadera para enrollarse con un chico muy mono y muy tonto. Y los chicos monos y tontos que yo he parido están en Angelo's, trabajando en el turno de tarde y pensando en cómo escaparse esta noche a la hoguera para menores de edad —respondió Laura mientras buscaba en un armario bajo dos copas de vino.

—Ay, la adolescencia.

—¿Tú fuiste muy rebelde? Tienes toda la pinta —comentó Laura, antes de dejar las copas sobre la encimera y señalar el sacacorchos magnético del frigorífico.

—Todavía lo soy —contesté, mientras descorchaba rápidamente la botella y llenaba de chardonnay las dos copas hasta el borde.

Esbozó una sonrisa.

—Yo también.

Dejé una delante de ella.

—No me digas. No me lo puedo creer. —Bebimos cada una un trago de vino—. ¿Estás preocupada por ellos?

Laura miró hacia la pared del comedor, que estaba detrás de mí, donde se encontraba el collage de las fotos familiares.

—A todas horas, desde antes de que nacieran.

—No quiero ni imaginármelo. —Me puse a juguetear con el collar, para tranquilizarme con las aristas del colgante en forma de bola de discoteca. Hubo un tiempo en el que daba por hecho que formaría una familia, como todo el mundo. Pero yo no era como todo el mundo. De vez en cuando, todavía seguía sintiendo cierta melancolía. Pero me bastaba con recordarme que apenas era capaz de valerme por mí misma como adulta, así que mejor no añadir a la lista de tareas unos seres humanos en miniatura de los que hacerme cargo.

—Pero es bonito verlos volver a ser niños. Siempre y cuando yo vaya un paso por delante de ellos, claro —añadió.

—Lo han pasado muy mal —comenté, como una tonta. Pues claro que lo habían pasado mal. Era como salir desnuda a la calle en medio de una tormenta de nieve en enero y decir: «Anda, qué frío hace». Había estado a punto de hacerle la pregunta que ella no quería responder. Una pregunta absurda con unas respuestas igual de absurdas.

Nos esforzamos en evitar el contacto visual mientras volvíamos a levantar las copas.

Había que darle la vuelta a la tortilla. Rodeé la isla, abrí el grifo de agua caliente del fregadero y cogí el bote de lavavajillas.

—Si tuvieras que volver atrás, ¿cambiarías algo de tu etapa de rebeldía adolescente?

—¿Me vas a fregar los platos? —preguntó Laura con desconfianza.

—Sí —contesté, metiendo el primero bajo el agua.

—Vale, genial. Puedes quedarte. Hasta que me cabrees.

—Qué honor —repliqué con frialdad.

Bebimos y fregamos mientras hablábamos de trivialidades. Evité cualquier tema relacionado con las últimas noticias sobre el accidente al tiempo que la observaba con disimulo, en busca de algún signo de bajón. La presencia de Miller estaba por todas partes, desde en las fotos de la pared hasta en las placas militares de identificación que se encontraban colgadas de la lámpara, sobre el fregadero de la cocina.

—Estoy bien —dijo Laura de repente, mientras yo tiraba un montón de servilletas de papel usadas al cubo de la basura que ella estaba levantando—. Puedes informar a todos los demás y ahorrarme la avalancha de visitas inoportunas por no haber ido a trabajar hoy.

Laura regentaba la tienda de ultramarinos que la familiar tenía en la plaza del pueblo y hacía poco que había vuelto a trabajar a jornada completa. Sus padres y ella habían contratado a varios empleados a tiempo parcial para cubrir su ausencia y liberar al resto de los Bishop, que se habían estado turnando para trabajar.

—Tienes derecho a tomarte un día libre. Aunque es un poco patético que lo hayas aprovechado para limpiar la casa.

Laura esbozó una sonrisa burlona.

—No he estado todo el rato desinfectando encimeras y doblando ropa limpia. Tenía otras cosas que hacer.

—Vaya, qué enigmática. Pero a menos que esas cosas tengan que ver con comprar zapatos o darte un masaje, sigo opinando que ha sido un error.

Ella gimió.

—Madre mía. Hace mil años que no me doy un masaje. Cuando todo esto pase, pienso darme uno de noventa minutos para que me dejen flácida como un espagueti.

Me estaba planteando preguntarle a qué se refería con «todo esto», cuando la puerta de atrás se abrió de golpe.

—Menos mal. Creía que te habían secuestrado o que te habían metido en el programa de reubicación de testigos —dijo alegremente Gage desde el vestíbulo, mientras entraba acompañado de Hazel, Cam y Levi.

Aquella aparición repentina hizo que se me acelerara un poco el corazón.

Gage me miró y levantó sensualmente una ceja, inquisitiva. Se me resbaló el plato que estaba secando y a punto estuvo de que se me cayera.

Joder, ¿desde cuándo me parecían sexis las cejas?

Llevaba puesta la que debía de ser su ropa de trabajo: unos vaqueros viejísimos y una camisa de cuadros andrajosa. Le sentaban bien. Cam, Hazel y un Levi muy reticente se quitaron los zapatos al entrar. Flechazo los siguió y empezó a meter el hocico en el calzado que iban dejando.

Melvin, al darse cuenta de que estaban invadiendo su hogar, apareció en la cocina con un bostezo quejumbroso.

Laura me lanzó una mirada asesina. Yo levanté las manos.

—Te juro que yo no tengo nada que ver con esto.

—Te echábamos de menos, Larry —dijo Cam, revolviéndole el pelo a Laura, el típico gesto fraternal pensado explícitamente para molestar.

—No mientas —dijo ella, antes de darle una palmada en la mano para apartarlo.

—Casi parece que no se alegra de vernos —bromeó Gage, sin dejar de mirarme.

—No os necesito rondando por aquí como unas niñeras estúpidas, intentando agarrarme de la mano —dijo Laura.

Entendía perfectamente que quisiera estar sola. Qué narices, yo misma era conocida por esconderme en los baños para tomarme un respiro durante las fiestas y los eventos de trabajo. Aun así, también habría dado varios órganos internos no esenciales por formar parte de una familia que se metiera en mi vida solo para demostrarme su apoyo.

—¿Nos conocemos de algo? —le preguntó Levi a su hermana, mientras se recostaba en la encimera y empezaba a rebuscar en la cesta de tentempiés.

—Nos apetecía pizza y se nos ha ocurrido venir a tu casa a comerla —le explicó Hazel, animada.

Los tres hermanos Bishop señalaron a Hazel sin que ella los viera, murmurando cosas como «ha sido idea suya» y «a mí no me mires».

La puerta de atrás volvió a abrirse.

—¿Alguien ha dicho pizza?

Los hijos gemelos de Laura, Wesley y Harrison, entraron en el vestíbulo con la expresión emocionada y hambrienta de dos adolescentes insaciables. Tenían el pelo igual, oscuro y rizado, y llevaban puesto cada uno un polo del restaurante italiano en el que trabajaban.

—¡Los zapatos! —gritó Laura, señalando a los gemelos—. Y acabáis de llegar del Angelo's, donde seguro que habréis almorzado pizza.

Los chicos lanzaron los zapatos por los aires y entraron en la cocina descalzos.

—Eso ha sido hace horas, mamá —dijo Wes, mientras estrujaba a Laura con un solo brazo.

—Es verdad, mamá —añadió Harry, abrazándola desde el otro lado y mirándola con unos ojitos de pena impresionantes—. Estamos muertos de hambre.

Melvin, que no quería que lo excluyeran, se abrió paso a empujones para unirse al abrazo familiar.

—Puf. Vale —dijo Laura, fingiendo que estaba enfadada. Pero no se me escapó el tremendo achuchón que les dio a los chicos antes de soltarlos.

—Hola, Zoey —me saludó Harry, con una sonrisa coqueta.

—Si hubiéramos sabido que estabas aquí, habríamos vuelto antes a casa —terció Wes, apartando a su hermano.

—Dejad de tontear con Zoey —les dijo Cam—. Es prácticamente vuestra tía.

Yo sonreí.

—Hola, chicos.

—¿Falta alguien? ¿Papá y mamá van a salir de un armario como por arte de magia? —preguntó Laura.

—No —respondió Cam, birlándole la bolsa de patatas fritas a Levi—. Han ido a recoger unas llamas.

—Alpacas. A una pareja —lo corrigió Gage, antes de acercarse a mí y apoyarse en la encimera, al lado del fregadero.

—¿Para qué coño quieren ellos unas alpacas? —preguntó Laura.

—¿Para qué quiere nadie unas alpacas? —señaló Levi, quitándole las patatas fritas a Cam.

La puerta de atrás volvió a abrirse y Nana entró con el entusiasmo caótico que la caracterizaba, seguida por Isla, de dieciséis años, que llegó con aire soñador. La adolescente llevaba la melena negra, normalmente brillante, como si acabara de atravesar un tornado en un descapotable. Y en su bonita cara pecosa había una expresión ausente.

Su madre me miró y puso los ojos en blanco. Tosí para disimular una risita.

—¿Habéis estudiado mucho? —le preguntó Laura a su hija con sarcasmo, mientras Nana se abalanzaba sobre Gage.

—Muchísimo —respondió Isla, antes de acercarse a Levi, apoyarse en la encimera y agacharse para acariciar el denso pelaje de Melvin.

Cam observó a su sobrina con los ojos entornados.

—¿Qué narices has estado estudiando? ¿La velocidad de vuelo de los gorriones sin carga?

Isla se llevó las manos al pelo y abrió los ojos de par en par.

—Es que… he estado probándome gorros. Un montón. Tengo que subir a… hacer una cosa… para el insti.

Me mordí el labio y evité mirar a Laura, mientras Isla salía corriendo hacia las escaleras.

—¡Sube de paso tu ropa limpia! —le gritó su madre.

—Oye, mamá. Harry y yo vamos a quedar esta noche con Hung y Dae-H, si te parece bien. Sus padres van a recibir un pedido enorme de café en grano en la cafetería.

Buen intento. Seguramente un padre despistado se lo tragaría y daría por hecho que los chicos iban a ayudar a descargar el pedido de café en grano. Pero Laura no era una madre despistada.

—Qué suerte tengo de tener dos hijos tan majos y tan dispuestos a ayudar a los demás —replicó Laura con dulzura.

Levi miró a sus sobrinos con el ceño fruncido, mientras masticaba ruidosamente otra patata frita. De repente Wes parecía fascinado con un agujero del calcetín y Harry tenía pinta de estar a punto de vomitar.

—Sois muy generosos al haberos ofrecido a arrimar el hombro. Decidles al señor y a la señora Jang que mañana iré a probar el café que les habéis ayudado a descargar —añadió ella, hundiendo un poco más el cuchillo de la culpabilidad maternal.

Los chicos salieron a hurtadillas de la habitación con Melvin y Flechazo pisándoles los talones.

—¡La colada! —les gritó Laura.

—Sabes que tus hijos van a ir a la hoguera esta noche, ¿verdad? —le dijo Levi, cuando sus sobrinos estuvieron lo bastante lejos como para no oírlo.

—Sabes que tu sobrina ha estado besuqueándose con un chico, ¿verdad? —replicó Laura.

Los tres tíos pusieron cara de circunstancias.

—Me gustaba más cuando tenían entre cinco y diez años —se lamentó Gage.

—Cuando pensaban que éramos lo más —dijo Cam con nostalgia.

—Cuando sabían que éramos más listos que ellos —añadió Levi, estrujando la bolsa vacía de patatas fritas—. Como tenga que detener a mis sobrinos esta noche, me voy a cabrear mucho.

—Imagina cómo te sentirás al detener a tu hermano por amenazar físicamente al novio de Isla —replicó Cam.

—¿Qué os parece si encargo la pizza? —dijo Hazel, volviendo a redirigir la conversación hacia la comida.

—Yo puedo ir a recogerla —propuse.

—Te acompaño —se ofreció Gage.

—Ah. ¿Por qué? —le pregunté.

¿Me había imaginado la mirada de advertencia que Cam acababa de lanzarle? No. Definitivamente no.

—Por colaborar —contestó Gage, antes de mirar a Cam con una sonrisa burlona y frotarse el ojo con el dedo corazón.


—¿Cómo hemos acabado trayéndonos a los tres perros? —me quejé, mientras Melvin metía su cabeza gigantesca entre los asientos delanteros. Flechazo y Nana corrían de una ventanilla a otra en el asiento de atrás, pegando el hocico al cristal. Ambos movían la cola con entusiasmo y todo el habitáculo del todoterreno apestaba a aliento perruno caliente.

—No te vas a llevar solo a uno de excursión —me explicó Gage mientras arrancaba el coche y se alejaba de la acera—. Es cruel y raro.

Nana asomó el morro por el reposacabezas y me lamió la oreja.

—Puaj, qué asco. Gracias por comerme la oreja, Nana.

—¿Desde cuándo te dan tanto miedo los animales? —me preguntó Gage.

—No me dan miedo. Es que... no me fío de ellos.

—¿Y la diferencia te parece importante?

—Fundamental —contesté.

Gage me miró con elocuencia y puse los ojos en blanco.

—Vale. A los ocho años, me moría por tener un perro para que me hiciera compañía cuando estaba en casa. Mis padres me ponían las típicas excusas parentales y manhattanitas para no comprarme uno: que si era demasiado irresponsable, que si nuestro piso era demasiado pequeño, que quién iba a sacarlo a pasear por las noches en pleno invierno y blablablá. Pero yo seguía insistiendo.

—Eso sí que no me lo puedo creer —dijo Gage.

—Mi madre se dio cuenta de que no iba a rendirme, así que me llevó a visitar a una amiga suya de Brooklyn. Me dijo que tenían un pomerania con el que podía jugar y yo estaba muy emocionada. Hasta me gasté la paga en una bolsa de chuches carísimas para perros y todo. Estaba empeñada en hacerme amiga de él y demostrarle a mi madre que podía tener una mascota.

Eché un vistazo por la ventanilla cuando pasamos por delante de la tienda de ultramarinos. Empezaba a anochecer y la plaza del pueblo estaba iluminada por el cálido resplandor de las farolas y los escaparates.

—Total, que el pomerania se llamaba Tiburón y odiaba a los niños, algo que mi madre sabía perfectamente. Me mordió dos veces. Una en la mano cuando intenté darle una golosina y otra en el tobillo cuando salí corriendo. Nunca olvidaré a mi madre riéndose de mí mientras pasaba a toda velocidad a su lado, llorando y sangrando, con un puñetero monstruo de dos kilos y medio aferrado al talón de Aquiles. «¿Ves? Por eso no puedes tener un perro» —dije, imitándola.

Gage me miró alarmado, sin la condescendencia habitual.

—Joder, Zoey, eso es muy fuerte.

Me encogí de hombros. Entendía cómo podía sonarle aquella historia a alguien que se había criado teniendo a Pep y Frank Bishop como padres.

—Me tendió una trampa para demostrarme que tenía razón. Ganó ella, pero al menos se fastidió y tuvo que llevarme a que me dieran puntos.

Me quedé alucinada cuando Gage extendió un brazo por debajo del torso de Melvin para estrecharme la mano.

—No te ofendas, pero tu madre tiene pinta de ser gilipollas —declaró, antes de soltarme la mano rápidamente. Seguí sintiendo el efecto de su caricia incluso después de que se hubiera apartado. A ver si al final iba a tener que convencerlo para que se acostara conmigo.

—Un poco sí. Pero una acaba acostumbrándose, después de treinta y pico años. Mejor vamos a cambiar de tema antes de que se vuelva demasiado incómodo. ¿Tú cómo estás? Por lo de la denuncia y la vista preliminar —dije.

—Bien —respondió él automáticamente, mientras pasábamos por delante de la casa de Emilie Rump. Destacaba entre las demás por los pegotes marrones de patatas aplastadas que tenía en el porche y en la entrada.

En Story Lake sí que sabían ser rencorosos. Me encantaba.

—Ya. Seguro.

—Es lo que hay —replicó—. Todos estaremos mejor cuando se haga justicia.

Gage tamborileó suavemente con los dedos índice y corazón sobre el volante.

No podía ni imaginar cómo sería estar en un punto en el que la vida empezara a parecer más o menos normal de nuevo, y que de repente te recordaran unas heridas que apenas habían comenzado a curarse. Pensé en la conductora. ¿Habría vuelto ella a la normalidad? ¿O el hecho de haberse llevado una vida por delante le habría arruinado la suya?

Mi exceso de empatía me impulsaba a señalar que, a veces, las personas buenas cometían errores. Pero Gage no tenía pinta de ser de los que aceptaban la imperfección.

—Por cierto, gracias por ir a ver cómo estaba mi hermana. No le abre la puerta a cualquiera —dijo.

—Pues me siento halagada. Parece que lo está llevando bien.

—Con Larry es difícil saberlo. Es muy dura por fuera y muy buena ocultando lo que siente por dentro.

Seguía dando esos pequeños golpecitos, casi imperceptibles, con los dedos.

—Supongo que no es la única —repliqué—. ¿Por qué se ha enfadado Cam cuando te has ofrecido a ir a recoger la cena?

Gage dejó de mover los dedos un momento y luego lo retomó.

—El idiota de mi hermano cree que existe el riesgo de que tú y yo nos liemos, que la cosa salga mal y que nos carguemos su boda.

Ahogué una carcajada.

—¿Perdona? ¿Tú y yo?

Gage se rio a regañadientes.

—Creo que la planificación de la boda le ha reblandecido el cerebro.

—Me parto —dije—. Es que no podríamos ser más incompatibles. Si tú eres el típico chico bueno y estirado que adora las agendas.

—Y tú la típica lianta desorganizada e impulsiva que siempre llega tarde a todas partes.

Puse los ojos en blanco.

—Mejor seguimos peleándonos después de recoger la pizza.

—No nos estamos peleando. Estamos discutiendo —dijo Gage, como si hubiera la más mínima diferencia—. Debes admitir que no tenemos nada en común. No eres para nada mi tipo.

Lo miré resoplando mientras girábamos hacia el aparcamiento de Angelo's.

—Lo mismo digo. Si quisiera que controlaran absolutamente todo lo que hago, me buscaría un trabajo con horario fijo. Y tú tienes pinta de ser de los que se estriñen solo con pensar en divertirse de forma espontánea. Prefiero un rollo emocionante de una noche con un corredor de bolsa que acaba de salir de una relación complicada que estar con alguien que me pregunte cada día qué hay de cenar.

—Suena muy estable y gratificante —comentó Gage con frialdad, mientras metía el coche en una plaza libre que había al fondo del aparcamiento.

—Por favor. No pienso permitir que me juzgue una persona que seguramente tendrá un tatuaje de una valla blanca en algún lugar del cuerpo. Uno temporal, claro.

—Tú nunca te tomas nada en serio, ¿verdad? —me dijo Gage, apagando el motor.

—Venga ya. Relájese, señor juez.

—No te estoy juzgando. Estoy intentando entender tu modo de ver las cosas.

—Y una mierda. Es obvio que me estás juzgando. —Melvin estornudó con fuerza.

—¿Lo ves? Hasta los perros están de acuerdo conmigo.

—Es que no entiendo cómo puedes ser la mejor amiga de Hazel, dedicarte a lo que te dedicas y no creer en los finales felices. Me parece un poco hipócrita, la verdad.

—¿Ves cómo me estás juzgando? —le dije, clavándole un dedo en el hombro.

Gage dejó caer la cabeza contra el asiento.

—¿Contigo todas las conversaciones tienen que ser tan difíciles?

Levanté las manos.

—Eres tú el que las hace difíciles. Yo solo he dicho que me gusta estar soltera y tú me has acusado de ser una hipócrita. Creía que eras abogado, no juez.

Él cerró los ojos y empezó a tamborilear con los dedos sobre los muslos. Dios, cómo me gustaba sacarlo de quicio. Es que me lo ponía a huevo.

—Vale —dijo por fin—. Me disculpo por haberte hecho sentir juzgada.

Me acerqué y le estrujé la cara con una mano.

—¿A que no ha sido tan difícil?

—Todas las puñeteras conversaciones —murmuró.

Me apiadé de él.

—Oye, los finales felices no son para todo el mundo. Tú eres de los que celebrarán su sexagésimo aniversario de boda y yo soy más de comer perdices en el presente. No quiero atarme y tener que construir mi vida en torno a la de otra persona.

Me aferré al colgante como si fuera un talismán. Lo había intentado una vez y había salido escaldada, así que lección aprendida. Hubo una época de mi vida en la que yo quería exactamente lo mismo que Gage. Pero no todo el mundo podía tenerlo todo. Algunos teníamos que conformarnos con las sobras. Pero, qué narices, yo me estaba construyendo una buena vida y me estaba divirtiendo por el camino. No tenía ninguna necesidad de lamentarme por lo que no podía tener.

—¿Y qué es lo que quieres tú entonces?

El tono de Gage me pilló por sorpresa. Su curiosidad parecía auténtica.

Arqueé las cejas.

—¿Sinceramente?

—No tiene sentido mentir, dado que nos repelemos mutuamente y no tenemos intención de impresionarnos el uno al otro —replicó, provocándome.

—Excelente argumento, señor abogado. Vale, allá va. —Respiré hondo—. Quiero ser tan buena en mi trabajo que nadie pueda quitármelo ni ignorar lo bien que lo hago. Me despidieron justo antes de venir aquí. Estoy harta de que la gente solo tenga en cuenta los errores que he cometido. De que me digan que o me paso o no llego. Quiero demostrarles a todos que se equivocan, que me han subestimado. Quiero que se den cuenta de que son ellos los que han cometido un error.

Gage asintió.

—Muy bien. ¿Y cómo piensas hacerlo?

—Catapultando el libro de Hazel a la estratosfera y colocando vallas publicitarias en un radio de cinco manzanas de sus oficinas que pongan: «¿Quién es ahora el inútil?».

Gage negó con la cabeza, con un atisbo de sonrisa jugueteando en las comisuras de los labios.

—Y después de haberlo conseguido, ¿qué más quieres?

Parpadeé para alejar de mi mente las imágenes de vallas publicitarias con frases vengativas.

—¿Qué?

—Después de demostrarles a todos que estaban equivocados. ¿Qué piensas hacer luego?

—No lo tengo muy claro. Solo sé que quiero pasármelo en grande haciendo lo que me dé la gana.

Gage abrió la puerta, antes de girarse para mirarme.

—Definitivamente no eres mi tipo, Zoey. Pero espero que consigas lo que quieres.

# 8

## Cosas rotas y brillantes

### Gage

El Angelo's estaba abarrotado. Era como si a todo Story Lake se le hubiera ocurrido cenar lo mismo. Los camareros iban y venían de la cocina, los cocineros gritaban y el teléfono no paraba de sonar. Le puse una mano en la espalda a Zoey para guiarla a través de la multitud, intentando no analizar por qué aquel gesto me resultaba tan natural.

Pasamos al lado de Jessie, una camarera vieja y gruñona que era toda una institución en Story Lake, más que el propio restaurante. Había mucho ruido y muchísima gente, y en todas las pantallas estaba sintonizado un canal distinto. Después de tantos años con el número de vecinos bajo mínimos, resultaba agradable tener que aguantar el ajetreo de la hora punta de la cena.

Fui saludando con la cabeza, diciendo hola y estrechando manos todo el camino hasta la barra. Casi todas las caras del lugar me resultaban familiares y tenían algo que ver conmigo. Me encantaba esa sensación, ese sentimiento de pertenencia tan profundo e inquebrantable.

Cogí el último taburete de la barra que estaba pegada a la pared para Zoey y me quedé de pie detrás de ella. El aroma tropical de su cabello era una tentación para mi olfato y hacía que quisiera acercarme más a ella, al mismo tiempo que me recordaba a mí mismo que era más seguro mantenerse alejado. Había intentado autoconvencerme tantas veces de que tenía que acabar con aquella obsesión que había memorizado todos los argumentos. Zoey era una persona irresponsable, irracional y de lo más insensata…, justo como la atracción física que sentía por ella.

Había una parte de mí, una parte diminuta y absurda, que deseaba explorar esa atracción. Ver a qué tipo de aventura me conducía. Menos mal que era un adulto maduro y con autocontrol que no me dejaba llevar por caprichos pasajeros.

Dahlia, la camarera, levantó la vista de las cervezas de barril que estaba sirviendo y señaló la cocina con la barbilla.

—Cinco minutos —dijo.

Me incliné hacia Zoey.

—¿Te apetece tomar algo mientras esperamos? —le pregunté, por encima del estruendo de la música.

Ella se llevó la mano a la oreja.

—¿Qué dices? Aquí hay muchísimo ruido.

Me acerqué un poco más, a regañadientes. El olor a coco se hizo más intenso.

—Si te apetece tomar algo —repetí.

—Vale. Siempre y cuando estés seguro de que los tres lobos hambrientos que hay en el coche no se van a comer el volante.

—¿Una cerveza?

Ella asintió.

Levanté dos dedos hacia Dahlia, que hizo un gesto afirmativo con la cabeza.

Zoey se giró en el taburete para ponerse frente a mí y sus rodillas entraron en contacto con la parte superior de mis muslos. Ella ni se inmutó, pero mi cuerpo reaccionó como si me hubiera prendido fuego a los pantalones y retrocedí para protegerme.

No quería mirarla a los ojos, así que me fijé en aquella bolita brillante que llevaba colgada de una cadena larga.

—¿Qué es eso que llevas en la cadena? —le pregunté.

Ella lo levantó para que pudiera verlo bien.

—Una bola de discoteca.

—¿Por qué no me sorprende?

Zoey esbozó una sonrisa maliciosa.

—Porque crees que lo sabes todo.

—Saco conclusiones lógicas —repliqué, cogiendo el colgante

en la mano—. ¿Por qué llevas una bola de discoteca colgada del cuello?

—Porque me gustan las cosas rotas y brillantes.

—¿Rotas? —pregunté, analizando el colgante más de cerca.

—Todos esos pedacitos juntos forman algo que a todo el mundo le encanta.

Fruncí el ceño mientras acariciaba con el pulgar las uniones de la bola de discoteca. Aquella respuesta era más profunda de lo que me esperaba de Zoey Moody, la reina de la diversión.

—Bueno, yo he sido sincera contigo, así que ahora me debes una —dijo. Le brillaban los ojos y en sus rizos se reflejaba el rojo estridente del letrero de neón que había en la pared, detrás de nosotros. Puede que no fuera mi tipo, pero sin duda me encantaba mirarla.

Solté el colgante e intenté no fijarme en cómo reposaba entre sus pechos.

—Ah, ¿sí?

—Sí —contestó con seguridad—. Ahora que hemos decidido que no queremos tener una relación sentimental...

—Eso ya consta en acta —le advertí.

—... y teniendo en cuenta que no pareces muy fan de los rollos salvajes de una noche, ya no queremos ni esperamos nada el uno del otro —añadió.

Me reí, sorprendido.

—¿Por qué dices lo de los rollos de una noche?

Zoey me miró de arriba abajo y luego sonrió con aire burlón.

—Por favor. Jamás sobrevivirías.

—Ya me está costando sobrevivir a esta conversación —repliqué, haciendo todo lo posible por borrar de mi mente todas las imágenes que me venían a la cabeza.

—Solo digo que no queremos ni esperamos nada el uno del otro. Y eso significa que podemos ser completamente sinceros. ¿No?

Dahlia dejó dos cervezas sobre la mesa y le di las gracias por encima del ruido. Le pasé una a Zoey.

—Vale. Creo que a todas tus faldas les faltan unos diez centímetros de largo.

Zoey escupió la cerveza. Yo sonreí.

—En primer lugar: si no soy tu tipo, ¿por qué te fijas en el largo de mis faldas? —me preguntó.

—Zoey, cariño, no hace falta ser el tipo de un tío para que te mire. Y lo de las faldas era broma.

Ella me clavó un dedo en el pecho.

—Ahora sí que me debes una.

Sonreí.

—Vale. De acuerdo. Dime cómo te lo puedo compensar.

—Me has mentido cuando te he preguntado si estabas bien por lo del accidente y la sentencia.

—¿Cómo sabes que te he mentido? —pregunté con indiferencia.

—Vamos, camarada, amigo mío. Cuéntale a tu coleguita lo que hay en realidad bajo esa apariencia amable —dijo para picarme. El dedo en el pecho se convirtió en una mano cálida sobre el brazo—. En serio, Gage. No me interesas. No necesito que tengas la reacción que a mí me gustaría. Solo quiero saber cómo estás. —Me quedé mirando el vaso un instante. Puede que estuviera en lo cierto. Puede que verbalizarlo aliviara la presión que sentía en el pecho—. Discoteca.

La miré sorprendido.

—¿Qué?

—Discoteca —repitió Zoey, levantando el colgante—. Será nuestra palabra de seguridad. Solo que en vez de hacer referencia a guarrerías sexuales a las que definitivamente no sobrevivirías, indicará que hay que decir la verdad. Cuando alguno de nosotros la diga, el otro tendrá que ser sincero.

Yo suspiré, apretando los dientes para resistir la nueva avalancha de fantasías que se desataron en mi mente.

—Eso es una tontería.

—¿Y qué? Me gustan las tonterías. Deja de darle vueltas. ¿Prefieres que nos quedemos aquí plantados, esperando la pizza en silencio?

—A mí me gusta el silencio.

—Eso es más de Levi —contestó Zoey.

—Vale. No, no estoy bien.

—No me digas —replicó ella con ironía, antes de mirarme expectante con aquellos ojos verde jade.

—Miller se ha ido para siempre. Mi hermana se despierta sola en la cama y se sube a una silla de ruedas cada puñetera mañana. Y ahí fuera, en algún lugar, está la mujer que le hizo eso. Ella ha vuelto a la normalidad. No ha perdido nada. Su vida no ha cambiado. Ha habido días desde el accidente en los que lo único que me ha mantenido en pie ha sido saber que algún día esa conductora dejaría de disfrutar de esa normalidad. Que se haría justicia. Pero esa sentencia es... —Volví a sentir el amargo sabor de la rabia y bebí un trago de cerveza para ahogarlo. Zoey me acarició la cara interna del antebrazo con el pulgar. Un movimiento pequeño y suave que me hizo volver a centrarme en ella—. No es suficiente —dije con voz ronca—. ¿Cómo pueden ser comparables tres años de su vida con habernos quitado a Miller para siempre? No puedo soportarlo, joder. Eso no es justicia. Es una puta bofetada. Para Laura, para los niños, para los padres de Miller...

—Y para ti —añadió Zoey.

Asentí firmemente con la cabeza.

Ella se humedeció los labios y mi atención se posó en ellos. Carnosos, rosados, brillantes.

—¿Miller y tú erais íntimos?

Me encogí de hombros.

—Al principio no. Yo era el más joven, el que siempre se les acoplaba en el instituto. Pero cuando acabé de estudiar Derecho y volví, nos hicimos muy amigos.

La palabra «íntimos» ni se le acercaba. Él había sido como un hermano para mí. La voz de la razón, alguien que me recordaba que debía relajarme. Que siempre me apoyaba. Lo echaba de menos todos los puñeteros días.

—¿Y qué sería para ti hacer justicia? —me preguntó Zoey.

Negué con la cabeza.

—¿Sinceramente? No sé si me conformaría con algo menos de lo que ella nos quitó. Y no me gusta sentirme así. Yo no soy de los que se enfadan. No voy por ahí guardando rencor a la gente. Pero, Zo, esto me está consumiendo.

Ella exhaló hondo, antes de apoyar la cabeza en mi pecho y rodearme la cintura con los brazos. Aquel contacto, el consuelo que me proporcionó, me sorprendió muchísimo.

—Menuda mierda —dijo, pegada a mi camisa.

Apoyé la barbilla en su cabeza e inhalé aquel olor tropical. Fue como unas vacaciones, como alejarse por un momento de toda la oscuridad.

—Pues sí.

Nos quedamos un rato en silencio en medio del caos nocturno del sábado en el bar. Podía sentir el latido constante de su corazón bajo la mano que tenía en su espalda y el calor de su aliento sobre mi pecho. Era menuda, cálida y sólida. De alguna manera, al centrar todos mis sentidos en ella, la rabia fue bajando un poco de intensidad.

—Una discoteca genial. Por cierto, solo ha sido un abrazo platónico —me advirtió mientras se apartaba y sonreía con picardía—. Así que no se te ocurra intentar pedirme matrimonio.

Yo resoplé.

—Por favor. Si solo llevas diez minutos a solas conmigo y ya estás pensando en cambiar el descapotable por un monovolumen —bromeé.

—Más quisieras, colega. No tienes ningún defecto, ni eres mala persona por querer que se haga justicia —dijo, volviendo a ponerse seria.

—Ya, bueno, estoy empezando a darme cuenta de que a veces la ley no puede ser verdaderamente justa. —No sabía cómo manejarme en un mundo así.

—Oye, tengo una idea. ¿Has probado a ahogar las penas con un poco de sexo sin compromiso? —me preguntó, guiñándome un ojo.

De repente se obró el milagro y me sorprendí a mí mismo soltando una carcajada, muy a mi pesar. Le revolví el pelo con cariño.

Ella frunció la nariz e intentó arreglar el daño que le había infligido a sus rizos.

—¿Te imaginas que nos enrolláramos? Obviamente acabaríamos fatal.

—Y tanto —coincidí.

—Y encima, por culpa de Hazel y Cam, todos los años tendríamos que pasar juntos Navidad y Acción de Gracias —añadió ella.

—Y yo tendría que contarle a mi futura esposa que había tenido una apasionada aventura que había acabado fatal con la pelirroja sexy que estaba en la mesa.

—Me odiaría.

—No le quedaría más remedio —dije, cogiendo la cerveza—. Creo que Cam puede relajarse. Está claro que no vamos a enrollarnos. Lo nuestro está abocado al fracaso.

—Lo llevamos tatuado en la frente —contestó Zoey.

—Cambiemos de tema —dije, copiándole la estrategia—. Háblame del trabajo.

—¿Qué? —Zoey volvió a llevarse la mano a la oreja.

Me acerqué un poco más.

—Del trabajo. ¿Qué has hecho hoy? —le pregunté.

Me miró desconcertada.

—¿Por qué?

—Siento curiosidad. —Su mirada recelosa me hizo sonreír—. Por lo que haces, no por ti.

Más tranquila, Zoey sacó el móvil y abrió su desastrosa agenda.

—A ver, hoy he tenido una intensa reunión de emergencia por Zoom con una de las editoriales extranjeras de Hazel porque no han publicado uno de los libros anteriores en su idioma dentro del plazo establecido en el contrato. He disfrutado un montón arruinándoles el fin de semana al explicarles que, dado que habían incumplido el contrato, íbamos a vender los derechos a su competidor directo, que había hecho una oferta bastante más alta. Luego he contestado tropecientos correos electrónicos de la editorial norteamericana de Hazel sobre cuestiones editoriales y de marketing, y he sondeado a dos empresas de publicidad porque la presentación va a ser tan bestia que va a necesitar un publicista. Después he aceptado una oferta de una editorial finlandesa por todo el catálogo y me he puesto en contacto con la productora de audiolibros. Y para acabar, he envuelto veinte copias anticipadas y las he dejado en la oficina de correos para enviárselas a algunos de mis *influencers* favoritos.

—Madre mía, Zoey. Si hoy es sábado.

—Ya, bueno, tenía que recuperar todo el tiempo perdido esta semana haciendo maletas y comprando coches. Como no haga la colada en breve, voy a infringir todas las ordenanzas municipales sobre el nudismo.

—En realidad no tenemos ninguna. Uno de los fundadores de

Story Lake era nudista. Aún no has estado aquí el día del Despelote. Es en junio.

—No sé si estás bromeando, pero espero que no.

—¿Los agentes literarios no suelen librar los sábados? —le pregunté, volviendo a centrarme en el tema.

—Solo los que tienen más de un cliente pueden permitirse un par de días libres —bromeó—. Y aún no he acabado de contarte todo lo que he hecho. Eso era solo hasta antes de comer. Lo cual fue muy tarde, porque olvidé que soy humana y necesito combustible. Así que calenté unos espaguetis precocinados en el microondas, se me cayeron, los recogí y se me ocurrió un plan disparatado para promocionar a Hazel y a Story Lake y, sin querer, me pasé una hora enfrascada en una lluvia de ideas. Lo cual me dejó completamente exhausta, así que tenía dos opciones: echarme una siesta, hacer la colada o ir a visitar a tu hermana. Y como acostarme inmediatamente después de comer me da acidez y odio hacer la colada, decidí ir a visitar a tu hermana.

Estaba impresionado.

—¿Cuál era ese plan disparatado?

—Ninguno. Solo una cosa que se me ocurrió.

—Discoteca —dije con vehemencia.

Ella puso los ojos en blanco mientras se terminaba la cerveza.

—Vale. Pensé que sería divertido y positivo para Story Lake organizar un fin de semana para lectores con el que celebrar la presentación del libro de Hazel. Los lectores podrían alojarse en el hotel. Chevy podría hacer una firma de libros en la librería y el resto de tiendas podrían ofrecer rebajas o promociones especiales relacionadas con la novela para atraer a los lectores. Ya sabes, algo así como «conoce el lugar que ha inspirado esta comedia romántica ambientada en un pueblecito». Si lo organizásemos bien, podría invitar a algunos *influencers* para hacer promoción tanto de Hazel como de Story Lake.

—Zoey, eso es...

Ella puso cara de circunstancias, preparándose para lo peor.

—¿Una chorrada? ¿Una idea pésima? ¿Imposible?

—La leche —le dije.

—Venga ya. Somos coleguitas de sinceridad, no verdaderos amigos. No hace falta que me hagas la pelota.

—Lo digo en serio.

Ella se vino arriba.

—¿Sí? A ver, solo faltan seis semanas para la presentación. Es muy poco tiempo para planificarlo todo, pero podría ser genial, ¿no?

Dahlia nos interrumpió al traernos el pedido. Le cambié la comida por la tarjeta de crédito.

—Creo que deberías hacerlo. Está claro que todos saldríamos ganando —le dije a Zoey.

Ella ladeó la cabeza.

—Gracias, Gage. Necesito darle forma, hacer un estudio preliminar e investigar un poco antes de comentárselo a nadie. Pero puede que salga algo de ahí.

Aquella seriedad inesperada me sorprendió. Me di cuenta de que era importante para ella. Y me gustó ver esa faceta suya. Afortunadamente, antes de que me diera tiempo a hacer alguna estupidez como decírselo, Dahlia volvió con el tíquet y una bolsita de galletas para perros.

—Creo que deberíais iros —nos recomendó—. Jessie me acaba de decir que hay un golden retriever tocando el claxon en el aparcamiento.

—Joder, Nana.

Las galletas no duraron ni quince segundos y la comida consiguió sobrevivir a duras penas al viaje de vuelta a casa de mi hermana. Zoey tuvo que llevarla en el regazo mientras yo ponía el brazo en el respaldo del asiento del copiloto como barrera de seguridad para contener a los perros hambrientos.

Cuando llegamos, había luz en todas las ventanas, algo de lo que mi cuñado se habría quejado si aún siguiera entre nosotros. Miller se tomaba la factura de la luz como se tomaba todas las responsabilidades de la vida cotidiana: muy en serio. Sin embargo, siempre había logrado equilibrar aquella tendencia con un sentido del humor que nos había hecho disfrutar durante gran parte de nuestras vidas. Siempre me recordaba que había que relajarse y divertirse un poco, una vez terminado el trabajo duro.

Los perros se bajaron del todoterreno como locos, derrochando euforia, y yo cogí las cajas de pizza que Zoey llevaba encima.

Aquella noche de primavera aún traía consigo un persistente frío invernal.

—Me alegra que hayamos resuelto lo de la tremenda tensión sexual —bromeó ella mientras subíamos por la rampa de la puerta de atrás.

—Y a mí.

—Siempre nos quedará la discoteca. Ya puedes volver a considerarme insoportable —dijo, abriendo la puerta.

Me quedé en blanco mientras los tres demonios peludos pasaban corriendo a nuestro lado para entrar en casa. Sabía que no me mostraba tan agradable y simpático con ella como con otras personas. Era una cuestión de supervivencia, simple y llanamente. Pero me molestaba que se hubiera dado cuenta.

—¡La comida está aquí! —anunció Zoey por encima del bullicio.

Mis sobrinos se abalanzaron sobre nosotros como dos buitres gemelos y me arrebataron las cajas sin dejarme siquiera atravesar el umbral. Zoey se quitó los zapatos y se giró hacia mí con una sonrisa, antes de unirse al caos de la cocina.

Yo me tomé mi tiempo para descalzarme y colgar el abrigo, mientras todos se reían alrededor de la isla.

—¡Platos de papel, fieras! —gritó Laura, entre todo aquel jaleo—. Zoey y yo ya hemos lavado hoy una vez toda la vajilla que tenemos.

Me alegraba ver que seguía habiendo vida en aquella casa. Que todavía éramos capaces de echarnos unas risas juntos. Puede que no contáramos con una gran inteligencia emocional, ni con las mejores dotes comunicativas, pero si algo estaba claro era que siempre nos tendríamos los unos a los otros.

Busqué en el bolsillo el cambio que solía llevar encima y encontré una moneda brillante de diez centavos. Miré a hurtadillas hacia la cocina, me agaché y la dejé al lado del zócalo, debajo de la percha donde estaba colgado el bolso de Laura.

—¡Mueve el culo, Gigi, o tendrás que conformarte con las migajas! —gritó mi hermana desde la cocina.

Fingí que colocaba las botas debajo del banco antes de levantarme. Zoey me miró fijamente, con una pregunta silenciosa en sus preciosos ojos verdes.

Hice que no me daba cuenta y entré en la cocina cálida, bulliciosa e iluminada.

—Larry, échame una mano. ¿A que tú también odias el satén? Es delicado de cojones —dijo Cam, gesticulando con el trozo de pizza. Hazel sonrió, sentada en su regazo, mientras se comía su propia porción.

—Para el carro, friki de las bodas. Antes de que le pidas a todo el mundo su opinión sobre la tela del vestido de las damas de honor, Zoey tiene que hablaros de su idea del Fin de Semana de los Lectores —anuncié.

—¿Qué idea del Fin de Semana de los Lectores? —preguntaron todos.

Con la boca llena de pizza, Zoey me lanzó una mirada asesina de lo más persuasiva.

—Ya te vale, Gage.

—No me has hecho firmar ningún acuerdo de confidencialidad.

Ella frunció la nariz.

—Eres lo peor.

Y todo mi mundo volvió a tener sentido.

# 9

## Bíceps monógamos

### Zoey

—¿Haze? ¿Hola?

La Sala Común Abuela Moses de la residencia Story Lake Haven que, como aprendí gracias al letrerito informativo que había en el exterior, llevaba el nombre de una exitosa y prolífica artista folk estadounidense que no había tocado un pincel hasta los setenta y tantos años, se encontraba vacía.

Miré el reloj. Pues sí. Ya pasaban cinco minutos de la hora. Así que, o Hazel había espantado a todos los alumnos de la clase de Escritura Creativa, o yo me había equivocado y había apuntado mal el horario en la agenda.

—Soy un caso —murmuré. Estaba a punto de dedicar los siguientes diez minutos de mi vida a averiguar exactamente cómo había metido la pata, cuando oí un leve gemido procedente del interior.

Vi un par de pies asomando por detrás de la mesa que había en la parte delantera del aula y fui hacia allí. Hazel estaba tumbada boca arriba, mirando el techo. Tenía el portátil abierto por una página en blanco encima de ella.

—¿Qué? ¿Cómo va esa novela? —bromeé.

—¿Y si se me ha olvidado cómo escribir un libro? ¿Y si agoté toda la magia con el último?

—¿Quieres a la Zoey comprensiva o a la Zoey agente cañera?

—A la Zoey comprensiva. No me siento lo suficientemente fuerte a nivel emocional como para que me metas caña.

—Oído cocina. —Me tumbé en el suelo junto a ella y observé los paneles del techo—. ¿Qué te hace pensar que has olvidado cómo escribir un libro y que has agotado la magia?

Escribir era difícil y los autores eran personas delicadas que a menudo sufrían episodios paralizantes y quejumbrosos de inseguridad. Yo había aprendido que era importante validar sus sentimientos, aunque no tuvieran ningún sentido.

—El último me salió de carrerilla. Como si fluyera de mi interior, casi como si se escribiera solo.

—Ya —dije, mordiéndome la lengua para evitar recordarle las tropecientas crisis creativas que ella había decidido olvidar.

—En cambio, este… Uf. —Metió los dedos por debajo de las gafas para frotarse los ojos—. No conozco a los personajes. No sé cuáles son sus puñeteros conflictos, qué es lo que los separa, qué los va a hacer explotar ni cómo van a resolver las cosas para poder reencontrarse.

—Ya. Desde luego, parecen elementos importantes de la historia. ¿Qué tienes hasta ahora? —le pregunté.

—Él está buenísimo y ella es peculiar.

—Yo lo leería.

Hazel me arreó un perezoso golpe de kárate con el dorso de la mano que, en vez de acertarme en el hombro, me dio en una teta.

—Ay.

—Perdón. Quería darte en la cara.

Me puse de lado.

—Disculpas no aceptadas. ¿Qué tenía de diferente el último libro?

Ella se encogió de hombros con tristeza, tanto como era posible hacerlo tumbada en un suelo de baldosas industriales.

—No sé. Es que era como la historia de mi vida. Pero no puedo seguir escribiendo solo sobre mi relación con Cam.

Le clavé el dedo índice en las costillas y conseguí arrancarle una risita ahogada.

—Para el último libro te inspiraste en la vida real. A lo mejor eso es lo que te va bien. Puede que solo necesites otra cosa en la que inspirarte.

Ella giró la cabeza hacia mí y frunció el ceño.

—No es mala idea.

—Genial, gracias.

Hazel se incorporó.

—A lo mejor solo necesito encontrar otra pareja a la que perseguir.

Me giré para sentarme.

—Más que a acosar a alguien, me refería a que volvieras a ver y releer tus comedias románticas favoritas. Implicaría menos esfuerzo y habría menos posibilidades de que te detuvieran.

—No, esa idea me gusta. —Me agarró del brazo—. Por favor, dime que estás enamorada de alguien en secreto.

De inmediato visualicé la cara de Gage. Bueno, vale: su cara y su culo. Ambos habían estado viniéndome a la mente con regularidad desde el sábado por la noche.

—No. Lo siento. Mi vida sexual en este pueblo es tan quimérica como los narvales.

—Los narvales existen.

—Estás de coña. Si son como un puñetero unicornio acuático. Eso no puede ser un bicho de verdad.

La risa de Hazel terminó abruptamente con un fuerte resoplido.

—Pues claro que existen. Te los enseñaré en esa cosa llamada «internet» cuando reconozcas que hay alguien por ahí que te tiene loquita.

Pensé en la sonrisa fugaz de Gage, en su mano pesada y cálida sobre mi espalda al entrar en el Angelo's.

—Bueno, tanto como loquita…

Hazel se levantó de un salto. Un cuaderno y un bolígrafo aparecieron en sus manos como por arte de magia.

—¿De dónde has sacado eso? —le pregunté.

—Cuéntamelo todo.

—Te estaba tomando el pelo —dije, poniéndome en pie.

—No cuela.

Ese era otro de los problemas de ser amigas desde hacía tanto tiempo. Que era imposible mentir.

Suspiré.

—Es que se te va a ir la olla y no tiene sentido que se te vaya, porque no va a pasar nada. Tan solo es un tío que me parece medianamente atractivo, nada más.

—¿Qué tío es ese? ¿Dónde está? ¿Qué te ha hecho enamorarte perdidamente de él? Y no me digas que fueron sus ojos o que tiene un culo bonito. Dame algún rasgo interesante de su personalidad que pueda aprovechar.

—Eres lo puto peor.

Hazel dejó el cuaderno y el bolígrafo y me agarró por los hombros.

—Zoey, amiga mía, agente, hermana postiza. Ambas sabemos que cuando me pongo en este plan, no puedo parar. Soy más testaruda que un mapache doméstico al que han dejado fuera de casa. Soy capaz de hacer lo que sea para volver a entrar. Así que más te vale contármelo ahora si no quieres que me cuele en tu habitación de hotel y te lo saque mientras hablas en sueños.

—Vale. Es Gage.

Hazel se llevó las manos a la cara y tardé un poco en darme cuenta de que el chillido agudo que estaba oyendo provenía de ella.

—¡Deja de chillar! No me interesa. Y yo a él tampoco. De hecho, se ha portado como un capullo conmigo desde lo del verano pasado, cuando recuperamos los derechos de autor que se había quedado tu puñetero exmarido, nos pillamos una buena cogorza para celebrarlo y volvimos a casa agarrados de la mano.

Puede que fuera un poco piripi, pero estaba convencida de que Gage me iba a invitar a salir después de aquello. Sin embargo, había empezado a enfadarse cada vez más cuando coincidíamos en algún sitio.

—¿Que hicisteis qué? ¡Si eso fue hace meses! ¿Y me lo cuentas ahora? —La voz de Hazel se volvió dos octavas más aguda de lo habitual.

Yo resoplé.

—Estábamos muy borrachos, por eso nos dimos la mano. He llegado más lejos con desconocidos en el metro en hora punta.

—Pero es obvio que algo pasó entre ese momento y el actual.

—Solo fue… un desliz.

—¿Y cómo sabes que no le interesas? —me preguntó Hazel.

—Porque ya hemos tenido la charla de «no eres mi tipo». No podríamos ser más incompatibles.

Los ojos marrones de Hazel brillaron detrás de las gafas.

—Mi querida, preciosa y despistada idiota: la gente normal no tiene la charla de «no eres mi tipo» con personas que no le interesan.

—Por favor, ¿qué dices? Estás como una cabra.

—¿Cuánto tiempo llevas aquí?

—Me da la sensación de que toda una vida —me lamenté.

Hazel ignoró mi comentario sobre su pueblo adoptivo.

—¿Y le has dicho alguna vez a Darius que no es tu tipo?

—Darius tiene dieciocho años, raruna asquerosa.

—¿O al doctor Ace? ¿O a Chevy? ¿O a Cam?

—Estaban todos en copia del correo electrónico que envié cuando llevábamos una semana aquí para informarlos de que no eran mi tipo —bromeé.

Hazel volvió a coger el cuaderno.

—Esto es muy bueno. Me vale.

—¡No, no, no! —Le arrebaté el cuaderno y lo lancé hacia atrás por encima del hombro—. Aquí no hay ningún tipo de inspiración, a no ser que te resulte inspirador que siga a dos velas.

—Oye, no descargues tu frustración sexual con un pobre cuaderno inocente.

—No estoy frustrada sexualmente. ¡Ni quiero tirarme a Gage Bishop ni salir con él! Que exista una mínima atracción inexplicable entre nosotros...

Hazel me apartó de un empujón y se lanzó a por el cuaderno.

—Quiero saberlo todo. Hasta el último detalle.

—Menos mal que existen los editores. Por cierto, ¿ahora mismo no deberías estar en clase? Creía que llegaba tarde, pero aquí no hay nadie. ¿Has espantado a tus alumnos cantándoles un rap que escribiste para intentar conectar con ellos?

—Rapear no es lo mío. Te he dicho que la clase empezaba antes para que llegaras a tiempo. Volviendo al irresistible atractivo sexual de Gage, ¿qué fue lo primero que te llamó la atención de él?

—Por favor, dime que no estás hablando de mi hermano.

Nos dimos la vuelta y vimos a Levi de pie en la puerta de la sala. Parecía a punto de vomitar.

—Mira lo que has conseguido —le espeté a Hazel.

—Oye, él es el Bishop menos propenso a irse de la lengua.

Levi, ¿cuándo te dijo Zoey que no eras su tipo? —le preguntó Hazel, levantando el cuaderno por encima de la cabeza para evitar que yo volviera a quitárselo.

—Pues... todavía no lo ha hecho. De momento.

—¿Y tú? ¿Le has dicho ya que no es tu tipo? —añadió, triunfante.

—¿Puedo volver cuando estéis... menos raras?

Me tapé la cara con las manos, deseando teletransportarme a cualquier otro lugar y escapar de allí.

—Pienso decirle a Cam que fuiste tú la que atropelló su lijadora orbital en el jardín porque aún no sabes aparcar —le dije a Hazel para amenazarla.

—Ya he confesado, porque eso es lo que hacen las personas que se quieren. Hablar de cosas como lijadoras y química sexual.

—Me voy a cualquier otro sitio que no sea este —anunció Levi, pero el resto de los alumnos empezaron a entrar ruidosamente en la sala y le impidieron huir. Él encogió sus anchos hombros, derrotado.

—Esto no va a quedar así. Tú y yo vamos a tener una conversación larga y pormenorizada sobre quien tú sabes, si es que quieres volver a ver otro de mis manuscritos —dijo Hazel con un brillo de locura en sus ojos marrones.

Saludé con la mano a dos empleados del hotel, Scooter Vakapuna y Hana, que se estaban sentando.

—Buf. Vale, pero tendrás que atenerte a las reglas de la Hermandad de la no Interferencia. ¿De acuerdo?

—Trato hecho.

—Y ahora dime qué pinto aquí.

Hazel me sonrió.

—Ah, claro. Lo otro. Vale. Sabes lo mucho que te agradezco que hayas venido a vivir a este pueblo, que me hayas apoyado y que seas mi mayor admiradora, ¿verdad?

—Tienes pinta de haberlo ensayado. ¿Estás rompiendo conmigo?

—No seas dramática. Lo que quiero decir es que soy consciente de que has puesto todos los huevos en la cesta de Hazel Hart. Y aunque tu lealtad y confianza lo son todo para mí, sé que no puedes sobrevivir con una sola clienta —dijo.

—También soy la publicista de Story Lake. Así que, en realidad, tengo dos clientes.

Hazel se cruzó de brazos.

—Oye, has renunciado a muchas cosas por mí. Perdiste tu trabajo por mi culpa. Vives aquí por mi culpa. Eres la mejor amiga y la mejor agente que una mujer podría desear. Solo quiero demostrarte lo mucho que te quiero.

—Como ahora mismo me extiendas un cheque de mejor amiga por lástima, me voy a enfadar mucho mientras lo ingreso.

—Tengo que organizar una boda y una luna de miel. No te voy a extender ningún cheque.

—Vale. Si me ayudas con la mudanza, estamos en paz.

—Creo que te he encontrado un cliente nuevo —anunció.

—Vaya. ¿Entonces no me vas a ayudar con la mudanza? —Hazel puso los ojos en blanco—. Bueno, vale. Un cliente nuevo. ¿Y de dónde lo has sacado? ¿Del Bingo Definitivo?

—De aquí —susurró emocionada.

—¿De aquí, aquí? ¿De esta clase? —Me giré para echar un vistazo a los candidatos. Aparte de Levi, Hana y Scooter, la única otra vecina autóctona de Story Lake era Kitty Suárez. El resto eran residentes de la comunidad de jubilados que, entre todos, debían de sumar unos quinientos años.

—Por favor, dime que no es George, el Diablo Sobre Ruedas —murmuré, al ver al hombre que la había liado en la librería y en el pleno municipal. Iba vestido con unos pantalones de chándal, una sudadera que ponía VOY A METERTE EN EL MALETERO Y PARTICIPAR EN TU BÚSQUEDA y, si mis ojos no me engañaban, unas zapatillas de Dior de mil cuatrocientos pavos.

—No, no es él. Pero prefiero que lo adivines.

—Sabes que odio las adivinanzas.

—Esta vez seguro que aciertas. Ya lo verás.

No soportaba que la gente dijera eso. Como si solo un tonto de remate pudiera fallar en algo tan obvio, que era justo lo que hacía yo. Y luego tenían que fingir que era una broma y que, en realidad, era dificilísimo, para que no me sintiera como una inútil integral.

—¿Es Levi? —pregunté esperanzada. Sin duda podría aprovechar su atractivo físico para vender unos cuantos libros.

—Solo me ha enseñado algunos capítulos. Es bueno y está mejorando, pero hay otra persona con la que creo que te interesaría hablar.

—¿No puedes decírmelo ya? —le supliqué. Mi cerebro ya estaba demasiado cansado como para jugar.

—¿Vamos a empezar hoy la clase o piensas esperar a que tengamos alguna urgencia médica típica de la tercera edad? —preguntó una mujer que estaba en una mesa al lado de la ventana, con un cardado gris impresionante.

—Me alegro de volver a verte, Mildred —dijo Hazel, sin inmutarse por la queja.

—¿Quién es tu amiga? ¿Está soltera? —preguntó un hombre con un sombrero de vaquero gigantesco, mientras se alisaba el bigote blanco y esponjoso con el índice y el pulgar de la mano izquierda. En la derecha llevaba una prótesis superchula, parecida a la de un robot.

Hazel me sonrió con malicia.

—Está completamente disponible, Terrance, y si esperas un poco, seguro que te dice si eres su tipo.

—Te odio —murmuré.

—Jamás serías capaz de hacerlo —me soltó ella, con una mirada seductora.

A regañadientes, me dirigí hacia una silla vacía que Levi tenía al lado. Era la que estaba más cerca de la puerta, así que al menos podría fingir una emergencia de agente y salir corriendo si era necesario.

—Oye, mejor no hables con nadie de lo que has oído —le pedí a Levi.

—No hablar con nadie es lo mío —replicó él.

—Me encanta. —Él soltó un gruñido.

Hazel se volvió hacia la pizarra blanca que había en la cabecera de la sala.

—En la última clase hablamos de la creación de universos…

—Yo solo digo que en mi época no íbamos por ahí pregonándolo desde los tejados —refunfuñó George, que estaba sentado en su scooter.

—En tu época no había tejados. Todo el mundo vivía en cuevas —replicó su amiga Opal.

El resto de la clase se rio disimuladamente de la puñalada.

—Gracias por esas... interesantes reflexiones sobre... lo que haya sido eso, George —dijo Hazel desde la parte delantera de la sala—. Los personajes son la base de la historia, pero el universo es el fundamento de todo lo que les sucede. Me encantan los ejemplos que habéis seleccionado de otros autores para compartir. Sobre todo el tuyo, Mildred, porque has elegido una escena de uno de mis libros. Sin duda es mi favorito. Pero ha llegado la hora de que os convirtáis en escritores. Durante los próximos diez minutos quiero que redactéis una escena corta, un párrafo o incluso una sola frase que muestre, sin explicarlo, en qué tipo de escenario se encuentran vuestros personajes y qué implica para ellos.

Mientras todos se ponían manos a la obra, eché un vistazo a la sala.

Era un grupo muy ecléctico de estudiantes. De momento no había conseguido identificar al cliente potencial del que Hazel me había hablado. La mitad de ellos parecían tomarse la clase en serio, mientras que la otra mitad se comportaban como si fuera la última asignatura previa a la hora de la comida.

El apuesto y enigmático Levi estaba sentado en silencio, moviendo metódicamente los dedos sobre las teclas del portátil. La concejala municipal y famosa tejedora de gorros, Kitty Suárez, llenaba un cuaderno de espiral con palabras y garabatos. El tipo del sombrero de vaquero miraba al techo con el ceño fruncido y los dedos sobre el pequeño teclado Bluetooth de su tablet. George hojeaba una revista. La mujer de cabello blanco que tenía al lado se había quedado dormida. Bueno, esperaba que estuviera durmiendo.

Un movimiento en el patio captó mi atención y sentí un arrebato de emoción instintivo que intenté sofocar de inmediato.

Gage estaba fuera con un ayudante, sacando a pulso al exterior unas vigas de madera enormes. Al parecer, el sol de media tarde era lo bastante cálido como para permitirle ir en manga corta y lucir bíceps. Y qué bíceps. Eso era lo que me había llamado la atención. Lo que había hecho saltar la chispa. Decidí que no se trataba de emoción, sino de una apreciación genérica de la belleza del cuerpo masculino. Eso. Ni más ni menos.

Una vez superada la crisis, desvié la mirada de aquella escena tan viril y llena de músculos que se veía a través de la ventana e intenté leer lo que ponía en la pantalla de Levi.

Como buen escritor, este movió el cuerpo y la pantalla para impedírmelo.

En contra de mi voluntad, volví a mirar a Gage, que estaba llevando otra viga a hombros a su sitio. Un grupito de residentes femeninas ya se había arremolinado fuera para mirar. Normal. La vista era... de lo más agradable.

Alguien me dio un capirotazo en la oreja y, al volver a la realidad, me di cuenta de que Hazel estaba detrás de mí. Dejó caer un trocito de papel doblado sobre la mesa, delante de mis narices.

—Os quedan dos minutos.

Desdoblé el papel y puse los ojos en blanco. «¡Te gustaaaa! No seas tan...», decía. Miré más de cerca el dibujito cutre, con los ojos entornados.

—¿Qué coño es esto? —susurré, señalando el dibujo.

Hazel se puso detrás de Levi, se metió las manos bajo las axilas y agitó los codos como si fueran las alas de un pollo.

Fingí sacarme algo del ojo con el dedo corazón mientras se iba. Gage no me interesaba lo más mínimo. ¿O sí? No. Claro que no. Solo era la típica historia del fruto prohibido. En cuanto me había dicho que no era su tipo, mis partes íntimas habían decidido que sus partes íntimas merecían un poco más de atención.

No era más que una versión adulta y aburrida de aquella vez que mis padres se habían empeñado en que el chico de diecinueve años del octavo, que paseaba perros durante el día y tocaba el bajo por las noches, no me convenía. Trip empezó a parecerme mucho más atractivo en cuanto me prohibieron salir con él.

Eso lo explicaba todo.

Dos minutos después, en los que en absoluto me entretuve mirando por la ventana, Hazel dio una palmada desde la parte delantera de la sala.

—Vale. Se ha acabado el tiempo. ¿Quién quiere empezar?

Tres personas levantaron la mano. Por lo visto, en todas las clases había empollones.

Escuchamos atentamente el texto de Terrance, el vaquero, en el que describía el cajón de los calcetines de una forma muy gráfica, por no decir fascinante. Hana fue la siguiente, con una escena descriptiva ambientada en la cocina de un restaurante durante la hora punta de la cena. Le siguió Mildred, que ofreció una descripción muy detallada de la gasolinera de Wisconsin en la que había conocido a su segundo marido.

—«Cada vez que huelo el aroma salado y cálido de los perritos calientes asados, pienso en mi Norman» —concluyó, antes de hacer una reverencia.

Noté que me rugía el estómago al oír las palabras «perritos calientes» y me di cuenta de que ya había pasado muchísimo tiempo desde el desayuno.

—¡Qué maravilla, Mildred! —exclamó Hazel—. Creo que nos has transportado a todos mentalmente allí. Levi, ¿y tú?

El pobre parecía estar deseando que el techo se le cayera sobre la cabeza para tener una excusa para largarse.

—Venga, jefe de policía. No tengas miedo. Solo vamos a criticar hasta la última palabra —bromeó Opal, poniendo las manos detrás de la cabeza con aire de suficiencia antes de recostarse en la silla.

Tras exhalar un suspiro que más bien parecía un gruñido, Levi empezó a leer con la cabeza gacha y la mirada fija en la pantalla.

—«Las hojas caídas creaban una alfombra rojiza y dorada. Un lecho para el cadáver que yacía retorcido y destrozado sobre él».

—Ahora sí que nos entendemos —dijo George, dando una palmada en la mesa.

—Cierra el pico, George —le ordenó Hazel.

—«¿Cuántas personas habrían pasado por aquel sendero rodeado de árboles, tan impacientes por llegar al mirador que no habían reparado en aquella última morada? ¿Cuántas familias habrían pasado de largo, con los bocadillos en las mochilas y los prismáticos colgados del cuello, emocionadas por la gran aventura que acababan de emprender, mientras detrás de un peñasco cubierto de musgo, a menos de tres metros, un asesino remataba su trabajo?».

Fruncí los labios. No estaba nada mal para un novato. Miré a Hazel arqueando una ceja con curiosidad, a lo que ella respondió con una sonrisa de satisfacción que no me reveló absolutamente nada.

Levi cerró la pantalla del portátil y cruzó los brazos sobre su pecho gigante.

¿Por qué no podía gustarme él? Era grandote, reservado y estaba claro que no buscaba una relación. Y, sin embargo, allí estaba yo, pensando en los puñeteros bíceps monógamos de Gage. Algo raro me pasaba.

—Excelente trabajo, Levi. Has conseguido transmitirnos el momento y el lugar, al tiempo que has hecho ver al lector lo cerca que estaba el peligro de la gente inocente. ¿Y tú, Opal?

Al otro lado de la sala, Opal, vestida con unos pantalones elásticos negros y un jersey largo gris, exhaló un suspiro de irritación. Pero, en vez de protestar, se humedeció el dedo y empezó a pasar las páginas del bloc de notas de hojas amarillas.

—«El barro olía a muerte y le succionaba las rodillas, impidiéndole moverse del sitio. La sangre manaba de la herida abierta que tenía en el hombro y repiqueteaba como lluvia helada sobre las hojas caídas. La niebla sulfúrica se extendía por el bosque, avanzando hacia ella como los dedos de un espectro plateado y silencioso. Bajo sus botas, el suelo se estremeció, como un presagio del mal que estaba por llegar. Cerró la mano con fuerza sobre la empuñadura de la espada, mucho más pesada y menos útil que la varita que estaba acostumbrada a utilizar. Pero se la habían quitado, como le habían quitado todo lo demás.

»La bestia emitió un grito sobrehumano, un bramido ardiente que auguraba dolor, muchísimo dolor. Pero ella lo ignoró. Y seguiría haciéndolo mientras él estuviera en el trono de la muerte, observando todos sus movimientos desde la espesura. Moriría allí, en aquel claro, a merced de un monstruo, y él lo presenciaría todo. Su enemigo mortal. Su aliado imposible. El hombre que le había robado la magia y había firmado su sentencia de muerte. Viviría los últimos instantes de su vida con aquellos fríos ojos grises clavados en ella y él viviría el resto de la suya sin poder olvidarla. Estaba dispuesta a aceptarlo. Esbozó una pequeña sonrisa, mientras el silbido de unas alas y el calor del fuego atravesaban la niebla».

Opal volvió a la primera página del cuaderno y se recostó en la silla.

—Solo tengo eso.

Toda la clase se quedó en silencio, como si alguien hubiera hecho chirriar un disco.

Yo tenía la boca abierta de par en par, como si estuviera intentando zamparme un bocadillo de treinta centímetros de un bocado. Hazel me miró con cara de «te lo dije».

—Le leche —dijo George, rompiendo finalmente el silencio.

—Cállate, viejo pedorro —le soltó Opal.

—¿Tienes más? —le pregunté, esperanzada—. ¿Quién es ella? ¿Y él? ¿La traicionó?

—¿Hay dragones? Los dragones están muy de moda ahora mismo —dijo Kitty.

—¿Qué pasa después? —gritó Mildred.

Opal se aclaró la garganta.

—Solo es un ejercicio de escritura. No os vendría mal salir un poco más.


Estaba a punto de morirme de la impaciencia, cuando Hazel dio por terminada la clase.

Levi cerró de golpe la tapa del portátil y se escabulló por la puerta antes de que nadie más moviera un solo músculo. Yo me levanté sin perder de vista a Opal, con intención de acorralarla en la sala antes de que se largara y la perdiera en un mar de jubilados.

—Hola, preciosa. Me recuerdas mucho a mi nieta. Un momento. Eso ha sonado fatal. ¡Maldita sea! Soy nuevo en esto de socializar —dijo Terrance—. En fin, me llamo Terrance, acabo de mudarme aquí y sí que te pareces mucho a mi nieta, solo que ella está demasiado ocupada para venir a visitarme. Mierda. Ahora parece que voy de víctima.

—Terrance, soy Zoey. Me encantaría ayudarte a mejorar tus habilidades sociales, pero ahora mismo tengo que interceptar a una persona. Luego hablamos —le prometí.

—Nos vemos después, entonces —dijo él con entusiasmo, mientras yo intentaba desenredar la correa del bolso de la silla.

Para cuando lo conseguí, Opal ya estaba en el pasillo. Prácticamente salté por encima de George y su scooter, pero mi presa me llevaba demasiada ventaja. Aquella mujer era más rápida de lo que me esperaba para ir con un andador. No me ayudó quedarme atascada en el pasillo detrás de dos señoras de pelo blanco que llevaban bastones de cuatro patas con ventosas.

Para cuando las adelanté, Opal ya estaba llegando al patio.

—¡Opal! ¡Espera! —le grité. Se detuvo y miró hacia atrás. Esquivé a una entrañable pareja de ancianos que iban de la mano y la alcancé—. ¿Alguna vez te han publicado algo? —le pregunté antes de coger un poco de aire.

Ella me miró de arriba abajo.

—¿Necesitas sentarte o algo así?

—No, estoy bien. Es que no hago cardio desde 2010. ¿Alguna vez has probado a publicar?

—Parece que me estés intentando vender una droga nueva, y no te la pienso comprar.

—Lo que has escrito en clase ha sido bueno. Muy bueno. Opal, se nota que sabes escribir.

Ella resopló.

—Ya. También sé freír un huevo y no he pedido trabajo en la cafetería.

—Lo que acabas de leer, ¿forma parte de una obra más amplia? ¿No tendrás por casualidad algún manuscrito completo por ahí? —le dije, ilusionada.

—¿Quién lo pregunta?

—Perdón. Soy Zoey Moody, agente literaria. La agente de Hazel. Y creo que tienes mucho talento.

—Oye, tengo que llegar a la hora feliz antes de que George se pimple todo el whisky bueno.

—¡Espera! Te daré mi tarjeta. Podemos hablar cuando tengas más tiempo. O puedo acompañarte a la hora feliz. Me encanta el whisky. —Metí el brazo en el bolso, rezando para que aún me quedara alguna tarjeta vieja en el fondo. Iba a hacerme unas nuevas, pero se me había olvidado.

—No quiero ninguna tarjeta ni ningún supuesto contrato editorial. Estoy estupendamente así. Venga, quítate de en medio antes de que te atropelle con el puñetero andador.

Me aparté y la dejé marchar.

—¿Qué tal ha ido?

Me giré sobresaltada y vi a Hazel merodeando por allí.

—Genial. Me ha amenazado con atropellarme con el andador.

Hazel abrió una Pepsi Wild Cherry y la bebió con ansia.

—Ya, es dura de pelar. Venga, cuéntame qué te traes con ese espléndido modelo de virilidad con el que no piensas acostarte —me pidió, señalando hacia el sudoroso y diestro Gage. Él nos saludó con la mano y ambas le devolvimos el saludo.

—Vale. Te cuento todos los detalles si me haces la colada. Llevo una semana sin ropa interior limpia.

—Trato hecho. ¿Desde cuándo llevas ropa interior?

# 10

## *Qué cantidad de pezones*

### Gage

—No paras de mirar el reloj —comentó Declan.

Mi pasante había aparecido en la puerta, sigiloso como un felino, y se estaba tomando un café en una taza completamente blanca. Nana asomó la cabeza al lado de sus piernas con un martillo enorme de peluche en la boca.

Dejé caer el bolígrafo sobre los documentos que estaba leyendo.

—El próximo cliente se está retrasando. —Ya me lo esperaba, viniendo de Zoey. Lo que no me esperaba era la inquietud que había sentido toda la tarde hasta la hora de la cita, pensando que seguramente se le habría olvidado.

—Seis minutos. ¿Cambio la cita de la señora Moody para otro día?

—Has llamado a la clienta por su nombre. Impresionante, Declan.

—Sigo pensando que los números son más eficaces —se quejó.

—La eficacia no siempre es lo más importante.

Él puso cara de incredulidad.

La puerta se abrió con un tintineo y Zoey apareció de repente. Entró como un tornado, despeinada y llena de energía, con unos vaqueros de diseño, una blusa de seda semitransparente y una chaqueta de terciopelo.

—¡Perdón, perdón, perdón! Siento llegar tarde. Soy lo peor.

—Seis minutos —le reprochó Declan.

—No pasa nada —aseguré, levantándome de la silla para reunirme con ella en la zona de recepción.

—No os lo vais a creer, pero me ha parecido que por primera vez en la vida iba a llegar antes de tiempo —dijo, antes de ponerse las gafas de sol en la cabeza con la cara interna del codo—. Así que se me ha ocurrido parar a comprar café para todos, pero había cola. ¡Cola! En Story Lake. ¿A que es increíble? Luego me he dado cuenta de que había perdido las llaves, he tenido que deshacer lo andado y, resumiendo, que meter las llaves en el bote de las propinas solo sirve para confundir a todo el mundo.

—Hola —le dije, quitándole la bandeja de los cafés.

Zoey dejó caer los hombros mientras aquella energía desbordante la abandonaba.

—Hola. Siento llegar tarde. Espero que un café solo y un Earl Grey con leche de almendras lo compensen. Le he preguntado a Jennifer Jang qué solíais tomar.

—No hace falta que te disculpes y gracias por la invitación —dije, mientras Nana se acercaba a ella dando saltitos y la golpeaba en las rodillas con el martillo de peluche.

—Hola. Sí, lo siento. Debería haberte saludado a ti primero, Nana —le dijo Zoey, agachándose para acariciar con recelo a mi perra—. Ojalá tuviera la confianza de un golden retriever y pensara que todo el mundo está encantado de verme.

Nana agradeció tanto el esfuerzo de Zoey que se tumbó boca arriba para que le acariciara la tripa.

—No sé qué hacer con esa parte de tu anatomía —dijo ella.

Cogí el café y le pasé a Declan la bandeja con el otro vaso.

—Le gusta que le froten la barriga —le expliqué, haciéndole una demostración.

Zoey me imitó tímidamente y acarició a Nana.

—Madre mía, ¿por qué tiene tantos pezones?

—¿Por qué no empezamos? —sugerí. Iba a tenderle la mano para ayudarla a levantarse, pero decidí que cuanto menos contacto físico, mejor.

Nos pusimos en pie a la vez, sin tocarnos, pero mirándonos a los ojos.

—¿Por qué la miras tan fijamente? —me preguntó Declan, observándonos tan de cerca que me hizo sentir incómodo. Nana, que no soportaba que la excluyeran, se coló entre ambos moviendo la cola y haciendo chirriar el martillo—. ¿Es que tiene algo entre los dientes?

—No la estoy mirando fijamente —repliqué, poniéndome a la defensiva.

—¿Tengo algo entre los dientes? —preguntó Zoey, pasándose un dedo por la encía.

—No tienes nada.

—¿Quieres que te lleve mi hilo dental al despacho? —se ofreció Declan, con amabilidad.

—Gracias, Declan. Nadie necesita hilo dental. ¿Vamos? —Señalé mi despacho, asegurándome de dejarle a Zoey un amplio margen de maniobra.

—¿Seguro que no tengo nada entre los dientes? —me preguntó ella, agobiada, mientras nos sentábamos uno a cada lado de la mesa—. Porque una vez hice una presentación entera para los departamentos de Marketing y Ventas con varias semillas de chía entre los dientes y nadie me dijo nada.

—No tienes nada entre los dientes. Cambiando de tema, no he visto nada raro en el contrato. Básicamente, porque soy el abogado del ayuntamiento y fui yo quien lo redactó. —Si mantenía un tono profesional, evitaría pensar en lo que ella había dicho sobre lo del rollo de una noche, algo a lo que llevaba dándole vueltas desde el fin de semana.

—Suena un poco a conflicto de intereses —bromeó.

—Teniendo en cuenta que no me vas a pagar y que hago esto por amor al arte, he dado por hecho que no te importaría. ¿Alguna pregunta?

—¿De qué es ese trofeo? —dijo ella, señalando una de las baldas de la estantería.

—Del campeonato estatal de béisbol del instituto. Último año. Volviendo a lo del contrato…

—Esto parece una auténtica cápsula del tiempo —comentó Zoey, antes de levantarse y ponerse a dar vueltas por la habitación con el café.

Tenía razón. Además de los típicos títulos, libros de Derecho y cuadros inofensivos de oficina, había añadido unos cuantos objetos personales. Fotos familiares, recortes de periódico enmarcados y algunos recuerdos adornaban los estantes y las paredes.

—Me gusta rodearme de las cosas que son importantes para mí.

—¿Por eso decidiste quedarte aquí y jugar a ser el héroe del pueblo? —me preguntó, mientras cogía un marco en el que había un clavo del primer trabajo que había hecho con mis hermanos.

—Cuando te he dicho que si tenías alguna pregunta, me refería al contrato.

—Tú me interrogaste sobre mi trabajo. Ahora me toca a mí.

—La respuesta es sí. Marcharme nunca ha formado parte del plan. Siempre he querido quedarme en Story Lake.

—¿Siempre has querido ser constructor por las mañanas y abogado de pueblo por las tardes? —me preguntó Zoey.

—Pensaba ser solo abogado. Pero, aunque a veces son unos auténticos capullos, me encanta trabajar con mis hermanos. Así tengo lo mejor de ambos mundos.

—¿Y qué tipo de casos sueles tener aquí, en Story Lake?

Me recosté en la silla y la observé, mientras ella examinaba una foto familiar de la boda de Laura.

—Sobre todo temas de Derecho de Familia. Herencias, divorcios, acuerdos de custodia. De vez en cuando tengo algún caso en los tribunales que me hace salir un poco de la rutina y luego están mis responsabilidades como abogado municipal, que se reducen principalmente a redactar contratos y estatutos.

Zoey volvió a la mesa y se sentó.

—¿Qué has hecho hoy?

—He estado de jefe de obra en las casas de Haven y he supervisado tres cocinas. Luego me he reunido con el electricista en una cuarta vivienda para averiguar por qué narices las luces del baño parpadeaban cada vez que se encendía el ventilador del techo del dormitorio. A continuación me he pasado por la tienda de ultramarinos, he instalado algunas estanterías más que me había pedido Laura en el almacén y después me han liado para ayudar a mi padre a arreglar un tramo de la valla de la granja por la que las vacas se escaparon la semana pasada. Además, Nana se ha revolcado en una combinación demencial de excrementos de ganado, así que he tenido que lavarla con la manguera antes de lavarme yo mismo. Más tarde me he comprado un sándwich y me he dado una ducha en casa, me he reunido con un cliente en Dominion, he enviado tres denuncias por piratería a una escritora local de novela romántica, cuyo nombre no voy a revelar, y le he echado otro vistazo a tu contrato. Y ahora estoy de cháchara con una mujer en cuya agenda ponía que hoy solo podía dedicarme treinta minutos y tengo que acabar con lo del contrato para enseñarle una cosa.

—Vaya. En primer lugar, la cita que tenía a las cinco ha cambiado de día…, porque me he dado cuenta de que la había anotado mal en la agenda. Y en segundo, ya se me han pasado por la cabeza seis ideas distintas sobre lo que podrías querer enseñarme y tres de ellas son tremendamente obscenas.

Zoey estaba tonteando conmigo y lo más inteligente y sensato era pararle los pies.

—Deberás tener paciencia, si quieres averiguarlo. —Joder. Era un genio.

—Uf. Paciencia. —Lo dijo como si fuera una palabrota.

—Volviendo a lo del contrato —insistí, señalando los papeles que tenía delante—. Imagino que estarás interesada en la duración.

Zoey puso un codo en el escritorio y apoyó la barbilla en la mano.

—La duración me interesa muchísimo. ¿De cuánto estamos hablando?

—De doce.

Zoey parpadeó y bajó la mano.

—¿De doce? ¿Qué eres, un semental?

Genial. Me había pasado. Tenía que volver a ponerme en plan profesional.

—Meses —dije enseguida—. Es un contrato de doce meses.

Zoey se recostó en la silla con cara de estar pasándoselo en grande.

—Me has pillado. Y voy a ser sincera: no he leído el contrato. Son seis páginas llenas de jerga legal. Antes tenía un abogado muy caro y muy paciente, pero ya no puedo permitírmelo. Apenas he sido capaz de concentrarme el tiempo suficiente para imprimirlo.

Parecía avergonzada, como si esperara que le echara la bronca.

—Zoey, a nadie le gusta leer contratos, salvo a los abogados.

Por eso estás aquí. Lo revisaré punto por punto y te lo explicaré en tu idioma.

—¿En mi idioma?, ¿como si tuviera siete años?

—Sí.

Una expresión de alivio se dibujó en su cara bonita.

—Gracias.

Repasamos los detalles del contrato sin encontrar ningún obstáculo importante ni empezar a tontear de nuevo.

—Vale, pues seré más específico con la redacción de los servicios prestados y ya me dirás qué quieres hacer con lo de la duración —resumí.

Ella se mordió el labio inferior.

—La idea de comprometerme a quedarme aquí un año entero me da urticaria.

—Ya me lo imaginaba —repliqué inexpresivamente—. Tómate un día para pensarlo y me dices. Seguro que Darius es flexible, sobre todo porque está entusiasmado con la idea del Fin de Semana de los Lectores.

Zoey sonrió.

—Vale. ¿Puedes enseñarme ya la serpiente que tienes en el pantalón o la colección de platos conmemorativos de la realeza sueca?

—¿Esas eran tus dos opciones?

—Hazel no es la única con una imaginación desbordante —señaló.

—No fastidies —repliqué, molesto.

Zoey le dijo adiós con la mano a Declan, que estaba colocando unas carpetas de papel manila en un ángulo recto perfecto sobre el escritorio con la ayuda de una escuadra metálica. Nana estaba tumbada boca arriba al sol, roncando con el martillo todavía en la boca.

Le abrí la puerta a Zoey y señalé las escaleras.

—Vamos arriba.

—Me gustaría modificar la lista para añadir ocho conejitos rescatados en un arcén o tu colección de insignias de los Boy Scouts.

—Qué pava eres —le dije, empujándola suavemente hacia el primer escalón.

Empezó a subir las escaleras.

—¿Una pared con todos los piropos que te han echado escritos en notas adhesivas?

—No.

—¡Ay! ¡Ya sé! —dijo, girándose en el escalón que estaba por encima de mí—. ¡Es una presentación de diapositivas de todos los selfis que tienes con las ancianas a las que has ayudado a cruzar la calle!

—Definitivamente, no. Tira. —Sin pensar, le puse las manos en las caderas y la empujé hacia adelante. El mero hecho de tocar sus curvas hizo que mi cerebro cortocircuitara por un instante. ¿Qué coño estaba haciendo? En ese momento, Zoey era una clienta. Una clienta extraoficial y que no iba a pagar, pero igualmente había ciertas normas.

Ella empezó a subir de nuevo y aparté las manos.

—¿Y un álbum de recortes con todas las veces que te ha parado la policía solo para decirte lo buen conductor que eres? —preguntó.

—Para ser de las que no se comprometen, con esto te has comprometido a fondo —le dije al llegar al piso de arriba.

—Soy un poco extremista —replicó alegremente—. Y parece que tú tampoco te quedas corto.

Fui hacia la puerta y saqué las llaves.

—Insultar es la forma que tiene mi familia de expresar su amor. Estoy acostumbrado.

—Me gusta tu familia. Al menos no son unos capullos.

—No te equivoques. Son unos capullos de campeonato. Pero unos capullos entrañables y divertidos, no de los que dejan secuelas emocionales.

Zoey ladeó la cabeza y se me quedó mirando.

—¿Eres consciente de la suerte que tienes?

—Sí. No sé si lo sabes, pero mis hermanos y yo somos adoptados. Nuestros padres murieron cuando éramos pequeños.

Ella asintió.

—Hazel me lo contó. No es que vaya por ahí pregonando la historia de tu familia, es que hablamos mucho de todo.

—No pasa nada. Aquí todo el mundo habla. Nos mandaron a diferentes casas de acogida. Yo acabé aquí con Frank y Pep Bishop. Cuando se enteraron de que tenía dos hermanos mayores, removieron cielo y tierra para reunirnos. Así que aquí estamos.

Apenas recuerdo a mis padres biológicos, pero soy consciente de la suerte que tengo de ser un Bishop.

Abrí la puerta y le hice un gesto con la mano para que entrara. Ella obedeció con recelo.

—Una habitación vacía. Reconozco que estoy decepcionada.

—Ya, pero podría ser una habitación vacía de tu apartamento vacío si dejaras de darle el coñazo al casero.

Sus ojos verdes se iluminaron y levantó las cejas, sorprendida.

—¡Hala! Ya no estoy tan decepcionada.

—¿No te sientes como una niña mimada? —le pregunté con arrogancia.

—Gage, esto es el doble de grande que mi apartamento de Manhattan.

Me gustaba cómo sonaba mi nombre en sus labios, y el hecho de admitirlo hacía que me dieran ganas de darme un puñetazo en la cara. Ella no era la mujer adecuada. No debería sentir nada de eso. ¿Por qué coño no era capaz de recordarlo?

—Aquí el dinero cunde un poco más —dije.

—¿Para qué es este espacio? —me preguntó, atravesando el hueco enmarcado de la sala de estar que daba a la zona situada al lado de la cocina alargada.

—Los no-neoyorquinos lo llamamos «comedor».

Zoey se llevó un dedo a la barbilla.

—Anda. ¿Una habitación solo para comer? ¿Y qué voy a hacer en el sofá?

—¿Qué opinas de los muebles de baño extragrandes? —le pregunté.

—Opino que deberías seguir hablando, apuesto casero en potencia.

—Por mucho que intentes ligar conmigo no vas a conseguir que te baje el alquiler. Ya hemos dejado claro que no estamos interesados el uno en el otro.

—¿Sabes quién sí está interesada en nosotros? —dijo Zoey, yendo directamente hacia la puerta del baño—. Hazel. ¡Madre mía! ¡Es enorme! —exclamó encantada. Me miró sonriendo.

—¿Qué te acabo de decir de lo de ligar? —repliqué, apoyándome en el marco de la puerta—. ¿Por qué está Hazel interesada en nosotros? ¿Cam le ha comido la cabeza?

Zoey se sentó en la esquina del mueble y comenzó a balancear los pies.

—Alucina. Se ha empeñado en que necesita más inspiración de la vida real para escribir el libro nuevo y le ha dado por inventarse una aventura entre tú y yo.

—¿Cómo se le ha ocurrido algo así?

—Porque yo le dije que no estaba interesada en ti.

—¿Estabais hablando de mí? Eso no suena a falta de interés.

Zoey puso los ojos en blanco.

—Ahí está ese ego Bishop. Sabía que no podía andar muy lejos. En fin, solo quería avisarte. Si ves a una escritora de novela romántica morena acechando detrás de los cubos de basura e intentando forzar un romance, ese es el motivo. Como agente suya, te agradecería que le siguieras el rollo para que pueda empezar a cumplir los objetivos y escribir el número de palabras que le tocan al día.

—¿Hasta qué punto sugieres que le siga el rollo?

—No te vengas arriba. No me importaría tener un rollo de una noche contigo, pero mi cuerpo te dejaría hipnotizado y te pondrías a seguirme por todo el pueblo, suplicándome una noche más.

—Parece que alguien se ha levantado un poco arrogante —comenté.

Zoey le echó un vistazo al baño y lo olisqueó.

—¿Por qué huele todo a nuevo? Pintura fresca, moqueta nueva. —Se bajó del mueble y abrió la cortina de la ducha—. ¡Ajá! Azulejos nuevos.

—Porque todo es nuevo.

—Gage.

—Zoey.

—¿Has reformado este apartamento para mí?

Iba a mentirle. Pero luego pensé que Papá Noel siempre se llevaba el mérito por los mejores regalos.

—Sí. Estaba vacío y lo usaba como trastero —admití.

Le echó otro vistazo al pequeño baño.

—Es lo más bonito que han hecho nunca por mí. Literalmente. Y eso que ni siquiera te caigo bien.

—No es que no me caigas bien —repliqué, irritado—. Es solo que no me gusta estar contigo.

—Qué gilipollas eres —dijo ella, riéndose. Luego se puso de puntillas y me plantó un beso ruidoso en la mejilla—. Y ahora, si me disculpas, voy a criticar despiadadamente el tamaño del armario.

Me esquivó y salió de la habitación, dejando tras de sí un aroma a coco y una sensación abrasadora donde sus labios habían tocado mi piel.

Joder. Aquello no pintaba nada bien. Estaba jugando con fuego, y yo jamás jugaba con fuego.

—¡Madre mía, aquí me cabría casi toda la ropa! —chilló desde el dormitorio.

Me miré en el espejo del baño y cambié de cara para intentar parecer menos panoli.

—Contrólate, Bishop —le dije a mi propio reflejo, antes de ir a su encuentro.

—Voy a necesitar unas cuantas estanterías y un contrato de alquiler de tres meses, porque ambos sabemos que ni de coña voy a aguantar aquí un año —gritó Zoey desde el interior del ropero.

—Nueve meses —propuse.

Ella giró sobre sí misma y se asomó a la puerta del armario.

—Es ocho veces más grande que el mío de la ciudad.

—Te dije que Story Lake no estaba tan mal.

—Definitivamente, mi cariño por el pueblo está empezando a aumentar. Como una infección por hongos —replicó.

Estaba bromeando, pero Story Lake tenía la capacidad de enganchar a la gente.

—Desde las ventanas del comedor se ve un poco el lago y en la parte de atrás hay una escalera que da a la cocina y baja directamente al aparcamiento —le expliqué—. Y puede que, si no eres demasiado pesada, tu casero te ayude a subir la compra.

—Seis meses —dijo Zoey—. Y que mi contrato con el pueblo tenga la misma duración.

—Trato hecho —dije, extendiendo la mano.

Ella me la estrechó e ignoré las chispas que sentí en la palma. No pensaba posponer mi futuro por un poco de diversión en el presente. Podía soportar perfectamente estar tan cerca de ella. Era un puto adulto y tenía un autocontrol admirable. La atracción y la lujuria eran obstáculos para adolescentes, no para hombres hechos y derechos de más de treinta años.

Zoey me soltó la mano y recorrió victoriosa el apartamento antes de abalanzarse sobre mí y darme un violento abrazo unilateral.

—¡Gracias, gracias, gracias, Gage! —Me soltó y se fue bailando a echar un vistazo a la cocina.

—¿Qué coño he hecho? —me susurré a mí mismo.

¿Cómo se suponía que iba a encontrar a la futura señora Bishop con un apocalipsis pelirrojo viviendo en el piso de arriba?

Tendría que mantener las distancias. No podía ser tan difícil. Ella estaba muy ocupada. Yo estaba muy ocupado. Dos personas ocupadas no tenían mucho tiempo libre para encontrarse por el pueblo.

De repente se detuvo delante de mí.

—¿Sabes qué es lo más curioso? Que si nos gustáramos, esto habría sido superromántico. Ese contrato de alquiler va a hacer que viva justo encima de ti. A Hazel le encantaría.

# 11

## *Salpicaduras de vodka*

### Zoey

Me miré los dientes en el espejo de la puerta giratoria del hotel por si los tenía manchados de carmín, mientras esta dejaba el ruido del tráfico del viernes por la noche en Manhattan en la calle, detrás de mí. Había sido un día muy largo en el que no había parado de meter cosas en cajas para la deprimente gran mudanza del día siguiente y nada me apetecía más que acurrucarme en mi cama una última noche. Pero no estaba dispuesta a perderme aquello.

Itálicas era una gala anual del mundillo editorial cuyos beneficios se destinaban a diversos programas de alfabetización de Nueva York. A ella asistían editores, agentes y escritores que aún no habían aprendido a decir que no o que necesitaban una velada que alimentara su ego. Cada año entregaban el premio Icono Itálicas a algún «pez gordo de la industria».

Normalmente, el premio recaía sobre algún viejo blanco adinerado que pasaba más tiempo en un velero en los Hamptons que al frente de su empresa. El rico y anciano director ejecutivo de la antigua editorial de Hazel, propietario de un yate, había ganado los últimos tres años consecutivos. También era famoso por haberle lanzado el premio Icono, que era de cristal, a un becario que había confundido su pedido para el almuerzo con el de un director vegano del departamento de Publicidad. Por fortuna, en lugar de darle al becario se había cargado la puerta del despacho.

Pero el panorama editorial estaba cambiando. Ese año, la galardonada era la presidenta de la nueva editorial de Hazel. Navya era una estadounidense de primera generación muy inteligente cuya empresa, con solo cinco años de antigüedad, era lo suficientemente revolucionaria como para haberse convertido en una digna competidora de los pesos pesados.

No podía desaprovechar la oportunidad de dejarme caer por allí, beberme unas cuantas copas de champán carísimo y restregarles a mis antiguos compañeros de trabajo su derrota por las narices. Solo iba a tener tiempo para felicitar a Navya y retomar el contacto con algunos conocidos antes de regresar a casa a una hora razonable, porque los de la mudanza llegarían a primerísima hora.

Subí en ascensor al tercer piso mientras comprobaba mi outfit en las puertas de espejos. Había obviado el riguroso negro neoyorquino y me había decantado por un llamativo vestido rojo de Tracy Reese. Los zapatos de tacón de ante que había combinado con el vestido me habían parecido una buena inversión en su día, cuando me los había comprado con un sueldo de trabajadora de jornada completa. Pero, teniendo en cuenta mi complicada situación financiera actual, lo único que hacían era burlarse de mí.

La mudanza me había obligado a hacer un inventario bastante doloroso de mi vida y mis pertenencias. Tenía una mina de oro en ropa cara de segunda mano. Por desgracia, tenía bastante claro que mi nuevo casero no iba a aceptar zapatos y vestidos como forma de pago.

Las puertas del ascensor se abrieron y seguí el rumor de las conversaciones corporativas hasta el salón. Era como cualquier otro evento genérico del sector. Manteles blancos, canapés pijos y dos barras de pago recubiertas de faldones morados a juego con la ostentosa iluminación. Saludé con la cabeza a algunos conocidos y me dirigí a la barra más cercana.

—Champán, por favor —dije, cuando la camarera deslizó una servilleta de cóctel delante de mí.

—Son veintidós dólares —contestó.

—¿En serio? ¿Es que las uvas están hechas de diamantes?

Ella me sonrió con pesar.

—Es el margen de beneficio mínimo. Puedo ofrecerle un tequila malísimo por catorce dólares que pelaría la pintura de las paredes.

—Me quedo con el atraco a mano armada del champán —decidí, sacando la tarjeta de crédito.

—Anda, mira quién ha salido de la madriguera —dijo una voz conocida detrás de mí.

—¡Valentino! —Me acerqué para darle un beso en la mejilla—. ¿Por qué siempre me sacas los colores?

Mi querido amigo se giró como si estuviera en una pasarela para que pudiera admirar debidamente sus pantalones tobilleros de color marfil y su chaqueta entallada. También llevaba unos mocasines de ante morado con unos adornos enormes de piedras brillantes.

—¿Te gusta? Me he decantado por una mezcla de Cenicienta y Príncipe Azul.

—Pues lo has clavado.

Me pasó la copa de champán y entrelazó su brazo con el mío.

—Vamos a dar una vuelta mientras me pones al día. Se rumorea que tu Hazel está a punto de publicar una auténtica mina de oro.

—He sido yo la que ha hecho circular ese rumor, pero aun así es cierto. Va a ser su mejor libro hasta la fecha, y no lo digo solo porque sea mi mejor amiga y mi única clienta, ni porque me vaya la vida en ello.

Con Valentino podía ser sincera. Nos conocíamos desde hacía muchísimo tiempo. Habíamos empezado juntos como asistentes editoriales cuando teníamos veintipocos años. Ahora él era el director de un prestigioso sello de ciencia ficción de una de las cinco editoriales más importantes. Y yo… apenas conseguía mantenerme a flote.

—Anímate, mi croquetita de salmón. A todos nos toca pasar alguna vez por una época de vacas flacas. Hace que la victoria sea mucho más dulce. Por cierto, ¿qué es eso de que te has ido a vivir a un pueblecito de New Jersey?

Empezamos a pasear y dejamos atrás la mesa de los canapés.

—En Pennsylvania y es temporal.

—Nunca te había imaginado como una chica de pueblo.

—Créeme, ha sido un cambio tremendo. Hay un cerdo que anda suelto por ahí. Un águila calva que lanza serpientes. Y todo el pueblo se reúne para ver a la gente jugar al bingo. Pero también hay un lago precioso y un porcentaje inusualmente elevado de hombres guapos entre la población.

—Iré a visitarte. Aquí el mercado está fatal y sobrevivo a base de repeticiones.

Me eché a reír.

—Seguro que te divertirías un montón.

—Yo me divierto en todas partes…, menos en el dentista y cuando voy a hacerme la cera. Hmm, tal vez debería comprarme uno de esos chalecos deportivos que tanto les gustan a los amantes de las actividades al aire libre. Cambiando de tema, dime que no te has enterado de lo de Jim, para que sea yo el que te ponga al corriente.

Me detuve al lado del escenario vacío. Jim no solo había sido mi asqueroso excompañero de trabajo en la agencia literaria Beau Monde, sino también el exmarido de Hazel, que la había engañado con el acuerdo de divorcio para quedarse los derechos de los tres primeros libros de la serie de Spring Gate. Aunque gracias a Cam, a Gage, a mí y al equipo jurídico de la madre de Hazel, finalmente ella había logrado recuperarlos.

—¿Lo van a meter en la cárcel? ¿Ha pillado algún tipo de hongos incurables en los pies?

—Ha dejado tirada a su última clienta después de que su debut fuera un fracaso.

—Eso no es ni sorprendente ni escandaloso —señalé.

—Vaya. ¿Se me ha olvidado mencionar que se acostaba con ella y que le había hecho firmar un contrato que, al parecer, debía de ser bastante abusivo? Es una estudiante de posgrado de veintitrés años que tuvo suficiente cabeza para denunciarlo a las autoridades competentes. Por ahora lo están manteniendo en secreto, pero no creo que vaya a salir muy bien parado.

—De verdad que en el fondo de mi corazón deseo ser mejor persona. No quiero ser de las que se alegran de las desgracias ajenas, pero qué maravilloso es a veces el karma —contesté.

—Algunas personas merecen que nos alegremos de sus calamidades. Es una de las leyes de la naturaleza —dijo, levantando su copa de alcohol excesivamente caro.

Brindé con él.

—Te echaba de menos, Valentino.

—Intenta no estar fuera tanto tiempo como para que se me olvide lo mucho que te quiero. Ahora, si me disculpas, estoy viendo a un escritor novel que necesita que lo salve de Earl Wiggens antes de que lo hunda en la miseria.

—¿Wiggens está aquí? —pregunté, estirando el cuello.

—Lo han engañado para que saliera de la cueva prometiéndole carne roja y un falso premio por su trayectoria.

—Me encantaría robárselo a BM. —Me gustaba abreviar el nombre de la agencia Beau Monde e imaginarme que eran las iniciales de «basura mediocre».

Valentino reaccionó como si acabara de abofetear a Dolly Parton.

—¿Por qué coño quieres hacer eso? Ese tío es como una ameba.

—Una ameba que hace ganar un montón de pasta a Beau Monde.

—Sabes que te adoro, mi bolita de queso, pero ese hombre es un puto cerdo disfrazado de humano. Se tira pedos en los ascensores. Les pregunta a las mujeres embarazadas por qué se dejan ver en público. Y sigue fumando en los restaurantes.

—Y BM depende de sus derechos de autor pedorros y machistas.

Valentino negó con la cabeza.

—Cariño, me temo que eso suena más autodestructivo que vengativo.

Yo resoplé.

—Puedo perfectamente con él y a lo mejor hasta lograría hacerle abandonar algunos de sus hábitos cavernícolas. Venga, ve a salvar a tu protegido.

Valentino se abrió paso entre la multitud con la confianza de un famoso y yo lo seguí para estudiar un poco a Wiggens. Me aposté en una mesita alta que había cerca y analicé a hurtadillas a mi presa.

Era bajito y barrigón. Llevaba unas gafas oscuras que le ocultaban los ojos, así que era imposible saber hacia dónde estaba mirando. Aunque teniendo en cuenta que iba por la quinta esposa y que esta era una atlética modelo de trajes de baño de veintinueve años, podía imaginar lo que solía estar en su campo de visión. Le estaba soltando un sermón a un chaval que tenía en la mano un ejemplar de su último libro y que parecía completamente alucinado.

—Resumiendo, jovencito, que no pienso firmarle ese libro ni a tu madre ni a nadie. Los hombres de verdad no piden autógrafos a otros hombres —le espetó.

—Señor Wiggens, qué interesante volver a verlo. Si no le importa, me llevo a Raphael para presentarle a algunos seres humanos de verdad.

Wiggens miró malhumorado a Valentino.

—Y tú, ¿qué coño eres?

Uf. Aquel hombre tenía una lengua viperina y un ego descomunal. Me imaginé arreándole en la cara con una bandeja de catering. Qué gustazo. Joder, a lo mejor mi plan era una mierda. ¿De verdad quería estar aguantando a un tío así todo el día o solo era otra idea impulsiva más que se me había metido en la mollera?

Valentino echó la cabeza hacia atrás y soltó una carcajada.

—Ay, qué sentido del humor tan de la vieja escuela. Me alegra mucho ver que no ha decidido empezar a hacerle caso al ministro de Sanidad. Disfrute de ese puro tan apestoso y repugnante.

—Anda, si es Zoey Moody, la metepatas. —Entorné los ojos mientras me giraba para saludar a otra persona que merecía que le estamparan una bandeja de catering en la cara—. ¿Cómo es la vida después de un despido? —Jim Whitehead, mi excompañero de trabajo y exmarido de Hazel, me miraba con desdén, enfundado en su traje de Hugo Boss. Era un hombre de estatura media, complexión media y nada especial, con el ego de un *nepo baby* protagonista de un *reality show*. A su lado estaba Colin, otro agente de BM y actual representante de Wiggens. No tenía nada en contra de Colin, salvo por el mal gusto que demostraba al ser amigo de Jim.

—¿Cómo es la vida después de que te partan la cara? —le pregunté a Jim, haciendo referencia a la última vez que nos habíamos visto, cuando Cam le había arreado un puñetazo en una sala de conferencias.

—Me sorprende verte aquí —replicó, ignorando el insulto.

Acabé con indiferencia la copa de champán exageradamente caro y la dejé sobre la mesa.

—Ah, ¿sí? ¿Y por qué?

—Bueno, para empezar, yo estaría demasiado avergonzado como para dejarme ver en público si me hubieran despedido de esa forma. Se rumorea que te vas a mudar definitivamente a ese pueblucho —dijo Jim con prepotencia.

El mundillo editorial de Nueva York guardaba un parecido sorprendente con la fábrica de cotilleos de Story Lake.

—Yo también he oído algunos rumores interesantes últimamente. ¿Qué tal esa nueva autora de/a la que te has estado beneficiando? —le pregunté.

Él me miró con el ceño fruncido y abrió la boca, sin duda para soltar algún insulto arrogante, pero Colin lo interrumpió.

—Tengo entendido que has intentado ponerte en contacto con mi cliente.

Así que Wiggens había recibido al menos alguno de mis mensajes. Y le habían parecido lo suficientemente interesantes como para comunicárselo a su agente. Bien. Esbocé una sonrisa profesional.

—Mi cláusula de no competencia ya ha vencido. Si estás haciendo bien tu trabajo, no creo que tengas nada de qué preocuparte.

Jim resopló con una copa de whisky mediocre en la mano que, sin duda, costaría cincuenta dólares.

—Como si alguien con dos dedos de frente fuera a elegirte a ti en vez de a Beau Monde.

—Tu exmujer lo hizo —repliqué con vehemencia.

—A Hazel la echaron, igual que a ti. No perdemos el tiempo con escritores del montón. Es una pena, la verdad. Si hubiera seguido mi consejo, podría haber llegado a ser una autora de prestigio.

Estaba buscando alguna bandeja de catering que me quedara a mano, cuando nos interrumpió otra recién llegada.

—Qué alegría verte, Zoey —dijo Navya, la mujer del momento, extendiendo las manos hacia mí.

Ya habíamos coincidido unas cuantas veces y, como siempre, me impresionó su elegancia. Estaba espectacular y resplandeciente, con un vestido de cóctel negro. Llevaba el cabello oscuro, surcado por algunos mechones plateados, retirado hacia atrás y recogido en un moño sofisticado. Tenía el porte de una bailarina y la confianza serena de una reina.

Cada vez que estaba en la misma habitación que ella, sentía la necesidad de poner la espalda recta.

Me tendió las manos y yo se las estreché.

—Navya, enhorabuena. Me alegro de que por fin le den este premio a alguien que se lo merece de verdad.

Colin carraspeó. Jim no se molestó en ocultar su desdén.

—Conoces al exmarido de Hazel, ¿verdad? El que intentó quedarse con los derechos de sus libros en el divorcio —le dije, presentándosela a Jim.

Cuando Navya levantó las cejas sorprendida y Jim me lanzó una mirada asesina, me di cuenta de que me había pasado un poco de la raya. Mierda. Una cosa era discutir en privado, pero airear los trapos sucios en público era de aficionados. ¿Por qué no podía guardarme mis pensamientos para mí misma?

—Me sorprende que te hayas arriesgado con el *dream team*, Navya —dijo Jim, señalándome con el pulgar de forma sarcástica—. Es solo cuestión de tiempo que Hazel vuelva a derrumbarse o que Zoey meta la pata y eche a perder una presentación. Si alguna vez te interesa publicar a autores de verdad con el respaldo de profesionales, estaré encantado de invitarte a almorzar.

Me hervía la sangre y tenía la boca abierta, lo cual sabía por experiencia que no era una buena combinación.

Afortunadamente, Navya respondió antes que yo.

—Qué propuesta tan interesante —dijo con ironía.

Por desgracia para todos, yo seguía con la boca abierta y con intención de hacerle cumplir con su cometido.

—Y tanto, Jim. Qué fascinante que hayas cambiado de opinión. ¿Cuál fue el comentario que hiciste sobre la editorial de Navya en su primera fiesta de presentación? ¡Ah!, ¿sí? Dijiste que era una empresita cutre que no iba a durar ni un año.

Colin puso cara de haberse atragantado con la aceituna del martini.

—Qué imaginación. Te aseguro, Navya, que jamás os menospreciaría ni a ti ni a tu empresa de esa forma —dijo Jim con sus dientes de comadreja, mintiendo como un bellaco. Yo resoplé. Él se giró hacia mí—. Aunque la próxima novela sensiblera y ñoña de

Hazel fuera un best seller, que no lo será, al final acabará dándose cuenta de lo que todos sabemos ya: que eres una niñata sin talento con la capacidad de atención de una pulga y que podría llegar mucho más lejos con un verdadero profesional detrás. No con alguien que solo se dedica a emperifollarse.

Ni siquiera me lo pensé. Sin ningún tipo de premeditación, le quité el vodka con soda de las manos a una mujer que pasaba por allí y se lo tiré a Jim a la cara. Gratificación inmediata. Sin embargo, no había tenido en cuenta las salpicaduras, que no solo me empaparon a mí, sino también el precioso vestido de Navya.

La gente de alrededor ahogó un grito.

—Mujeres. No saben controlar sus emociones —refunfuñó Wiggens, antes de exhalar una nube de humo nauseabunda en dirección al techo.

—Y tú cierra la puñetera boca, primate prehistórico —le espeté.

Mierda, mierda, mierda.

Mientras intentaba alejarme de aquellas caras horrorizadas, choqué con una mesa de cóctel que estaba detrás de mí y tiré unas cuantas copas más. Me disculpé en voz baja y salí corriendo.

—Gilipollas —le susurré a mi reflejo en el espejo dorado del baño.

Sentía la vergüenza como una bola de fuego en el estómago. ¿Por qué no había podido estarme calladita? ¿Por qué no me había conformado con imaginar que le tiraba un cóctel a la cara al estirado de Jim? Una vez más, mis impulsos me habían llevado por el mal camino. Aquel tío sabía perfectamente qué botones pulsar para activar mis miedos más profundos y oscuros. Y yo había reaccionado como una cría en plena rabieta. Solo que esa vez lo había hecho delante de la única persona que había creído lo suficiente en Hazel como para darle la oportunidad de demostrar su valía… y de una sala llena de gente que ya nos había tachado a las dos.

—Soy gilipollas —murmuré con tristeza, mientras secaba las manchas húmedas con olor a vodka de la parte de arriba del vestido.

No me quedaba más remedio que arrastrarme ante Navya y luego tendría que disculparme con Jim como si lo sintiera de verdad. Y no era tan buena actriz. Gracias a mi impulsividad, toda la industria editorial sabía que era una loca desquiciada.

—¿Estás bien?

Me di la vuelta y me quedé horrorizada al ver a Navya en la puerta.

—Lo siento mucho. Muchísimo. Me he cargado ese vestido tan bonito en tu gran noche. Creerás que soy lo peor —farfullé.

¿Por qué no podía ser como los demás? ¿Por qué no podía limitarme a tener pensamientos perversos en lugar de ponerlos en práctica?

Le pasé un montón enorme de toallitas de papel, como un regalo patético de disculpa.

Ella las aceptó y las dejó sobre la encimera.

—Zoey, por muy satisfactorio que haya sido ver cómo el vodka y la soda goteaban por la nariz de ese idiota, no puedes permitir que la gente como él te afecte. Y menos en un entorno profesional.

Puse cara de circunstancias.

—Ya. Ya lo sé. Pero es que… no he podido evitarlo. Por favor. Hagas lo que hagas, no dejes que esto perjudique a Hazel. Es maravillosa. Ha escrito un libro increíble y se merece todas las cosas buenas que le están pasando.

Navya se rio entre dientes.

—Estoy en este negocio por dos razones: porque me encantan los libros y porque me encanta ganar dinero. Hazel ha escrito una historia magnífica que va a conectar con lectores de todo el mundo y nos va a generar muchas ganancias. Y tú, querida, fuiste lo suficientemente inteligente, valiente y apasionada como para defenderla cuando nadie más lo hacía. Creo en ti tanto como en ella.

Como si no hubiera pasado ya suficiente vergüenza, se me llenaron los ojos de lágrimas.

—¿En serio? —susurré.

—En serio. Ya hay demasiados sapos como Jim Whitehead que impiden que muchos libros maravillosos vean la luz. Tienes una energía y una capacidad para ser leal que me recuerdan a mí misma cuando tenía tu edad. Pero debes aprender a hacer una pausa entre el estímulo y la respuesta. No te haces ningún favor al permitir que imbéciles como él sepan que te han tocado la fibra sensible. Es mucho más satisfactorio hacerles creer que son insignificantes para ti.

Cerré los ojos.

—Ya sé que tienes razón. Ahora va a ir por ahí contándole a todo el mundo lo «inestable» y «temperamental» que soy. Básicamente, acabo de proporcionarle el arma perfecta para usar en mi contra.

—Aprende de tus errores. Encuentra el modo de controlar tus impulsos. Si eres capaz de canalizar esa pasión de una forma menos autodestructiva, serás imparable. —Quería creerla. Quería creer que era posible descubrir por fin una fuente inagotable de autocontrol. Pero empezaba a preocuparme que mis padres tuvieran razón. Que fuera una causa perdida—. Y ahora, te recomiendo que vuelvas a centrarte en lo más importante: preparar a Hazel para el lanzamiento que os cambiará la vida a ambas.

Asentí con la cabeza.

—Gracias. Y, una vez más, lo siento muchísimo, Navya.

—No te disculpes. Y no se te ocurra salir de aquí a hurtadillas con el rabo entre las piernas. Espero verte entre el público con la cabeza bien alta.

—Eso puedo hacerlo. —O al menos lo intentaría con todas mis fuerzas.

# 12

## *Aléjate de la ropa interior femenina*

### Zoey

Al que se le ocurrió programar la mudanza para las ocho de la mañana era masoquista. Y el que decidió que teníamos que estar en la carretera como muy tarde a las nueve y media era un monstruo. Un monstruo terrible, cruel y masoquista. Uy, vale. Si había sido yo.

Yo era el monstruo resacoso que iba a toda pastilla hacia Pennsylvania con la capota bajada y la capucha de la sudadera tan ajustada alrededor de la cara que apenas podía ver, porque el cierre del techo del Miata estaba roto. Entre el techo que no funcionaba y el traqueteo incesante del panel de la puerta, que empeoraba a velocidades de autopista, empezaba a pensar que había cometido un error a la hora de elegir el vehículo.

En la última parada para hacer pis, había recordado un truco de cuando Hazel trabajaba como mensajera en bicicleta y me había envuelto las manos en unas bolsas de plástico para mantenerlas calientes, porque tenía todos los guantes por ahí, metidos en alguna caja. Tenía siete pares. Eso eran demasiados guantes. Tenía demasiado de todo. Lo cual me había llevado a idear un nuevo plan. Había decidido pasar de Earl Wiggens. De todos modos, ese vejestorio pedorro estaba a una entrevista de que acabaran tachándolo definitivamente. Así que yo, Zoey Moody, fashionista veterana, iba a liquidar mi armario para salvar mi economía. Por más que me doliera, si quería sobrevivir económicamente, tendría que decir adiós a algunas de mis prendas menos prácticas.

Me entraron ganas de vomitar.

El nuevo plan me daba un poco de náuseas. Pero mejor ser pobre que tener que aguantar todos los días a los Wiggens que había por el mundo.

Una ráfaga del viento de abril sacudió el pequeño coche y me descolocó los guantes de plástico. Seguro que estaba dejando un cómico rastro de sujetadores ideales y artículos de aseo que se estarían saliendo de las cajas por la zona rural de Pennsylvania, porque me había quedado sin cinta de embalar. Esperaba que el camión de mudanzas que venía detrás fuera un poco más seguro.

Aquello era tan típico de mí que casi daba ganas de reír. Me metí un McMuffin helado en la boca. Mordí también un trocito de bolsa de plástico, pero conseguí escupir la mayor parte. No sabía si la grasa semicongelada sería tan eficaz para la resaca como la grasa caliente y fresca, pero estaba desesperada.

Una vez más, había sido incapaz de ceñirme al plan. Seguí el consejo de Navya y me quedé para escuchar su discurso al recibir el premio, en el que, por suerte, no había mencionado la ducha de vodka. Como era de esperar, yo había atraído más miradas de las que me gustaría, pero había acabado animándome gracias a un grupito de profesionales del mundillo editorial, pequeño pero potente, que también opinaba que Jim era un capullo que se merecía que le tiraran una copa en las narices.

Acabé bebiendo demasiado, vitoreando demasiado y organizando un fin de fiesta improvisado antes de volver arrastrándome a casa a las dos de la mañana.

A casa. Hice una mueca de dolor mientras otra fuerte ráfaga de viento primaveral sacudía el Miata.

Ya no tenía casa. Por primera vez en mi vida no iba a vivir en Manhattan. Y, después de lo de la noche anterior, me aterrorizaba que aquello fuera el principio del fin. Las palabras de Jim se repetían una y otra vez en mi mente desde entonces y no conseguía quitármelas de la cabeza.

¿Estaría Hazel mejor sin mí? ¿Podría un agente mejor y más «profesional» llevarla a cotas que para mí eran imposibles? No quería ni pensar que aquel gusano pudiera tener razón.

Estaba tan absorta en mis cavilaciones, que me pasé la salida de Story Lake y tuve que dar la vuelta. «Mantén la calma por una vez, Zoey», murmuré para mí misma. Los de la furgoneta habían estado atentos y habían tomado la salida correcta, así que no me iba a quedar más remedio que inventarme alguna excusa o confesar que estaba demasiado resacosa y ocupada regodeándome en mi propia mierda como para seguir las indicaciones del GPS.

Por fin llegamos a las afueras del pueblo. Reduje la velocidad al pasar por el cartel de bienvenida. El verano anterior, Hazel y yo habíamos entrado por la puerta grande en Story Lake al chocar con el cartel a causa de nuestro primer encuentro con Goose. Como si ese recuerdo lo hubiera invocado, una sombra se cernió sobre el descapotable.

Agité un puño embolsado hacia el águila, que planeaba lentamente por encima de mí.

—¡Ni se te ocurra, Goose!

El cabrón del plumífero dio media vuelta e hizo otro vuelo rasante, justo sobre mi cabeza. Al menos en esa ocasión no llevaba peces ni serpientes en las garras. Aunque el potencial de su trasero seguía preocupándome. Seguro que la mierda de águila era tóxica, o algo así. Por si acaso, aceleré para alejarme del pajarraco y entrar en el pueblo.

Vi el furgón de mudanzas aparcado delante de mi nueva morada temporal, con la plataforma elevadora bajada y la puerta levantada.

Le di un trago a la bebida energética para armarme de valor y respiré hondo. Iba a ser un día muy largo, y encima con aquella puñetera resaca. ¿Y si montaba la cama y me tiraba durmiendo catorce horas? Ya vaciaría las cajas la semana próxima. O el mes siguiente.

—¿Estás segura de que quieres hacer esto? —me preguntó la conductora, con un marcado acento de Queens.

—No. Pero no me queda otra.

Salí del coche y me sacudí los trozos de McMuffin de la parte delantera del jersey.

—¡Sorpresa! —gritó alguien con cero empatía por los resacosos.

Tras casi diez segundos de confusión, me di cuenta de que era Hazel, acompañada por los hermanos Bishop. Estaban todos asomados a las ventanas del apartamento del primer piso.

A las ventanas de mi apartamento. Entre ellas, Hazel había desplegado una pancarta que ponía BIENVENIDA A CASA.

—¿Qué coño te ha pasado? —me preguntó Cam—. Tienes una pinta lamentable.

Gage esbozó una sonrisa burlona y le dio una colleja a su hermano, mientras yo me desataba rápidamente la capucha y me la bajaba. Sentí cómo mi pelo desafiaba a la gravedad, mientras cobraba vida propia.

—Déjala en paz, don Mano Izquierda —dijo Gage.

—¿Qué hacéis aquí? —farfullé, tratando de evitar que mi propia voz hiciera que me explotase la cabeza.

—¡Hemos venido a ayudarte con la mudanza! —gritó Hazel, encantada.

—Y, al parecer, a arreglar el techo de tu coche —añadió Gage.

—Ya bajo yo —se ofreció Levi, desapareciendo de la ventana.

—Sube. Hay comida y café —dijo Gage.

Me sentía tan agradecida, aliviada y tenía tanta resaca, que casi me echo a llorar allí mismo.

—¿Es tu novio? —me preguntó la mujer de las mudanzas, que tenía unos bíceps espectaculares.

—Mi casero.

—Ostras, chica. Bien hecho. El mío es como Bigfoot.


—¿Te echo una mano? —me preguntó Gage, asomando la cabeza por la puerta del dormitorio.

La cuadrilla de mudanzas sorpresa estaba trabajando duro para organizar el salón y la cocina, mientras los transportistas descargaban el resto de mis pertenencias. Nana supervisaba el caos recorriendo el apartamento cada dos minutos. Gage se había ofrecido a dejarla abajo, en el despacho. Todo un detalle por su parte, pero ese día tenía demasiada resaca como para tenerle miedo al golden retriever.

Aunque Nana era peluda y babosa, también era suave y bonita, y siempre actuaba como si estuviera encantada de verme. Además, no había nada en absoluto dentro de aquella cabezota, así que no tenía por qué sentirme amenazada por ella.

Yo estaba intentando valerosamente, teniendo en cuenta la resaca, enganchar el lateral de la cama al cabecero, pero lo único que había conseguido era golpear la pared recién pintada... dos veces.

—Me harían falta como seis —contesté, antes de tirarme en la alfombra, sudando y con la cabeza a punto de estallar, y ponerme a mirar al techo. Era una habitación agradable, con un azul muy relajante en las paredes y unas molduras blancas recién pintadas. Ambas ventanas daban al norte y tenían vistas al pueblo.

—He encontrado esto en una caja que ponía COCINA Y PUEDE QUE ALGO DEL BAÑO —dijo Gage, levantando una bolsa de tornillos en la que se leía HERRAJES CAMA—. He pensado que te podrían venir bien.

—Uf, menos mal. Estaba empezando a pensar que se me habían caído en la autopista.

Gage me sustituyó, deslizó con destreza todas las lengüetas en las ranuras y luego se puso con los soportes del colchón.

—Pareces un poco pachucha —comentó.

—Es que tengo una resaca monumental. Al parecer, cada vez que empiezo un nuevo capítulo en este pueblo, tengo que hacerlo con resaca.

—¿Una última juerga en la ciudad?

—Más bien un último error catastrófico. Anoche le tiré una copa a la cara al ex de Hazel delante de todo el mundillo editorial de Nueva York.

—Tiene suerte de que no le dieras un puñetazo. Seguro que aún tiene mal la nariz por lo que le hizo Cam.

—Creo que yo salí perdiendo más que él. Me sacó de quicio, para variar, y fui incapaz de controlarme, también para variar. —Gage esbozó una de sus sonrisas burlonas mientras apretaba un tornillo con una llave inglesa que supuse que se habría traído de casa. Lo observé mientras pasaba al siguiente tornillo—. Debe de ser genial ser un manitas, tener herramientas y saber arreglar cosas —comenté.

—Me gusta estar preparado —dijo, bajándose de la cama—. ¿Me ayudas a mover el colchón?

Esa vez fui yo la que sonrió.

—Si cualquier otro tío me dijera eso...

—Sí, ya. Venga —replicó, ayudándome a levantarme—. Si me ayudas con el colchón, cierro la puerta y les digo a todos que estás vaciando cajas de COSAS DE MUJERES, para que puedas echarte una siestecita rápida.

—Trato hecho —acepté.

Le ayudé a colocar el colchón en su sitio y acto seguido me tumbé boca abajo sobre él.

—¿Crees que soy mala para Hazel? —le pregunté, levantando la cabeza lo justo para hacer la pregunta.

El colchón se hundió y, de repente, Gage me puso boca arriba sin contemplaciones. Luego se estiró a mi lado y nos quedamos allí tumbados, mirando al techo.

—¿Por qué me preguntas esa gilipollez?

—El imbécil de Jim dijo que Hazel ya habría llegado mucho más lejos en su carrera si yo no la estuviera frenando. Y no puedo dejar de darle vueltas.

—Zoey, cielo, no puedes hacer caso a gente así.

—Por eso te lo pregunto a ti. ¿Soy mala para Hazel? Discoteca —añadí de inmediato.

Gage se puso de lado y apoyó la cabeza en una mano. El bíceps se le hinchó de una forma atractiva y viril.

—¿Quieres discoteca? Te daré discoteca.

Cerré los ojos y me armé de valor.

—Vale. Estoy preparada para tu respuesta discotequera.

Al ver que no decía nada, abrí un ojo y lo vi sonriéndome.

—Qué mona eres.

Arrugué la nariz, pero el estómago me dio un brinco como si estuviera en una montaña rusa.

—Sé perfectamente lo mona que soy. Lo que no sé es si estoy lastrando a mi amiga, en vez de ayudarla a cumplir sus sueños. Por cierto, tienes una sonrisa muy bonita.

—Sé perfectamente que tengo una sonrisa bonita. Y Hazel tiene suerte de poder contar contigo. Nadie se va a preocupar más que tú por ayudarla a triunfar. Te he visto apoyarla. Te he visto cantarle las cuarenta. Te he visto celebrar más que nadie sus logros. Ese tío es gilipollas. Era su marido y la trataba como mercancía. Tú harías cualquier cosa por ella y no se me ocurre mejor cualidad para un agente. Sea cual sea la carencia imaginaria que te preocupa, la compensas con creces con lealtad, amor y un montón de trabajo duro. Venga, deja de perder el tiempo preocupándote por la opinión de un capullo con mocasines.

Me eché a reír y enseguida me arrepentí, porque la cabeza empezó a dolerme de nuevo.

—Ay. Gracias por la discoteca y por ponerme las pilas.

Gage extendió una mano y me revolvió el pelo, que ya estaba hecho un desastre.

—Quédate aquí. A ver si encuentro un ibuprofeno.

—Gracias —le dije. Apenas había cerrado los ojos cuando el colchón volvió a hundirse. Esa vez era Hazel, que sonreía mientras sujetaba dos almohadas contra el pecho.

—Os he visto juntos en la cama —susurró demasiado alto.

—Por favor, Haze —dije, cogiendo una de las almohadas para taparme la cabeza con ella—. Ha montado la cama y ha colocado el colchón. Estábamos descansando.

—En horizontal. Sonriendo como bobos y mirándoos a los ojos. Teníais pinta de estar hablando de algo muy serio.

—Hablábamos de mocasines.

—Ya. Creo que voy a tener que haceros hablar de algo más profundo e importante para el desarrollo de los personajes. A lo mejor lo pongo aplacando heroicamente tus miedos sobre este nuevo capítulo de tu vida.

—No sé por qué te soporto —gemí sobre la almohada.

—¡Ya lo tengo! ¿Y si te diera un calambre y él se ofreciera a darte un masaje? ¿El muslo es demasiado sexy para esta fase tan temprana de la historia?

—¡Hazel! —protesté, exasperada.

Ella sonrió y me dio con la otra almohada en la barriga, antes de acurrucarse a mi lado.

—Sé que es un poco egoísta, pero me alegro mucho de que estés aquí y de que vayas a quedarte.

—Temporalmente —repliqué, jugueteando con su coleta.

—Me vale. Tengo la sensación de que este lugar tiene algo mágico y de que ahora te toca a ti.

—Venga ya. No voy a enamorarme de Gage y encontrar aquí un final feliz de cuento de hadas.

De repente apareció ante de mí una cara peluda de color cobrizo. Decidiendo que ella también quería participar en la reunión de chicas, Nana se subió con nosotras a la cama, se acurrucó junto a mi cabeza y enterró la cara en mi pelo.

—No tiene por qué ser Gage, aunque a mí me vendría de perlas —reconoció Hazel—. Y es obvio que su perra te adora.

Alargué la mano a ciegas para acariciar a Nana.

—También adora las farolas. No te tomes su opinión demasiado en serio. Haze…

—¿Qué?

—¿Crees que estarías mejor sin mí? Quiero decir, si siguiéramos siendo amigas, pero tuvieras un agente con más… ¿experiencia?

Hazel se incorporó y me miró horrorizada.

—¿De dónde leches has sacado una idea tan estúpida?

—De un estúpido.

—Estamos juntas en esto. Es verdad que ambas hemos cometido errores. Si quieres un ejemplo muy reciente, podemos hablar de cómo dejé que un capullo me arruinara la vida durante dos años enteros hasta que apenas me quedó una carrera que salvar, mientras tú seguías a mi lado y renunciabas a todo lo que más querías para ayudarme a superarlo. No permitas que te afecte una sola palabra de lo que diga mi exmarido.

—Uy. ¿Quién te ha contado lo de Jim? —le pregunté. Nana cambió de posición y me cubrió la cara con la barbilla, poniéndome una barba perruna.

—Valentino. Y Jamila. Y Sara. Me habría encantado verlo echando vodka por la nariz el resto de la noche. Eres una buena amiga, Zoey. Y eso te convierte en una agente todavía mejor.

Giré la cabeza tanto como me lo permitió el peso del perro.

—No he renunciado a todo lo que más quería.

Hazel levantó una ceja por encima de la montura de las gafas.

—Ah, ¿no?

La señalé.

Ella se señaló a sí misma, con los ojos llenos de lágrimas.

—¿Te refieres a mí?

—Sí, y tengo una resaca tremenda, así que te agradecería que no montaras un numerito y me evitaras el mal rato. Estoy tan deshidratada que como derrame una sola lágrima me muero.

—Vale. Todo controlado. —Hazel sorbió por la nariz con fuerza y se abanicó los ojos con las manos.

—¿Sabes? Eso suele funcionar mejor si no llevas gafas.

—Yo también te quiero, Zo.

Nos estábamos recuperando del no-numerito cuando Gage volvió con un frasco de ibuprofeno y un vaso de agua.

—Lo he encontrado en una bolsa de alargadores y cargadores de móvil.

Hazel me clavó un dedo.

—Te dije que me dejaras ayudarte a hacer las maletas.

—Tú tienes que escribir un libro. Eso es mucho más importante.

—La verdad es que me siento inspirada —replicó con vehemencia, mirándonos a ambos. Nana se puso a golpear el colchón con el rabo.

Cam asomó la cabeza por la puerta.

—Tenemos un problemilla de importancia media abajo —nos informó.

—¡Ay, madre! No será con alguna de las cajas en las que pone ZAPATOS, ¿verdad? —pregunté. Según mis cálculos aproximados y resacosos, tenía varios miles de dólares en calzado fabuloso que podía vender.

—Mejor que lo veas por ti misma.

Me tomé el agua y el ibuprofeno de camino a la puerta principal y me precipité al exterior bajo el sol.

No era la caja de zapatos. Era algo muchísimo peor.

Levi estaba de pie en la acera, con los brazos cruzados sobre el pecho, mirando mi coche. Los de la empresa de mudanzas estaban alineados en la parte de atrás del camión, todos ellos teléfono en ristre, grabando.

—¿Qué ha pasado? —pregunté.

Levi me miró.

—La buena noticia es que he arreglado temporalmente el cierre del techo. Tendrás que llevarlo a un taller para que lo arreglen de forma permanente.

—Gracias, Levi. Te debo una. ¿Y cuál es la mala noticia?

Cam señaló el coche.

—Que no ha cerrado el techo después de arreglarlo, así que ahí tienes el problema.

—¿En serio? ¡Joder, Goose! —grité.

El águila estaba posada sobre el montón de cajas que había en el asiento del copiloto. Las solapas de cartón estaban abiertas y el pajarraco tenía un sujetador de color rosa fucsia con brillantitos en el pico. Era uno de los mejores que tenía. Mi sujetador favorito.

Gage y Cam se acercaron a mí. Cam se echó a reír, mientras Gage hacía todo lo posible por disimular lo gracioso que le parecía aquello.

Yo solté un gemido.

—¡Es un sujetador de trescientos dólares y lo está llenando de babas y gérmenes de águila! —Pensaba venderlo, pero ¿quién lo va a comprar con las marcas del pico de un águila?

Me acerqué a la macabra escena, pero Gage se interpuso. Me agarró por los hombros y me hizo retroceder.

—Con la suerte que tienes con los animales, prefiero que no te metas con el águila calva.

—¡Pero la muy cabrona se va a comer el sujetador! —Agité las manos para intentar espantar al ave por encima del hombro de Gage—. ¡Suelta el sujetador ahora mismo y lárgate volando, o me aseguraré de que todos los turistas de este pueblo reciban un paraguas al llegar y nunca más puedas cagarte en nadie, Goose!

El gigantesco pájaro me miró como si estuviera valorando mi amenaza.

Cam y Levi empezaron a reírse como locos, con unas carcajadas masculinas.

—Eso no ayuda, chicos —protestó Gage, antes de volver a centrarse en mí—. No te muevas.

—¿Qué vas a hacer? ¿Pelearte con ese pajarraco por el sujetador? —me preguntó Cam.

Gage respondió levantando brevemente el dedo corazón en dirección a su hermano, antes de ir hacia su todoterreno, que estaba aparcado al lado de la acera.

Abrió la puerta, comenzó a rebuscar y volvió al lugar en el que se estaban desarrollando los hechos.

—Feliz día de mudanza… ¿Qué está pasando aquí?

Pep y Frank Bishop se reunieron conmigo en la acera. Frank llevaba una bolsa de regalo muy festiva, y Pep, dos botellas de vino con sendas cintas rizadas alrededor del cuello.

—Que Goose está enamorado de Zoey —los informó Levi.

—¿Soy la única que sigue trabajando? —gritó Hazel, desde la ventana del piso de arriba.

—¡Estamos viendo cómo Goose le roba la ropa interior a Zoey! —berreó Cam, a modo de respuesta.

—Anda, eso es nuevo —dijo Frank, entregándome la bolsa de regalo antes de ponerse a comentar la jugada con sus hijos.

Gage agitó la bolsita que tenía en la mano.

—Vamos, plumífero sarnoso. Seguro que prefieres un aperitivo antes que esa ropa interior cara.

Se oyó un ladrido ahogado detrás de nosotros y vi a Nana con la nariz y la lengua pegadas a la puerta de cristal, fuera de sí tras haber oído la palabra «aperitivo».

Goose parecía interesado en la oferta de Gage. Cambió el peso de una pata a otra y miró la bolsa, llena de lo que fuera que las águilas consideraran golosinas.

Este abrió la bolsa y Goose se subió de un salto a la puerta del copiloto.

—Si sueltas el sujetador, te doy esto —le dijo Gage, levantando el premio.

—¿Qué es? —pregunté.

—Golosinas orgánicas de carne seca para perros. Resulta que no solo les gustan a los perros callejeros. También son las favoritas de Goose. Aunque tenemos que controlar su nivel de sodio —me explicó Pep—. Si tienes tantos problemas con él, a lo mejor te conviene empezar a llevarlas encima.

—¿Eso no le animará a seguir comportándose como un capullo?

—Plantéatelo como si estuvieras educando a un niño pequeño —me sugirió ella.

Todos contuvimos la respiración mientras Goose extendía las alas. Con un graznido de contrariedad, abrió el pico y soltó el sujetador. Respiré aliviada al verlo caer sano y salvo sobre la puerta del Miata.

—Muy bien, tocapelotas, bonito. Así se hace —dijo Gage. Lanzó la golosina al aire y Goose la atrapó sin problemas, con su pico aterrador.

El águila se zampó el aperitivo como yo me zampo un burrito

de microondas a las doce de la noche: con un entusiasmo desmesurado.

—¿Qué te parece si nos alejamos de la ropa interior femenina? —sugirió Gage, volviendo a agitar la bolsa.

El águila dio un paso vacilante hacia la parte trasera del coche.

—Gracias, gracias, gracias —dije, acercándome sigilosamente al sujetador.

Goose giró la cabeza hacia mí y me miró fijamente con sus inquietantes ojillos de ave. Di un grito y me quedé paralizada en la acera. Nos clavamos la mirada durante unos instantes y juraría que aquel pájaro demoniaco me guiñó un ojo.

—Escúchame bien, pajarraco. Estoy agotada y tengo resaca. No soy responsable de mis actos. Así que ni se te ocurra —le espeté.

Pero vaya si se le ocurrió.

Con un elegante movimiento de cabeza, Goose agarró el sujetador con el pico, desplegó las alas y echó a volar.

Me cubrí la cara con las manos y solté un gemido.

—Me está acosando un águila calva. Necesito más ibuprofeno.

—Es obvio que está enamorado —dijo Cam, protegiéndose los ojos del sol para ver cómo Goose se alejaba volando con mi presupuesto para una semana de gasolina, comida y vino en el puñetero pico.

Un todoterreno se detuvo en la calle. Hana y Billie, las chicas del hotel, asomaron la cabeza por sus respectivas ventanillas.

—Veníamos a traerte un regalo de bienvenida. ¿Qué se ha llevado Goose? —preguntó Hana, protegiéndose los ojos del sol con la mano.

—Una copa D de trescientos pavos —contesté afligida.

Pep me dio una palmadita en el hombro.

—Plantéatelo así: ahora Goose es el águila con el nido más ostentoso de la historia.

—Lo siento, Zo. Al parecer necesitaba más el sujetador que la comida —dijo Gage.

—Todos sabemos lo que es eso —dijo Cam, sabiamente.

Di un paso atrás y estuve a punto de caerme de culo sobre el cerdo criado en libertad de Emilie Rump, Rump Roast. Este escupió una manzana a mis pies y gruñó alegremente.

—No es un comienzo muy alentador —murmuré.

El cerdo soltó otro gruñido, como si estuviera dándome la razón.

—A veces las mejores etapas empiezan de forma desastrosa, cariño. Ya lo verás —dijo Pep con confianza, antes de rascarle la cabeza al cerdo y meter las botellas de vino en la caja que estaba abierta sobre el asiento del copiloto—. Vamos a llevar esto dentro antes de que Goose decida volver para hacerse con el conjunto completo.

# 13

## *No digas «esperma»*

### Gage

**LA GACETA VECINAL:**
El águila del pueblo despluma a la nueva
residente. ¿Tomarán las autoridades cartas
en el asunto? Todos los detalles a
continuación. Por Garland Russell

Tres horas después de que Goose se marchara con su nuevo tesoro, nuestro pequeño ejército había vaciado casi todas las cajas de Zoey. Todo un milagro, teniendo en cuenta su desastroso sistema de etiquetado, que incluía cajas con letreros del tipo: MIERDAS VARIAS QUE PODRÍA NECESITAR ALGÚN DÍA o MAQUILLAJE, CALCETINES Y CARTAS SIN ABRIR.

El apartamento había pasado de ser un espacio con las paredes blancas y los suelos desnudos a convertirse en un hogar. Un hogar para alguien con un gusto muy ecléctico. A Zoey le encantaban los colores, cuantos más mejor, como demostraban el sofá de terciopelo verde o el baúl azul turquesa desgastado que utilizaba como mesita de centro. Sus cuadros eran llamativos y vibrantes, al igual que su excesiva colección de cojines. Y todo tenía una historia. Las dos sillas giratorias moradas que había colocado en la pared más larga del salón eran un regalo de graduación de su tía abuela favorita. Las había combinado con una consola de bordes irregulares que Hana y Billie le acababan de regalar. Al parecer, había estado en la habitación de Zoey en el hotel hasta que un desafortunado incidente con una lata de espaguetis precocinados había dejado un cerco naranja en la parte de arriba.

No había ningún hilo conductor, ningún esquema coherente que me permitiera encontrar una relación entre el cráneo humano de yeso teñido con la técnica tie-dye y la guirnalda de luces con bolitas de discoteca que estaba colgada en la pared. Sin embargo, todo decía a gritos «Zoey Moody».

Mis padres le habían regalado un práctico surtido de alcayatas, por lo que se les había encomendado la labor de colgar las fotos enmarcadas y los cuadros de Zoey, incluido el póster de «Estás que te cagas» que quedó orgullosamente colgado en la pared del baño, sobre el retrete. Cam y Hazel habían puesto una cortina para ocultar el comedor y se encontraban haciendo algo misterioso dentro. Zoey, mi madre y mi perra estaban tiradas en el sofá, tomándose un descanso y viéndome colgar la televisión en la pared del salón con la ayuda de Levi.

Pero yo no paraba de pensar en el puñetero sujetador.

Era un adulto responsable y sensato con dos empresas que iban como la seda. Y sin embargo, allí estaba, atrapado en un ridículo bucle mental, preguntándome qué llevaría Zoey por debajo de la sudadera en aquel momento. ¿Tendría lentejuelas? ¿De qué color sería? Cuanto más tiempo estábamos juntos, más tiempo pasaba pensando en ella. Definitivamente, era un problema de la leche.

—¿Al menos podrías intentar aguantar tu lado? —se quejó Levi.

—Perdón —dije, agarrando bien la televisión.

—El apartamento ha quedado de maravilla, Gage —dijo mi madre, cogiendo uno de los brownies de bienvenida que la concejala Erleen Dabner había traído, junto con un atrapasueños y un pedazo enorme de cuarzo rosa.

—Gracias, mamá —le dije, mientras colocábamos el televisor en el soporte de la pared—. Soy su favorito —le susurré a Levi.

—Nosotros también hemos ayudado —protestó él.

—¡Eso, mamá! —gritó Cam desde el comedor—. ¡Haznos la rosca también a nosotros!

—Siempre han sido muy competitivos —le explicó mi madre a Zoey.

—No me había dado cuenta —replicó esta con ironía, antes de volver a ponerse la capucha y apoyar la cabeza en el respaldo del sofá.

Mi madre sonrió.

—Gracias por la mentira piadosa, eres un amor.

Puse cara de circunstancias al oír que estaban arrastrando algún mueble pesado por el comedor.

—Espero que no estéis rayando el suelo —les advertí.

—No te metas en lo que no te llaman —gruñó Cam, al otro lado de la cortina.

Señalé a Zoey con el dedo.

—Como se carguen algo, te lo descuento de la fianza.

—Relájate, don Tiquismiquis. Que solo hace cinco minutos que eres mi casero —me soltó ella.

—Bien contestado —gritó Hazel desde el comedor.

—Gracias —replicó Zoey—. Y gracias también a todos los demás por haber venido a ayudarme. De no haber sido por vosotros, estaría viviendo entre cajas los próximos seis meses.

—Así somos los Bishop. Y no solemos hacerlo de forma interesada. Pero, si no estás demasiado pachucha, a Frank y a mí nos gustaría hablar contigo. De trabajo —le dijo mi madre a Zoey.

Levi y yo dejamos por un momento la bandeja de brownies y miramos a nuestros padres con desconfianza. Casi siempre solíamos estar al tanto de lo que tramaban.

Zoey levantó una mano.

—Para que quede claro: no estoy pachucha, tengo resaca. Así que entenderé que no queráis hablar de ningún tema profesional conmigo hasta que deje de parecer un duende.

—Cariño, hemos criado a cuatro hijos. A todos nos ha tocado lidiar con una resaca imprevista en la mediana edad —dijo nuestra madre, dándole una palmadita en la rodilla a Zoey por encima del pantalón de chándal—. Frank, deja de dar martillazos antes de que a esta pobre chica le estalle la cabeza.

Mi padre dejó el martillo que había cogido prestado de mi bolsa de herramientas.

—Perdona, Zoey. No nos guardes rencor cuando te hablemos de nuestro proyecto.

Zoey se acarició la barbilla con dramatismo.

—El duende resacoso está intrigado. ¿Qué proyecto es ese?

—Eso, ¿qué proyecto? —repetimos Levi y yo.

Cam asomó la cabeza por detrás de la cortina del comedor, con unos instantes de retraso.

—Eso, ¿qué proyecto?

—Demasiado tarde. La has cagado —le dije.

Él levantó el dedo corazón.

—Venid a tomar un brownie y una cerveza y os lo contamos —dijo mi madre.

Cam y Hazel salieron de detrás de la cortina improvisada.

—¿Cerveza? ¿Cerveza? ¿Cerveza? —empezó a preguntar Cam, señalándonos uno por uno.

Todos dijimos que sí menos Zoey.

—Para mí un refresco de jengibre, si hay.

Una vez que todos nos acomodamos en la sala con nuestras cervezas y nuestros brownies, papá y mamá se miraron emocionados.

—A ver, no queríamos deciros nada hasta que de verdad hubiera alguna noticia que compartir. Pero como nos acaban de conceder una pequeña subvención, la primera de nuestra vida, vamos a llevar la idea de Hazel de crear un zoológico interactivo un paso más allá y convertir la granja en un refugio de animales.

—¡Enhorabuena! ¡Qué emocionante! Y qué entorno tan ideal para una novela romántica —exclamó Hazel.

—Vais a necesitar un granero más grande —dijo Cam.

—Y muchísimo más pienso —añadió Levi.

—¿Cómo vais con el papeleo? El proceso de solicitud para organizaciones sin ánimo de lucro no es nada sencillo —señalé.

—Ignorad a los aguafiestas de vuestros hijos. Vamos a centrarnos en la parte divertida que tiene que ver conmigo —sugirió Zoey.

—No somos ningunos aguafiestas. Somos las voces de la razón —declaré.

—¿Por qué no te metes ese brownie en la boca y dejas que tus padres adultos hablen de lo que quieren hacer con su propiedad? —dijo ella.

—Estábamos pensando que podríamos organizar visitas guiadas a la granja, dejar que la gente venga y nos ayude a alimentar a los animales. Y alquilar el espacio para fiestas de cumpleaños y yoga con cabras. Y terapia con vacas —anunció nuestra madre.

—¿Quieres que la gente acaricie a Pedorrator 2000? —le preguntó Levi, con incredulidad. Pedorrator era una de las vacas holstein de mis padres, bautizada así por mis sobrinos.

—¿Eso significa que vamos a tener que empezar a decirle a la gente que rescatáis ganado en vez de coleccionarlo? —bromeó Cam.

—Sí —contestaron nuestros padres, lanzándole sendas miradas parentales de advertencia.

Mi madre se giró hacia Zoey.

—Como tú eres la que se encarga de publicitar el pueblo, hemos decidido pedirte ayuda para que nos ayudes a arrancar. Vamos a necesitar una página web, un correo electrónico y un sistema para recaudar donaciones por internet.

—Y luego está lo más importante —dijo mi padre, sentándose en una de las sillas giratorias de Zoey—. ¿Cómo conseguimos que la gente venga, se divierta y haga donaciones generosas? Cuanto más dinero recaudemos, a más animales podremos ayudar.

—Sabemos que los animales no son precisamente lo tuyo —se excusó mi madre, mientras Zoey permitía de mala gana que Nana apoyara la cabeza y la parte superior del cuerpo en su regazo—. Pero la verdad es que nos vendría muy bien tu ayuda.

No me gustaba el rumbo que estaba tomando la conversación. Aquella mujer ya iba a vivir encima de mi despacho. Ya solo me faltaba tenerla rondando por la granja de mis padres, que estaba al lado de mi casa. Debería estar poniendo más distancia entre nosotros, no acercándome más.

—Considéralo una terapia de exposición —sugirió Hazel, apretujándose en el sofá entre el culo de Nana y mi madre.

—Deja de intentar exponerme a los animales —replicó Zoey. Nana golpeó alegremente a Hazel con el rabo.

—Pues tienes un perro en el regazo.

Zoey decidió ignorar el comentario de Hazel.

—Mientras no se me exija participar personalmente en la terapia vacuna, será un placer colaborar con vosotros —les dijo a mis padres.

—Lo de acariciar vacas es opcional —le aseguró mi padre.

—Entonces me apunto. Vamos a necesitar la biografía de cada animal. Y no solo las historias tristes y conmovedoras de sus rescates. Hay que incluir rasgos divertidos de sus personalidades. Que la gente se sienta bien haciendo donaciones generosas. Queremos algo menos desgarrador que los anuncios de las protectoras caninas, algo más personal y directo.

Nuestra madre esbozó lentamente una sonrisa.

—Me encanta.

Mi padre se dio una palmadita en la rodilla.

—Me parece perfecto. Una pregunta. ¿Por dónde empezamos?

—Nos ocuparemos juntos de la logística —les prometió Zoey.

—El primer paso debería ser concertar una cita con vuestro hijo más inteligente para que os ayude con los trámites —dije, muy serio.

—¿Por qué iban a concertar una cita conmigo? —se burló Cam.

—No serías el hijo más inteligente ni aunque Livvy y yo estuviéramos en coma —bromeé.

Levi soltó un gruñido para secundar aquella puñalada fraternal y levantó el puño. Yo se lo golpeé con el mío.

—Gage quiere casarse —anunció Cam.

—Cállate, Cammy —refunfuñé.

—Qué bien. —Lo cierto es que mi madre ni se inmutó. Estaba demasiado acostumbrada a nosotros como para morder el anzuelo.

Zoey me estaba sonriendo abiertamente con aire burlón.

—Estoy encantado de habéroslo contado, capullos. No me arrepiento lo más mínimo —repliqué, con sarcasmo.

—¿Tienes a alguna candidata en mente? —me preguntó mi padre, muy serio.

—Todavía no —contesté de forma inexpresiva.

—¿Qué opinas de los matrimonios concertados? Livvy y yo podríamos buscarte novia —se ofreció Cam.

Resoplé.

—No me fiaría de vosotros ni para elegir un aguacate.

Hazel me señaló.

—¡Oye! Eso me ofende.

—Lo que quiero decir es que Cam tuvo suerte de que la mujer perfecta le cayera del cielo. Algunos no podemos permitirnos esperar a que un coche choque con una señal delante de nuestras narices.

—¿Qué requisitos tiene que cumplir la candidata ideal? —me preguntó Zoey, uniéndose a la conversación.

—Propongo cambiar de tema a cualquier otro, literalmente.

—Moción denegada —declaró Hazel—. Definitivamente, debemos hablar de qué buscas en una pareja para toda la vida. No escatimes en detalles.

—¿De dónde has sacado ese cuaderno? —le preguntó Zoey.

—Eso es lo de menos —replicó Hazel, con un rápido clic en el bolígrafo—. Empecemos por los rasgos de personalidad. ¿Qué importancia tiene para ti el sentido del humor?

—Mamá, ¿puedes ayudarme? —le pedí.

Ella levantó las manos.

—Lo siento, cariño. Todos queremos que seas feliz. Más vale que les digas algo, si no quieres que te acosen hasta el día del juicio final.

—Está bien. Sin ningún orden en particular: busco a alguien organizado, atento, inteligente, económicamente independiente y responsable.

Zoey, Levi y Cam fingieron ponerse a roncar. Zoey simuló que se despertaba de repente.

—Perdona, tu futura esposa nos ha aburrido tanto que nos hemos quedado dormidos.

Mi madre le rio el chiste por lo bajo.

—No me gusta esta alianza —declaré—. ¿Y qué tiene de malo mi lista, exactamente?

Levi hizo una mueca.

—Que acabas de describirte a ti mismo, idiota.

—¿Y qué hay de malo en eso? —pregunté.

—Hijo, si no lo sabes, yo no puedo explicártelo —contestó mi padre.

—Uy, esto es buenísimo —dijo Hazel, tomando notas en la libreta.

—Parece que no sabe cómo funciona el amor.

—Sé perfectamente cómo funciona el amor —refunfuñé.

Cam resopló.

—Eso es lo que dice todo el mundo antes de haberlo experimentado.

—¿Y el amor que siento por vosotros, capullos? —repliqué.

—Ya, pero a nosotros no nos elegiste. No te quedó más remedio que apechugar con lo que había —me recordó Levi.

—A ver, agradezco las opiniones no solicitadas, pero permitidme señalar que solo hay una pareja felizmente casada en esta sala, así que el resto podéis guardaros vuestros comentarios para vosotros.

—Haze y yo estamos felizmente comprometidos —declaró Cam.

—Cam tiene razón —dijo Hazel, señalándolo con el bolígrafo.

—Por favor —me burlé—. Si solo está a una metedura de pata de que recuperes el sentido común y lo dejes fuera con el mapache.

—Gage también tiene razón —reflexionó Hazel.

—¿Y cómo piensas conocer a la afortunada? —preguntó mi madre.

—A lo mejor ha contratado a una casamentera —dijo Cam.

—Ay, madre, ¿en serio? Nunca había tenido un protagonista que hubiera hecho eso. ¿Y si se enamora de la casamentera? —Hazel se subió las gafas por la nariz y comenzó a escribir de nuevo.

—Me encanta ser vuestro mono de feria, pero ¿podemos seguir con las cajas para que Zoey pueda disfrutar de su nueva casa? —No me apetecía nada tener aquella conversación, y mucho menos delante de la mujer con la que había estado fantaseando.

—Uy, ya la estoy disfrutando —dijo ella, con una sonrisa pícara.

—Te voy a subir el alquiler. Eh, ¿quién quiere ver la herida que me hice con la tachuela de la moqueta? —le pregunté a todo el grupo.

—¿Has probado con las citas rápidas? —me dijo mi madre, pestañeando con inocencia.

—Esperaba más de ti, madre.

—Pues no sé por qué —replicó.

—¡O con las aplicaciones para ligar! —propuso Hazel, apuntándome con el bolígrafo.

—Sí, ya me he descargado un par de ellas. Ahora, por favor, ¿podemos...?

—Parece una buena táctica para que te asesine un extraño —dijo Levi, por fin genuinamente interesado.

—¿Cuáles? —preguntó Zoey, sacando el móvil—. Me refiero a las aplicaciones de citas, no a los asesinos desconocidos.

—Me acojo a la Quinta Enmienda.

Como el hermano más joven, solía ser el más rápido. Podía ver venir un ataque sorpresa desde un kilómetro de distancia. Pero Zoey me estaba distrayendo. La emboscada de Cam y Levi me pilló por sorpresa. Luché con todas mis fuerzas, pero consiguieron tirarme al suelo en menos de un minuto.

—¡Soltadme! —protesté, mientras Cam me inmovilizaba los brazos a la espalda y Levi rebuscaba en mis bolsillos.

—Lo tengo —dijo Levi, levantando victorioso mi teléfono. Tecleó la contraseña (definitivamente, nuestra familia estaba demasiado unida) y le lanzó el móvil a Zoey, que lo atrapó en el aire.

—¡Mamá! —grité.

—Chicos, soltad a vuestro hermano —les ordenó ella, sin demasiado entusiasmo.

—Solo nos estamos divirtiendo un rato —dijo Cam, pegándome con saña la cara a la moqueta.

—Espero que no hagan eso en la boda —comentó Hazel.

—No podemos prometer nada —dijo Levi.

Nuestro padre intervino, agarrando a Cam de la oreja.

—¡Ay! ¡Mamá!

—Uy, a ver, está en Comieron Perdices y en la foto de perfil no sale sin camiseta, lo cual ya es un avance —los informó Zoey.

Mis hermanos me soltaron para echar un vistazo por encima del respaldo del sofá.

Zoey me miró mientras me ponía en pie.

—Tienes un montón de mensajes directos sin abrir —dijo.

—He estado un pelín liado arreglando tu apartamento —confesé.

—Y te lo agradezco muchísimo. A ver, aquí dice que tus intereses incluyen cocinar y pasar tiempo de calidad con tu familia. Creo que podríamos añadir un poco de chicha a esto, para que no suene tan...

—¿Tan qué? —le espeté.

—Aburrido de cojones —terció Cam.

—Lo ha dicho él, no yo —dijo Zoey.

—Deberías hacerle caso. Zoey es experta en aplicaciones —me aseguró Hazel.

—Vamos a abrir los mensajes y elegir a su nueva novia —dijo Cam.

Me acerqué con decisión, le arrebaté el teléfono a Zoey y aparté a Cam dándole un empujón en la frente. Levi extendió la mano con la rapidez de una serpiente y me agarró del brazo.

—¡Chicos! —gritó nuestra madre—. No os peleéis con tres mujeres inocentes de por medio. —Nana soltó un ladrido—. Perdón. Con cuatro mujeres inocentes —rectificó.

—A lo mejor es el momento de darle el regalo a Zoey antes de que alguien pierda un ojo —sugirió Hazel alegremente.

—¿Alguien ha dicho «regalo»? —preguntó Zoey, quitándose la capucha.

—Cam y yo queríamos hacer algo especial para ti —le explicó Hazel a Zoey, antes de sacarla de debajo de mi perra.

—Yo quería regalarte cuatro perritos —intervino Cam con malicia.

Hazel fue corriendo hacia la cortina que estaba colgaba encima de la puerta del comedor.

—Afortunadamente, yo soy mucho más considerada con los regalos. Así que, ¡tachán! —Extendió los brazos hacia la cortina, como una azafata de un concurso televisivo, pero no ocurrió nada.

—¿Qué pasa? —preguntó Zoey.

—La cortina, Cam. Tira de la cortina —murmuró Hazel entre dientes.

—Ah, sí. —Cam tiró bruscamente de la cortina pegada con cinta adhesiva.

—¡Tachán! —dijo Hazel de nuevo.

—Ay, madre —susurró Zoey—. ¿Tengo un despacho?

—¡Tienes un despacho! —exclamó Hazel.

Me acerqué a Cam, que estaba en la puerta, mientras las dos amigas del alma empezaban a abrazarse, a saltar y a chillar. Habían puesto un escritorio y una silla sobre una colorida alfombra rosa y naranja. En medio de las dos ventanas que se encontraban detrás de la mesa, habían colgado un cuadro de colores muy vivos.

Y pegada a la pared de la parte delantera había una consola larga y estrecha de la misma madera que el escritorio. Estaba llena de cestas metálicas y tazas con material de colores para escribir. Nana entró y se lanzó inmediatamente al suelo para revolcarse sobre la alfombra mullida.

—Ahora tienes espacio para la impresora y puedes seguir amontonando los papeles, pero parecerán organizados —le explicó Hazel—. ¡Ah! Y aquí hay un archivador. He etiquetado varias carpetas con todo lo que se me ha ocurrido, para que no tengas que hacerlo tú. Y ahí hay material de oficina, incluidos tus rotuladores fluorescentes favoritos. —Indicó un armario alto y estrecho encajado en la esquina.

—¿Has ido a comprar cuadernos para mí? —le preguntó Zoey, abriendo la puerta del archivador.

—Más bien para mí, pero también te he comprado algunos —dijo ella.

—Frank, tenemos que reformar nuestro despacho —señaló mi madre, fascinada con el espacio.

—Genial. Muchas gracias, Campbell —refunfuñó mi padre.

Zoey se giró hacia Hazel.

—Me encanta. Es precioso. No puedo creer que hayáis hecho esto por mí.

—Va a ser un año importante —auguró Cam, metiéndose las manos en los bolsillos—. Hemos pensado que te vendría bien un centro de operaciones.

Zoey lo sorprendió con un abrazo. Luego lo soltó para abrazar a Hazel.

—Gracias. Gracias a los dos. Voy a hacer que este año sea el más alucinante de vuestras vidas. —Nana se hizo un sitio entre ambos con el hocico.

—Y gracias también a ti, preciosa —dijo Zoey, estrechando la cara de la perra entre las manos y dándole un beso en la frente peluda. Nana agitó la cola con fuerza.

—Oye, que yo también he participado —señalé—. Estas paredes no se han pintado solas.

—¿Cómo iba a olvidarme del papá de Nana? —dijo Zoey, girándose hacia mí. Me agarró la cara con ambas manos y me plantó un ruidoso beso en los labios.

No tuvo ningún tipo de connotación sexual, pero mi cuerpo debió de pasarlo por alto. La boca me ardía.

—Espero que eso haya sido algo platónico —dijo Cam.

Hazel comenzó a aplaudir.

—¡Ay! ¿Y si fuera algo platónico, pero ese contacto físico tan inocente hiciera que el héroe se diera cuenta de pronto de que quiere más? Y ahora que la heroína va a vivir arriba, la proximidad forzada resulta obvia. Ya me estoy imaginando los problemas entre el casero y la inquilina que podrían aumentar la tensión sexual.

Me cago en mi puta vida.

—Ya empezamos otra vez —dijo Zoey.

—No te importa que tome prestado uno de tus cuadernos, ¿verdad? —me preguntó Hazel, cogiendo uno directamente.

—¿Qué has hecho con el que tenías hace cinco segundos?

—Ya está lleno.

—Sírvete tú misma. Si lo conviertes en otro libro, como si escribes en las paredes de mi apartamento.

—Mi apartamento —puntualicé.

Zoey se sentó en la silla del escritorio y empezó a dar vueltas, mientras Nana se ponía a ladrar como una loca.

—Mi socia Nana y yo os hemos convocado hoy aquí para comunicaros… —De repente se detuvo y apoyó la cabeza en la mesa—. Perdón. El duende resacoso se está mareando. Creo que voy a vomitar.

—Necesitas electrolitos y un poco de grasa de la de toda la vida —comentó mi madre.

Una voz automática interrumpió la conversación.

«Tus hermanos son unos capullos. Tus hermanos son unos capullos», anunció la voz, inexpresivamente.

—¿Qué leches es eso? —pregunté, mientras Levi se palpaba los bolsillos.

—El tono del puto teléfono de jefe de policía —dijo Levi, sacándose un móvil del bolsillo trasero. Respondió a la llamada—. ¿Sí? Ya. ¿Les has explicado que las calles son para los vehículos motorizados? Vale. Llego en cinco minutos. —Colgó y exhaló un profundo suspiro—. Al parecer, a una empresa de scooters para personas con movilidad reducida le ha parecido una gran idea organizar una demostración durante la hora feliz del Haven. Y ahora tenemos a una docena de jubilados borrachos circulando por el pueblo en scooters de demostración robados.

—Típico de Story Lake —dijo Zoey.

—¿Ya te han dado un coche de policía? —le preguntó Cam con una sonrisa burlona.

—No. Solo una luz magnética de emergencia para el techo.

—A lo mejor puedes bajar la ventanilla e imitar el ruido de una sirena para que sepan que vas en serio —sugerí con inocencia.

—Os odio a los dos. Os partiría la cara, pero tengo que ir a cubrir un puesto para el que no me presenté voluntario. ¿Y por qué? —Levi nos señaló a mí y a Cam.

—Porque tus hermanos son unos capullos —contestamos orgullosos.

—¡Diviértete restaurando la ley y el orden! —le gritó Zoey, mientras él se marchaba extendiendo los dos dedos corazones hacia nosotros.

—¡Te queremos! —dijo nuestra madre.

—¡Que no te atropelle un scooter! —le advirtió nuestro padre, mientras él cerraba de un portazo.


—Listo —dije, mientras metía el último tornillo en la pared, a través de la sujeción.

Todos los demás se habían ido a mimar sus músculos doloridos por la mudanza. O, en el caso de Levi, a ocuparse de los ocho kilos de papeleo del Gran Incidente del Scooter.

—Siempre había pensado que esos chismes eran piezas extra. Ya sabes, como las del Lego —dijo Zoey desde la cama.

—Los anclajes para la pared no son piezas extra. Evitan accidentes fatales con los muebles. —Sacudí la estantería para hacerle una demostración.

—Aunque te parezca increíble, nunca he tenido un accidente fatal con ningún mueble —dijo Zoey, tumbada boca abajo al lado de Nana, que una vez más se había quedado dormida. Tenía la barbilla apoyada en las manos y me observaba atentamente mientras yo le montaba la estantería nueva por pura bondad, no porque quisiera pasar más tiempo con ella.

—Y así nunca lo tendrás. Para eso están los amigos.

—Amigos. —Zoey frunció los labios. Había recuperado el color después de una cena a base de alitas de pollo y macarrones con queso precocinados—. No soy amiga de ningún chico desde secundaria.

—Prefiero el término «hombre». ¿No eres amiga de ninguno de tus ex?

Zoey se rio, sorprendida.

—Si conocieras a algunos de mis exnovios, sabrías por qué esa es una pregunta completamente absurda.

Me senté a su lado en la cama, como si no tuviera más opción. Mi cuerpo deseaba estar cerca de ella, pero en mi cabeza saltaron todas las alarmas. Metí las manos debajo de la nuca y usé prudentemente a mi perra roncadora como barrera.

—Ponme algún ejemplo.

—Vale. A ver, estaba Keith, un guitarrista de una banda de versiones de los ochenta que era un zángano. Tenía más pelo que yo y, aunque tocaba en bodas y bar mitzvás, se creía con derecho a tener admiradoras. Luego estaba Darren, el asesor de inversiones. Nos conocimos cuando él estaba tonteando con otra chica en un bar. Cuando ella se fue al baño, le dije que sus frases para ligar eran muy flojas. Resultó que no solo tenía poca capacidad de atención, sino que además estaba a punto de casarse... y de ser acusado por uso de información privilegiada.

—Si sabías que esos tíos eran tan chungos, ¿por qué saliste con ellos?

—No sé. Supongo que soy un caso —dijo con indiferencia.

—Discoteca.

Zoey puso los ojos en blanco.

—Vale. Creo que es porque así no pueden sorprenderme. Sé perfectamente qué esperar de ellos y me la pela si se largan.

—Zoey, tú eres una tía inteligente. Me niego a creer que todo tu historial sentimental sea así.

Ella suspiró.

—Una vez estuve con un chico que se llamaba Sam. Era muy guapo y muy responsable. —Me miró con los ojos entornados—. Ahora que lo pienso, me recuerdas un poco a él. Siempre hacía lo correcto. En fin, la cosa iba bastante en serio..., al menos por mi parte. Pero estábamos en la universidad y en la universidad solo se puede llegar hasta cierto grado de seriedad. Creía que estaba enamorada. Él quería más de aquello que yo no podía darle y menos de…, bueno, de mí. Al final me dejó y me quedé tan hecha polvo que decidí que nunca más quería volver a verme en aquella situación. Al menos hasta que fuera capaz de valerme por mí misma.

—Esa historia tiene pinta de ser mucho más compleja —comenté.

—Ya, bueno, no empañemos el inicio de esta nueva etapa con una vieja historia lacrimógena. ¿Cómo va la búsqueda de esposa? —me preguntó, cambiando de tema.

—He estado demasiado ocupado asegurándome de que mi nueva inquilina no acabe aplastada por una estantería como para ponerme a buscar.

—Pues ya te puedes ir poniendo las pilas. A ese esperma le quedan dos telediarios —bromeó.

Me levanté de la cama de un salto, como si el colchón estuviera hecho de abejas. «Esperma» no era precisamente una palabra sensual, pero oírsela decir a Zoey mientras estábamos tumbados juntos en la cama era demasiado para mí. Joder, estaba jugando con fuego.

—Es mejor que me vaya. Tengo… cosas que hacer.

—¿Cosas como cocinar y pasar tiempo de calidad con tu familia? —se burló ella.

Cosas como poner una distancia más que necesaria entre Zoey Moody y mi esperma.

# 14

## *El monstruo buenorro del pantano*

### Zoey

—Vamos. Lo estás deseando —dijo Wes.

—Verás cómo te gusta —me aseguró Harry, guiñándome un ojo.

Yo refunfuñé.

—Esta es la presión de grupo más extraña a la que me han sometido nunca.

—Tú extiende la mano —me dijo Isla.

—¿Cómo es posible que mi vida se haya convertido en esto? —me lamenté, mientras le ofrecía un puñado de pienso a un animal de granja tan grande que podría pasarme por encima sin enterarse. Iba a echar mucho de menos aquella mano cuando me la arrancara de un bocado.

Pedorrator 2000, la vaca holstein de nombre absurdo, avanzó pesadamente hacia mí con su cuerpo blanco y negro. Retrocedí de modo automático un par de pasos, pero solo conseguí que la vaca acelerara.

—No te va a hacer nada —me prometió Wes, intentando disimular lo bien que se lo estaba pasando.

—A menos que te pise sin querer. Pesa una tonelada —me advirtió Harry, mientras la vaca se acercaba y me acorralaba contra la valla del prado.

Cerré los ojos con fuerza, preparándome para enfrentarme al fin de mis días.

Siempre supe que en mi muerte habría ganado de por medio.

—¡He cambiado de idea! ¡Ya no quiero ser la publicista del pueblo!

Eso era lo que me había metido en aquel lío. Frank y Pep habían insistido en enseñarme la propiedad, ya que iba a ayudarlos a poner en marcha el refugio de animales sin ánimo de lucro. Era domingo y los hijos de Laura se habían ofrecido a hacer de guías, lo cual sin duda iba a desembocar en mi trágica muerte.

Pero el aplastamiento que esperaba nunca llegó. Solo sentí un roce húmedo y aterciopelado en la palma de la mano. Abrí un ojo y vi que la vaca estaba comiendo tranquilamente el pienso que le había ofrecido.

—¡Ay! Pedorrator 2000 sabe que estás nerviosa y se está portando bien —comentó Isla.

—Hasta que se me acabe la comida para vacas y se zampe mi brazo —repliqué, preparándome para el ataque.

—Los abuelos dicen que es una vaca terapéutica porque sabe si estás triste, asustado o tienes ganas de jugar —explicó Harry—. Cuando suspendí el examen de conducir, casi me aplasta mientras estábamos sentados en el campo.

—No es el mejor momento para contar esa historia, hermanito —señaló Wes.

La comida se terminó y Pedorrator me miró con sus insulsos ojos marrones.

—Muuu.

—¡Ah! ¡Decidle a Hazel que quiero que me incineren! —grité, protegiéndome la cabeza con los brazos.

Una vez más, el esperado asesinato vacuno siguió sin producirse.

Isla se rio.

—Solo quiere que la acaricies.

—¿Como a un perro? —le pregunté.

—Sí. Imagínate que es como Melvin, pero más grande —propuso Harry.

—No pienso acariciarle la tripa a ese bicho —dije, mirando aterrorizada las ubres. No quería descubrir cuántos pezones tenía una vaca.

En aquel momento, Melvin y Bentley, el beagle de Frank y

Pep, aparecieron trotando orgullosos, cada uno con un palo que debería pertenecer al otro. Harry le quitó la ramita de la bocaza a Melvin, mientras Wes cogía el tronco cubierto de hojas de Bentley. Los lanzaron al fondo del prado y los perros salieron corriendo tras ellos, ladrando alegremente.

Le acaricié el morro a Pedorrator con cautela. Vaya, ¿quién iba a suponer que las vacas fueran así de suaves y esponjosas? Aquello no estaba tan mal. La vaca suspiró y se apoyó en mi mano.

—¡Mira! Acabas de hacer una amiga —dijo Isla.

—¿Quieres conocer a las nuevas alpacas? —me preguntó Wes.

—Cuidado. Escupen mucho —me advirtió Harry.

—Paso de las alpacas. ¿Qué hacéis en la granja un domingo de primavera tan soleado? —les pregunté, sin dejar de acariciar a la vaca gigante.

Cuando era adolescente, yo me pasaba los domingos en las cafeterías, enamorándome de los camareros, o en casa de mis amigas, enamorándome de sus hermanos mayores. Pero incluso yo tenía que admitir que la vida en la granja de Story Lake tenía cierto atractivo estético. El sol de abril bañaba cálidamente los extensos pastos verdes. Los árboles lucían hojas nuevas y frescas. Y el cielo era de un azul que nunca había visto en mi ciudad natal. Allí la primavera era distinta por completo a la de Manhattan, donde la estación se caracterizaba básicamente por el regreso de los vestidos de verano y el polen que cubría los coches aparcados.

—Nos toca día familiar de trabajo —contestó Harry, subiéndose a la valla para sentarse.

—Un domingo al mes venimos a ayudar en la granja. Los tíos vienen otro domingo. Mamá y papá siempre decían que querían que supiéramos lo que era trabajar duro, aunque creemos que lo que de verdad les interesaba era tener niñeras gratis. Y a los abuelos les parecía estupendo porque así tenían mano de obra infantil gratuita —me explicó Wes, dándole una palmadita a la vaca en los cuartos traseros.

—¿Y qué sacáis vosotros de todo eso? —Pedorrator cambió de postura para apoyarse en mí, mientras la acariciaba detrás de las orejas.

—La comida —respondieron al unísono.

—Además, es agradable ayudar, estar al aire libre y todo eso —añadió Isla—. Y conducir el tractor mola bastante.

—Se le da muy bien —dijo Harry—. El abuelo solo le deja a ella volver a guardarlo en el granero.

Me conmovió lo orgulloso que estaba de la habilidad de su hermana. Yo no recordaba la última vez que mi hermana había dicho algo positivo de mí. Qué leches, si ni siquiera recordaba la última vez que nos habíamos mensajeado.

—¿Sabes conducir un tractor y todavía no tienes carnet? A lo mejor Cam debería haberte contratado para darle unas clases a Hazel —bromeé.

Isla sonrió.

—Lo intentó, pero no podía permitirse mis honorarios.

—¿Qué os parece la idea de convertir la granja en un refugio? —La vaca cambió de posición para ponerse a comer la hierba que había a mis pies mientras le acariciaba el lomo. Empezó a sacudir y a menear el rabo, esperaba que de alegría.

—A mí me parece genial. La abuela y yo siempre hemos querido tener caballos y ahora podremos rescatar algunos —contestó Wes, al tiempo que recibía a los perros que acababan de volver corriendo, y esa vez compartían un palo de tamaño normal.

—Y al abuelo también le vendrá bien —dijo Harry—. Después de lo del derrame cerebral, ocuparse del día a día en la granja se le hacía demasiado. Así que alquilaron algunos de los prados a otro granjero y se centraron en los animales. Sé que echa de menos el trabajo. Con el refugio podrán tener voluntarios que ayuden con muchas de las tareas físicas.

—Eso si el abuelo aprende a delegar —señaló Wes.

—Los hombres de la familia Bishop somos tercos como mulas —dijo Harry con orgullo.

Un rebuzno ensordecedor interrumpió la conversación.

—¡Joder! ¿Qué coño es eso? —pregunté desconcertada.

—Es Pepe —contestó Isla—. ¡Vamos! Tienes que conocerlo. No puede ser más mono.

—¿Quién o qué es Pepe? —pregunté, mientras salía de aquel pastizal detrás de los adolescentes y los perros para entrar en otro.

—¡Pepe, ven! —gritó Harry, haciendo bocina con las manos.

Se oyó otro chillido espeluznante y una manchita gris apareció galopando.

—Este es Pepe. Es un burrito en miniatura —dijo Wes.

—Hazel le puso «Pepe» por una película que se llama *Tras el corazón verde*. Decían algo de una «pequeña mula», creo —me explicó Isla.

Ahogué un gritito.

—¿No has visto *Tras el corazón verde*? Qué infancia más triste.

Pepe tenía la cabeza de un burro de tamaño normal unida a un cuerpo que parecía un tonel y a unas patitas cortas y delgadas como palillos. Y menuda dentadura. Madre del amor hermoso, pedazo piños. Aquellos dientes amarillos y prominentes parecían capaces de roer una pierna humana en menos de cuatro segundos.

Los perros saludaron al burrito con entusiasmo.

—Normalmente no es seguro juntar a los perros con los burros, porque los crían para proteger al resto del ganado de depredadores como zorros y coyotes. Así que suelen patear y pisotear a cualquier animal de ese tamaño —explicó Harry.

—Qué fuerte —dije, acercándome preocupada a Bentley. Melvin era del tamaño de un coche pequeño y seguramente sabría defenderse, pero el beagle tenía el tamaño ideal para que lo pisotearan.

—No pasa nada. Son amigos —me aseguró Isla—. Pepe vivía en una granja en la que criaban pastores alemanes. Creció rodeado de camadas de cachorros y se cree que es un perro. Se lleva mejor con ellos que con Diva, la burra de tamaño normal.

Pepe se acercó trotando y emitió otro desagradable saludo de burro.

—No me puedo creer que ese ruido provenga de la naturaleza —dije.

—Se oye desde la casa del tío Gage —dijo Wes, dándole una palmada amistosa en el lomo al burrito. Una nube de polvo se elevó en el aire primaveral.

Pepe recibió los saludos de los chicos y luego se acercó a mí, expectante. Sus extrañas y simpáticas orejas de burro solo me llegaban al pecho. Parecía vivaracho y lleno de entusiasmo por la vida y tenía un parecido asombroso con el burro de *Shrek*.

—Hola. ¡Uf! —El animal me dio un cabezazo en el pecho que me dejó sin aliento—. ¡Ay!

Harry hizo una mueca de dolor.

—Lo siento. Es su forma de saludar. —Pepe me miró expectante.

—¿Qué quiere?

—Tu cariño y amor eternos —contestó Isla.

Como para demostrar que estaba en lo cierto, Pepe me dio un golpe en la cadera con el hocico. Menos mal que llevaba puestos los vaqueros más cutres y una sudadera en la que me había caído una copa entera de vino tinto.

—Vale, más mimos. Ya lo pillo —dije, extendiendo la mano para acariciarle con cautela el áspero pelaje—. Qué asco. ¿Te has dado un baño de barro o algo así?

—Le gusta revolcarse en la tierra. Es graciosísimo verlo sacudiendo esas patitas tan flacuchas en el aire —comentó Isla.

Me limpié la mano en la parte de atrás de los vaqueros.

El rugido de un pequeño motor captó nuestra atención. Wes señaló una nube de polvo que coronaba la colina que daba a la granja y uno de esos extraños vehículos de trabajo del tamaño de un minicoche apareció ante nosotros. El hombre que lo conducía llevaba como copiloto a un golden retriever.

—Parece que el tío Gage viene a saludarnos —dijo Harry.

Como si le molestara tener que compartir el protagonismo, Pepe separó los labios para mostrar sus gigantescos dientes y me tiró bruscamente de la manga.

—Disculpe, caballero. Esa sudadera es mía —protesté. Extendí la mano para revolverle la mata de pelo negro y erizado que tenía entre las orejas, y el burro me soltó la manga.

Gage se detuvo junto a la puerta y salió del vehículo. Estaba tan guapo como siempre; en esa ocasión, con unos vaqueros desgastados, una camiseta que le realzaba los mejores puntos del pecho y una gorra de béisbol del revés. No iba a decir que estaba para comérselo, pero sin duda lo pensé.

—¡Hola, tío Gage! —le gritó Harry mientras se arrodillaba para jugar con Nana, que, como siempre, estaba encantada de ver literalmente a cualquiera.

—El abuelo dice que necesita que le ayudéis a limpiar los establos del granero. Y la abuela me ha pedido que siga yo con la visita.

Pepe metió la cabeza entre mi brazo y mi cuerpo, para que le rodeara el cuello.

—Creo que ya he visto suficiente —repliqué con ironía.

—Aún no la hemos llevado al estanque —comentó Wes.

—Pues vamos allá. Sube —me dijo Gage.

Al menos en un vehículo tendría menos posibilidades de que me atacara algún animal de la granja.

—Gracias por la visita guiada. Adiós, Pepe.

El burro me siguió con tristeza hasta la puerta.

—A lo mejor nos vemos por el Angelo's alguna vez —dijo Harry, esperanzado.

—Es demasiado mayor para ti y te da mil vueltas —le soltó Gage.

Harry sonrió.

—Me gusta apuntar alto.

Gage sacudió la cabeza y se puso bien la gorra.

—Sube antes de que empiece a tirarte los tejos.

Me felicité por lograr abrir y cerrar de nuevo la puerta del prado sin hacer el ridículo y me subí al cochecito con Gage. Nana había tenido el detalle de cambiarse al asiento de atrás.

—No hace falta que hagas esto —dije—. Creo que ya has tenido suficiente Zoey por este fin de semana y yo ya he recabado información de sobra para diseñar la estrategia de tus padres.

—Si te llevo de vuelta a casa ahora, te obligarán a limpiar los establos, y no tienes pinta de disfrutar paleando mierda.

—Al estanque —repliqué con énfasis.

—Imaginaba que dirías eso —replicó Gage.

Esperó a que me abrochara el cinturón para ponerse en marcha e ir en dirección al sol. Disfruté del calor en la cara y me relajé en el asiento, con los campos extendiéndose a ambos lados del camino. No era mi forma habitual de pasar un domingo, pero tenía que reconocer que no estaba nada mal.

—He pensado mucho en una cosa que dijiste —comentó Gage, rompiendo el silencio mientras llegábamos a lo alto de una colina.

—Yo digo muchas cosas. Vas a tener que concretar más.

—Dijiste que no me caías bien.

Nana metió la cabeza entre los dos y la apoyó en mi hombro con un suspiro de felicidad.

—Ah, sí. Me suena haber dicho algo parecido. —Me preguntaba si un ciclo de lavado normal eliminaría los mocos de vaca, el polvo de burro y la baba de perro, o si habría algún ciclo de lavado industrial para granjas que debería conocer.

—No es que no me caigas bien —dijo él.

—Me alegra saberlo. Oye, ¿usáis algún detergente especial para eliminar los restos de los animales de la ropa?

—Hablo en serio.

—Yo también.

—Vale un detergente cualquiera.

—Genial —dije, rascándole el cuello a Nana.

—Solo quería aclarar las cosas. No quiero que pienses que no me caes bien.

Me asomé por encima de la cabeza del perro.

—Pues eres mucho menos simpático conmigo que con el resto del mundo, literalmente.

Gage tamborileó suavemente con los dedos sobre el volante y me giré para que no me viera sonreír. Estaba claro que se sentía incómodo y pensaba aprovecharme de la situación.

—Me duele un poco —dije, fingiendo que me temblaba la voz.

—Joder, Zo. Lo siento. Es que… Es que eres…

—Es broma. Relájate. No tengo por qué caerte bien. ¿Que a veces podrías ser más amable? Sin duda. Pero acabas de darme un hogar y me has ayudado a mudarme. Y a veces, cuando decides no ser un capullo, tonteas conmigo. Yo estoy más que satisfecha con la relación que tenemos.

—Creo que te debo una explicación. —Gage dejó el camino principal para meterse por otro más estrecho y accidentado.

—Si esa explicación incluye un listado de todos los defectos míos que no soportas, prefiero ahorrarme el momento «señor Darcy».

Gage se desvió del sendero y se adentró en el campo. Delante de nosotros divisé un pequeño estanque junto a un pintoresco bosquecillo.

—Cuando te viniste a vivir aquí, me pareciste… inquietantemente atractiva —reconoció.

Me giré para mirarlo.

—Vale. ¿Y he perdido atractivo desde entonces?

—No.

—¿Y lo de «inquietantemente»? Tú sí que sabes convertir un cumplido en un insulto.

—La primera vez que te vi me caí de un puñetero tejado. Tienes… tenías ese efecto en mí. Y como no encajabas en el plan, me pareció más seguro mantener las distancias. No se me ocurrió pensar que podía parecer que no me caías bien. Claro que me caes bien. Muy bien.

—Parece que volvemos al terreno de los cumplidos.

Llevó el vehículo de trabajo hasta el estanque y apagó el motor. Nana se bajó de un salto y empezó a hacer pipí sobre una amplia variedad de flora.

—Oye, ya sabes que busco algo serio —dijo Gage.

—Y tú ya sabes que la palabra «serio» me da urticaria —repliqué.

—Lo que pretendía decirte es que me distraes demasiado.

Me ahuequé el pelo en plan teatral.

—Gracias por la parte que me toca. Pero ¿por qué me alquilas el apartamento si estás intentando librarte de mí y de mis irresistibles armas de mujer? Menudo error de novato.

—Sabía que no me lo ibas a poner fácil —refunfuñó.

—Espero que estés hablando con Nana —le advertí. La perra en cuestión estaba husmeando alrededor del agua.

—Estoy hablando contigo, Desastre.

—Yo también te he imaginado desnudo, Gage —reconocí a regañadientes.

Él cerró los ojos.

—Joder.

—Pues sí, intenta no pensar en ello la próxima vez que me oigas ducharme en el piso de arriba —bromeé—. A ver, ¿por qué es tan importante este pintoresco laguito? —le pregunté, señalando el estanque con la mano.

—Mi madre quiere rescatar unos cuantos patos y traerlos aquí. Vamos a poner una pérgola para hacer pícnics encima del… ¡Nana, no! —Al parecer, Nana ya estaba harta de mirar el agua, porque cogió carrerilla y se lanzó en plancha a una zona poco profunda, con un salto totalmente carente de elegancia—. Qué hija de puta. Si ya te bañaste ayer —protestó Gage, bajándose del vehículo.

Sin el menor rastro de remordimiento, la perra se adentró en aguas más profundas, chapoteando alegremente. Pero lo más alucinante fue que Gage no se quedó de brazos cruzados. Ni muchísimo menos. Se quitó la gorra y la camiseta, los tiró por encima de la cabeza y se zambulló en el agua.

—¿Qué haces? —le pregunté, riéndome.

—¡Como no la saque, es capaz de quedarse ahí todo el día! Le encanta este jueguecito. Se llama «ser una cabrona» —gritó Gage mientras se metía en el estanque para perseguir a la golden retriever, que parecía estar disfrutando de lo lindo.

—¿Hay serpientes ahí dentro?

—¿Y yo qué coño sé?

—Tiene toda la pinta.

Salí del vehículo y me acerqué sigilosamente para grabarlo con el móvil.

—¿En serio? ¿Tienes que grabarme justo ahora? —refunfuñó Gage, enfadado.

—Considéralo contenido para el refugio —contesté alegremente—. Tus padres podrían hacerse virales con la primera publicación.

—Mi vida era muchísimo más fácil antes de que las pelirrojas aparecierais.

Antes de que le diera tiempo a soltar cualquier otra impertinencia, Gage tropezó y se hundió en el estanque con cara de «a tomar por culo». Nana cambió inmediatamente de dirección y fue nadando hacia él para investigar. Su padre humano salió a la superficie escupiendo agua, pero consiguió agarrarla con dos dedos por el collar.

—¡No deberías beber de ese agua! —le grité.

—No me digas. Tampoco debería tener que sacar a mi perra de cada puto charco que encuentra después de haberme gastado quinientos pavos en adiestrarla. —Miró a Nana, que estaba empapada y feliz—. Lo de responder a la llamada sigue sin ser lo tuyo.

Nana no parecía en absoluto ofendida.

Maldiciendo entre dientes, Gage volvió a la orilla con la perra a cuestas.

Me reuní con él y le pasé la camiseta. Él me la quitó de las manos y se la puso sobre los hombros ondulados y musculosos. Empapado y con el torso desnudo, Gage Bishop estaba cañón.

—Como se te ocurra reírte, te pillo y te tiro al agua —me advirtió.

—Jamás se me pasaría por la cabeza —dije, a la vez que me guardaba el móvil en el bolsillo y levantaba las manos en señal de rendición.

—No me jodas, Nana —murmuró Gage, mientras la perra se resistía y tiraba hacia atrás—. Esta vez no vas a ganar.

Pero el destino no estaba de su lado, porque Nana siguió tirando hasta conseguir librarse del collar. Solo que, en esa ocasión, en vez de volver a zambullirse en el agua, salió disparada hacia el lodo húmedo y apestoso de la orilla. Se revolcó una y otra vez, hasta hacer desaparecer cualquier rastro de su pelaje rojizo y transformarse en un monstruo de cieno empapado y sonriente.

—Madre mía —dije.

—¿Has terminado? —le preguntó a la perra, con las manos en las caderas, como si estuviera esperando a que se le pasara la rabieta a una niña pequeña.

Nana se sentó y soltó un alegre ladrido, mientras barría oleadas de barro a sus espaldas con lo que se suponía que debía de ser la cola.

—Creo que deberías retroceder unos cuantos pasos —dijo Gage.

—¿Yo o ella? —le pregunté.

Nana respondió por él sacudiéndose vigorosamente y dando lugar a una explosiva lluvia de salpicaduras de barro con un radio de acción impresionante que me incluyó también a mí.

—¡Qué asco! —refunfuñé, cuando el barro frío y húmedo me impactó en la cabeza, la cara y el pecho.

Zas. Zas. Zas.

Gage estaba de espaldas a mí, todavía con los brazos en jarras y la cabeza gacha.

—¿Estás...? —Escupí un poco de barro—. ¿Estás bien? —le pregunté.

—¿Sinceramente, Zoey? Ahora mismo me estoy concentrando en no odiar mi vida.

Se giró lentamente y me tapé la boca con la mano. El pobre estaba cubierto por una capa de espeso lodo marrón. De pies a cabeza. Nana, encantada de la vida, vino corriendo hacia mí.

Aunque lo intenté con todas mis fuerzas, no pude evitar reírme.

—A mí no me eches la culpa. Yo no he obligado a tu perra a bañarse en pelotas en un charco de barro.

—Ya. Pero si no me hubieran reclutado para esta visita guiada, dudo que hubiera acabado cubierto de cieno de arriba abajo.

—Ya, pues entonces creo que tu madre es la culpable, por haberte obligado a hacerlo. Y perdona. Estoy intentando tomarte en serio, pero solo te veo el blanco de los ojos y los dientes. Me dan ganas de empezar a llamarte «el Monstruo Buenorro del Pantano».

Gage se quitó la camiseta del hombro, buscó una esquinita intacta y seca, y se limpió la cara, lo cual me pareció muy gracioso.

—¿Crees que tú tienes mucha mejor pinta? Es como si Jackson Pollock hubiera decidido pintar solo en tonos marrones.

—No seas... —Un golden retriever de veinticinco kilos cubierto de barro se abalanzó sobre mí, interrumpiéndome. En circunstancias normales, seguro que habría mantenido el equilibrio. Había ido a clases de defensa personal en secundaria, así que sabía cómo prepararme para un ataque. Pero el suelo estaba embarrado y resbaladizo bajo mis zapatillas. Me caí hacia atrás a cámara lenta, perdiendo la batalla contra la gravedad. Aterricé de espaldas sobre un charco del tamaño de mi cuerpo—. Por favor, por favor, dime que esto es un charco de barro y no un río de pis de vaca —susurré.

Nana se abalanzó sobre mí y me puso las patas sucias en el medio del pecho, dejándome sin aliento. Sin más, la perra se quitó de encima de mí y en su lugar apareció la sonrisa burlona de Gage.

—¿Qué decías?

Exhalé con dificultad.

—Ay. ¿Seguro que la has mandado a la escuela de adiestramiento y no a la de rebeldía?

—Pienso exigirles que me devuelvan el dinero.

Acepté la mano que me tendió y dejé que me ayudara a levantarme. Tenía dos huellas de patas estratégicamente colocadas que parecían pezoneras. Y el resto de la parte delantera de mi cuerpo era como una obra de arte hecha con barro. La parte de atrás, desde el pelo hasta los talones, estaba mucho más... blandengue.

—No sé qué hacer en esta situación. Nunca me había sentido tan sucia —confesé.

—Me cuesta creerlo —dijo Gage, agarrando rápidamente a Nana para volver a ponerle el collar.

—Ni se te ocurra intentar ligar conmigo ahora. Parezco un saco de cultivar setas.

—Venga. Vamos a limpiarnos —resolvió.

# 15

## *¿Seguro que no eres mi media naranja?*

## Zoey

Seguía dándole vueltas a cómo iba a quitarme todo aquel barro del pelo cuando Gage se detuvo junto a un granero rojo de dos pisos, con ventanas y revestimiento de madera. Al lado había una construcción más pequeña, con puertas como de garaje.

—¿Qué es esto? —pregunté desconcertada, frunciendo el ceño.

—Mi casa.

Nana saltó de la parte trasera del vehículo, corrió hacia el pequeño porche lateral y se sentó al lado de la puerta, moviendo el rabo.

—¿Vives en un granero? Ya sé que no estamos haciendo ninguna lista de todas las razones por las que somos patológicamente incompatibles, pero si fuera así, esta sería la número uno.

—Es un granero reformado —replicó él con indiferencia.

Salimos del vehículo y nos acercamos a la vivienda, chapoteando y salpicando a nuestro paso.

—¿Con cuántos animales vives?

—Solo con el monstruo del pantano que está en el porche. —Me hizo un gesto para que subiera los dos escalones que tenía delante.

—No puedo entrar ahí así. —Me señalé a mí misma con gesto de impotencia—. No lo haría ni en un granero de verdad.

—Tranquila. Cuando uno se cría en una granja, aprende a controlar el caos. —Me empujó hacia el porche y abrió la puerta. Nana entró corriendo y la seguí.

—¿Esto es el cuarto de la colada? —le pregunté, al ver la lavadora-secadora que había frente a la puerta. La pared del fondo estaba llena de armarios de madera maciza y había un fregadero rarísimo bajo un ventanal enorme que tenía unas vistas impresionantes del jardín de atrás. En medio de la habitación había una isla larga y estrecha.

—Es más bien un vestíbulo-cuarto de la colada.

Nana volvió a sacudirse alegremente, llenándolo todo de salpicaduras de barro.

—Muy práctico —murmuré.

Gage sacó una toalla de un armario y me la pasó.

—Deja aquí la ropa. Puedes envolverte en la toalla e ir a ducharte. El dormitorio está por allí —dijo, señalando una puerta que tenía una barrera para perros.

—Ah. —Me quedé mirando la toalla como si nunca hubiera visto una.

—No me digas que ahora te vas a hacer la tímida conmigo —bromeó.

—¿Tímida yo?

—Puedo darte un manguerazo fuera, si te sientes más cómoda —me propuso con una sonrisa pícara.

—Prefiero la ducha —dije, cogiendo la toalla que me ofrecía—. Entonces ¿me desnudo?

Él sonrió y señaló la puerta que estaba detrás de mí.

—Puedes cambiarte en el baño.

—Qué capullo eres —protesté, abriendo la puerta de lo que resultó ser un aseo pequeño y funcional.

—¡Te la debía, por reírte de mí cuando estaba a punto de ahogarme! —gritó mientras abría el grifo del fregadero.

Les cerré la puerta en las narices a aquel coñazo de tío y al sinvergüenza de su perro.

Cuando regresé envuelta en la toalla, Gage había metido a Nana en aquel fregadero tan raro y la estaba lavando con el grifo.

—¡Anda! Si es una ducha para perros —dije.

Gage giró la cabeza y me miró lentamente de arriba abajo.

—Me resulta muy útil, por desgracia.

Nana estaba sentada y tranquila en el fregadero de cobre martillado, moviendo la cola mientras Gage le lavaba con cuidado el pelo para quitarle el barro.

—No estarás enfadado con ella, ¿no? Solo estaba divirtiéndose.

Gage estrujó las mejillas blandas y empapadas de Nana.

—Estaría bien que se divirtiera un poco menos, así no tendría que pasarme el día limpiando lo que ensucia. Pero es difícil enfadarse con esta tonta.

Nana le respondió con un lametón en la cara y después tosió como si no le gustara el sabor del barro con el que lo había salpicado.

—Te dejo lavando al monstruo del pantano mientras yo husmeo entre tus cosas y busco la ducha —le dije, dejando la ropa mojada sobre el suelo de baldosas.

—¡No permitas que los cerdos salgan del salón! —gritó él, mientras yo pasaba una pierna por encima de la puerta para perros.

—¿Los qué?

Gage volvió a mirarme y sonrió.

—Te estoy vacilando, Zoey.

—Ignoraba que supieras hacer eso —repliqué, bromeando.

Crucé de puntillas el suelo de madera clara, intentando no llenarlo todo de barro. El vestíbulo daba a una cocina preciosa con armarios de color verde oscuro. En ella había otra isla, con una pila de recetas primorosamente impresas al lado de un montón de ingredientes secos.

Puf. Cómo no, Gage Bishop era un cocinillas.

La cocina daba paso a un comedor situado en la parte delantera de la casa, que a su vez se comunicaba con un espacioso salón presidido por una chimenea de piedra que se encontraba en la pared del fondo. Unas gruesas vigas de madera recorrían el altísimo techo a todo lo largo. Para acceder al piso de arriba, había que subir por unas escaleras con una barandilla rústica de hierro forjado, al pie de las cuales se encontraba una puerta abierta.

Había un gran sofá modular frente a una pantalla de televisión gigante. Las paredes eran de un cálido color miel. Todo estaba perfectamente ordenado. Demasiado. Parecía una casa piloto. Necesitaba unos cuantos cojines de colores, una cesta con mantas, algunos libros, fotos y cuadros. Y tal vez una lámpara de techo llamativa, además de las funcionales pero aburridas luces empotradas.

—Ajá. El dormitorio.

Me aseguré bien de no tener salpicaduras de barro en los pies antes de pisar la suntuosa moqueta de color crema. Me di cuenta de que todos los muebles combinaban, desde la cama con dosel hasta las mesitas de noche y la cómoda. Yo habría elegido unas cortinas gruesas de terciopelo en algún tono joya, en lugar de los estores de color blanco roto por los que Gage se había decantado. Y habría añadido un banco a los pies de la cama y un sillón en la esquina. Pero no todo el mundo podía tener tan buen gusto como yo.

Entré en el cuarto de baño y casi me desmayo al darme cuenta de que tenía suelo radiante. Había dos lavabos amplios con unos espejos enormes, una bañera exenta lo suficientemente grande como para hacer una orgía, un armario para la ropa blanca y otra habitación que tenía pinta de vestidor pero que estaba sin acabar, recubierta simplemente por paneles de yeso y con una triste barra para perchas. Lo mejor de todo era la ducha de hidromasaje con revestimiento de azulejos. Era lo suficientemente grande como para dieciocho Nanas embarradas.

—Gracias, gracias, gracias —dije, mientras abría el grifo y subía la temperatura.

Me quité la toalla y me metí bajo el agua. Tuve que lavarme tres veces el pelo con champú y gastarme la mitad del bote de gel de Gage para que por fin el agua saliera limpia.

Cuando salí de la ducha, envuelta en una toalla impoluta, me encontré con un montoncito de ropa cuidadosamente doblada fuera, justo al lado de la puerta. La camiseta blanca inmaculada me quedaba cuatro tallas grande. Pero era mejor que volver a ponerme la ropa embarrada de la granja. La cintura de los pantalones de chándal me llegaba hasta las tetas y todo el conjunto olía a suavizante masculino.

Salí del dormitorio y seguí el sonido de la voz de Gage.

—Tienes que intentar portarte mejor —estaba diciendo, muy serio.

Entré en el comedor y lo vi al lado de la encimera de la cocina con una cerveza en la mano y absorto en una conversación con

Nana, que ya estaba limpia y demasiado ocupada devorando comida para perros como para prestarle atención. Él también se había duchado y llevaba una camiseta de los Philadelphia Eagles y unos pantalones de chándal grises supersexis.

—Hola —dije, sintiéndome de repente cohibida por los rizos mojados, la cara lavada y el hecho de no llevar sujetador. Sería menos raro si se tratara de un encuentro poscoital en la cocina, pero aquella situación «físicamente platónica con una pizca de atracción latente» resultaba muy incómoda.

—Hola —contestó él, mientras observaba con sus ojos verdes cómo me sentaba su ropa—. Tus cosas están en la lavadora.

—Gracias —repliqué, intentando no fijarme en el contorno imponente de su polla por debajo de los pantalones de chándal. Nana se acabó la comida y corrió hacia mí como si no me hubiera visto en meses. Me agaché y le revolví el pelo, que aún estaba húmedo. Ella eructó con entusiasmo—. Y gracias por prestarme algo de ropa.

—De nada. ¿Un poco de vino? —me ofreció, levantando una botella—. He pensado que te merecías una copa después del baño de barro improvisado.

—Ay, sí, por favor.

El teléfono le vibró sobre la encimera mientras me la servía. Gage puso los ojos en blanco.

—A mi madre le preocupa que te haya secuestrado.

—Ay, Dios. Como me presente en su casa recién duchada y con tu ropa puesta, va a parecer que acabamos de echar un polvo. Y sabiendo cómo es este pueblo, a la hora de cenar el rumor ya se habrá extendido por todas partes.

—O puede que parezca que mi perra es una tocapelotas adorable que te ha dejado la ropa hecha un desastre —dijo, pasándome la copa—. Se te olvida que vivimos en una granja. Mis padres están acostumbrados a que lleguemos a casa cubiertos de barro, o de cosas peores.

Bebí un reconfortante trago de vino.

—En primer lugar, te prohíbo que especifiques lo que quiere decir «o de cosas peores». Además, no quiero que piensen que estábamos perdiendo el tiempo, cuando se supone que estoy aquí para ayudarlos. Parecería que no me los he tomado en serio.

Gage se apoyó en la encimera, de espaldas a la ventana del fregadero.

—Lo único que van a pensar mis padres es que te he estado enseñando la granja. Cam, sin embargo... —Dejó la frase en el aire.

Solté un gemido.

—Madre mía. Hazel va a disfrutar de lo lindo con esto. Genial para la agente literaria Zoey. Pero para la Zoey con vida privada va a ser una auténtica tortura.

—Claro, pobrecita mía, no vaya a ser que alguien piense que estás saliendo con el abogado guaperas. Te recuerdo que soy yo el que se supone que está buscando a su media naranja. ¿Cómo lo voy a hacer si todo el pueblo cree que estoy liado con la señorita discotequera?

Sonreí con prepotencia, con la copa de vino en la mano.

—No puedo creer que te hayas referido a ti mismo como «el abogado guaperas». Eso da mucha vergüenza ajena.

—¿Podrías recordarme por qué te he dejado entrar en mi casa? —preguntó Gage, irritado.

—Entre esto y lo de ponerme un pisito, empiezo a pensar que estás enamorado de mí.

—Yo no te he puesto un pisito. Te he alquilado uno —puntualizó.

—Es evidente que estás enamorado de mí. Venga, vamos a pensar en cómo llegar hasta mi coche sin levantar sospechas, antes de que me pidas matrimonio.


—Vamos a repasarlo todo una vez más —dijo Gage.

Estábamos observando atentamente el plano que él había dibujado en la isla de la cocina mientras picoteábamos de un cuenco de salsa y una bolsa de nachos integrales.

Me metí un nacho cubierto de salsa en la boca.

—Vale. Tú me llevas de vuelta en el todoterreno a casa de tus padres y aparcas de forma que mi coche no se vea. —Aparqué un nacho encima del croquis—. Oye, ¿por qué tienes tantas monedas de diez centavos? —le pregunté, fijándome en un cuenquito que había en la encimera de la cocina y que estaba lleno de ellas.

—Deja de distraerte. Es normal tener dinero suelto. Vamos a centrarnos en el plan. Si alguien está rondando por ahí fuera, Nana y yo lo distraemos mientras tú te cuelas en tu coche. —Gage mordió un nacho por la mitad y lo puso sobre el dibujo, al lado del todoterreno hecho también de nachos—. Esperas a que se haya ido todo el mundo del jardín delantero y te largas.

—Y tú les dices a tus padres que la visita ha ido bien, que tengo muchas ideas y que les presentaré una propuesta oficial en un par de días. Y así nadie podrá pensar que estábamos haciendo algo digno de acabar en uno de los libros de Hazel —resumí.

Gage levantó la cerveza.

—Eso merece un brindis.

—Solo hay un problema.

—¿Cuál?

—Que tengo las llaves del coche en el bolso... en la cocina de tus padres.

—Mierda.

—Vale. ¿Y si sobornamos a tu sobrina para que nos lo traiga? Él negó con la cabeza.

—Eso nos expondría a futuros chantajes. Créeme, no sería la primera vez.

—Esa Isla es una listilla —dije.

—Hay otra opción. Esperar a que se seque tu ropa.

Puse cara de circunstancias.

—Esa es una solución... vergonzosamente obvia.

—Pues sí —reconoció Gage.

—Entonces ¿por qué me has dejado elaborar un plan completamente innecesario y exagerado? —le pregunté.

—Solo quería ver qué había dentro de esa cabecita. —Gage miró el reloj—. Tenemos más o menos una hora. ¿Qué quieres que hagamos mientras se te seca la ropa?

Se me ocurrieron un par de cosas que, aunque no tenían nada que ver con la ropa, sí exigían la presencia de la polla que se intuía por debajo del pantalón de chándal. Sería una forma divertida de dejar de estar a dos velas, aunque probablemente no era la decisión más inteligente. Probablemente, no. Definitivamente.

—Puedes enseñarme la casa y contarme si te criaste en un granero, literalmente —sugerí.

—Vale. Pero antes pásame el vino.

—Aún no he terminado —me quejé, mientras le entregaba la copa.

—Ya. Pero después de haber visto la que liaste con los espaguetis precocinados en la mesa del hotel, prefiero no arriesgarme. —Abrió el armario que había encima de la cafetera y vertió el contenido de la copa en un vaso. Le puso una tapa y me lo devolvió.

—Vamos.

Salí de la cocina detrás de él.

—Qué obsesividad tan entrañable.

El tour de Gage fue a la vez entretenido y didáctico, algo de lo que tomé nota para informar a Pep y Frank, que tal vez en un futuro lo acorralaran para que hiciera las visitas guiadas.

Arriba había otros tres dormitorios, dos baños completos y un acogedor estudio que Gage usaba como despacho. En el piso de abajo, me enseñó una salita que yo había pasado por alto durante mi merodeo embarrado. Las puertas del fondo del salón de la planta baja conducían a una amplia terraza con barbacoa y rampa de acceso. La puerta principal daba a un porche cubierto.

—Nuestro abuelo levantó la construcción original cuando mi padre tenía cinco años —dijo Gage, haciendo un gesto con el dedo para que me acercara. Obedecí y señaló algo que había a nuestros pies. Allí, en el borde, estaba el nombre de Frank grabado con caligrafía infantil en el cemento.

—Aunque estoy deseando burlarme de ti por vivir en un granero, mola bastante que hayas querido preservar este retazo de historia familiar.

—Preservarlo y seguir construyendo sobre él —replicó, señalando la ampliación del porche. En la esquina delantera estaban los nombres de Cam, Levi, Laura y Gage.

No sabía si era por el vino o por el traumático baño de barro, pero me escocían los ojos y la nariz. A veces, la añoranza de aquello que nunca había podido tener seguía apoderándose de mí.

—Eres muy afortunado —le dije, esforzándome para que mi voz sonara alegre.

—Lo sé. ¿Cómo es tu familia? No hablas mucho de ella.

Jugueteé con la bolita de discoteca que llevaba colgada del cuello.

—Es que no estamos tan unidos como vosotros. Lo que tenéis los Bishop es muy especial.

—Por eso quiero compartirlo con alguien —dijo él, con voz grave.

Dejé de mirar los nombres inmortalizados en el cemento y, al levantar la vista, me di cuenta de que Gage estaba más cerca de mí. Por un instante, me planteé la posibilidad irracional de arrimarme a él y acurrucarme en su pecho. Lo cual no tenía ni pies ni cabeza, porque yo no era de las que se acurrucaban. No necesitaba el apoyo emocional de abogados guaperas que adoptaban perros y adoraban a su familia.

Gage me estaba mirando tan fijamente con aquellos ojos de color verde botella intenso que me quedé inmóvil, mientras él avanzaba medio paso más hacia mí e invadía mi espacio.

Apretó una vez la mandíbula y lo vi tragar saliva. Estábamos demasiado cerca como para que se tratara de algo inocente y empecé a fantasear con lo que sucedería si recorría aquellos últimos centímetros.

—Zo —susurró con voz ronca.

—¿Sí? —chillé. Me aclaré la garganta—. Perdón, ¿sí? —repetí, en un tono más grave.

—¿Estás segura de que no eres mi media naranja? —me preguntó.

—Se-segurísima. Prácticamente convencida. —No podía ser la persona que él necesitaba, ni darle lo que quería. Y, en aquel momento, una parte de mí casi se odiaba por ello.

Aquellos labios tenían pinta de besar muy bien. Muy pero que muy bien. Sus dedos dibujaron dos pequeñas lenguas de fuego a ambos lados de mi cintura. Me estaba preguntando si debería sorprenderme o alegrarme de que él hubiera dado el primer paso, cuando me percaté de que lo estaba agarrando por la camiseta.

Me aclaré la garganta.

—Seguro que la ropa ya está seca —dije, a un volumen innecesario.

Gage volvió a apretar la mandíbula, antes de quitarme las manos de las caderas y retroceder.

Miró el reloj.

—Es probable.

—Creo que deberíamos...

—¿Evitarnos a toda costa? —dijo él, acabando la frase por mí.

—Iba a decir marcharnos, pero lo que tú has dicho también, desde luego.

—No puede ser tan difícil —murmuró Gage.

Hola

Qué es de tu vida?

Dime si tienes tiempo para una

videollamada entre hermanas

*Carla Moody*
Voy a estar muy liada las próximas semanas
Si necesitas algo, va a ser más rápido que me lo
digas por mensaje

# 16

## *Son tetas, no lobeznos rabiosos*

### Gage

Estaba siendo mucho más difícil de lo esperado evitar a la mujer que vivía encima de mi oficina.

Cada vez que pasaba por allí con el coche, no podía dejar de mirar hacia el primer piso, donde las cortinas coloridas ondeaban durante el día y las luces brillaban por la noche. Y cuando estaba en el despacho, cada crujido y cada paso que oía arriba era un recordatorio brutal e injusto de su existencia.

Eso por no hablar de la cantidad de gente que llamaba a su puerta. No tenía ni idea de quiénes eran la mitad de ellos ni de a qué iban allí. Las visitas rara vez duraban mucho tiempo y, por lo que se veía en las cámaras de seguridad del edificio, la mayoría llegaba con las manos vacías y se marchaba con algo. No quería entrometerme, pero, teniendo en cuenta que era su casero, me sentía con derecho a mantener una conversación con ella acerca de la seguridad. Algo que pensaba hacer en cuanto la hubiera evitado el tiempo suficiente como para no sentir la necesidad de besarla.

Los primeros besos eran calculados, coreografiados. Se daban en el instante ideal para potenciar al máximo el romanticismo del momento. Eran memorables. Significativos. Aun así, yo había estado a punto de comerle la boca a Zoey en el porche de mi casa solo porque me había mirado a los ojos.

Era un hombre con autocontrol, por el amor de Dios. Debería

resultarme sencillo no besar a alguien. En aquel preciso instante había un montón de mujeres a las que no estaba besando. Y Zoey Moody no debería ser una excepción.

Entré corriendo en el vestíbulo exterior del despacho y me detuve lo justo para sacudirme el serrín de los vaqueros. Necesitaba urgentemente una ducha previa a la reunión que tenía dentro de una hora, pero primero quería revisar el contrato de sociedad limitada, que Declan había redactado, antes de la cita de esa tarde. El trabajo con mis hermanos se había alargado más de lo previsto e iba justo de tiempo. Llegué a la conclusión de que iba a tener que compensarlo saltándome el almuerzo o comiendo en la ducha.

Sacudí las botas una última vez y abrí la puerta del despacho. Declan estaba delante del ordenador, mirando al infinito y escribiendo a una velocidad alarmante. El sol se reflejó sobre un par de zapatos brillantes de tacón de aguja que había en un rincón del escritorio.

—¿Qué es eso? —le pregunté, recogiendo los mensajes que me estaba entregando mientras seguía escribiendo con una sola mano.

—Unos zapatos.

—Eso ya lo veo. Pero ¿qué hacen ahí?

—Zoey me ha pedido que se los guarde hasta que la persona a la que se los ha vendido venga a pagarlos.

Me pellizqué el puente de la nariz. La irritación que se había ido acumulando durante todo el día salió a la superficie.

—El despacho no es una tienda de segunda mano.

—Me ha traído un té —dijo Declan, con un toque de desafío en la voz, habitualmente monótona.

—Somos un bufete de abogados, no un mercadillo cubierto —protesté. Se oyó un golpe revelador en el piso de arriba—. Y si encima está en casa, debería ser ella la que se arriesgue a ser asesinada por vender cosas a desconocidos por internet. No mi empleado.

—¿Quieres que le transmita el mensaje en una carta formal? —se ofreció Declan, mientras yo entraba como una exhalación en mi despacho.

—Sí. Desde luego —repliqué.

—Tienes una reunión en cincuenta y ocho minutos —me gritó mi pasante.

Cerré la puerta con tranquilidad, más que nada para demostrarme a mí mismo que, a pesar de estar enfadado, seguía controlando mis impulsos.

Acababa de sentarme detrás del escritorio y abrir la carpeta cuando oí otro golpe, seguido de un chillido ahogado. Me asaltaron imágenes de Zoey dejando la ventana abierta y de Goose entrando a echar un vistazo. ¿Que era poco probable que un águila calva atacara en interiores? Sí. Pero todo era posible cuando se trataba de Zoey.

—Mierda. —Dejé el bolígrafo y salí del despacho.

—Cincuenta y cinco minutos —me informó Declan, mientras yo cogía los zapatos que tenía sobre la mesa.

—Gracias, Declan —repliqué con frialdad—. Volveré a tiempo.

Subí corriendo las escaleras hasta el piso de arriba y, justo cuando estaba levantando el puño para llamar a la puerta de Zoey, oí un fuerte gemido procedente del interior. O estaba herida o se estaba tirando a alguien. Y no me apetecía entrar y encontrarme con ninguna de las dos situaciones.

Me quedé inmóvil y agucé el oído.

—Voy a morir así —la oí decir antes de que se oyera otro golpe.

Golpeé la puerta con los nudillos.

—¡Zoey! ¿Estás bien?

Se hizo el silencio.

—No —contestó malhumorada, al cabo de un rato.

—¿Necesitas ayuda?

Otro largo silencio.

—Sí, por favor.

Había un deje de angustia en su voz que hizo que se me disparara la adrenalina.

—¿Qué pasa? Abre la puerta.

—Estás a punto de ver algo para lo que no estás preparado —me advirtió.

Como hubiera dejado entrar un águila calva en el apartamento, me iba a cabrear muchísimo.

—Creo que podré soportarlo —repliqué.

Ella se rio sin ganas.

—Ya lo veremos.

—Déjame entrar, Zoey.

—Buf. Vale. No está cerrado con llave.

Empujé la puerta y la abrí.

—Vamos a tener que hablar sobre lo de cerrar la puerta con...

El resto de la frase se quedó suspendida en el aire, junto con mi respiración. El riego sanguíneo de mi cerebro cambió bruscamente de dirección y bajó directo al pene.

Zoey estaba de pie en medio del salón con los brazos levantados sobre la cabeza. Los rizos le salían disparados de una cola alta. Tenía las mejillas coloradas. Y llevaba algo sospechosamente parecido a un sujetador deportivo enrollado y apretado con fuerza sobre los pechos. Sobre los pechos desnudos.

—Joder —susurré.

—Opino exactamente lo mismo. ¿Puedes ayudarme? Me siento como si me estuviera estrangulando una anaconda, y no me hace ninguna gracia admitirlo, pero estoy empezando a entrar en pánico.

Pep y Frank Bishop habían criado a tres hombres de bien, por no decir a tres caballeros de pies a cabeza, pero el giro para apartar la mirada y cerrar la puerta fue al menos tres segundos más lento de lo que debería haber sido.

—¿Qué necesitas? —le pregunté, mirando hacia la puerta, mientras las imágenes de sus tetas perfectas se grababan a fuego en mi cerebro para siempre.

—Que me hagas un sándwich. ¿Tú qué coño crees que necesito? ¡Sácame de aquí antes de que la palme! —gritó.

—Vale, joder, cálmate.

—¿Me lo estás diciendo a mí o a la puerta? Son tetas, Gage, no lobeznos rabiosos.

—Ya lo sé, Zoey. Las pruebas indican claramente que son tetas —repliqué, todavía de cara a la puerta, deseando que mi erección instantánea también se calmara.

—Madre mía. ¡Por favor, deja de fingir que eres un caballero y sácame de aquí! ¡Me estoy asfixiando! —Cogí un poco de aire y me giré hacia ella. Sí. Seguía sin la parte de arriba y yo jamás me recuperaría. Tenía el cuerpo de una diosa. Sus generosos pechos, con forma de lágrima, estaban expuestos como si se tratara de la obra de arte de un maestro. Y yo tenía la polla más dura que el mármol que un escultor habría elegido para inmortalizarla—. Ayúdame —sollozó Zoey, con los brazos colgando por encima de la cabeza—. Estoy demasiado sudada. No puedo quitármelo.

Tomé cartas en el asunto y la giré para no tener que mirar las tetas más perfectas que había visto en mi vida.

—¿Dónde está el cierre? —le pregunté con rudeza, mientras palpaba la tira que tenía sobre los omóplatos y que se había enrollado sobre sí misma media docena de veces.

—No tiene. Es uno de esos que se ponen tirando y que no pienso volver a usar. De todos modos, no sujetaba muy bien. Se me movían demasiado.

—Deja de hablar —le supliqué entre dientes.

—Y tú empieza a trabajar.

Hundí los pulgares en su espalda e intenté deslizarlos bajo la tira retorcida, pero estaba demasiado apretada.

—No te muevas —le ordené.

Le puse las manos en los costados e intenté meterlas por debajo del sujetador, a la altura de las axilas.

Zoey soltó una risita nerviosa y dio un brinco. Su culo, enfundado en unas mallas, entró en contacto directo con mi polla palpitante, y ambos nos quedamos paralizados.

—Uy, tengo cosquillas —susurró.

—Ya me he dado cuenta —repliqué, mientras se me comenzaba a nublar la vista. Un solo contoneo o una respiración demasiado profunda y me humillaría corriéndome en los vaqueros.

—Si no estuviera sufriendo un ataque de pánico por culpa de este sujetador deportivo que me está estrangulando, me sentiría halagada —dijo ella, finalmente—. Parece bastante impresionante.

—Zoey, necesito que dejes de hablar de tus tetas y de mi polla ahora mismo.

—Perdón. Ya me callo —prometió.

Volví a intentar meter los dedos debajo de la tira, pero no funcionó. Al haberse retorcido, el tejido estaba demasiado apretado.

—Oye, tengo que… entrar ahí. ¿Quieres que llame…?

—Por favor, Gage. No serán las primeras tetas que tocas, ¿no? Por mí como si tienes que meter la cabeza ahí dentro. ¡Pero quítame esto de una vez! —gritó angustiada, con voz aguda.

—¿Puedes dejar de decir cosas como «meter la cabeza» y «tetas»? Estoy intentando comportarme como un caballero, pero no me lo estás poniendo nada fácil.

Con un gemido de frustración, Zoey se giró hacia mí. Me agarró las manos y me las puso sobre sus pechos.

—Hala. Bienvenido a la segunda base. ¿Ya podemos concentrarnos?

Me quedé allí plantado, con las manos sobre sus abultadas tetas. Tenía la piel resbaladiza por el sudor y noté que sus pezones se endurecían.

Como si de un acto reflejo se tratara, cerré un poco las manos. Me habría disculpado, pero no lo lamentaba lo más mínimo. Zoey respiró entrecortadamente y sus pechos se elevaron. Yo ni siquiera respiraba, algo de lo que no me di cuenta hasta que empecé a ver puntitos negros.

Acerqué la frente a la suya.

—Me estás matando, Desastre.

—¿Sí? Pues va a ser un doble homicidio, porque este sujetador está acabando conmigo —susurró ella con voz trémula.

—Joder —murmuré. Me hicieron falta todas las neuronas del cerebro para concentrarme, pero, tras deslizar las manos sobre aquellas tetas con las que iba a pasar el resto de mi vida fantaseando, conseguí meter los pulgares bajo la banda de tela que tenía sobre el esternón. Tiré de ella, primero con suavidad y luego con más fuerza.

—Ay —se quejó Zoey.

—Perdón —dije, dejando de manipularlo.

—Vale. ¿Y si lo intento saltando? —sugirió ella.

—¿Saltando? —¿Aquello era algún tipo de broma cósmica? ¿Me estaban castigando por alguna metedura de pata del pasado? No se me ocurría una idea peor.

Zoey debió de creer que no sabía lo que significaba aquella palabra, porque decidió hacerme una demostración y se lio a dar brincos arriba y abajo, haciendo rebotar sus tetas.

Algún tipo de impulso biológico incontrolable me hizo aferrarme a sus pechos. Se me hizo la boca agua. Mi polla se tensó bajo la braqueta, exigiendo que la dejaran salir. Zoey quería matarme. Esa era la única explicación posible que tenía sentido para mi cerebro privado de riego sanguíneo.

—Deja de saltar —le ordené con aspereza.

—Genial. Entonces ¿voy a morir así? —Zoey agitó los brazos con impotencia por encima de la cabeza.

Había formas peores de hacerlo, pero no creía que estuviera abierta a ese tipo de filosofías en aquel momento.

—Unas tijeras.

—¿Qué? —preguntó Zoey.

—Unas tijeras. Voy a cortarlo para liberarte.

—¡Sí! ¡Eres un genio! Tengo unas... en algún sitio. Déjame pensar. Uf, no puedo. Me estoy quedando sin oxígeno.

—Concéntrate, Zoey. Piensa en las tijeras. —Comenzaba a sudarme la frente.

—Mierda. Tienen que estar en alguna caja. Seguramente con el cúter que he perdido. He estado abriendo las cajas a puñetazos. ¿Tienes alguna abajo? —Zoey cada vez respiraba más rápido—. ¿Gage?

Aquellos ojos de color esmeralda se posaron en mi rostro, aterrados y desesperados.

—Joder —murmuré. Agarré el tejido justo por debajo de su cuello con ambas manos y tiré.

El sujetador se partió en dos y nos separamos de un salto.

—¡Uf, menos mal! —Zoey se inclinó hacia adelante, apoyó las manos en las rodillas y respiró profundamente, ya sin impedimentos.

Yo me dejé caer como una piedra en el sofá y me tapé la cara con las manos. Con unas manos que ahora olían a ella. Me mordí la lengua hasta hacerme sangre para no caer en la tentación de tocarme la polla.

—Bueno, ¿qué querías? —me preguntó.

—¿Qué? —Aparté las manos y me la encontré allí de pie, con los brazos en jarras, todavía sin la puñetera camiseta y con los pechos subiendo y bajando de forma hipnótica. En aquel momento solo quería una cosa: sentarla sobre mi regazo y hacerla cabalgar sobre mí mientras le chupaba aquellos pezones rosados perfectos hasta que ambos nos corriéramos.

—Has llamado a la puerta. Supongo que querrías algo más, aparte de esta excursión tan placentera como humillante a la segunda base.

Era como si hubiera pasado toda una vida desde que un Gage mucho más joven e inocente había subido aquellas escaleras. Me froté la cara con las manos.

—Ni puta idea. Era algo de unos zapatos. Iba a regañarte.

—¿Ibas a regañarme por unos zapatos? Ah, ¿te refieres a los que le he dejado a Declan?

—Sí. Mi oficina no es un lugar para vender cosas.

—¿Una tienda?

—Sí, eso. Y mi empleado no está ahí para vender movidas. Por el amor de Dios, ¿podrías taparte de una vez, a ver si consigo que me vuelva la sangre a la cabeza?

Zoey cogió una manta de ganchillo morada que había en una silla y se envolvió en ella como si fuera una capa.

—Sabía que tenía unas buenas tetas, pero no que fueran para tanto. Es como descubrir un superpoder en la mediana edad.

—Solo haces esto para torturarme, ¿verdad? —le pregunté.

Ella puso los ojos en blanco.

—Sí, Gage. El mundo entero gira a tu alrededor. Mi único objetivo es que te fijes en mí.

—Lo de quedarse atrapada en un sujetador no puede suceder en la vida real —declaré.

—La próxima vez que tú y tus hermanos os toméis algo juntos, quiero que juguéis a quitaros un sujetador deportivo sudado, a ver qué pasa —dijo Zoey, dejándose caer junto a mí.

—Demasiado cerca —gruñí.

—Lo siento —replicó ella, alejándose un poco, aunque no parecía en absoluto arrepentida—. Gracias por haberme salvado la vida. Y perdona por haberle pedido a Declan que me guardara los zapatos. Tenía una llamada de Zoom con el departamento de Marketing de la editorial de Hazel, que en teoría iba a ser más larga de lo que ha sido, y no quería fallarle al chico que me los ha comprado. Es un regalo de cumpleaños para su mujer.

—¿Por qué estás vendiendo tu ropa?

—Porque no quiero que mi malvado casero nuevo me eche por no poder pagar el alquiler.

—Zoey —le dije.

—¿Qué? —replicó ella, con actitud desafiante.

—Si estás mal de dinero, puedo rebajártelo algo…

—Ni hablar. No pienso aceptar un descuento por caridad. Me las arreglaré. Solo tengo que apretarme un poco el cinturón hasta que llegue el próximo anticipo de Hazel. Y no soy ninguna manirrota, por cierto.

Tenía ahorros. Solo que hacía mucho tiempo que no contaba con un sueldo fijo.

—¿Cuánto tienes que vender?

Ella se encogió de hombros.

—Estoy empezando con las cosas «monas pero incomodísimas». De momento va bien, así que no podrás alegar motivos económicos para largarme.

—Si necesitas…

Ella volvió a interrumpirme.

—No necesito nada de ti. —Miré con elocuencia el sujetador que estaba en el suelo, destrozado—. Más allá de que me quites la ropa interior —rectificó.

Consulté el reloj y puse cara de circunstancias.

—Vale. Entonces ¿puedo pedirte un favor?

—Claro.

—¿Me dejas darme una ducha?

—Por supuesto —contestó, antes de recoger del suelo una camiseta de tirantes y ponérsela por la cabeza, no sin antes dejarme echar otro vistazo a aquellas tetas espectaculares—. Te lo has ganado.

—Gracias —repliqué. Me levanté rápidamente para ir al baño y cerré la puerta de una patada—. Joder. Joder. Joder —murmuré en voz baja mientras intentaba desabrocharme el cinturón. Me bajé los vaqueros por los muslos y mi pene se liberó, rezumando líquido preseminal como si fuera una puñetera fuente.

Me desnudé como si se tratara de un deporte olímpico y estuviera compitiendo por el oro. Luego abrí el grifo. El agua todavía estaba helada cuando me metí debajo, al cabo de un segundo. Apoyé una mano en los azulejos y me agarré la polla con la otra. Me la acaricié una vez, a ver qué pasaba, y ahogué un gemido. Aquello no estaba bien. No debería estar haciéndolo. No debería estar cascándomela en la ducha de Zoey, pensando en el tacto de sus tetas cálidas y voluptuosas mientras ella estaba al otro lado de la pared.

Era patético. E indisciplinado. E irrespetuoso.

E... iba a correrme.

Se me tensaron los testículos ante el orgasmo inminente. Una descarga eléctrica recorrió mi miembro. El placer que necesitaba estaba a solo una violenta sacudida de distancia.

Zoey llamó a la puerta.

—Oye, Gage, ¿quieres una cervecita para la ducha? —me preguntó, con voz sensual.

—Joder. —Me corrí con un gruñido grave y apenas disimulado.

Salí del baño con el pelo húmedo y la libido un poco más controlada. Quería sentirme culpable, pero me costaba ver más allá de la absoluta necesidad biológica de lo que acababa de hacer. No habría sido capaz de bajar las escaleras, y mucho menos de desempeñar mis funciones de abogado, de no haber solucionado el problema.

Zoey me recibió en la sala de estar y, sin decir nada, me dio una cerveza.

La cogí y me bebí la mitad.

Ella se balanceó sobre los talones.

—En fin... —dijo con torpeza.

—Ya. —El sujetador deportivo destrozado seguía tirado en el suelo.

—Creo que no deberíamos contarle a nadie este... incidente. Podrían sacar conclusiones precipitadas si se enteran de que te animé a sobarme las tetas.

Me atraganté con el sorbo que estaba a punto de tragar.

—Joder, Zoey.

Ella me miró, sonriendo.

—Solo te estoy tomando el pelo. Gracias por salvarme la vida.

—De nada.

—Y por toquetearme. Hacía tiempo que mis amiguitas no tenían un poco de acción.

—¡Zoey! —grité.

—Es que me lo pones a huevo, Gage. La mayoría de los chicos ya estarían chocando los cinco con sus amigos. Pero tú... —Me acarició el pecho con los dedos—. Tú eres un buen tío.

Lo dijo como si fuera un insulto. Y yo ya estaba harto de sentirme completamente fuera de control. Le agarré la mano y la inmovilicé contra la pared en una décima de segundo. Ella me miró, encantada.

—Cariño, que sea un buen tío cuando estoy vestido no significa que también lo sea en la cama.

—Si quieres sexo, solo tienes que decirlo —replicó ella—. Estoy dispuesta a arriesgarme a romperte el corazón para descubrir lo bueno que eres en el catre.

Deslicé la mano por sus costillas hasta ponerla debajo de uno de sus grandes pechos.

—Quiero algo más que sexo. Mucho más.

La actitud de Zoey era prepotente y relajada, pero su corazón latía con fuerza contra mi mano y se le marcaban los pezones bajo la tela ajustada de la camiseta.

—Pues qué pena —dijo finalmente.

A regañadientes, alejé la mano de su cuerpo.

—Eres un puñetero desastre.

Por lo visto, había una mujer en el mundo capaz de ponerme cachondo hasta límites insospechados. Y no era mi futura esposa.

# 17

## Mantenimiento anal rutinario

### Zoey

—Tenías que ver a Cam saliendo por la puerta principal en ropa interior, persiguiendo al mapache. Felicity, la vecina de al lado, casi vomita de tanto reírse. Menos mal que pudo hacerle una foto para *La Gaceta Vecinal* antes de estar a punto de potar en las azaleas —dijo Hazel, girando la pantalla para que pudiera verla—. Puede que haya sido la mejor mañana de mi vida.

Negué con la cabeza mientras admiraba la semidesnudez de su prometido. Sin duda, los hombres de la familia Bishop eran esculturales.

Estábamos sentadas en una mesa del Perked Up, al lado de la ventana, separadas por una montaña de bollería. Los Jang, que eran los propietarios de la cafetería, habían elegido los puzles y los gatos como temática. No los puzles de gatos, sino los puzles y los gatos.

Los puzles eran donados y los gatos eran rescatados y estaban en adopción. Seguro que, en teoría, la combinación de ambas cosas podría resultar atractiva para algunos, pero la realidad era más confusa que agradable. Yo había conseguido encajar dos piezas de un puzle de la torre Eiffel cuando un gatito gris patilargo se había subido de un salto a la mesa y se había tumbado boca arriba sobre él, tapando todo el cielo nocturno. Había acabado largándose, pero ahora tenía una gata tricolor llamada Brenda, que no aceptaba un no por respuesta, roncando en el regazo.

—Tu vida parece una novela romántica. Es pura inspiración —dije, mirando fijamente la taza vacía. Ya me había tomado un expreso doble y necesitaba otro. No había dormido bien la noche anterior. Seguramente porque me había quedado despierta hasta muy tarde intentando elaborar un programa de eventos para el Fin de Semana de los Lectores, lo cual estaba resultando muy complicado porque parecía que ningún comercio tenía interés en saber cómo podían participar. O puede que fuera porque no paraba de fantasear con las hábiles manos de Gage sobre mis tetas. Definitivamente, el incidente del sujetador deportivo había afectado a mi decisión de evitar a aquel hombre a toda costa.

Decidí tomar un poco de azúcar en vez de más cafeína y le quité un buñuelo de manzana a Hazel de las manos.

—Hablando de inspiración —dijo ella con elocuencia.

Me metí un buen trozo de buñuelo en la boca.

—¿Qué?

—¿Cómo van las cosas con Gage? Tengo entendido que la visita a la granja se alargó un poco cuando os quedasteis solos.

—No estábamos solos. Estábamos con Nana, que necesita ir a un campamento militar de adiestramiento canino. ¡Ay! Deja de clavarme las uñas —le dije al gato que tenía en el regazo.

Hazel se recostó en la silla.

—Venga, Zoey. Dame algún dato.

—¿Sabes qué echo de menos? Aquellos tiempos en los que te inventabas cosas y las incluías en los libros.

—Ya, pero me resulta mucho más fácil inspirarme en la vida real.

—Buf. Vale. Pero solo para evitar que acoses a pobres vecinos inocentes del pueblo e intentes emparejarlos.

Hazel aplaudió.

—¡Yupi! Venga, suéltalo. Pep dijo que tenías el pelo revuelto cuando volviste de la visita. ¿Fue porque echasteis un polvo en el jacuzzi?

—Gage no tiene jacuzzi —repliqué con frialdad.

—Ah. No pasa nada. El Gage ficticio sí lo tiene. Entonces ¿dónde os enrollasteis exactamente?

Un gato blanco y negro, largo y esmirriado, se subió de un salto a la mesa, tiró dos piezas del puzle al suelo y se sentó en el alféizar de la ventana para llevar a cabo su mantenimiento anal rutinario.

—No nos enrollamos. Me enseñó el estanque y su problemática golden retriever decidió darse un bañito. Él tuvo que meterse en el agua para sacarla. Fue bastante divertido. Al menos hasta que Nana decidió añadir una pelea de barro al itinerario. Nos pilló de lleno a los dos. Gage parecía el hijo de *Los Cazadores del Pantano*.

—Por favor, dime que tienes fotos.

—Tengo algo mejor —declaré, antes de mostrarle con orgullo el vídeo que había visto decenas de veces desde el fin de semana.

La carcajada de Hazel atrajo las miradas de los clientes de alrededor.

—Pues sí, definitivamente esto va directo al libro —declaró—. ¿Y qué pasó después de la pelea de barro?

—Gage me llevó a su casa, nos duchamos por separado y luego yo me fui a la mía. —Brenda me arañó las piernas como si supiera que estaba ocultando información.

—¿A qué olía su gel de ducha? ¿Encontraste algo picante en su mesita de noche? ¿Cómo anda de espacio en el armario?

—Su gel olía como cualquier gel para tíos. No sé, ¿a serrín y a motosierras? No le registré la mesilla de noche. Y su armario da pena. Tiene una habitación entera al lado del baño y solo una mísera barra para colgar la ropa. Nada de cajones, percheros, bandejas de terciopelo para joyas, ni espejo de cuerpo entero. Solo una triste barra llena de camisetas y camisas colgadas.

—Vale. —Hazel apuntó unas cuantas cosas—. ¿Y por qué te molesta tanto?

—No me molesta —repliqué. Hazel levantó una ceja. Brenda extendió una pata para pegarle en la cola al gato que estaba en el alféizar de la ventana, algo que al parecer no fue suficiente para que este dejara de prestar tanta atención a su culo. Exhalé un suspiro—. En serio, no me gusta nada que nos conozcamos tan bien.

—Claro que te gusta —me dijo ella, animadamente—. Volviendo a lo que te molesta. ¿Es porque vive en un granero reformado? A ver, tampoco es que comparta baño con los animales de la granja.

—No. La casa era bastante... mona —reconocí.

—Entonces ¿qué? ¿Usó demasiada jerga legal? A veces lo hace para tocarles las narices a sus hermanos.

—No es eso. Es que estoy… desconcertada.

—¿Y por qué te desconcierta el tío bueno de la casa-granero? —me preguntó Hazel.

Levanté las manos con frustración y el gato que tenía en el regazo empezó a ronronear.

—No lo sé. Tengo sentimientos encontrados. Por una parte me atrae, aunque tengo clarísimo que sería una elección pésima. Y aunque a mí no me importaría en absoluto que echáramos unos cuantos polvos para divertirnos, él está buscando a doña Perfecta. Y aun sabiendo que a mí no me van las relaciones, tuvimos un momento de contacto visual superintenso y me preguntó si estaba segura de que yo no era «su media naranja», algo que está claro que no puedo ser porque él usa chaquetas de lana, aunque curiosamente está muy guapo con ellas, y sé que lo mejor es evitarlo, que es lo que estaba intentando hacer hasta que me quedé atascada dentro de un sujetador deportivo y él me rescató y me tocó las tetas. Y ahora no puedo dejar de pensar en él.

Hazel me observaba boquiabierta, con el bolígrafo suspendido sobre el cuaderno.

El gato del alféizar de la ventana me lanzó una mirada de reproche que me pareció de lo más injusta, teniendo en cuenta que él acababa de tirarse cinco minutos enteritos lamiéndose el culo. Sin dejar de mirarme, puso una pata sobre una de las piezas de las esquinas del puzle y la tiró de la mesa.

—No me extraña que estés tan alterada —dijo Hazel, por fin.

—No estoy alterada. A mí los hombres no me alteran. Debo de haber inhalado algún lodo tóxico del estanque, o algo así.

—Obviamente, es la única explicación. ¿Y luego diste un salto y le rodeaste la cintura con las piernas, o le tiraste del pelo para que se agachara y te besara?

—Ninguna de las dos cosas. Dije algo sobre la colada y me cargué el momento.

—Vale, la antigua Zoey habría escalado a Gage como una cabra montesa salvaje. ¿Qué te pasa?

—No pensarás en serio que es una buena idea que me líe con tu futuro cuñado —dije.

—¿Por qué no? Los dos sois adultos. Unos adultos atractivos, guapos y con capacidad de decisión.

—Créeme, él es muchísimo más adulto que yo. Está deseando echarle el lazo a alguna para liarse a fabricar bebés en un monovolumen.

Hazel extendió el brazo y me apretó la mano.

—¿Por eso no quieres tener nada con él? —El tono burlón había desaparecido. Ahora su voz era más amable.

Negué con la cabeza.

—Hace mucho que acepté eso. Me da igual. En serio.

—Porque creo que no está bien que pienses que todas las relaciones van a acabar como la de Sam.

—Es que no lo pienso —repliqué, sin saber si era cierto. Sam me había querido como siempre había necesitado que alguien lo hiciera... hasta que había descubierto todos mis defectos.

—Vale, porque eso fue en la universidad. Nadie es del todo adulto en la universidad. Además, hay muchas maneras distintas de formar una familia —dijo Hazel.

Levanté una mano.

—Eh, no te vengas arriba. Ya conoces a mi familia, Haze. ¿Por qué iba a querer formar una propia?

—Porque tú tomarías decisiones diferentes a las de tus padres —dijo.

No tenía muy claro que esas decisiones diferentes fueran a ser mejores.

—Si pierdo la lista de la compra en el trayecto de casa al supermercado. ¿Cómo iba a ser capaz de mantener con vida a otro ser humano? A veces la naturaleza decide que «solo puede quedar uno» por algo —bromeé.

—Sé que estás utilizando el humor para escurrir el bulto —dijo Hazel.

—Y yo sé que tienes buenas intenciones, pero la cuestión es que Gage y yo somos personas muy diferentes que buscamos cosas muy distintas. Además, no puedo darle lo que quiere, así que ya te estás metiendo ese *cupcake* en la boca antes de que consigas que me dé el bajón.

—Vale. Pero lo hago porque quiero, no porque hayas logrado distraerme. Volvamos a lo de Gage y tus tetas...

Accedí, aliviada.

—Había estado yendo de aquí para allá por el pueblo para intentar convencer a los comercios de que participaran en el Fin de Semana de los Lectores y acabé sudando como un pollo. Y cuando llegué a casa, no me podía quitar el sujetador deportivo.

—¡Uf! Odio que me pase eso. Me entra el pánico y tengo la sensación de que me voy a asfixiar.

—¡Exacto! Total, que Gage subió para gritarme por lo de los zapatos y al final acabé gritándole yo a él y obligándole a meterme mano.

Hazel parpadeó tras las gafas con sus bonitos ojos marrones en un estado de fuga inducido por la inspiración.

—Interpreta la coreografía.

—No.

—Es para el libro, Zoey. Y también para mi entretenimiento personal.

—Bueno, vale.

Estaba a punto de levantarme, cuando Jennifer Jang se acercó a la mesa y dejó delante de mí un cartelito doblado que ponía: «Si un gato se sienta encima de ti, tienes la obligación legal de quedarte en tu sitio al menos diez minutos».

—Lo siento, Zoey. Son las normas de la casa —me dijo.

Al igual que yo, Jennifer y su familia eran nuevos en el pueblo. Ávida lectora y fan de Hazel, había convencido a su marido para pasar un fin de semana en Story Lake el verano anterior. Y por lo visto eran del club de los raritos, porque habían hecho las maletas, habían cogido a sus hijos y se habían mudado al pueblo para abrir una cafetería más que necesaria. A mí me gustaba decir, sobre todo en voz muy alta a los periodistas, que Hazel Hart propiciaba a diario finales felices en la vida real.

—Es que me iba a enseñar cómo se había quedado atrapada en un sujetador deportivo y le había pedido a Ga... ¡Ay! —exclamó, cuando le di una patada por debajo de la mesa—. A un tío que no conocía de nada que le sobara las tetas —dijo Hazel, cambiando la versión.

—Odio la trampa del sujetador deportivo sudado y me encantan las escenas relacionadas con la segunda base —declaró Jennifer—. Yo os ayudo.

—¡Yupi! —gritó Hazel, aplaudiendo y poniéndose en pie.

—Esto es absurdo —declaré, señalando con un gesto al gato, al cartel y a las dos mujeres que esperaban emocionadas mis instrucciones.

—Te quedan como mínimo cinco minutos de reloj gatuno. Más vale que nos cuentes todos los detalles escabrosos —insistió Hazel.

—¿Estabas de espaldas a él o de frente? —me preguntó Jennifer.

Accedí a regañadientes y les describí la escena, sustituyendo el nombre de Gage por el de «Adonis», para proteger al pobre incauto.

—Ya está. ¿Contentas? —les pregunté al concluir. El resto de clientes de la cafetería empezaron a aplaudir de forma espontánea. Brenda se sobresaltó y abandonó por fin mi regazo. Jennifer hizo una reverencia mientras Hazel hacía que disparaba con los dedos a todo el mundo.

—Deja de hacer eso —le susurré mientras se sentaba.

—Perdón. Ya sabes que me pongo nerviosa cuando me emociono. A ver, ¿cuándo piensas volver a «no enrollarte» con ese tal Adonis? —me preguntó.

—¿Todavía no tienes suficiente inspiración?

—Esto me dará para unos cuantos capítulos. Pero ahora mismo estoy pensando en ti y en la vida real. No te pega nada estar tan agobiada por un tío.

—Es que no lo entiendo. Con lo serio y respetuoso que es. A ver, ¿no debería gustarme más Levi? Al menos él tiene pinta de ser emocionalmente inaccesible. ¿Crees que debería hacerme un escáner cerebral? ¿Y si esto es el primer síntoma de un cambio radical de personalidad?

Hazel soltó una risa burlona y se subió las gafas por la nariz.

—Lo digo en serio, Haze. No me gustan los buenazos.

—Zo, Gage no es ningún buenazo. Es un buen tío. Hay una gran diferencia en cuestión de atractivo.

—¿Y tú qué sabrás? Estás tan saturada de orgasmos y planes de boda que piensas que todo el mundo necesita enamorarse —refunfuñé.

Hazel cogió el bolígrafo y tamborileó con él sobre la mesa.

—Te digo esto desde el cariño: ¿no crees que ya va siendo hora de que superes ese rollo de «mis padres se divorciaron, por lo tanto creo que todas las relaciones están condenadas al fracaso»?

—Te digo esto desde el cariño: deja de intentar manipularme como si fuera uno de tus personajes. Tengo derecho a sentir lo que me dé la gana y no necesito cambiar. Soy perfectamente feliz así.

—¿Estás segura?

La fulminé con la mirada. Ella levantó las manos en señal de rendición.

—Solo digo que a lo mejor deberías plantearte si en realidad no quieres una relación o si simplemente crees que no puedes tenerla.

—No pienso plantearme eso —repliqué, empezando a guardarme los bollos que habían sobrado en el bolso—. Ahora, si me disculpas, voy a ver si pillo a Opal para atiborrarla de azúcar hasta que consiga que me deje ser su agente.

—Que te diviertas. Yo voy a tirarle de la lengua a Gage para que me cuente su versión de la historia.

Dejé de guardar los bollos.

—Ni se te ocurra.

—Y entonces ¿cómo voy a saber qué piensa el protagonista? —me preguntó con inocencia.

—Como vayas a darle la turra con ese amago de momento especial, verá que te lo he contado, lo que significa que se enterará de que todavía sigo con eso metido en la cabeza.

—Ay, no. ¡Qué horror! —se burló Hazel.

—Como te acerques a Gage, le digo a tu editora que has cambiado de opinión y que quieres hacer una gira por veinte ciudades para la presentación —la amenacé.

Hazel sonrió.

—Eres un mal bicho, pero te quiero.

—Yo también te quiero, payasa de mierda.


—Qué idiota eres, Zoey. ¿Cuándo vas a convertirte en una adulta responsable? —murmuré en voz baja mientras rebuscaba en el bolso el teléfono, que tenía que estar allí dentro, en alguna parte. Porque como no estuviera, tendría que volver a la cafetería y preguntar si me lo había dejado allí… como las llaves del coche. Me estaba bien empleado, por llevar un bolso tan grande, pensé mientras entraba por las puertas automáticas traseras del edificio principal del Haven.

Tenía pelos de gato en los pantalones, un brownie sin envolver desmigajándose en el bolso y no recordaba si había cerrado el coche con llave, lo cual en realidad no importaba, porque el enganche del techo se había vuelto a romper.

—¿De quién es esa voz? —dijo alguien con rudeza.

—¿Qué? —Levanté la vista tras la infructuosa búsqueda. Era Opal quien había hecho la pregunta.

—«Qué idiota eres, Zoey. ¿Cuándo vas a convertirte en una adulta responsable?» —repitió.

—Pues ha salido de mi boca, así que me arriesgaré a decir que es mía. ¡Ajá! —Saqué triunfante el móvil de debajo de un *cupcake*, ahora aplastado.

Opal me miró con desdén durante un buen rato, antes de poner los ojos en blanco.

—Ven conmigo.

—De hecho, venía a verte —le dije, mientras ella depositaba una bolsa de la compra en mis manos.

—Es mi día de suerte —refunfuñó, al tiempo que echaba a andar por el camino que conectaba el edificio principal de Haven con los apartamentos. El jardín de flores silvestres estaba empezando a florecer y todos los bancos estaban ocupados por residentes que disfrutaban del calor del sol primaveral.

Eché una carrerita y pulsé el botón para abrir las puertas de cristal del edificio de apartamentos Keiko Fukuda.

—Si me concedes cinco minutos, puede que lo sea de verdad. Quería hablar contigo para que me dejes representarte… como agente.

Opal guardó silencio mientras pasaba a mi lado con el andador.

Imaginé que querría que la siguiera, dado que le estaba llevando la compra, así que fui detrás de ella hasta el ascensor. Las puertas se abrieron y Opal entró.

—Vamos antes de que se derrita el helado, Ricitos de Oro —me dijo.

Subimos al tercer piso y Opal giró a la derecha. Las puertas estaban decoradas de acuerdo con la estación, con coronas de hojas verdes, ramilletes de flores artificiales y felpudos con mensajes alegres. Opal se detuvo al final del pasillo, frente a la única puerta que no tenía adornos.

—¿Eres alérgica a la decoración festiva? —le pregunté, mientras abría para que pudiéramos entrar en el apartamento.

—¿Qué narices hay que celebrar? Es primavera. Hurra. El tiempo pasa hasta que te mueres. Y después sigue pasando sin ti.

—Veo que eres una de esas personas superoptimistas que incordian a todo el mundo con su entusiasmo por la vida —observé.

—Vete a la mierda.

La cosa iba bien.

El apartamento de Opal era pequeño pero acogedor. Bueno, habría sido acogedor si las cortinas no estuvieran cerradas a cal y canto para impedir la entrada del sol primaveral. Había un televisor colgado en la pared sobre una consola con cajones y, frente a ella, un único sillón reclinable. La mesa de comedor estaba cubierta por montañas de libros que no cabían en las estanterías desbordadas que flanqueaban las ventanas. Ciencia ficción, novelas románticas, thrillers y libros de no ficción se disputaban el espacio.

—Anda, sí que te gusta leer. No me extraña que escribas tan bien.

—Deja de lamerme el culo —replicó Opal, dejando el andador junto a la puerta antes de acercarse cojeando a la mesa.

—¿Te permiten hacer eso? —le pregunté.

Ella cogió el bastón que estaba colgado del respaldo de una de las sillas.

—¿Eres de la policía secreta?

—Solo intento entablar conversación con un muro cascarrabias.

—Me han puesto una prótesis de cadera. Los listillos de rehabilitación están empeñados en que necesito el andador unas semanas más.

—Claro, Opal. Seguro que esos sanitarios perversos se inventan las normas sobre la marcha por diversión, sin ningún tipo de rigor científico.

—Tu sarcasmo me ofende. ¿Te cuesta mantener conversaciones en lugares ruidosos?

—¿Qué?

—¿Que si te cuesta...?

—Perdona. No me había dado cuenta de que esto era una conversación. Pues sí. Creo que sí. De hecho, dejé de ir a mi vinoteca favorita de la ciudad porque tenía el suelo de hormigón y las paredes de ladrillo, y había un eco tremendo.

—¿Te cuesta seguir instrucciones verbales?

—¿Qué?

—¿A veces preguntas «¿qué?» aunque hayas oído la pregunta, porque tienes la sensación de que tu cerebro tarda unos segundos más en procesar lo que acabas de escuchar?

—¿Cómo sabes que...? —dejé la frase en el aire.

—¿Cuántas veces tienes que volver a lavar la ropa porque se te ha olvidado que estaba en la lavadora?

—Estoy un poco perdida. ¿Eres una pitonisa con mala baba? Opal me ignoró y se concentró en la pared llena de libros.

—Si ahora mismo te dijera que voy a enseñarte a jugar a las cartas, o que necesito que me montes una mesita de centro nueva, ¿empezarías inmediatamente a buscar excusas para largarte?

—Pues claro. ¿Por qué? ¿Intentas deshacerte de mí?

—¿Interrumpes a los demás en plena conversación?

—No. —Sentí un gran alivio al comprobar que aquella señora que todo lo sabía en realidad no lo sabía todo.

—¿O lo hacías cuando eras niña, pero te corrigieron y ahora intentas no interrumpir las conversaciones, aunque sigues tan concentrada en lo que te gustaría decir que ni siquiera escuchas lo que te están diciendo? —Mierda—. En casa, ¿tienes que dejar los documentos u objetos importantes a la vista para no olvidarte de que existen?

—Mucha gente deja en un montón las cosas «importantes» —repliqué, poniéndome a la defensiva.

—¿Te sientes culpable constantemente? ¿Como si creyeras que eres una mala persona y temieras que algún día todos se enteraran? —Desconcertada, me dejé caer lentamente en el sillón reclinable—. ¿Bebes alcohol no porque te apetezca, sino porque te calma la mente?

—¿Quién eres y por qué sabes esas cosas?

Opal cogió un libro de la estantería y fue hacia la mesa.

—¿Las personas de tu entorno te consideran impulsiva? ¿Tu temperamento te metía constantemente en líos cuando eras más joven? ¿Se te enganchan las trabillas del cinturón en los tiradores de los cajones? ¿Hay una voz en tu cabeza que te critica constantemente? ¿Te sientes como una fracasada, en comparación con el resto de las personas que forman parte de tu vida?

Levanté las manos.

—¿Eres adivina o algo así?

Opal cogió un segundo libro y cruzó la habitación cojeando hasta donde yo me encontraba. Me dejó los dos en el regazo.

—TDAH.

—Un momento. ¿Qué?

Golpeó el libro de arriba con la punta del bastón.

—TDAH. Trastorno por déficit de atención con hiperactividad. Yo diría que lo padeces. Un cuadro agudo. Eso te ayudará.

Bajé la vista hacia los libros que tenía sobre las piernas.

—Perdona, pero ¿eso no es algo propio de un niño de primaria?

—¿Tú eres un niño de primaria?

—Que yo sepa, no. —Aunque tenía su mismo sentido del humor.

—Entonces no, no lo es.

—¿Qué te hace pensar que tengo… eso? ¿Tienes la extraña afición de diagnosticar enfermedades a desconocidos?

Opal señaló un cuadro que había en la pared.

—Perdona, bonita. Soy psicóloga de verdad. Trabajé como especialista en diagnósticos neurotípicos durante cuarenta años.

—Vale, pero, sin ánimo de ofender, ¿eras buena en tu trabajo? Porque tus habilidades sociales dejan bastante que desear.

Opal señaló una estantería llena de premios y certificados.

—No es que fuera buena. Es que era la mejor. Pero ahora que soy vieja y estoy jubilada, ya no tengo que dejar que los pacientes encuentren sus propias respuestas, así que te lo digo yo directamente: tienes TDAH. Así que mueve el culo y obra en consecuencia.

—He venido aquí para hablar contigo de libros. No sé qué hacer con esto. —El cerebro me daba vueltas como el agua de la bañera colándose por el desagüe.

—Léete esos libros. Haz uno de los ocho millones de test que hay online. Te apuesto cien dólares a que te sale una puntuación altísima. Y teniendo en cuenta que he trabajado con cientos de pacientes con TDAH, yo que tú no apostaría en mi contra.

Cerré los ojos un momento y los volví a abrir.

—¿Me estás diciendo que podría haber una razón por la que soy como soy? ¿Que en realidad no soy una idiota irresponsable?

El tono de esperanza de mi voz me resultó patético hasta a mí misma.

Opal se apiadó de mí y acercó una de las sillas del comedor.

—Mira, a las niñas y a las mujeres se les suele diagnosticar tarde porque los síntomas son diferentes, lo que generalmente hace que las niñas crezcan aguantando a unos padres y a unos profesores desesperados, que creen que simplemente no se esfuerzan. Lo cual las hace entrar en un bucle de vergüenza insoportable y blablablá. En resumen: que se puede tratar. Léete esos libros.

—Entonces ¿de verdad puedo hacer algo para dejar de ser... tan desastrosa?

—Sí. Tienes la suerte de padecer una de las enfermedades crónicas más fáciles de tratar del mundo.

Yo resoplé.

—Qué suertuda.

—Léete los libros. Y luego ve a hablar con alguien que no sea yo, porque estoy jubilada y me niego a tratar a nadie. Ya he trabajado lo suficiente. Paso de currar, ¿vale?

—Vaaale.

—Bien. Pues volvamos a lo mío. —Opal se levantó con torpeza de la silla.

Dejé de mirar los libros.

—¿A lo tuyo?

—No te he traído aquí por pura bondad. No soy ningún alma caritativa que va por ahí diagnosticando a desconocidos y dándoles esperanza para el futuro. Soy vieja. Pero puede que todavía no esté preparada para ser completamente invisible. —Se acercó a la consola que estaba debajo de la televisión y abrió el cajón inferior con el mango del bastón.

Estiré el cuello para ver qué había dentro, cruzando los dedos para que no fuera una colección de álbumes de recortes.

—Ay, madre. ¿Eso son…? —Me levanté de un salto del sillón reclinable y me arrodillé en el suelo.

—Me pasé cuarenta años intentando curar a la gente en la vida real. Pero a veces me resultaba más fácil inventármela y luego curarla sobre el papel.

—Tienes un cajón entero lleno de manuscritos. ¿Puedo? —le pregunté, extendiendo los brazos y moviendo los dedos emocionada.

—Ya me estoy arrepintiendo.

Pero yo estaba demasiado ocupada apilando los gruesos manuscritos en mis brazos. Algunos de ellos, escritos en papel de impresora antiguo con los bordes perforados, estaban amarillentos por el paso del tiempo.

—¿Cuántos hay? —le pregunté.

—Seis. Bueno, cinco y medio. ¿Cómo se llama cuando mezclas la fantasía épica con la novela romántica?

—Romantasy —susurré con reverencia. Ya estaba hojeando la primera página—. Opal, ahora mismo te daría un beso.

—Sí, sí. Soy un partidazo que te cagas. Pero mejor no mezclar lo profesional con lo personal —replicó ella, dejándose caer en una silla.

Levanté la vista.

—¿Qué te ha hecho cambiar de opinión?

Ella exhaló un suspiro.

—He tenido muchos éxito en la vida. Puede que no quiera fracasar tan cerca del final.

—Ay, madre, no te estarás muriendo, ¿no? —Cumplir los sueños de una mujer moribunda era mucha presión.

—Todos nos estamos muriendo.

—Entonces quizá deberías disfrutar de la vida mientras sigas viva. ¿Cuántos años tienes? ¿Setenta?

—Setenta y tres.

—Los setenta y tres son los nuevos cincuenta y tres. Deja de actuar como si estuvieras a las puertas de la muerte.

—Cuando quiera tu opinión, te la pediré —dijo Opal.

—A ver, sé que no soy precisamente la persona más indicada

para dar consejos sobre el fracaso, pero... Un momento, eso no es cierto. Conozco el fracaso mejor que nadie. Y esto no es un fracaso. Es perseverancia. Y si son la cuarta parte de buenos de lo que has leído en clase, no vas a fracasar.

Ella resopló.

—Solo es una afición.

—Opal, nadie escribe cinco novelas y media enteras para pasar el rato. Tú eres escritora.

—No. Soy una vieja jubilada que solo quiere que la dejen en paz —refunfuñó, con un resoplido mordaz.

—Si eso fuera cierto, no habrías abierto el cajón —señalé—. Dime, ¿cuánto tardas en escribir estos pequeñines? ¿Cuándo crees que terminarás el que estás escribiendo?

—¿Y yo qué coño sé?

—Bueno, ya has escrito cinco, así que puedes hacer un cálculo aproximado.

Opal miró hacia el suelo.

—No lo sé, ¿vale? Escribía por puro entretenimiento, pero últimamente tengo un problema de inspiración.

—Buf, esa es mi especialidad. ¿Cuánto tiempo llevas bloqueada?

—Cuatro años.

—Vaaale —dije, arrastrando las palabras—. ¿Puedo llevármelos para leerlos?

—Está bien. Pero hazme un favor y usa alguna de esas modernidades para jóvenes para escanearlos y guardarlos por ahí en alguna nube. Los dos primeros solo están en papel.

Mierda. Esperaba no cagarla.

—Los protegeré como si me fuera la vida en ello —le prometí—. ¿Hemos acabado ya con lo tuyo?

—¿Por qué?

—Porque tengo más preguntas sobre lo mío.

—No sé por qué he abierto la puñetera boca —murmuró ella.

—Es que llevo años haciendo muchísimas cosas mal. Si consigo resolver esto, ¿mejoraré?

—¿Y yo qué coño sé?

—Bueno, tú eres la profesional, Opal. Y yo acabo de enterarme hace dos minutos (de forma bastante grosera, por cierto) de que las mujeres adultas pueden padecer trastornos de déficit de atención.

—Algunas personas mejoran en algunas cosas. Y hay algunas cosas en las que no deberías perder el tiempo intentando mejorar.

—No sé qué significa eso.

—Deja de perder el tiempo reprendiéndote por no hacer cosas que no eres capaz de hacer. ¿Sabes cuántas cosas no soy capaz de hacer yo? ¿Me imaginas teniendo una crisis de autoestima por no saber cambiar el aceite del coche o preparar una puñetera masa casera para una tarta? No. Porque soy la leche en otras muchas cosas y es en ellas en las que voy a invertir mi tiempo y mi energía.

—Vale. Pues sé la leche escribiendo libros que yo pueda vender.

—Eres como un terrier con una golosina.

—Gracias por el cumplido. Pero ¿no se supone que debemos trabajar nuestros puntos débiles? —insistí.

Opal levantó las manos.

—¿Para qué? ¿Por qué perder tiempo y energía en llegar a ser mediocres cuando se puede dedicar ese mismo tiempo y energía a mejorar considerablemente en aquello que se te da bien? ¿Qué te va a dar mejores resultados?

—Sé que no debería decir esto después de que hayas sido tan inocente como para dejar que me lleve tus manuscritos, pero se me da fatal ser adulta.

—¿Y eso qué coño importa? A nadie se le da bien todo. ¿Qué se te da bien a ti?

Me quedé pensando.

—No lo sé.

Opal me lanzó un cojín áspero que me rebotó en la cara.

—Claro que lo sabes.

—¡Ay! Vale, tengo don de gentes. Y se me da bien adelantarme a los acontecimientos. A ver… también se me da bien concentrarme en las cosas, pero solo si son interesantes. Y suelo tener buenas ideas. Ah, y también se me da muy bien ponerme guapa, algo que seguramente no será una virtud de la que presumir, pero ahora mismo me siento presionada y ya no sé ni lo que estoy diciendo.

—Pues céntrate en lo que se te da bien y deja que otros se ocupen de las mierdas que no sabes hacer.

—No sé cuánto crees que gana un agente literario, pero…

—Contrata a alguien para que lo haga o haz que te resulte interesante.

—Seguro que cuando eras terapeuta acojonabas a los pacientes.

Opal esbozó una pequeña sonrisa.

—¿Cerramos el trato con una copa o qué?

—Si son las once y media de la mañana —dije.

—¿Y?

# 18

## *Un ladrillazo en toda la cara*

### Gage

—A veces pienso que habría sido más fácil seguir con él.

Mi clienta se recostó en la silla de la mesa de conferencias con los brazos cruzados y los hombros caídos. Podía reconocer perfectamente a mi amiga del instituto en la mujer que tenía delante. Audrey todavía llevaba el piercing en la nariz que se había hecho al cumplir los dieciséis años y seguía vistiendo con el estilo de un músico moderno, con pantalones cargo y camisetas estampadas. Solo que ahora, en lugar de un atrevido corte pixie, llevaba la oscura melena recogida en trenzas largas retiradas de la cara, se había hecho más tatuajes en los antebrazos y estaba jugueteando con la alianza que llevaba en la mano izquierda.

Me resultaba raro estar sentado frente a alguien a quien conocía desde los cinco años y que nos encontráramos en un punto tan diferente. Mientras que yo estaba deseando encontrar una esposa, Audrey quería poner fin a su matrimonio.

Había conocido a Gerald, un chico blanco y delgaducho que trabajaba de camarero los fines de semana mientras estudiaba Empresariales. La joven pareja se había quedado embarazada justo después de graduarse. Tras un embarazo y un parto difíciles, Audrey había renunciado a su incipiente carrera como microbióloga para centrarse en la maternidad. Unos cuantos años más tarde habían tenido otro hijo y, mientras Audrey había acabado compaginando la crianza de los niños con un trabajo de media jornada en un laboratorio a dos pueblos de distancia, Gerald se había convertido en un inútil que bebía como si le importara un comino su hígado.

Cuanto más le daba a la bebida, más agresivo se volvía y peores decisiones tomaba.

La gota que había colmado el vaso había sido la multa que le habían puesto hacía dos meses por conducir borracho llevando a sus hijos en el coche. Cuando Audrey intentó hacerlo entrar en razón en el hospital, Gerald hizo un boquete en la pared de un puñetazo y los guardias de seguridad tuvieron que escoltarlo fuera.

Cerré el expediente con los papeles del divorcio que había redactado y entrelacé los dedos.

—Audrey.

Ella cerró los ojos.

—Ya sé lo que vas a decir.

—¿Qué voy a decir?

—Lo mismo que mi terapeuta. Que prefiero lo malo conocido porque ya me he acostumbrado. Que me da miedo cambiar porque eso implica adentrarse en lo desconocido. Que el hecho de que me haya acostumbrado a algo no significa que sea bueno para mí ni para los niños. Que al principio me va a resultar difícil, pero que al final es lo mejor para todos.

—Tu terapeuta y yo parecemos bastante listos.

Ella puso los ojos en blanco sin demasiado entusiasmo, se echó el pelo hacia atrás y lo acarició con una mano.

—Todo eso ya lo sé. Pero también sé lo terrible que va a ser el divorcio. Él va a pelear las visitas, aunque ahora nunca está con ellos. No me va a pagar ni un centavo en manutención porque lleva más de un año sin trabajo. Y yo soy la única razón que le ha impedido terminar en el hospital por beber demasiado. Si no estoy ahí para frenarlo, empeorará todavía más.

—Pues entonces deberías seguir con él, claro. Tú eres la responsable de las decisiones y de la salud de un hombre adulto. Seguro que las cosas mejoran, ¿no? Si encuentras la forma adecuada de ayudarle, al final verá la luz y mejorará porque tú quieres que lo haga. Además, todos sabemos que el matrimonio consiste en renunciar a tus propios objetivos y sueños para asumir la responsabilidad del comportamiento y de las decisiones de tu cónyuge.

—Veo que esa habilidad tan fastidiosa que tenías para discutir ha mejorado aún más desde el instituto —comentó Audrey, inexpresiva.

—Tú no has tenido que criarte con Cam, Levi y Laura.

—Si lo hubiera hecho, jamás me habrían dejado casarme con Gerald.

—Seguro que te habrían secuestrado en la cena de ensayo y te habrían encerrado en un sótano hasta que entraras en razón. Pero con esto te estás salvando a ti misma. Sabes que Gerald no va a mejorar. Sabes el daño que les está haciendo a tus hijos vivir bajo el mismo techo que él. Sabes que has estado manteniendo a tu familia tú sola durante el último año, así que sabes que puedes salir adelante como madre soltera. Sabes que Gerald tiene que decidir por sí mismo mejorar. Y sabes que esto es lo mejor para todos vosotros.

—Me lo repito constantemente. Pero sigo teniendo miedo.

—Las cosas buenas siempre dan miedo —le dije, acercándole el plato de galletas.

El gemido que se oyó debajo de la mesa hizo reír a Audrey, que acarició con una mano la cabeza expectante de Nana. La perra golpeó el suelo con la cola, emocionada.

—Las cosas buenas siempre dan miedo —repitió Audrey en voz baja—. ¿Podrías hacer un póster motivacional con esa frase? Para ponerlo en la pared cuando Gerald se vaya.

—Considéralo mi regalo de divorcio. Mío y de Nana —añadí, cuando mi perra gimió de forma lastimera—. Venga, ¿por qué no me cuentas cómo piensas decirle a Gerald que quieres divorciarte?

Estuve otra media hora con Audrey, repasando el plan que ella y su terapeuta habían ideado para darles la noticia a Gerald y a los niños, y hablando de cómo podía hacer que su ex abandonara el hogar familiar con el menor revuelo posible. Aunque Audrey juraba que Gerald nunca les había puesto un dedo encima ni a ella ni a sus hijos, el momento en el que las mujeres corrían mayor riesgo de ser víctimas de la violencia era cuando dejaban una relación.

—Habla con Levi —le propuse—. Es amigo tuyo, además de representante de la ley. Puede ayudarte, si Gerald se niega a irse. Y si se pone como en el hospital, pedimos una orden de alejamiento.

—Es el padre de mis hijos. No quiero llegar a eso —susurró ella.

—¿Te sientes segura con él, Audrey? —le pregunté.

Ella se recompuso y enderezó la espalda.

—Claro que sí.

—Si eso cambia, me lo dices.

—Gracias por todo, Gage —dijo ella, cogiendo sus cosas.

—Supongo que te lo debía, después de haberte quitado el puesto de delegada en cuarto de secundaria —bromeé.

—Por cinco votos, y al año siguiente te gané yo —me recordó ella.

—Una victoria es una victoria.

Cuando Audrey se marchó, convencida de nuevo de que estaba tomando la decisión correcta para ella y para su familia, le di a Nana una golosina, o mejor dicho dos, y me tomé un descanso de cinco minutos. Aún me quedaba mucho por hacer ese día, antes de comenzar oficialmente el fin de semana. Le había prometido a Cam ocuparme de un pedido de accesorios de baño que estábamos esperando, porque él había cabreado al distribuidor. Y después tenía que acabar de hacer todo el papeleo para la adopción de los Clark y revisar bien las notas de una mediación prevista para el lunes por la mañana a primera hora.

Pero no todo era trabajo en mi lista de tareas pendientes. Al día siguiente tenía la primera cita oficial que había logrado mediante las aplicaciones de contactos con una mujer que, *a priori*, parecía una buena candidata para convertirse en mi compañera de vida.

Cerré los ojos e intenté recordar su foto de perfil. Pero en vez de eso, me vino a la cabeza una calamidad pelirroja con rizos. Desde el incidente del sujetador deportivo de esa semana, había vuelto a hacer todo lo posible por evitar a Zoey. Y aunque no había hablado con ella, había pensado en ella muchísimo. Por las mañanas, mientras le daba al martillo. Por las tardes, mientras trataba asuntos de derecho de familia. Y por las noches, cuando no tenía nada más con lo que distraerme.

Estaba empezando a convertirse en un problema. Deseaba con

todas mis fuerzas que la cita del día siguiente tuviera el poder de quitarme a mi inquilina de la cabeza.

Pero no era tan iluso como para confiar en que sería así. Zoey Moody era tan fácil de olvidar como un ladrillazo en toda la cara.

Nana soltó un alegre ladrido y, al apartar las manos de los ojos, la vi entrar corriendo en la sala de espera.

Mi hermana, seguida de cerca por una mujer que llevaba en brazos a una niña pequeña enfurruñada, entró en la silla de ruedas y me lanzó una de esas miradas que no conseguía interpretar, pero que sabía que no auguraban nada bueno. Declan también se dio cuenta y lo vi hundirse lentamente detrás del escritorio hasta que dejó de ser visible.

Me levanté y fui hacia la puerta para recibirla.

—¿Qué ha pasado?

—¿Puedo hablar contigo? —me dijo Laura.

La mujer que la acompañaba me resultaba inquietantemente familiar, aunque no lograba identificarla. Tenía el pelo largo y castaño recogido en una cola baja y llevaba unos pantalones de yoga y una sudadera extragrande. Se estaba poniendo cada vez más pálida.

—Laura, no creo que sea buena idea —dijo. La niña que llevaba en brazos comenzó a refunfuñar y Nana gimió con empatía.

—Confía en mí —le dijo Laura—. Él te ayudará.

—No es justo pedirle esto. —La niña se retorció en los brazos de su madre y entró rápidamente en modo pataleta total—. Chist, tranquila, cariño. En un ratito vamos a jugar —le prometió la mujer.

Nana soltó un gemido, frustrada por no poder pegar el hocico húmedo a la cara de la cría.

—Lo siento. Hoy no se ha echado siesta. No deberíamos haber venido. No sabía que Laura pensaba hacer esto —dijo la mujer. Aquellas palabras teñidas de pánico iban dirigidas a mí, aunque no dejaba de mirar al suelo.

—No pasa nada. Declan tiene algunos libros para colorear y galletas —dije con elocuencia, mirando hacia la mesa de mi pasante.

—Gracias, pero es mejor que nos vayamos.

—Val, vamos a hacer esto —dijo Laura con ese tono de jefaza que mis hermanos y yo conocíamos tan bien.

Cuando me di cuenta de quién era, fue como si un rayo me atravesara el cerebro. «Val», de «Valerie» Hillport: enfermera de la UCI y miembro del club de aficionados a la música del instituto de su pueblo, esposa de Brian, madre de dos niñas pequeñas.

La conductora del coche que había atropellado a Laura y había matado a Miller.

Nunca la había visto en persona. Solo en fotos de redes sociales, porque me había pasado horas investigando tras el accidente. Y ahora estaba en mi despacho con mi hermana.

No podía respirar. No podía pensar. Empecé a sentir un zumbido sordo en los oídos que no me dejaba oír la conversación de los demás mientras Declan regresaba con pinturas y galletas e intentaba, de mala gana, convencer a la niña para que abandonara los brazos de su madre.

Laura respiró hondo.

—Gage, esta es...

—Ya sé quién es. Lo que no sé es qué pinta aquí, en mi despacho, contigo. —Mi voz era gélida, pero por dentro estaba en llamas como un volcán.

Valerie se estremeció y me dio la impresión de que iba a salir disparada hacia la puerta. Pero me era indiferente. Ella podía volver corriendo a casa, con su marido, porque su descuido no le había destrozado la vida. Solo se la había destrozado a mi hermana.

—Lo siento muchísimo. No sabía que íbamos a venir aquí hasta que hemos llegado. Jamás se me ocurriría pedirte ayuda —aseguró Valerie.

Estaba más delgada que en las fotos que había visto. No, «delgada» no era la palabra adecuada. Estaba demacrada. Y daba la sensación de tener más años de los veintiséis que debía de tener en la actualidad. O las fotos de perfil que había visto eran de hacía años o había envejecido muchísimo. Bien. Esperaba que la culpa la estuviera carcomiendo viva.

—Entonces estamos de acuerdo, porque yo nunca te la ofrecería —dije con frialdad.

—¡Gage! —me espetó Laura—. Deja de comportarte como un capullo.

—¡Capullo! —repitió la niña, antes de compartir alegremente una galletita de azúcar con Nana.

—No pasa nada. Me lo merezco —dijo Valerie, mirando nerviosa hacia la puerta.

—De eso nada —declaró Laura, antes de girarse hacia mí—. Quiero que defiendas a Valerie para que le retiren los cargos.

Me reí sin ganas.

—Me estás tomando el pelo.

Se escuchó una risa infantil, que contrastaba sorprendentemente con lo que estaba sucediendo en la habitación.

—Danos un minuto, Valerie —dijo Laura, apretándole la mano a la mujer antes de apartarme para entrar en la sala de reuniones. Esperó a que yo cerrara la puerta antes de girarse hacia mí, echando fuego por los ojos—. La he traído aquí porque creía que precisamente tú serías el único de la familia que haría lo correcto.

—¿Qué es lo correcto aquí, Lau? Esa mujer te arruinó la puta vida, ¿y me estás pidiendo que impida que pague las consecuencias? ¿Qué coño te pasa? Ella mató a Miller. —Señalé la foto enmarcada de Miller con uniforme azul marino que descansaba en la estantería.

—¿De verdad crees que no lo sé, gilipollas? ¿Crees que hay un puñetero segundo del día en el que no lo eche de menos?

—Entonces ¿por qué lo haces? ¿A qué coño viene esto?

Mi hermana respiró hondo de forma exagerada, como solía hacer cuando intentaba controlar la mala leche. Pero nunca le funcionaba.

—Empezamos a hablar. Fue unos meses después del accidente. Se puso en contacto conmigo. Al principio me negué a escuchar lo que tenía que decirme, pero no puso ninguna excusa. Simplemente se disculpó. Estaba hecha una mierda, Gage.

—Genial. Bienvenida al puto club.

—Acababa de salir de un turno de doce horas como enfermera de la UCI. Su bebé, ese bebé —dijo, señalando a través del cristal a la niña que estaba en la sala de espera—, no había dejado que su marido pegara ojo en toda la noche porque le estaban saliendo los dientes.

—No quiero escuchar nada de eso. —No quería humanizar a la mujer que se lo había arrebatado todo a mi hermana. Era una asesina, un monstruo y merecía un castigo.

—Pues te jodes, porque yo tuve que vivirlo, así que lo mínimo que puedes hacer es escuchar. —Levanté las manos en señal de rendición, enfadado y sin mediar palabra—. Metió al bebé y a la otra niña pequeña en el coche para ir a por el desayuno y que su marido pudiera dormir un poco. Estaba amaneciendo. El bebé lloraba a moco tendido. Valerie intentaba aguantar el tirón. —No quería imaginarme lo que estaba describiendo, porque sabía cómo terminaba—. La niña pequeña le lanzó el chupete a Valerie y comenzó a gritar. Val apartó la vista de la carretera un segundo para coger el chupete y se acabó.

Me froté los ojos con las palmas de las manos.

Se acabó. El fin de una vida. El fin de la normalidad. El comienzo de un vacío que jamás podría llenarse.

—Te dejó en una silla de ruedas, Lau. Mató a Miller —susurré—, el hombre más fuerte, valiente y divertido que he conocido.

—Fue una puñetera fatalidad. Y ella es la única persona del mundo que sabe perfectamente lo terribles que fueron esos minutos antes de que llegaran los servicios de emergencia. —Abrí la boca para protestar, pero ella me lo impidió—. No, Gage. Ella me sujetó la mano en aquella zanja, mientras yo llamaba desesperadamente a Miller. Mientras sus bebés lloraban en el coche. —Una lágrima de rabia rodó por su mejilla.

—Creía que no lo recordabas. —Tenía la garganta como si me hubiera tragado un paquete de cuchillas de afeitar.

—Me resultaba más fácil si ninguno de vosotros lo sabía. Lo recuerdo perfectamente.

—Joder, Lau.

—Sé que todos perdimos algo al lado de la carretera aquel día. Una parte de ella también murió allí y no pienso permitir que otra familia se quede sin uno de sus padres por esto. Ya lo ha estado pagando cada segundo de cada día desde entonces. Ha tenido que dejar el trabajo por los ataques de pánico. Su marido le ha pedido el divorcio. Ya ha perdido suficientes cosas. Solo fue un segundo, un pequeño error, Gage. Así que si de verdad quieres hacer lo correcto, si quieres tachar algo de la lista de tareas pendientes que de verdad haga que mi vida mejore, haz esto por mí.

—Laura, si ni siquiera ella quiere que acepte el caso —dije con hastío. Me sentía como si el mundo fuera un tiovivo que giraba fuera de control. Me sentía como si, en vez de seguir por la línea recta que había trazado, acabara de darme de bruces contra un muro de ladrillos.

—Porque cree que se merece perder todavía más cosas.

—Mira por dónde, yo opino lo mismo.

—Necesito que pases página de una puta vez, Gage, y que hagas tu puñetero trabajo. Por mí.

—Me estás pidiendo demasiado —contesté.

Laura se acercó y me agarró por la muñeca.

—Ya lo sé. Pero también sé que lo vas a hacer, así que puedes saltarte la parte de la indignación moral.

—Merece que la castiguen —declaré. Eso había sido lo único que me había hecho seguir adelante durante los primeros días. Se había infringido la ley, se había cometido un delito. Se haría justicia.

—Y yo, ¿qué? —me preguntó Laura, señalándose a sí misma—. Fui yo la que sugirió que corriéramos por la carretera porque había charcos en el arcén. Y Miller venía detrás de mí porque no quería ensuciarme las zapatillas nuevas. ¿Sabes cómo me atormentó ese recuerdo durante meses después del accidente? Ni siquiera necesitaba hacer esos kilómetros ese día. Podía haberlos hecho a la mañana siguiente, que tendría más tiempo. Además, Miller habría preferido quedarse durmiendo hasta tarde. Pero yo quería tachar la sesión de entrenamiento de la lista. Por eso Miller está muerto.

—Eso es una gilipollez. Murió porque esa mujer cometió la imprudencia de coger el coche con un montón de distracciones en el asiento de atrás.

—Necesito que hagas esto por mí, Gigi. No puedes hacer que Miller vuelva, pero sin duda puedes conseguir que esa niña no pierda a su madre.

—A veces eres lo peor y me jode no poder decírtelo tanto como antes por todo lo que ha pasado.

Laura esbozó una sonrisa breve y mordaz.

—Aún puedo darte una paliza si me da la gana, hermanito.

—Eres gilipollas.

—Y tú más.

—No puedo aceptar. Todavía no —añadí, al verla entornar los ojos—. Déjame hablar con ella y me lo pienso.

—Vale. Pero quiero que seas educado y solo tienes hasta el lunes para decidirte. Tiene que presentar una declaración en la vista preliminar. —Joder. Era una de esas decisiones importantes que no me gustaba tomar a la ligera. Siempre valoraba todas las opciones y analizaba las posibles consecuencias. Volví a mirar la foto de Miller. Él era la voz de la razón, una persona que sabía escuchar y un hombro en el que apoyarse.

Nunca más podría pedirle consejo. Y todo por culpa de la mujer que estaba en la sala de espera.

—Te quiero, Gigi —susurró Laura.

—Pues tienes una forma muy curiosa de demostrarlo —protesté.

—Sé que te estoy pidiendo demasiado, pero lo hago porque sé que puedes con ello. Además, voy a necesitar tu ayuda cuando empiece a invitar a Valerie y a las niñas a las cenas familiares, porque ya sabes que Cam se va a poner hecho una furia.

Me pasé la mano por la cara.

—Joder.

—Venga, voy a pedirle que entre y así rescato a Declan de Tilly la Terrorífica. No te portes como un capullo —me advirtió Laura. Se señaló los ojos con dos dedos antes de señalarme a mí y volver a la sala de espera.

—Joder —murmuré, mirando fijamente la taza de café vacía y deseando que estuviera llena de bourbon.

Unos golpes tímidos en el marco de la puerta me sacaron de mi ensimismamiento. Valerie se encontraba en el umbral, con cara de estar a punto de vomitar.

Me levanté y le hice un gesto para que tomara asiento.

—Siéntate. —Fui incapaz de controlar el tono cortante de mi voz.

Ella cerró la puerta y se sentó en una silla desde la que podía ver la sala de espera, donde mi hermana estaba dejando que Tilly le diera de comer trocitos de galleta desmenuzada con los dedos pegajosos.

—No tienes por qué hacer esto. De hecho, no deberías hacerlo —dijo apresuradamente—. Ya le he dicho a Laura que me voy a declarar culpable. No tenía ni idea de que íbamos a venir aquí a verte.

Saqué una botella de agua de la mininevera y la dejé sobre la mesa, delante de ella, antes de sentarme enfrente.

Era un hombre adulto, un puñetero profesional. Podía soportar el mal trago de hablar con ella cinco minutos, antes de despacharla. Pensaba negarme. Ya lo había decidido. Laura no podía echármelo en cara eternamente y el resto de la familia me apoyaría. Aquella mujer nos había arrebatado demasiadas cosas.

—¿Por qué no comienzas por el principio? Cuéntame qué pasó aquel día —le pedí.

Ella jugueteó con la botella.

—Lo tenía todo pensado. Después de trabajar, prepararía el desayuno, pondría la lavadora, dormiría hasta las tres y luego haría *cupcakes* con las niñas para el cumpleaños de mi marido, que era al día siguiente. Teníamos una reunión en el banco antes de mi próximo turno para pedir un préstamo para comprar una vivienda, porque en la que vivíamos de alquiler se nos estaba quedando pequeña. —Valerie hizo una pausa y abrió el agua para beber un trago—. Pero cuando llegué a casa, aquello era un caos. Mi marido aún no se había recuperado de la gripe y estaba agotado porque Tilly no le había dejado dormir en toda la noche. El lavavajillas se había parado en mitad del lavado. Molly, mi hija mayor, no paraba de pedirme que jugara con ella a las muñecas. Le dije que lo haría después del desayuno. Tenía un montón de tareas pendientes que hacer antes de divertirme. —Valerie se interrumpió y se tapó la boca con dos dedos. Los ojos se le llenaron de lágrimas, pero no sentí ni un atisbo de compasión—. Ahora daría cualquier cosa por haber decidido sentarme en el suelo y jugar a las muñecas con mi hija durante diez minutos. Cualquier cosa. Si hubiera sido mejor madre, si me hubiera centrado más en el momento presente que en una lista absurda de responsabilidades, Miller todavía estaría aquí.

Oír pronunciar el nombre de mi cuñado a la mujer que había acabado con su vida me resultó prácticamente insoportable. Este se acercaba más a la edad de Cam y Levi, así que siempre habían tenido más relación con él, pero nosotros también habíamos forjado un vínculo. Fue a mí a quien le pidió que cuidara de su familia mientras estaba destinado en el extranjero. Y yo le prometí asegurarme de que tuvieran todo lo que necesitaban.

—¿Qué pasó después? —le pregunté inconmovible.

Ella tragó saliva.

—Metí a las niñas en el coche y le dije a mi marido que volviera a la cama. Mi idea era ir al supermercado, comprar algo para desayunar y quitarle a las niñas de encima. Pensé que solo me llevaría una hora. Pero me llevé mucho más.

—Vale, estás en el coche con tus hijas —le dije, impasible, aunque tenía el corazón desbocado porque sabía que estaba a punto de escuchar a la persona responsable de la muerte de mi cuñado describir exactamente cómo había terminado con su vida.

Ella asintió y bebió otro trago de agua.

—El sol ya había salido, pero aún estaba bajo en el cielo. ¿Sabes cuando brilla entre los árboles, como un estroboscopio? Me había olvidado las gafas de sol. Había encendido la radio e iba cantando con las niñas. Tilly estaba llorando porque, en aquella época, no paraba de llorar. Molly estuvo tranquila los primeros minutos, pero empezó a ponerse nerviosa por ir en la sillita. Se sacó el chupete y lo tiró. Mi marido siempre decía que tenía muy buena puntería. Cayó en el asiento del copiloto y comenzó a lloriquear. Yo estaba agotada. Había sido un turno duro, una noche difícil. Estaba a punto de echarme a llorar, como mis hijas. Necesitaba tranquilidad. Así que intenté coger el chupete. —Valerie me miró por primera vez, directamente a los ojos—. No fue culpa de mi hija. Fue culpa mía. Debería haberme quedado en casa jugando a las muñecas. Debería haberme acordado de las gafas de sol. Debería haber sido capaz de aguantar a mis propias hijas llorando diez minutos. Pero no hice ninguna de esas cosas y vuestra familia lo pagó demasiado caro. —Se recostó en la silla y se dedicó a juguetear con la tapa de la botella—. No los vi —susurró—. Pero nunca olvidaré el sonido, la sensación, el instante en el que fui consciente de lo que acababa de hacer. Cómo todo lo que me parecía tan importante unos segundos antes, de repente, carecía de sentido. —Se echó a llorar y unas lágrimas silenciosas rodaron por sus mejillas. Ni siquiera se molestó en secárselas, como si se hubiera resignado a su presencia hacía mucho tiempo—. Lo siento muchísimo. —Sus palabras apenas resultaban audibles.

Me aclaré la garganta para alejar las emociones que se habían apoderado de mí.

—Oye, Valerie. A pesar de lo que te haya dicho mi hermana, hoy no puedo darte una respuesta. Necesito pensar en todo esto.

—Lo entiendo y sé que vas a decir que no. El mero hecho de que estés dispuesto a pensártelo es más de lo que merezco. Sé que seguramente no querrás saber nada de mí y no me extraña. Pero Laura te quiere. Y está orgullosa de ti. Me ha hablado mucho de toda la familia y de cómo la habéis ayudado durante todo el proceso. —Se le escapó otra lágrima que tampoco se enjugó—. Es muy especial tener una familia que te apoya tanto —añadió.

—Es mejor que te vayas —le dije, levantándome bruscamente de la mesa.

# 19

## *Un gran «pero»*

## Gage

—Como puedes apreciar por los resultados de las pruebas, todavía tengo un buen número de óvulos viables y, si pasas a la página cuatro, verás un resumen de mi estado general de salud, así como una nota global de mi nivel de fertilidad. No es una cifra médica oficial, pero he conseguido crear un sistema de puntuación basándome en diferentes datos —me explicó, mientras sacaba un bolígrafo y lo posaba sobre una página en blanco del cuaderno—. A ver, ¿te has hecho algún recuento de espermatozoides recientemente?

Jill, la chica con la que había quedado, me miró con atención con sus intensos ojos marrones.

—Pues... —No solía quedarme sin palabras, pero dadas las recientes circunstancias, mi capacidad para enfrentarme a imprevistos se había visto mermada.

Debería haber cancelado la cita. Debería haberme quedado en casa, pensando en la mejor forma de decirle a mi hermana que no pensaba defender a la mujer que había matado a un hombre que era como un hermano para mí. Debería estar poniéndome hasta las cejas de bourbon, no fingiendo interés en una primera cita.

—¿Un recuento de espermatozoides? —repetí.

Era una tarde de sábado lluviosa. Estábamos a treinta minutos de Story Lake, en un ruidoso café con productos de granja e, inexplicablemente, música de acordeón en directo. Intentaba concentrarme en la mujer que tenía delante, pero me estaba suponiendo un esfuerzo sobrehumano y no tenía energía para algo tan difícil.

Al menos sobre el papel, Jill me había parecido la candidata ideal. Una posible aspirante al matrimonio. Sus mensajes eran inteligentes e ingeniosos, y su ortografía, impecable.

Jill rozaba los cuarenta años. Trabajaba en el sector de los seguros, tenía un máster en Ciencias Actuariales y consideraba importante que los niños se criaran en hogares con mascotas. Cuando estábamos buscando un día para quedar, me dijo que me había encajado entre un cambio de aceite que tenía programado y la videollamada mensual con sus abuelos de Utah. Responsable y respetuosa con la familia, dos criterios clave para mí en una pareja. Sin embargo, o mis criterios no habían generado ningún tipo de química o bien yo estaba demasiado distraído para esforzarme lo suficiente.

Ella asintió enérgicamente.

—En tu perfil decías que estabas deseando formar una familia, así que supongo que te habrás hecho las pruebas pertinentes. ¿Cuál es tu grupo sanguíneo?

Solo habían transcurrido cinco minutos de aquella primera cita y ni siquiera nos habían traído aún las bebidas, pero yo ya había pensado en mi hermana, en Valerie y en Zoey media docena de veces, y Jill quería conocer mi recuento de espermatozoides y mi grupo sanguíneo.

Me obligué a hacer inventario mentalmente. Jill era una mujer alta y atractiva que parecía tener la vida resuelta. Más puntos a su favor. Aunque era sábado, llevaba maletín en lugar de bolso, lo cual significaba que o bien daba más importancia a la funcionalidad que a la moda o que era una adicta al trabajo.

Tenía el pelo largo hasta los hombros, recogido en una coleta baja y sencilla. Aunque mis conocimientos sobre cosmética eran limitados, se notaba que llevaba muy poco maquillaje, algo a lo que mi sobrina llamaría «efecto cara lavada». Se había puesto unos pantalones de traje informales y un jersey fino. No me había fijado en ellas al estrecharle la mano, pero Jill me había asegurado que sus caderas eran «ideales para tener hijos».

—A positivo —dije, aliviado por poder contestar al menos a una de sus preguntas.

—¿Tienes alguna creencia religiosa específica que quieras inculcar a tus hijos? —me interrogó, continuando con la ronda de preguntas.

—¿Existe una Iglesia de los No Gilipollas? —bromeé.

Jill dejó el bolígrafo y entrelazó los dedos sobre la carpeta de cuero.

—Gage, es importante que sea clara contigo desde el principio. Aunque suelo apreciar el sentido del humor, sobre todo en una cita, tengo treinta y ocho años; un trabajo que me resulta tremendamente gratificante; hago ejercicio cuatro veces por semana; en quince días voy a cerrar la compra de una casa de cuatro dormitorios en un distrito escolar excepcional; tengo un grupo de amigos muy interesantes que me apoyan muchísimo; mis padres siguen casados y gozan de buena salud; dispongo de un buen plan de pensiones, una sólida cartera de inversiones y una propiedad vacacional en Asheville, Carolina del Norte.

—Vaya… Es admirable.

—Sé lo que quiero y valoro todas las opciones para conseguirlo. Ahora mismo quiero una familia. Así que, además de salir con hombres que aseguran estar preparados para comprometerse, he presentado la documentación necesaria para empezar mi andadura como madre de acogida y estoy valorando otras opciones, entre las que se incluye la fecundación *in vitro*. —Asentí con la cabeza, sin nada interesante que aportar a la conversación. Ella abrió los brazos—. Así soy yo. No me gusta ser tan directa, pero estoy muy emocionada por este nuevo paso que voy a dar en la vida. Es el momento ideal y me he dado cuenta de que lo mejor es descartar a los candidatos inadecuados lo antes posible.

—Entiendo y aprecio tu franqueza —le aseguré.

Ella volvió a coger el bolígrafo.

—Genial. Considera esto como una entrevista preliminar. Lo que necesito saber es si realmente estás interesado en formar una familia y, de ser así, si crees que seríamos buenos padres juntos, en función de lo poco que has visto de mí.

Nos trajeron las bebidas: un refresco con lima para Jill y una cerveza de barril para mí. Me aferré al vaso como si fuera un salvavidas. Tenía la boca seca y estaba empezando a sudar. Bebí un trago para armarme de valor y volví a dejarlo sobre la mesa.

—Jill, aunque valoro tu eficiencia, todavía no estoy preparado para dar ese paso. Necesitaría algunas citas más. Y también me gustaría presentarte a mi familia antes de poder responder a eso con precisión.

Ella tomó nota.

—Ajá. ¿Tu familia directa es importante para ti?

Pensé en la petición de Laura. En el rostro bañado en lágrimas de Valerie.

—Por desgracia, es lo más importante.

Ella esbozó una sonrisa de aprobación mientras tomaba notas.

—Estupendo. Me alegra que tengamos eso en común. ¿Te va bien el próximo jueves?

Parpadeé.

—¿Para qué?

—Para presentarme a tu familia.

—Jill, has sido muy sincera conmigo. Y creo que te debo lo mismo.

—Por supuesto. Tienes la palabra. —Me miró expectante mientras bebía un sorbo de agua con gas.

—Si nos hubiéramos conocido hace unas semanas, esta conversación sería completamente distinta. Me gustan las mujeres ambiciosas. Admiro a la gente que construye vidas tan fructíferas como la tuya. Eres exactamente el tipo de persona que buscaba para dar el siguiente paso.

—Soy actuaria, así que se me da muy bien predecir comportamientos. Estás a punto de poner un gran «pero».

—Por desgracia, sí. Me encuentro en medio de una crisis familiar que no solo me impide centrarme, sino que me ha planteado ciertas preguntas para las que no consigo encontrar las respuestas adecuadas.

—Esa crisis no se deberá a que tienes esposa e hijos por ahí, ¿no? —me preguntó Jill.

—No, para nada.

Ella tachó una línea en el bloc de notas.

—Supongo que lo que intento decir es que me estoy replanteando… —¿Qué? ¿Mi plan? ¿Mis objetivos? ¿Mi vida?—. Las cosas en las que me he estado centrando.

Era cierto. Durante las últimas veinticuatro horas, mi cerebro no había dejado de pensar en las palabras de Valerie: «Todo lo que me parecía tan importante unos segundos antes, de repente, carecía de sentido». Tanto ella como mi hermana se arrepentían de haber dado prioridad a lo que no debían aquel día. Y a mí, que llevaba toda la vida centrándome en los objetivos, aquello me había impactado muchísimo.

—Ah —dijo Jill.

—Soy abogado. A mi hermana le pasó algo terrible y ahora quiere que haga una cosa que yo no quiero hacer. No es ilegal ni nada por el estilo. No soy de ese tipo de abogados. Pero mi hermano se va a casar y, cuanto más feliz lo veo, más deseo hacer lo mismo. Quiero compartir mi vida con alguien. Con alguien oportuno y que encaje en el papel. Pero hay una mujer que vive en el piso de arriba y que no podría ser menos adecuada para mí. Aun así, no puedo dejar de pensar en ella y empieza a preocuparme que eso signifique algo. —Genial. No solo estaba dándole la brasa a una pobre incauta, sino que la otra obsesión de mi cerebro se había sumado a la conversación. Jill recordaría aquella como la peor cita de su vida. Volvió a cerrar la carpeta y me dedicó una sonrisa forzada. Puse cara de circunstancias—. Lo siento. La he cagado. Suelo ser más coherente y estar menos disperso. Lo que en realidad quiero decir es que me pareces estupenda. Y que yo estoy hecho un lío. Ahora mismo mi conciencia no me permitiría formar una familia contigo.

—Pues no hay más que hablar —dijo ella, guardando la carpeta y el bolígrafo en el maletín—. Gracias por el tiempo que me has ahorrado. No te imaginas cuántos tíos en las aplicaciones fingen estar abiertos a una relación seria y luego, en la primera cita, se ofrecen a «hacerme un bombo».

—Te pido disculpas en nombre de mi género. Algunos seguimos siendo unos neandertales. —El camarero volvió y nos preguntó si queríamos pedir ya.

Señalé la carta.

—Qué menos que invitarte a comer.

Jill miró el reloj.

—La verdad es que prefiero irme, ya que esto no va a llegar a ninguna parte. Tengo a otro candidato que puede adelantar la cita, así que le voy a mandar un mensaje.

—Ah. Vale. En fin, buena suerte. Espero que sea el indicado.

—Gracias. Yo también lo espero —dijo ella, cruzando los dedos—. Así me adelantaría un mes entero a los plazos previstos.

—Jill, pareces una persona muy centrada y motivada.

—Lo soy.

—¿Alguna vez tienes la impresión de que ceñirte al plan te hace perderte parte de la diversión de la vida?

Ella se levantó y se colgó el maletín al hombro.

—He descubierto que mi FONA es más fuerte que mi FOMO.

—¿FONA? No me suena.

—«Fobia a no avanzar». Puede que las personas que pierden el tiempo divirtiéndose lo estén disfrutando, pero la felicidad no puede comprar una jubilación económicamente segura.

Me levanté de la mesa con ella.

—Esto ha sido muy revelador, Jill. Mucha suerte en tu viaje.

—Prefiero considerarlo un plan de acción. Pero gracias igualmente. Buena suerte con tu… trauma. —Esperé a que se marchara y volví a sentarme para leer la carta.

—¿Una primera cita decepcionante? —me preguntó el camarero.

—Para ella. ¿Me puedes traer una ración de salmón?

Estaba en medio de la comida cuando me vibró el móvil encima de la mesa.

*Laura*
Te mando otra vez el número de Valerie, porque
aún no la has llamado
Por si el último mensaje era demasiado sutil:
LLÁMALA!

Dejé el tenedor, tras haber perdido definitivamente el apetito. Tenía que decirle a mi hermana que no pensaba hacerlo, que era una locura que me lo hubiera pedido siquiera. Un mensaje nuevo apareció en la pantalla.

*Laura*
Deja de pensar en formas de decirme que no lo
vas a hacer y hazlo

Maldiciendo entre dientes, cogí el teléfono y la llamé.

—Deja de acosarme —le dije cuando contestó.

—La vista preliminar es el lunes —replicó ella, masticando algo en mi oído.

—¿Estás comiendo patatas fritas?

—Sabes que cuando estoy estresada me da por picotear y tú me estás estresando mucho.

—¿Perdona? ¿Y cómo crees que me siento yo?

Laura suspiró.

—Gigi, entiendo que yo he tenido más tiempo para procesarlo todo y que es injusto por mi parte meterte de repente en esto. Pero te necesito. Me has preguntado mil veces desde el accidente qué necesitaba. Pues necesito esto. —Joder. El problema de pertenecer a una familia tan unida era que todos sabían perfectamente cómo manipularte para conseguir que hicieras cosas que no querías hacer—. Miller era la persona más comprensiva del mundo. No va a estar sentado en el más allá planeando una venganza. Él querría que lo hicieras.

—Eso ha sido un golpe bajo, Larry.

—Ya, bueno, pues imagina hasta qué punto deseo que lo hagas. Puede que ahora no te lo parezca, pero es lo más correcto.

—Estoy hasta arriba de trabajo —dije, probando con otra táctica.

—¿Estás demasiado ocupado para evitar que una madre vaya a la cárcel? ¿Demasiado ocupado para mantener unida a una familia? ¿Demasiado ocupado para asegurarte de que un error no arruine la vida de una mujer? Joder, tío. Pues sí que has cambiado de prioridades.

—Eres la peor hermana del mundo mundial.

—¿Qué dices? No oigo tus insultos con el ruido de la silla de ruedas.

—Ahora mismo esa no es la mejor estrategia para hacerme sentir culpable —le advertí.

—Lo siento. Es la fuerza de la costumbre. —No tenía pinta de arrepentirse lo más mínimo—. Siempre dices que harías cualquier cosa por tu familia. Por favor, haz esto por mí, Gage.

La lluvia seguía cayendo y yo seguía sin saber lo que iba a hacer cuando llamé a la puerta del Apartamento B, una casa adosada de ladrillo marrón que estaba encajada entre otras dos. El bloque estaba anticuado pero cuidado, y había juguetes infantiles en todos los diminutos jardines delanteros.

Oí unos pasos que se acercaban y se detenían antes de escuchar el ruido de un cerrojo. Valerie abrió la puerta y me miró nerviosa.

—Las niñas están en casa —dijo, mirando hacia atrás por encima del hombro.

No sabía si le preocupaba más que sus hijas escucharan todo lo que había sucedido o la posibilidad de que yo me comportara como lo había hecho en mi despacho.

—Podemos hablar aquí fuera, si te sientes más cómoda —le propuse.

—Acabo de pillar a la pequeña corriendo hacia el baño con unas tijeras de manualidades, así que preferiría vigilarlas. —Abrió la puerta un poco más—. Pasa.

Me condujo a una pequeña sala de estar donde un gran sofá y un montón de juguetes ocupaban todo el espacio disponible. Sus hijas, dos copias exactas de su madre pero con el pelo rizado, estaban haciendo una especie de competición de construcción. Pero en lugar de construir con los bloques, se los lanzaban.

—¿Quieres algo de beber? Tengo agua, zumos y leche —dijo Valerie, señalando la cocinita que se comunicaba con el salón mediante un pasaplatos.

—No, gracias.

—Podemos hablar allí. Así tú puedes sentarte y yo vigilar que no se vuelvan a cortar el flequillo la una a la otra —propuso en voz muy alta.

—Perdona, mami —dijo la niña mayor, sin parecer en absoluto arrepentida.

—Sí, «pedona», mamá —repitió la más pequeña—. ¿Merienda?

—Dentro de un ratito —le prometió Valerie—. Voy a hablar con el señor Gage en la cocina. Entra.

La cocina era aún más pequeña de lo que parecía desde el salón. El linóleo verde debía de ser el original. Tenía los típicos armarios básicos y las encimeras eran de formica vieja y amarillenta, pero estaba todo muy limpio y en la puerta blanca de la nevera había un montón de dibujos y fotos. En ninguna salían Valerie y su marido.

Esta llenó un vaso de agua del grifo y me lo puso delante con cara de circunstancias.

—Perdona. Has dicho que no querías nada. Estoy muy nerviosa. A lo mejor habría sido mejor hacer esto por correo electrónico.

—¿Hacer qué? —le pregunté, señalando la silla que estaba frente a mí en la pequeña mesa redonda.

—Decirme lo que me vas a decir —contestó ella, sentándose en la silla.

Dos carcajadas infantiles resonaron en la sala de estar.

Valerie cerró los ojos.

—Me encanta ese sonido. No sé qué voy a hacer cuando no pueda seguir escuchándolo.

—¿Tu marido no está?

Ella negó con la cabeza.

—No. Está en casa. En la suya. En nuestra antigua casa. Nos separamos el año pasado. Compartimos la custodia de las niñas.
—Lo había olvidado. ¿O había sacado el tema para hacerle daño?

—No sabía que te habías divorciado —dije, esperando que no fuera una mentira.

—No estamos oficialmente divorciados. Solo separados. La cosa se puso… muy difícil después del accidente. Pasé por una época muy mala y tuve que dejar de trabajar en el hospital. Me quedaba paralizada cada vez que veía un poco de sangre. No podía dormir. No era capaz de hacer nada. Al final, mi marid… el padre de las niñas, me pidió el divorcio.

Lo dijo mirando fijamente la mesa, mientras pasaba el dedo por una mancha antigua.

—Lo siento. —Fue una frase vacía pronunciada como por acto reflejo y me di cuenta de que no había transmitido ningún tipo de emoción cuando vi que Valerie se estremecía.

—No tienes por qué sentirlo. Ahora trabajo en una residencia de ancianos. No es a lo que me dedicaba antes y el sueldo es bastante malo, la verdad. Pero tenemos la custodia compartida al cincuenta por ciento.

No sabía por qué me contaba todo aquello. No quería saber nada de su vida personal. Era más fácil imaginármela como una delincuente distante y sin rostro que como una persona real. Lo cual, muy probablemente, había sido la intención de Laura desde el principio.

Respiré hondo y busqué en el maletín un bloc de notas.

—Es más sencillo hablar del caso en persona, Valerie.

Ella parpadeó un par de veces.

—Perdona, creo que no te he entendido bien.

Me aclaré la garganta.

—Dejando a un lado mis sentimientos personales, mi hermana me ha pedido que haga esto. Y yo haría cualquier cosa por ella. Lo que fuera.

Ella asintió con docilidad.

—Entiendo.

—Y ese «cualquier cosa» incluye representarte.

Valerie tragó saliva.

—No… no tengo mucho dinero para pagarte un anticipo, pero puedo pedir un préstamo. Mis padres…

Negué con la cabeza.

—Esto es un favor personal que le hago a mi hermana. Eso significa que no te voy a cobrar. Aunque pienso echárselo en cara durante la próxima década, más o menos.

—Gra-gracias —dijo Valerie con voz ahogada, antes de taparse la boca con la mano. Tenía los nudillos blancos.

—Mira, Valerie. Para mí es importante que sepas que, aunque los aspectos personales de tu caso no van a ser fáciles para mí, estoy legalmente obligado a proporcionarte la mejor defensa posible.

Las lágrimas resbalaban por su rostro, pero en lugar de la desesperación del día anterior, vi algo más en sus ojos marrones: esperanza.

—No puedo creer que estés dispuesto a hacer esto. No merezco tu ayuda.

—Vamos a dejar que sea el tribunal quien decida qué es lo que mereces.

La hija mayor de Valerie entró saltando en la cocina con una sonrisa desdentada y las manos a la espalda, seguida de cerca por su hermana pequeña.

—¡Señor Gage, le he hecho un regalo! —me dijo Molly, antes de sacar un dibujo de quién sabía qué hecho con ceras de colores y enseñármelo.

—Ostras, Molly, es… precioso. ¿Lo has hecho ahora mismo?

—Sí. Dibujo muy bien —contestó ella, con la confianza de una niña muy querida.

—Está genial. Gracias. ¿Qué es eso de ahí? —le pregunté, señalando un garabato rosa.

—Es una araña dragón. ¿Ve las patas? Eso son las alas y esto es el fuego —me explicó.

—¿Mamá triste? —preguntó Tilly, posando una mano pegajosa sobre el brazo de Valerie.

—No, cariño. Mamá está contenta —le aseguró Valerie.

—Bien. ¿Merienda? —dijo la pequeña.

Valerie esbozó una sonrisa.

—Vale. Vamos a merendar todos.

—¿El señor Gage también? —quiso saber Molly.

—El señor Gage también.

# 20

## *No puedo creer que pensara que serías educado en la cama*

### Zoey

Estaba mental y físicamente agotada cuando entré en el Rusty's Fish Hook. Era una noche de sábado muy animada. Con la llegada de la primavera habían vuelto a abrir la terraza y aquella noche estaba llena de gente que se apiñaba alrededor de las estufas de exterior y de la barra de fuera.

No me apetecía socializar, pero tampoco estar sola, así que fui directamente a la barra de dentro. Estaba más tranquila y había varios taburetes disponibles. En el último de todos pude ver a mi casero, con aire taciturno y una chaqueta de punto sorprendentemente sexy, mirando fijamente la copa como si contuviera todas las respuestas del universo.

Decidí renunciar al plan de beber sola y me acerqué a Gage.

—¿Está ocupado? —le pregunté, señalando el taburete vacío que tenía al lado. Él me miró y la tristeza de sus ojos estuvo a punto de acabar conmigo—. ¿Qué te pasa? —me interesé, mientras dejaba mi bolso extragrande en la barra y me sentaba en el taburete.

Él me miró con más atención.

—¿Por qué tienes pinta de llevar varios días sin dormir?

—Porque ayer me pasé despierta casi toda la noche, rayándome por un par de cosas que no tienen nada que ver entre sí, y creo que se me ha fundido el cerebro. ¿Qué te pasa a ti?

—Hola, Zoey. ¿Qué vas a tomar? —El propio Rusty, que era el dueño del Fish Hook, estaba atendiendo la barra esa noche.

—¿Puedes ponerme una copa de vino blanco gigante? ¿Como si fuera una y media?

—Usaré una copa de margarita —replicó él.

—¡Te adoro, Rusty! —le grité mientras se alejaba.

—¿Te importaría explicármelo? —me pidió Gage.

—¿Mi profundo amor eterno por Rusty?

—Lo de tu comedura de tarro.

—Tú primero —dije. Le di unos golpecitos con el dedo a su copa—. ¿Qué es eso? ¿Whisky escocés?

—Bourbon.

—Sueles ser más de cerveza —comenté.

—Ya, bueno, pues esta noche soy más de bourbon.

Me saqué la cadena de dentro del escote y le enseñé el colgante.

—Discoteca.

Él levantó la copa.

—Zoey, cariño, seguro que tienes cosas mejores que hacer un sábado por la noche que escuchar las penas de tu casero.

—No quiero cargarme la imagen que tienes de mí, pero la verdad es que no. Mi otra opción es ponerme a ver capítulos repetidos de *NAVY: Investigación criminal*. No sé por qué, pero me pone Jethro Gibbs. —Gage esbozó una leve sonrisa. Le di un codazo—. Vamos, compañero. Cuéntale a la chica a la que salvaste del sujetador deportivo qué es lo que te pasa.

—Vale. Pero si yo lo suelto, tú también.

Abrí la boca para protestar, pero él me lo impidió con una mirada elocuente y sensual.

—Puf. Vale. Activando modo discotequero.

—A ver, hasta ayer, mi mayor problema era la inoportuna atracción que sentía por la inquilina del piso de arriba.

—Esto está mucho mejor que las reposiciones de Jethro Gibbs —declaré.

Rusty volvió con una copa de margarita llena hasta el borde de vino.

—Ahora mismo eres mi persona favorita del mundo —le aseguré.

Él me hizo un saludo militar, antes de desaparecer detrás de la barra.

Acerqué la copa y me agaché para sorber ruidosamente un trago.

—Uf, esto es otra cosa. Volvamos a ese problema que ha eclipsado todas tus fantasías sobre mis tetas.

Gage se rio sin ganas.

—Mi hermana me ha chantajeado emocionalmente para que haga algo que no quiero hacer.

—¿Tan malo es ese «algo»? ¿Malo en plan «ir a comprar ropa a la ciudad», o malo en plan «donar un riñón a un capullo que no se lo merece»?

—Quiere que represente a la mujer que los atropelló a ella y a Miller.

Me atraganté con el vino.

Gage me dio unas palmaditas en la espalda hasta que dejé de toser sobre una servilleta del bar. Me giré hacia él con lágrimas en los ojos y la garganta ardiendo.

—¿Por qué te iba a pedir eso? —le pregunté con voz ronca.

—Al parecer, el trauma las ha unido. Laura está empeñada en que solo fue un despiste. No entiende que el hecho de que fuera accidental o intencionado es lo de menos. Al final mi hermana ha acabado en una puta silla de ruedas y Miller está muerto —dijo categóricamente.

Su dolor era tan palpable que le puse una mano en el brazo.

—Lo siento mucho, Gage. ¿Qué vas a hacer? Espera, ¿por qué te lo pregunto? Si ya sé lo que vas a hacer.

—Ah, ¿sí? —dijo él, mirándome por encima del borde del vaso.

—Estoy dispuesta a apostar veinte dólares a que ya has aceptado.

—¿Cómo lo sabes? Aún no se lo he dicho a Laura.

Le apreté el brazo.

—Porque harías cualquier cosa por tu familia, cueste lo que cueste.

Gage entornó los ojos.

—Para no estar interesada en tu casero, te fijas mucho en él.

—No es que no me interese. Es que solo me interesa el sexo salvaje —dije pestañeando, antes de inclinarme para beber otro trago de vino.

—¿Por qué eres la única persona del mundo capaz de hacerme sonreír ahora mismo? —preguntó Gage.

—Me gusta pensar que es por mis tetas.

Esa vez fue él quien se atragantó con la copa. Aunque consiguió hacerlo de una forma mucho más atractiva que yo.

—Eres única, Zoey Moody.

—Eso dicen. ¿Qué más hay dentro de esa cabecita tan preciosa?

—¿Qué te hace pensar que hay algo más?

—Ya has tomado la decisión de representar a la conductora, lo que significa que ya estás diseñando una estrategia para el caso. Es algo más lo que te está haciendo ahogar esa cara tan mona en bourbon.

Gage le dio otro trago a la copa antes de quedarse mirando fijamente al frente unos instantes.

—¿Alguna vez te han dicho algo tantas veces que comienzas a plantearte si deberías creértelo?

Yo resoplé.

—Pues claro. ¿Por qué piensas que no me van las relaciones? Cuando te cruzas con tanta gente en la vida que te dice que eres demasiado intensa o demasiado difícil de querer, acabas tomándotelo en serio.

Él dejó la copa y fijó su mirada en mí.

—¿Quién te ha dicho que eres demasiado difícil de querer?

Yo me reí.

—Bueno, mis padres, para empezar. Cuando a tus propios padres les resulta tan difícil quererte, llegas a la conclusión de que el problema eres tú.

Se me hacía raro pensar que ahora había una razón, una etiqueta que justificaba aquello que había ido mal durante tantos años. Aunque eso tampoco cambiaba nada.

—Cuanto más te oigo hablar de tus padres, peor me caen —declaró Gage.

—A ver, tampoco son tan malos. Lo hicieron lo mejor que pudieron. Solo que lo mejor que pudieron no estuvo muy bien. —Bebí un poco más de vino—. En realidad, yo antes era como el resto del mundo. Quería encontrar a alguien que viera más allá de mis defectos y descubriera esa belleza especial e invisible que todos los demás pasaban por alto. Quería encontrar a una persona que me hiciera pensar que todo era posible. Que me apoyara cuando me sintiera insegura, que compensara mis carencias, o que incluso las considerara atractivas. Pero no todo el mundo puede conseguir eso. Algunos somos demasiado caóticos para tener una vida normal.

—Eres muy dura contigo misma. ¿Nunca te has planteado pasar de ese rollo?

Negué con la cabeza.

—Tú has tenido dos pares de padres que te adoraban. Seguro que te consideraban un regalo del cielo. Yo no era más que una carga para los míos. Todavía se quejan de cuánto lloraba de bebé, como si hubiera intentado amargarles la vida cuando era una recién nacida. Fui la «sorpresa» inesperada que chafó todos sus planes perfectos con mi hermana perfecta. No pudieron ir a Europa en verano porque cateé mates y tuve que ir a clases particulares. Me echaron una semana del instituto por pegarle un puñetazo a un chico que le había metido mano por debajo de la falda a Hazel. Suspendí una asignatura en la universidad porque se me olvidó darme de baja. Zoey Moody: experta en amargarle la vida a la gente desde su nacimiento.

Gage se giró en el taburete para mirarme.

—No merecías sentirte como una carga.

Me encogí de hombros.

—Bueno, la cosa acabó equilibrándose. Me pasé bastante con ellos en la adolescencia.

—La labor de los padres es apoyar a sus hijos, no llevar un registro de pérdidas y ganancias.

—Típico de ti decir eso.

—Menos mal que no me has pedido un recuento de espermatozoides.

—¿Es que alguien te ha pedido hoy un recuento de espermatozoides?

—He tenido una cita con una chica —dijo Gage—. La primera y la última.

—¿No ha habido chispa?

Él negó con la cabeza.

—Es como si hubiera tenido una cita conmigo mismo. —Me

puso al corriente de aquella cita breve pero increíblemente desastrosa—. Entre Jill, Valerie y Laura, me siento como si el universo me estuviera arreando con un ladrillo en la cabeza.

—¿A qué te refieres? —le pregunté, apoyando la barbilla en una mano.

—Soy una persona muy centrada en mis objetivos.

—Nooo, ¿en serio?

—No me juzgues mientras estamos en modo discotequero.

—Tienes razón. Lo siento. Me guardaré los insultos para el final.

Él frunció el ceño.

—Empiezo a pensar que podría tener un problema de prioridades.

—¿En qué sentido?

—Todo lo que hago tiene como objetivo acercarme un paso más a la siguiente meta. Priorizo el éxito por encima de todo. Pero ¿y si me estoy perdiendo algo tremendamente importante? Valerie dijo que si hubiera dedicado diez minutos a jugar con sus hijas, no habría cogido el coche. Laura no habría estado en la carretera si hubiera dormido hasta tarde, como quería Miller, pero decidió aprovechar para hacer un entrenamiento extra. Yo habría tomado la misma decisión. Ejecutar, tachar, pasar a lo siguiente.

—No me extraña que te estés rayando.

Él me miró con desconfianza.

—¿No es ahora cuando me echas en cara que tus decisiones son muchísimo mejores?

—¿Las mías? —Solté una carcajada—. Gage, si soy un auténtico desastre.

—Prefiero considerarte la personificación del caos.

—En serio. Ayer me pasó una cosa y hoy me han pasado unas cuantas más y ahora estoy emocionada, pero a la vez triste, enfadada y asustada.

—Esos son muchos sentimientos sobre esa cosa tan misteriosa que te ha pasado. ¿No me lo vas a contar?

—Es que... todavía no sé cómo hablar de ello de forma inteligente.

—Solo es una conversación, Zo, no una ponencia. Y ni se te ocurra intentar escaquearte, porque yo acabo de abrirte mi corazón. Así que ahora estás legalmente obligada a contármelo.

—Sé perfectamente que la ley no funciona así.

—Yo soy el abogado. Tendrás que fiarte de mí.

—Me he enterado de algo muy fuerte. Y no sé qué hacer al respecto; me estoy volviendo loca —reconocí.

Él se quedó allí sentado, esperando y observándome.

Al ver que no decía nada más, extendió la mano y, por un instante, pensé que iba a estrecharme entre sus brazos y besarme apasionadamente. Pero se limitó a tocar el colgante con forma de bola de discoteca que llevaba colgado del cuello.

Respiré hondo y dejé que las palabras salieran como el aire de un globo desinflándose.

—Vale. Ayer fui a incordiar a Opal con lo de escribir un libro y ella terminó gritándome y diciéndome que yo era neurodivergente. Lo cual no debería haberme sorprendido. Me lo soltó de una manera un poco brusca para haber sido psicoterapeuta, aunque supongo que ahora que está jubilada ya no tiene por qué guardar las formas. Pero a la vez también me dio, no sé… Cierta esperanza. Porque si existe una razón por la que me cuesta tanto ser normal, a lo mejor puedo hacer algo al respecto y solucionar algunos de los problemas más graves. Y después de haberme pasado toda la noche comiéndome la cabeza y haber tenido hoy una sesión de emergencia con un terapeuta que no es Opal, me da que eso podría explicar muchas de las cosas que me cuesta tanto hacer. Aunque, por otra parte, ya he fracasado tantas veces que no quiero hacerme ilusiones.

Cogí el caldero de vino y me obligué a darle un sorbo para callarme de una vez.

—¿TDAH? —dijo Gage, echándose a adivinar.

Casi me caigo del taburete.

—¿Cómo lo sabes?

—A Harry se lo diagnosticaron en secundaria. Toda la familia hizo un curso intensivo para ayudar con la adaptación.

—Nota al margen: me encanta tu familia. Nota principal: ni siquiera sabía que los adultos podían tenerlo. Pensaba que era algo que solo se les diagnosticaba a los niños que no podían estarse quietos.

Gage me dio unos golpecitos en la mano.

—Lo siento, cielo. La disfunción ejecutiva no funciona así.

—Eso me ha dicho hoy el amigo psiquiatra de Opal, que por

cierto ha sido mucho más majo que ella. —Le di unas palmaditas al bolso—. Tengo aquí una lista de libros, el informe psiquiátrico y una nueva receta. Y estoy muerta de miedo.

—¿Por qué? —me preguntó Gage. Al ver que no le respondía de inmediato, me giró para ponerme mirando hacia él, me colocó las rodillas entre sus piernas y apoyó las manos en mis muslos.

Aquel contacto me resultó de lo más agradable.

—¿Y si la terapia, los recursos y los medicamentos no funcionan? ¿Y si todo sigue igual de mal? ¿Y si simplemente soy… defectuosa? —pregunté.

—Solo hay una forma de averiguarlo. Haciendo lo que te dicen.

Puse los ojos en blanco.

—Uf. Ya, pero tengo derecho a unas cuantas horas de pánico existencial, ¿no?

Gage miró el reloj.

—Te doy hasta mañana a las ocho de la mañana.

Le dediqué una sonrisa trémula y luego aparté la mirada.

—¿Y si en realidad no soy tonta ni vaga?

Él me apretó las piernas con las manos.

—Nunca has sido ninguna de las dos cosas. Habla con Harry. Es experto en el tema.

Me mordí el labio.

—A lo mejor lo hago. —O a lo mejor al día siguiente me despertaba, nada había cambiado y seguía siendo el mismo desastre de siempre.

—Oye, Zoey, se trata de algo difícil de digerir. A cualquiera en tu situación le explotaría la cabeza. Y seguro que esto sale en todo ese material de lectura que tienes, pero una de las cosas que recuerdo es que Harry lo pasó fatal por la vergüenza que sentía. Veía cómo sus amigos aprendían cosas en el colegio y avanzaban, mientras él se quedaba cada vez más atrás. Podrían haberle puesto simplemente la etiqueta de «niño con problemas», algo que lo habría perseguido durante mucho tiempo, si mi hermana y su marido no hubieran sido tan proactivos. Pero tú no tuviste eso. No tuviste un diagnóstico precoz, lo que significa que tienes unas cuantas décadas más de mierda que desentrañar. Pero todo va a salir bien. Mejor que bien.

La vergüenza. Aquello me sonaba mucho.

—Gracias, Gage. Tengo que irme.

—Si casi no has tocado el jarrón de vino —señaló él.

Bajé la mirada hacia la copa y sentí otro pequeño alivio. En realidad, no era el alcohol lo que necesitaba, sino la tregua que le daba a mi cerebro.

—Ya no me apetece. —Iba a apartar el taburete para salir corriendo, pero Gage me retuvo con sus manos cálidas y fuertes, sujetándome por las piernas.

—No te marches.

—Es que…

—Mira, Zoey. No sé qué me pasa contigo, pero me siento mejor cuando estás cerca. Estoy todo el rato mirando la puerta a ver si apareces. Me siento a tu lado siempre que puedo.

Me vibraban todas las células del cuerpo. Aunque no sabía si era de emoción o de miedo.

—¿Qué quieres decir, Gage?

—Nada que vaya a cambiar las cosas. No encajamos. No tendría sentido que estuviéramos juntos. Queremos cosas distintas. Pero puede que esta noche queramos lo mismo.

Me humedecí los labios.

—¿Qué quieres tú esta noche?

—Quiero olvidar. Solo por esta noche. Quiero desconectar y sentirme bien durante unas horas. Sin planes, sin expectativas.

—A mí tampoco me importaría olvidarme de todo un rato —admití. Luego miré su copa—. ¿Cuánto has bebido exactamente? Porque, por muy tentador que sea, no me gustaría aprovecharme de un Gage borracho y autodestructivo.

Él levantó el vaso.

—He tomado exactamente media copa de bourbon.

Me iba a arrepentir, no había tenido nada tan claro en toda mi vida. Pero me moría por hacerlo.

—Me vale. Dato curioso: ¿sabías que la impulsividad es un rasgo característico del TDAH?

—¿Ya has cenado? —me preguntó él.

—Qué pregunta tan rara para los preliminares.

—Tengo vino y pizza congelada en casa.

—También tienes animales de granja.

—Están fuera y Nana se queda a dormir en casa de mis padres.

—Esto es un error. Ambos lo sabemos —dije, intentando autoconvencerme. Pero necesitaba estar cerca de alguien. De él. Necesitaba sentir las manos de Gage sobre mi cuerpo. Necesitaba apoyar la cabeza en su hombro. Necesitaba que me hiciera sentir bien, aunque solo fuera por un rato.

—Un error monumental —replicó él, antes de alejar las manos de mis piernas y apartarse.

Quería retenerlo, pero se levantó y sacó la cartera.

Dejó unos billetes encima de la barra.

—¿Vienes?

Levanté la vista y vi que me estaba mirando.

—¿Estás seguro?

—Sí. Zoey Moody, ¿quieres venir a mi casa y dejar que te acaricie hasta que nos olvidemos de todo lo demás?

Me quedé sin habla. De repente había olvidado todas las palabras. Tenía la mandíbula en algún punto situado entre la cintura y las rodillas. Logré asentir con la cabeza, mientras me bajaba del taburete.

Gage me puso una mano en la espalda para guiarme hacia el exterior del bar.

Ni siquiera eché de menos la música atronadora de dentro, porque mi corazón se estaba marcando un solo de batería impresionante en mi pecho.

—¿Seguro que...?

Ese último intento desesperado de ser una persona decente y altruista, que no estaba más salida que el pico de una plancha ni quería aprovecharse del estado mental de Gage, se vio interrumpido abruptamente cuando él me hizo bajarme de la acera para arrastrarme hacia el lateral del edificio. Me pegó a la pared y se acercó a mí.

Todas las zonas erógenas desatendidas de mi cuerpo gritaron de placer, encantadas.

Gage se apoderó de mi cuerpo con una confianza natural, poniéndome una mano en la cadera mientras que con la otra me acariciaba el vello de la nuca.

Incliné la cabeza hacia atrás para mirarlo.

—Yo lo tengo claro. Pero ahora mismo me preocupas más tú. ¿Estás segura?

Asentí con tal vehemencia que estuve a punto de darle con la frente en la barbilla.

—Sí —susurré—. Segurísima. Es que… no me lo esperaba.

—¿Qué tal si empezamos despacio y vemos cómo va la cosa? —propuso Gage.

Al menos eso fue lo que me pareció oír. No lo tenía muy claro, porque me zumbaban los oídos. Asentí de nuevo, esa vez con más cuidado.

—Guay.

¿«Guay»? Pero ¿qué era? ¿Una adolescente de los años noventa que hacía de extra en la serie *Es mi vida*?

Una sonrisa se dibujó en sus labios. Unos labios que estaban peligrosamente cerca de mi cara.

—Llevaba toda la noche mirando hacia la puerta, esperándote —dijo.

Me temblaban las rodillas. Entré en pánico y me aferré a su jersey con las dos manos.

—Mierda. —No podía permitirme perder más sexypuntos. Acababa de decidir pasar a la acción y besarlo con pasión para que, con suerte, se olvidara de lo tremendamente poco sensual que era, cuando él dio el primer paso.

Gage Bishop no besaba como un caballero.

No usaba la lengua como un buen chico.

Y no había nada de respetuoso en la forma en la que me recorría el cuerpo con las manos.

Los pensamientos rebotaban como bolas de pinball en mi cerebro, perdiéndose en aquellas sensaciones físicas tan intensas. Notaba su cuerpo caliente y duro sobre el mío, inmovilizándome contra el frío ladrillo. Su boca se apoderó de la mía con un beso tan agresivo que me hizo reconsiderar la necesidad del oxígeno para sobrevivir.

La hebilla de su cinturón y otro artilugio igual de sólido se me clavaron en la tripa. Me entregué por completo a aquel beso, disfrutando de los sabores y aromas de Gage. Un gemido se abrió paso por mi garganta y él lo engulló con un gruñido. Me apretó un pecho con la mano, haciendo que mi entrepierna ardiera de deseo.

—Joder —murmuró pegado a mi boca, antes de levantarme y ponerme las piernas alrededor de su cintura.

Su erección, digna de una novela romántica, se clavó en mi entrepierna.

—No puedo creer que pensara que serías educado en la cama —le susurré, mientras recorría con los dientes la delicada piel de mi cuello.

—Ya sabes lo que dicen de que no hay que confundir el culo con las témporas —replicó él, antes de morder la curva expuesta de mi pecho.

—Hablando de culos, me encantaría ver el tuyo.

Gage se alejó un poco y me acarició el carnoso labio inferior con el pulgar.

—¿Sigues estando segura?

—Tampoco hace falta que te pongas tan chulito.

—Vámonos de aquí. Llevo yo el coche —dijo Gage.


—No puedo creer que me hagas ir en el asiento de atrás —me quejé, cinco minutos más tarde.

Su mirada se cruzó con la mía en el espejo retrovisor.

—Es por tu propia seguridad, cariño. No me veo capaz de manejar maquinaria pesada contigo sentada a mi lado mirándome de esa forma, como si quisieras que volviera a besarte.

Fruncí los labios.

—Quiero mucho más que tu boca.

—Podrás explicármelo con todo lujo de detalle cuando lleguemos a casa sanos y salvos. —Si se hubiera tratado de cualquier otro, me habría quitado las bragas y se las habría lanzado al asiento delantero. Pero Gage era una persona responsable y eso era algo que quería respetar. Además, no llevaba ropa interior—. ¿Qué estás pensando? —me preguntó—. ¿Tienes dudas?

—Estaba pensando que no llevo ropa interior.

Él pisó el acelerador con tal fuerza que me entró la risa mientas salía propulsada hacia el respaldo del asiento.

# 21

## *Joder, pedazo polla*

### Gage

Llegamos a mi casa en un tiempo récord. Dejé el todoterreno en la entrada, porque no me apetecía entretenerme metiéndolo en el garaje. Y parecía que Zoey pensaba lo mismo que yo, porque aún no me había detenido por completo y ya estaba abriendo la puerta.

—Hazel se va a morir de risa cuando le cuente que me has hecho ir en el asiento de atrás. ¡Ah! Hablando de Hazel, ¿crees que Cam te partirá la cara cuando se entere de esto? Porque Hazel no va a ser capaz de estarse calladita —dijo Zoey, casi sin aliento, mientras la agarraba de la mano y la arrastraba por el porche hacia la puerta del vestíbulo.

—¿Qué tal si evitamos hablar de mi hermano cuando estoy a cinco segundos de quitarte la ropa? —le sugerí, mientras la invitaba a entrar.

—Vale. Genial. Mejor nos centramos en la desnudez inminente —replicó ella.

Apenas había dado dos pasos, cuando se giró y se abalanzó sobre mí. La atrapé en pleno salto y la besé antes incluso de haber conseguido cerrar la puerta de una patada.

La senté en la encimera del lavadero y ahogué su grito con mi boca. Sabía como un puñetero postre. Y yo estaba muerto de hambre.

—¿Seguro que lo tienes claro? —le pregunté, mientras la ayudaba a quitarse la camiseta. Joder, solo Zoey Moody podía llevar un sujetador rosa fucsia con relleno digno de un espectáculo de burlesque debajo de una puta sudadera. Se me hizo la boca agua mientras se lo desabrochaba.

—Dime que no eres uno de esos tíos que necesitan consentimiento verbal para cada cosa que hacen. Y si lo eres, miénteme, porque quiero un polvo rápido y salvaje, no tierno y aburrido —refunfuñó, quitándose el sujetador con una urgencia que le agradecí.

Hundí los dientes en su hombro.

—¡Ay! Vale. Un mordisco. Me gusta, es divertido e inesperado. Sí, te doy mi consentimiento verbal para que me proporciones un orgasmo alucinante. ¡Venga, ya estás tardando!

—¿Solo uno? —le pregunté, acariciando con la boca la curva de uno de sus pechos perfectos.

—Por el bien de mi vagina, espero que no se te vaya toda la fuerza por la boca —jadeó Zoey, arañándome el pecho a través de la camiseta.

Palpé sus tetas grandes y cálidas, arrepintiéndome de no haber encendido la luz al entrar.

—Esto va a acabar fatal —auguré, entre besos lujuriosos.

—Ya, pero piensa en lo bien que nos lo vamos a pasar mientras tanto.

Si aquello era lo que me había estado perdiendo por ceñirme al plan, por perseguir siempre un objetivo, a partir de entonces la diversión iba a ser mi lema.

—No sé qué me pasa contigo, Zoey, pero no dejo de pensar en ti —le confesé, mientras empezaba a bajarle las mallas por los muslos.

—¿Por qué no me habré puesto unos pantalones que resulte más sexy quitar? —se quejó, lanzando las zapatillas cada una hacia un lado. Una de ellas aterrizó con un golpe sobre el cuenco de la comida de Nana.

—No sé si sobreviviría a unos pantalones más sexis —dije, tras conseguir liberar por fin uno de sus pies.

Zoey estaba desnuda en la penumbra, salvo por las mallas que llevaba colgadas de un tobillo y la cadena con la bola de discoteca. Sabía que no iba a ser capaz de llegar al dormitorio sin haberla saboreado al menos. Metí las manos bajo su culo respingón y tiré de ella hacia el borde de la encimera. Zoey suspiró, con un destello de satisfacción en la mirada.

—¿Sexo oral en el lavadero, Bishop? Estoy impresionada.

—Guárdate los aplausos para el final —le recomendé, antes de meter la cabeza entre sus muslos abiertos y, por fin, acariciar su entrepierna con la punta de la lengua.

—Joder —gemimos al unísono.

Su sabor era como un puñetero afrodisiaco. Mi polla pasó de estar dura a ponerse como una piedra mientras la paladeaba una y otra vez. Zoey enredó los dedos en mi pelo y tiró de él con fuerza.

Me moría por acariciar y lamer cada centímetro de su cuerpo. Todo lo demás desapareció, lo único que quedaba era el deseo de follar.

—Oye, ¿no te parece curioso que siempre acabe desnudándome en tu cuarto de la colada? —me preguntó Zoey, jadeando.

—Curiosísimo —murmuré sobre su clítoris, mientras hundía dos dedos en su interior húmedo y cálido.

Pero el gemido ahogado que emitió se parecía más a un grito que a una risa. Quería oírlo una y otra vez, decidí mientras metía y sacaba los dedos de su coño palpitante.

—Vale, esto se te da mucho mejor de lo que pensaba.

—¿Siempre hablas tanto durante el sexo oral?

—No lo sé. No me acuerdo. A lo mejor deberías probar cinco o seis veces más, por el bien de la ciencia.

Decidí silenciarla al estilo tradicional y empecé a lamerle el clítoris con movimientos circulares y rítmicos.

Sus paredes resbaladizas se estremecieron alrededor de mis dedos mientras la penetraba con ellos y Zoey me tiró del pelo con más fuerza. Podía sentir cómo empezaba a acercarse al orgasmo, cómo todo su cuerpo temblaba con el ansia de correrse.

—¡Gage!

El grito retumbó en mis oídos mientras sentía cómo los músculos de Zoey se contraían al alcanzar el potente clímax. No solo sentí su culminación, sino que la saboreé. Mi polla reaccionó como si estuviera dentro de ella, rezumando líquido preseminal. Nunca había deseado nada tanto en la vida como deseé estar dentro de Zoey Moody mientras se corría. Tuve que hacer acopio de todo mi autocontrol para no metérsela allí mismo.

—Vale. No ha estado nada mal —jadeó Zoey.

—¿Nada mal? —Le mordí el interior del muslo y luego se lo acaricié con la lengua.

Ella se incorporó sobre los codos.

—Perdona. Me fallan las neuronas. Ha sido la leche. Como un movimiento de placas tectónicas. Te doy cinco estrellas.

—Bueno, eso está mejor.

Zoey se incorporó del todo y respiró hondo.

—Me gustaría fingir que no soy una avariciosa, pero como esto no va a llegar a ningún lado y no tengo que preocuparme por causar una buena primera impresión sexual, voy a ser sincera.

—Adelante.

Me agarró la cara con una mano y me la estrujó.

—Quiero otro de estos, pero con tu polla dentro.

De puta madre.

—Creo que podemos llegar a un acuerdo —dije en voz alta.

Bajó la mano hacia mi bragueta y el simple roce de sus nudillos sobre mi erección estuvo a punto de acabar conmigo.

—A la habitación —dije, antes de levantarla de la encimera y ponerle las piernas alrededor de mi cintura.

—¿Por qué tú no estás en pelotas? —murmuró ella sobre mi boca.

—Porque tu desnudez me ha distraído.

—Pues espabila —me exigió.

—En la habitación —le prometí.

—Joder, qué bueno estás —me dijo Zoey entre beso y beso, agarrándome por la pechera de la chaqueta.

—Yo estaba pensando lo mismo.

—Qué narcisista.

Le pellizqué el culo.

—Sobre ti, Desastre. Eres impresionante.

—Retiro lo del narcisismo. Tu dormitorio queda muy lejos. ¿Por qué no ponemos a prueba la resistencia de la mesa del comedor? —Zoey deslizó la boca por mi mandíbula hasta llegar al cuello y las pequeñas caricias ardientes de su lengua me llevaron al límite de la cordura.

—No quiero cargarme la mesa follándote.

Zoey me sonrió y tuve la sensación de que todo se volvía más liviano y luminoso.

—Práctico y seguro de sí mismo —comentó.

—Más que una cuestión de confianza es que me he imaginado haciéndote todo tipo de cosas y para las mejores hace falta un colchón.

—Has estado muy ocupado desde que te obligué a tocarme las tetas.

La cosa había empezado bastante antes, pero en aquel momento no me sentía obligado a cumplir con el pacto de la bola de discoteca. Abrí la puerta de la habitación de una patada, fui hacia la cama y me dejé caer en ella con Zoey. Soltó una risita mientras yo me quitaba el jersey y la camiseta.

La risa se convirtió en un gemido cuando me tumbé sobre su cuerpo y comencé a acariciárselo. Sus rizos de color cobrizo estaban extendidos como un halo ardiente. Tenía los labios hinchados y las mejillas sonrosadas. Era la viva imagen del pecado carnal.

—Dos cositas rápidas —dijo, poniéndome una mano en el pecho.

—Soy todo oídos. —Y deseo acuciante.

—Llevo un implante anticonceptivo y... mierda. Se me ha olvidado la segunda. Me distraes mucho cuando estás sin camiseta.

—Dice la que tiene las tetas más perfectas que he visto jamás.

—Estoy disfrutando mucho cometiendo este gran error contigo —murmuró ella.

—Yo también.

—Genial. Vamos a librarnos de esos putos pantalones —dijo, volviendo a bajar la mano hacia la bragueta.

—No te ofendas, pero te he visto intentando quitarte un sujetador deportivo. Ya me encargo yo de la cremallera.

—Tienes razón. —Zoey se recostó sobre las almohadas y metió las manos debajo de la cabeza, como una diosa de la tentación de piel cremosa salpicada de pecas, con unas curvas hipnóticas y unos ojos que brillaban con un fuego esmeralda. Era la perfección personificada—. Hala, entretenme un poco con tu polla. Y no, no me avergüenza haber dicho eso, porque nada de esto es real.

—Ya me avergüenzo yo por ti —bromeé.

Ella me dio en la cara con una almohada, lo que me hizo soltar una risita de dolor. Nunca en mi vida me habían arreado con una almohada durante el sexo. Aquella era otra de las novedades que me había traído Zoey.

—¿Vamos a pelearnos o vamos a follar? —le pregunté.

Ella dio unas palmadas autoritarias.

—¡Fuera pantalones! ¡Venga!

Obedecí y me quité los zapatos, los vaqueros y la ropa interior. Me arrodillé desnudo al borde de la cama y abrí los brazos, con la polla balanceándose.

—¿Bien?

—Joder, pedazo polla —susurró ella—. Es… increíble. Alucinante. —Parecía incapaz de dejar de mirarlo. El miembro se estiró con avidez hacia ella, disfrutando de su atención.

Zoey intentó agarrarlo, pero yo fui más rápido. Llevaba tanto tiempo deseando aquello, deseándola a ella, que no quería arriesgarme. La agarré por las muñecas y se las sujeté por encima de la cabeza, antes de cubrir su cuerpo con el mío.

El gemido que se me escapó cuando mi piel rozó la suya fue sobrenatural.

—Pelo en pecho, abdominales, culazo y una erección digna del dios griego del libertinaje. Gage Bishop, eres una caja de sorpresas —dijo ella, arqueándose debajo de mí.

Ya había aguantado demasiado sin ponerle la boca encima. Fui bajando por su cuello con los dientes y la lengua, crucé la clavícula y llegué hasta el pecho. Cuando posé los labios sobre uno de sus pezones erectos, Zoey curvó la espalda, despegándola de la cama, y empujó las caderas hacia mí con un jadeo.

Le lamí unas cuantas veces el pezón antes de sucumbir al deseo de ambos y succionarlo con fuerza. La reacción química fue instantánea. El pezón se endureció sobre mi lengua mientras yo lo chupaba cada vez con más fuerza e intensidad. Los gemidos de Zoey eran música para mis oídos.

Había tenido sueños, pesadillas y fantasías en los que hacía exactamente aquello. Pero la realidad era mejor que cualquier cosa que hubiera imaginado. Debajo de mí, Zoey separó los muslos y yo me acomodé entre ellos sin perder un instante. El calor húmedo de su dulce coño me abrasó el abdomen. Con un gemido, empecé a mover automáticamente las caderas, frotando mi polla hinchada contra el colchón.

—¡Dios, Gage!

Aquel grito de excitación me hizo enloquecer. Centré mi atención en el otro pecho mientras los dos nos retorcíamos, buscando desesperadamente la fricción.

Solté el pezón con un chasquido.

—Me vas a matar —auguró Zoey, con un gemido—. Muerte por orgasmo. Me convertiré en objeto de estudio. La ciencia me investigará.

—Cariño, esto solo acaba de empezar —le advertí.

—Te tomo la palabra —replicó ella, antes de engancharme con una pierna y ponerse encima de mí. Fue un giro bastante descontrolado y oí que algo se estrellaba contra el suelo. Dejé que Zoey dirigiera la maniobra y de repente me encontré tumbado de espaldas con ella a horcajadas sobre mí. Estaba más guapa que cualquier fantasía carnal que hubiera tenido en toda mi vida.

—Ahora me toca jugar a mí.

—Por mi parte no hay ningún problema —le aseguré.

Puede que me pareciera bien, pero desde luego no estaba preparado para aquello. Zoey comenzó a descender por mi cuerpo, dejando un rastro ardiente sobre mi pecho con las tetas y bajando por mis abdominales hasta llegar a los muslos.

—Despacio —murmuré.

Pero Zoey seguía sus propias reglas.

—No —susurró, antes de esbozar una sonrisa con aquella boquita impertinente. Acto seguido, la posó sobre la punta de mi polla y perdí el contacto con la realidad. Me provocó y me torturó lamiendo el capullo y el tronco del pene, mientras me acariciaba con una mano los testículos y con la otra me agarraba la base de la erección.

Con un brillo malicioso en sus ojos verdes, se la metió hasta el fondo de la garganta. No había nada de lento en el húmedo deslizamiento de su boca.

—¡Joder! —murmuré, aferrándome al edredón. Estaba convencido de que aquellos iban a ser mis últimos segundos de vida, pero no me arrepentía lo más mínimo.

Ella se inclinó sobre mí una y otra vez, añadiendo unas caricias largas y fuertes con la mano. Mis testículos se retorcían con la necesidad de expulsar su semilla. Era imposible que pudiera aguantar más.

Se habían acabado los jueguecitos. Me senté de golpe y la agarré por debajo de los brazos.

Ella soltó un pequeño gemido, que se interrumpió en cuanto la inmovilicé sobre el colchón. A ciegas, extendí la mano y abrí el cajón de la mesita de noche, que se cayó al suelo. Por suerte, no antes de que consiguiera coger la caja de condones.

—Ya lo arreglaré luego —dije, mientras rompía la caja con una mano.

¿Dónde coño estaba mi delicadeza? Estaba manejando una caja de condones con la misma torpeza que un oso con una cesta de pícnic. En cuanto miré a Zoey, que estaba desnuda debajo de mí, confirmé que era más animal que hombre.

Ella me quitó los condones, abrió el primero y tiró el resto por la cama como si fueran collares del Mardi Gras.

—Como sigamos con los preliminares, me voy a morir —declaró.

—Lo mismo digo. ¡Joder! —exclamé, mientras me agarraba la erección.

—Me di cuenta de que estabas bien dotado cuando la crisis del sujetador deportivo, pero no sabía que llegaras a este punto —comentó tranquilamente, mientras me ponía el condón—. Lo que quiero decir es que esperaba llevarme una sorpresa agradable con tu polla, pero al final hemos acabado con el típico cliché de «puede que sea demasiado grande para caber aquí». Pero si tú te animas, yo también.

—Eres la leche —susurré, mientras le levantaba las caderas y me alineaba con su entrepierna.

—Y tú no puedes estar más bueno.

Introduje la punta de mi pene en ella y Zoey acogió con avidez los primeros centímetros. Dejó caer la cabeza sobre la almohada.

—Espera, espera, espera. ¿Estás seguro?

Apoyé la frente en la suya.

—¿Me estás preguntando si estoy seguro?

—Eres tú el que tiene esa fantasía del matrimonio y los hijos. ¿Y si lo hacemos y te quedas tan pillado por mi portentoso chichi que decides tirar por la borda todos tus sueños?

—¿De verdad crees que, pase lo que pase, no me voy a pasar las próximas dos décadas pensando en lo que hemos hecho? ¿Es que unos centímetros más van a cambiar algo?

Ella se retorció pegada a mí.

—Joder, espero que sí.

—Ya sabes a qué me refiero. Follemos o no, a partir de ahora, cada vez que te vea, voy a recordar tu sabor en mi lengua al correrte.

—Vale. Bueno. Puedo superar haber destruido todos tus sueños para el futuro. Fóllame de una vez —dijo Zoey, clavándome los talones en el culo.

Sin más preámbulos, me introduje en su estrecho y húmedo calor.

—Madre mía. Menudo error. Es un error descomunal —dijo ella, contoneándose debajo de mí.

Apreté los dientes con fuerza, mientras recurría a todos los trucos de mi repertorio para no correrme allí mismo.

—Necesito que te relajes —le dije entre dientes. Tenía la frente perlada de sudor por el esfuerzo que estaba haciendo para no salir de su interior y volver a hundirme en su cuerpo resbaladizo y tenso.

—¿Que me relaje? —preguntó Zoey, con voz aguda.

—Aún no estoy del todo dentro.

—Eso no es algo que un hombre diga durante el sexo en la vida real. Es más de sexo de novela romántica.

—Ya, bueno, pues vete acostumbrando. Lo digo literalmente, Zoey. Acostúmbrate a mi polla para que pueda meterte el resto.

Ella se estremeció alrededor de mi miembro.

—Eso de que te guste decir cochinadas ha sido una grata sorpresa.

—A la mierda —gruñí, saliendo de su interior casi por completo.

—¡Oye! No vale rendirse… —Aquella provocación se quedó en el aire cuando volví a penetrarla y me quedé en su interior hasta que su cuerpo me aceptó por completo—. ¡Ay! —gimió ella—. Eso está bien. Muy bien.

No es que estuviera bien. Es que era el puto paraíso. Era la rehostia.

Zoey me arañó los hombros con las uñas mientras meneaba las

caderas contra mí y comencé a penetrarla con movimientos rítmicos. Mi mente se quedó en blanco, todos los pensamientos lógicos abandonaron mi cabeza, dejando solo las sensaciones y el deseo. Aquel era mi destino. Estaba destinado a darle placer. Y a obtener el mío con lo que ella me proporcionaba.

Aceleramos el ritmo, desplazándonos por el colchón con mis embestidas salvajes. Zoey extendió un brazo y me pareció oír vagamente un golpe, pero nada resultaba más importante que la necesidad de hacerla correrse de nuevo. De sentir su maravilloso coño estrechándose alrededor de mi polla. De vaciarme dentro de ella.

Mi erección palpitaba y tenía los huevos tan tensos que me dolían.

Cada respiración era una agonía, mientras perseguía aquel placer que ambos anhelábamos.

—¡Gage! —gritó ella.

—Zoey. —Su nombre sonó a juramento, a plegaria, a amenaza. De repente sus paredes se cerraron a mi alrededor, estrechándose todavía más, y su cuerpo se tensó bajo el mío—. ¡Zoey! —grité, cuando la primera ola de su orgasmo la barrió y me arrastró con ella. El flujo ardiente de mi liberación brotó de mí como si fuera fuego. Un fuego volcánico y violento. El clímax de Zoey alimentó el mío, volviéndome loco de placer. Aproveché las convulsiones de su cuerpo para acabar de verterme en su interior, antes de desplomarme sobre ella agotado, vacío y saciado.

Joder. Sabía que sería así. Desde el primer instante en que la vi, supe que nunca había estado con nadie como Zoey Moody.

Después de unos minutos, o puede que de toda una hora de euforia, unas palmadas rítmicas me devolvieron a la realidad.

—¿Me estás aplaudiendo? —le susurré al oído.

—Nos estoy aplaudiendo. Los dos hemos tenido una actuación estelar —dijo.

Seguía encima de ella y el cerebro me funcionaba lo justo como para preocuparme por no asfixiarla. Pero tenía la sensación de que, si me apartaba, Zoey saldría corriendo. Llevaba la palabra «fugitiva» escrita en la frente y no quería que se marchara. A regañadientes, rodé hacia un lado. Me sorprendió gratamente que no se levantara al instante de la cama que, según mis cálculos, debía de estar en un ángulo de unos cuarenta y cinco grados con respecto al cabecero.

—Agua —dijo con decisión. Su cabello era una maraña de rizos que caían en cascada sobre mi almohada y mi hombro. Quería que su pelo se quedara allí. Quería que ella se quedara allí.

Aparté la vista de su cabello.

—¿Qué? —Me costaba centrarme en algo que no fuera lo que acababa de pasar entre nosotros. No sabía cómo actuar con naturalidad, cómo fingir que aquello no me había cambiado por completo.

—Agua —repitió ella, incorporándose—. Y algo para picar.

—¿Te vas a quedar?

—¿Lo ves? Ese es el tipo de pregunta que podría traerte problemas con tu futura esposa. Pero yo solo he venido por la polla y los aperitivos.

—Y a sembrar el caos —señalé.

Toda mi ropa estaba tirada por el suelo. A un lado del colchón torcido, la mesita de noche parecía haber explotado y tanto el cajón como su contenido estaban esparcidos por la moqueta. Al otro lado, una lámpara se había caído al suelo y se había desprendido de la pantalla. Y en la cama solo quedaba una almohada.

Disfruté bastante al quitársela a Zoey de debajo de la cabeza para ponerla bajo la mía.

—Como no voy a casarme contigo, puedes ir tú a buscar el picoteo.

Ella sonrió de oreja a oreja, encantada.

—Veo que le vas pillando el truco.

# 22

## *Una anaconda cachonda y lujuriosa*

### Zoey

Estaba calentita. Supercómoda. Agotada. Flácida como un espagueti. Pero como un espagueti feliz y saciado.

Empecé a recuperar la conciencia poco a poco. Sábanas recién lavadas. Almohadas suaves. Dios, mi cama era increíble. ¿Por qué me molestaba en salir de ella?

Hundí más la nariz en la almohada cálida y suave que tenía bajo la cara. Solo que aquello no parecía una almohada. Era algo más duro y casi caliente.

Abrí un ojo y apenas me dio tiempo a taparme la boca con la mano para ahogar el chillido. No estaba recostada sobre una almohada. Estaba recostada sobre un Gage Bishop desnudo. Los deliciosos y orgásmicos recuerdos de la noche anterior se apoderaron de mí. El sexo había sido espectacular. Así que, obviamente, había un problema. Uno gigantesco.

Me había quedado dormida. Y ni siquiera lo había hecho en mi zona del colchón. No, no, no. Mi puñetero cuerpo desnudo estaba enredado en el de Gage como una especie de anaconda cachonda y lujuriosa. Yo no era de las que se quedaban a dormir. No era de las que se acurrucaban con nadie. Me divertía y luego me iba a mi casa, con mi cepillo de dientes, mi cama y mi rutina de diez pasos de cuidado facial.

Pero no... Una noche loca de orgasmos múltiples y ya estaba rompiendo las reglas a tontas y a locas. Lo cual me hizo darme cuenta de lo desquiciada que estaba, porque nunca en mi vida había utilizado la expresión «a tontas y a locas». La culpa era de Gage y de su «varita» mágica.

Sin quitar ojo al atractivo rostro del susodicho, que seguía dormido, intenté salir de debajo de su brazo.

Un rollo casual de una noche no implicaba dormir abrazaditos. No sabía qué extraño hechizo monógamo me había lanzado aquel tío, pero no pensaba permitir que me tuviera allí encerrada hasta que se hartara de mí. Por muy bueno que fuera en la cama.

Conteniendo la respiración, logré girarme hacia el lado opuesto y me fui deslizando poco a poco por el colchón. Seguí alejándome hasta que toqué el suelo con el culo, a los pies de la cama. Gage murmuró algo en sueños y yo me escondí debajo del edredón durante unos segundos para asegurarme de que no se había despertado. Asomé la cabeza por encima del colchón como una marmota para evaluar la situación.

La cara de felicidad de Gage se transformó en un ceño fruncido al darse cuenta de mi ausencia. Lo cual me habría parecido entrañable de haber tenido algún otro tipo de interés en él, más allá de en lo que su polla podía ofrecerme. Pero yo era Zoey Moody, una chica rebelde, juerguista y divertida. No tenía madera de señora Bishop. Si algo había quedado claro la noche anterior era que aquel hombre era una agradable y evidente amenaza para mis prioridades.

El señor Toma Cuatro Orgasmos murmuró algo y rodó hacia el lado en el que yo estaba. Mordiéndome el labio, cogí mi almohada y la pegué con cuidado a él. El señuelo de la almohada me proporcionaría el tiempo suficiente para escabullirme de la casa... y... mierda. No tenía allí el coche. Lo había dejado en el Fish Hook.

Joder. Iba a tener que llamar a Hazel desde la entrada. Me lo recordaría el resto de mi vida, pero mejor eso que tener una conversación poscoital incómoda con Gage cuando se despertara.

Uf. Era demasiado temprano y tenía el cerebro demasiado espeso para una crisis. Mejor seguir mi instinto y largarme. Además, ya que estaba despierta, podría aprovechar el resto de la mañana para hacer algo productivo y crear una lista de la próxima tanda de prendas para vender por internet.

Me arrastré por el suelo como un soldado, recogiendo mi ropa.

Encontré el sujetador y las mallas que había rescatado del lavadero la noche anterior cuando había ido a buscar algo para picar, pero la sudadera seguía desaparecida en combate. Me acerqué sigilosamente a la cómoda y vi otra lata llena de monedas de diez centavos encima.

A ese chico le gustaba mucho tener cambio.

Abrí discretamente un cajón al azar y cogí la sudadera con capucha de Gage del Campeonato de Bingo Definitivo. Olía a gloria bendita masculina. Ya que me había puesto a husmear en sus cajones y nunca había dicho que fuera buena persona, rebusqué con sigilo en el siguiente hasta dar con la camiseta que me había prestado después del baño de barro. Era suave, no tenía ninguna etiqueta que picara y, francamente, merecía llevarme un par de recuerdos tras los servicios prestados la noche anterior.

Me arrastré boca abajo por el suelo hasta el baño y cerré la puerta con cuidado, antes de ponerme en pie. La luz del amanecer se filtraba a través de las persianas. Mi reflejo me llamó la atención y me pasé la mano por el pelo, que estaba totalmente enmarañado. Sabía que tenía un coletero en algún lado, pero no me daba tiempo a buscarlo. Había que irse de allí ya.

Yo tenía un talento extraordinario para el sexo. Era cuando salíamos de la cama cuando los hombres caían en la cuenta de que daba demasiado trabajo. Había pasado por suficientes desengaños amorosos como para saber que la clave era dejarlos orgásmicamente deslumbrados y con ganas de más.

El mero hecho de pensar en verme obligada a tener la incómoda conversación de «¿quieres desayunar?» con Gage me ponía al borde de la hiperventilación.

Habíamos compartido una noche loca y con eso bastaba. Ya me había quitado la espinita. Había matado el gusanillo. Había descubierto los atributos masculinos que se escondían detrás de la chaqueta de lana. Y había sido genial.

Pero todas las cosas geniales tenían un final. Normalmente, uno desagradable y complicado, y no estaba dispuesta a quedarme para verlo. Además, en el fondo, muy en el fondo, me daba pavor —en plan «¿qué es ese ruido que viene del sótano?»— que pudiera bastarme una sonrisa somnolienta de aquel hombre para volver a meterme de cabeza en la cama con él.

Dios, no podía creer que me hubiera dejado engañar por su apariencia de buena gente. Puede que Gage Bishop pareciera el típico «buen tío con el corazón de oro», pero follaba como el malo de la película.

Mi entrepierna le dedicó el equivalente genital a una ovación y palpitó espontáneamente al recordarlo.

Necesitaba proteger mi cordura, poner un poco de distancia física entre los dos y pasar el resto del día reviviendo los momentos estelares de la noche anterior desde la seguridad de mi propia casa.

Una vez elaborado el plan, me puse las mallas, la camiseta gigante y la sudadera con capucha, y volví de puntillas al dormitorio. Admiré una última vez a mi donante de orgasmos personal antes de salir por la puerta. No me atreví a respirar hasta llegar a la cocina. Me entretuve el tiempo justo para robarle una botella de agua de la nevera, antes de ir a buscar los zapatos y el bolso al cuarto de la colada.

Puse cara de circunstancias al sacar el móvil y ver que solo me quedaba un cinco por cierto de batería. ¿Por qué no llevaría encima una batería externa, o un cargador, como una adulta de verdad? Ah, claro. Seguramente fuera por el TDAH. Vaya.

Esperaba que ese cinco por ciento me bastara para llamar a Hazel, porque ni de coña pensaba pegarme una caminata por la granja para pedirles a los padres de Gage que me llevaran.

Salí al porche lateral por la puerta del vestíbulo y me estaba poniendo los zapatos en el escalón superior cuando un rebuzno ensordecedor me dio un susto de muerte y estuvo a punto de matarme de un infarto.

—¡Hiiiiaaaaa!

Aquel ruido inesperado se cargó mi frágil relación con la gravedad y caí rodando por los tres escalones al asfalto.

Una pata peluda y una pezuña de aspecto extraño aparecieron ante mí casi al mismo tiempo que mi cerebro registraba un dolor intenso en la muñeca derecha. Una nariz de burro se me clavó en el hombro.

—¡Hiiiiaaaaa!

—¡Joder, Pepe! —le grité al miniburro, sujetándome la muñeca dolorida contra el pecho.

De repente, a las patas de burro que estaba viendo se les sumaron otras extremidades. Unas patas peludas de color cobrizo hicieron acto de presencia y, en una fracción de segundo, un perro me estaba comiendo la cara a besos.

—¡Nana! Para... —Mi protesta se vio interrumpida por un agresivo beso con lengua canino.

—¡Dios! —No fui yo la que gritó, ni tampoco el burro, ni el perro. No. Fue la madre del hombre con el que me había pasado casi toda la noche follando. Pep Bishop me estaba observando, mientras el sol salía por detrás de su cabeza—. ¿Qué tenemos aquí?

—Solo intentaba... —El dolor y la vergüenza me batieron los sesos como si fueran unos huevos revueltos—. ¿No irme sin avisar de la casa de tu hijo después de haberme acostado con él?

—Dios mío. ¿Cómo se te ocurre, Zoey? ¿Te has hecho daño?

—Mierda —gemí mientras cerraba los ojos para intentar no ver a Gage, que solo llevaba puestos unos calzoncillos de color rojo chillón, saltando del porche y aterrizando a mi lado... y al lado de su madre.

—¿Puedes moverte? —me preguntó, agarrándome suavemente por los hombros.

El burro debía de estar preocupado por lo mismo, porque me dio un empujón en el pecho con el hocico. Nana se unió a él y empezó a olisquearme como una loca.

—Creo que se ha hecho daño en la muñeca —dijo Pep, mientras se peleaba con el burro y el perro para intentar que retrocedieran un poco—. Solo venía a dejar a Nana. Pepe se ha soltado y nos ha seguido. Y ha asustado a tu... invitada.

—Tu madre sabe que nos hemos acostado —anuncié—. Y me duele muchísimo la muñeca. Ese puñetero burro me ha dado un susto de muerte cuando intentaba irme sin avisar.

Sentía un dolor torrencial —era consciente de que aquella expresión no existía, pero sonaba muy dramática—, aunque no el suficiente como para pasar por alto la leve sonrisa de Gage.

—¿Me quieres decir por qué ibas a escaparte? —preguntó.

—¡Por favor, Gage! Que está tu M-A-D-R-E delante —murmuré, mientras me ayudaba a sentarme.

—Cielo, sé deletrear. ¿También te has dado en la cabeza? —dijo Pep.

—Creo que no. Pero que sepas que solo ha sido sexo. Te prometo que no estoy intentando convertirme en tu futura nuera.

—Muy bien, querida —dijo Pep, dándome unas palmaditas en el brazo sano—. Gage, ¿por qué no vas a ponerte unos pantalones y llevas a tu compañera sexual al doctor Ace para que le hagan una radiografía?

—No me hace falta ninguna radiografía. Seguro que solo está... temporalmente dormida. —Intenté levantar la muñeca para demostrar que funcionaba, pero solo conseguí gritar cuando el dolor se extendió por todo el brazo.

—Vas a ir a ver a Ace —insistió Gage. Me levantó y me sentó con cuidado en el último escalón. Luego se arrodilló delante de mí y me ató los cordones de los zapatos, algo de lo que yo había pasado olímpicamente durante mi desafortunada huida por culpa de las prisas—. No te muevas —me ordenó, subió corriendo los escalones que había detrás de mí y entró en la casa.

Pepe se acercó repiqueteando con los cascos y me dio otro empujoncito con su enorme morro.

—Creo que le gustas —comentó la madre de Gage antes de su nuevo intento de apartar al condenado burro.

Negué con la cabeza.

—Qué va. Es que ayer por la noche los dos estábamos un poco agobiados y nos pareció divertido echar un polvo.

—Me refería al burro —replicó ella.

—Ah, vale. Una preguntita rápida: ¿es posible morirse de vergüenza?

—¿Quieres que te responda como la madre de tres niños que decidieron organizar un concurso de pedos antes del concierto del coro de la escuela de primaria de su hermana, justo delante del micrófono que había en el escenario? Por desgracia, no.

—Está bien saberlo. Ay. —Inspiré bruscamente entre dientes cuando una nueva oleada de dolor me recorrió el brazo.

Pepe soltó un rebuzno ensordecedor y pateó el asfalto.

—Está preocupado por ti —dijo Pep—. Sigo hablando del burro. Pero seguro que mi hijo también.

—No tenía intención de quedarme a dormir. Y cuando me desperté, cómo no, me comporté de la forma más irresponsable posible. Entré en pánico.

—Gage siempre nos deja en evidencia comportándose del modo más responsable posible. Me alegra ver que por una vez ha decidido divertirse —replicó Pep.

La puerta se abrió detrás de mí y Gage, completamente vestido y con pinta de estar lo bastante enfadado como para cometer un asesinato, bajó los escalones del porche pisando fuerte. Se echó mi bolso al hombro con cara de pocos amigos y me tendió la mano.

Me planteé rechazarla, teniendo en cuenta lo que había sucedido cuando le había permitido ponerme las manos encima. Y la boca. Y la polla. Pero luego pensé en lo infantil que estaba siendo. Vale, habíamos echado un polvo. Un polvo increíble, maravilloso, alucinante y agotador. ¿Y qué, si me había quedado dormida y había llenado de babas su musculoso pecho? Aquello no significaba nada. Por el amor de Dios, podía tocarle la mano sin presentarme candidata a otra ruptura devastadora, ¿no?

—¿Quieres que te lleve hasta el coche? —me preguntó, al ver que no me movía.

Acepté su mano e ignoré deliberadamente la descarga eléctrica que me recorrió los pezones mientras me ayudaba a levantarme.

—Voy a ponerle el desayuno a Nana antes de volver a llevarme a ese burro rebelde a casa —dijo Pep—. Ya me contarás qué te dice el doctor Ace, Zoey.

Asentí con la cabeza.

—Gracias, mamá —dijo Gage—. Toma, mete ahí el brazo. —Había convertido una corbata en un cabestrillo y lo usó para inmovilizarme la muñeca contra el pecho.

Recorrimos en silencio el camino hasta el pueblo, salvo por una breve llamada de Gage para despertar al médico, que todavía estaba durmiendo. El sol matutino aún seguía bajo en el cielo, disputándose la supremacía con las nubes. Al menos, al ser tan temprano, no tendría que preocuparme porque todo el pueblo presenciara el vergonzoso paseo hasta la clínica con mi malhumorado rollo de una noche. La consulta se hallaba en un edificio pequeño y cuidado de Lake Drive, fastidiosamente cerca del apartamento al que había intentado escaparme. Gage se detuvo al lado de la acera.

—¿No hay aparcamiento en la parte de atrás? —le pregunté,

echando un vistazo a la calle por si había por allí algún bocazas aficionado a los cotilleos.

Gage se giró en el asiento para mirarme.

—Zoey, empiezas a hacerme pensar que te arrepientes de lo de anoche.

—Definitivamente, no me arrepiento de lo del sexo —le aseguré.

—Entonces ¿a qué coño ha venido ese numerito frustrado a lo Houdini?

—Se supone que no se habla tanto después de un rollo de una noche.

—A lo mejor es que te has estado enrollando con capullos —replicó él.

El doctor Ace, vestido con pantalones de pijama, abrió la puerta principal y nos saludó con la mano, ahorrándome una respuesta.

—No hace falta que entres —le dije del tirón a Gage mientras este abría la puerta del conductor.

—Deja de comportarte como una cría —me soltó, bajándose del coche.

Para colmo de males, el cinturón de seguridad se me enganchó en el cabestrillo improvisado y tuvo que ayudarme a desenredarme. Con un largo suspiro de resignación, me depositó sobre la acera y yo hui hacia la consulta como una rata en la noche de recogida de la basura.

—Siento mucho molestarlo, doctor Ace. Seguramente no sea nada —dije. El médico llevaba unos pantalones de pijama a cuadros, una sudadera de Howard y unas pantuflas de ante.

—Ha bajado rodando unos cuantos escalones y ha aterrizado sobre el asfalto. Es probable que tenga un esguince o una fractura —le explicó Gage.

—No es nada —insistí, antes de pegar un grito que no contribuyó en absoluto a la causa cuando el doctor Ace me palpó la muñeca con los dedos fríos.

—Pues desde luego suena como si fuera algo —dijo—. Ven, vamos a echarle un vistazo.

—No puedo creer que me haya roto la muñeca —farfullé, mientras salíamos de la clínica.

—Y yo no puedo creer que te hayas roto la muñeca intentando huir después de haberte acostado conmigo —replicó de inmediato Gage, con la piruleta que había birlado en la recepción del doctor Ace en la boca.

Exhalé entre dientes.

—Dicho así, suena patético.

—Es lo que pretendía —declaró, echándome un brazo por encima del hombro—. Si esa férula no te va bien, mis padres tienen un montón en casa. De pequeños, entre mis hermanos y yo conseguimos fracturarnos o torcernos al menos una vez todas las partes del cuerpo.

—¿Todas las partes del cuerpo? ¿En serio? ¿La polla también?

Gage suspiró.

—No, Zoey, nunca me he torcido la polla.

—Perdona. Intento no caer en el bucle de la autocompasión. ¿Qué voy a hacer ahora? Necesito la mano para hacer cosas. —Le puse la férula gigante delante de las narices.

—¡Escóndete detrás del arbusto!

—¿Qué? —Estaba segura de que lo había entendido mal.

Pero Gage me metió de un empujón detrás del gran arbusto que había delante de la puerta principal del doctor Ace.

—¿Qué estás...?

Pero ya no me estaba mirando a mí.

—Buenos días, señora Patsy.

Me asomé entre el follaje y vi a una señora en chándal, con la parte de arriba y la de abajo a juego, y el pelo blanco recogido en un impresionante moño alto cardado. Se bajó las enormes gafas de sol envolventes por la nariz y se quedó mirando a Gage.

—Qué temprano has salido hoy —comentó la mujer, observándolo con los ojos entornados.

—Ya sabe lo que dicen de los madrugadores, señora Patsy. ¿Va a hacer ejercicio al lago? —le preguntó Gage. Ella levantó unas pesas para las muñecas de color rosa chillón.

—¡Ya me conoces!

Negué con la cabeza entre los arbustos. Cómo no, el tío sabía lo que hacía cada uno de los vecinos del pueblo los domingos por la mañana.

—Bueno, diviértete haciendo lo que sea que te traes entre manos —dijo la señora Patsy con sarcasmo.

—Lo haré. Que tenga un buen día —contestó Gage, diciéndole adiós con la mano.

Esperé hasta que la señora Patsy desapareció.

—¿Puedo salir ya de los arbustos?

Me ayudó a reaparecer de entre la vegetación.

—Lo siento. Es la persona más cotilla de los tres condados. Por suerte, también es la más cegata. Si te hubiera visto, a estas horas ya estarían hablando de nosotros.

—Me has metido en un matorral.

—Para proteger tu reputación.

Resoplé mientras me sacudía las hojas y las ramitas.

—¿La mía o la tuya?

Gage me abrió la puerta del todoterreno con una sonrisa cautivadora.

—¿Acaso importa?

Suspiré mientras me sentaba en el asiento.

—La verdad es que no.

Él se puso al volante.

—Tengo hambre. Vamos a desayunar.

—No sé a qué tipo de rollos de una noche estás acostumbrado, pero no se suele salir a desayunar a la mañana siguiente —señalé.

—Yo diría que llevar a tu ligue al médico tampoco forma parte de la mayoría de los rollos de una noche. Pero como es mi primera vez, puedes explicarme las reglas mientras desayunamos.

Genial. Le había quitado la virginidad de los rollos de una noche a Gage. Definitivamente, íbamos a tener un problema.

—Yo no quiero desayunar —repliqué, haciendo un pucherito. Quería irme a mi casa, meterme en la cama y hacer un listado de todas las formas en las que la había cagado la noche anterior… y por la mañana.

—Pues mala suerte, cariño. Porque conduzco yo y no me vendrían mal un litro de café y un plato de beicon.

—Bueno, lo del beicon no parece tan mala idea —admití.

—Pues hablaremos mientras comemos unas lonchas —dijo él, encantado.

—No tenemos nada de qué hablar —repliqué, poniéndome a la defensiva.

En lugar de contestarme, Gage subió el volumen del animado tema de música country que estaba sonando por la radio y salió del pueblo.

Cuando unos veinte minutos más tarde se detuvo en el aparcamiento de una especie de bar de carretera de los años cincuenta, yo ya estaba muerta de hambre.

En cuanto él se bajó del todoterreno, me puse a buscar en el bolso con la mano buena un coletero y el brillo de labios. Bajé el parasol y me miré en el espejo.

Fruncí el ceño. Pues sí. Tenía toda la pinta de haberme pasado la noche entera follando como una loca, antes de despertarme por la mañana, caerme y partirme un puñetero hueso. Mis rizos estaban enredados y hechos un desastre. Tenía la raya del lápiz de ojos de la noche anterior emborronada alrededor de la línea de las pestañas. Y, si la vista no me engañaba, aquello que estaba viendo entre el cuello y el hombro era un chupetón.

Eso sí que era tener clase.

La puerta del copiloto se abrió.

—Ya casi estoy —dije, pintándome apresuradamente los labios con el brillo.

—Tómate tu tiempo. Yo te espero aquí, consumiéndome, después de que anoche me hicieras quemar todas mis calorías.

—No puedo entrar ahí con estos pelos de acabar de echar un polvo —dije, señalando mi indómita cabellera.

Sin mediar palabra, Gage me pasó una gorra de la constructora Bishop Brothers.

Me gustaría poder enfadarme por su capacidad para predecir y satisfacer mis necesidades, pero aquello era algo que sin duda me había beneficiado muchísimo la noche anterior. Me la calé en la cabeza, deseando haber tenido más tiempo para arreglarme.

—¿Necesitas un rato más o ya estás lista? —me preguntó Gage, leyéndome la mente.

—¿Cómo sabes…? ¿Por qué crees que necesito más tiempo?

—Por lo que hablamos anoche. Ya sabes, antes de desnudarnos y empezar a intercambiar orgasmos.

—Ah, eso. —Olvidar que me habían diagnosticado TDAH seguramente era un signo típico de TDAH.

—Bingo —dijo Gage, tirándome de la visera de la gorra—. Las personas con TDAH pueden tener dificultades con ciertas transiciones, como salir del coche.

—Ya lo sabía —mentí.

—Vamos. Me muero de hambre. —Me agarró de la mano buena y lo seguí al restaurante como un cachorrito hambriento.

Al menos el tío bueno que se había tirado horas haciéndome gritar su nombre había tenido la decencia de esperar a que llegara la comida antes de tenderme una emboscada y darme «la charla».

—Esta mañana has intentado huir de mí —me dijo tranquilamente, mientras yo me metía en la boca el primer bocado de gofre.

—Mmm.

—¿Hice algo que te llevara a sentir la necesidad de escapar como una rehén recién liberada?

—Claro que no —repliqué, poniendo mala cara ante aquella idea—. Fuiste todo un caballero incluso cuando no lo estabas siendo.

Gage cortó metódicamente un pedacito perfecto de su tortilla rellena de verduras.

—Vale. Ahora que ha quedado claro, ¿de qué coño vas, Zoey? ¿Prefieres tirarte por las escaleras que acostarte conmigo?

—No lo hice a propósito.

—Te has roto un hueso intentando huir de mí.

—No te pongas tan dramático —protesté, echándome medio litro de sirope en los gofres que me quedaban.

—Discoteca —dijo él.

—Venga ya.

—O lo admites o te digo yo lo que creo que ha pasado —me advirtió.

—Esto promete. Adelante. —Cogí una loncha de beicon crujiente y me preparé para decirle lo increíblemente idiota que era.

—Creo que al despertarte te sentiste vulnerable y te asustaste. De modo que lo primero que se te ocurrió fue salir corriendo.

—El beicon se me atascó en la garganta, así que lo bajé bebiendo un trago de café con un gesto que esperaba que transmitiera indiferencia—. Dime que estoy equivocado —me pidió.

—Estás equivocado —repliqué con voz aguda y sin demasiada convicción. Él mordió con suficiencia la puñetera tostada integral. Puse los ojos en blanco—. Bueno, vale. Nunca me quedo a dormir con nadie. Jamás. Es demasiado…

—¿Íntimo? —preguntó Gage, echándose a adivinar.

—Iba a decir incómodo, pero vale.

—¿Nunca has dormido con un hombre?

—Desde que mi novio de la universidad me arrancó el corazón del pecho mientras seguía latiendo y lo pisoteó, no. Él fue el primero y el último.

—Zoey, no pretendo hacerte daño. Anoche me lo pasé muy bien. Tengo claro que no buscas nada serio. Y no me importa que vuelvas a utilizarme para follar cuando decidas que estás preparada para hacerlo, si es que lo haces.

—En primer lugar, que sepas que estoy preparadísima para utilizarte para follar —le aseguré.

—Ya, me quedó clarísimo esta mañana, cuando te estabas retorciendo de dolor delante de mi casa.

—¡Fue culpa del condenado burro! —Gage me dedicó una de aquellas sonrisitas cautivadoras y divertidas que hacían que me entraran ganas de partirle la cara. Bajé la vista hacia el plato, intentando dar con la forma de cortar el montón de gofres en trozos del tamaño de un bocado con una sola mano—. ¿Y tú no decías que el sexo sin compromiso te parecía algo terrible?

Gage me quitó el plato y los cubiertos.

—No, Zoey. No me ha parecido terrible tener sexo sin compromiso contigo. Como demuestra el hecho de que no he sido yo el que se ha despertado histérico —señaló, mientras me cortaba el desayuno en trozos del tamaño de un bocado.

—Me desperté desorientada. Tengo derecho a permitirme un momento de pánico.

Gage me devolvió el plato.

—Si fuera menos caballeroso y me preocupara más tener la razón que ser amable, diría que parece que estás empezando a sentir algo por mí y que por eso te entró miedo.

Le lancé un sobrecito de edulcorante con la mano buena.

—Ya te gustaría. Yo soy la reina del sexo sin compromiso. Tengo alergia a los sentimientos —le aseguré con altivez.

—Bueno, pues como uno de tus leales súbditos, gracias por iniciarme en los placeres del sexo casual. Era justo lo que necesitaba ayer por la noche. Tú eras justo lo que necesitaba.

Lo señalé con el tenedor.

—Eso no suena muy casual.

—Hacía mucho tiempo que no me sentía tan relajado. Y no me importaría seguir sintiéndome así una temporadita más. Si tú estás dispuesta.

—¿Me estás proponiendo un contrato de «alquiler con derecho a roce»? —bromeé.

—Al abogado que hay en mí no le gusta nada cómo suena eso. Te estoy proponiendo que sigamos desestresándonos mutuamente sin ataduras ni ningún tipo de expectativas.

Hice todo lo posible por masticar mientras le transmitía mi recelo con la mirada.

—¿Y cómo sé que no te has enamorado de mí entre el tercer y el cuarto orgasmo, y que esto no es una artimaña para tenerme para ti solito?

—Supongo que tendrás que fiarte de mí.

—En serio, Gage —le dije, apuntándole con el tenedor—. Esta nueva actitud de «solo quiero divertirme» que has adoptado no es sostenible. Y menos para alguien que organiza los calcetines por colores y estampados.

No iba a salir bien parado. Las personas serias que se aventuraban a probar ese tipo de diversión esporádica siempre salían escaldadas.

—¿Cuándo has visto mi cajón de los calcetines?

—Eso es lo de menos.

—A ver, no estoy diciendo que el Gage divertido haya venido para quedarse. Pero, ahora mismo, es lo que necesito. No quiero presionarte para que hagas algo con lo que no te sientas bien, así que piénsatelo y me lo dices.

Me comí otro bocado de gofre mientras me planteaba si, de algún modo, el sexo habría dado lugar a un enredo al estilo de *Un viernes de locos*, en el que ahora yo era la responsable y Gage el liante impulsivo.

*Hazel*
Te pasas por aquí antes de la entrevista
virtual para decirme si voy bien vestida
de cintura para arriba?

Claro
Y luego desayunamos juntas...
tengo novedades

*Hazel*
Qué tipo de novedades?
Cuéntamelas ya!

Mejor en persona
Hay material audiovisual

# 23

## *Los vampiros peleones*

### Zoey

Miré con ojos legañosos el frasco de pastillas que tenía sobre la mesilla, mientras la alarma del despertador sonaba estridente al otro lado de la habitación. El primer manuscrito de Opal estaba a mi lado, en la cama.

Lunes. El inicio de la semana. Un nuevo comienzo. A pesar de la puñetera muñeca rota y de haberme pasado toda la noche teniendo sueños eróticos con cierto abogado/contratista cuyo nombre no quería mencionar, pensaba tener un día productivo haciendo cosas de mujer adulta.

Me senté e hice una mueca de dolor al apoyar demasiado peso sobre la mano lesionada.

—Vamos allá —dije en voz alta, hablando conmigo misma.

Abrí el frasco y me tomé una pastilla con un trago de agua. Me planteé volver a acostarme y dormir treinta minutitos más, pero qué narices, aquel era el primer día del resto de mi vida. Salí de la cama y apagué la alarma mientras me preguntaba cómo comenzaría la jornada una persona productiva. Probablemente haciendo ejercicio. Pero entonces tendría que ducharme y era día de lavarme el pelo, así que se me iría media mañana. La maldición del pelo rizado. Era muy bonito, pero requería muchísimo mantenimiento. Debería haberme levantado más temprano si quería empezar esa nueva fase con el pelo limpio.

—Genial. El primer día del resto de mi vida y ya voy con retraso —murmuré a la vez que caminaba desnuda hacia la cómoda, arrastrando los pies.

Una hora más tarde, ya me había duchado y me estaba maquillando mientras esperaba a que el activador de rizos me hiciera efecto en el pelo. Y, de momento, solo había pensado seis o siete veces en Gage.

Revisé la agenda del día mientras acababa de aplicarme la segunda capa de rímel, algo nada fácil de hacer con la mano no dominante, que era la que no tenía rota. Por la mañana iba a asistir a una entrevista muy importante que tenía Hazel para una revista online. Luego tenía que llamar a un editor de adquisiciones para hablarle de Opal. Después había programado una reunión con algunas de las mentes más jóvenes y talentosas de Story Lake para saber si estarían abiertas a un poco de explotación infantil. ¡Ah! Podía hacer la colada en casa de Hazel por la mañana, tenerla lista antes de la entrevista y recogerla por la noche, así a lo mejor le sacaba una cena gratis. Tenía que acordarme de llevarle los paquetes que había recogido en su apartado postal. Los había dejado en la mesita del despacho, junto con el seguro del coche...

Me llevé la mano buena a la frente.

—¿Qué me está pasando? ¿Por qué recuerdo las cosas? —le pregunté a mi reflejo. Parpadeé al darme cuenta—. No jodas. ¿Está funcionando?


Entré en casa de Hazel con una cesta de ropa sucia y abrumada por las emociones. El vestíbulo era un lugar acogedor, con una mesa en la que había un jarrón con flores del jardín delantero y el recorte de periódico enmarcado sobre los hermanos Bishop que la había llevado a Story Lake. En la pared de su despacho estaba la servilleta en la que ella y Cam habían firmado su contrato de sexo sin compromiso, también enmarcada.

Flechazo vino corriendo hacia mí por el pasillo, con su madre humana pisándole los talones.

—¡Qué pronto llegas! Y estás... llorando. —La sonrisa de Hazel se transformó de inmediato en preocupación.

—¿Así es como se siente una persona normal? —le pregunté. Ella me quitó la cesta de la ropa sucia.

—No sé si soy la persona adecuada para responder a eso. ¿Qué es «así» y qué es «normal»?

—He empezado a medicarme y creo que me he vuelto normal —me lamenté.

—Voy a necesitar más contexto. ¿Te apetece un poco de avena?

Asentí y sorbí por la nariz con patetismo.

—¿Con trocitos de chocolate?

—Pues claro. Vamos, bicho raro con rizos. ¿Te has duchado? Te huele genial el pelo. ¿Qué coño te ha pasado en el brazo?

Levanté la férula para que pudiera verla bien.

—Opal me ha diagnosticado un problema cerebral. Me he acostado con Gage. Me he roto la muñeca por culpa de un burro. Y ahora soy normal.

—Si hablé contigo el sábado por la mañana. ¿Cuándo te ha pasado todo eso?

—Este fin de semana ha sido como toda una vida.

—¿Unas mimosas entonces? —sugirió Hazel, yendo hacia la cocina.

—No sé ni por dónde empezar —reconoció diez minutos después, cuando acabé de contarle de carrerilla todo lo que me había pasado el fin de semana. La cocina de Hazel era un buen sitio para tener una crisis, con sus elegantes armarios azul marino y sus amplias encimeras. Estábamos sentadas a la mesa en el rincón del desayuno y el sol primaveral entraba a raudales por las ventanas—. Mentira, obviamente quiero empezar por lo del sexo con Gage. Pero creo que eso es por la escritora de novela romántica que llevo dentro. Así que comencemos por cómo has conseguido ponerte el rímel con la muñeca rota.

—Sujetando el aplicador con fuerza y parpadeando muy rápido.

Hazel asintió con la cabeza.

—Muy inteligente. ¿Cómo te sientes?

—Dolorida. Feliz. Esperanzada. Confundida. Triste. Sexualmente satisfecha.

—Uno de mis numerosos hermanastros tenía TDAH. La verdad es que encaja —comentó Hazel, enganchando los pies en los barrotes de la silla.

—Sí, tiene sentido. Y creo que la razón por la que estoy triste es porque, de haberlo sabido, las cosas podrían haber ido mucho mejor desde hace mucho más tiempo.

—Eso es terrible, Zoey. Lo siento mucho —dijo Hazel.

Rebañé torpemente los restos de avena del cuenco con la mano izquierda. Hazel se acabó la mimosa. Yo había decidido conformarme con las gachas, dado que solo hacía unas horas que mi nueva vida acababa de empezar. Además, no quería desafiar la enorme advertencia amarilla sobre el alcohol que figuraba en el frasco de las pastillas, ya el primer día.

—Hablando de Gage —continuó, poniendo las manos en las mejillas y batiendo las pestañas.

—No estábamos hablando de él —señalé.

—Pero ahora sí —replicó Hazel, rápidamente.

—Por desgracia, vamos a tener que dejar esa parte de la conversación para más tarde, porque tienes una entrevista —le advertí, antes de levantar el teléfono para que viera la hora.

—¡Mierda! ¡Pero si aún no te he interrogado sobre los momentos más picantes! ¿Cómo fue? ¿Dónde ocurrió? ¿Cuántos orgasmos hubo? ¿Qué tipo de portentosas maniobras sexuales que los lectores adorarían puso en práctica?

—Fue algo puntual y prometo ponerte al día más tarde. Pero antes debes hablarles a los lectores de *Thrive* de tu maravilloso libro, que seguro que será un superventas —le dije, haciéndola levantarse de la silla.

—Pero no quiero hablar con gente real. Quiero estar con los personajes ficticios que tengo en la cabeza.

—Pues mala suerte. —La arrastré hasta su despacho, una habitación soleada en el lateral de la casa presidida por unas estanterías espectaculares. Tumbado sobre el escritorio estaba DeWalt, un gato enorme, regordete y naranja. Le acaricié las orejas y él me correspondió con su indiferencia—. Nada de maullar delante de la cámara, amiguito —le advertí antes de girarme hacia el perro—. Y a ti, Flechazo, como se te ocurra ladrarles a las ardillas de fuera, te vas a vivir con Bertha a la casa de los mapaches.

—Bueno, ha sido un placer —dijo entusiasmada la editora una hora más tarde, cuando Hazel acabó de deslumbrarla con la historia de su final feliz en la vida real—. Dale las gracias a tu agente por la copia anticipada, porque me ha encantado, igual que a todos los que la han leído.

Me levanté de un salto del sillón, fuera de cámara, y me puse a bailar delante del escritorio de Hazel.

—Muchas gracias, Shiloh —dijo ella, ignorando las payasadas que yo estaba haciendo para celebrarlo—. He puesto buena parte de mi alma y de mi corazón en esa novela.

—El equipo de entretenimiento femenino lleva mucho tiempo pensando en organizar un viaje y tu libro nos ha servido de inspiración para hacerlo realidad. ¡Hemos decidido ir a Story Lake!

Hazel mantuvo el nivel de entusiasmo dentro de los límites profesionales y Flechazo me miró con recelo mientras yo realizaba una serie de movimientos de cadera tremendamente vulgares y cómicos.

—Eso es estupendo. Prepararé una cena para todos en casa —contestó.

Dejé de mover las caderas y fingí que me cortaba el cuello. Hazel era muy buena en muchas cosas —extraordinaria, incluso—, pero cocinar no era ni por asomo una de ellas.

—Me ha dicho un pajarito de pelo rizado que vais a organizar un evento en el pueblo para los lectores con motivo de la presentación —continuó Shiloh—. Queríamos saber si te importaría que asistiéramos.

Levanté los pulgares con tal ímpetu que el dolor que me recorrió el brazo me hizo pensar que me había roto otro hueso. Me doblé por la mitad, abrazándome la muñeca lesionada contra el pecho y murmurando varias palabras malsonantes, mientras Hazel sonreía a la cámara.

—Creo que sería el momento ideal —contestó.

—¡Estupendo! Me pondré en contacto con Zoey para organizarlo —dijo Shiloh—. Estamos todas muy ilusionadas. No te voy a mentir, el hecho de que tú te hayas escapado a ese pequeño refugio tan peculiar y que hayas conseguido tu final feliz es muy esperanzador para las que seguimos solteras.

—Eso es precisamente lo que Story Lake me proporcionó: esperanza —dijo Hazel, terminando con la frase perfecta.

En cuanto puso fin a la llamada, Hazel se levantó de un salto.

Flechazo empezó a ladrar y a bailar a sus pies. DeWalt soltó uno de esos extraños y ruidosos bostezos felinos y reubicó su considerable masa corporal para aprovechar un rayito de sol.

—¡*Thrive*, la famosísima revista online, va a venir a tu evento para lectores! —exclamé.

—¡Cuéntame todos los detalles picantes sobre Gage! —me exigió Hazel.

—Madre mía, sí que eres insistente.

—Estoy atascada en el capítulo diez. Mis personajes están tardando tanto en liarse que me tienen aburrida.

—Uf. Vale. Pero no pienso contártelo absolutamente todo, porque sería demasiado raro. Por cierto, como se lo digas a Cam, te hago responsable de las veces que le pueda partir la cara a Gage.

—Ya cruzaré ese puente cuando llegue a él —dijo ella con confianza.

Suerte con lo de hoy

*Gage*
Gracias

Estás usando la vista preliminar
como excusa para mandarme
un mensaje y decirme que te gustaría
volver a verme desnudo?

Más quisieras
Ya ni me acuerdo de tu polla

*Gage*
Me estás pidiendo una fotopolla?

No
Pero si quieres enviarme una,
supongo que al menos tendría
que echarle un vistazo rápido

*Gage*
Qué tal la muñeca?

Sigue en su sitio
Y hoy todavía no me he roto
ningún otro hueso

*Gage*
Todo un éxito

El centro de enseñanza secundaria de Story Lake era un edificio antiguo de ladrillo que recordaba al típico instituto de las películas de los noventa, con una bandera ondeando en lo alto de un mástil a la entrada y un cartel que proclamaba que era el orgulloso hogar de los Vampiros Peleones.

—Esa sí que es una mascota curiosa —me dije a mí misma.

Me registré en recepción e intenté mantener a raya los traumáticos recuerdos de mi propia adolescencia mientras recorría los pasillos. Por aquel entonces, yo era una chica de pecho plano y con aparato en los dientes que no tenía secador de pelo con difusor. Pero había crecido y había acabado transformándome en una agente literaria casi respetable, con una buena delantera, los dientes rectos, un buen pelo y, al menos ese fin de semana, una vida sexual impresionante.

No es que estuviera volviendo a pensar en Gage, ni preguntándome cómo sería en el instituto. Qué va, ni muchísimo menos. Pero, si lo estuviera haciendo, me inclinaría por pensar que había sido míster popularidad.

Eran poco más de las dos de la tarde y llegaba con unos minutos de retraso. No por ninguna de las razones habituales, sino porque me había pasado por el hotel para hablar de la organización del Fin de Semana de los Lectores con Billie y Hana y me habían contagiado su entusiasmo. Las cosas empezaban a tomar forma poco a poco. Una forma vaga, difusa y mutante. Solo me faltaba encontrar la manera de conseguir que se involucraran más comercios del pueblo.

Si Hazel y yo lográbamos que aquella presentación fuera un

éxito con unos recursos tan limitados, quizá la victoria resultara aún más dulce.

Encontré la sala doscientos diez al final de un mural que se parecía sospechosamente a la escena de la batalla de la última película de *Crepúsculo* y asomé la cabeza por la puerta abierta. Era como si un aula de informática, con todo su equipamiento, hubiera tenido un escarceo con un estudio de arte. Había una docena de estudiantes repantingados en sus sillas, discutiendo sobre el logotipo de una marca de arena para gatos o algo así.

Darius se levantó rápidamente al verme.

—¡Atención! Ha llegado nuestra clienta. Zoey, este es el Club de Diseño Gráfico y Marketing de Story Lake. Chicos, esta es la publicista municipal, Zoey Moody —dijo, haciendo las presentaciones.

—Eh —dijo un chico con un gorro de lana que estaba prácticamente tumbado al lado de la ventana. Supuse que sería un saludo.

—¿Qué tal? —respondí.

—Hola, Zoey. —La hija de Laura, Isla, me saludó con la mano desde detrás de una pantalla de ordenador gigante. Era guapísima y, a juzgar por todos los chicos que tenía alrededor, yo no era la única que se había dado cuenta.

—¿Le traigo algo de beber, señorita Moody? ¿Café? ¿Agua? —me ofreció un chico de pelo rizado y bigotillo de adolescente.

—Llámame Zoey, por favor. Y un poco de agua me vendría genial.

Él suspiró aliviado.

—Menos mal, porque la semana pasada me pillaron entrando a escondidas en la sala de profesores para birlar un café y me dijeron que, como cometiera una infracción más, me iban a castigar.

—¿Por qué no nos sentamos en la mesa de conferencias? —sugirió Darius, señalando una esquina del aula en la que, en realidad, no había ninguna mesa.

El chirrido de las patas de las mesas y las sillas arañando el suelo resonó en la sala mientras los estudiantes empujaban los muebles para formar una mesa de conferencias larga y estrecha.

—Toma asiento. —Darius señaló con orgullo la cabecera de la

mesa, que en aquel momento estaba ocupada por una chica que parecía Avril Lavigne 2.0.

—Muévete, Kylie —le susurró Isla.

Kylie puso los ojos ahumados en blanco y, haciendo estallar el chicle en un gesto que solo pude interpretar como desdén, dejó libre la silla.

—Aquí tiene, señorita Moody. La he cogido en la fuente de agua en la que el equipo de lucha libre no apoya la boca.

—Ah, gracias —dije, mientras me sentaba y cogía el agua libre de luchadores.

—Antes de abordar las necesidades específicas de tu proyecto, hemos preparado una pequeña presentación para que puedas apreciar nuestro talento y algunos de nuestros trabajos anteriores —dijo Darius, señalando la pantalla desplegable situada en la parte delantera de la sala—. ¿Bodie?

El chico del gorro de lana apretó con dramatismo una tecla del ordenador portátil y la presentación comenzó.

—Aunque todavía no hemos llevado a cabo muchos proyectos profesionales —dijo Isla—, tenemos una amplia experiencia en cartelería, como puedes observar. Esos son los pósters que diseñamos para la jubilación del señor Rose, el año pasado.

—Era un profesor bastante capullo, así que no nos esforzamos mucho —intervino Kylie, jugueteando con el piercing de la nariz.

—Eso, no nos juzgues por esos diseños. Nos lo curramos lo justito. Ese tío nunca ponía sobresalientes porque un sobresaliente es la perfección y nadie es perfecto —dijo Bodie, con un resoplido.

—Cuánto me fastidia eso —dije, pensando en todas las reseñas de cuatro estrellas de Hazel que deberían haber sido de cinco.

Isla señaló la pantalla.

—Por el contrario, esos son los carteles de la Semana de Agradecimiento al Personal de la Limpieza.

—Adoramos al personal de la limpieza —comentó Darius.

—Se nota. Por el arco de globos —dije.

La presentación duró veinte largos minutos y llegó un punto en el que la capacidad de concentración de la que había disfrutado durante gran parte del día abandonó mi cuerpo como si me hubieran exorcizado.

Tenía unas ganas de bostezar increíbles y un letargo abrumador se apoderó de mí. Estaba acostumbrada al bajón de media tarde que afectaba a la gente de las oficinas que, como yo, tenía malos hábitos alimentarios y escasa o nula actividad física, pero aquello era como estar expuesto a una fuga de monóxido de carbono.

—¿Qué le parece? —me preguntó el chico del agua, ilusionado.

Mierda. Todos me miraban expectantes.

—Creo que habéis demostrado tener un amplio abanico de habilidades y técnicas de ejecución —dije.

—Ese era el objetivo —replicó Darius con entusiasmo—. Cuéntanos, ¿qué podemos hacer por ti?

Luché contra el cansancio.

—Quería saber si os interesaría diseñar algún material promocional sobre libros y animales de granja, pero antes debo haceros una pregunta: ¿a qué viene ese rollo de los vampiros? —Todos a una, los estudiantes se cubrieron con dramatismo la mitad inferior de la cara con unas supuestas capas invisibles y empezaron a gruñir—. De repente me estáis dando miedo —dije.

—Perdón. Los Vampiros Peleones son nuestra mascota —explicó Darius.

—¡Ánimo, Vampiros! —gritó Bodie.

—La saga *Crepúsculo* fue muy popular por aquí a mediados de la primera década de los 2000 —explicó Isla—. El primo segundo de Stephenie Meyer estudió aquí. El instituto lo sometió a votación.

—Cómo no —repliqué.

En Story Lake les encantaba someterlo todo a votación. Como las mascotas del instituto… o los nombres de las máquinas quitanieves. Por eso los residentes saludaban a Maite Jodas cuando pasaba los días de nevada.

—Antes éramos los Hierbajos Apestosos de Story Lake porque, a mediados de los setenta, en el lago había un problema con una plaga de malas hierbas que olían fatal —me explicó Darius.

—Mucho mejor los Vampiros Peleones —decidí.

# 24

## *Todo el mundo está cabreado*

## Gage

El tribunal del condado se encontraba en una esquina de Main Street, en el centro de Dominion. Por fuera era un imponente edificio clásico de ladrillo coronado por un campanario con celosías y una torre con un reloj. Había que pasar al lado de una gran escultura metálica de la balanza de la justicia para llegar a la puerta principal. Por dentro, sin embargo, era un laberinto de oficinas cochambrosas con los techos sucios por el humo de los cigarrillos, las baldosas descascarilladas y unos muebles chirriantes que llevaban allí más tiempo del que yo tenía de vida.

Ilustraba a la perfección el problema que tenían nuestros vecinos y enemigos. Dominion era deslumbrante por fuera y mísero por dentro.

Como de costumbre, Declan parecía imperturbable, pero no paraba de balancearse sobre las puntas de los pies mientras esperábamos al lado del ascensor, delante de la sala del tribunal.

—¿Nervioso? —le pregunté.

—Es la primera vez que estoy en un tribunal. ¿Desinfectan todo por las noches? —me preguntó, pegándose a la pared para dejar paso a dos guardias de seguridad que llevaban medio a rastras, medio en volandas, a un hombre esposado. El tipo estaba pálido como la cera.

—No se te ocurra volver a vomitar hasta que salgamos —le ordenó la agente con severidad.

—No pienso volver a beber Fireball nunca más —respondió él, con una arcada, mientras se perdían de vista.

—Venir al tribunal es toda una aventura —le dije a Declan, que se había girado hacia la pared y se estaba tapando la boca con una mano.

Genial. Era como descubrir que tu médico residente de cirugía se desmayaba a la primera de cambio.

Las puertas del ascensor se abrieron y Valerie salió con otras dos personas. Parecía nerviosa.

—No irás a vomitar, ¿no? —le preguntó Declan—. Cuando alguien vomita, vomito yo también.

—Intentaré no hacerlo. Estos son mis padres —dijo Valerie, presentándonos a la pareja de personas mayores que iban con ella.

Su padre, un hombre corpulento y barbudo que tenía cara de estar asfixiándose con la corbata o con algún tipo de emoción, me saludó moviendo ligeramente la cabeza.

—Muchas gracias por aceptar el caso de Valerie. No sabes cuánto significa para nuestra familia —dijo su madre, posando una mano sobre la manga de mi chaqueta. Era una mujer mayor y menuda, con unas gafas grandes rojas y un práctico corte de pelo a la altura de la barbilla. Ambos me miraban con recelo.

Eran como cualquier otra pareja de padres o abuelos. Y en ese momento dependían de mí, del hombre que había intentado que su hija cumpliera condena en la cárcel. Normal que estuvieran preocupados.

Yo tenía sentimientos encontrados con relación al caso, pero pensaba dejar todo aquello en la puerta de la sala del tribunal. Lo único que tenía que hacer en aquella situación era comportarme como el abogado de cualquier otro cliente. Había una estructura, un proceso, y mi intención era apoyarme en ellos para hallar un equilibrio entre mi crisis personal y mis responsabilidades profesionales. Si no moría en el intento.

—Haré todo lo que pueda por su hija —les prometí—. Declan, ¿por qué no acompañas a los padres de Valerie a la sala y les indicas dónde sentarse?

—Buscaré un sitio lejos del vómito —contestó él, antes de llevárselos.

—¿Del vómito? —preguntó la madre, nerviosa.

—¿Cómo estás? —le pregunté a Valerie, que se aferraba con fuerza a la correa del bolso.

—Bien. Estupendamente. —Asintió como uno de esos muñecos cabezones para el coche por un camino sin asfaltar—. Es mentira. No creo que pueda hacerlo, Gage. Creo que debería declararme culpable.

—A ver, ven aquí. —La conduje hasta un banco tapizado en vinilo de color verde guisante que había junto a la pared y me senté con ella—. Escúchame bien. Esto es un mero trámite. No vas a declararte culpable. Nadie va a declararte culpable, ni van a sacarte esposada delante de tus padres. El fiscal solo va a presentar las pruebas para respaldar el caso. Yo haré un contrainterrogatorio si creo que puede beneficiarnos, pero no estamos aquí para juzgar el caso. El proceso seguirá adelante. El juez determinará si la fiscalía tiene pruebas suficientes para proceder y, a continuación, se fijará la fecha del juicio. Eso es todo. Es lo único que va a pasar ahí dentro.

—Pero las pruebas... —susurró ella.

—¿Qué pasa con ellas?

—Sé que es egoísta, pero no creo que sea capaz de volver a pasar por eso. Las fotos, los testigos contándoles a todo el mundo lo que yo ya sé. Que maté a alguien. Que el marido de alguien, el padre de alguien, jamás volvió a casa por mi culpa.

Parecía tan joven, tan perdida. Si hubiera sido cualquier otra persona, le habría dicho las palabras adecuadas para que se sintiera lo suficientemente fuerte como para entrar allí. Pero una pequeña y desagradable parte de mí quería verla sufrir. Y eso me hizo sentir vergüenza.

Joder.

—Valerie, mírame. —Ella giró sus ojos llorosos hacia mí—. Tus sentimientos de culpa son lo de menos. Igual que mis sentimientos de... lo que sea. Suena duro, pero es la verdad. Lo único que importa hoy es lo que Laura quiere. Tú y yo estamos haciendo lo que ella quiere, y lo vamos a hacer lo mejor que podamos porque ella nos lo ha pedido. Así que vas a entrar ahí y vas a sobrevivir. Y yo voy a entrar ahí y voy a presentar la mejor puñetera defensa posible.

Valerie cerró los ojos e inhaló de forma entrecortada.

—Por Laura.

—Por Laura —repetí.

—Que empiece la puñetera función.

Levantamos la vista y vimos a Laura saliendo del ascensor y viniendo hacia nosotros.

—¿Qué coño haces aquí? —le pregunté.

—Laura… —Valerie parecía horrorizada.

—Demostraros mi apoyo, idiotas —contestó mi hermana—. No puedo creer que pensarais que iba a mantenerme al margen.

—No es una buena idea —repliqué.

—Tiene razón —coincidió Valerie.

Laura levantó una mano.

—¿En serio? ¿Creéis que el hecho de que la víctima se presente en apoyo del acusado en un juicio público es malo para vuestro caso? ¿Eres el abogado de Valerie o el memo de mi hermano sobreprotector?

—Ambas cosas. Salvo por lo de memo.

—Laura, van a revisar todos los detalles del informe del accidente. No está bien que tengas que pasar por eso —dijo Valerie, con voz aguda. Tenía los nudillos blancos de tanto apretar la correa del bolso.

Me di cuenta de que no solo temía quedar mal. Temía perder a Laura. A pesar de todas las cosas que ambas habían perdido aquel día, al final habían acabado encontrándose la una a la otra. Y un buen abogado le sacaría partido a eso. Solo esperaba que ese abogado pudiera ser yo.

Mi hermana extendió la mano y estrechó la suya.

—Estamos juntas en esto. Voy a entrar en esa sala con o sin vuestro permiso, así que ajo y agua. Os lo digo a los dos.

—¿Laura?

Otra voz familiar, preocupada y confusa, me heló las entrañas.

Joder.

Tanto Laura como yo nos quedamos paralizados por un instante, pero ella se recuperó más rápido.

—Mierda. Había olvidado lo que se sentía al meterse en algún lío con ellos. He tenido vía libre durante demasiado tiempo —dijo por lo bajo—. ¿Mamá? ¿Papá? ¿Qué estáis haciendo aquí?

—¿Gage? —dijo mi padre, como si no pudiera creer lo que estaba viendo.

Me puse en pie de un salto mientras la culpa me perforaba el fondo del estómago.

—¿Qué está pasando? —preguntó mi madre, mirándonos a Laura, a mí y a Valerie—. ¿Esta no es...?

—Valerie —dijo Laura, con una voz demasiado alegre y forzada.

Valerie tenía pinta de estar haciendo todo lo posible para que se la tragara el banco. Y no era de extrañar. Yo habría dado cualquier cosa por tener un seto en el que esconderme. Al parecer, el miedo atroz a decepcionar a los padres podía perseguir a los adultos hasta bien entrada la treintena.

—¿No se lo has contado? —le pregunté a Laura con disimulo.

—Iba a esperar hasta después de lo de hoy —murmuró ella.

—Estoy oyendo perfectamente todo lo que creéis que estáis susurrando, así que ya podéis ir poniéndonos al corriente —dijo mi madre con frialdad.

—Vale, pero no te enfades. Porque esto es lo que quiero hacer —le advirtió Laura.

Sabía que no era especialmente valiente por mi parte, pero fue un gran alivio para mí que ella tomara las riendas del asunto.

—Explícate —le exigió nuestro padre.

—¿De qué coño vas, Bishop? —Me giré y vi a la fiscal del distrito mirándome enfurecida, como si ella fuera un toro y yo un trapo rojo.

Valoré las opciones y llegué a la conclusión de que la fiscal enfadada era una apuesta más segura que mis padres cabreados.

—Voy un momento allí, a hablar con la abogada de la parte contraria. Que nadie cometa ningún delito —le dije a mi familia—. Valerie, vuelvo ahora para acompañarte.

—¡No creas que te vas a escaquear de hablar seriamente de esto! —me gritó mi madre.

Pensaba salir corriendo de la sala del tribunal y esconderme de mi madre durante una buena temporadita.

—¿Esa es tu madre? —me preguntó Tarini, la fiscal del condado más joven de todos. La conocía desde la facultad de Derecho, donde me daba mil vueltas en Derecho Constitucional. Llevaba el cabello largo y negro recogido en una pulcra coleta, y sus brazos totalmente tatuados quedaban ocultos bajo una elegante chaqueta de traje azul marino a medida, aunque los que tenía en los dedos seguían siendo visibles. Dura pero supercañera. Así era como casi todo el mundo la describía.

—Sí, y ahora mismo está bastante cabreada, así que mejor vamos allí —le dije, llevándola a un rincón.

—¿De qué coño vas? —me dijo, cruzándose de brazos, cuando dejé de sentir las miradas de desaprobación de mis padres.

—Ya sé lo que vas a decir —repliqué.

—Pues déjame decirlo. Fuiste tú el que presionó para que se presentaran cargos. Prácticamente hiciste las alegaciones por mí.

—Lo sé.

—¿Y ahora la representas? Repito: ¿de qué coño vas, Bishop?

—Laura me lo pidió.

—Y si Laura te pidiera que te tiraras desde lo alto del depósito de agua a una piscina de gelatina, ¿lo harías?

—Probablemente. Oye, Tarini, tú no sabes lo mal que lo ha pasado.

—Sí que lo sé. Gracias a tu avalancha de correos electrónicos y llamadas telefónicas. A tu presión constante sobre el equipo de investigación. Creo que tengo una idea bastante clara de lo mal que lo ha pasado Laura, porque tú me lo has contado.

—Bueno, vale. Pero la cuestión es la siguiente: Laura ha perdonado a Valerie. Y me ha pedido que la represente. Es lo único que me ha pedido desde que ocurrió todo.

—Pues haberle dicho que no, idiota de los cojones. ¿Cómo coño vas a defender a una mujer a la que has pasado casi dos años intentando que mi despacho acusara? Podría hacer que te retiraran del caso. Debería hacer que te retiraran del caso.

—Pienso proporcionar a mi clienta la mejor defensa posible, como si se tratara de cualquier otra.

—Pero ella no es cualquier otra clienta, Gage. Los dos lo sabemos de sobra. En un mundo ideal, podrías compartimentar y eso no afectaría a tu desempeño. Pero este no es un mundo perfecto y yo voy a estar al otro lado, esperando para aprovechar cada error que cometas, sea intencionado o no. Y ella es quien lo va a pagar.

Así que, si no vas a ser capaz de darle la defensa que se merece, debes renunciar voluntariamente ahora mismo.

—No vas a conseguir asustarme para que abandone el caso. Pienso hacer mi trabajo lo mejor que pueda. Laura la ha perdonado y eso es importante para mí. Y también debería serlo para ti. No está bien que otra familia pierda a otro progenitor.

Tarini se dobló por la cintura y respiró hondo, enfadada. Cuando se levantó, abrí la boca, pero ella me apuntó a la cara con una uña roja como la sangre.

—¿No fue precisamente eso lo que te dije cuando te presentaste en mi despacho el año pasado, exigiendo saber cuándo se presentarían los cargos?

—Me suena de algo. Tu indignación es legítima y das mucho miedo. Pero a veces… la gente cambia. Y aquí estamos.

—Pues sí, aquí estamos. Con ganas de pegarte una torta tan fuerte que tus hijos nazcan con la cabeza del revés. Pero, claro, no puedo hacerlo porque soy una adulta responsable que no se deja llevar por sus emociones. Así que ahora voy a tener que malgastar tiempo y energía en procesar a una mujer que cometió un puto error. Y tú vas a estar justo a mi lado, defendiendo a la mujer que, según tú, no merecía seguir con su vida después de haber destruido la de tu familia. Enhorabuena, Bishop. Acabas de jodernos la existencia a ambos. Quedas oficialmente excluido de la Noche de PowerPoint.

—Venga ya, Tarini. Solo lo dices porque el año pasado gané con la presentación de «¿Cómo pueden seguir vivos los pandas?».

Ella negó con la cabeza, claramente sin ganas de bromas.

—Lo digo porque hacía meses que no estaba tan cabreada, y eso que un tío acaba de tirarse toda mi acusación potando Fireball.

Le dediqué una sonrisa de lo más encantadora.

—Bueno, si retiraras los cargos, podríamos volver a ser amigos.

Me lanzó una mirada larga y gélida que habría hecho que mi madre se sintiera orgullosa.

—Eres gilipollas —declaró, antes de marcharse furiosa en dirección a la sala del tribunal.

—Qué bien ha ido —murmuré, pasándome una mano por el pelo. Decidí que sacar el móvil y escribirle a Zoey era un acto de supervivencia más que de cobardía, en vez de enfrentarme a mis padres.

Estaba a punto de entrar en la sala
del tribunal y ha aparecido Laura
Y después mis padres

*Zoey*
Tus padres sabían que ibas a representar
a Valerie?

No
Puede que me castiguen
O que me repudien

*Zoey*
En cuanto salga de la reunión con el Club de
Marketing de los VAMPIROS de Story Lake (en
serio, no entiendo nada) pensaré en la forma de
que tu hermana cargue con todas las culpas

Sabía que me gustabas por algo más
que por ese cuerpazo

*Zoey*
Por mi cuerpazo y mi perversidad

Es la combinación perfecta

*Zoey*
Hablando de perfección, deja de esconderte de
tus padres y ve a hacer cosas de abogados

Cenamos esta noche?

*Zoey*
No tengo claro si quieres volver a acostarte
conmigo o esconderte de tus padres

Acaso importa?

*Zoey*
No, siempre y cuando me des de comer

A pesar de que los últimos cinco minutos habían sido catastróficos, me sorprendí a mí mismo sonriendo mientras desactivaba el sonido del móvil y me lo guardaba en el bolsillo. Eso era lo mágico de Zoey Moody. Aquella mujer era capaz de coger el peor momento del día y convertirlo en algo divertido.

Regresé con ánimos renovados y me encontré a Valerie apoyada en la pared, delante de la sala del tribunal, pálida y con los ojos hundidos.

Señaló la puerta con la cabeza.

—Laura y tus padres están dentro.

—¿Ha habido gritos o derramamiento de sangre? —le pregunté.

—De momento no, pero me encantaría llegar a tener una mirada de madre la mitad de aterradora que la de la tuya —bromeó. Su sonrisa se desvaneció—. Aunque no la voy a necesitar durante un tiempo, si pierdo.

—Si perdemos —la corregí—. Y eso no va a suceder. Vamos a pelear.

—No tenemos por qué hacerlo. Tú no tienes por qué hacerlo.

—Me he comprometido. Le he dicho a Laura que lo haría y así será. Pero quiero que sepas que tienes otras opciones. Si te preocupa que no lo dé todo en el caso, puedes y debes pedir un nuevo representante.

Ella negó con la cabeza, sin apartar la mirada de las puertas.

—Yo también me he comprometido. Esto es lo que Laura quiere.

—Muy bien. Cuando entremos ahí, no va a ser como en la televisión. No vamos a tener la sala del tribunal para nosotros solos. Dentro habrá otros acusados, demandantes, abogados y familias.

Puede que te pongas un poco nerviosa, pero no vas a tener que hablar. Solo sentarte y aguantar el tirón.

Ella tragó saliva.

—Sé que es injusto pedirte que escuches mi bucle de pensamientos inducidos por el pánico, pero, en mi cabeza, lo que hay al otro lado de esa puerta es lo que podría alejarme de mis hijas durante los próximos tres años… o más. Además, ahí dentro también podría perder a una nueva amiga a la que quiero mucho. Ya sé que dice muy poco de mí que me esté preocupando por eso cuando todos vosotros perdisteis a alguien para siempre y fui yo quien os lo arrebató.

Se le quebró la voz y se tapó la boca con la mano.

—Valerie, yo hoy no voy a juzgarte. Y el tribunal tampoco. Y si Laura y tú superasteis esto juntas una vez, podéis sobrevivir de nuevo a ello ahí dentro. Así que vamos a centrarnos en eso. En sobrevivir a este trámite para que podamos pasar al siguiente. Juntos.

Ella asintió.

—Vale.

La acompañé hasta la puerta.

—Sobre todo, intenta no vomitar ahí dentro.

—No sabía que esa fuera una opción —contestó lentamente.

—No de las buenas —repliqué.

Entramos en la sala del tribunal y estábamos a punto de sentarnos en la parte de atrás cuando el alguacil nombró nuestro caso. Acompañé a Valerie a la parte delantera de la sala. Pasamos al lado de sus padres y luego de los míos, que estaban con Laura en la primera fila, al lado del pasillo. Mi hermana levantó el pulgar mientras cruzábamos la barandilla para ir hacia la mesa de la defensa.

Como siempre, su señoría, la jueza Ray, tenía un aspecto imponente al frente de la sala, con su toga y su cabello canoso peinado en gruesos rizos que le caían por la espalda. Estaba examinando un voluminoso montón de papeles a través de unas gafas de lectura de color azul chillón. Yo ya había comparecido ante ella varias veces. Era dura pero justa; intimidante, pero con algunos puntos débiles; y muy estricta con el procedimiento judicial, algo que me gustaba mucho de ella.

Tarini entró y se puso detrás de la mesa que teníamos enfrente, fulminándome con la mirada.

Valerie contuvo el aliento.

—No te preocupes. Es por mí —le aseguré.

—No puedo creer que esté aquí. Antes era una persona normal —susurró en voz tan baja que ni siquiera sé si pretendía que la oyera.

—Mantén la calma —le dije.

—El Estado contra Hillport. Señor Bishop, ¿está preparado para proceder?

Esperaba con todas mis fuerzas estarlo. Valerie temblaba a mi lado como si estuviera sentada en su propio terremoto personal. Estaba a punto de ofrecerle un vaso de agua cuando mi hermana metió la mano por la barandilla para agarrar la suya. Observé las caras de la jueza, la fiscal del distrito e incluso las de mis padres al verlas darse la mano. Y, por primera vez desde que entré allí, respiré un poco más tranquilo.

*Cam*
Necesito un voluntario para deshacerme del
mapache

*Levi*
Yo paso

*Cam*
Lo único que hay que hacer es sujetar el saco

*Levi*
Es un saco a prueba de dientes y rabia?
No?
Sigo pasando

*Cam*
Vete a la mierda
Si voy a hacer yo todo el trabajo con la puta
raqueta de tenis, gilipollas!

*Levi*
Estoy ocupado ejerciendo de jefe de policía en
contra de mi voluntad gracias a ti
Disfruta del karma, capullo

*Cam*
Gage?
Papá?
Larry?
Mamá?
Dónde coño está todo el mundo?

*Levi*
No le caes bien a nadie

*Cam*
Acabo de llamar a mamá y no ha contestado

*Levi*
Mamá siempre contesta
Qué has hecho para cabrearla?

*Cam*
Bombardear la puerta recién pintada del granero
con bolas de paintball no, si es lo que me estás
preguntando
Gigi tampoco contesta.

*Levi*
Que te den
Papá y Larry tampoco contestan

*Laura*
Dejad de llamarnos a todos, capullos
Estamos ocupados

*Cam*
Ocupados juntos?

*Levi*
Sin nosotros?

*Mamá*
Ya os explicará luego vuestra hermana, que todo
esto es culpa suya
Y ahora dejadnos en paz antes de que nos acusen
de desacato al tribunal

# 25

## Rincones

### Zoey

Abrí la puerta y me encontré a Gage allí de pie, con una bolsa de comida para llevar en la mano y una expresión viril de consternación en su atractivo rostro. Nana estaba con él, retorciéndose de alegría.

—¿Tan mal ha ido? —le pregunté, mientras me apartaba para dejarlo entrar. Nana se estrelló contra mis piernas en una especie de declaración de amor absurda.

—He traído ensaladas porque imagino que no habrás comido verdura en toda la semana —dijo Gage encaminándose a la cocina.

Yo lo seguí con Nana.

—No es que tenga nada en contra de la verdura. Es que se me olvida que existe y se me pudre en la nevera. ¿Alguna vez has tenido que limpiar sopa de lechuga romana podrida del cajón de las verduras? Claro que no. Seguro que usas la lechuga antes de que caduque.

—Tienes que guardar los productos perecederos en los estantes principales y meter las salsas en los cajones. No te vas a olvidar de que existe el aliño ranchero, pero cada vez que abras la puerta de la nevera te acordarás de que existe el brócoli —dijo Gage mientras buscaba dos cuencos grandes y un par de tenedores.

Empezó a cambiar las ensaladas —que, la verdad, tenían un aspecto bastante apetecible— de los recipientes de plástico a los cuencos. Mi estómago no tardó en comenzar a rugir y, de repente, me entró un hambre voraz. Abrí la nevera y cogí una cerveza para él y un agua con gas para mí.

—En realidad es un consejo muy útil. ¿Cómo se te ha ocurrido?

—Declan no paraba de darme la lata con la coreografía del sable láser de *Star Wars* antes del juicio, así que le pedí que buscara algunos trucos cotidianos para gente con TDAH. Pensé que eso los mantendría a su espada y a él alejados de mí y te beneficiaría a ti.

Abrí el agua con gas y me la serví con hielo en una copa de vino.

—Qué detallazo tan inquietante. No tienes ni idea de cómo va esto de los rollos de una noche, ¿verdad?

Él esbozó una pequeña sonrisa encantadora. Parecía agotado.

—Puede que necesite que me refresques la memoria. Empezando por lo de «una noche».

Me reí mientras escogía una de las ensaladas.

—Venga. Vamos a comer al sofá.

—La gente con la muñeca rota solo puede coger objetos que pesen lo mismo o menos que una bebida —dijo Gage, antes de llevarse la cerveza y las dos ensaladas al salón.

Yo lo seguí con mi agua y nos hundimos en los cojines. Nana se tumbó boca arriba e improvisó un dramático baile sobre la alfombra.

—Bueno, ¿qué tal el día? —le pregunté, con cautela. El aderezo pasó la prueba de sabor, así que vertí todo el contenido del recipiente encima de la ensalada.

—Un desastre, básicamente.

—Justo mi especialidad. ¿Qué me puedes contar? —le interrogué, haciendo malabarismos con el tenedor en la mano izquierda para intentar pinchar con torpeza un poco de verdura.

—Pues no demasiado, por lo del secreto profesional entre abogado y cliente.

—Irritante pero comprensible.

—Lo que sí te puedo contar es que mis padres se presentaron en el juzgado con intención de apoyarme y descubrieron que su hija y su hijo se habían puesto del lado de la acusada —dijo, pinchando un trozo de lechuga.

—¿Y qué les pareció? —pregunté con la boca llena de verduras y pollo.

Gage puso cara de circunstancias.

—En realidad se los endosé a Laura, mientras yo dejaba que la fiscal me echara la bronca. Y, después de la vista, me avergüenza un poco admitirlo, pero fingí una emergencia legal para evitar hablar con ellos.

—¡Gage! —dije, riéndome.

Nana levantó la cabeza para mirarnos, con la lengua colgando por un lado de la boca.

—¿Qué?

—¿Eres don Haz lo Correcto, pero cuando hay la menor posibilidad de decepcionar a tus padres sales por patas?

—No he salido por patas. Me he subido al coche, he ido respetando el límite de velocidad hasta el Wawa, he comprado unas ensaladas, he regañado a la perra por tocar el claxon y asustar a una pareja de ancianos y luego he venido aquí. Lo cual es totalmente distinto —declaró.

Me alegraba saber que no era tan perfecto. Y todavía más que, después de haber tenido tan mal día, hubiera venido a refugiarse aquí. En mí. Sin contar a Hazel, nunca había sido el refugio de nadie. Tampoco quería ser el refugio de Gage, obviamente. Eso sería una gilipollez. Dejé de disfrutar del momento inmediatamente.

—¿Tus padres están muy enfadados? ¿Y por qué te echó la bronca la fiscal?

—Aún no lo sé, y porque los presioné a ella y a los investigadores para que presentaran cargos.

—Ah. Y ahora te presentas en el tribunal para defender a la persona a la que querías castigar —añadí.

—Más o menos. Ahora mismo, mis padres se lo estarán contando a Cam y a Levi. Así que Declan y tú sois las únicas personas de mi vida que no estáis enfadadas conmigo.

Lo señalé con el tenedor.

—Tiempo al tiempo.

—Y a ti, ¿cómo te ha ido el día? ¿Qué tal con la medicación? —me preguntó.

Ese hombre acababa de cabrear a tres quintas partes de su familia, había ido al tribunal para representar a la mujer que se había cargado a su cuñado y todavía se acordaba de que yo había empezado con la nueva medicación esa mañana.

—Ah, bien.

Gage apoyó la cabeza en el respaldo del sofá.

—¿Bien? Me presento aquí, te traigo verdura para mantenerte con vida, te abro mi corazón, ¿y tú me respondes con un «bien»?

—Algún día harás que unos niños encantadores se sientan muy culpables, como todo buen padre —auguré.

—Ya, soy la leche. Discoteca.

—El día ha sido una montaña rusa. He llegado a casa de Hazel llorando a moco tendido porque, por primera vez en mi vida, me sentía «normal». Algo que ha sido genial, pero también un bajón por todos los años que, sin saberlo, había sido «anormal».

—Nana dejó de hacer acrobacias en el suelo y se acomodó en el sofá a mi lado. Le acaricié la cabeza—. Luego he visto la superentrevista de Hazel, que le ha salido de maravilla. La revista va a enviar a todo un departamento a Story Lake para cubrir la presentación y el Fin de Semana de los Lectores, y han reservado todas las habitaciones disponibles del hotel. Después he ido al instituto, me he reunido con un curioso grupito de adolescentes, entre los que se encontraba tu sobrina, y hemos estado maquinando formas de dar a conocer Story Lake. Dos de ellos me han pedido mi Snapchat. Y de repente me ha sobrevenido un cansancio tan intenso que creía que iba a entrar en coma, así que he ido a la tienda de ultramarinos y me he comido unos cuantos puñados de cereales para niños directamente de la caja. Y al ver que eso no funcionaba, he ido a la cafetería y me he tomado un expreso triple. Lo cual, bien pensado, ha sido una gilipollez porque no voy a poder volver a dormir nunca más. Creo que ha sido porque los fármacos han dejado de hacer efecto y mi cerebro ha vuelto a su estado defectuoso habitual.

—Tu cerebro no es defectuoso. Simplemente funciona de manera distinta. Además, según la investigación de Declan, se supone que debes comer proteínas con regularidad para que tus niveles de energía se mantengan estables.

—Uf. ¿Por qué hay que planificar tanto la vida? ¿Recuerdas cuando estábamos en el colegio e íbamos a la cafetería y unos adultos muy amables nos daban una bandeja con la comida que habían preparado? Quiero volver a esa época.

—Ser adulto también tiene ventajas —señaló Gage.

—¿Como cuáles?

—Después de lo de hoy, me cuesta pensar en alguna. Pero si volvemos a acostarnos, seguro que lo consigo —replicó.

—Te pones muy mono cuando estás triste y cachondo.

—Pues tú eres guapísima hasta cuando no estás en la cama conmigo.

—Todavía estoy valorando mis opciones al respecto —le dije—. El hecho de que estés en mi sofá y me hayas traído la cena me lleva a pensar que ya te has enamorado sin querer de mí.

—O a lo mejor solo quiero volver a acostarme contigo y por eso estoy siendo tan caballeroso.

—¿Caballeroso o manipulador? —le pregunté, disfrutando de la faceta juguetona de Gage.

—Estaría encantado de hacer una presentación sobre la diferencia, pero me temo que soy mejor dando conferencias sin pantalones.

—Es bueno saberlo. En fin, ¿quieres hablar de cómo te sientes en lo que respecta a las cosas que no puedes contarme debido al secreto profesional?

Él se encogió de hombros.

—Es más de lo mismo, como lo del fin de semana. Me siento como si todo mi universo se tambaleara y todo aquello que antes tenía tan claro ahora me pareciera una incógnita.

—A lo mejor es la crisis de la mediana edad. ¿Fantaseas con coches deportivos y mujeres que ni siquiera habían nacido cuando te graduaste en el instituto?

—Ese estereotipo es muy ofensivo. Muchas crisis de la mediana edad incluyen también el golf.

—¿Qué tal tu juego corto? —bromeé—. Te lo advierto, como vayas a lo fácil y digas algo sobre «encontrar el agujero», no pienso compartir contigo el helado que tengo en el congelador.

—Todo depende del tipo de helado del que estemos hablando.

Me quité un trozo de lechuga de la camiseta.

—No me acuerdo. Pero sí recuerdo que me emocioné mucho cuando lo compré.

Gage sonrió y exhaló un suspiro.

—Esto no está nada mal.

—¿El qué?

—Tu casa —dijo, señalando con la mano los cojines, los adornos y los móviles de cristal que había por la habitación—. Crean un ambiente… alegre… y un poco caótico.

—Así soy yo.

—Después de lo de hoy, me vendría bien un poco de alegría caótica… —Un golpe seco en la puerta lo interrumpió.

—¿Esperas a alguien? —me preguntó, por encima del furioso ataque de ladridos de Nana.

—No. Pero te juro por mi bola de discoteca que, aunque fuera así, seguramente no me acordaría.

—Gage Preston Bishop, sé que estás ahí. Abre la puerta ahora mismo, jovencito —gritó su madre, al otro lado de la puerta.

—¿Por qué me siento como si tus padres nos hubieran pillado medio en pelotas en el salón de su casa, cuando se suponía que no tendrían que volver hasta dentro de varias horas? —susurré.

—La culpabilidad es su superpoder —dijo Gage con frialdad—. Quédate aquí. Es más seguro. —Dejó el cuenco y la cerveza en la mesa de centro y cruzó la habitación para abrir la puerta—. Hola, madre.

—No me llames «madre» —le espetó Pep, antes de agacharse para acariciar a Nana, que estaba loca de contenta—. Hola, cariño. La abuelita no está enfadada contigo. No, ¿cómo iba a enfadarse contigo con esa carita tan mona? Solo con tu papá.

—¿Cómo me has encontrado? —le preguntó Gage.

Ella levantó el móvil.

—Rastreándote.

—Recuérdame que le dé una paliza a Levi por enseñarte a hacer eso —dijo él.

—Recuérdaselo tú mismo. Reunión familiar. Vamos.

Gage me señaló con el pulgar por encima del hombro.

—La verdad es que estoy un poco liado por aquí.

—Zoey también tiene que venir —replicó Pep, con la confianza que solo una madre imponiendo castigos podría tener.

—Ah, ¿sí? —Me levanté, calculando la distancia que había hasta la puerta de atrás de la cocina.

Gage miró a su madre con el ceño fruncido.

—Ella no es relevante para el caso.

Pep puso los brazos en jarras.

—No me vengas con esa jerga de picapleitos. Te recuerdo que, además de haberte ayudado a estudiar para el examen del Colegio de Abogados, soy la jueza, el jurado y la mandamás de la familia.

—Soy superirrelevante —le aseguré—. De verdad, no quiero fastidiaros la reunión familiar.

En serio, ¿a quién se le ocurría invitar a una completa desconocida a una reunión familiar? Mejor dicho, ¿quién seguía celebrando reuniones familiares? ¿Acaso eran los Bishop los protagonistas de algún tipo de comedia familiar retro con público en directo en el estudio?

—A ver, cielo, Gage ha acudido directamente a ti después de este día tan estresante. Si eso no te convierte en parte de la familia, ya me dirás —dijo ella—. Venga, al coche.

—Sí, señora —susurré con docilidad—. ¿Al menos puedo cambiarme de...?

—No.


Entramos en la cocina de Pep y Frank en medio de una batalla campal.

Al menos Pep nos había permitido conservar cierta dignidad al dejarnos ir en nuestro coche a la granja. Interrogué a Gage por el camino para saber qué podía esperarse de una reunión familiar de los Bishop, pero no fue de mucha ayuda. Se limitó a responder a mis preguntas con monosílabos y gruñidos.

—¡Me dijiste que no fuera al tribunal! —le estaba gritando Cam a Laura, o eso supuse. Ella se encontraba sentada al lado de la vinoteca, con los brazos cruzados obstinadamente. Bentley y Melvin estaban sentados debajo de la mesa, observando atentamente lo que sucedía.

—Nos dijo —lo corrigió Levi—. Nos dijo que no fuéramos.

—Porque no quería que montarais un pollo, quemarais el juzgado y os cargarais la oportunidad de Valerie de tener un juicio justo —replicó Laura.

—Esto es una locura. Sabes perfectamente lo que hizo, lo que nos arrebató a todos, y te preocupan más sus sentimientos que los nuestros —se quejó Cam.

Hazel le frotó la espalda y me miró, nerviosa. Ninguna de las dos nos habíamos criado con un una familia en la que se abordaran los problemas de forma tan directa... ni tan escandalosa. La madre de Hazel se limitaba a divorciarse de ellos. Y las armas favoritas de mi familia eran los insultos velados y el silencio como castigo. Ambas nos encontrábamos fuera de nuestro elemento allí.

Me consoló ver cómo Cam, que todavía echaba humo por las orejas, atraía suavemente a Hazel hacia él. Aun estando así de cabreado, la trataba como si fuera un tesoro.

—Pues claro que sí —replicó Laura—. Porque nosotros nos tenemos los unos a los otros. Ella no tiene a nadie.

Cam sacó las uñas.

—A lo mejor debería haber pensado en eso antes de subirse al coche y...

—¡Basta! —dijo Frank con voz cortante. Todos se callaron.

Pep se acercó a su marido y le dio un beso en la mejilla, antes de sacar una botella de vino de la nevera.

—Vuestra hermana ha tomado la decisión absurda y egoísta de resolver esto por su cuenta. Pero lo hecho, hecho está. Total, que si así Laura se queda tranquila, tendrá que parecernos bien. Aunque lo hiciera a nuestras espaldas y manipulara a Gage para que accediera. Quien, por cierto, se pasó la lealtad familiar por el forro al no contárselo a nadie.

Todos lo miraron. Él se puso con decisión delante de mí, formando un muro infranqueable, como un héroe sexy y acorralado. Definitivamente, aquel tío no tenía ni idea de cómo funcionaba lo de los rollos de una noche.

—Muy bonito, mamá —dijo, metiéndose las manos en los bolsillos.

Ella se encogió de hombros y se llenó la copa de vino hasta arriba. Luego levantó las cejas mirándonos a Hazel y a mí, en una pregunta silenciosa. Ambas asentimos con energía.

—Te voy a dar una patada en el culo que te vas a cagar —le dijo Cam a Gage.

—Y esta vez sin quitarte las tachuelas de la moqueta —añadió Levi.

—Madre mía, lo vuestro es muy fuerte —comenté.

Esperaba que alguien se diera cuenta de que yo no pintaba nada allí, pero al parecer nadie advertía lo absurda que era mi presencia.

—A ver —dijo Gage—. Nada de esto ha sido idea mía. Laura me pidió que lo hiciera y que no se lo contara a nadie. Y fue lo que hice.

—Y si te pidiera que saltaras desnudo desde el depósito de agua, ¿lo harías? —me preguntó Levi.

—¿Por qué todo el mundo me pregunta lo mismo? Pues sí, si con eso pudiera ahorrarle un solo segundo de sufrimiento, sí —dijo Gage—. Y tú también.

—De todos modos, deberías habérnoslo contado —dijo Cam, acercándose poco a poco a él.

Levi estaba haciendo lo mismo. Le puse las manos en la espalda a Gage a modo de advertencia y me di cuenta de que ya tenía los músculos tensos.

—¿Qué habrías hecho tú si te lo hubiera pedido? —le preguntó él.

—Lo que ella me pidiera —gruñó Cam, agarrando a Gage por la camisa a la velocidad del rayo.

—¿Y qué habrías hecho tú si nos lo hubiera pedido a nosotros en vez de a ti? —dijo Levi, acercándose a Gage para darle un empujón.

—Me habría cabreado muchísimo —contestó este, empujándolos a los dos un poco hacia atrás.

Levanté una mano por detrás de su hombro.

—Una preguntita rápida. Si todos habríais hecho exactamente lo mismo que Gage, ¿por qué seguís discutiendo?

—Como rompáis otra de las sillas del comedor, este año invito a la tía Marie a pasar la Navidad con nosotros —les advirtió Pep antes de darle a Hazel una copa de vino y luego otra a mí.

—¿Y para mí, qué? —le preguntó Laura, frunciendo los labios.

—Uy, perdona. Pensaba que preferías ir a lo tuyo —le dijo Pep a su hija con sarcasmo. Frank puso los ojos en blanco.

—Qué cruel —susurró Hazel con entusiasmo, sacando un cuaderno del bolso.

—¿Así que ahora vamos a ser unos capullos con todo? Genial. Estupendo —dijo Laura, acercándose a la vinoteca.

—Empezaste tú —le recordó Cam, mientras él, Gage y Levi se enzarzaban en una pelea de empujones a tres bandas.

—Esta es precisamente la razón por la que no os lo conté, gilipollas —se quejó ella.

El juego de los empujones y los empellones hizo que Levi se empotrara con toda su corpulencia contra el aparador donde estaba la porcelana antigua. Los platos y los vasos traquetearon amenazadoramente en los estantes.

—Ya está bien. ¡Cada uno a un rincón! —gritó Pep.

—Somos adultos, mamá —replicó Gage, levantando la vista mientras Cam lo inmovilizaba con una llave de cuello.

—Pues a mí no me lo parece. ¡Cada uno a un rincón ahora mismo! —Hazel y yo observamos fascinadas cómo aquellos cuatro adultos hechos y derechos se iban cada uno a una esquina de la cocina—. Y ahora solucionadlo con palabras, como es debido, mientras vuestro padre y yo asamos las hamburguesas y las salchichas en la parrilla —dijo Pep, señalando con el dedo a sus hijos, uno por uno. Los perros salieron alegremente de la cocina detrás de ella, Frank y la bandeja de carne.

Me acerqué sigilosamente a Hazel.

—Esto saldrá en el libro, ¿no? —le susurré, con la copa de vino en la mano.

—Por supuesto.

—No os lo conté porque no quería poner a todo el mundo en una situación incómoda e injusta, cenutrios —dijo Laura.

—Anda, ¿y a mí sí? Qué honor —le soltó Gage con frialdad.

—Tú ya te cabreaste conmigo por esto. No vale repetir.

—Muy bien, pero nosotros aún no nos habíamos cabreado, así que tenemos derecho a restregártelo por las narices —señaló Cam.

—Está bien. Pero que sepáis que Val no es una mala persona. Solo es una persona que cometió un error. De hecho, podría decirse que yo misma soy tan culpable como ella.

—¡Y una mierda! —exclamaron los tres hermanos a la vez.

—Al menos en eso están todos de acuerdo —comentó Hazel.

—Solo digo que tiene dos hijas pequeñas. Es enfermera. Ha

perdido a su marido. Ha perdido su trabajo. Ha perdido a sus amigos.

—Todos hemos perdido algo —murmuró Levi.

—Pero la diferencia es que nosotros contamos los unos con los otros —les recordó Laura—. Solo os pido que estéis abiertos a la posibilidad de tener un poco de compasión. Valerie estuvo a mi lado cuando más apoyo necesitaba. Gage es testigo de que ella asume toda la responsabilidad de lo sucedido. Nunca me ha pedido nada, ni siquiera que la perdone. Cometió un error. Un error fatal.

—Ni se te ocurra echarte a llorar —le advirtió Cam con frialdad, desde su rincón.

—Si me da la gana de llorar, lloro. Y te aguantas —replicó Laura, secándose rápidamente una lágrima—. Me gustaría que acabarais aceptándolo. Pero, mientras tanto, me conformo con que no os portéis como unos capullos.

Cam y Levi se miraron.

—Pero ¿podemos partirle igualmente la cara a Gage? —le preguntó Cam.

—Por esto no. Pero es insoportable todo el rato, así que seguro que os dará cualquier otra razón para hacerlo si esperáis cinco minutos —contestó Laura.

—¿Y ahora qué? ¿También va a empezar a venir a las reuniones familiares? —quiso saber Levi.

Me escondí detrás de la copa de vino intacta e intenté pasar lo más desapercibida posible.

—A lo mejor a las reuniones familiares no. Pero puede que a algunas cenas sí. Ya ha conocido a los niños —respondió Laura.

—¿Y esos cabroncetes traidores no nos dijeron nada? —protestó Cam.

—Pues les van a traer mierda de ganso por Navidad —decidió Levi.

—Todos votamos que no a lo de las cacas navideñas —replicó Gage.

—Tú cállate —le dijo Levi.

—Eso. Aún estamos cabreados contigo —lo apoyó Cam.

—¿Por qué siguen en las esquinas? —le pregunté a Hazel.

—Eso mismo me estaba preguntando yo —replicó ella, pensativa.

—Porque Pep Bishop acojona mucho cuando se enfada —nos explicó Gage.

—Zoey —susurró Cam, con voz grave y un poco amenazadora.

—¿Qué?

—¿Qué pintas tú aquí?

—La verdad es que no lo tengo muy claro. Tu madre da mucho miedo. No he hecho preguntas, me he subido al coche y listo.

—¿Al coche de quién? —le preguntó Cam.

Gage comenzó a abandonar poco a poco el rincón.

—Pues... —titubeé.

Un rebuzno estridente procedente del exterior interrumpió la conversación.

La puerta trasera se abrió de golpe y Pep entró con los perros.

—Zoey, tu burro quiere verte.

—Uy, encantada de salir de aquí para ir a visitar al burro —declaré, yendo hacia la puerta.

—¿Al coche de quién, Zoey? —repitió Cam.

Puse cara de circunstancias.

—Al mío —contestó Gage, cruzándose de brazos y mirando fijamente a su hermano—. Mamá ha ido a buscarme al apartamento de Zoey, nos ha echado la bronca y nos ha obligado a venir aquí a pelearnos con vosotros. ¿Contento?

—Espero que estuvieras allí para arreglarle algo en calidad de casero, y no lo digo en el sentido pornográfico —replicó Cam.

—No empieces otra vez —murmuró Levi.

—¿Qué está pasando aquí? —preguntó Laura.

—Por el amor de Dios, ¿queréis dejar de ocultaros cosas los unos a los otros? Gage y Zoey están liados —anunció Pep.

Solté un gemido.

—Gracias, Pep. ¿Podrías decirlo un poco más alto? Creo que Garland no te ha oído desde el pueblo.

—Bah, tranquila, cielo. Los adultos tienen sexo sin compromiso desde el inicio de los tiempos.

—Ah, pues me alegro por vosotros —dijo Laura—. Un momento. No te habrás roto la muñeca haciendo alguna postura sexual rara, ¿no?

—Ay, la leche. ¿Te la rompiste así? —preguntó Hazel, emocionada.

—Por favor, no le contestes —me suplicó Levi.

—Te voy a partir la cara —le dijo Cam a Gage, mientras abandonaba furioso el rincón.

—¡Mamá! ¡Cam se ha movido! —gritaron los otros tres, señalando a su hermano.

—La única que le va a partir la cara a alguien esta noche voy a ser yo, ¿entendido? —dijo Pep, interponiéndose entre Cam y Gage.

—Es como si esta cocina les hiciera volver a tener diez años —le comenté a Hazel.

—Fascinante —susurró ella, escribiendo sin parar.

—¿Desde cuándo le importa a Cam quién se acuesta con quién? —preguntó Laura.

—Desde que cree que vamos a acabar fatal y a reventarle la boda —le explicó Gage.

—Tengo que ir a ver a un burro para... una cosa —dije, antes de salir por la puerta de atrás. Los perros me siguieron, rebotando entre sí como bolas peludas de pinball con lengua.

—¿Ya han acabado ahí dentro? —me preguntó Frank, que estaba con las pinzas en la mano delante de la parrilla, al lado de la casa, cuando me vio bajar corriendo por la rampa. Pepe pateaba la valla con impaciencia.

Los gritos procedentes del interior me hicieron fruncir el ceño.

—Me parece que se están enzarzando otra vez. Creo que es más seguro quedarse aquí fuera un rato.

—Vamos a comernos un perrito caliente —sugirió Frank.

Pensé en el puñado de cereales y en la ensalada que había dejado a medias.

—Me parece genial —contesté.

Él metió un par de salchichas en unos bollitos y me dio uno.

—Las salsas están dentro, así que o nos los comemos a palo seco o hay que volver a entrar.

Le di un mordisco enorme al mío.

—A palo seco están bien.

Frank cortó otra salchicha en tres trozos y se la lanzó al babeante público canino.

—Venga. Vamos a sacarlos a pasear antes de que al burro le dé por derribar otra valla —sugirió.

Nos llevamos a los perritos —tanto a los calientes como a los de cuatro patas— al otro lado del camino, al pastizal en el que Pepe estaba pateando emocionado el suelo con sus pequeñas pezuñas.

—Hola, amiguito —le dije, rascándole la nariz con la mano sana. Él recostó su cabezota peluda contra mí y exhaló un suspiro de burro.

—Le caes bien —comentó Frank, mientras yo me detenía un instante para darle otro mordisco al perrito caliente—. Pep me ha dicho que tú y Gage estáis teniendo relaciones sexuales.

Yo me atraganté, empecé a toser y escupí un trozo de salchicha a medio masticar que salió disparado. Bentley se adelantó a Melvin y Nana y lo devoró una fracción de segundo después de que cayera al suelo.

—Madre mía. Qué asco —dije con voz ronca—. Por cierto, ¿no os parece que sois demasiado abiertos los unos con los otros?

—Si por mí fuera, solo hablaríamos de la granja, del pueblo y del tiempo. Pero como tengo una mujer con las ideas muy claras, no nos queda más remedio que hablar de todas esas bobadas. Solo lo menciono porque creo que serías buena para él.

—¿En serio? —le pregunté, sorprendida. ¿En qué planeta una chica alocada y fiestera era buena para un sensato héroe de pueblo?

—Siempre ha sido un chico muy serio y juicioso. El tutor del colegio decía que estaba centrado en la «consecución de objetivos». Pero hay muchas más cosas en la vida que alcanzar metas. A sus hermanos les costaba muchísimo conseguir que se divirtiera —dijo Frank, acariciando distraídamente al burro mientras miraba hacia el horizonte—. Pero contigo le cuesta menos sonreír.

—¿De verdad? Bueno, no estamos… Solo somos… No sé lo que somos.

—Puede que eso sea parte de la diversión. Parece que han dejado de gritar —comentó, señalando con la cabeza en dirección a la casa—. ¿Nos arriesgamos?

La puerta de atrás se abrió y Gage salió tranquilamente, sin un solo rasguño.

Me giré hacia Frank y le acaricié el cuello a Pepe.

—Por cierto, hoy me he reunido con el Club de Marketing del

instituto y una de las cosas que se nos ha ocurrido es dar unas clases sobre redes sociales a la gente que tiene comercios en el pueblo. He pensado que a lo mejor te apetecía apuntarte.

Él asintió despacio y el burro me dio un empujoncito con su enorme cara.

—Puede.

—Y como Isla está en el Club, he buscado un par de tutoriales online que puedes ver antes de la clase para familiarizarte con los conceptos básicos.

Frank parecía aliviado.

—Te lo agradezco. Eres un encanto, Zoey.

—Gracias, Frank.

—Ya podéis entrar sin peligro —nos dijo Gage.

—Ha sido rápido —replicó Frank.

—Mamá ha cogido la cuchara de madera y nos hemos callado de inmediato.

—Voy a sacar las cosas de la parrilla. Nos vemos dentro.

Repartí mis carantoñas entre aquel burro tan demandante y la manada de perros mimosos.

—Imagino que no estarás muy acostumbrada a que un rollo de una noche te invite a una reunión familiar —dijo Gage, acercándose para rascarle las orejas a Pepe.

—Pues no. Tu familia es muy pasional. Y muy escandalosa.

—Ya te digo. Por cierto, en tu casa nos interrumpieron justo antes de que me dijeras si te apetecía volver a tener un rollo de una noche conmigo. Creo que deberíamos intentarlo de nuevo ahora que todo el mundo lo sabe. A lo mejor esta vez me sale bien.

Me esforcé por disimular una sonrisa mirando fijamente al burro.

—Aún no lo he decidido.

—Seguiré esperando.

—Si vuelvo a entrar, ¿Cam me dará una paliza? —le pregunté—. Porque me comería una hamburguesa.

—Si lo intenta, le hago un placaje antes de que te pille.

—Eres mi héroe.

# 26

## Diez por ciento de descuento en la Noche del Biquini del Beaver Dam

### Zoey

—A veces, cuando pienso en mi vida, me pregunto cómo narices he sido capaz de llegar hasta aquí —dije.

—¿A que mola? —replicó Harry.

No tenía muy claro si su entusiasmo se debía al espectáculo que estaba teniendo lugar ante nosotros o a la bolsa gigante de palomitas que se estaba zampando. Llevaba veinte minutos haciéndome un resumen de sus mejores consejos para el TDAH.

Era martes por la tarde, estábamos en el lago y la temperatura había pasado de unos agradables veintiún grados por la mañana a siete, después de que se desatara una tormenta al mediodía y dejara a su paso un viento glacial. Típico de Pennsylvania, tener las cuatro estaciones en un solo día.

La gente del pueblo se apiñaba en las gradas y en las sillas de jardín delante de las pistas deportivas, abrigada hasta las orejas para sobrevivir al viento gélido que venía del lago. Yo estaba envuelta en dos sudaderas, un abrigo de invierno y unas manoplas, y lamentaba profundamente haber vendido por internet aquella chaqueta de esquiar tan mona de Helly Hansen.

El esquí había sido uno de mis pasatiempos esporádicos que habían pasado de inmediato a la historia. Hacía cuatro años, había bajado exactamente dos veces por una pista para principiantes antes de renunciar y apuntarme a clases de francés. Y ahora, en vez de estar descendiendo pistas en cuña o coqueteando con Pierre en francés, estaba a cargo de la mesa informativa de las próximas actividades del pueblo durante el último campeonato de bingo de Story Lake.

—Pero ¿qué pinta ahí el cerdo? —pregunté. El cerdo criado en libertad de Emilie y Amos Rump estaba desfilando por la pista deportiva con una guirnalda de flores que hacía las veces de correa.

—Rump Roast elige a los capitanes de los equipos. Es una tradición. Un año lo intentamos con las ovejas de Boris Banneroff, pero el border collie de Erleen Dabner las pastoreó hasta el comedor del Angelo's. Tuvieron que cambiar toda la moqueta. Total, que por eso utilizamos a Rump Roast, aunque ahora mismo su dueña sea la persona menos querida de Story Lake —me explicó Harry.

—Sigo sin entender qué tiene que ver el ganado con el bingo y por qué hay una ceremonia de selección.

El pueblo había convertido el sencillo juego del bingo en un deporte extremadamente competitivo. Como espectadora ocasional que era, solo había conseguido entender alrededor del veinte por ciento de unas reglas tremendamente específicas, aunque tenía que admitir que era divertidísimo verlo.

—Aquí nos gusta hacer las cosas de forma diferente —contestó Harry con orgullo—. ¡Hola, señora Jang! ¿Qué tal lleva lo de las redes sociales? —Agitó el portapapeles de inscripción a la clase de Redes Sociales en dirección a la propietaria de la cafetería, con una sonrisa encantadora que me recordó muchísimo a su tío.

Jennifer se acercó. Llevaba una mochila con un gato de carne y hueso dentro.

—Lo del dichoso Instagram se me da bastante bien, pero a ver qué más hay por ahí. Caramba, qué cantidad de actividades —comentó, observando la media docena de portapapeles que habíamos distribuido por la mesa.

—Hay algo para todos —dije—. Ya estás en el club de lectura de la librería, pero ¿te apetecería apuntarte a las clases de Gimnasia Junto al Lago que va a haber en el parque? ¿O a la charla de Accesibilidad Avanzada Para tu Empresa? —Intenté torpemente coger uno de los portapapeles con la mano sana, pero lo tiré de la mesa y aterrizó sobre las tibias de Jennifer. Aquella lesión en la muñeca me estaba volviendo aún más torpe de lo habitual.

—¡Ay! Lo de la accesibilidad me interesa. ¿Quiénes son los expertos? —preguntó, recogiendo la hoja de inscripción del suelo.

—La madre de este chicarrón hablará de accesibilidad para gente en silla de ruedas —dije señalando a Harry, que se puso en plan cursi, con una pose como si acabara de elegirlo para darle un premio—. Y también tenemos a una pareja encantadora de Haven que nos va a enseñar algunos conceptos básicos del lenguaje de signos. Y Quaid va a hacer una presentación sobre cómo atender mejor a las personas con autismo y a sus familias.

—¿Quaid? ¿El musculitos con pinta de surfista? ¿Ese Quaid? —preguntó ella, levantando las cejas.

—El mismo. Su hermano pequeño tiene autismo y Quaid es voluntario en una institución que organiza excursiones en las que participan su hermano y sus amigos —le expliqué.

—Qué pasada. Cuenta conmigo. Arrastraré también a mi maridito. ¿Ha venido Hazel? No es que quiera interrogarla sobre el libro nuevo ni nada de eso. Mentira. Claro que quiero interrogarla —dijo Jennifer, escribiendo su nombre en el formulario de inscripción.

—Creo que está por allí, donde el cerdo —dije, señalando la pista deportiva con la mano no inmovilizada. Jennifer negó con la cabeza.

—Dios, me encanta este pueblo.

—¿Lo ves? —me dijo Harry con elocuencia, cuando Jennifer se marchó.

—¿Qué?

—Que Story Lake es un lugar genial para vivir. Deberías quedarte aquí y salir conmigo cuando cumpla los dieciocho.

—En primer lugar, aún no se ha inventado el hombre que pueda con todo esto —dije, agitando la férula para señalar gran parte de mi cuerpo—. Y en segundo, pareces Hazel intentando hacerme chantaje emocional para que me quede aquí con vosotros, panda de frikis.

—Pero somos unos frikis muy divertidos. Mira lo unidos que estamos —replicó él, señalando a la gente del parque con la mano.

El chaval tenía razón. Daba la impresión de que medio pueblo se había reunido allí para presenciar aquel ritual tan peculiar.

—¿Se te ha olvidado que la última vez que os unisteis fue para intentar echarnos a Hazel y a mí de Story Lake?

Harry agitó la mano, como restándole importancia a mi recordatorio.

—Eso fue hace una eternidad.

—Sí, claro, pues he estado intentando que la gente se sume al Fin de Semana de los Lectores y lo único que me dicen los de los comercios del pueblo es: «Me lo voy a pensar. Envíame más información» —me lamenté.

—Tienes que darles una razón para que se interesen —dijo Harry.

—¡Zoey! —Sunita se acercó corriendo. La propietaria de la boutique británica iba tan mona como siempre, con unos vaqueros acampanados y una chaqueta de motorista de piel sintética que me gustaba casi tanto como su glamuroso acento—. Te he estado buscando por todas partes. Se me ha ocurrido repartir vales de descuento de la tienda durante el Fin de Semana de los Lectores.

—Me encantan tanto la idea como la chaqueta.

—No me extraña. Las dos cosas son lo más. En fin, que he pedido algunos artículos relacionados con los libros y estaba buscando una impresora para los cupones cuando he pensado: ¿quién quiere un vale de descuento impreso?

—¿Nadie? —pregunté.

—Exacto. Así que creo que deberías reunir todas las ofertas y promociones especiales del Fin de Semana de los Lectores y publicarlas en la página web del evento.

Empecé a asustarme. ¿Cómo había acabado haciéndome cargo de todo aquello?

—Me parece... una gran idea. Gracias, Sunita —dije.

—Hoy estás especialmente guapa —le dijo Harry.

Ella lo fulminó con una mirada arrogante.

—Llámame cuando tengas treinta, una cuenta bancaria de seis cifras y le envíes flores a tu madre al menos dos veces al año.

Harry tragó saliva.

—Vale —le prometió con fervor.

—Estupendo. Zoey, ¿quieres que te dé más detalles de lo del descuento o mejor por correo electrónico?

—Por correo electrónico está bien —contesté, con un entusiasmo que esperaba que resultara creíble.

—Perfecto. Voy a buscar un buen sitio para la ceremonia de selección —replicó ella, antes de ir hacia las gradas.

—Creía que yo era tu único amor platónico —le dije a Harry.

—No hay ninguna página web, ¿verdad? —respondió él.

—Déjame.

Me dio unas palmaditas incómodas en la espalda.

—No seas tan dura contigo misma por la forma en la que funciona tu cerebro.

—O más bien en la que no funciona —me lamenté, tapándome la cara con las manos. Bueno, con una mano y una muñequera.

—Que la organización y los detalles no sean lo nuestro no significa que seamos unos inútiles. Simplemente somos más de perspectiva global —declaró Harry.

—Pues esa perspectiva global está a punto de romperse en mil puñeteros pedazos —me lamenté.

—¿Cuántas veces te he dicho que dejes de hacer llorar a las mujeres, Harry?

Eché un vistazo por encima de las manos y vi a Gage delante de mí, con su injusto atractivo y su irritante buen aspecto. Llevaba una camisa de cuadros de franela por debajo de un chaleco de forro polar. Era una especie de mezcla entre leñador y financiero de lo más seductora. Otra fantasía recién descubierta.

—Solo me estaba consolando por haberme olvidado de una parte esencial del Fin de Semana de los Lectores —le dije.

—Necesita una página web… y probablemente a alguien que se ocupe de los detalles —dijo Harry.

—Habla con Felicity —me sugirió Gage.

Fruncí el ceño.

—¿La vecina de Hazel? —Para ser exactos, la vecina de Hazel que diseñaba videojuegos, tenía el pelo azul, un montón de tatuajes y rara vez salía de casa, aunque curiosamente siempre estaba al tanto de todos los cotilleos del pueblo.

Gage asintió.

—Sí. Diseñaba páginas web antes de dedicarse a los videojuegos. Además, es muy detallista y sabe todo lo que hay que saber sobre este sitio.

¿Cómo podía ser tan responsable? Por más que lo intentaba, no conseguía entender por qué aquello me ponía tanto.

Me aferré a aquel salvavidas metafórico con ambas manos.

—¿Crees que aceptaría?

El público que rodeaba la instalación deportiva aplaudió con entusiasmo y nos giramos para ver qué pasaba. No sabía exactamente qué estaba ocurriendo, pero el marido de Emilie Rump, Amos, llevaba a Rump Roast sujeto por una correa y desfilaba con él por la pista, con aire muy solemne. Qué pena que nadie lo estuviera grabando para las redes sociales.

—Solo hay una forma de averiguarlo. Pregúntaselo —dijo Gage.

—¿Tienes su contacto?

Él sacó el móvil del bolsillo del chaleco.

Podía enviarle un mensaje por la noche. O tal vez fuera mejor conseguir su correo electrónico para poder explicarle bien todo el asunto. Así tendría más tiempo para pensar en cómo convencerla de que aceptara. Obviamente, tendría que pagarle. Lo cual implicaría compartir con ella mi mísero sueldo del ayuntamiento, que ya había reservado para pagar el alquiler y otros gastos. ¿Cuánto costaba una página web? Uf. Seguro que tendría que vender el vestido midi asimétrico de McQueen que estaba guardando para cumplir el ambicioso sueño de ponérmelo en Nueva York cuando Hazel entrara en la lista de best seller y le compraran los derechos de la novela para el cine. Invertir en el futuro sin duda me estaba fastidiando el presente.

—Hola, Felicity. Estoy en el bingo y Zoey Moody quiere preguntarte una cosa —dijo Gage. Me pasó el móvil y yo me quedé mirándolo, pasmada. Solía necesitar un mínimo de preparación para llamar por teléfono. No podía entablar una conversación sin previo aviso. Gage me dio un codazo—. Venga, que no muerde.

Me puse el móvil en la oreja y me levanté.

—Hola, Felicity. Soy Zoey.

—¿Qué tal, guapa? —respondió ella alegremente—. ¿Cómo va la ceremonia de selección?

Me alejé unos metros de la mesa para que Gage y Harry no me oyeran titubear por el teléfono.

—Pues Rump Roast ya no lleva correa y anda suelto entre la gente, así que no tengo ni idea.

—Está eligiendo a los capitanes de los equipos.

—¿Cómo puede un cerdo...? Da igual. Quería hablar contigo porque no sé si te has enterado de lo del Fin de Semana de los Lectores que va a organizar Hazel el mes que viene.

—Pues claro. El Angelo's va a regalar palitos de pan durante todo el fin de semana.

¿Lo sabía y se me había olvidado? Mierda.

—Sí. Es genial. El caso es que necesito una página web. Un sitio donde publicar todos los descuentos, las rebajas y las ofertas especiales para los asistentes, además del programa. Gage me ha sugerido que te lo comente a ti. Estoy intentando pensar en algunas ventajas, pero me parece que solo hay inconvenientes. Tendrías que trabajar conmigo. El sueldo es pésimo. Y lo necesitamos para ayer.

Hablando de Gage, lo vi acercarse con disimulo a Laura, que estaba enfrascada en una conversación con la mitad de Los Jilgueros. Se metió la mano en el bolsillo y, con la destreza de un mago, le dejó algo brillante en la capucha de la sudadera, antes de marcharse. Debía de tratarse de alguna broma entre hermanos. Carla y yo nos llevábamos demasiados años como para compartir bromas privadas. Otro síntoma más de lo disfuncional que era mi familia.

—Uf, lo siento, guapa —dijo Felicity—. Voy muy justa con la fecha de entrega de *Cozy Core Cottage 3*. Básicamente, mi vida gira en torno a las claves de la decoración dopamina. No tengo tiempo para ningún otro proyecto, a no ser que pase de dormir.

Me acababa de dar calabazas. Por eso no hacía llamadas espontáneas.

—Lo entiendo perfectamente. Gracias por tu tiempo —conseguí decir, a pesar del bajón. Ahora tendría que ponerme a investigar cómo diseñar una página web por mi cuenta, además de ocuparme del resto de cosas que tenía entre manos.

—De nada. Otra vez será —contestó ella.

—Sí, otra vez será —dije yo también, antes de colgar. Volví

con Gage, tratando de ocultar mi decepción. Muchas personas conseguían aprender a diseñar una página web... y a llenarla de contenido... sin dejar de ser adultos productivos y hacer cosas como preparar la cena, cambiar el aceite del coche y hacer la declaración de la renta. Ay, madre. La declaración de la renta. ¿En qué época del año estábamos?

—¿Cómo ha ido? —me preguntó Gage, mientras le devolvía el teléfono.

—Felicity ha dicho que no. Pero no pasa nada. Todo está bajo... —Algo sólido chocó con mis rodillas. Gage me sujetó mientras yo bajaba la vista, sorprendida—. ¿Qué sucede? —Rump Roast tenía el hocico pegado a mi pierna—. ¿Por qué tiene la nariz pintada de rosa y por qué la ha pegado a estos vaqueros tan caros? —pregunté con voz aguda. La multitud que nos rodeaba empezó a silbar y vitorear como si acabara de anunciar que invitaba a una ronda en el Fish Hook. Gage me miró, sonriendo—. ¿Qué coño está pasando aquí? —pregunté.

—Enhorabuena, Zoey. Eres la capitana de uno de los equipos —dijo Harry, dándome unas palmaditas en el hombro, entusiasmado.

—B-I-N-G-O —cantaron Los Jilgueros de Story Lake, mientras el público aplaudía al compás.

Como sacudiera más fuerte la cabeza, me iba a entrar vértigo.

—No, no. De eso nada. Gracias, pero no —dije, por encima de los cánticos y los aplausos—. No puedo ser la capitana de un equipo. El cerdo tendrá que elegir a otra persona.

—Es todo un honor —me dijo Gage al oído—. No puedes negarte.

—¿Un honor que un cerdo se cargue mis vaqueros con el hocico? ¡Si ni siquiera entiendo el Bingo Definitivo! No tengo tiempo para aprenderme las normas. ¡No tengo tiempo para ocuparme de todas las cosas que tengo que hacer ahora mismo! Odio los juegos. Y dime que esto es pintura al agua antes de que me cargue a alguien.

—Es pintura de dedos lavable —me confirmó Gage, todavía con demasiada cara de diversión para mi gusto—. Y para ser el capitán de un equipo lo más importante es saber mantener unida a la gente y liderarla, no conocer todas las reglas.

—¡Tampoco sé hacer eso! Tú eres abogado. Sácame de esta —le exigí.

Él se encogió de hombros.

—Creo que estás en un callejón sin salida.

—Enhorabuena, Zoey —dijo Emilie Rump con una notable falta de entusiasmo—. Rump Roast nunca había salido del círculo de candidatos para elegir un capitán. Es un honor único en la vida.

—¿No podría honrar a otra persona?

Emilie frunció aún más el ceño.

—Solo si te acoges al artículo cuarenta y siete del Reglamento del Bingo Definitivo.

—Perfecto. Me acojo al artículo cuarenta y siete.

—El artículo cuarenta y siete establece que se puede impugnar la elección del capitán del equipo de Bingo Definitivo si se sacrifica al animal seleccionador y se sustituye por otro.

—Es una ley de los años treinta —añadió Gage.

—¿Sacrificar en plan metafórico? —pregunté esperanzada. Rump Roast me gruñó de manera amistosa. Seguramente se me ocurriría un buen insulto para un cerdo, si tuviera tiempo para pensar. ¿Tal vez algo sobre esas orejitas caídas tan monas o ese apodo tan desafortunado?

—Sacrificar en plan cargarte a mi cerdo con tus propias manos —dijo Emilie, entornando los ojos hasta convertirlos en dos peligrosas rendijas—. Sé que últimamente no he sido muy buena vecina, pero no puedo creer que te estés planteando…

—¡No me estoy planteando nada! ¡Nadie se lo está planteando! ¿A quién se le ocurrieron esas reglas? —protesté con voz aguda.

—¡A Dickie Dalrymple! —cantaron Los Jilgueros, que habían formado un semicírculo a mi alrededor.

—El fundador del Bingo Definitivo. Empezó en los años treinta, cuando la gente estaba más acostumbrada al sacrificio público de animales —me explicó Gage.

Una sombra se cernió sobre nosotros y, al alzar la vista, vi a Goose sobrevolando lentamente el parque.

—¿Va todo bien? —me preguntó Darius, acercándose con una incómoda sonrisa de alcalde. Llevaba un sombrero de copa con bolas de bingo pegadas.

—Te recomiendo que no te acojas al artículo cuarenta y siete —me dijo Emilie con frialdad.

—Bueno, vale. ¡Pero si ni siquiera sé qué hacen los capitanes de los equipos! Y no tengo tiempo para aprender. —Aprenderme las reglas de un juego nuevo era tan agradable para mí como pasarme ocho horas en un avión sentada al lado de alguien con flemas.

—Te las enseñaremos encantados, Zoey —dijo Harry, rodeándome los hombros con un brazo.

Goose se posó en una rama del árbol más cercano y nos miró con sus ojillos de águila.

Gage puso los ojos en blanco ante el entusiasmo de su sobrino.

—Buen intento, listillo, pero ya se las enseño yo —dijo, volviéndose hacia mí—. No te preocupes. Aún faltan varias semanas para que empiece oficialmente la temporada. Te pondré al día en un santiamén.

Pero Gage no entendía que, en cuestiones de retención, yo era tan imposible de adiestrar como un cachorrito en medio de un desfile.

—¿Todo bien entonces? —preguntó Darius, esperanzado.

—Nadie le va a aplicar el artículo cuarenta y siete a mi cerdo —declaró Emilie.

Me fulminó con la mirada, como si me estuviera retando a contradecirla.

—Sí, más o menos —contesté.

Darius hizo un gesto triunfal con los brazos, como si estuviera dirigiendo una orquesta invisible. Goose imitó el movimiento con las alas. No podía asegurarlo, pero juraría que aquel pajarraco estaba imitando al alcalde.

—¡Menuda jarana! ¡Una nueva capitana! —canturrearon Los Jilgueros al unísono. La multitud comenzó a gritar.

Hazel vino corriendo y me abrazó.

—¡Felicidades, capitana!

—Ni felicidades ni leches. Yo no quiero ser capitana —refunfuñé, mientras me conducían a la pista.

—Lo vas a hacer genial —me animó Hazel, sonriendo como si hubiera ganado el Premio Nobel o conseguido un par de zapatos Jimmy Choo en rebajas.

—Tienes que participar con el resto de capitanes en la ceremonia —me dijo Gage, señalando el centro de la pista, donde ya había otras cinco personas. Todos llevaban una especie de banda, como si se encontraran en un concurso de belleza.

Estaba a punto de volver a quejarme, cuando el rugido de un motor y una atronadora música rock me lo impidieron.

Hasta Los Jilgueros dejaron de cantar y todos nos quedamos mirando alucinados cómo un autobús escolar descapotable se detenía con un chirrido al lado de la acera. La pintura amarilla original estaba cubierta por un grafiti profesional de varias capas en el que se podía leer: PARTY BUS DE DOMINION. Estaba lleno de pegatinas con anuncios de patrocinadores, incluido uno de un suplemento para la disfunción eréctil llamado Hardpeen.

Las puertas se abrieron con un silbido neumático y una rubia imponente con botas de plataforma se bajó del autobús, seguida de cuatro hombres con el torso desnudo que parecían estar haciendo casting de modelos para un trabajo de «tío bueno amante del aire libre». Estaban todos temblando, aunque intentaban disimularlo.

—Hola, Story Lake —dijo la mujer con voz melosa, mirándonos por encima de unas gafas de sol de espejo supermolonas.

Se oyeron abucheos y silbidos entre la multitud.

Nina Vampic era una rubia platino con un estilazo increíble, una piel maravillosa y un alma como la del mismísimo diablo. Como malvada alcaldesa de Dominion, recientemente había fracasado en el intento de hacer desaparecer Story Lake para anexionarlo a su propio pueblo bajo la amenaza de la quiebra. En un gratificante arrebato de patriotismo local, Hazel la había tirado del muelle el verano anterior, después de llamarla «payasa de mierda».

—¿En qué puedo ayudarla, señorita Vampic? —le preguntó Darius, intentando poner voz de duro.

—Payasa de mierda —murmuré, tapándome la boca con la mano.

—No la provoques —me regañó Gage.

Nina se acercó pavoneándose y le dio una palmadita en la mejilla a Darius.

—Mi querido, dulce e inexperto Darius, solo quería que fueras el primero en enterarte de nuestro nuevo y emocionante evento.

—¡Dominion Privatag! —gritaron los hombres sin camiseta que estaban intentando no temblar, con falso acento alemán.

—Enhorabuena. Ya te puedes largar, Nina —le dijo Gage con frialdad.

—Vaya, Gage, esperaba más emoción por tu parte. —La alcaldesa hizo un pucherito de lo más coqueto y se metió las manos en el chaleco peludo. Seguro que era piel auténtica de tiernas criaturitas del bosque que había asesinado para desayunar.

—Pues no sé por qué —replicó él.

—¡No le caes bien a nadie! —gritó alguien en la pista deportiva.

Rump Roast gruñó como si estuviera de acuerdo. Le acaricié la cabeza para demostrarle que yo opinaba lo mismo.

—Estáis todos invitados al primer Privatag de Dominion —dijo ella, con grandilocuencia—. Los participantes construirán artefactos voladores ligeros y se lanzarán con ellos al lago desde una plataforma de nueve metros para ganar un gran premio en metálico.

—Un momento —la interrumpí—. ¿Eso no es una copia descarada del Red Bull Flugtag?

Su expresión cambió, pasando de una arrogancia perfecta a una hostilidad desafiante.

—No es una infracción de marca registrada si se cambia el nombre. ¿Y qué va a tener nuestro Flugtag, chicos? —Se giró hacia sus amiguitos semidesnudos.

—¡Priva! —gritaron ellos.

—¡Tú sí que eres prima! —gritó alguien. La multitud empezó a abuchearlos de nuevo. Yo me uní con entusiasmo.

—Pinta estupendamente para vuestra póliza de seguro —comentó Gage con frialdad.

Nina se aproximó a él, invadiendo su espacio personal con su perfume caro y empalagoso.

Mierda. Había olvidado que Gage había salido con la villana rubia. Y saltaba a la vista que ella estaba interesadísima en repetir. Si supiera ubicar los pelillos del cogote y los tuviera, se me habrían erizado al verle posar una mano sobre los brazos cruzados de Gage.

—Muy bien, Cruella, ya te estás largando antes de que te arree una leche con un cartón de bingo gigante —le advertí, acercándome a ella.

Hazel me agarró por la capucha de una de las sudaderas para hacerme retroceder un poco.

Nina me miró con frialdad.

—¿Y tú quién coño te crees que eres?

—La publicista de Story Lake y tu presencia está haciendo bajar el valor de la propiedad inmobiliaria —le solté, mientras seguía intentando librarme de Hazel, que me estaba estrangulando.

Nina resopló con descaro.

—Obvio. Este pueblucho perdido lleno de paletos ignorantes no reconocería la diversión ni aunque viniera acompañada de una fuente gratuita de Fireball.

Los abucheos se volvieron más fuertes y Hazel consiguió hacerme retroceder unos cuantos pasos.

—Es muy chunga, ¿no? No son imaginaciones mías —le dije.

—Mucho —contestó Hazel.

—Está buenísima. Pero es un mal bicho y eso le resta atractivo —comentó Harry—. No la soporto, pero tampoco puedo dejar de mirarla.

—Necesitas buscarte urgentemente una novia de tu edad —le dije.

—Esperamos que patrocinéis el Privatag de Dominion. Estamos organizando todo un festival en torno a él. Nadie va a querer perdérselo. —Nina esbozó una sonrisa felina, mientras uno de sus secuaces descamisados desenrollaba un cartel.

Se oyeron unas cuantas exclamaciones de sorpresa entre la multitud.

—Eres una payasa de mierda integral —le espeté al leer la fecha en el letrero.

—Es el Fin de Semana de los Lectores —susurró Hazel.

Me hervía la sangre. Nina Vampic estaba poniendo en riesgo la presentación del libro de mi clienta e intimidando a mi pueblo. Aquello era la guerra.

—Nina, es mejor que te vayas —dijo Darius.

—«Nina, es mejor que te vayas» —lo imitó ella—. Dadles los regalitos, chicos.

Los esbirros semidesnudos sacaron un cañón de camisetas y una pistola de lanzar dinero.

—Te ruego educadamente que no… —La petición de Darius se vio interrumpida por el primer estruendo del cañón.

Varias camisetas y cientos de papelitos salieron disparados hacia la multitud. Una de ellas rebotó en el rostro canoso de Gator Johnson. Otra le dio a Junior Wallpeter en el pecho. Ninguno de los dos intentó atraparlas. Cogí un papel del suelo. Era un cupón de descuento para unos chupitos de whisky en uno de los bares más sórdidos de Dominion. Por el otro lado había un cupón con un diez por ciento de descuento para la Noche del Biquini del Beaver Dam. Había un asterisco que llevaba a una cláusula de exención de responsabilidad que indicaba que los cupones solo eran válidos cuando los establecimientos volvieran a abrirse al público tras haber superado las inspecciones sanitarias de seguimiento.

—¿Por qué huelen a cerveza? —me pregunté en voz alta.

—Usamos papel especial reciclado de las cartas de las cervecerías porque somos unos genios del marketing, no como tú —contestó Nina con arrogancia.

Me entraron ganas de coger un puñado de cupones y hacer que se los tragara. Pero eso sería muy impulsivo y seguramente implicaría una demanda, o incluso un juicio. En lugar de eso, planearía una venganza y se la serviría fría en sus puñeteras narices cuando menos se lo esperara.

—Dios, qué ganas —dije.

—¿De venir al Privatag cuando tu festival cutre fracase? —me preguntó Nina.

—No. —Estrujé el cupón con la mano—. De darte una paliza.

Gage se puso delante de mí para que no pudiera llegar a la cara de Nina, que estaba pidiendo a gritos un puñetazo.

—Tranquila, Desastre —me dijo.

—Adelante, organiza ese festival tuyo que infringe los derechos de marca —dijo Darius—. El Fin de Semana de los Lectores de Story Lake se celebrará igualmente y será un éxito.

Me uní al atronador aplauso que originó su declaración, deseando tener entre las manos la estupenda y maravillosa cara de Nina.

—Eso ya lo veremos. ¿Quién va a interesarse por una chorrada de libro en un pueblucho patético lleno de fracasados?

—Se acabó. Voy a partirle los dientes de un puñetazo —dije.

Hazel me tiró de la capucha hacia atrás mientras Gage me cortaba el paso.

—Dejad... que le parta... la cara.

—Dios, qué guapa estás cuando te pones así de impulsiva —dijo Gage, sujetándome.

—Solo lo dices porque quieres volver a acostarte conmigo.

—Me encantan vuestras bromitas, pero es mejor que nos centremos en la amenaza inminente —sugirió Hazel.

—Deja en paz a Story Lake, Nina —dijo Emilie, acercándose para unirse a nosotros en primera línea de fuego.

Se oyó un murmullo a nuestro alrededor y dejé de luchar contra mis captores.

—Por favor. Esperaba más de ti, Emilie —replicó Nina, poniendo los ojos en blanco.

—Me encanta este pueblo. Pensaba que colaborar contigo era la única forma de salvar Story Lake, pero me equivoqué. Olvidaba lo resilientes que somos. Nosotros nunca te hemos hecho nada. Eres tú la que no deja de atacarnos. Un día de estos, te va a salir el tiro por la culata —le soltó Emilie.

Rump Roast se espabiló como si lo hubieran activado con una orden y echó a correr amenazadoramente hacia Nina. Bueno, tan amenazadoramente como puede hacerlo un animal con orejas saltarinas y el rabito rizado.

—Oooh —coreó la multitud.

Nina se escondió detrás de su ejército de secuaces semidesnudos.

—¿Cómo se os ocurre echarme a vuestros animales de granja? ¡Pienso demandaros personalmente uno a uno y dejaros en la ruina!

Levi Bishop salió de entre la multitud con cara de pocos amigos.

—Y yo pienso multarte personalmente por cada uno de los cupones que acabas de esparcir por la orilla del lago. Trescientos dólares por infracción y estoy viendo como mínimo quinientas infracciones.

—En realidad, han sido mil —dijo el esbirro que llevaba la pistola de lanzar dinero.

—Cállate, Kevin —le espetó Nina.

—Os recomiendo que os larguéis antes de que os multe —les advirtió Levi.

—Vale. Nos vamos. Pero esto no va a quedar así —amenazó. Dicho lo cual, Nina se dio media vuelta y se dirigió al autobús con la cabeza bien alta.

—No puedo creer que salieras con ella —le dije a Gage.

—Por favor. Tenía diecinueve años y era un pardillo. Obviamente, mis gustos han mejorado desde entonces.

—¿Puedo soltarte la capucha para escribir eso o sigues teniendo ganas de pegarle a alguien? —me preguntó Hazel.

—Ya la pillaré otro día —contesté, mientras Nina y su batallón de tíos buenos se subían al autobús.

La alcaldesa me miró fijamente a los ojos y levantó ambos dedos corazones con actitud desafiante.

—¡Que alguien me dé una patata ahora mismo! —grité. Once personas levantaron sus patatas asadas a mi alrededor. Le quité la suya de la mano al doctor Ace—. ¡Eh, Nina! ¡No vuelvas a acercarte a nuestro pueblo!

—La muñec... —La advertencia de Gage se vio interrumpida por la velocidad de la patata que lancé con todas mis fuerzas. Esta se aplastó contra el anuncio del autobús de la Noche del Biquini del Beaver Dam, justo por debajo de la cara de Nina. Aunque no di en el blanco, fue muy satisfactorio ver cómo varios trozos de tubérculo asado le salpicaban la cara y el chaleco peludo.

—¡Ay! ¡Ha merecido la pena! —Me doblé hacia adelante, sujetándome el brazo contra el pecho.

—Habías olvidado que tenías la muñeca rota, ¿no? —me preguntó Gage, con suficiencia.

Le di un pequeño puñetazo en la pierna con la mano buena.

—No —mentí.

—Un lanzamiento excelente, Zoey. Pero, desde el punto de vista médico, no deberías haber tirado con esa mano —señaló el doctor Ace.

Justo en ese instante, Goose desplegó las alas y abandonó la rama en la que se encontraba. Se lanzó en picado sobre la multitud y fue directamente hacia el autobús.

Nina chilló cuando el águila se abalanzó sobre ella. Se tiró al suelo del bus mientras la rapaz hacía un vuelo rasante sobre el vehículo, pasando a menos de treinta centímetros de los respaldos de los asientos. La gente comenzó a aplaudir cuando el vehículo arrancó y empezó a alejarse de la acera.

—Venga, bateadora. Vamos a por un poco de hielo —me dijo Gage, rodeándome los hombros con un brazo para acompañarme al puesto de comida.

—No quiero hielo. Quiero un helado —dije con obstinación.

—Pediré las dos cosas. Por cierto, has dicho «nuestro».

—¿Qué?

Él esbozó una sonrisa soberbia y arrogante.

—Le has dicho que no vuelva a acercarse «a nuestro pueblo». Mierda.

—¿Y qué?

—Que, desde que llegaste aquí, siempre te he oído decir «tu pueblo» o «vuestro pueblo». Y ahora has dicho «nuestro». Creo que cada vez nos estás cogiendo más cariño —contestó Gage, alegremente.

—Solo ha sido un momento de subidón, en plan «nosotros contra ellos» —le aseguré—. No pienso jurar lealtad a un pueblo que permite que los cerdos mancillen unos vaqueros de diseño.

Él negó con la cabeza.

—No sé yo, Desastre. Has defendido nuestro honor con una patata. Yo creo que te caemos bien.

—De eso nada —refunfuñé.

El teléfono de Gage empezó a sonar y él atendió la llamada.

—Hola. Sí. Está aquí. —Me pasó el móvil.

—¿Sí?

—Zoey, soy Felicity. Me he enterado de lo que han hecho esos capullos de Dominion. Cuenta conmigo.

—¿Cómo te has…? Da igual. ¿Estás segura? Tenemos muy poco presupuesto. Ganarías más haciendo de canguro —le advertí.

—No, si lo voy a hacer gratis.

### REPORTERO INTRÉPIDO

Una vecina de Story Lake se rompe un brazo al pegarle un patatazo a la alcaldesa de Dominion en un altercado público a cuenta del turismo.

# 27

## *Un tío bueno con carpas*

### Gage

*Audrey*
Gerald se ha ido oficialmente de casa!
Levi se ha pasado por aquí para comprobar
que todo iba bien
Gracias por todo!
Creo que por fin me empieza a hacer ilusión
empezar de cero

> Enhorabuena!
> Te dije que todo iba a salir bien
> Yo invito a las cervezas y a los batidos
> Y recuerda: si hace algo que te haga sentir
> incómoda, me lo dices
> Sé que no te hace mucha gracia lo de la orden de
> alejamiento, pero para algo están

—No puedo creer que ella consiguiera convencerte para hacer esto —refunfuñó Levi, mientras bajábamos la segunda nevera portátil de la parte de atrás del todoterreno y la dejábamos en el suelo, al lado de la primera.

—¿Quién? —dije, escuchándolo solo a medias.

Era viernes y el sol empezaba a ponerse sobre el jardín trasero, anunciando el final de otra semana agotadora. Nana se retorcía en la hierba boca arriba, gruñendo de euforia. Flechazo le ladraba a una mariposa. En circunstancias normales, estaría satisfecho con el trabajo realizado, pero ese día me sentía inquieto. Y la única culpable era Zoey Moody. Para ser tan impulsiva, estaba tardando una eternidad en decidir si me dejaba volver a su cama.

—¿Quién? —replicó Levi—. Joder.

—¿Qué pasa ahora? —preguntó Cam, mientras levantaba a pulso un pedrusco para ponerlo junto al filtro del estanque.

El estanque del jardín trasero que yo nunca había querido estaba finalmente en funcionamiento. Y a juzgar por la ranita que me había encontrado dentro por la mañana, debía de ser bastante agradable. Había trabajado en él todas las tardes al salir del trabajo hasta que estaba demasiado cansado para pensar en cierta sirena de cabello rizado que me había embrujado.

—Que Gigi está otra vez en las nubes —gruñó Levi.

Cam se sacó la camiseta manchada de tierra y se secó la cara.

—Es por el sexo. Nos vuelve locos a todos.

Me quité la gorra y me pasé el antebrazo por la frente.

—Bueno, ya que lo mencionas…, ¿puede el sexo ser tan bueno como para hacer que te replantees lo que quieres en la vida?

Levi me miró como si acabara de preguntarle si el Conejo de Pascua existía de verdad.

—No.

—Sí —contestó Cam al mismo tiempo, antes de darle un puñetazo en el brazo a Levi—. Entonces es que no lo estás haciendo bien.

—Lo hago perfectamente —aseguró Levi antes de girarse hacia mí—. ¿Sobre qué te ha hecho cambiar de opinión ese supuesto sexo tan maravilloso, exactamente?

—Prefiero disfrutar de más polvos alucinantes con Zoey que encontrar a la futura señora Bishop —reconocí.

Cam negó con la cabeza.

—Te dije que no la cagaras. Ahora ya sabes por qué.

—¿Me estás diciendo que has pasado una noche con ella y ya estás dispuesto a renunciar a todo ese rollo del matrimonio y de los hijos? —me preguntó Levi mientras abría la segunda nevera y se ponía a repartir cervezas.

Abrí la botella.

—Yo no he dicho que quiera renunciar. Solo que ahora mismo ya no me parece tan… interesante.

Cam se tumbó en la hierba.

—Pues sí que debió de ser un polvo cojonudo. Del que, por cierto, no quiero saber nada —dijo—. Que sepas que sigo cabreado por eso. Soy tu hermano mayor, deberías seguir mis consejos.

—Es difícil tomar en serio a un hombre que está obsesionado con un mapache —repliqué, sentándome en una piedra al lado del estanque.

Él levantó lentamente el dedo corazón hacia mí.

—Hablando del mapache con el que no estoy obsesionado, tengo un plan nuevo. Voy a poner cámaras de detección de movimiento alrededor de toda la casa. Así podré averiguar por dónde entra.

—Tiene mejor pinta que lo de montar guardia toda la noche en el garaje.

—Ese es el Plan B —contestó él.

—Me gustaría dejar claro que soy muy bueno en la cama —añadió Levi, sentándose sobre la otra nevera.

—Sí, claro —resopló Cam—. No me digas más.

—Que os den a los dos —dijo Levi.

—Oye, ¿qué tal con lo de Audrey y su ex? —le pregunté, cambiando de tema.

—Bien.

—¿Pero? —dije.

Él se encogió de hombros.

—No me gusta nada ese tío. Llegó cabreadísimo y apestando a alcohol. Pero se le pasó al ver que estaba yo allí.

—¿Y?

Levi bebió tranquilamente un trago de cerveza.

—Había agujeros en las paredes de un par de habitaciones. Todos más o menos a la misma altura.

—¿Crees que se las cargó a puñetazos? —quiso saber Cam.

—Se lo pregunté a Audrey cuando él se marchó. Me aseguró que nunca se había puesto violento, pero…

—¿No la crees? —le pregunté. No me gustaba que Audrey no se sintiera lo bastante segura como para contarme toda la verdad.

—Simplemente, tengo un mal presentimiento —respondió Levi.

—Le dije que podíamos pedir una orden de alejamiento, pero ella respondió que quería que la separación fuera lo más amistosa posible.

—A mí me dijo lo mismo. Pero ese tío no parece muy amistoso —comentó Levi.

—Podríamos darle una paliza preventiva —sugirió Cam.

—Sí, para que me expulsen del colegio de abogados y Livvy tenga que arrestarse a sí mismo —repliqué—. Volveré a comentarle lo de la protección judicial. Puede que esté más receptiva ahora que él se ha ido de casa.

—Puede —dijo Levi muy serio.

Nos quedamos allí sentados en silencio, escuchando el murmullo de la cascada y el canto de los pájaros. Mis pensamientos volvieron a centrarse inevitablemente en su nueva estrella polar: Zoey Moody. La brisa agitaba la hierba del campo y me recordaba su cabello. Mi cerebro estaba creando nuevas conexiones neuronales con ella como nuevo destino favorito. Me pregunté qué estaría haciendo en ese momento y si estaría pensando en mí.

—Mira qué cara de tonto —dijo Levi, señalándome—. Ya está otra vez igual.

—Joder, no te habrás enamorado ya de ella, ¿no? —me preguntó Cam.

Yo resoplé.

—Claro que no. Solo pienso en ella tan a menudo como tú en Bertha, la mapache.

Cam fue incapaz de responder a la puñalada y me felicité a mí mismo.

Nana se acercó trotando y me dio un empujoncito con el hocico, reclamando atención. Acaricié sus orejas sedosas y ella me regaló un sonoro eructo en la cara.

—Puaj. Gracias, Nan. Eres toda una señorita.

Me miró con unos ojos grandes y bobalicones rebosantes de amor, antes de irse corriendo a pedirle mimos a Levi.

Yo no les había dicho a mis hermanos que se pasaran por allí esa tarde. Simplemente habían aparecido porque esa era la costumbre de nuestra familia cuando había trabajo que hacer. Habían aparcado los todoterrenos delante de la casa y habían bajado las neveras llenas de cerveza y las palas, como si no nos hubiéramos pasado ya la mayor parte del día juntos. Teníamos que rematar dos casitas más de Haven en una semana, así que íbamos contrarreloj para acabar a tiempo. Una de las mujeres ya había colocado su colección firmada de Hazel Hart en la estantería del estudio. Yo le hice una foto y se la mandé a Zoey. Esa semana nos habíamos enviado un montón de mensajes, pero poco más. Y yo había pasado más tiempo del que me gustaría reconocer sentado en mi despacho, escuchando cómo iba de aquí para allá sobre mi cabeza.

—¿Hazel sigue queriendo casarse contigo? —le pregunté a Cam, rompiendo el silencio.

—Siempre y cuando me porte bien hasta que firmemos el acta de matrimonio —bromeó él.

Levi esbozó una sonrisa burlona.

—Pues buena suerte.

Mientras observaba el horizonte, pensé que habíamos construido una buena vida. Las vallas se desplegaban, separando los campos de los pastos. Las vacas se congregaban en la soleada colina que había entre mi casa y la de mis padres. Los perros disfrutaban del sol en mi jardín trasero que, gracias a la resiembra del otoño anterior, por fin se parecía cada vez más a un jardín y menos a un lodazal.

Allí estaba rodeado de mi familia. Conocía los nombres de todos los vecinos. El pueblo estaba volviendo a la vida, como si un invierno largo e interminable estuviera llegando a su fin. Quería construir sobre eso, dejar mi huella como mis padres habían dejado la suya. Quería hacer crecer nuestra familia. Era algo que siempre había deseado. Algo que había dado por sentado que sucedería.

Y entonces había llegado Zoey. Lo mío con ella no tenía sentido. No encajaba bien en el espacio que había dejado intencionadamente en blanco. Como tampoco lo hacían mis sentimientos por ella. Ni el hecho de seguir ahí sentado, preguntándome si la quería más que las cosas que siempre había deseado. Ella representaba la diversión y la sal de la vida, la luz y el caos. Me había pasado toda mi existencia buscando seguridad y dando un paso lógico detrás de otro.

Pero últimamente solo pensaba en disfrutar un poco, para variar. Si aquello era un error, como aseguraba Cam, al menos me divertiría cometiéndolo.

—¿Les vas a poner nombre? —me preguntó Levi, dándole una patadita a la otra nevera.

Abrí la tapa y observé el contenido. Las cuatro carpas koi rechonchas apenas se veían en el agua verde y turbia del estanque lleno de lodo del que habían sido rescatadas.

—No sé. ¿Los peces tienen personalidad?

Cam se asomó a la nevera portátil.

—Claro. Viscoso, Mugroso y Fangoso.

—Eso solo son tres —señaló Levi.

—Bueno, ¿cómo íbamos a olvidarnos de Ed? —bromeó Cam.

—Eres peor que los niños poniendo nombres —comenté.

—No le hagas caso, Mugroso. Gigi está celoso porque tú tienes una novia pez y él no —dijo Cam.

—¿Cómo voy a sentir celos de un pez? Vamos a llevarlos a su nuevo hogar. —Dejé la cerveza fuera del alcance de la cola de Nana y le hice un gesto a Levi para que agarrara la otra asa. Juntos llevamos la nevera hasta la orilla del estanque—. Bienvenidos a casa, chicos.

Vaciamos el contenido en el estanque sin contemplaciones. Se escuchó un fuerte chapoteo y se vieron algunos destellos de colores mientras las carpas se deslizaban en el agua. Nana y Flechazo se acercaron a nosotros y empezaron a ladrar al escuchar el ruido.

—¿Alguna vez os habéis preguntado por qué dejamos que mamá nos convenza para hacer estas cosas? —les pregunté, mientras veíamos nadar a los peces a toda velocidad por el fondo del estanque. El de color rojo intenso me llamó la atención por las ganas con las que exploraba las piedras y los hierbajos.

—Por la misma razón por la que yo le hago caso a Hazel cuando me dice que me proteja los oídos cuando corto el césped y por la que tú aceptaste ese puñetero caso cuando Laura te lo pidió. Porque las queremos. Y el amor hace que los hombres hagamos gilipolleces absurdas —contestó Cam.

—Como cavar un estanque de dos mil trescientos litros de capacidad en el jardín trasero para poder rescatar a cuatro carpas de una finca abandonada —señaló Levi.

—O representar a la mujer responsable de la muerte de tu cuñado y no contárselo a tus hermanos, algo por lo que aún sigo enfadado —replicó Cam.

—Sí, eso —añadió Levi.

—Lo siento, ¿vale? No era mi intención aceptarlo y mucho menos sin contároslo a vosotros, capullos. Pero...

—Laura —dijo simplemente Levi.

—Sí.

—Ya. Lo entiendo. Pero sigo estando enfadado —dijo Cam.

—Ya. Lo entiendo. Yo también lo estaría —reconocí.

—¿Y cómo va el caso que no deberías haber aceptado sin consultarnos? —me preguntó Levi.

Declan y yo nos habíamos pasado casi toda la semana revisando jurisprudencia y precedentes. Conseguir que se desestimaran los cargos era una posibilidad remota, llegados al punto en el que nos encontrábamos. Pero mi trabajo era evitar que Valerie se viera en la situación en la que yo había deseado ponerla, precisamente.

—El juicio es el mes que viene. Seguro que tú sabes tanto como yo, jefe de policía.

—¿Cómo eres capaz de hacerlo? —me preguntó Cam—. ¿Cómo eres capaz de mirarla sin ver únicamente a la mujer que mató a Miller?

Tuve que contenerme para no corregirlo añadiendo un «presuntamente». En lugar de ello, me quedé mirando cómo la carpa roja se metía deprisa bajo la cornisa de piedra que yo había construido al lado de la cascada.

—No lo sé. Intento recordarme a mí mismo que también es humana. La madre de alguien. La hija de alguien. La amiga de Larry. Una puñetera enfermera que habrá salvado varias vidas. Hace nada estaba haciendo turnos dobles para ahorrar y comprarse una casa. Y ahora vive en un adosado cutre y diminuto de dos dormitorios, está pasando por un divorcio y se enfrenta a la posibilidad de perderse los próximos tres años de la vida de sus hijas. Nosotros hemos perdido más cosas que ella, pero ella también ha perdido muchas.

—¿Y lo que ha perdido es suficiente? —me preguntó Levi, observando el fondo del estanque.

—Si para Laura lo es, para mí también. —Me di cuenta de que era así. Puede que no le tuviera mucho cariño a Valerie, pero ya no podía evitar reconocer su humanidad.

—Larry quiere que Hazel y yo la conozcamos —dijo Cam.

—Y yo —dijo Levi.

—Intentad no comportaros como unos capullos, ¿vale? —les pedí—. Solo conseguiréis cabrear a Laura.

Ambos gruñeron.

—¿Mamá ya ha dejado de castigarte por tu falsa granja de pollos? —le pregunté a Levi.

El verano anterior, su intento de impedir que nuestra madre le endosara más animales de acogida había llegado a su fin abruptamente, cuando descubrimos que el gallinero que Levi había construido en la parte de atrás de su cabaña junto al lago estaba lleno de pollos ficticios.

Este pateó el montículo de piedras que todavía me faltaba esparcir alrededor del estanque.

—Se le ha metido en la cabeza encontrar el perro policía jubilado perfecto para mí.

—Siempre encuentra algo que merece la pena rescatar —dijo Cam.

—Como nosotros —repliqué—. Podríamos regalarle algo bonito el día de la Madre.

Levi frunció el ceño.

—¿Qué solemos hacer?

Negué con la cabeza.

—Le compro un ramo enorme de sus flores favoritas y le digo que son de parte de todos.

—Qué detallistas somos —comentó Cam.

Ambos perros levantaron las orejas justo antes de ponerse a ladrar y salir disparados, rodeando la parte de atrás del garaje. Reaparecieron trotando a ambos lados del UTV.

Wes y Harry se detuvieron junto a mi todoterreno.

—Hola, tíos —nos saludó Wes, desde el asiento del conductor.

—¿Ya habéis soltado a los peces? —preguntó Harry, saliendo del vehículo para ver mejor el estanque.

Wes era el más atlético de los dos. Harry tenía pinta de compositor, con aquella mata de pelo rizado. Aun así, ambos me recordaban en cierta forma a su padre. A Miller le habría encantado verlos crecer. No soportaba que se estuviera perdiendo todo lo que a mí me hacía tan feliz.

—Justo ahora mismo —contesté.

—¿Vosotros qué soléis hacer el día de la Madre? —les preguntó Cam.

—Llevamos a mamá a desayunar a ese sitio que tanto le gusta, de comida sana y asquerosa, sin quejarnos. Después vamos todos juntos al gimnasio a entrenar. Y luego le preparamos la comida y cada uno le da un regalo —respondió Wes.

—Yo el año pasado le compré unos guantes antideslizantes para que le resultara más fácil hacer dominadas —dijo Harry.

—¿Por qué? ¿Qué le regaláis vosotros a la abuela? —preguntó Wes.

—Flores —murmuramos.

—Flores... No está mal. ¿Y qué más? —preguntó Harry.

—Bueno, son unas flores muy bonitas —dijo Cam, mirándome—. ¿Verdad?

—Sí. Son muy caras —añadí, poniéndome a la defensiva.

—¿La abuela no os adoptó a los tres cuando os pusieron en casas de acogida diferentes? —preguntó Wes con inocencia.

—¿Y no se perdió aquel superviaje de cumpleaños porque todos os pusisteis malos del estómago al mismo tiempo? —añadió Harry.

—¿Qué insinuáis, listillos? —refunfuñó Cam.

Harry le dio una palmada en el hombro.

—Que tenéis que esforzaros un poco más, colegas.

Wes asintió con la cabeza.

—Eso. Y ni se os ocurra probar con una tarjeta casera y un vale para abrazos, ni alguna otra chorrada por el estilo.

—Lo siguiente va a ser que nos den consejos para ligar —se lamentó Levi.

—Hablando de ligar, ¿cómo has conseguido conquistar a Zoey, tío Gage? —quiso saber Harry.

—¿Cómo narices te has enterado? —le pregunté—. ¿Y por qué te sorprende tanto? Si soy la leche.

Harry y Wes se miraron y se encogieron de hombros.

—Bueno, tienes que reconocerlo. Ella es genial y divertida, y tú... —Harry dejó la frase en el aire, como si estuviera a punto de decir algo insultante.

—Responsable —añadió Wes enseguida.

—Eso. Le pega más salir con el típico tío tatuado, con moto y antecedentes penales —dijo Harry.

—No estamos saliendo —repliqué.

—Entonces ¿sigue libre? —preguntó Harry, con demasiado entusiasmo—. ¿Crees que le gustarán los chicos jóvenes?

—A lo mejor me hago un tatuaje —dijo Wes, acariciándose la barba, prácticamente invisible todavía.

Levi abrió la boca, pero yo levanté una mano.

—Ninguno de los dos va a salir con Zoey. Si alguien de esta familia debe tener una relación con ella, ese soy yo.

—Pues, entonces, ¿qué leches haces desperdiciando la tarde del viernes con un puñado de peces? —preguntó Harry.

Cam me rodeó con el brazo.

—Ya ves, chaval. Zoey cree que lo de tu tío ha sido un error monumental. Justo lo que yo había vaticinado. Pero ¿me hizo caso? No. Y ahora no le queda más remedio que perder la tarde del viernes con nosotros y un puñado de peces. Moraleja: haced siempre caso al tío Cam, que es muy sabio y todo ese rollo.

Le di un empujón a mi hermano.

—Tío Gage, si una mujer como Zoey pensara que salir conmigo es un error monumental, iría y haría todo lo posible para convencerla de que me diera otra oportunidad —dijo Harry, muy serio.

—Eso —añadió Wes, dándole la razón.

Levi carraspeó y los miró con elocuencia.

—Siempre respetando los límites y con su consentimiento explícito —añadió Wes al instante.

Harry señaló a su hermano.

—Sí. Eso.

Me quedé alucinado. ¿Levi había tenido «la conversación» con los chicos? ¿Levi, el hermano al que le parecía una tortura encadenar más de diez o quince palabras seguidas? Miré a Cam, que tenía pinta de estar teniendo la misma revelación. En fin, así funcionaba la familia Bishop. Todos sacábamos partido a nuestros puntos fuertes. Cam se había ido a vivir con Laura de inmediato después del accidente y había hecho de padre durante meses, mientras ella se recuperaba. Levi era un modelo de buena conducta para ellos. Y yo planificaba quinientas veintinueve cosas, les ayudaba con los deberes y hacía cosas imposibles cuando su madre me lo pedía.

Todos encajábamos. Todos colaborábamos. Y, por un maravilloso instante primaveral, me di cuenta de lo afortunado que era.

—Creo que vamos a tener que echarle una manita al tío Gage —comentó Wes.

—¿Ahora vais a darme consejos? —repliqué.

—Sí, tío. Zoey no se parece en nada a las mujeres con las que sueles salir. Tienes que sorprenderla, ¿entiendes? —dijo Harry.

—Eso, y además tienes que cuidar de ella, pero no en plan: «Yo cuidaré de usted, señorita» —intervino Wes, imitando lo que supuse que sería su interpretación de la masculinidad tóxica.

—¿Y cómo proponéis que lo haga? —les preguntó Cam, que se lo estaba pasando en grande.

—No sé. Haz algo por ella que no le apetezca hacer. Como lavarle el coche —sugirió Harry.

Ya le había sacado los cubos de la basura y del reciclaje a la acera el día de recogida porque sabía que se le iba a olvidar. ¿Eso contaba? Aunque no lo había hecho tanto por romanticismo como por evitar acabar con un vertedero en la oficina.

—Demuéstrale que eres algo más que un tío bueno con carpas —propuso Wes, señalando el estanque.

—¿Un tío bueno con carpas? —repitió Levi con incredulidad, como si estuviera intentando no atragantarse.

—Me parto —dijo Cam, antes de sacar el teléfono—. Voy a mandarle un mensaje a Hazel.

—Hay que joderse —murmuré aliviado cuando me sonó el móvil en el bolsillo. Un alivio que aumentó al leer el mensaje—. Vaya, vaya, vaya. Mirad a quién acaba de invitar Zoey a su casa esta noche. Recoged todo esto antes de iros. Parece que este de aquí tiene una cita—. Fui hacia la puerta de atrás, mientras ellos me aplaudían.

*Zoey*
Socorro!
El grifo del fregadero tiene una fuga!

# 28

## *El hechicero erótico*

### Zoey

Me coloqué bien la bata, me ahuequé el pelo por última vez y abrí la puerta de la entrada.

Gage estaba allí de pie, con una botella de vino en una mano y una bolsa de herramientas en la otra. Me miró de arriba abajo, deteniéndose en todos los puntos clave ocultos por la lencería.

—Por favor, te lo suplico. Dime que no hay ninguna fuga —dijo finalmente Gage.

Me alegré muchísimo de haberme puesto el conjunto de encaje negro con corsé que había encontrado de rebajas en la tienda de Sunita.

—Creo que me había dejado el grifo medio abierto —ronroneé, acariciándole el pecho con los dedos—. Se me ha ocurrido que a lo mejor te apetecía… hablar.

Gage se acercó a mí y me hizo retroceder unos pasos. Dejó el vino y la bolsa en la alfombra y cerró la puerta de una patada.

—Discoteca. Admite que me has llamado para echar un kiki.

Me enrosqué un rizo alrededor del dedo.

—Somos demasiado mayores para usar esa expresión.

—Estás mareando la perdiz —dijo él, antes de cambiarme de sitio y pegarme la espalda a la puerta.

—¿Qué te hace pensar que te he llamado para acostarme contigo? —le pregunté con candidez.

—El hecho de que estés haciendo yoga en lencería —dijo, señalando con la cabeza la esterilla de yoga que había desenrollada en el salón.

—Ahora tengo fobia a los sujetadores deportivos.

Gage extendió una mano curtida y me acarició el abdomen con el pulgar debajo del pecho. Mis pezones mostraron inmediatamente y con orgullo su excitación a través de la tela casi inexistente.

Su gruñido de aprobación hizo que mis pezones se endurecieran y provocó una palpitante sensación de vacío en mi vientre.

No era justo. Yo siempre había tenido el control en lo que se refería al sexo. Pero con Gage Bishop me sentía como si la mejor y única opción fuera entregarme a él y agarrarme fuerte.

—Creo que empezaremos aquí mismo —dijo él.

—¿Aquí? —Hice un pucherito coqueto—. ¿No quieres comprobar primero si hay alguna fuga en el dormitorio?

—No quiero interrumpir tu entrenamiento. —Me alejó de la puerta y me hizo retroceder, rozándome apenas las caderas con los dedos, hasta que estuve encima de la esterilla de yoga.

—Vale. Te he llamado para echar un polvo —reconocí.

Él sonrió y me recompensó acariciándome los pechos doloridos con aquellas manos mágicas. Cuando me rozó los pezones con los pulgares, me temblaron las rodillas.

—Por fin —murmuró, antes de posar la boca sobre la mía.

Aquel beso me dejó sin aliento y se llevó por delante varias de mis neuronas. Fue ardiente, apasionado y descaradamente posesivo.

Gage se alejó un poco mientras yo me aferraba a él.

—Si no estuviera tan fuera de lugar, ahora mismo les enviaría un mensaje a mis sobrinos para que supieran que he triunfado.

—¿Qué tienen que ver con esto tus sobrinos?

—Que los dos quieren salir contigo. Me acaban de preguntar directamente si te gustaban los chicos jóvenes. Como les he dicho que mantengan sus sucias manos llenas de hormonas alejadas de ti, han intentado enseñarme cómo resultarte más atractivo.

Palpé su erección por debajo de la cremallera y se la apreté.

—Ya te encuentro bastante atractivo sin que tengas que esforzarte.

—¿Qué te ha hecho cambiar de opinión? —preguntó él, bajándome la bata por los hombros.

—No he cambiado de opinión. Deseaba volver a acostarme contigo desde que salí huyendo. Pero quería estar segura.

—Pues te ha costado bastante —dijo Gage.

—Espera —lo interrumpí cuando se disponía a rematar la jugada.

—¿Qué? ¿Hay alguna fuga?

—No, pero sí hay una cosa que necesitas saber. Bueno, no es que necesites saberlo, dado nuestro acuerdo. Pero creo que estaría bien.

—Cariño, mejor dímelo ahora que todavía me llega la sangre al cerebro —me recomendó.

El pobre la tenía dura como una piedra, pero aun así se mostró dispuesto a echar el freno y tener una conversación conmigo. Era de agradecer.

—Vamos a sentarnos —le dije, mientras lo llevaba hacia el sofá.

—¿Qué pasa? —me preguntó cuando nos sentamos.

—Esto es solo sexo.

—En realidad, esto es solo hablar. Te avisaré cuando sea solo sexo —replicó él.

Le arreé con un cojín rosa peludo.

—Me refiero a que, aunque haya decidido ampliar nuestro rollo de una noche a un rollo de varias noches, no quiero que te hagas ilusiones ni te enamores.

Él extendió la mano y me tiró de un rizo.

—Qué tierno me parece que intentes protegerme.

Le di una palmada para apartársela.

—Lo estoy diciendo en serio. No quiero que empieces a sentir algo por mí, porque no puedo darte lo que quieres. No quiero que los orgasmos te dejen obnubilado y comiences a tener fantasías románticas con echarme el lazo.

—Zoey, soy un hombre adulto. No hace falta que controles mis expectativas por mí. Dime de qué se trata.

—No puedo tener hijos. —Le solté la noticia y la dejé flotando en el aire entre los dos, como un pedo inoportuno. Gage se quedó inmóvil. Demasiado inmóvil. Me levanté del sofá y me puse a pasear por la moqueta—. No es ningún drama. Lo descubrí en la universidad. Básicamente se trata de un problema estructural.

A mí no me importa. En absoluto —le aseguré—. Mejor saberlo de antemano, antes de conocer a alguien, enamorarme y crearme expectativas, o que se las cree él. ¿No? Por eso te lo cuento. No es que vayamos a enamorarnos ni nada, porque ya hemos quedado en no hacer una gilipollez como esa. Pero me ha parecido que debías saberlo, ¿vale? —Respiré hondo y me obligué a cerrar la puta boca. Se hizo un silencio sepulcral—. Vale. Por favor, di algo. ¿Qué tal un cumplido sobre mis tetas? O al menos dime si me he cargado el polvo.

Gage empezó a tamborilear con los dedos sobre los muslos.

—Dame un momento para asimilarlo.

Le di casi diez segundos enteros.

—¿Lo has asimilado ya? —Ya había pasado por aquello antes y había sobrevivido. Me recordé a mí misma que podía volver a hacerlo.

—¿Por qué no me cuentas toda la historia? —me pidió.

—¿En serio? Creía que bastaría con lo esencial.

Gage me agarró de la mano buena y me sentó en su regazo. Me quedé rígida, como una niña desconfiada sobre las rodillas de Papá Noel en unos grandes almacenes.

—Discoteca —dijo.

—Uf. Vale. Fue en la universidad. Creía que estaba enamorada. —Me enredé a juguetear con uno de los cierres de la muñequera.

—De Sam —añadió Gage.

Me sorprendió que recordara el nombre del chico que me había roto el corazón.

—Sí. De Sam. Mi familia no es muy cariñosa ni comprensiva y, cuando conocí a Sam, fue como si él tuviera todo lo que yo necesitaba. Pronto comenzamos a salir en serio y la cosa iba bien... hasta que olvidé tomar unas cuantas píldoras anticonceptivas. Ni siquiera me di cuenta de que se me había retrasado la regla hasta que empezó el dolor. Total, que tuve una torsión ovárica por culpa de la rotura de un quiste.

—Eso suena... muy doloroso —dijo Gage.

—Fue horrible. Tuve que someterme a una operación y a un montón de pruebas. Fue entonces cuando me enteré. Sinceramente, ni siquiera me había planteado ser madre. Tenía veinte años.

Solo pensaba en aprobar Empresariales. Sam, sin embargo, tenía toda la vida planeada. Y esa vida incluía hijos y una esposa lo suficientemente responsable como para darse cuenta de que se le había retrasado la regla. Rompimos. Y yo acabé asumiendo que jamás tendría un final feliz como el resto del mundo.

—Siento que te quitaran esa opción —dijo Gage, acariciándome suavemente la espalda.

—En realidad no es para tanto. ¿Me imaginas haciéndome responsable de otros seres humanos? —bromeé.

A ver, puede que al principio mi yo más joven lamentara la pérdida de algo que ni siquiera se había planteado desear todavía. Y puede que esa «deficiencia» se sumara a la vergüenza que ya sentía por no ser nunca lo bastante buena. Pero lo había aceptado. Había construido una vida que me satisfacía de otros modos. Y ahora que sabía que la mayoría de mis errores tenían una explicación, una razón que no tenía nada que ver con la pereza o la estupidez, me sentía muy a gusto con mi vida.

—Pues sí. Y lo harías genial —contestó Gage.

—Ya, claro.

—Te lo digo en serio, Zoey. Los niños no solo necesitan verduras y que los lleven de aquí para allá. Necesitan modelos que seguir. Necesitan creatividad y confianza. Necesitan a alguien que esté a su lado pase lo que pase. Necesitan a alguien como tú. Así que siento que no hayas tenido la oportunidad de elegir, porque serías la leche.

—Gracias —contesté en voz baja.

Gage me abrazó con cariño.

—Gracias a ti por contármelo..., aunque solo haya sido porque te daba miedo que fuera demasiado tonto como para hacerte caso cuando dijiste que no querías nada serio.

—En realidad, no pensaba que fueras tonto. Me preocupaba que estuvieras sucumbiendo al hechizo de mi entrepierna.

—Es un hechizo bastante irresistible.

Le rodeé el cuello con los brazos, arreglándomelas para arrancarle solo una capa de piel con el velcro de la férula.

—Ahora que tienes claro que no puedo ser la mujer que te dé el futuro que deseas, ¿sigues queriendo arreglar lo de la fuga?

—Voy a necesitar que certifiques que en realidad no hay ninguna fuga para que conste en acta —dijo Gage, antes de levantarse conmigo todavía en sus brazos. Aquella demostración de fuerza causó el efecto previsto en mi excitación.

—No hay ninguna fuga. Lo juro —susurré, mientras nos tumbábamos en el suelo.

—Joder, menos mal. —Gage me puso encima de él, a horcajadas sobre sus caderas. Él ya estaba empalmado y yo ya estaba húmeda, una combinación enloquecedora.

—Deberíamos ir despacio —dijo, mientras levantaba la cabeza para chuparme un pezón a través del encaje de la ligera parte de arriba.

—No.

Gage respondió con un gruñido.

—Sujétalo para mí.

Aquella era una orden que no me importaba cumplir. Me agarré el pecho torpemente con la mano de la muñequera, esperando que al menos resultara sexy, y se lo ofrecí encantada, como si fuera un sacrificio.

El rumor de su pecho me sonó a aprobación. Gage posó la boca sobre mí, empapando el tejido con la lengua, mientras me pegaba más a él colocándome una mano en la espalda. Con la otra, jugueteó con el pezón que todavía no había acariciado.

Gimiendo de placer, probé a mover las caderas. Eso hizo que mi clítoris, cubierto por el tanga, entrara en contacto con su erección.

Ambos jadeamos. Gage centró su atención en el otro pezón, repitiendo los tirones duros y húmedos a través de la tela. Cada vez que succionaba la tierna protuberancia, notaba el efecto en las profundidades de mi vientre.

—Quiero que me folles, cariño, antes de que te folle yo a ti —dijo con voz ronca y grave.

—Buen plan —repliqué, mientras un escalofrío de placer me recorría el cuerpo.

Gage volvió a concentrarse en mis pechos, mientras con los dedos se ocupaba del tanga. En un abrir y cerrar de ojos, apartó la tela que cubría mi entrepierna y se sacó la polla.

—¿Condones?

Las dos manchas húmedas que tenía sobre los pezones me estaban volviendo loca. Y mi vagina había empezado a suplicar, directamente. Apenas era capaz de pensar con claridad.

—Tengo alguno en la habitación. Pero estoy completamente sana y no puedo quedarme embarazada. Así que...

A Gage le brillaron los ojos bajo las pestañas.

—Dilo.

Me mordí el labio. ¿Por qué me daba tanto miedo reconocerlo?

—No quiero que haya nada entre nosotros. Quiero sentirlo todo. Pero entiendo que te pueda parecer demasiado irresponsable —añadí de inmediato.

Definitivamente, no estaba pensando. Ni siquiera estaba respirando. Me resultaba imposible con la punta de su erección goteando líquido preseminal a un centímetro de mi sexo desnudo.

—Si tú lo tienes claro, yo también —dijo.

—¿De verdad?

Entonces me besó. Fue un beso largo y profundo. Cada embestida de su lengua era como una promesa.

—De verdad —dijo al final.

—Uf, menos mal. Fóllame, Gage.

No tuve que pedírselo dos veces. Me puso un brazo alrededor de la cintura y me hizo descender sobre su polla tan lentamente que la penetración me pareció la más dulce de las torturas.

—¡Ah! —jadeé. Si la primera vez había sido el paraíso, esta era el apocalipsis. No iba a sobrevivir, pero no me importaba lo más mínimo.

—Joder —murmuró Gage con rudeza, mientras mi húmedo canal lo acogía cada vez más profundamente.

El cerebro ya no me funcionaba. Solo era un cuerpo con un objetivo: alcanzar el orgasmo antes de morir de placer. Intenté ponerme de rodillas, pero él me agarró por las caderas.

—Despacio —me ordenó.

Yo resoplé.

—Puf. Sí, claro. —No tenía ninguna intención de cumplir aquella orden y él lo sabía, pero dejaría que siguiéramos fingiendo al menos un par de segundos más. Cuando llegué hasta la punta de su erección, me detuve un instante antes de volver a deslizarme hacia abajo, esa vez dejándolo profundizar más. Mi vagina palpitaba con avidez a su alrededor. Me levanté de nuevo, disfrutando de la forma en la que se deslizaba su miembro resbaladizo.

Me encantaba dejar que Gage Bishop me la metiera hasta el fondo.

Su autocontrol se vino abajo cuando el interior de mi cuerpo se aferró a su polla. Gage me bajó la parte de arriba, dejó al descubierto un pecho y se metió un pezón en la boca con voracidad. Succionó con fuerza y aquella sensación en mi carne, ya sensible, desató la necesidad de más. Me precipité sobre él, ensartándome hasta sentir cómo el calor de su punta roma llegaba hasta el fondo de mis entrañas.

—Joder, Zoey. Ve más despacio.

Pero yo ya estaba desbocada, cabalgando sobre él como si galopara hacia el campo de batalla. Con rudeza y violencia. Gage me rodeó con los brazos para ajustar el ángulo y levantó las caderas hacia mí.

—Dios, Gage. Cómo me gusta —murmuré. Con cada embestida le hacía rozar algún punto sensible de mi interior y temía que eso me hiciera correrme. Pero ya era demasiado tarde para parar. Yo había prendido la mecha y ahora lo único que podía hacer era aferrarme a él como si me fuera la vida en ello.

—Eso es, fóllame como una chica buena. Más fuerte.

Hice lo que me pedía y dejé que la biología tomara el control. Me dejé caer sobre él una y otra vez, sintiendo con cada embestida aquel roce magnético en lo más profundo de mi ser.

—No puedo más —susurré.

—Acaba lo que has empezado —dijo Gage, agarrándome por la nuca para pegarme más a él.

Su brazo se puso rígido sobre mi espalda, empujándome cada vez más fuerte, y todo mi interior empezó a tensarse cada vez más hasta que se rompió. Entonces me corrí... o exploté. No estoy segura de cuál de las dos cosas. Cada sacudida hacía vibrar mis entrañas, mientras el placer me recorría como una descarga eléctrica.

Gage dejó escapar un gemido gutural y me pregunté si era posible que la llave estranguladora de mi vagina le estuviera haciendo daño. Pero estaba demasiado ocupada corriéndome como para disculparme. Los temblores aún sacudían mi cuerpo cuando él me dio la vuelta y me puso a cuatro patas. Luego, con algo más de delicadeza, me agarró el codo por encima de la muñequera y me estiró el brazo sobre el cojín del sofá.

—No apoyes el peso sobre ella —me advirtió, mientras me quitaba el tanga y me descubría los pechos.

Me inclinó ligeramente hacia la derecha.

Cuando levanté la vista, nos vi reflejados en el espejo que estaba apoyado en la esquina. Gage estaba detrás de mí, sacándose la camiseta por la cabeza, y yo tenía el tanga bajado sobre los muslos y las tetas al aire. Estaba deseando que me follara. Me di cuenta de que lo había hecho a propósito cuando sus ojos se encontraron con los míos en el espejo. Puede ver un brillo deliciosamente perverso en sus ojos verdes mientras se preparaba para penetrarme.

Acababa de experimentar el orgasmo de mi vida y ya estaba deseando volver a tenerlo dentro. ¿Qué extraño hechizo de buen chico me había lanzado? ¿Cómo se me había ocurrido pensar que podría sobrevivir a aquella aventura? Los había subestimado… a él y a su impresionante pene.

Gage me acarició la espalda y me agarró del hombro.

Yo me eché un poco hacia atrás y me pegué a él para indicarle con el cuerpo que estaba preparada.

—Si te hago daño, dime que pare —dijo con voz ronca, justo antes de metérmela hasta el fondo.

Yo grité. Sentía la necesidad de dejar salir el sonido para hacer espacio a su invasión.

—¿Me he pasado? —preguntó con los dientes apretados.

Lo miré a los ojos en el espejo.

—Otra vez —le pedí.

Lo observé mientras me follaba desde atrás. Sus abdominales se contraían, sus bíceps se hinchaban. Su piel empapada en sudor se deslizaba sobre la mía. Sus embestidas eran despiadadas. Mis tetas rebotaban cada vez que llegaba al fondo de mi ser. Y todo mientras él observaba fijamente nuestro reflejo, sin perder detalle del cuadro que formábamos.

Arqueé la espalda y empecé a responder a sus embestidas. Él volvió a penetrarme con fuerza y mis brazos se rindieron. Me apoyé sobre los antebrazos y me incliné para acomodarme a sus desenfrenadas acometidas. Gage retiró una de las manos de mis caderas y vi cómo la levantaba en el aire para darme un doloroso azote en el culo.

Dejé escapar un pequeño gemido de placer. Gage Bishop era una caja de sorpresas eróticas.

Volvió a cambiar las manos de sitio. Posó una sobre mi pecho y empezó a tirar rítmicamente del sensible pezón. Luego deslizó la otra entre mis piernas para buscar el nervio hinchado que controlaba toda mi existencia. Sus embestidas eran castigadoras, pero con las yemas de los dedos ejercía la presión perfecta en la dirección exacta. Sus pesados testículos me golpeaban la parte posterior de los muslos cada vez que arremetía contra mí.

Susurré su nombre y sentí cómo su polla se hinchaba hasta alcanzar un tamaño imposible en mi interior.

—Córrete para mí, Zoey. Exprímeme la polla apretándomela con fuerza.

Estaba a punto de comunicarle que las mujeres no llegábamos al orgasmo de forma espontánea si nos lo ordenaban cuando una convulsión inesperada y devastadora me lo impidió. Me incliné hacia adelante y me desplomé sobre el sofá, mientras un placer embriagador se apoderaba de mí.

A mi espalda, Gage emitió un grito triunfal y sentí la primera descarga caliente de su eyaculación en lo más profundo de mi ser. Mientras me estremecía alrededor de su miembro, mi orgasmo se convirtió en el suyo y las contracciones de mi vagina obligaron a su clímax a prolongarse mientras me marcaba por dentro.

Ninguno de los dos apartó los ojos del espejo.

—Vaya, ha sido… una pasada —comenté al cabo de un rato, cuando conseguí despegar la cara de la esterilla de yoga, donde nos habíamos derrumbado.

Gage gruñó. Seguía detrás de mí, en mi interior, medio erecto, porque obviamente lo de aquel hombre era sobrehumano. Estábamos en el suelo, sudorosos y satisfechos, con las extremidades enmarañadas.

—¿Eres un hechicero erótico? —le pregunté.

Sentí el cálido aliento de su risa sobre la piel.

—Creo que vas a tener que rebobinar un poco para que lo pille.

—Ah, cierto. He olvidado llevarte conmigo. Estaba pensando que, obviamente, lo tuyo tenía que ser sobrehumano, porque sigues empalmado.

—Obviamente —se limitó a responder Gage, en broma.

—Eso significa que eres un ser sobrenatural. No sé si un vampiro o un hechicero. Los vampiros son sexis, pero también fríos, y tú eres puro fuego. Además, está claro que estoy bajo tu hechizo. Así que me inclino más por lo del hechicero.

—Tienes una mente portentosa —dijo Gage. A regañadientes, exhaló un suspiro y salió de mi interior, antes de hacernos cambiar de postura para poder rodearme con los brazos y apoyar mi cabeza en su pecho—. Como te asustes porque te estoy abrazando e intentes huir, me voy a enfadar mucho.

—Los orgasmos me han dejado demasiado hecha polvo como para salir corriendo —murmuré, pegada a sus maravillosos pectorales.

—¿Así que ese es el secreto? ¿Agotarte?

Me encogí de hombros.

—Aun así te las tendrás que ver conmigo cuando me despierte. ¿Tienes hambre? —le pregunté, dibujando un círculo con el dedo índice alrededor de su pezón.

Él puso una mano sobre la mía.

—Muchísima. Me muero por comer en el suelo y ver la televisión hasta recuperar el control de mi cuerpo.

—No tengo ni comida ni televisión por cable.

Gage gimió, antes de quitarme de encima de él.

—¿Adónde vas?

—Nos vamos a mi casa. Tengo que darle la cena a Nana. Y hay comida de verdad para humanos en la nevera. Coge la ropa sucia. Supongo que tendrás un montón. No te vendría mal hacer la colada.

—De repente te has vuelto aún más atractivo. Esto de los rollos de una noche se te da fatal.

—Habrá que seguir intentándolo hasta que lo pille.

# 29

## *Un dios del sexo tremendamente práctico*

### Gage

—Madre mía, Desastre. ¿Cuándo fue la última vez que hiciste la colada? —le pregunté, mientras me peleaba para sacar la cesta llena hasta los topes del asiento trasero.

Zoey se encogió de hombros al otro lado del todoterreno, mientras cargaba la bolsa para pasar la noche.

—Oye, podría ser peor. He vendido casi la mitad de mi ropa por internet desde que me mudé aquí.

—Entonces no necesitabas un armario tan grande —repliqué, mientras la guiaba hacia la puerta lateral del garaje para dirigirnos al exterior.

—Ni se te ocurra tocar mi armario. Tengo intención de triunfar lo suficiente como para poder empezar a comprarme ropa otra vez.

Nana estaba en el cuarto de la colada, protestando con su ladrido de «¿Dónde estabas? Tengo hambre». Se oyó un golpe suave y sus patas delanteras aparecieron en el cristal, junto con su cabezota rubia.

—La verdad es que, para ser un perro, es muy mona —dijo Zoey, mientras subíamos trabajosamente los escalones del porche.

—Déjate de cháchara y presta atención, no te vayas a caer y romperte la otra muñeca —le advertí, mientras abría la puerta lateral.

Nana nos recibió como si hubiéramos estado perdidos en el

mar una década: meneándose, gimiendo y azotándonos las piernas con la cola.

—Sí, hola, preciosa —la saludó Zoey, saludándola con una sonora palmadita en el pecho con la mano buena.

—Puedes darle de comer mientras yo me pongo con esta montaña de ropa sucia; una palada en ese cuenco. Y no olvides cambiarle el agua —le dije, señalando los platos de Nana, que estaban en el armario abierto que había diseñado específicamente para alimentar a un perro descuidado.

Zoey dejó la bolsa sobre la isla y se quitó los zapatos directamente con los pies.

—Vamos, bola de pelo chiflada. Debes de estar muerta de hambre.

Nana se acercó brincando y, amablemente, cogió el cuenco de la comida con la boca. Y preocupada por si había sido demasiado sutil, le dio con el plato de metal en las espinillas a Zoey.

—Ay —exclamó esta, enfadada—. Trae eso.

Dejé que se pelearan por la cena perruna mientras yo metía la primera tanda de ropa en la lavadora y añadía algunas prendas mías.

Me vibró el móvil sobre la encimera y vi un mensaje de mi madre.

*Mamá*
Podrías hacerme un favorcito, ya que
nunca te pido nada?

Pues tu expediente refleja lo contrario
Qué necesitas?

*Mamá*
Puedes meter a los animales en el granero y
darles de comer?
Laura nos ha invitado a su casa a tomar el
postre... para conocer oficialmente a Valerie

Estoy con Zoey. Pero como soy tu hijo favorito y
reboso magnanimidad, te haré el favor

*Mamá*
Qué interesante
Cómo llamáis los jóvenes a una aventura
de dos noches?

Le llamamos atiquéteimporta

*Mamá*
No dejes que se rompa ningún otro hueso

Y tú no cometas ningún delito en casa de Laura
Ya tengo suficientes casos entre manos

Volví a dejar el teléfono en la encimera y vi que Zoey estaba intentando limpiar el agua que se había desbordado del cuenco de Nana.

—Venga, chicas. Tenemos que hacer un par de cosillas antes de cenar.

Zoey ahogó un grito y dejó de secar dramáticamente la cara de Nana con la toalla.

—¿Me has engañado para que venga con la excusa de que me ibas a lavar la ropa gratis para luego ponerme a trabajar?

—Y para volver a acostarme contigo.

—Menos mal.


—Pedorrator 2000, deja de apoyarte en la valla —refunfuñó Zoey. Llevaba unas botas de montaña antiguas de mi madre y una de mis sudaderas más viejas. Los rizos le salían disparados del moño que se había hecho en lo alto de la cabeza.

—Dejará de apoyarse cuando dejes de rascarle las orejas —repliqué, mientras guiaba al resto de las vacas hacia el camino para que entraran en el establo del granero.

—Gage dice que tengo que dejar de acariciarte —dijo Zoey, con un susurro teatral que resultaba aún más cómico por el burro en miniatura que tenía incrustado bajo el brazo.

Normalmente, hacer que Pepe entrara en el granero por las noches era una pesadilla, pero ahora que estaba su novia humana allí, tenía la sensación de que íbamos a conseguir llevarlo directamente al establo.

—¿Está todo el pienso en los cubos correctos? —le pregunté a Zoey. Le había pedido que se encargara de la comida, mientras yo metía a las gallinas en el gallinero e intentaba engañar a las alpacas para que entraran en el redil, mientras hacía todo lo posible por evitar que me escupieran.

Pedorrator suspiró, cruzó el camino, atravesó el prado y entró directamente en el establo del granero.

—Vale, trae a tu novio —le pedí a Zoey mientras yo me ocupaba de la puerta del prado. Ella se acercó con el burro a la zaga—. Mételo en el último compartimento de la derecha —le dije al tiempo que cerraba la puerta. Conseguí hacer una foto rápida de mujer y burro por detrás cuando entraban juntos en el granero y negué con la cabeza pensando en lo irónico que era que una persona que le tenía tanto miedo a los animales resultara ser la doctora Dolittle.

Al entrar, me encontré a Zoey y a Nana delante del establo de Pepe, deseándole buenas noches. A mi alrededor, aquellos animales de procedencias tan diversas se acercaron a los abrevaderos y comederos de sus cubículos seguros.

—Por favor, dime que ahora me vas a dar de comer a mí —dijo Zoey, girándose para mirarme—. Estoy muerta de hambre después de tanto... «yoga».

Le hice un gesto con el dedo para que se acercara y ella vino tranquilamente, con Nana siguiendo todos sus movimientos como una sombra.

—Para no gustarte los animales, pareces muy cómoda en un establo lleno de ellos.

—La culpa es de este pueblo, que me ha desensibilizado. Allá donde mire hay una oveja, un mapache o un cerdo campando a sus anchas, como si tuvieran casa aquí, pagaran impuestos y sus hijos formaran parte del cuadro de honor del instituto.

—Tiene su mérito haberse adaptado. —Le rodeé los hombros con un brazo y volvimos a adentrarnos en la noche primaveral.

—Bueno, no es tan diferente a enfrentarse a miniescuadrones de palomas y ratas —bromeó ella.

Volvimos a mi casa conduciendo a oscuras por el camino rural lleno de baches que conectaba mi propiedad con la de mis padres. Nana se quedó dormida con la cabeza apoyada en la consola central y las patas delante del asiento trasero. Su radar perruno la hizo despertarse sobresaltada cuando los faros del coche iluminaron la casa.

—¿Qué hay para cenar? —me preguntó Zoey, abriéndole la puerta del cuarto de la colada a Nana, que pasó disparada por delante de nosotros.

—¿Qué te parece una buena ración de pollo a la parmesana o de carne con pimientos y cebolla? —le pregunté mientras cambiaba rápidamente la primera carga de ropa a la secadora y metía la segunda en la lavadora.

—¡Lo sabía! Definitivamente, no eres humano.

—¿Porque tengo comida? —Encendí las luces de la cocina y ella entró detrás de mí. Soltó un gemido al ver los ingredientes para preparar la cena sobre la encimera.

—No es que tengas comida, es que tienes provisiones. Primero lo de la erección permanente y ahora lo de cocinar. Los seres humanos de verdad no hacen esas cosas. Solo los *influencers* fingen que cocinan para conseguir patrocinadores. Nadie tiene tiempo para hacer la comida de un solo día, y menos la de toda una semana —me explicó Zoey.

—Todo esto se podría haber evitado si tuvieras comida en casa —le recordé.

—Nota mental para mí misma: hacerme con un alijo de pizza congelada.

Le di una palmadita en la cabeza mientras ella se sentaba abatida en un taburete y clavaba un dedo en el paquete de arroz.

—¿Te sentirías mejor con un poco de vino y algo para picar? —le ofrecí.

Ella volvió a animarse.

—Tiene toda mi atención, caballero.

Le serví una copa de rosado y saqué una bandejita con queso y embutidos de la nevera.

—Sabías que iba a acabar volviendo el fin de semana, ¿verdad? —me dijo, señalándome acusadoramente con una loncha de mortadela, mientras yo abría una caja de galletitas saladas.

—Esperaba que volvieras. Así que lo preparé todo por si acaso.

Me miró con una fina loncha de queso chédar en la mano.

—¿Qué otros planes encontraré, si me pongo a curiosear?

—¿Aparte del vino que te estás bebiendo? —le pregunté, mientras me lavaba las manos en el fregadero—. Supongo que tendrás que esperar a verlo. Venga, ven aquí para empezar a preparar la cena.

Zoey puso un poco de «música para cocinar», que parecía tener una fuerte tendencia hacia los éxitos pop más animados de los últimos veinte años. Nana entró trotando en la cocina con su cocodrilo de peluche favorito en la boca para acomodarse bajo la mesa del comedor. Trabajamos en equipo, al tiempo que iba supervisando las carencias culinarias de Zoey. Mientras yo sellaba los filetes, ella empanaba las pechugas de pollo. Me negaba a permitir que se acercara a algo más afilado que un cuchillo para mantequilla, así que se encargó de hacer el arroz en lo que yo cortaba todas las verduras. Entre los dos cubrimos el pollo empanado con salsa y mozzarella.

—Me pregunto si podría hacer esto como desayuno —dijo Zoey, echando todos los ingredientes de la ensalada en un cuenco—. Se supone que debo empezar el día con proteínas para evitar que mi cerebro implosione, o lo que sea que diga la medicina.

—¿Qué sueles desayunar? Todo tiene una versión rica en proteínas.

Ella arrugó la nariz y mezcló la ensalada con tal fuerza que el brócoli y la lechuga salieron disparados en todas direcciones.

—En realidad no desayuno. Solo cuando estoy con Hazel. Y entonces suelo tomar explosión de avena de microondas —contestó, mientras recogía los restos que se le habían escapado y volvía a echarlos en el cuenco.

La rodeé para coger otro plato de uno de los armarios, rozándole la parte baja de la espalda con la mano. Me gustaba tenerla allí, en mi espacio. Aunque normalmente disfrutaba de la tranquilidad de mi casa, era un cambio agradable incorporar un poco de su colorido y su caos.

—No desayunas. Te olvidas de almorzar. Así que picoteas unos cereales sin más a media tarde. ¿Y qué haces a la hora de la cena? —le pregunté.

—Salgo por ahí o llamo para pedir comida cuando me doy cuenta de que estoy muerta de hambre —contestó alegremente, mientras movía el culo al ritmo de *Hey Ya!*, de Outkast, que estaba sonando por el altavoz inalámbrico. Tomé nota mental de duplicar todas las cantidades de las recetas que preparara en un futuro próximo—. Puedo oír cómo me juzgas desde ahí —bromeó Zoey, mientras yo cortaba el último filete con el cuchillo. Me puso las manos en la cintura y se asomó por detrás de mí para coger el paño de cocina que estaba a mi lado, sobre la encimera.

—La próxima vez intentaré juzgarte con más discreción. ¿Pollo o filete? —le pregunté, levantando un recipiente con cada uno.

—Pues… filete. El «yoga» de antes me ha abierto el apetito de carne roja —contestó, extendiendo las manos con avidez.

—¿Aderezos favoritos? —le pregunté.

—Ya sé que me vas a criticar, pero te lo diré de todos modos. Aliño ranchero y salsa de carne.

—¿Un poco más de vino? —le ofrecí, mientras sacaba una cerveza de la nevera.

Ella levantó la vista del charco de salsa de carne en el que estaba ahogando el filete.

—No, gracias.

En circunstancias normales, habría limpiado la cocina antes de guardar la comida que había preparado y luego me la habría comido. Pero Zoey tenía pinta de estar a punto de zamparse un brazo.

Le serví un vaso de agua y se lo pasé.

—¿En la mesa del comedor o aquí en la isla?

Zoey frunció los labios, pensativa.

—En el sofá. —Yo nunca comía en el sofá. No porque me pareciera mal, pero ¿para qué habían inventado las mesas? Cuando tenía prisa, comía de pie, encima del fregadero. Pero jamás se me ocurriría llevarme un puñetero plato lleno de salsa marinara al salón, donde quién sabía lo que podría ocurrir. O al menos, jamás se me había ocurrido hasta esa noche—. Sofá y tele —dijo Zoey, tirándome del brazo y dando saltitos sobre las puntas de los pies—. ¡Venga!

Me entretuve cogiendo los cubiertos y un rollo entero de papel de cocina, antes de pasar por delante de mi estupenda mesa de comedor con Zoey y entrar en el salón. Nana se unió a nosotros y se tiró en plancha a la cama para perros que había delante de la mesita de centro.

Era como un baile entre la intimidad que habíamos creado a través del sexo y el hecho de empezar a conocernos de verdad. Con Zoey lo estaba haciendo todo al revés. Normalmente, antes de acostarme con una mujer ya sabía ciertas cosas de ella, como qué objetivos tenía o cuál era su postre favorito.

—¿Cuál es tu segundo nombre? —le pregunté, mientras nos acomodábamos en el sofá.

—Berniece. Por una tía que no le caía bien a nadie. —Zoey dobló las rodillas para sentarse encima de los pies y se recostó sobre los cojines—. Necesitas cojines de comer —comentó con el ceño fruncido.

—¿Qué coño es un cojín de comer?

—Un cojín pequeñito que cabe en el regazo. Para poner el plato encima. —Me hizo una demostración con un cojín beis—. Pero tiene que ser de un color oscuro para que no se vean las manchas de comida. —La miré sin entender nada y ella sonrió—. Te va a explotar la cabeza, ¿verdad?

—Estoy intentando abrirme a nuevas experiencias —repliqué inexpresivo, mientras veía cómo su recipiente de Pyrex se inclinaba peligrosamente hacia un lado.

—Pues lo estás haciendo fatal. Para empezar, tienes que levantar los pies. —Zoey dejó la cena en la mesita de centro, consiguiendo salpicar solo un pelín la madera—. Toma. —Cogió uno de los cojines más duros y lo puso sobre la mesa de centro. Luego la arrastró hacia el sofá—. Pon los pies ahí —dijo, dando unas palmaditas en el cojín. Puse los ojos en blanco, pero hice lo que me decía—. Vale. Ahora solo tenemos que hacerte un nidito —añadió, antes de encajar varios cojines a ambos lados del cuerpo y colocarme otro sobre el regazo—. ¿Lo ves? Es como si el sofá te estuviera abrazando.

Tenía razón. ¿Había estado sentándome mal todo aquel tiempo? ¿Qué más cosas podría enseñarme esa mujer? Zoey retrocedió un poco y me observó, antes de asentir con la cabeza en señal de aprobación.

—Necesitas más cojines para que funcione. Y algunas mantas. Yo no puedo ver la televisión sin una mantita.

—Si tienes frío, puedo subir la calefacción —le dije, mientras me servía la cena.

—Gage, Gage, Gage. Qué dios del sexo tan increíblemente práctico. Las mantas no son para el frío. Son para acurrucarse.

—Qué tonto soy.

Zoey volvió a su rincón del sofá y se sentó con las piernas estiradas hacia mí.

—Mucho mejor. Y ahora, ¿cómo resolvemos la disputa sobre quién controla el mando a distancia?

—Tú eres la invitada. Quédatelo tú —le dije, antes de entregárselo.

—Estaba convencida de que ibas a decir eso, así que vamos a ver algunas reposiciones de *New Girl*.

—¿Reposiciones? ¿Quieres decir que ya lo has visto?

—No puedo ver nada nuevo mientras como. Necesito concentrarme en la comida —contestó, como si fuera el razonamiento más lógico del mundo.

—Obviamente.

Zoey rebuscó con destreza en las aplicaciones de la televisión y en mis listas.

—Anda, cuántos documentales hay por aquí —comentó—. ¿Qué ves para entretenerte?

Yo señalé el televisor.

—Documentales.

Ella giró la cabeza hacia mí y suspiró con fuerza.

—Uf, cuánto trabajo nos queda por hacer. Uno no puede relajarse después de una semana larga y llena de emociones con *Greed Stricken: la historia de cómo un multimillonario estadounidense destruyó a miles de personas.*

—Pues es muy instructivo.

Zoey señaló con el pulgar hacia abajo e hizo una pedorreta con la boca que captó la atención de Nana y le hizo asomar la cabeza por encima de la mesita de centro.

—Empiezo a pensar que me necesitas para algo más que para unos cuantos polvazos.

Yo empezaba a pensar lo mismo. Pero era fin de semana, así que ya me preocuparía por eso más adelante.

Comimos viendo su serie, que sin duda era mucho más divertida que los documentales sobre piratas europeos que yo había estado viendo por las noches toda la semana. Luego me devolvió el mando a distancia y se empeñó en que viéramos algo que me gustara a mí, así que nos sentamos a ver un nuevo vídeo de una granja que seguía en YouTube. En su honor había que decir que Zoey se tragó los veintiocho minutos de reparación de tractores sin rechistar.

—Cuéntame algo sobre ti —le pedí cuando acabó el vídeo.

Ella se dio unos golpecitos en la barbilla con aire teatral.

—A ver… Me encanta tu polla.

Le arreé en el pecho con el cojín de comer.

—Algo que no sepa.

—¿Qué quieres que te cuente? Ya sabes muchas cosas. Sabes a qué me dedico, quién es mi mejor amiga, cuál es mi vino favorito y por qué me dan miedo los perros. Además, eres una de las tres únicas personas en el mundo que saben que estoy tomando una medicación nueva que, por primera vez en la vida, me da un poco de esperanza, pero que al mismo tiempo hace que me sienta como una especie de camello de medio pelo de telefilm cuando voy a comprarla. ¿Qué más quieres?

Me exprimí la mollera.

—¿Cuándo rellenas el depósito de la gasolina? Y, por favor, no me digas que cuando se te acaba.

Ella se rio y me dio una patadita en el muslo con el pie descalzo. Yo se lo agarré y hundí el pulgar en el puente. Su risa se transformó en un ronroneo.

—No te lo vas a creer, pero cuando queda un cuarto del depósito me entra el pánico y lo relleno. Un verano hice un viaje por carretera con unos amigos de la universidad. Por aquel entonces, yo era la única que tenía carnet de conducir. Me quedé sin gasolina tres veces porque se me olvidaba mirar el indicador. Cuando llegamos a Outer Banks, todos habían dejado de hablarme menos Hazel. Aquello me marcó de por vida.

—¿Todas tus historias son así de tristes? —le pregunté.

Zoey movió los dedos del pie entre mis manos.

—A mí antes también me entristecían. Pero ahora sé que la mayoría tenían una explicación y eso me ayuda mucho. Además, no todas son así. Una vez me colé en la pista de hielo del Rockefeller Center a las tres de la mañana y me bebí una botella de champán a morro mientras patinaba.

—¿Sabes patinar sobre hielo?

—No muy bien. Pero fui lo suficientemente rápida como para esquivar al guardia de seguridad. Ahora me toca preguntar a mí. Eres abogado y contratista. Podrías trabajar en cualquier sitio en cualquiera de esas profesiones. ¿Alguna vez has querido irte de aquí y montarte tu propia vida?

—Ojalá pudiera decir que sí, porque sonaría más interesante. Pero me encantó este lugar desde el primer momento. Era muy joven cuando me mudé aquí. Pero recuerdo perfectamente el día que llegué a la granja Bishop, una tarde de primavera, cuando el sol se estaba poniendo sobre las praderas. Había un tractor de color rojo chillón delante del granero y le pregunté al trabajador social si aquello era el paraíso.

—Vaya, Gage —dijo Zoey con voz entrecortada, abanicándose con las manos los ojos empañados—. ¿Quién es ahora el de las historias lacrimógenas?

Yo le estrujé el pie y sonreí.

—Me encantó Story Lake desde el primer instante. Fue como si ya lo conociera. Nada más verlo, tuve claro que era mi hogar.

—Como bien sabes, mi primera impresión fue muy distinta. ¿Alguna vez has sentido algo similar con respecto a otra cosa? ¿Como si nada más verlo supieras que estaba hecho para ti? —quiso saber Zoey.

Pensé en el día del tejado y en aquella maraña de rizos cobrizos.

—No sabría decirte —respondí, eludiendo la pregunta—. ¿Cuál es tu color favorito?

Ella frunció el ceño, pensativa.

—Yo diría que el morado. Como las amatistas. ¿Y el tuyo?

—El verde.

—Ya, pero ¿qué tipo de verde? ¿Verde vómito? ¿Verde musgo? ¿Verde moho?

—¿De qué tono de verde dirías que son tus ojos? —le pregunté.

Una llama iluminó su mirada esmeralda mientras me quitaba el pie de las manos para arrastrarse por el sofá hacia mí.

—Eso ha sido muy, pero que muy hábil —replicó en tono acusador, antes de sentarse a horcajadas sobre mi regazo.

Mis manos buscaron sus caderas como si tuvieran vida propia.

—Creo que deberíamos... hablar.

Ella entrelazó las manos detrás de mi cuello.

—¿De qué quieres que hablemos?

—De sexo. Es decir, de nosotros. De tener sexo. Más aún. —Zoey me estaba provocando un cortocircuito cerebral y me encantaba.

—Me parece bien hablar del hecho de que nos estemos acostando.

—¿Qué más estamos haciendo? Aparte de acostarnos, me refiero.

—¿Cenar? —dijo ella—. ¿Lavar la ropa?

—Sé que no quieres salir con nadie, Zo. Y lo respeto. Pero ahora mismo tampoco me apetece que ninguno de los dos haga esto con otras personas.

—Mmm, sexo monógamo sin compromiso —reflexionó con picardía—. Supongo que sería lo más práctico.

Empezó a mover las caderas, frotándose contra mí a un ritmo tan lento que sentí que se me nublaba el juicio.

—Me gustan las cosas prácticas —murmuré entre dientes.

Zoey dejó de moverse y sonrió.

—Eso no es cierto. A ti te gustan los planes, los cálculos, ir a por el siguiente objetivo. Hay algo que te preocupa. ¿Qué es?

—¿Cuánto tiempo vamos a seguir así? ¿Nos dejamos ver en público o nos escondemos? ¿Qué le decimos a la gente cuando nos pregunte por lo nuestro? ¿Vas a quedarte a dormir o vas a huir y romperte un hueso cada vez que salga el sol?

—¿Alguna vez has improvisado algo? —bromeó ella.

Pensar con una Zoey tan cariñosa y complaciente en el regazo era casi imposible.

—La semana pasada no me apetecía comer la hamburguesa de pavo que tenía preparada, así que me inventé una excusa para pasarme por casa de mis padres a la hora de la cena y que tuvieran que invitarme a cenar —confesé.

—Qué mono eres.

Fruncí el ceño mientras le sujetaba un rizo suelto detrás de la oreja.

—Creo que ese no suele considerarse un cumplido muy masculino, Berniece. —Su sonrisa se extendió por mi cuerpo como miel caliente.

—Algún día te casarás y tratarás a tu mujer como a una reina —susurró.

—A la que voy a tratar como a una reina es a ti ahora mismo —le dije.

Entonces Zoey me besó y todas las preocupaciones desaparecieron de mi mente.

# 30

## *Apesta a mofeta*

### Zoey

Me desperté con un aliento caliente y fétido en la cara.

—Madre mía, Gage. ¿Es que no tienes cepillo de dientes? —refunfuñé, antes de meter la cabeza debajo de la almohada.

—No soy yo —gruñó él, detrás de mí. Tenía la cara metida en mi pelo y me estaba sujetando por la cintura con un brazo para que no me escapara.

Aquel hálito tibio se coló por debajo de mi mullido casco protector y una nariz fría y húmeda me dio un golpe en la cara.

—Joder, Nana.

Ella soltó un ladridito de alegría al oír su nombre y se subió a la cama para tumbarse justo encima de mí.

—Por esto no tengo perro. Las almohadas no intentan asesinarte en plena noche.

Gage bostezó.

—No es plena noche. Son las seis de la mañana.

—Pues eso. Plena noche.

—Solo quiere salir y que le ponga el desayuno.

La perra me lamió la cara al oír la palabra «desayuno».

—Si hacemos lo que nos pide, ¿nos dejará volver a la cama?

—Seguirá durmiendo al menos una hora más —me prometió Gage.

—Uf, vale. Voy a sacarla. Tú prepárale el desayuno. —Encontré la camiseta que él se había quitado cuidadosamente doblada sobre la silla que había junto a la cómoda y me la puse—. Vamos, terrorista peluda.

Nana saltó de la cama y estuvo a punto de tirarme al suelo de camino a la puerta. Murmurando una retahíla de exabruptos entre dientes, crucé la casa hasta el cuarto de la colada, me puse las botas de Gage y salí por la puerta.

—Ve a hacer pis —le ordené de forma autoritaria.

Nana bajó las escaleras dando saltitos, como la protagonista de un anuncio de detergente para la ropa con aroma a primavera.

Hacía un poco de frío, pero el amanecer, que teñía el horizonte de tonos naranjas y rosados, era irritantemente espectacular. Las tórtolas nos saludaron con sus arrullos mientras Nana corría por la hierba salpicada de rocío. La seguí hasta la parte de atrás de la casa y eché un vistazo al nuevo estanque de las carpas mientras la perra hacía sus necesidades. No sabía si Gage las recogía, como hacían los dueños de los perros en la ciudad, pero decidí que aquel era un problema de su «yo» del futuro.

Un pez blanco y negro nadaba sin parar por el perímetro del estanque, mientras que una carpa roja mucho más activa se movía rápidamente a su alrededor. Allá arriba, un pequeño avión surcaba el cielo.

Story Lake era un lugar precioso, tenía que reconocerlo.

Nana ladró alegremente a lo lejos. El ladrido se parecía de forma sospechosa al de «hola, nuevo amigo» y, cuando me giré, la vi desaparecer por la parte de atrás del garaje detrás de algo blanco y negro que se movía con torpeza. Supuse que sería un gato.

—¡Nana! —grité, dando unas palmadas—. ¡Deja al gatito en paz!

Estaba cruzando el jardín, cuando escuché el aullido alarmado de la perra. Pepe ahogó el lamento con un relincho estridente, antes de salir disparado por la colina del prado y venir corriendo hacia nosotras.

¿Los gatos atacaban a los perros? Había dado por hecho que todos los animales de Pep y Frank eran pacíficos. ¿Cuánto daño podía hacer un gato? Ya había echado a correr tan rápido como me lo permitían las botas extragrandes de Gage, cuando la puerta lateral se abrió de golpe y este salió como una exhalación, descalzo y sin camiseta.

—¡No vayas a caerte y romperte algo! —le grité por encima del hombro, mientras él bajaba las escaleras de un salto. Me alcanzó enseguida con sus largas piernas y me adelantó antes de que me diera tiempo a llegar siquiera al garaje. Al doblar la esquina, choqué con su espalda inmóvil. Me apoyé sin querer en el brazo lesionado y grité al sentir un dolor agudo en la muñeca.

—Me cago en mi puta vida —refunfuñó Gage.

—¿Qué pasa? ¿Le ha hecho daño el gato? —le pregunté, intentando asomarme por detrás de aquella pared de músculos.

—No ha sido un gato —contestó él mientras Nana, aparentemente ilesa, corría hacia nosotros.

Me agaché para comprobar si tenía alguna herida gatuna, pero Gage me lo impidió.

—Ni se te ocurra tocarla.

—¿Por qué n...? La madre que me parió. ¿Qué es ese olor? —pregunté, tapándome la nariz y la boca con la mano.

—Una mofeta.

—Estás de coña —repliqué.

Me sobrevino una arcada cuando el olor me entró en la boca. Las únicas mofetas que yo había visto en mi vida eran las versiones adorables y coquetas de dibujos animados. Lo que emitía aquel tufo tenía que ser algo de origen sulfúrico y salido directamente del infierno.

Nana se lanzó contra mis piernas y las náuseas regresaron.

—Tiene el pelo mojado.

—Adiós al sexo matutino —refunfuñó Gage, enganchando por el collar a Nana con los dedos—. ¿Qué opinas del lavavajillas con oxígeno activo?

—Que tiene pinta de ser el peor cóctel del mundo para desayunar —me lamenté, mientras él arrastraba a la perra a casa.

La mofeta se acercó un poco más a mí, amenazadora, y abrí los ojos de par en par, completamente horrorizada. ¿Cómo algo tan bonito podía ser tan repugnante? Pepe rebuznó alterado desde la valla, pateando el suelo con sus diminutas pezuñas. La mofeta avanzó un poco más y decidí que no iba a quedarme allí para ver qué pasaba a continuación.

Di media vuelta y eché a correr detrás de Gage y Nana, reprimiendo las arcadas.

—¿Por qué está tan contenta? —le pregunté a Gage con cara de asco, mientras la cola húmeda de Nana volvía a darme en la cara.

—A los perros les encantan las cosas que huelen como si Satanás las hubiera cagado en un vertedero —contestó Gage—. Sujétale la cabeza.

Estábamos uno al lado del otro delante del fregadero/bañera para perros del cuarto de la colada, completamente desnudos. Habíamos dejado la ropa enmofetada en el exterior, amontonada en el porche. Menos mal que no me había puesto mi jersey favorito para sacar a la perra. Ya habíamos lavado fuera a Nana con la manguera, pero ahora estábamos llevando a cabo una especie de ritual de túnel de lavado canino con una mezcla de oxígeno activo, lavavajillas y bicarbonato sódico.

—Es como si tuviera el olor metido en el cerebro —me quejé. Sentía la necesidad de bañarme en perfume y meterme frascos enteros de aceites esenciales por la nariz—. ¿Los receptores olfativos se pueden extirpar? ¿Es una operación ambulatoria?

—¿Puedes lavarle la barriga? —me pidió Gage, pasándome el cuenco con la mezcla antimofetas.

Yo obedecí, intentando contener las náuseas. Aunque la situación no era nada erótica, no pude evitar admirar el cuerpo desnudo de Gage. Tomé nota mental de contarle aquello a Hazel sin falta. Si alguien podía hacer que la esencia de culo de mofeta fuera divertida y picante, era la puñetera Hazel Hart.

Yo tenía los dedos como pasas y estábamos de pie en un charco del tamaño del Mississippi, cuando Gage consideró que habíamos terminado.

—Esto es lo máximo que puede hacerse —dijo sacando a Nana del fregadero. Le eché una toalla por encima y ambos la secamos lo mejor que pudimos, al tiempo que ella se retorcía de alegría.

La vimos sacudirse mientras correteaba por la habitación.

—¿Desayunamos? —me preguntó Gage.

—Lo que haga falta para quitarme el tufo y el sabor de culo de mofeta de la cara —contesté.

—La próxima vez dormiremos en tu casa. Tus mañanas aquí están malditas —dijo Gage quince minutos más tarde, a la vez que tapaba el beicon con un paño y añadía la jarra de café a la bandeja.

Nos acabábamos de duchar y yo llevaba otra sudadera de Gage, que me llegaba hasta las rodillas. Él se había puesto unos pantalones de chándal de tiro bajo y una camiseta ajustada y suave que ya sabía que iba a acabar en mi bolsa cuando volviera a casa.

Nana y yo fuimos salivando detrás de él hasta la puerta del porche.

—Tú no —le dijo con severidad a la perra—. Has perdido el privilegio de vivir en libertad.

—Lo siento —le susurré a Nana, cerrándole suavemente la puerta en las narices. Oí sus gemidos lastimeros a través del cristal mientras seguía a Gage hasta la mesa.

Al parecer, Pepe había decidido ignorarnos y se había ido trotando a embarcarse en algún tipo de aventura para miniburros. Admiré el paisaje carente de pollinos desde la barandilla, al lado de la rampa para sillas de ruedas. Hazel y Cam tenían una rampa similar en casa, al igual que Pep y Frank.

—El hecho de que toda tu familia haya adaptado sus casas para que tu hermana pueda acceder a ellas dice mucho de lo genial que es Laura —comenté. Mi propia familia apenas se molestaba en verse una vez al año.

—Bueno, tampoco hay que exagerar. En realidad, dice más de lo maravillosos que somos los demás —bromeó Gage, mientras destapaba los huevos revueltos, el yogur con frutos rojos y el beicon.

Me abalancé sobre la comida y me serví un montón en el plato, como si hiciera días que no comía.

—¿Qué? Luchar contra el tufo de mofeta me da hambre —dije al advertir que Gage me estaba observando, divertido.

Otro gemido de devastación llegó desde el interior y miré con culpa hacia la ventana. Nana tenía el morro y el labio superior pegados al cristal.

—Es mejor no mirarla directamente —dijo Gage—. Parece que la están torturando, pero es todo fachada.

—Pero es que esa carita... y esos ojillos.

Él extendió un brazo y me apretó la mano.

—Sé fuerte —me dijo con solemnidad—. No quiero tener que volver a bañarla antes de comerme el beicon.

—Tienes razón. Mis rizos no podrían soportar otra ducha con ese práctico champú masculino.

Él sonrió y empezamos a comer, ignorando deliberadamente las patéticas súplicas de Nana.

—¿Qué planes tienes para el fin de semana? —me preguntó, mientras yo devoraba los huevos.

—Mmm. —Levanté un dedo y saqué el teléfono del bolsillo de la sudadera—. Al parecer, tengo que contratar a un estudiante de secundaria para que reescriba o digitalice por arte de magia los dos primeros manuscritos de Opal. Y asistir a una reunión importantísima en casa de Felicity mañana por la tarde para organizar el Fin de Semana de los Lectores. Por cierto, gracias por la idea. Esa mujer ha sido un regalo del cielo. Un regalo del cielo organizadísimo y aterrador.

—Encantado de ayudarte.

Yo seguí consultando la agenda.

—Y luego tengo que convencer a Opal para que participe en una llamada de Zoom que he programado para el lunes con un editor de compras y que intuyo que va a ser como tirarse un pedo en una clase de yoga. Y, por supuesto, está la charla sobre accesibilidad de mañana por la noche, para la que se me ha olvidado comprar algo de picar. Mierda. —Añadí un recordatorio, lo envié a mi correo electrónico y luego me lo mandé por mensaje de texto a mí misma—. ¿Y tú?

—Ya sabes. Lo de siempre. Ir en contra de todos mis principios e idear la mejor defensa posible para una nueva clienta.

—Ya. Tengo la sensación de que necesitas uno de mis famosos tirones de orejas verbales —bromeé.

—Pues a lo mejor sí —replicó él, rellenándome la taza de café.

—Te daría uno, pero no creo que puedas soportarlo. Tienes pinta de ser demasiado blandengue.

Gage esbozó una sonrisa burlona.

—Por favor. Puedo soportar todo lo que me eches. Cualquier cosa —aseguró.

—Eso dicen todos —repliqué con indiferencia.

—Venga, ponme a prueba

—Vale, si insistes... —Me acomodé en la silla y entrelacé los dedos sobre la mesa—. Inviertes todo tu tiempo y energía intentando meter todo lo que sucede en cajitas ordenadas y etiquetadas para poder entender el mundo. Pero a veces las cosas no tienen sentido. Así que pierdes aún más tiempo y energía intentando que lo tengan, en vez de aceptar que hay cosas que son asquerosas, raras o absurdas. —Hice una pausa para coger aire—. Tu trabajo consiste en proporcionar a tus clientes las mejores triquiñuelas legales posibles. Eso fue lo que le prometiste a tu hermana que harías. Aceptaste a Valerie como cliente. Y, sin embargo, aquí estás, desperdiciando esta preciosa mañana de primavera pensando en cómo has podido llegar hasta aquí, en lugar de limitarte a aceptarlo y cumplir con tu puñetera obligación.

—¿«Triquiñuelas»? ¿Cómo se escribe eso? —preguntó Gage.

Le lancé un trozo de beicon que hizo que Nana se pusiera a saltar contra la puerta de atrás, aullando como si la estuvieran matando.

—Hay que joderse —murmuré. Me levanté, arrastré las dos sillas vacías hasta la parte superior de la rampa y la bloqueé. Luego abrí la puerta—. Te vas a quedar aquí en la terraza y te vas a portar como una perrita buena y educada, si no quieres seguir castigada sin salir. ¿Entendido?

Nana respondió afirmativamente con un estornudo y salió dando brincos a la terraza como si no hubiera visto el sol en meses. Después de recibir unas cuantas carantoñas paternas, apoyó la barbilla en la mesa, al lado de mi plato, y exhaló un suspiro lastimero.

—Eres lo peor —le dije.

Nana soltó un eructo de aprobación.

—Lo que dices tiene sentido... de vez en cuando —reconoció Gage.

—Esta vez, sin duda alguna —le aseguré con arrogancia, antes de acercarme a la barandilla para contemplar el estanque—. Deja de pelearte con lo que hay y concéntrate en lo que hay que hacer. Cada vez que te preocupas por lo que debería haber sido o lo que está por venir, pierdes energía que deberías dedicar a lo que tienes que hacer en el presente. Como dicen los de Nike: hazlo y punto.

Gage se acercó con el café en la mano. Nana, que no quería que la excluyéramos, metió la cabeza entre los dos, jadeando alegremente.

—A lo mejor debería pasar más tiempo contigo para que me lo recuerdes —replicó Gage.

—¿Hablas conmigo o con la perra?

—Hablo con aquella a la que la mofeta no ha atufado directamente esta mañana.


*Hazel*
Dónde te has metido?
Estoy en tu casa
Tienes aquí el coche, pero tú estás desaparecida
en combate
Te has caído al lago?

*Hazel*
Vale
Son las 10 de la mañana y sigues sin aparecer
No te habrá dado por el running, no?

*Hazel*
Has decidido tirar la toalla y volver a la ciudad
para trabajar en la empresa de catering en
topless de tu prima?

*Hazel*
Empiezo a preocuparme en serio
Te han secuestrado los de Dominion?
Mándame un mensaje si la respuesta es sí y dos
si es no

*Hazel*
Espero que estés echando un polvo salvaje que
luego me describirás gráficamente con todo lujo
de detalles

# 31

## *Un enemigo común*

### Zoey

—¿Cómo has conseguido que vengan tantas personas un domingo? ¿Chantajeándolas? —le pregunté a Felicity, mientras arrastraba un puf peludo de color naranja y lo ponía delante de la pantalla de ochenta y cinco pulgadas que tenía colgada en la pared del salón. Sabía la medida exacta porque todos los hombres que habían entrado por la puerta le habían preguntado el tamaño, maravillados.

La sala de estar, el comedor, el pasillo y la cocina de la casita de Felicity estaban a rebosar de vecinos de Story Lake que se habían acomodado en una amplia variedad de asientos. Muchos de ellos eran comerciantes que se negaron a participar en el Fin de Semana de los Lectores cuando yo se lo pedí.

—Les recordé, como quien no quiere la cosa, que Dominion estaba intentando volver a jodernos. Les dije que esta vez íbamos a contraatacar y *voilà*.

—Pocas cosas motivan tanto como un enemigo común —comenté.

—Un enemigo común al que tú le lanzaste un patatazo, así que ahora todos quieren sumarse —explicó ella, haciendo un gesto con el brazo para señalar a aquella muchedumbre parlanchina.

Felicity era una mujer negra, joven y menuda, con el pelo azul turquesa y varios tatuajes bastante peculiares que asomaban por debajo de un jersey naranja de manga corta. Tanto ella como su casa eran lo más de lo más y yo esperaba que aquello fuera el principio de una gran amistad.

Saqué un sobre medio destrozado del bolsillo y lo levanté en el aire.

—He hecho una lista de cosas urgentes. ¿Queréis echarle un ojo antes de empezar?

—Esta es una reunión estratégica de guerra. Mejor poner en común las opiniones de todos a la vez.

Aquel era precisamente el tipo de propuesta que hacía que me entraran ganas de tirarme al suelo y acurrucarme en posición fetal. No podía con la logística. Y menos con una multitud excitada abrumándome con decenas de cuestiones que había que tener en cuenta. A mí me gustaba proponer ideas, no ejecutarlas. Pero encontraría la forma de organizarlo todo, aunque tuviera que pasarme sin dormir hasta el Fin de Semana de los Lectores.

—Venga, que comience el espectáculo. Tengo que volver para la hora punta de la cena —berreó Jessie, la vieja camarera del Angelo's, que estaba sentada en uno de los sillones orejeros que habíamos subido de la sala de *Dragones y mazmorras* que tenía Felicity en el sótano.

—Muy bien, amigos. ¿Quién está deseando machacar a Dominion de una vez por todas? —les preguntó esta. Se escucharon unos vítores tan fuertes que debieron de oírse en la casa de al lado, es decir, en la de Hazel—. Justo lo que pensaba —añadió la anfitriona, con suficiencia—. Pues bien, ya conocéis a Zoey. Es la encargada del Fin de Semana de los Lectores y de todas sus actividades. —Levanté la mano para saludarlos con torpeza, consciente de que aquel sería el último instante en el que gozaría del respeto de los allí presentes—. Y yo soy la segunda de a bordo —continuó Felicity—. La responsable de la organización del evento.

Alguien alzó la mano desde el sillón redondo de mimbre del comedor.

—Me propongo a mí mismo como el número tres: el responsable de comunicación —dijo Scooter, de Los Jilgueros de Story Lake—. Me encargaré de todas las comunicaciones internas y de que Los Jilgueros estén disponibles para los anuncios públicos.

—¡Secundo la moción! —gritó alguien desde el pasillo.

—Vaya, gracias, Scooter —respondí. Bajé la mirada hacia la lista y taché «necesito un sistema de avisos en cadena, o como sea que se llame hoy en día», y «alguien que se encargue de él».

—Genial —dijo Felicity—. Segundo punto del orden del día.

Durante la siguiente media hora, mi ansiedad se fue transformando en asombro al ver cómo los residentes de Story Lake abordaban sistemáticamente cada uno de los problemas y ofrecían soluciones. Nunca había visto una comunidad tan bien organizada y tan despiadadamente centrada. Una vez, la asociación de inquilinos de mi edificio se había tirado cuatro meses discutiendo sobre los contenedores de basura.

—Agradezco tu generosísimo descuento para el cambio de aceite en el Fin de Semana de los Lectores —le dije al mecánico canoso—. Nos aseguraremos de añadirlo a la lista de promociones. Otro tema que me gustaría tratar es el de cómo llevar un registro de las rebajas y los descuentos que habrá, así como de los eventos especiales que se van a organizar. No queremos que los turistas tengan que decidir entre el Bingo Definitivo del parque y la hoguera del hotel —dije.

—De eso me encargo yo. —Harriet Oglethorpe, que era la madre de Darius, el alcalde, y una mujer extremadamente organizada, levantó el teléfono—. Ya he creado una hoja de cálculo para compartir, con pestañas para los descuentos y eventos. Así todos podrán añadir sus ofertas y podremos hablar de los detalles de la programación antes de publicar los listados oficiales en la página web. Acabo de enviarle el enlace a Scooter en un mensaje.

—Ostras, qué pasada. Gracias —le dije.

Los móviles empezaron a sonar y a vibrar por toda la casa.

—Acabo de añadir una pestaña con los datos de contacto y se la he reenviado a todos los presentes —anunció Scooter.

Me quedé mirando alucinada mi propio teléfono.

—Ah…, perfecto. Qué eficientes sois, chicos.

Apareció otro mensaje en la pantalla.

—Y ahora tenemos un grupo de mensajes para preguntas y respuestas en tiempo real —añadió Scooter.

Sintiéndome como si me hubieran dejado mirar por un agujerito la vida de una mujer organizada, taché alegremente dos puntos más de la lista. No me extrañaba que a algunas personas les gustara eso de «formar parte de un equipo». Con la gente y la motivación adecuadas, todo era posible.

Felicity apuntó con su varita láser de princesa de cuento de hadas hacia la televisión.

—Estupendo, chicos. Pues ahora os voy a explicar cómo funciona la página web de gestión de proyectos. Me he tomado la libertad de crear una cuenta de usuario para cada uno de vosotros. Encontrareis los datos de acceso en el correo electrónico que os envié anoche, con el asunto: «Movida importante, no perder».
—Estaba impresionada. Sabía que Felicity tenía ansiedad, pero ahí estaba, superándola y sacando partido a sus puntos fuertes. Aquello me llenó de esperanza—. Os iré asignando tareas a través de este programa. Podréis tomar notas, hacer preguntas y marcar las que se hayan completado cuando las hayáis hecho. También podréis asignar tareas a otros. Por ejemplo, Garland ya ha pedido a todos los comercios que hagan una foto del exterior del local para escribir una breve reseña de cada uno en *La Gaceta Vecinal* y compartirlas con otros vecinos del... vecindario... para atraer a más... vecinos.

—Con tanto «vecino» es imposible enterarse de nada —se quejó Lacresha, la directora de la funeraria, que estaba devorando uno de los minicuencos de ramen que Felicity había preparado. Yo ya me había zampado dos.

—Perdón —se disculpó esta, con una sonrisa—. Continuando con la campaña de machacar a Dominion. —Hizo una pausa para el abucheo reglamentario—. La idea es centrarnos en las cosas que tenemos nosotros y que esos payasos de mierda derrochadores de gasolina no tienen. Zoey ha contratado al Club de Marketing del instituto para que elaboren un plan para las redes sociales dirigido a un público más adulto.

—¡Viva el Club de Marketing! —gritaron los dos adolescentes que habían acudido en representación del club.

—¡Vivan los Vampiros! —chilló alguien desde la cocina de Felicity.

Todos se cubrieron la parte inferior de la cara con los brazos y se pusieron a gruñir.

Felicity me dio un codazo.

—Ahora eres de los Vampiros. Tienes que imitar a uno.

—Ah, sí. Claro. —Más que un gruñido, lo mío pareció más bien el maullido de un gato haciendo una pregunta, pero era la primera vez que lo intentaba.

Terrance, el representante de Story Lake Haven, levantó la mano protésica.

—¿Sí, Terrance? —dijo Felicity.

El hombre se puso en pie y se quitó el sombrero de vaquero.

—Story Lake Haven también quiere participar. Una de las primeras excursiones que hicimos fue a Dominion y fue un día de mierda, perdón por la expresión. Si tienes más de cuarenta años, te tratan como si debieras estar comprándote un ataúd. Se nos ha ocurrido una idea para aumentar el número de asistentes.

—¿Cuál? —le pregunté.

—Hemos decidido celebrar el primer día de la Familia en Haven durante el Fin de Semana de los Lectores —anunció—. Los residentes ya han enviado las invitaciones a sus familiares. La plantilla para hacerles sentir culpables ha tenido una tasa de respuesta muy alta, así que enhorabuena al Club de Marketing por haberla creado. —Señaló con el dedo hacia donde estaban los adolescentes, que chocaron los puños—. Nos gustaría añadir eventos para familias tanto en nuestras instalaciones como en el centro del pueblo para garantizar el movimiento de gente.

—Ahora mismo te daría un beso, Terrance —dije.

—Ponte a la cola —me dijo Darius, estrechándole la mano a Terrance con entusiasmo.

Terrance se tocó el sombrero de vaquero, ruborizado.

—Hay suficiente Terr Bear para todos.

—Gracias por esa gran contribución, Terr Bear. Esperamos las sugerencias en la hoja de cálculo —dijo Felicity—. Prosigamos. En unos ratos que he tenido libres, me he puesto en contacto con el Fish Hook y el Angelo's para hablar de algunas ofertas especiales para el fin de semana que les hagan destacar sin pisarse el uno al otro. Si hace buen tiempo, el Angelo's ofrecerá cestas de pícnic para llevar a la hora de la comida, que se podrán reservar con antelación por internet. El Fish Hook organizará una Hora

Feliz especial a última hora de la tarde, en la terraza. Ambos tendrán ofertas exclusivas para cenar el viernes y el sábado por la noche. Por cierto, Hana, ¿por qué no nos cuentas qué habéis planeado en el hotel?

Hana se levantó. Llevaba unos vaqueros muy favorecedores que ella había llamado «un básico de lesbiana» cuando le había preguntado por ellos y una camiseta sin mangas que ponía BESA A LA COCINERA.

—Gracias, Felicity. Pensamos hacer una hoguera para asar nubes el viernes por la noche, cócteles temáticos relacionados con los libros durante todo el fin de semana y, además, vamos a ofrecer un brunch especial el domingo por la mañana.

Para cuando Hana acabó de describir los menús, yo ya me estaba planteando tomarme un tercer minirramen y el puf se había desinflado.

A continuación, Chevy nos puso al corriente de sus planes para la firma de Hazel.

—El sábado por la mañana asignaremos un número a cada persona que tenga una entrada e irán pasando a la librería por grupos, en la franja horaria que les haya tocado. Así que todos tendrán oportunidad de pasear por el centro —dijo, señalando con el puntero láser de Felicity varias manzanas de la orilla del lago y la plaza de Story Lake.

—Podemos instalar un puesto de café improvisado delante de la librería para los lectores que estén esperando en la cola —se ofreció Jennifer.

—Y tanto Leafy Greens como yo vamos a poner algunos productos rebajados delante de nuestras tiendas durante el evento —añadió Sunita.

—Una cosa más —dijo Chevy—. Esta mañana, durante el desayuno, he hablado con el profesor de Arte del instituto, es decir, mi marido, y ha ofrecido créditos extra a los estudiantes a cambio de ayudar a los comercios con los carteles y los escaparates el fin de semana. —Un murmullo de aprobación recorrió la reunión.

—Acabo de añadir una hoja de inscripción para la decoración a la hoja de cálculo principal —anunció Harriet.

—Esto es la leche —le susurré a Felicity.

—Bienvenida a Story Lake, donde trabajamos codo con codo a destajo para hundirte —dijo ella alegremente.

—Me daba miedo tener que ocuparme de todos los detalles, olvidarme de un montón de cosas y acabar cargándome el Fin de Semana de los Lectores —confesé—. La organización no es lo mío.

—Nena, teniéndonos a nosotros, no hace falta que lo sea. Lo que necesitamos son tus grandes ideas y tu capacidad para apagar fuegos en momentos de crisis. Reaccionaste muy bien en el Festival de Verano, tanto con lo de la ola de calor como cuando se hundió el barco.

—¿A que sí? —Me di una palmadita en la espalda mentalmente.

—Además, necesitamos que des con la forma de sabotear el puñetero Privatag de Dominion —añadió.

—Ya tengo unas cuantas ideas —confesé.

—Mejor cuéntamelas cuando se hayan ido todos, por aquello de la negación plausible.

Esbocé una sonrisa.

—Vale. —No solo tenía un equipo de personas que se encargaba de todos los detalles que me asustaban, sino que ahora también tenía una cómplice. Puede que lo de vivir en un pueblo pequeño sí tuviera algunas cosas positivas.

—Muy bien, amigos. Creo que hemos hecho un gran trabajo —dijo Felicity—. Ya sabéis cuáles son vuestras tareas. ¡Así que, venga, a hacer los deberes y a ser lo más productivos posible!

Garland levantó la mano desde la silla de gamer que se había llevado a la cocina.

—Obviamente no voy a informar sobre los preparativos, ya que eso podría proporcionar a Dominion una ventaja injusta.

—Muchas gracias —repliqué con frialdad.

—Sin embargo, me gustaría presentarme voluntario para hacer de periodista local reconvertido en espía. Podría pasarme de vez en cuando por el campamento enemigo e informaros de lo que están tramando, y así seríamos nosotros los que tendríamos una ventaja injusta.

—Contratado —dije—. Y por contratado quiero decir que no tenemos dinero para pagarte, así que acepto tu voluntariado.

—Quiero que me envíes un informe diario con los datos que

reúnas —dijo Felicity—. A ver si puedes conseguir un calendario de eventos, información sobre alquileres para fiestas, ofertas especiales de restaurantes y ese tipo de cosas.

—Y a mí me gustaría ver algunas fotos de la plataforma que están construyendo para el Privatag —añadí.

Garland hizo un saludo militar.

—Contad conmigo.

Felicity me miró.

—Muy bien, jefa. ¿Quieres poner el broche final con unas palabras sabias?

Hablar en público. Otra cosa que no me gustaba nada. Me levanté del puf y, con muy poca elegancia, pasé de estar a cuatro patas a ponerme en pie.

—Bueno, gracias a todos por participar. Tengo una cosa más en la lista. Hay que designar a un encargado del bingo para supervisar el torneo del domingo y creo que Emilie Rump es la persona ideal. —Me preparé para las patatas voladoras, pero solo me topé con algunos ceños fruncidos y unas cuantas quejas—. Sé que desempeñó un papel importante en la última batalla contra Dominion. Cometió un error, pero al final se mantuvo firme ante Nina. Y conoce las reglas del juego mejor que nadie. Podría ser su oportunidad para redimirse —sugerí. Recibí una nueva tanda de ceños fruncidos y quejas—. Venga, solo ese fin de semana. Vamos a darle una segunda oportunidad. Si nos vuelve a fastidiar, me comprometo a ir personalmente con vosotros a lanzar patatazos a su casa hasta que parezca una montaña de puré de patata.

—Vale. Pero como se le ocurra sabotearnos, te las lanzaremos también a ti —dijo Chevy. Y varias personas asintieron con la cabeza.

—Genial —dije, esbozando una sonrisa falsa—. Por cierto, hoy a las siete de la tarde es la charla de accesibilidad en Criando Malvas. Todavía quedan algunas plazas libres. Pondré el enlace para la inscripción en el chat grupal. ¡Y, ahora, a machacar a Dominion!

La ovación fue tan fuerte que hizo vibrar las ventanas de Felicity.

Estaba volviendo a colocar las sillas de piel blanca de la vecina de Hazel alrededor de la mesa del comedor con el brazo bueno, cuando Frank Bishop me dio unas palmaditas en el hombro.

—Hola, Frank. Gracias por venir. Creo que organizar una jornada de puertas abiertas en la granja durante el Fin de Semana de los Lectores es una idea estupenda, siempre y cuando consigas que no haya mofetas.

Él se rio entre dientes.

—Gage nos ha contado lo de la nueva amiga de Nana.

—¿Cómo se deshace uno de una mofeta? —le pregunté—. ¿Sabes qué? Da igual. Tengo el cerebro a punto de estallar y no quiero que los datos sobre eliminación de mofetas me hagan olvidar nada de lo que tengo que preparar para el Fin de Semana de los Lectores.

—Buena decisión. Solo quería darte las gracias.

Aquello me pilló por sorpresa.

—¿Por qué? —Lo único que se me ocurría relacionado con los Bishop eran mis encuentros sexuales con Gage, y esperaba de todo corazón que no fuera eso por lo que Frank estaba tan agradecido.

—Por el tutorial sobre redes sociales que me mandaste. Me lo estudié y dejé impresionada a mi nieta en el taller que impartió porque ya me sabía la mayoría de las respuestas. Hasta pude ayudar a otros vejestorios como yo —dijo con orgullo—. Y me ha pedido que le eche una mano en la próxima clase.

Le di una palmadita afectuosa en el brazo.

—Frank, eso es estupendo.

—Lo estás haciendo muy bien por aquí, Zoey. Que no se te olvide.

—Lo intentaré —prometí. Y también intentaría no joderlo todo.

Frank se marchó con el resto de los asistentes y Felicity se reunió conmigo en el comedor.

—Quería darte las gracias por dejarnos celebrar la reunión aquí. Sé que no lo pongo fácil, pero me hace mucha ilusión cuando puedo participar en algo —dijo.

—Ha funcionado de maravilla para todos —le aseguré. La observé mientras volvía a colocar el centro de flores de Lego en medio de la mesa—. ¿Te importa si te pregunto por qué...?

—¿Me cuesta tantísimo salir de casa hasta el punto de que resulta raro? —me preguntó ella a mí.

—Bueno, sí. Pero puedes contestarme que me meta en mis asuntos. Este pueblo me está contagiando y convirtiéndome en una entrometida.

—Todo empezó en la universidad. Si echo la vista atrás, supongo que estaba estresada por los exámenes finales y tomaba demasiadas bebidas energéticas. No dormía bien. Tenía muchísima ansiedad. Tuve un ataque de pánico en plena clase de Equilibrio del Juego. Estaba muerta de miedo y me dio muchísima vergüenza. Los ataques de pánico continuaron durante meses y fui haciendo mi mundo cada vez más pequeño. Mi casa se convirtió en mi espacio seguro.

—Pues es un espacio seguro estupendo —dije, señalando la acogedora sala de estar de Felicity.

Ella se sentó en una de las sillas del comedor.

—Sí, pero también es desagradable. Me enfado mucho conmigo misma. Es decir, todos los demás pueden hacerlo. ¿Por qué yo no?

—Te entiendo perfectamente. Yo también he pasado mucho tiempo deseando ser como los demás.

—¿Y cuál es tu espacio seguro? —me preguntó Felicity.

—Pues… no lo sé. —Pensé en mí misma en la universidad, recién salida de la operación, después de que mi novio me dejara; en los recordatorios constantes de mis padres de lo difícil que era quererme—. Creo que me empeño en que nadie espere demasiado de mí o se sienta tan incómodo conmigo como para abandonarme.

—Pues con la primera parte no lo estás haciendo muy bien. ¿No estás a cargo de un gran evento comunitario que coincide con el regreso de tu mejor amiga y clienta? —dijo Felicity, vacilándome.

—Sí. ¿Puedo vomitar en los tiestos de Lego? —bromeé.

—Ni se te ocurra. A lo mejor estás ampliando tu espacio seguro.

Pensé en Gage cortándome los gofres. En Gage confiándome sus secretos. En Gage abrazándome.

—Puede —contesté—. Da miedo, pero a lo mejor…

—¿Merece la pena? —dijo ella.

—Tal vez.

—Bueno, de chica desastrosa a chica desastrosa: yo te apoyo.

—Gracias, Felicity. Por si sirve de algo, yo también te apoyo a ti.

# 32

## *Cajas de vino*

### Zoey

Salvo por la cantidad excesiva de animales que
andan por ahí sueltos y la poca oferta de comida
para llevar, Story Lake no está tan mal

*Gage*
Te dije que acabarías acostumbrándote
Sigue en pie lo del curso intensivo de bingo
definitivo de esta noche, después de la charla
sobre accesibilidad?

No puedo limitarme a leer el manual del reglamento?
Existe un manual con el reglamento?
O algún tutorial de YouTube?
O alguna forma elegante de renunciar a ser la
capitana de un equipo?

*Gage*
Te invito a cenar

A cenar en plan cita?
Porque no recuerdo que eso formara parte de
nuestra conversación sobre «sexo monógamo sin
compromiso»

*Gage*
A cenar en plan «tengo hambre a la hora
de la cena y necesito comer»
No a cenar en plan «vamos a casarnos y planear
un futuro en común»

Uf. Vale. Ya que estás tan obsesionado conmigo...
Por cierto, no encuentro a Opal
Teníamos una reunión
Cómo activo la red de chismorreo del pueblo para
conseguir localizarla?

*Gage*
Ya me encargo yo

*Gage*
Alguien ha visto a Opal Mallory?

*Cam*
Por qué el nombre del grupo ha cambiado?
Qué ha sido de Ojetes?

*Levi*
Es un grupo nuevo, idiota

*Gage*
Ojetes Bishop sigue en activo
Este es un grupo menos específico de memos en
el que también están Zoey, Hazel, mamá y papá

*Cam*
Pues no me gusta

*Gage*
Qué coincidencia, justo lo que pensamos todos
de ti

*Zoey*
Siento interrumpir la charla sobre culos,
pero Gage me está ayudando a buscar
a Opal
Es la cascarrabias de la clase de escritura
de Hazel que está a punto de convertirse
en mi segunda clienta, le guste o no
Va por ahí con un andador, cuando el
personal de enfermería está delante
Suele estar gritándoles a los pájaros
o a cualquier persona que la moleste

*Hazel*
Hola, amiga del alma!
Bienvenida al chat familiar!

*Zoey*
Tú no deberías estar escribiendo?

*Hazel*
Lo haría si me dieras algo con lo que trabajar.
Cómo describirías el sexo con Gage?
A. Asombrosamente orgásmico?
B. Moderadamente placentero?
C. Irrisoriamente decepcionante?

*Levi*
Cómo se sale de un chat grupal?

*Gage*
A, obviamente
Y me gustaría recordaros que mamá y papá están
en este grupo

*Cam*
Yo diría C

*Pep*
Ignora a mi familia, Zoey
Parece que se han criado en un granero
Esta mañana he visto a Opal tomándose un café y
acariciando a los gatos en la cafetería

*Frank*
Has ido a Perked Up y no me has traído un café
con leche y caramelo?

*Pep*
Mierda. Quién ha añadido a tu padre a este chat?

*Gage*
Qué parte de «mamá y papá están en este grupo»
no habéis entendido?

*Frank*
En qué chats no estoy?

*Levi*
Solicito formalmente que me eliminéis de todos
los chats grupales

*Pep*
Más quisieras, hijo
La bromita del paintball te obliga a estar incluido
y participar sí o sí en todos los chats familiares
por los siglos de los siglos

*Levi*
QUE YO NO LANCÉ LAS BOLAS DE PAINTBALL
AL GRANERO

*Hazel*
Ese es un misterio familiar que me encantaría
resolver

*Cam*
No hay ningún misterio
Fue Livvy

*Levi*
QUE YO NO FUI!

*Frank*
QUIERO UN CAFÉ CON LECHE!

*Zoey*
Hazel, espero que esto te esté sirviendo de
inspiración

*Hazel*
Básicamente acabo de copiar y pegar toda esta
conversación en mi manuscrito
Ya cambiaré los nombres después

*Laura*
No quiero aguaros la fiesta, capullos, pero Opal
acaba de entrar en la tienda y está llenando un
carrito de aperitivos

Entré como una exhalación por la puerta del supermercado y estuve a punto de desmayarme de alivio —y de falta de capacidad cardiovascular— al ver a Opal echando un vistazo al surtido de enjuagues bucales, al fondo de un lineal. Melvin, el gigantesco perro de Laura, estaba a su lado con las alforjas de la tienda, siempre dispuesto a ayudar.

En cuanto acabara de echarle la bronca a Opal, tenía que hacerle una foto al perro y enviársela a Isla para que la publicara en las redes sociales oficiales de Story Lake.

—¡Eh! —le solté acusadoramente.

Melvin emitió un alegre ladrido.

Opal se sobresaltó y dejó caer una botella de enjuague bucal del color del líquido anticongelante.

—Santo cielo, chica. ¿Cuándo fue la última vez que hiciste cardio? El ejercicio es bueno para ese rollo mental que tienes.

—¡Quien lo rompe, lo paga! —gritó Laura desde detrás del mostrador.

—Se suponía que ibas a reunirte conmigo… en tu casa… hace una hora.

—¿No llevas un inhalador o algo? Porque puede que te convenga usarlo.

—No, no llevo ningún inhalador porque no soy asmática. ¡Lo que pasa es que no tengo capacidad cardiovascular! Vamos a tener esa reunión ahora mismo.

Opal miró a Laura en busca de apoyo.

—¿No se supone que deberías ayudar a una pobre anciana?

—Lo siento, Opal. Acabas de soltarme que mi selección de mermeladas es una mierda. Yo estoy con Zoey.

—Yo no he dicho eso. Lo he murmurado entre dientes, como una dama —replicó ella.

—Pues vas a tener que mirarte los oídos —sugirió Laura.

—Volviendo a lo de evitarme —dije, metiéndome delante del carrito de Opal.

Ella puso los ojos en blanco.

—Eso, volvamos a evitarte.

—Opal.

—Es que no me apetecía escucharte berreando que mis historias no son publicables. Empujó el carrito contra mis muslos, pero yo me mantuve firme.

—¿Has desayunado un vaso de whisky? —le pregunté con dulzura.

—Hoy no.

—Ah, entonces simplemente eres una cabezota que no sabe controlarse —deduje.

—Soy una psicóloga jubilada. Por supuesto que sé controlarme.

—Claro, porque tiene mucho más sentido que quiera reunirme contigo para explicarte que tus libros son una mierda, que para decirte que tenemos que fijar una hora mañana por la tarde para hablar por teléfono con un editor de adquisiciones que quiere hacerte una oferta por toda la saga, listilla insoportable y tocapelotas —le espeté.

—Hay que joderse. Podías habérmelo dicho antes.

Me pasé las manos por el pelo.

—¡Iba a decírtelo en la reunión a la que no te has presentado! Madre mía. ¿Así es como se siente una cuando tiene hijos? Porque es como si me estuviera volviendo tarumba.

—Sí, exactamente —contestó Laura.

—Vale. Creo que mañana tengo libre de dos a tres —refunfuñó Opal.

—Gracias —le dije entre dientes, antes de respirar hondo—. A lo mejor podría haber encontrado una forma más suave de decírtelo, pero hoy ya he agotado toda mi sutileza social y todavía tengo que sobrevivir a un evento enterito esta tarde, antes de poder ponerme una sudadera con capucha y hacerme un ovillo en el suelo. Además, estoy de mala leche porque me muero de hambre y... ¡mierda, joder! Aún no he comprado las cosas de picar para el taller de esta tarde.

—Bueno, pues estás en el lugar adecuado —dijo Laura—. Melvin, Opal y yo estaremos encantados de ayudarte.

—Conmigo no contéis. Dejé de ayudar a la gente a los sesenta. Me las piro. —Opal dejó un billete de veinte dólares en el mostrador y se marchó con su bolsa de patatas fritas y su brik de salsa de puerro.

—¡Nos vemos mañana a las dos! —le grité.

Cuando la puerta se cerró detrás de ella, me desplomé contra el expositor de papel higiénico. Melvin se acercó y me dio un golpecito en la cadera con aquella cabezota enorme y esponjosa.

—Estoy demasiado agotada para coger el teléfono. ¿Puedes hacerle una foto a Melvin y enviársela a tu hija para que la publique en el Instagram de Story Lake?

Laura asintió e hizo la foto.

—Vas a tener que empezar a hacer cardio si piensas ponerte a perseguir clientes por todo el pueblo.

—Debería haber venido en coche, pero el cierre del techo se ha vuelto a atascar. El lado derecho no cierra bien, así que traquetea mientras conduzco. Además, la puerta hace un ruidito que me está volviendo loca —le expliqué.

Laura salió de detrás del mostrador.

—Tengo un hermano que seguro que te lo puede arreglar, si se lo pides.

—¿Quién? ¿Gage? Solo lo utilizo para el sexo. No creo que nuestro acuerdo cubra el mantenimiento del coche.

—Si no está dispuesto a hacerte un par de favores fuera del dormitorio, es que no te estás empleando a fondo en la cama.

—Me estoy empleando muy a fondo —le aseguré. Además, aquella petición se alejaba demasiado de mi zona de confort. Sería pasarse. Una cosa eran los orgasmos, que nos beneficiaban a ambos, pero ¿el mantenimiento del coche? Ni hablar. No pensaba empezar a molestar a mi pareja sexual monógama sin compromiso con exigencias propias de una relación.

—Tú misma. —Laura cogió una caja de vino con cada mano y me las pasó—. Las necesitarás para esta noche. En Story Lake no se celebra ninguna reunión sin picoteo y alcohol.

—Ostras, chica. ¿De dónde has sacado esos bíceps? —le pregunté, admirando aquellos brazos dignos de una revista de fitness.

—He empezado a entrenar también con un preparador físico, además de con los inútiles de mis hermanos —contestó.

—Ah, el gimnasio. He oído rumores sobre ese lugar. ¿Cuánto vino hará falta para que la gente aprenda algo y a la vez se divierta esta noche?

—Mejor compra una tercera caja por si acaso —sugirió Laura.

# 33

## *Atributos masculinos bamboleantes*

### Gage

Entré en Criando Malvas y me senté al fondo de la Sala Jardín, gratamente sorprendido al encontrármela casi llena. Identifiqué los llamativos rizos de Zoey en la primera fila. El público parecía fascinado por la charla que estaba teniendo lugar frente a la exposición de ataúdes de Lacresha.

Quaid estaba de pie ante un ataúd de peltre de gama alta con pinta de acabar de bajarse de una tabla de surf, vestido con unos pantalones cortos de flores y una sudadera. Estaba rodeando con un brazo al niño pequeño con gafas que se encontraba pegado a él y miraba concentrado una tablet. Al lado de ellos, una chica con un tatuaje de flores que le cubría todo el brazo moderaba el debate con voz enérgica y segura.

El rumor de los bolígrafos sobre el papel y el repiqueteo de los dedos en los teclados llenaba la sala mientras mis amigos, vecinos y familiares —mis padres también estaban allí, por supuesto— tomaban notas.

—La falta de formación por parte de las autoridades, mi propia experiencia personal y el hecho de conocer a otras personas con autismo como Benjamin me animaron a convertirme en educadora comunitaria especializada en autismo —explicó la mujer—. Como ya os he comentado, a mí me diagnosticaron autismo con altas capacidades, lo que significa que poseo una inteligencia superior a la media, pero tengo dificultades con ciertos aspectos como la comprensión del lenguaje no verbal y las interacciones sociales. Podría empezar a bombardearos con datos curiosos de meteorología sin ser capaz de miraros a la cara. Por ejemplo, ¿sabíais que después de una erupción volcánica suele haber rayos? —El público se rio, encantado—. Ahora bien, para personas como Benjamin, el hermano de Quaid, el autismo puede manifestarse de forma distinta. Benjamin se expresa a través de la tablet de habla y del lenguaje de signos.

Hizo una pausa y Quaid le dio un codazo a Benjamin, que tecleó algo en la tablet.

—Hola —dijo la tablet.

El público le devolvió el saludo con la mano.

—Ambos mostramos comportamientos repetitivos y compartimos nuestra preferencia por las rutinas. Pero la tolerancia de Benjamin a la sobreestimulación es menor que la mía o la vuestra. Los ruidos fuertes, las luces brillantes y las etiquetas de la ropa pueden causarle una sobreestimulación cerebral. Un cerebro neurotípico puede asimilar esa clase de estímulos y optar por ignorarlos o, al menos, atenuarlos. Un cerebro con autismo no puede hacerlo. Por eso resulta útil saber cómo minimizar los desencadenantes o proporcionar acceso a espacios seguros y tranquilos. De acuerdo con una encuesta realizada a padres de niños con autismo, estas son las tres mejores formas de ayudarlos en lugares públicos. —Señaló la pantalla que estaba detrás de ella, en la pared—: Crear espacios inclusivos que tengan en cuenta las necesidades sensoriales, donde las personas puedan descansar de los estímulos externos; tener a mano un kit de herramientas sensoriales con artículos como mantas pesadas, juguetes antiestrés o auriculares con cancelación de ruido; y, por último, el mero hecho de mostrar nuestro apoyo a las familias cuando se reconoce un comportamiento autista contribuye en gran medida a que todos se sientan seguros y bienvenidos. Me parece que se nos ha acabado el tiempo. Gracias por vuestra disponibilidad, atención y voluntad de conocernos mejor a Benjamin y a mí, así como de aprender la mejor forma de apoyar a las personas como nosotros.

—Muchas gracias a ti, María —dijo Zoey, levantándose de la primera fila.

Se volvió hacia el público y no pude evitar sonreír. Joder, qué guapa era.

—Y ya que María nos ha enseñado que los ruidos fuertes pueden ser un desencadenante, me gustaría pediros que le diéramos las gracias a ella, a Benjamin y a Quaid en lenguaje de signos, tal y como nos han enseñado esta noche el señor y la señora Blumenthal. —Observé impresionado cómo todas las personas del público daban las gracias con las manos. María hizo una pequeña reverencia y Benjamin dijo «De nada» por medio de la tablet—. Muchas gracias por venir a pasar la tarde con nosotros. Espero que todos seamos capaces de encontrar el modo de poner en práctica lo que hemos aprendido hoy aquí. Podéis llevaros los aperitivos, los refrescos y el vino que han sobrado —dijo Zoey.

El orgullo me calentó el pecho como un trago de bourbon, mientras veía a todos aplaudirle en lengua de signos. Ella les correspondió con una sonrisa radiante.

—Ya vale. Vais a hacer que me ruborice —bromeó.

Me abrí paso entre la multitud y me la encontré charlando con Darius y Kitty Suárez.

Tenía ganas de abrazarla y besarla, pero sabía que cualquier tipo de contacto físico ante tal cantidad de gente del pueblo sería un error. A medianoche, las malas lenguas ya se habrían inventado que estábamos saliendo y a las ocho de la mañana ya nos tendrían organizando la boda. Así que me limité a guardarme las manos en los bolsillos y a intentar que no se me notara el deseo en la cara.

—Hola. Cuánta gente ha venido —dije.

A Zoey se le iluminó la cara y su sonrisa me golpeó directamente en el esternón como un tráiler. Mierda. Tenía un problema muy grave con aquella mujer.

—Menos mal que estás aquí. Tenías razón. Me muero de hambre. Llévame a comer algo —me suplicó, apoyándose en mi costado.

No tuve más remedio que rodearla con un brazo por la cintura, o al menos eso fue lo que me dije a mí mismo cuando Kitty arqueó las cejas con interés. Al menos Darius seguía felizmente ajeno al cotilleo en ciernes que tenía delante de las narices.

—Gracias de nuevo por organizar esto, Zoey —dijo—. Ha sido increíble. Nunca había visto a nadie con tal capacidad de convocatoria. En fin, si me disculpáis, tengo que irme a casa a acabar los deberes de Química.

—Bueeeno, he oído que estáis... —Kitty nos señaló a ambos con el dedo índice.

—¿Teniendo sexo sin compromiso? —la interrumpió Zoey, alegremente—. Pues sí. Un montón de él.

—Me alegro por vosotros. El mundo sería un lugar mejor si todos practicáramos más sexo. Bueno, tengo que irme a tejer. Y esa serie documental sobre crímenes reales no se va a ver sola. Disfrutad de la noche —dijo, guiñándonos un ojo.

—Vale, mañana por la mañana ya se habrá enterado todo el pueblo —dije.

—Somos adultos y lo estamos haciendo de mutuo acuerdo. No hace falta fingir que estamos saliendo o que tenemos un club de lectura. Además, no me queda energía para guardar las apariencias. Estoy agotada.

—Podré soportar la presión —declaré.

Nos interrumpieron Lacresha, la directora de la funeraria; Dahlia, del Angelo's; y Junior Wallpeter. Todos llevaban puesta la misma camiseta con las letras «MD».

—¡Zoey! Tenemos algo para ti —dijo Dahlia, antes de entregarle un sobre gordísimo.

—¿Qué es esto? —preguntó ella, mientras miraba qué había dentro. Abrió los ojos como platos—. ¿Por qué me das un sobre lleno de dinero en efectivo? ¿Y dónde puedo conseguir una de esas camisetas?

—Es del comité Machaca a Dominion —anunció Junior, señalando la camiseta con orgullo.

Zoey me miró.

—Me da miedo preguntar.

—¿Qué es el comité Machaca a Dominion? —dije yo.

—Lo hemos creado nosotros —anunció Lacresha—. Nuestro objetivo es machacar a Dominion en todo.

—El Club de Marketing del instituto hizo las camisetas y esta noche hemos vendido dos docenas —me explicó Dahlia.

—Es para que no tengas que seguir pagando cosas de tu bolsillo, ahora que no tienes un centavo y estás vendiendo toda tu ropa interior cara por internet —añadió Junior.

—Me gustaría aclarar que no estoy vendiendo ropa interior. Solo ropa normal —dijo Zoey.

—Pues a lo mejor deberías plantearte vender ropa interior. Mi prima Frances se saca cinco cifras al mes vendiendo la suya —comentó él.

—¿Y dónde la vende? —le preguntó Zoey.

La pegué más a mí, mientras miraba fijamente a Junior.

—Pues… no me acuerdo —contestó él, mirándome nervioso.

—En fin, gracias por la recaudación de fondos espontánea y por entrometeros tanto en mi vida personal —les dijo Zoey, agitando el sobre.

—De nada —respondieron todos al unísono.

—¿Vamos a cenar? —le pregunté, cuando el comité Machaca a Dominion se dispersó.

Zoey puso cara de cansada.

—Ya sé que te había dicho que sí y que estoy muerta de hambre. Pero me he pasado todo el día rodeada de gente. No creo que sea capaz de soportar un restaurante lleno de vecinos cotillas.

—Tenía la impresión de que ibas a sentirte así y me he adelantado.

—¿En serio? ¿No más socialización? —preguntó con optimismo.

—No más socialización —le prometí—. Vamos.

—Qué típico de ti —me dijo, mientras nos marchábamos.

—¿Intentas ofenderme o halagarme?

—Creo que ambas cosas. Has identificado un problema potencial y has obrado en consecuencia. Dios, ojalá pudiera estar en tu cerebro por un día. Ahí dentro debe de estar todo superordenado y organizado.

—Yo no creo que sobreviviera dentro del tuyo —reconocí, mientras abría la puerta del copiloto del todoterreno y sujetaba a Nana.

—No es apto para cardiacos —replicó Zoey, antes de saludar a mi perra estrujándole con entusiasmo la cara—. Hola, pequeña.

Nana golpeó el asiento con la cola, mientras Zoey intentaba esquivar su lengua.

—Atrás, Nan —le ordené.

La perra gruñó, pero obedeció.

Me puse al volante y arranqué. Zoey exhaló un suspiro largo y lento, y cerró los ojos mientras salía del aparcamiento. No preguntó adónde íbamos ni qué íbamos a comer. Eché un vistazo a su perfil bajo la luz de las farolas y me di cuenta de que confiaba plenamente en mí. Y puede que ni siquiera fuera consciente de ello.

Tomé la carretera de Lake Drive hacia el norte, dejando atrás el pueblo en el espejo retrovisor.

Ella abrió los ojos cuando me desvié del camino y la grava crujió bajo los neumáticos. Nana asomó la cabeza entre los asientos y reconoció nuestro destino con un ladridito de alegría.

—¿Dónde estamos? Un momento. ¿Es la casa de Levi? —me preguntó, cuando los faros iluminaron la cabaña de madera de cedro que había entre los árboles.

—Sí. Esta noche no está. Tiene un curso de formación policial todo el fin de semana. Pensé que te gustaría disfrutar de una cena tranquila a orillas del lago —dije, apagando el motor.

—Esto parece una cita —murmuró Zoey con recelo.

—Tal vez. Pero seguro que tienes tanta hambre que estás dispuesta a pasar por alto cualquier rastro de romanticismo involuntario.

Ella puso los ojos en blanco.

—Deja de tener siempre la razón. Es un coñazo.

—Mira por dónde pisas —le advertí, mientras salíamos del coche. Nana salió disparada para olisquear y hacer pipí. Cogí la manta, la nevera y la linterna del asiento trasero, y rodeé el capó para reunirme con Zoey.

El aire nocturno era ligeramente cálido. Las ranas arbóreas cantaban en las copas de los árboles por encima de nuestras cabezas, una de las señas de identidad de la primavera desde que tenía uso de razón. El lago brillaba bajo la luz de la luna, más allá de la cabaña.

Zoey me siguió hasta la puerta trasera de la casa de Levi y esperó mientras cogía la llave de repuesto del gancho.

—¿Tu hermano deja una llave colgada al lado de la puerta? ¿Nunca habéis oído hablar de la seguridad? Sois demasiado confiados —refunfuñó Zoey.

—Es una de las ventajas de vivir en Story Lake. Los únicos que suelen entrar a robar son los osos y ellos no necesitan llaves.

—¿Osos? —susurró, como si temiera invocar a uno.

Empujé la puerta y la sujeté para que entrara.

—Te tienen más miedo a ti que tú a ellos.

—Lo dudo mucho —replicó con frialdad mientras entrábamos en la cabaña de Levi y Nana nos adelantaba a la velocidad del rayo. La perra cruzó la cocina para ir hacia la sala de estar y la seguimos encendiendo las luces a nuestro paso.

Era una vivienda diminuta y necesitaba con urgencia una reforma. Cam y yo nos burlábamos de él constantemente, diciéndole que era el contratista con la casa más cutre del mundo. Pero Levi no parecía tener ninguna prisa por convertir aquella choza en algo más bonito.

—Tu hermano tiene un gusto muy curioso para… todo —comentó Zoey, mirando el antiguo rifle de chispa que estaba colgado sobre el escritorio antiguo en el que se encontraba el ordenador portátil, junto con un montón de páginas de cuaderno arrugadas.

Nana cogió carrerilla y se subió de un salto al viejo sofá de cuadros de Levi. Era feo como él solo, pero tan cómodo que era imposible permanecer despierto en él demasiado tiempo.

—Compró la cabaña cuando salió a subasta hace unos años. Dijo que le gustaba que pareciera la de un ermitaño —le expliqué a Zoey.

Levi no ocultaba su deseo de que lo dejaran en paz el mayor tiempo posible. Soportaba las ruidosas y caóticas reuniones familiares, pero se sentía más cómodo allí, solo. Aquella propiedad tenía una cosa a su favor. Busqué la pantalla táctil que había al lado de la puerta corredera de delante y pulsé unos cuantos botones. Zoey soltó un grito de alegría.

—Vamos —le dije, empujando la puerta sobre el riel tambaleante para abrirla. Nana abrió un ojo para mirarme y luego lo volvió a cerrar, demasiado agotada de tanto baño con mejunje antimofetas como para acompañarnos.

El jardín de Levi descendía suavemente hacia el lago. Había una hoguera con una sola silla Adirondack al lado, orientada hacia el agua. Por encima de nuestras cabezas, desde la cabaña hasta la hoguera, pendían varias guirnaldas de lucecitas ambarinas que resplandecían en la oscuridad. Le entregué la mayor parte del alijo a Zoey y dejé el resto en la terraza.

—Llévalo al lado de la hoguera. Yo voy a por leña.

—Esto es… precioso, Gage. Gracias —dijo ella.

—A lo mejor deberías esperar a comerte el rollito de primavera en cuenco antes de agradecérmelo —bromeé.

—Vale. Puedes añadir oficialmente la receta a tu repertorio habitual —dijo Zoey, dejando el cuenco vacío al lado de la hoguera. Suspiró complacida y se recostó en la silla. Yo me incliné hacia adelante en la endeble tumbona que había encontrado en la terraza y dejé el mío encima del suyo. El fuego crepitaba, proyectando su cálido resplandor sobre nosotros.

—Me alegra que te haya gustado. Tengo más en la nevera, para que te los comas esta semana.

—Ojalá fuéramos el tipo ideal el uno del otro —dijo ella, con un suspiro de satisfacción—. Sería capaz de acostumbrarme a esto.

—Necesitas a alguien como yo —declaré.

—Ya. Aunque no sé cómo ibas a cocinar en un apartamento de Manhattan con cuarenta y cinco centímetros de encimera. Pero ¿qué podría sacar una persona como tú de la experiencia de estar con una persona como yo? —Le dediqué una sonrisa perezosa—. Aparte de lo obvio —añadió, señalando la parte delantera de su cuerpo con la mano.

—Bueno, sin duda una persona como tú hace las cosas más interesantes.

Ella se alisó los rizos y me guiñó un ojo.

—Sí, ¿verdad?

—Yo no me arriesgo a colarme en casa de mi hermano por cualquiera —le dije.

—¿Se enfadará?

—Todo depende de si se entera —bromeé.

—En realidad, la culpa es suya. ¿Qué tipo de jefe de policía no tiene una alarma en casa?

—Que la víctima no tenga alarma no suele ser una defensa muy sólida en los tribunales —señalé.

—Bueno, entonces mejor no llegar a los tribunales. Te agradezco que hagas algo que roza la ilegalidad por mí. A lo mejor somos una buena influencia el uno para el otro —reflexionó—. Tú me alimentas y evitas mi sobresocialización y yo te introduzco en los placeres de la espontaneidad legalmente cuestionable.

—Un punto de vista interesante —contesté, agarrándola de la mano.

Una nube dejó al descubierto la luna e hizo que la luz bailara sobre el agua. Contemplamos en silencio aquel espectáculo resplandeciente. Escuché el débil ronquido de Nana a través de la puerta. Para haber empezado con una mofeta cabreada, el fin de semana no estaba acabando nada mal.

—¿Cuándo fue la última vez que te bañaste desnudo? —me preguntó Zoey de repente.

—¿Cómo es posible que los dos estemos aquí sentados, contemplando las mismas vistas, y pensando en cosas totalmente distintas?

—Dicen que los polos opuestos se atraen y nosotros somos fiel reflejo de ello. No has respondido a mi pregunta.

—Estamos en abril. El agua está fría hasta en julio. Habría que estar muy borracho y alterado para bañarse ahora.

—Entonces ¿nunca? —insistió Zoey. Abrí la boca para defenderme, pero ella me interrumpió—. Yo tampoco. Siempre he querido hacerlo. Pero cuando te crías en Manhattan no tienes muchas oportunidades de desnudarte en público sin que te detengan.

Zoey se levantó, apartó la mano de la mía y buscó con los dedos el botón de los vaqueros.

—No puedes obligarme a hacerlo —protesté.

—Venga, Gage. —Hizo un pucherito monísimo mientras se bajaba los pantalones por las piernas—. Considéralo un baño de hielo nudista. Refrescante y pícaro.

Mierda. Estaba jodido y eso que Zoey apenas se había quitado los zapatos.

Me levanté, pero crucé los brazos sobre el pecho.

—¿Cuál es el objetivo? A lo mejor podríamos lograrlo de una forma menos propicia para la hipotermia.

—No hay ningún objetivo. Es solo por diversión —declaró, desprendiéndose del todo de los pantalones para desvelar que, una vez más, no llevaba ropa interior.

—El agua debe de estar como a quince grados. Eso no es diversión. Es masoquismo.

Zoey tiró su camiseta al suelo y se me secó la boca cuando el sujetador morado con el ribete de lentejuelas corrió el mismo destino.

—Venga, Gage. Tú me has dado de comer. Déjame hacer que te diviertas un poco.

—Esto no me hace ninguna gracia —me quejé, mientras me descalzaba.

—¡Yupi! —Su exclamación se vio interrumpida por un grito ahogado cuando entró corriendo en el agua—. Ostras, qué fresquita está.

—La madre que me parió, ¡está congelada! —dije, apretando los dientes. Me metí detrás de ella hasta que el agua me llegó al pecho. Zoey estaba casi sumergida hasta la cabeza.

Definitivamente, aquella era la mayor gilipollez que había hecho jamás para impresionar a una mujer. Tenía los huevos en la puta garganta.

—Ya, es horroroso. Pero mira hacia arriba —dijo ella. O al menos eso me pareció entender. Era difícil saberlo, teniendo en cuenta que le castañeteaban los dientes.

Levanté la vista y vi la luna, llena y reluciente, ocultando las nubes que había detrás.

—Sí. Es la hostia, Desastre. Venga, vamos a volver al fuego antes de que se te pongan las tetas azules.

—Qué borde te pones cuando te estás muriendo de frío. Me gusta.

Se abalanzó sobre mí y su cuerpo resbaladizo se deslizó sobre el mío bajo el agua helada. Nuestros labios se encontraron y se enredaron. Una combinación extraña y embriagadora de hielo y fuego me hizo olvidar temporalmente lo poco que me gustaba aquello. Mis brazos estaban llenos de ella, su sabor y su aroma me rodeaban como el agua. Nunca me había sentido tan vivo.

Me encantaba la forma en la que me rodeaba con sus piernas y se aferraba a mí como si le fuera la vida en ello. Me sentía como un ancla, como un puerto seguro. Zoey confiaba en mí para que la mantuviera a salvo y no pensaba defraudarla… Lo cual en aquel momento significaba no follar en el agua del lago, dado que ignoraba los niveles actuales de bacterias.

—Es mejor volver a la hoguera —le dije, mientras la besaba.

—Pero ¿sin ponernos la ropa? —me preguntó, esperanzada.

—Sin ponernos la ropa —le prometí.

—¡Yupi! Date prisa, antes de que se me congelen los labios vaginales. —Acto seguido, me soltó y empezó a nadar hacia la orilla.

Estábamos saliendo del agua juntos, riéndonos y temblando, cuando unos faros atravesaron la oscuridad y nos alumbraron por un instante, iluminando nuestro mundo. Escondí a Zoey detrás de mí.

—Ay, madre —gimió ella, con los dientes castañeteando todavía más fuerte.

—Joder —murmuré.

Los faros estaban en la entrada de la cabaña de Levi y se detuvieron junto a mi todoterreno.

—Agáchate —le ordené, mientras la arrastraba hacia la orilla para ocultarnos entre los árboles que bordeaban la propiedad de mi hermano. Había otra cabaña al lado, una choza destartalada que llevaba años deshabitada, y conduje a Zoey hacia el jardín lleno de maleza.

A través de los árboles, alcancé a ver una figura a contraluz; estaba en la terraza de Levi, mirando hacia el fuego.

—¿Es la poli? —susurró Zoey.

—Sí. El puñetero jefe de policía.

Ella me clavó un dedo helado en el culo desnudo.

—Habías dicho que este fin de semana no estaba en el pueblo.

—Cariño, ahora no es momento de discutir quién tenía razón y quién estaba equivocado.

—Solo lo dices porque ganaría yo —se quejó ella.

—Estamos en pelotas, joder, y Levi se muere por vengarse de cualquiera que haya tenido algo que ver con su candidatura a jefe de policía. No sé tú, pero yo no pienso pasar la noche en el calabozo.

—Vale. ¿Y cuál es el plan, señor Piel de Gallina en el Culo?

—Tú sígueme intentando hacer el menor ruido posible. Las llaves están en el coche. Si conseguimos dar la vuelta mientras él sigue ahí fuera, lograremos escapar.

Zoey gritó cuando una rama le dio en el costado.

—Va a saber que hemos sido nosotros.

—Prefiero que ese sea un problema del futuro Gage vestido que del actual Gage desnudo —declaré. Sabía perfectamente que mi hermano no dudaría en meterme en pelotas en el calabozo.

Atravesamos corriendo la hierba demasiado crecida que cubría el camino casi invisible de la propiedad y conseguimos cruzar hasta el jardín de Levi.

Mi todoterreno apareció ante nosotros, al lado del todoterreno de mi hermano. Abrí la puerta del conductor con el mayor sigilo posible y empujé a Zoey adentro, por encima de la consola. Estábamos tan mojados que aterrizó en el asiento del copiloto como una foca.

Subí tras ella y arranqué antes incluso de cerrar la puerta.

Pisé a fondo el acelerador para dar marcha atrás y salí rugiendo por el camino de entrada hacia la carretera.

Zoey chilló y se agarró con todas sus fuerzas, mientras yo giraba bruscamente el morro del todoterreno. Sacudí la cabeza con incredulidad. La tía se lo estaba pasando pipa.

Levi apareció corriendo por el lateral de la cabaña mientras yo metía primera y salía cagando leches.

—¡Qué fuerte! —exclamó Zoey, llevándose una mano al pecho desnudo—. Esta sí que ha sido una noche memorable.

Puse la calefacción al máximo a través de los conductos de ventilación y encendí el climatizador de los asientos.

—Creo que deberías estar un poco más preocupada por la situación.

—¿Me estás vacilando? Un bañito en pelotas, un subidón de adrenalina… y encima nos damos a la fuga desnudos. Esto es la leche. ¿Sabes? Sigues siendo atractivo hasta cuando vas corriendo agachado, con tus atributos masculinos bamboleándose —comentó.

—Es el cumplido más raro que me han hecho nunca.

—De nada —dijo ella con solemnidad, abrazándose las rodillas contra el pecho—. ¿Podemos ir a tu casa? Necesito descongelarme en tu megaducha.

Negué con la cabeza mientras, muy a mi pesar, esbozaba una

sonrisa. Zoey Moody era la persona más divertida que había conocido jamás.

—Claro.

Mi teléfono sonó en la consola central y pulsé el botón de la pantalla táctil del salpicadero.

—¡Livvy! —dije, con falsa inocencia—. ¿Qué tal la formación del fin de semana?

—Hola, capullo. Era de viernes a sábado, no de sábado a domingo. ¿Qué coño hacías en mi cabaña?

Miré a Zoey, que se estaba tapando la boca con la mano para no reírse.

—No sé a qué te refieres. Yo estoy en mi casa con Zoey. Habrá sido otra persona.

—Te has dejado a la perra aquí.

Mierda.

*Levi*
Pienso retener a esta perra para interrogarla
hasta que los dos nudistas que han entrado en mi
casa y se la han dejado aquí confiesen

*Mamá*
Hola, Nana!

*Laura*
Muy bien, Gigi 🦅

*Cam*
Como no estuvieras con Zoey, te parto la cara

*Levi*
A nadie le importa que mi casa haya sido
profanada por un par de exhibicionistas sin mi
consentimiento?

*Laura*
No

*Cam*
No

*Papá*
Hola, Nana!

# 34

## *En el fondo del mar, literalmente*

### Zoey

—¡Ya voy! —Mi voz resonó en los azulejos del baño mientras salía corriendo para abrirle la puerta del apartamento a alguien que estaba llamando con mucha insistencia. Si era Gage, llegaba muchísimo antes de lo previsto a la cita misteriosa y le iba a caer la del pulpo por haberme interrumpido mientras me arreglaba.

En las últimas dos semanas habíamos pasado mucho tiempo juntos, buena parte de él incluso vestidos. No estábamos saliendo, pero de vez en cuando nos comíamos una hamburguesa en el Fish Hook después de un polvo salvaje en el jardín trasero, o dábamos un paseo nocturno por los prados con Nana. Ahora, él tenía en la ducha el champú y el acondicionador de la marca que yo usaba, y yo tenía en la nevera su cerveza favorita.

¿He mencionado lo del sexo? Un sexo alucinante en cantidades industriales.

Madre mía, cómo follaba Gage Bishop.

Entre los orgasmos, el hecho de estar haciendo todo lo posible para que la presentación del nuevo libro de Hazel fuera la mejor de su vida y la certeza de que casi todos los defectos de personalidad a los que me había enfrentado hasta entonces tenían detrás una razón biológica, me sentía estupendamente.

Tanto como para aceptar un misterioso encuentro nocturno con Gage al que tenía que ir «bien vestida».

Probablemente fuera una cagada. Pero la verdad es que me

daba igual. Aquello me estaba proporcionando muchísima diversión… y muchísimos orgasmos.

Todavía me estaba atando el albornoz cuando, al abrir la puerta, descubrí que la persona que llamaba de forma tan agresiva no era con la que había quedado esa noche.

Opal entró a toda prisa, golpeando el suelo de madera con el bastón.

—No te cortes, Opal. Creía que la reunión era el lunes. —Joder, como hubiera vuelto a meter la pata con otro compromiso de la agenda, me iba a tirar por la ventana.

—Tranquila, no te has equivocado —contestó ella, mientras se sentaba en el sofá—. Es que he pensado que, ya que pasaba por el pueblo…

—Si vives en el pueblo —repliqué, sentándome en el brazo del sillón—. Un momento. Estás emocionada y quieres saber si hay alguna novedad, ¿no?

Opal refunfuñó y le dio un golpecito con la punta de goma del bastón a la bola de cristal rosa que había en la mesita auxiliar.

—No estoy emocionada. Simplemente… siento curiosidad. Nada más. Deja de poner esa cara de satisfacción.

—No puedo evitarlo. Quiero que te emociones con esto porque es emocionante.

—La mayoría de la gente de mi edad se emociona con cosas como una nueva cadera o un descuento para una permanente en la peluquería.

—Sabes de sobra que eso es un estereotipo. Tienes muchos vecinos interesantes y aventureros en Story Lake Haven. Pero te garantizo que a ninguno de ellos le ha hecho una oferta una editorial de Nueva York. Y mucho menos tres.

Opal fingió que no acababa de darle la noticia más excitante de su vida.

—Qué cantidad de bolas de discoteca. ¿Cuántos años tienes? ¿Trece?

—A diferencia de cierta persona de esta habitación que no voy a nombrar, me gusta divertirme. —Ella volvió a refunfuñar—. Para ser una mujer medianamente inteligente que trabajaba en un sector tan complejo, te va bastante el rollo de vieja cascarrabias. Tienes setenta y pico años, y has escrito buena parte de una saga épica de fantasía bastante buena que tiene a tres importantes editoriales echando espuma por la boca. Pero si quieres ir por ahí gritándoles a los «jovencitos» que se larguen de tu jardín, adelante.

Opal resopló.

—¿«Bastante buena»? ¿Así es como vendes mis libros?

Me miré las uñas, que por fin me había acordado de arreglar a tiempo para la misteriosa velada.

—En realidad, el editor usó la palabra «extraordinaria», pero no quería que se te subiera a la cabeza.

Opal se desplomó sobre los cojines.

—Vale. Mejor que me lo cuentes, visto que prácticamente estás a punto de explotar.

—La editorial Bettis Books nos ha hecho una oferta. Y de las buenas. Así que tenemos tres posibles candidatas.

—¿Y no vas a decirme cuál es esa oferta?

—Cuando reciba las tres mejores definitivas el lunes por la mañana.

—Ya hemos conseguido engañar a una editorial para que nos haga una propuesta. ¿No deberíamos decirles que sí? Tampoco es que me queden muchos años de vida.

—En primer lugar, con lo cabezota que eres, seguro que llegas a los ciento diez. Y en segundo, me gustan Bettis y su editora. Pero creo que podemos lograr algo más. Ir a subasta, que es lo que ocurre cuando varios editores presentan ofertas y tratan de competir entre ellos, te permite elegir la mejor.

—¿Y si el mejor postor es una editorial de mierda con un editor de mierda?

—Pues aceptamos una oferta más baja de una que nos guste más.

—¿Crees que mi historia vale tanto?

—Sí. Y tú también deberías empezar a creértelo. ¿Cuántos años de tu vida has dedicado a escribir esos libros?

—Cinco millones.

—Pues no estás nada mal, para haber nacido en la prehistoria. Esos manuscritos no se merecen pasar a la eternidad en un cajón. Y tú mereces algo más que conformarte con una jubilación vacía y monótona.

—Se suponía que no iba a hacerlo sola —replicó Opal, mirándose las puntas de las zapatillas. Me quedé callada, consciente de que había algo más—. Estaba casada —reveló, finalmente—. Nos conocimos en los años ochenta. Alice era bióloga. Pasamos cuarenta años maravillosos juntas. Algunas parejas forman una familia, pero nosotras nos entregamos a nuestras carreras. Y no me arrepiento. Pero ahora ella se ha ido, yo estoy jubilada y ni siquiera sé cómo seguir adelante. Salvo en la condenada clase de Hazel, no había escrito una sola palabra desde que la ingresaron en el hospital. Y eso fue hace cuatro años.

—Opal, lo siento muchísimo. Qué mierda.

—Una puta mierda —replicó ella—. Los escribía para ella. Cuando empezó a perder la vista, cada noche al volver a casa le leía en voz alta lo que había escrito. Puede que solo sean historias, pero significan mucho para mí. Me recuerdan a ella.

—Y desde que se fue no has vuelto a escribir.

—¿Para qué? —Opal me miró—. No, te lo pregunto de verdad. ¿Para qué sirve todo esto?

Yo respiré hondo, antes de exhalar. El dolor la envolvía como un halo.

—Sabes perfectamente para qué sirve. Pero no sé si podrás soportar que te lo diga.

Ella resopló.

—¿Crees que algo de lo que digas podría hacerme daño?

—Pues sí, mi frágil florecilla. Así que quiero que quede claro que voy a intentar decirlo con la mayor delicadeza posible. Yo no conocía a Alice, pero seguro que estaba muy orgullosa de ti y que le encantaban las historias que escribías para ella.

—¿Y? —El tono de Opal era hosco.

—Me pregunto qué te diría Alice si estuviera aquí ahora mismo.

Opal exhaló un suspiro que reflejó todo su dolor, arrepentimiento y rabia.

—Me diría que dejara de intentar llenar el vacío con trabajo y que permitiera que la vejez me llevara.

Le lancé un cojín con forma de corazón.

—Y una mierda.

Ella me lo devolvió.

—¿Acaso una anciana no puede autocompadecerse?

—No. Muy en el fondo, bajo todas esas capas de terquedad, creo que sabes que a Alice le encantaría que compartieras tus escritos con el mundo. Y sin duda te diría que dejaras de autocompadecerte y volvieras a escribir para que ella pudiera saber cómo continúa la historia. —Opal se encogió de hombros con desdén—. ¿Me equivoco? —le pregunté.

—Necesito una copa.

—Ni lo sueñes. Pienso arrastrarte gritando y pataleando a la vida real. Y vamos a empezar por esa condenada clase de Gimnasia Junto al Lago que hay el fin de semana.

—De eso nada, monada.

—Guárdate las agudezas para tus libros. Tú y yo vamos a plantarnos en el lago y aguantar cualquier tortura de entrenamiento que nos echen. Vamos a sonreír y a ser amables con la gente. Y luego vamos a ir a comer y a hablar de cómo está progresando tu trabajo.

—Que no está progresando, bonita. A ver si te lavas los oídos.

—Si no está acabado, sigue progresando. Igual que nosotras.

—Veo que la medicación te está funcionando —replicó ella, malhumorada.

—Todos los días hasta las cuatro, más o menos. Después estoy agotada y de mal humor, exactamente igual que tú. Podríamos pasar por hermanas.

—Mido uno setenta y cinco, soy negra y te llevo treinta años.

—Resístete todo lo que quieras, pero no pienso tirar la toalla contigo. Vas a dejar de mirarte el ombligo y volver a la vida. Y después vamos a acabar ese libro. Y después vamos a empezar con el siguiente. Y entremedias vamos a vender tu saga por una cantidad vergonzosa de dinero.

—¿Y esa mierda del plural?

Puse los ojos en blanco.

—Ya ves. Es lo que tiene quedarse demasiado tiempo en Story Lake. Y ahora, a menos que se te den bien la depilación femenina y el maquillaje, te sugiero que te largues a tu casa y me dejes arreglarme para una noche misteriosa que más vale que termine con un montón de sexo.

Opal se levantó rápidamente.

—He oído que estás liada con el abogado del cinturón de herramientas —comentó, mientras la acompañaba a la puerta.

—Y me lo estoy pasando pipa —contesté, encantada.

—Podrías probar con algo más serio.

—¿Qué? ¿Te refieres a una relación?

—No te sorprendas tanto. Hasta yo conseguí que la mía funcionara —replicó ella.

—Ya, bueno, tú tenías algo más a tu favor que una disfunción ejecutiva y una cuenta bancaria prácticamente vacía. Venga, lárgate y déjame arreglarme para salir.

—Recuérdame que hablemos del tema de la profesionalidad.

—Uf, esa etapa ya la dejamos atrás hace mucho tiempo —declaré con una sonrisa.


—Esto me huele a cita —le solté a Gage, que llevaba un ramo de flores primaverales en la mano, cuando abrí la puerta por segunda vez. Él me sonrió.

—Pues te aguantas. Los de la floristería han instalado un puesto en la acera y estas flores me han recordado a ti —dijo, mirándome de arriba abajo. Me había decantado por un modelito rojo, llamativo y sexy—. Vaya —añadió.

Cogí las coloridas flores silvestres y hundí la cara en ellas para disimular lo mucho que me agradaba el cumplido.

—Sabes que soy una apuesta segura, ¿verdad? Como demuestran todas las noches de las últimas dos semanas, sin contar con el segundo incidente de la mofeta, del que acordamos no volver a hablar nunca más. Son muy monas. Y tú también. Mejor no darle más vueltas al asunto —dijo antes de quitarme las flores e ir hacia la cocina.

—¿«Mona» yo? —Adopté una pose dramática para que pudiera ver las lentejuelas que había pegado en el velcro de la muñequera.

Gage dejó las flores sobre la encimera, antes de volver a centrarse en mí.

—¿He dicho «mona»? Quería decir guapísima, sexy y tan espectacular que los hombres se caen de culo al verte.

—Mucho mejor —declaré, mientras me acercaba para rodearle el cuello con los brazos.

Él me besó, al principio con dulzura, con una especie de familiaridad cautivadora que me puso nerviosa. Luego pasó al siguiente nivel de intensidad, lo que hizo que me temblaran las rodillas y se me acelerara el pulso.

—Esta es la razón por la que no me había pintado aún los labios —le dije cuando nos despegamos.

—Buena idea —replicó él, acariciándome suavemente la barbilla con el pulgar, antes de retomar la tarea que tenía entre manos.

Llevábamos dos semanas de felicidad orgásmica sin compromiso y aquello no me disgustaba en absoluto. El acuerdo me proporcionaba sexo, ropa limpia y comida. Y a Gage le proporcionaba… pues eso… sexo. Y cualquier otra diversión que yo pudiera ofrecerle.

—¿Dónde está Nana? —le pregunté, mirando cómo llenaba de agua un jarrón y ponía en él las flores.

—Va a pasar la noche en casa de mis padres sin salir y con instrucciones estrictas de no soltarla de la correa.

—¿Sabes quiénes no suelen tener incidentes con las mofetas? Los neoyorquinos —bromeé—. Deberías ir a visitarme algún día.

El hombre vestido con traje y corbata que tenía en las manos un jarrón de flores que le recordaban a mí se giró para mirarme y algo invisible me golpeó justo en el esternón. Ignoraba de qué se trataba, pero se parecía bastante a un caso grave de acidez estomacal.

No me gustó nada.

—Estás guapísima. ¿Qué coño haces? —me preguntó Gage.

—Comprobar si siento el brazo izquierdo. ¿Estoy sonriendo con los dos lados de la boca?

—¿Tienes alguna urgencia médica?

—Es lo que estoy tratando de averiguar.

Gage miró el reloj.

—Antes de dos minutos necesito saber si vamos a ir a ver al doctor Ace o al baile de graduación, para poder organizarme.

—¿Has dicho al baile de graduación?

—Sí. Vamos a hacer de carabinas.

—No sé si estoy cualificada para eso, pero tenemos que ir en mi coche. Al baile de graduación hay que llegar en descapotable.

—Odio tu coche. Está hecho polvo, la puerta traquetea como

si fuera a caerse y todas las luces del salpicadero están siempre encendidas —refunfuñó Gage.

—Eso es porque en cuanto me bajo de él me olvido de que existe y de que se ha encendido la lucecita del motor. Ya pediré cita en el taller... un día de estos —contesté con indiferencia.


—Qué baile de graduación tan raro —dije, mientras echaba un vistazo al gimnasio del instituto de Story Lake, que estaba decorado con olas de cartón y algas recortadas.

—La temática es «En el fondo del mar, literalmente» —me explicó Gage.

Darius, vestido con esmoquin, máscara de buceo y aletas, pasó junto a nosotros caminando como un pato y levantó con entusiasmo el dedo pulgar.

—Ah. ¿Y por qué? —le pregunté.

—Por votación de los estudiantes.

—Aquí la democracia es bastante creativa —comenté, esquivando la proa de un Titanic de gomaespuma.

—Hablando de creatividad, espera a ver a los chicos —replicó él, guiándome hacia el resto de carabinas, que estaban reunidos alrededor de la mesa de los refrescos.

Chevy, el dueño de la librería, y su marido Art, profesor de Arte del instituto, estaban enfrascados en una conversación con los Blumenthal. Chevy llevaba una camiseta de Evanescence por debajo de la americana, mientras que Art vestía un elegante traje a medida y unos mocasines brillantes. Saludé con la mano al señor Blumenthal.

—¿Qué hacen ustedes aquí? —les pregunté.

—Algunos alumnos de último curso han estado prestando asistencia técnica en Haven y hemos hecho tan buenas migas que nos han invitado a hacer de carabinas —contestó la señora Blumenthal, acariciando su exquisito vestido de cóctel—. Estamos deseando presumir de nuestra habilidad para los bailes de salón.

El señor Blumenthal la hizo girar con dramatismo.

—Te dije que deberíamos haber practicado —le soltó Art a Chevy.

—Veo que tenemos competencia —señaló Gage, antes de meterse un pretzel en la boca.

—Espero que lo des todo en la pista de baile —le dije, clavándole el dedo en las costillas.

—¿Seguro que podrás soportarlo? —bromeó él.

Ya estaba sobreviviendo a duras penas a nuestra trepidante vida sexual. No tenía muy claro que lograra sobrevivir a que también lo diera todo fuera del dormitorio.

—Estupendo. Ya estáis aquí —dijo la directora Destiny Sprout, frotándose las manos mientras se acercaba. Era una mujer de cincuenta y tantos años con el entusiasmo de una veinteañera enganchada a las bebidas energéticas—. Vuestra labor principal es dar vueltas por ahí y aseguraros de que todo el mundo se esté divirtiendo…, pero sin pasarse. Son buenos chicos. No creo que vayamos a tener ninguna escena propia de una película de los ochenta, pero pasaos por los baños de vez en cuando. El baile de graduación es temporada alta en lo que a desengaños amorosos se refiere—explicó—. Si detectáis drogas, alcohol o magreos demasiado entusiastas, avisadme. ¿Alguna pregunta?

—Estamos listos para empezar, Destiny —le aseguró Gage, como el adulto responsable que era.

Imité al resto de compañeros y asentí con la cabeza. Qué ironía estar allí, haciendo de carabina, cuando en mi propio baile de graduación había colado una botella de licor de menta que había birlado del mueble bar de mis padres. Había vendido tantos chupitos en el baño que me había dado para pagarme el modelito que había llevado.

—Seguro que en el instituto eras uno de los delegados —le susurré a Gage.

Él me respondió con un pellizco cariñoso en el culo.

—Estupendo —dijo Destiny—. Faltan dos minutos para la apertura de puertas. Voy a dar una última vuelta y a dejar que una breve conversación con el DJ me distraiga totalmente.

—Eso ha sonado un poco raro, ¿no? —comenté, mientras Destiny iba hacia el escenario improvisado con su traje brillante de dos piezas.

Cuando me di la vuelta, Chevy y Art habían sacado de la nada una petaca.

Me eché a reír.

—Chist —me advirtió Chevy, mientras Art vertía el contenido en unos vasitos de papel.

—Se supone que no podemos beber alcohol dentro del recinto escolar —explicó Art—. Pero Destiny sabe que ser carabina es un coñazo, así que prefiere hacer la vista gorda.

—No sabía que ser carabina fuera tan guay —dije, aceptando un vaso.


A los cuarenta minutos de empezar el baile, ya me sentía aliviada de no seguir siendo una adolescente. Ahora que era adulta, nadie podía controlar si mi ropa era o no apropiada. Ni ordenarme que dejara de enrollarme con un chico guapo en un rincón oscuro. Y mis amigos eran adultos medianamente responsables que ya no intentaban encontrar ese delicado equilibrio entre encajar y destacar.

Mientras Gage les servía ponche a los Blumenthal, que lo estaban petando en la pista de baile con *Chandelier*, de Sia, fui al baño a retocarme el pintalabios... y a fingir que andaba a la caza de actividades delictivas adolescentes.

Me estaba perfilando el labio inferior, cuando oí que alguien se sorbía los mocos dentro de uno de los cubículos.

—¿Todo bien por ahí dentro? —pregunté, poniéndole la tapa al perfilador de labios.

—No —sollozó alguien.

—¿Quieres salir y contármelo?

—Bueno.

—Si sales y me lo cuentas, te doy la mitad de la chocolatina que llevo en el bolso —dije.

Al cabo de un instante, una chica con un vestido amarillo de gasa y un chaleco salvavidas desinflado salió del cubículo. Tenía los ojos rojos e hinchados. Un estilista profesional le había recogido el cabello castaño rizado en un severo moño francés con tanta laca que podría servirle también de casco.

Sin decir nada, le di la mitad de la barrita de chocolate negro.

—Gracias —dijo ella, con voz temblorosa—. Qué guapa eres.

—Yo he pensado lo mismo de ti.

Ella hizo una mueca en el espejo y levantó la mano para clavar el dedo en aquel despropósito de goma laca de color castaño que llevaba en la cabeza.

—Parezco un miembro del consejo escolar. Quería parecer mayor, no una vieja. Sin ofender —añadió, mirándome rápidamente.

—Me lo tomaré solo un poco a mal. ¿Qué ha pasado?

Ella se metió un trozo de chocolate en la boca.

—Le pedí a Gregory Prine que me acompañara al baile y me dijo que no iba a venir. Pero está aquí con los idiotas de sus amigos, comportándose como si no me hubiera mentido descaradamente porque no quería venir conmigo.

—Gregory es un capullo —declaré.

Eso le arrancó una sonrisa temblorosa.

—No pareces la típica carabina.

—Forma parte de mi encanto. ¿Y cuál es el plan? ¿Vas a dejar que el capullo de Gregory te arruine el baile?

Ella se encogió de hombros y comió otro trozo de chocolate.

—Probablemente.

—Lo siento, pero no puedo permitir que eso suceda. Aquí mando yo —dije, girándola para que se mirara al espejo—. Y en este caso solo hay una manera de proceder.

—¿Pedir un Uber, marcharme humillada y apuntarme al programa de enseñanza online durante el resto del último curso? —me preguntó esperanzada.

—No. Vamos a arreglarte el pelo, luego volveremos ahí dentro y mientras yo le pido al DJ que cambie la lista de reproducción, tú vas a llevarte a todas tus amigas a la pista de baile y a olvidarte de que el capullo de Gregory ha existido alguna vez, porque la mejor venganza es pasártelo mejor que tu enemigo.

—No quiero parecer incrédula, pero ¿cómo leches piensas arreglar esta catástrofe? —quiso saber, tocándose el pelo.

—Confía en mí. Soy adulta, he conocido a un millón de capullos como Gregory y he tenido el pelo fatal trillones de veces.

La chica se pasó los dedos por debajo de los ojos.

—Soy Ruby.

—Encantada de conocerte, Ruby. Yo soy Zoey.

—Eres bastante enrollada para ser adulta.

—Lo sé.

Tras diez minutos y un buen remojón de pelo, Ruby y yo salimos del baño.

Gage me agarró del codo.

—¿Va todo bien? Estaba empezando a preocuparme. —Miró con inquietud a Ruby, mientras esta se colocaba el salvavidas.

—Ahora irá todo genial —le prometí. Me giré hacia Ruby—. Ve a buscar a tus amigas. Nos vemos en la pista de baile.

—Esto suena a lío —murmuró Gage, entre dientes.

Le di una palmadita en la mejilla.

—Solo si te llamas Gregory.

—¿Gregory Prine? Odio a ese chico.

Me quedé boquiabierta, olvidando por un momento mi misión.

—Tú no odias a nadie. Eres demasiado bueno para eso.

—Hizo llorar a mi sobrina en el patio del colegio en primaria y mi padre lo pilló robando galletas en la tienda cuando tenía catorce años. A por ese cabroncete, Desastre.

—Con mucho gusto. —Le di un beso en la mejilla y fui hacia el DJ.


—¿Te importa que os interrumpa?

Gage apareció entre las guirnaldas de algas que pendían sobre la pista de baile y le dio unos golpecitos en el hombro a Wes.

—Pues sí me importa, tío Gage —dijo Wes de inmediato. El chico llevaba un esmoquin burdeos con una de las perneras rasgada y unos dientes de tiburón pegados a la tela que quedaba.

—Zoey es mi pareja. Entre tú, Harry y el resto de los chicos, no he bailado con ella en toda la noche —protestó Gage, apartando cariñosamente a su sobrino con el hombro para estrecharme entre sus brazos.

—Bueno, si no hubieras quedado con la chica más guapa del pueblo, no intentaríamos robártela —se quejó Wes.

—Recuérdame que trabajemos juntos lo de los cumplidos —dijo Gage, alejándome del adolescente.

—Estás mucho menos sudado que mis últimos compañeros de baile —comenté, mientras pasábamos junto a una pareja empapada vestida de gala.

—Al menos tengo eso a mi favor. ¿Te estás divirtiendo? —me preguntó.

—Me siento como la reina del baile —reconocí.

—No me extraña. El cuarenta por ciento de la población masculina de este instituto te ha sacado a bailar.

—Y el dos por ciento de la población femenina. Hay que ver cómo se menea esa tal Janice. Esto es mucho mejor que mi verdadero baile de graduación.

—¿En serio? ¿Qué te pasó?

—Llevaba el pelo recogido y la peluquera debió de usar novecientas horquillas. Era como si me apuñalaran en el cuero cabelludo cada vez que respiraba. Además, mi pareja pilló mononucleosis por culpa de la puñetera Gwendolyn Murphy y no apareció. Pero la noche cambió cuando Hazel y yo convencimos al DJ para que pusiera tres canciones seguidas de las Spice Girls y logrado que todas las chicas salieran a la pista de baile.

—Lo mismo que has hecho con Ruby esta noche.

—En realidad ha sido *I Believe in a Thing Called Love*, de The Darkness —lo corregí, con una sonrisa.

—Todavía me zumban los oídos, después de haber estado escuchando cantar a gritos a todos los alumnos de los dos últimos cursos. También he visto que has conseguido tirarle por encima un cuenco entero de ensalada de col a ese imbécil. ¿De dónde la has sacado, por cierto?

Levanté las cejas en un gesto diabólico.

—Cuanto menos sepas, mejor.

—Siempre le sacas el máximo partido a las cosas, ¿no? —dijo él.

—Digamos que me gusta ver el lado positivo.

—Eres maravillosa, Zoey. Y fascinante. Y creativa. Y tan inteligente que a veces no puedo creer que no te des cuenta.

Yo me hice un lío con los pasos y perdí el hilo de mis pensamientos.

—Gage —susurré.

—Lo digo en serio, Zo. Eres muy especial. Por primera vez en mi vida no me preocupa el mañana, porque hoy me lo estoy pasando en grande.

—Vaya. Tú sí que sabes conquistar a una chica en medio del océano.

—Y tú sí que sabes cómo demostrarle a un hombre lo que se ha estado perdiendo.

Nuestros ojos se encontraron y nos miramos fijamente mientras nos mecíamos al ritmo de la música. La acidez estomacal había vuelto. Pero esa vez era aún peor.

—¿Tienes algún antiácido? —le pregunté a Gage.

Casi me caigo de culo al ver su sonrisa.

—Nunca dices lo que creo que vas a decir. Me encanta.

—Vale, muy bien. Pero lo del antiácido iba en serio.

Todavía sonriendo, Gage abandonó conmigo la pista de baile. La directora le dijo que había antiácidos en la enfermería y salió del gimnasio detrás de Destiny.

—Ese chico está loquito por tus huesos —comentó la señora Blumenthal.

—Solo nos lo estamos pasando bien —contesté, frotándome el pecho con la mano. ¿Por qué deseaba que sus palabras fueran ciertas? ¿Qué me estaba pasando? ¿Qué había en esa puñetera petaca?

—Yo también me lo pasaba bien en mis tiempos —dijo ella, señalando con la cabeza al señor Blumenthal, que estaba repartiendo vasos de refrescos a un grupo de chicos disfrazados de diferentes tipos de peces. La parejita que estaba la primera en la fila le dio las gracias en lenguaje de signos y el ardor que sentía en el pecho se hizo más intenso. Madre mía, ¿me estaría muriendo de verdad?—. Nos conocimos en un concierto de Fleetwood Mac —comentó la anciana—. Su hermana estaba con él, traduciéndole a lenguaje de signos las letras de las canciones. Nada más verlo, me enamoré perdidamente. Yo no sabía decir ni una palabra en lengua de signos. Él vivía a dos estados de distancia. Y yo estaba estudiando Ingeniería. Pero conseguimos que funcionara.

—No debió de ser fácil. Con tantos obstáculos, quiero decir.

—Lo bueno jamás es fácil, querida. Las relaciones no deberían ser fáciles, porque la gente tampoco lo es. Pero por la persona adecuada, merece la pena superar cualquier dificultad.

—Yo nunca he sido la persona adecuada —contesté.

Ella me estrechó la mano.

—O puede que siempre lo hayas sido y hasta ahora solo hayas conocido a las personas equivocadas.

—¿Usted creía en todo ese rollo de los finales felices y los príncipes azules cuando conoció al señor Blumenthal? —le pregunté.

—No sé si creía en ello, pero sin duda deseaba vivir algo así. A veces es lo único que hace falta. Ser lo suficientemente valiente para tener esperanza. Solo sabía que él era el único que me provocaba aquella sensación tan ardiente e intensa en el pecho.

—Mierda —susurré.

*Hazel*
No puedo creer que Gage te haya llevado al baile de graduación!
Mándame fotos!
Por cierto, de repente me apetece un chupito de menta

# 35

## *Monedas de diez centavos*

### Zoey

—¿Cómo hemos dejado que nos vuelvan a engañar para hacer esto? —murmuré entre dientes, mientras hacía sentadillas con zancada en el gimnasio de Story Lake. Era más pequeño y bastante menos pretencioso que cualquiera de los gimnasios de Manhattan que había pisado, pero resultó que la tortura física era la misma.

—Puede que haya sido culpa mía. Le hice algún comentario a Laura sobre que me gustaría tener sus brazos para mi boda, así que aquí estamos —jadeó Hazel, mientras hacía zancadas a mi lado.

—Si no fueras tan buena persona, te odiaría —le dije.

Me temblaban las piernas y mi visión se estaba viendo afectada por una cascada infinita de sudor. Además, me dolía todo el cuerpo por la clase de Gimnasia Junto al Lago a la que había ido el día anterior con Opal y que había sido más dura de lo esperado.

—En realidad, tú me dijiste algo así como: «El ejercicio es bueno para la mente. Yo también me apunto».

—Sé que podéis bajar más, chicas —gritó el entrenador personal de Laura, detrás de nosotras.

Manuel de la Cruz, alias «Manny», era un tío cachas con la piel bronceada y una sonrisa capaz de iluminar un recinto del tamaño de un estadio. Pero su encanto y su amabilidad habían desaparecido por completo al empezar el entrenamiento.

—Con lo majo que me ha parecido al llegar —me lamenté.

—Por lo menos no ha perdido esa belleza tan sobrenatural. Al menos podremos disfrutar de unas buenas vistas durante nuestros últimos instantes de vida —señaló Hazel.

—¿Quién va por ahí con chalecos de pesas «por si acaso»? —me quejé.

Hazel esbozó una sonrisa y jadeó.

—Estás enfadada porque pensabas que te ibas a librar de las zancadas con peso por tener la muñeca rota. ¿Cuándo te quitan la férula?

—Después del Fin de Semana de los Lectores, a pesar de mi esfuerzo por sobornar al doctor Ace. Voy a añadir oficialmente a Manny a la lista de personas que odio.

—¿Cuántas llevas ya? —me preguntó Hazel.

—Gwendolyn Murphy. Jim, por supuesto.

—Por supuesto —replicó ella.

—Nina la Malvada, de Dominion.

—Esa es la peor.

—Y ahora Manny el Chungo.

—Moody, no te estás haciendo ningún favor al dar esas zancadas a medias. O te pones las pilas o hacéis otra serie —gritó Manny, para que se enterara todo el gimnasio, mientras supervisaba a Laura, que estaba trabajando pectorales levantando pesas desde una silla de ruedas deportiva de respaldo bajo.

—Por favor, ponte las pilas. No quiero morir antes de mi boda —me suplicó Hazel.

—Acaba de perder oficialmente varios puntos de atractivo físico —le susurré.

Llegamos al extremo opuesto del gimnasio y nos desplomamos contra la pared.

—Treinta de descanso —dijo Manny, mientras dejaba las pesas de Laura en su sitio.

—¿Minutos? —preguntó Hazel, esperanzada.

—¿Años? —añadí yo.

—Segundos —replicó Manny.

Gemimos y nos dejamos caer la una sobre la otra, formando un amasijo sudoroso.

—No puedo creer que le hayamos pagado a alguien para que nos mate —dije.

—Sois más quejicas que mis hermanos —dijo Laura, mientras iba en la silla de ruedas hacia el soporte de las pesas, llena de energía y cubierta de sudor—. Daba por hecho que seríais menos coñazo que ellos.

—Seguro que nos tiramos muchos menos pedos, lo cual es un punto a nuestro favor —le recordé con un hilillo de voz, mientras reunía fuerzas para acercarme la botella de agua a la cara.

—Los guantes —dijo Manny.

Con una mano, Laura atrapó al vuelo los guantes de entrenamiento sin dedos que él acababa de lanzarle.

—Qué sobrada —bromeó él.

Laura resopló y se los puso, mientras él sujetaba la barra sobre ella.

—Por favor. Va a hablar al que solo le falta lanzarse besos a sí mismo en el espejo.

Manny se rio entre dientes.

—Tengo la sensación de que te fijas mucho en mí.

—Ya te gustaría —replicó Laura.

Él le revolvió el pelo rubio con una mano enorme.

—¿Qué te he dicho de lo de despeinarme, bárbaro calvo? —refunfuñó Laura.

—¿Es mi imaginación deshidratada o esos dos están...? —murmuró Hazel, pensativa.

—¿Tonteando? —dije yo, acabando la frase por ella.

—A ver qué tienes hoy para mí, Guns —le dijo Manny a Laura, mientras ella agarraba la barra con ambas manos.

—Qué apodo más cursi —comentó Hazel.

—Esto es genial para... ¡joder! —chillé, al ver a Laura haciendo una dominada en la silla de ruedas.

Hazel se apartó el flequillo de los ojos con incredulidad.

—¿Acaba de hacer una dominada?

—Y ahora está haciendo otra. Y otra más. —Vimos cómo Laura hacía cinco seguidas.

—Venga, Lau. Una más. Yo te ayudo —la animó Manny, sujetándola por detrás.

Ella apretó los dientes mientras contraía los músculos sudorosos e intentaba elevarse. Con un gruñido, volvió a coronar la barra con la barbilla.

—¡Así se hace! —gritó Manny, mientras ella bajaba.

—Una más —jadeó Laura, sin soltar la barra.

—No sé si es buena idea —dije—. ¿Y si se lesiona?

—Solo si estás cien por cien segura —contestó Manny—. ¿Seguro que puedes hacer otra?

—Que sí, joder —gruñó ella, agarrándose bien.

—Pues a por ella. Yo te ayudo. ¡Vamos, nena, dale! —La voz de Manny resonó en la sala. Todos los usuarios del gimnasio dejaron lo que estaban haciendo para verla.

Hazel y yo conseguimos volver a ponernos en pie mientras Laura luchaba contra la gravedad y el peso de la silla, e intentaba elevarse con todas sus fuerzas.

—¡Ánimo, Laura! —le grité, agarrándome al brazo de Hazel.

Le temblaban todos los músculos de la espalda por el esfuerzo y los brazos se le habían quedado atascados en un ángulo de noventa grados.

—¡Arriba, cielo! —berreó una mujer que estaba detrás de nosotros, en la cinta de correr.

—¡Lo tienes controlado, Upcraft! —gritó Quaid, desde un soporte para pesas cercano.

Laura soltó una especie de grito de guerra y subió lentamente los últimos diez centímetros hasta la barra. Y hasta la victoria.

Todo el gimnasio se puso a gritar de alegría. La gente empezó a lanzar toallas al aire, a tirarse agua y, por un momento, aquello fue un caos. Mientras tanto, Laura ponía los ojos en blanco y para celebrarlo chocaba el puño con Manny, que sonreía de oreja a oreja.

—Eres la leche, nena —le dijo él.

—Uy, salta a la vista que tiene ganas de besarla —susurró Hazel.

Como si su radar de entrenador personal se hubiera activado, Manny nos miró. Sus hoyuelos desaparecieron.

—Oh-oh —dije.

—¿Habéis acabado ya de quejaros, chicas?

Hazel asintió enérgicamente.

—Señor, sí, señor.

—Nunca más volveré a quejarme —prometí con vehemencia.

—Ha sido una pasada —dije, mientras echaba los higadillos en la cinta de correr.

—Ya. Mi objetivo es llegar a diez antes de que acabe el verano —dijo Laura con indiferencia desde la máquina de remo adaptada que estaba a mi lado.

Hazel, que se encontraba en otra máquina de remo junto a Laura, levantó el pulgar. Se suponía que teníamos que acabar aquella tortura de entrenamiento con los quince minutos de cardio prescritos por Manny.

—Tú y Manny el Chungo... —empecé a decir, mientras reducía la velocidad de la cinta.

—Puf. Ya le gustaría —replicó Laura, jadeando.

Hazel me lanzó una mirada que podía traducirse más o menos como «pregúntaselo tú, porque yo estoy a punto de entrar en la familia y no quiero cabrear a la tía que acaba de hacer siete dominadas con el peso extra de la silla de ruedas».

—Está claro que le gustas.

Laura vaciló antes de dar el siguiente tirón y casi se le cae el remo.

—¿Perdona? —preguntó aterrorizada.

—Te estás quedando conmigo —dije—. Ay, madre. No te estás quedando conmigo. No tenías ni idea.

Laura giró la cabeza hacia Hazel, que puso cara de circunstancias y asintió.

—Bueno, es que es superobvio —le dijo.

Laura siguió remando... y frunciendo el ceño.

—No —replicó—. ¡No! A ver... ¡No! —Se detuvo de nuevo.

Aproveché la coyuntura para reducir la velocidad de la cinta al mínimo.

—Te llama Guns y «nena». Te mira como si fueras una sensual diosa guerrera. Y si no hubiera habido nadie admirando tu proeza deportiva, estoy segurísima de que te habría besado con el subidón.

—No —repitió Laura.

—Tú también estabas tonteando con él —señalé.

—¡No! ¡De eso nada! ¿O sí? Si ni siquiera sé tontear.

—Hazme caso, Laura. Yo soy toda una experta en química y vosotros dos tenéis una explosión entre manos —dijo Hazel.

Laura negó con la cabeza con tal fuerza que su tupé rubio se movió hacia el lado contrario.

—No. Solo me está entrenando. No tengo la cabeza para… para nada.

—No me gustaría pasarme de la raya, pero lo voy a hacer de todos modos: ¿y «tienes el cuerpo» para algo? —le pregunté.

—Te está preguntando si quieres acostarte con él —le tradujo Hazel.

—Ya sé lo que me está… No. A ver…, bueno. No. No he estado con nadie desde lo de Miller. Ni siquiera sabría cómo salir con otro hombre, y mucho menos…

—¿Echarle un buen polvo? —sugerí amablemente.

Laura volvió a colocarse bien el pelo, hacia el lado correcto.

—La verdad es que, objetivamente, está bastante bueno.

—Está buenísimo —dijimos Hazel y yo al unísono.

—Joder. Nunca pensé que me encontraría en esta puñetera situación —añadió Laura antes de darle un trago a la botella de agua—. Lo mío con Miller… se suponía que iba a durar para siempre. Llevaba desde niña enamorada de él. No sé cómo no estar con él.

—¿Cómo supiste que Miller era el hombre de tu vida? —le preguntó Hazel.

Laura se quedó mirando la botella de agua.

—Supongo que por un millón de razones. Era increíblemente guapo.

—He visto las fotos. Puedo confirmarlo —aseguré.

—Era un deportista extraordinario. Y superfuerte. Siempre se portó bien con sus padres, hasta en la adolescencia. Era muy serio y responsable, pero también tenía un gran sentido del humor. —Miller me recordaba mucho a Gage—. Y le sobraba confianza. —Laura se rio con amargura—. Nos conocimos un día que entró en la tienda y yo estaba en la caja registradora. Le di el cambio y él me devolvió una moneda de diez centavos y me guiñó el ojo como un bobo. Me dijo que la guardara como recuerdo del tío diez que acababa de conocer. Cada vez que encontrábamos una moneda de diez centavos, él me la lanzaba y me guiñaba el ojo. Incluso hoy en día, cuando veo una moneda de diez centavos me acuerdo de él.

Joder.

De repente las piezas encajaron. Pensé en Gage ocultando algo en el suelo de la casa de Laura; metiéndole algo a escondidas en la capucha de la sudadera, en el lago; en los cuencos llenos de monedas de diez centavos que tenía en casa. Con ese detalle tan conmovedor, Gage Bishop le estaba recordando a su hermana que no estaba sola.

Mientras el descubrimiento me inundaba el pecho como un reflujo ácido, perdí el control del cuerpo y di un traspié en la cinta de correr. Mi coxis y mi cadera sufrieron el impacto de un aterrizaje nada ceremonioso, mientras la cinta seguía girando sin mí.

—¿Estás bien? —me preguntó Laura.

—Uf, no —gemí.

Estaba enamorada. Y era oficialmente lo peor que me había pasado nunca.

# 36

## *El flechazo de la polla en el ojo*
### Zoey

Unos golpes en la puerta de la habitación me despertaron de un sueño profundo.

Vi cómo Gage salía disparado hacia ella, completamente desnudo, antes de que me diera tiempo a mirar el móvil.

Los números del reloj parpadearon borrosos ante mis ojos: las doce en punto de la noche.

—Mierda. ¡Espera, no es ningún asesino! —grité demasiado tarde, mientras Gage abría la puerta de golpe.

—¡Cumpleaños fe…! ¡Joder! Hay que ver cómo os parecéis los hombres de la familia Bishop —dijo Hazel, admirando la entrepierna de mi pareja sexual.

—Somos unas chicas afortunadas —dije yo, bostezando, mientras buscaba a tientas la sudadera y los pantalones cortos que estaban tirados en el suelo.

Gage retrocedió de un salto y se cubrió como pudo con las manos su imponente desnudez.

—Hazel, ¿cómo coño se te ocurre colarte en el apartamento de Zoey a medianoche? Podría haberte hecho daño.

—Ya. Menos mal que llevo gafas. Si no, igual me sacas un ojo —dijo Hazel, sonriendo. De repente le cambió la cara y vi aquella mirada perdida en sus ojos.

—Ahora sí que la has liado —le dije a Gage, mientras le pasaba la sábana y le daba un beso somnoliento en la mejilla—. Tu polla le ha dado una idea para inventarse un flechazo.

—¿Qué está pasando? ¿Qué hace Hazel en pijama con un *cupcake* en la mano? —me preguntó mientras se enroscaba la sábana alrededor de la cintura.

—No es nada. Solo una pequeña tradición. Vuelve a la cama.

Cuando Hazel regresó del flechazo imaginario de la polla en el ojo, sacó un mechero y encendió la vela que coronaba el *cupcake*.

—Como iba diciendo: ¡cumpleaños fe...!

—Vamos al salón —le dije, empujándola hacia la puerta.

—¿Es tu cumpleaños? ¿Y no se te ha ocurrido decirme nada? —exclamó Gage, con la voz ronca por el sueño y el enfado.

No quería que el buenazo de Gage, del que había acabado enamorándome sin querer, se sintiera obligado a hacer que mi cumpleaños fuera menos asqueroso de lo habitual. No había necesidad de involucrarlo en el lío que yo había montado.

—Es una larga historia. No te preocupes —le dije.

—Odia su cumpleaños porque sus padres son lo peor —le explicó Hazel—. No puedo creer que no se lo hayas contado.

Puse los ojos en blanco.

—Gracias, bocazas. Ahora vuelvo. —La empujé hacia el pasillo y le cerré la puerta de la habitación en las narices—. Te juro que no te estoy poniendo a prueba para ver si te acuerdas de mi cumpleaños. Nunca lo celebro. En realidad, es un día de mierda que prefiero obviar. Hazel lo sabe y todos los años se presenta en mi casa a medianoche para hacer una pequeña fiesta de pijamas antes de que todo se joda.

—Voy a necesitar mucha más información —dijo Gage de mal humor.

—Ya, bueno, pues tendrás que esperar hasta el desayuno. Por favor, vuelve a la cama.

—¿Antes puedo comerme un *cupcake*?

Suspiré y abrí la puerta del dormitorio.

—Pásame un *cupcake* —le dije a Hazel. Me dio uno y se lo llevé a Gage—. Toma. ¿Contento?

—Aún confuso, pero también contento —respondió, antes de darme un beso en la cabeza, revolverle el pelo a Hazel y cerrar la puerta de la habitación.

—El parecido es asombroso —comentó Hazel—. Me pregunto si Levi será igual en la región de la polla.

—Vamos a colarnos en su casa para averiguarlo —propuse—. A lo mejor acabamos en la cárcel antes de que lleguen mis padres.

—Ni se os ocurra ir a casa de mi hermano a mirarle la polla —refunfuñó Gage a través de la puerta.

—Aguafiestas —replicó Hazel.

Fuimos al salón en busca de un poco de intimidad.

—Siento haberos interrumpido la siesta poscoital —dijo ella—. Creía que teníais una relación informal. No esperaba encontrármelo desnudo en tu cama.

—Eso es lo bueno del sexo sin compromiso. Que es tan salvaje que después te quedas dormida al momento —dije—. Vale. Ya estoy lista.

Hazel sonrió y sacó el *cupcake* con la vela de la caja de la pastelería. La volvió a encender y se aclaró la garganta.

—¡Cumpleaños feliz, cumpleaños feliz, te deseo Zoey, cumpleaños feliz!

Me incliné, cerré los ojos y soplé la vela.

Hazel me entregó el *cupcake* y cogió otro para ella. Nos sentamos en el suelo del salón con la tradicional botella de champán.

—Me alegro muchísimo de que estés aquí —dijo antes de beber un trago directamente de la botella.

—¿Dónde iba a estar si no? —contesté y después me metí el pastelito en la boca.

—Ya sé que quieres volver a Nueva York. Pero es que... no puedo imaginarme no estar presente el día de tu cumpleaños. No puedo imaginarme no poder comer contigo en el lago o hacer la colada juntas. Te quiero muchísimo.

Fruncí el ceño.

—¿Estás con el síndrome premenstrual?

—No. Es que soy muy feliz —dijo Hazel con un sollozo.

—Como te pongas a llorar, me voy a cabrear mucho —refunfuñé con la boca llena de *cupcake*.

—Eres mi mejor amiga. Y ahora mismo me siento como si lo tuviera todo. Te tengo a ti, tengo a Cam, tengo este pueblo. Lo único que me da miedo es pensar en cómo pueden cambiar las cosas. ¿Qué voy a hacer cuando te vayas? ¿Y si el libro fracasa? ¿Y si tus padres acaban desquiciándote tanto que los matas, vas a la cárcel y solo podemos vernos en horario de visitas?

Le robé el champán y le rodeé los hombros con el brazo.

—Soy yo la que te necesita a ti, no al revés, ¿recuerdas?

Ella negó con la cabeza.

—No quiero robarte el protagonismo el día de tu cumpleaños, pero soy consciente de todo lo que estás haciendo para apoyarnos a mí y a este pueblo del que me he enamorado. Nadie va a defenderme jamás como tú lo haces y tengo la sensación de que todo te lo debo a ti. Soy tan feliz y me da tanto miedo que todo esto vuelva a desaparecer...

—Qué guapa estás cuando te pones tonta.

Hazel se fijó en mis pantalones cortos de pijama.

—Esos no parecen tus pantalones de arpía, pero vale.

—Es mi cumpleaños. Puedo ser mala si me da la gana.

—¿Por qué nos da tanto miedo tenerlo todo? —me preguntó Hazel, cogiendo otro *cupcake*.

—¿Tienes que ser tan pesimista en mi cumpleaños?

—Ya, bueno, perdona por no haber sincronizado mi crisis creativa con el día del Árbol.

Exhalé un suspiro.

—Tienes miedo porque tú también lo has perdido todo antes. Sabes lo que se siente al tocar fondo y es horrible. Pero no olvides que ya saliste del pozo una vez. Ya has estado sola, bloqueada y herida. Lo superaste y conseguiste encontrar una felicidad mayor que la de antes. Y si algo cambia, volverás a hacerlo. Porque ya has demostrado que eres capaz.

—Eres mi mejor amiga, Zoey.

—No me digas. Creo que deberías ampliar tus horizontes.

—Lo digo en serio. Quiero que sepas que me pareces increíble. Hasta cuando te pones los pantalones de arpía.

—Gracias por hacerle la pelota a la cumpleañera, pero no es necesario.

—No estaría aquí de no ser por ti. No tendría nada de esto, y deseo de verdad que encuentres tu final feliz.

—Haze, eres mi mejor amiga. Haría cualquier cosa con tal de verte contenta, hasta permitir que me alejaras de toda mi vida para que pudieras encontrar inspiración. Pero no todo el mundo tiene su final feliz. —No podía correr ese riesgo otra vez, volver a ser esa carga.

—Pues tú te mereces uno. Y de los buenos. Y sé que te va a parecer una locura, pero creo que está aquí. Me parece que ambas somos más felices en este pueblo. No sé qué sería de nosotras si volvieras a Nueva York.

Recosté la cabeza en el cojín del sofá y gemí.

—Eres lo peor. «Hola, Zoey, te he traído un *cupcake* de cumpleaños y un poco de chantaje emocional».

—Que me beneficie personalmente que te quedes no significa que sea completamente egoísta. Veo cómo te estás integrando. Veo lo que estás consiguiendo aquí. Y creo que lo estás disfrutando. Admítelo. —Me clavó un dedo en las costillas.

Le aparté la mano de un manotazo y le robé el *cupcake* a medio comer.

—Vale. En honor a la cláusula de honestidad de cumpleaños de medianoche, reconozco que no me está horrorizando tanto estar aquí como esperaba.

—Seguro que a ese Bishop buenorro que está desnudo en tu cama no le importaría que te quedaras.

—Ese tío vive en un granero, Hazel. En un granero. Sé que en tus libros los polos opuestos se atraen, pero ambas sabemos que no voy a cambiar Sephora por el mejunje antimofeta.

—Solo te pido que me prometas considerar la posibilidad de quedarte.

—Uf, vale. Añadiré «envejecer lentamente sin acceso a un Sephora» a la lista de opciones.

—¡Genial! Por cierto, ¿qué es el mejunje antimofeta?

—Deja que te dé un consejo. Si alguna vez Flechazo persigue a un gato blanco y negro, no lo sigas.

La puse al día de las travesuras de Nana y del absurdo enamoramiento de Pepe mientras ella llenaba seis páginas de notas. Pensé en el baile de graduación, las comidas caseras, las monedas de diez centavos y el sexo enloquecedor de vaginas. Tal vez en ese momento estuviera viviendo la vida de la protagonista de una novela romántica, pero las cosas nunca me iban bien durante mucho tiempo en lo que a relaciones se refería. Siempre llegaba un punto en el que el atribulado héroe comenzaba a considerarme excesiva.

—¿Cómo supiste que merecía la pena arriesgarte por Cam? —le pregunté a Hazel.

Ella puso aquella mirada soñadora que solía reservar para sus parejas ficticias.

—Porque siempre estaba ahí cuando lo necesitaba, como tú. De forma diferente, pero igual. Si algo tengo claro es que, pase lo que pase, tú y Cam siempre estaréis a mi lado.

—Por supuesto que sí.

—Y yo siempre estaré al tuyo —me prometió—. Porque eres mucho más increíble de lo que crees.

—La gente no para de decirme lo mismo. Estoy empezando a sospechar.

—A lo mejor empiezas a creértelo.

—Sí, ya. Cuando las águilas calvas me devuelvan el sujetador.

# 37

# El pequeño Theo está al lado de un niño que hace un solo

## Zoey

—¡Papá! Has venido muy pronto… y acompañado.

Aún estaba sudando por los dos viajes de emergencia a la tienda de ultramarinos y el histérico maratón culinario, y todavía no me había quitado los pantalones cortos y la sudadera manchada de salsa.

—Quería conseguir un sitio para aparcar mejor que el de tu madre. Saluda a Brinsley —me ordenó mi padre con aspereza, señalando a la chica que estaba detrás de él y que parecía pegada con cola al móvil. Llevaba el pelo rubio y largo recogido en una coleta impecable, y tenía el rostro luminoso de una mujer que no se había saltado la rutina de belleza facial ni una sola vez en la vida.

—Hola —me dijo ella, antes de estallar un globo de chicle sin levantar la vista del teléfono.

—Ah, hola.

De momento, el fraude de cumpleaños marchaba según lo previsto.

—Brinsley es la subdirectora de Banana Republic —me dijo mi padre con orgullo. Eso explicaba la camisa de lino arrugada y las chanclas de cuero que él llevaba puestas. Era la primera vez en mi vida adulta que recordaba haberle visto los dedos de los pies—. Y también es *influencer* —añadió, pasando por delante de mí para entrar en el apartamento.

—¿Te has puesto autobronceador? —le pregunté. Tenía un llamativo anillo naranja alrededor del cuello.

—Puede. No sé qué narices me ha echado Brinley. ¿Dónde está el lavabo? —Sin esperar respuesta, salió en busca del cuarto de baño.

Brinsley entró en casa como levitando, sin dejar de escribir en el móvil. Llevaba una blusa vaporosa, metida con elegancia por dentro de unos pantalones caqui tobilleros.

—Encantada de conocerte. Soy Zoey, la hija pequeña y problemática del cumpleaños incómodo —le dije, hablando con su espalda mientras se alejaba.

Debería haber fingido que iba a pasar mi cumpleaños en Europa. El próximo año pensaba recuperar oficialmente ese día y poner fin a aquella locura.

—No puedo creer que me hayas hecho conducir hasta aquí para tu cumpleaños y ni siquiera te hayas molestado en quitarte el pijama —oí quejarse a alguien con una voz inexpresiva y familiar desde el umbral de la puerta—. Pero Zoey siempre consigue todo lo que se le antoja.

Mi madre entró con una caja de repostería aplastada y con la tapa manchada de glaseado azul. Llevaba un jersey beis el doble de grande que ella y unas mallas deformadas de color tierra. Tenía el pelo todavía más plateado que la última vez que la había visto, recogido en un moño tosco y desaliñado.

—Yo también me alegro de verte, mamá —le dije, acercándome para darle un abrazo. Aquella actitud afectuosa la sorprendió tanto que retrocedió hasta el umbral de la puerta como si fuera un perro rabioso y, al final, acabé dándole una palmadita incómoda en el hombro.

—La tarta se ha caído del asiento de atrás, así que vas a tener que conformarte con esto —me dijo, recuperándose del amago de abrazo y entregándome la caja.

—Te dije que este año no hacía falta que nos reuniéramos —repliqué, mirando el pastel aplastado.

Mi madre resopló.

—Jamás se me ocurriría cometer el crimen de no volver a celebrar tu cumpleaños. —Era un comienzo estelar, aunque predecible.

—Ponte cómoda —le dije, señalando el salón con los brazos cargados de comida.

—Se te ha acabado el ambientador y necesitas un desatascador nuevo —anunció mi padre desde la puerta del baño.

—Veo que te has traído a una cría, Richie —le dijo mi madre, a modo de saludo. Luego miró a Brinsley como si estuviera cubierta de hormigas rojas.

—Anda, mira. Si es mi exmujer. ¿Te han dado medio día libre en el infierno, Adrienne?

Estaba cerrando la puerta intentando recordar en qué armario había guardado el whisky de emergencia, cuando un enorme ramo de lilas apareció en la puerta.

—Feliz cumpleaños, Zo —dijeron las flores con una voz sorprendentemente masculina.

—Ay, Dios. ¡Gage! ¿Qué haces aquí? —susurré, mientras lo empujaba hacia el vestíbulo y salía detrás de él.

Él bajó las flores.

—Es tu cumpleaños. Quiero pasar el día contigo y regañarte por haber intentado ocultármelo.

—No estaba intentando ocultarte mi cumpleaños. Estaba intentando protegerte. En serio, es mejor que te mantengas al margen de esto —dije desesperada, por encima de las gritos que se oían en la sala de estar.

—Pues no me da la gana.

Gage era un Bishop. Los Bishop eran una familia muy unida y disfrutaban estando juntos. La idea de que Gage presenciara una comida con los Moody me daba pánico.

—Eres muy guapo y considerado, y esas flores te van a dar muchos puntos, pero lo estoy diciendo en serio. Mis padres son… un poco raros y puede que también un pelín crueles. Es demasiado intenso si no estás acostumbrado.

—Pues mala suerte. Porque pienso celebrar este día contigo —insistió Gage.

Me crucé de brazos, frustrada.

—Hazel te lo ha contado, ¿no?

—Me acojo a la Quinta Enmienda. Dejémoslo en que no pienso permitir que te enfrentes a ellos sola en tu cumpleaños.

Negué con la cabeza.

—Hoy tengo la energía justa para discutir con mi familia, así que voy a dejarte ganar esta pequeña batalla. Es una decisión valiente. Valiente y estúpida. Y que sepas que al final voy a estar aquí para recordarte que ya te lo había advertido.

Gage sonrió y el estómago me dio un vuelco de lo más agradable, cayendo en picado hacia los dedos de los pies.

—Trato hecho.

—Por favor, Richie. No finjas que sabes cómo funciona un microondas —gritó mi madre, detrás de mí. Solo habían pasado dos minutos y ya se estaban peleando. Impresionante, pero no era ni mucho menos su récord personal.

—Deja de distraerme con esa chaqueta de punto tan sexy —le advertí a Gage—. Tengo que volver ahí dentro antes de que alguno saque el tema de lo que pasó en Atlantic City en 2001.

—En las vacaciones de primavera de las niñas, en el año 2001, te empeñaste en arrastrar a toda la familia a Atlantic City —empezó a decir mi padre.

Demasiado tarde.

—Ya vamos a cenar juntos esta noche. Nadie te ha visto todavía. ¿Por qué no vuelves a tus cosas de constructor, o de abogado, y nos vemos más tarde? —le propuse. Y luego, porque era mi cumpleaños, qué leches, lo agarré por la camisa y lo atraje hacia mí para darle un beso rápido y apasionado.

Él no se resistió, no intentó apartarse ni darme un beso pudoroso. Qué va, el tío se vino arriba y tomó las riendas del asunto, antes de dejarme temblando de deseo en la puerta de mi propia casa. Gage Bishop era muy peligroso.

—¿Quién narices es ese?

—Vaya —logré murmurar, aturdida.

Gage me guiñó un ojo.

—Zoey, ¿te importaría explicarme por qué le has metido la lengua hasta la garganta a ese hombre? —me preguntó mi madre desde el umbral de la puerta.

Gage y yo nos separamos y nos encontramos a mis padres allí de pie, con cara de estar a punto de castigarme sin salir. Brinsley estaba demasiado ocupada haciéndose un selfi sin mirar a cámara detrás de ellos como para darse cuenta de lo que estaba sucediendo.

—Os presento a Gage. Es… el repartidor de flores.

—Soy el novio de Zoey —me corrigió él.

—Uy, te vas a arrepentir —canturreé en voz baja.

—¿Su novio? —bramó mi padre. Le echó un vistazo a Gage antes de mirar preocupado a Brinsley.

Genial. A mi padre le preocupaba que su novia fuera a dejarlo por mi novio…; es decir… por mi pareja sexual semihabitual. Otro cumpleaños para el recuerdo.

—¿Desde cuándo tienes novio? —me preguntó mi madre, como si acabara de anunciar que me habían nominado al Premio Nobel.

—Bueno, es nuevo. En realidad solo nos acostamos. ¿Podemos zanjar esto? —pregunté, señalando la mesa que había decorado yo misma en la sala de estar.

—Te quedas con nosotros, ¿no? —le dijo mi madre a Gage.

—No puede —contesté, casi tan rápido como mi padre gruñó un «no».

—Pues claro que se queda —declaró mi madre, antes de volver a entrar en el apartamento.

Mi padre señaló a Gage.

—Nada de tonterías —le advirtió antes de seguir a mi madre al interior.

—Una aclaración rápida, por si Hazel no te ha contado toda la historia —le dije a Gage—. Cuando tenía catorce años, mis padres se olvidaron de mi cumpleaños por tercer año consecutivo y la lie parda. Con una buena dosis de dramatismo adolescente y la boca llena de brackets, los acusé de no preocuparse por mí. Me preguntaron qué quería que hicieran al respecto y les dije que me gustaría que quisieran celebrar mi cumpleaños todos los años.

—Una petición razonable.

—Razonable para los adultos que no sobreviven a base de hostilidad encubierta. Desde entonces, cada año, la forma que tienen mis padres de «celebrarlo» es presentarse en mi casa para recordarme que soy una egoísta por apartarlos de sus vidas durante un día. Así que encubro mi hostilidad y hago todo lo posible para que sea una experiencia horrible para todos. Es superdivertido. Y no tengo claro si quiero exponerte a ello porque no creo que quieras seguir acostándote conmigo después de haberlo vivido. Y me muero por un polvo de cumpleaños.

—Hola, soy Brinsley.

Me alejé de Gage de un salto y miré fijamente la mano extendida de la chica. Ya no tenía la cara oculta por el móvil y era aún más guapa de lo que me había parecido. Creía que se estaba presentando a Gage, pero era a mí a quien miraba.

—Ah, hola, Brinsley. Yo soy Zoey y él es Gage —dije con recelo.

Ella sonrió sin mostrar los dientes o el menor rastro de arrugas de expresión.

—Tienes una piel increíble —me dijo.

—Gracias. Está un pelín seca. Por el invierno. Y porque tengo treinta y tantos. —Estaba hablando demasiado y Gage no paraba de sonreír.

—Ah, pues puedo recomendarte algunos sérums estupendos, si quieres —se ofreció.

—¿Mi padre y tú… estáis saliendo? —le pregunté, atragantándome un poco con la última palabra.

—Si la que pregunta es tu madre, sí. Pero puedo asegurarte que solo le estoy ayudando con el cambio de imagen de la mediana edad.

—¿Cambio de imagen de la mediana edad? —le pregunté.

Me enseñó el móvil. Su cuenta de Instagram estaba llena de fotos del antes y del después de personas que pasaban de parecer unos espantajos a tener un aspecto fantástico. Se encogió de hombros con humildad.

—No es gran cosa. Solo medio millón de seguidores. También tengo un pódcast. En fin, dame tu número y te enviaré algunas de mis recomendaciones en un mensaje.

Le di mi número, desconcertada, y ella volvió a centrarse en el teléfono.

Gage me puso una mano en el brazo.

—¿No huele a quemado?

—¡Mierda! ¡La lasaña! —Eché a correr hacia la cocina, aunque ya sabía que era demasiado tarde. Aparté a mis padres y abrí la puerta del horno. Gage me quitó de en medio y sacó la lasaña quemada—. Joder —murmuré. Había seguido la receta al pie de la letra, pero se me había olvidado poner el puñetero temporizador de las narices.

—Típico de Zoey —resopló mi padre—. Nos hace venir hasta aquí y luego intenta librarse de invitarnos a comer.

—Veo que hay cosas que nunca cambian —comentó mi madre, mientras yo agitaba un paño de cocina delante del horno y Gage abría la puerta de atrás para que entrara un poco de aire fresco—. ¿Sabes? Tu hermana preparó un pargo rojo a la sal cuando fui a verla el mes pasado. Es que todo se le da bien.

—No como a Zoey, que todo se le da mal. —Mi padre se rio a carcajadas de su propio chiste.

Gage dio un paso amenazador hacia él antes de que yo me interpusiera entre ambos y sujetara el paño de cocina delante de sus narices, como si estuviera impregnado de cloroformo.

—¿Qué os parece si vamos a comer al Angelo's? —sugerí alegremente.


—¿Y dónde está Kirk? —preguntó mi padre, pronunciando el nombre como si tuviera el mismo sabor que un batido de pelos de gato, antes de meterse medio palito de pan en la boca.

Mi madre ni siquiera levantó la vista del pollo a la parmesana que estaba cortando en trocitos diminutos. Brinsley estaba demasiado ocupada haciendo fotos de la ensalada italiana como para participar en la conversación.

Jessie nos había sentado en el medio del comedor del Angelo's y nos había asignado a Wes como camarero. A la izquierda teníamos a Los Jilgueros de Story Lake y a la derecha a todo el equipo de campo a través del instituto, Darius incluido.

—Kirk está en el concierto de primavera del coro de nuestro nieto. El pequeño Theo está al lado de un niño que hace un solo. Las dos primeras actuaciones fueron maravillosas. Me ha dado pena perderme la de hoy, pero no podemos hacer que Zoey se sienta excluida otra vez —dijo mi madre en tono incisivo.

—¿Querías volver a ver un concierto de un coro de primero de primaria? —le pregunté, convencida de que había escuchado mal.

—Por supuesto. Me encanta apoyar a mi familia.

—Si te fuiste en medio de mi partido de cuartos de final de voleibol porque dijiste que la ventilación del gimnasio te secaba los ojos —señalé—. Le pediste a otra madre que me dijera que volviera en metro a casa. Me hice un esguince en la rodilla y mi entrenador tuvo que llevarme a urgencias.

—Bah, no seas tan dramática. En unas cuantas semanas ya estabas bien —replicó mi madre, señalándome despectivamente con la mano.

—Eso, llorica —dijo mi padre, con la boca llena de pizza.

—Siempre está igual, Gage —comentó mi madre, poniendo los ojos en blanco, exasperada—. No sé cómo la aguantas. Todo lo convierte en una competición. Theo tiene siete años, Zoey. No tienes por qué ser siempre el ombligo del mundo.

Gage dejó la cerveza. Supe por el sonido del vaso sobre la mesa que estaba a punto de decir algo.

Metí la mano por debajo de la mesa y lo agarré del muslo.

—Lo importante es recordar que solo son personas. En realidad, no saben hacerlo mejor —le susurré.

—Pues están a punto de aprender —declaró él enfadado, antes de girarse hacia mi madre—. A ver si lo entiendo, Adrienne. Has venido aquí para celebrar el cumpleaños de tu guapísima y exitosa hija, ver su nueva casa y conocer a algunas de las personas que son importantes para ella. Pero ¿quieres que le quede claro que preferirías estar en un auditorio escuchando a un grupo de niños sin oído musical cantando *La araña pequeñita*? —Su voz era falsamente amable y yo era la única que parecía darse cuenta de lo peligroso que era aquello.

—En realidad es un colegio religioso, así que básicamente se limitan a cantar que Jesús los ama —dijo mi madre, sin pillar la ironía—. Pero bueno, si quieres que hablemos de éxito, deberías conocer a nuestra hija Carla.

—Es bioquímica, ¿sabes? Y hace una lasaña buenísima —dijo mi padre, levantando la cerveza para simular un brindis—. No como esta otra, que nos ha salido mal.

Gage tensó los músculos del muslo bajo mi mano y se lo apreté con más fuerza.

—Carla nunca nos ha obligado a aparcar nuestras vidas para hacerle una fiesta. No como Zoey... —Mi madre iba por la tercera copa de vino, lo cual le estaba haciendo hablar el doble de alto de lo habitual. Una más y todo el restaurante sabría todo lo que pensaba.

—Uf —dijo mi padre, dándole la razón.

Mis padres solo se ponían de acuerdo para hablar de la carga que había sido para ellos.

—Esta niña nunca paraba de llorar cuando era un bebé. Durante los primeros cuatro meses, no hacía más que desgañitarse como si se estuviera quemando viva o algo así —dijo mi padre.

—Creo que se llaman «cólicos» —le expliqué a Gage.

—Vale. Esto es una broma, ¿no? —dijo, antes de poner el brazo sobre el respaldo de mi silla y tirar de ella y de mí hacia él.

—Para nosotros sí que fue una broma. Teníamos que dejarla sola en la habitación llorando durante horas porque no soportábamos el ruido —recordó mi madre, riéndose—. Qué demandante.

—Así soy yo —dije, tranquilamente. Me había acostumbrado a las pullitas y a las quejas. Me resultaba más fácil enfrentarme a ellas que al hecho de que ninguno de nosotros fuera capaz de tener una relación de verdad.

—¿Recuerdas que no conseguía levantarse de la cama por las mañanas? —dijo mi padre, antes de dar una palmada en la mesa.

Mi madre puso los ojos en blanco.

—Uf. Estábamos tan hartos de perseguirla para que se preparara para ir al colegio que dejamos de despertarla.

—Pues parece que de lo que estabais hartos era de ser padres —dijo Gage.

—Por favor, no —le supliqué.

—¿Qué has dicho? —bramó mi padre.

—Se han acabado los palitos de pan —le dijo Brinsley, apartándole la mano de la cesta de un guantazo.

—¿Recuerdas aquella vez que se perdió en el museo y montó un pollo tremendo? —le preguntó mi padre a mi madre.

Mi madre soltó un gruñido.

—Dios mío. Se la oía llorar desde la exposición de mamíferos africanos.

—«¿Dónde está mi mamá? ¿Y mi papá?» —se burló mi padre, casi a gritos. Él y mi madre empezaron a reírse a carcajadas, llamando la atención de todos en un radio de seis metros.

—Tenía cuatro años —dije—. Y, obviamente, a los seis ya sabía leer el mapa del metro para volver a casa.

—Y eso por no hablar de la adolescencia. Todavía no es demasiado tarde para huir, Gage. Nadie te lo echaría en cara —bromeó mi madre.

El equipo de campo a través me miraba con lástima.

Gage retiró la silla de la mesa y me dio un apretoncito en el hombro.

—Disculpadme un momento.

Se me encogió el corazón. Ojalá me tragara la moqueta.

—Hala. Ya ha salido corriendo —dijo mi padre, antes de darle un codazo a Brinsley que hizo que se le cayera el móvil en la ensalada—. Sí que lo ha espantado rápido.

—¿Sabéis qué os digo? Que creo que ya va siendo hora de que olvidemos esta tradición del cumpleaños —propuse.

—¡Venga ya! —dijo mi padre, riéndose.

—No cuela, llorica. Jamás se nos ocurriría después de lo culpables que nos hiciste sentir. No, señora. No nos queda más remedio que aguantarte, así que tú nos aguantas a nosotros —dijo mi madre.

—«Sois unos malos papás» —dijo mi padre, haciendo otra imitación exagerada y patética.

—«Los padres que quieren a sus hijos no se olvidan siempre de sus cumpleaños» —se burló mi madre—. Por cierto, ¿quién era la que nunca se acordaba de hacer los deberes, del horario de las clases o del número de la taquilla?

Todo el restaurante nos estaba mirando, o más bien mirándome a mí. Me sentía como si estuviera viviendo de verdad una de aquellas pesadillas en las que estaba desnuda en público. Solo que, en vez de que todo el mundo supiera que me había olvidado de ponerme los pantalones, todos sabían que era imposible quererme.

—En realidad había una razón para eso. Para todo —dije, cogiendo el vaso de agua.

Mi padre resopló.

—Sí, claro. Se llama pereza.

Brinsley dejó el móvil y parpadeó como si acabara de despertar de una larga siesta.

—No me gusta que le hables así a tu hija. Esa es la forma de hablar de un «antes», no de un «después» —dijo.

—Perdona, Brinsley —dijo mi padre, arrepintiéndose al instante.

Ella me miró y me hizo un gesto para que continuara.

Me aclaré la garganta.

—De hecho, hay algo que quería contaros.

—Ay, no, otra vez con la misma historia. ¿Qué hemos hecho mal esta vez, Zoey? —me preguntó mi padre.

—¿Además de tirar la tarta, olvidaros de los regalos y echarme la culpa de vuestro divorcio? —les solté.

Cuando vio que podía defenderme sola, Brinsley volvió a coger el teléfono.

—Yo no me he olvidado del regalo. Te he traído una tarta —replicó mi madre.

—Y yo voy a comprarte un vale de regalo para la gasolinera. Ya te lo enviaré por correo electrónico esta noche. O puede que el lunes —dijo mi padre.

Me eché a reír.

—¡Por favor! ¿Os importaría dar por zanjado este asunto? Ninguno de nosotros quiere estar aquí. Siento haber tenido catorce años y querer celebrar mi cumpleaños con vosotros. Pero paso de seguir con esto. De hecho, no creo que sea sano para nosotros estar juntos. Y la razón por la que yo era «tan difícil» se llama TDAH, y si me lo hubieran diagnosticado antes, mi vida podría haber sido infinitamente más fácil. Y puede que la vuestra también. —Pero no me estaban escuchando. Nunca lo hacían.

—Sinceramente, de no haber sido por todo el estrés que nos causaste, creo que podríamos haber aguantado unos cuantos años más juntos. ¿No te parece, Richie? —dijo mi madre.

Me llevaron al restaurante favorito de mi hermana el día después de que ella se fuera a la universidad y me dijeron que iban a divorciarse.

—No deberías hablar de eso delante de mi novia —dijo mi padre, señalando a Brinsley como si fuera la Copa Stanley.

Gage volvió y se guardó el móvil en el bolsillo de la chaqueta.

—Vale. Esto es lo que vamos a hacer. Vosotros tres os vais a largar ahora mismo. Ya he pagado la cuenta. Consideradlo un regalo de despedida. Y antes de iros, o le pedís disculpas a Zoey por ser los padres más increíblemente egoístas de la historia de la paternidad moderna, o prometéis no volver a poneros en contacto con ella hasta que al menos seáis capaces de fingir comportaros como unos padres comprensivos.

—¿Quién coño te crees que eres para decirme lo que tengo que hacer? —gritó mi padre.

—El puto Gage Bishop, y esta mujer con la que llevas siendo un gilipollas narcisista todo el día es alguien muy especial para mí. Y debería ser alguien muy especial para vosotros también. Pero como sois incapaces de mostrar un mínimo de decencia humana, no pienso permitir que sigáis arruinándole el día ni un segundo más. Hala, fuera de aquí.

Habría dicho algo, pero había perdido temporalmente la capacidad de hablar. Me quedé con la boca abierta, como un títere al que le hubieran cortado los hilos.

—¿Y la comida? —protestó mi madre, levantando el plato.

—Llévatela —dijo Gage, con los dientes apretados.

Justo en ese momento, Wes volvió a aparecer con tres recipientes desechables. Los dejó caer en medio de la mesa.

—Les desearía un buen día, pero en realidad espero que tengan un día de mierda —les dijo. Me tapé la boca con la mano—. Si mi familia me castigara durante tanto tiempo por las cosas que dije a los catorce años, lo estaría pagando el resto de mi vida.

—No puedes echarnos. Este pueblo no es tuyo —dijo mi padre, mientras Brinsley guardaba con cuidado la ensalada.

Algunas personas del restaurante alejaron sus sillas de las mesas.

—No necesito ser el dueño del pueblo. Este pueblo es mi hogar. Y también el de Zoey. Te darías cuenta si pensaras en alguien más que en ti mismo. ¿No se te ha pasado por la cabeza ni una sola vez que es patético pagarle a una estilista para que se haga pasar por tu novia? —dijo Gage, encarándose con mi padre. Este pesaba mucho más, pero la altura y los músculos de Gage jugaban a su favor.

—¡Lo sabía! Sabía que no era tu novia —exclamó mi madre triunfante, mientras guardaba las sobras y un dispensador de parmesano en la caja.

—Y tú —dijo Gage, dirigiendo su rabia hacia ella—, ¿qué clase de madre siente la necesidad de menospreciar a su hija en cada frase que dice?

—Tú no entiendes lo difícil que era —replicó mi madre, completamente obcecada, como siempre que alguien le decía que no tenía razón.

—A lo mejor eres tú la que no entiende que lo que Zoey necesitaba era apoyo, no críticas. A lo mejor al mirarla ves lo guapa, vital e interesante que es, y tu lado perverso le tiene envidia —dijo Gage con frialdad—. Aunque en realidad eso es lo de menos, porque aquí nadie quiere pasar ni un segundo más contigo.

Mi madre se quedó atónita.

—Yo soy encantadora. No es culpa mía que sea tan sensible. Nadie podría haberle prestado toda la atención que exigía. Yo no tengo la culpa.

—Es usted una madre chunguísima —le dijo Wes, que estaba de pie al lado de Gage—. Hasta tal punto que me dan ganas de irme corriendo a casa a abrazar a la mía.

El equipo de campo a través asintió con la cabeza mientras se levantaban y se ponían en fila detrás de ellos.

—Nosotros también tenemos algo que decir —anunció Scooter, detrás de mí, antes de hacer sonar el diapasón. Los Jilgueros tararearon armoniosamente antes de empezar a cantar una versión a capela de *So Long, Farewell*, de Rodgers y Hammerstein, con el creativo giro de sustituir las palabras «night» y «bye» por unas oportunas pedorretas.

Mis padres se fueron enfadados hacia la puerta mientras Los Jilgueros y una docena de clientes más del restaurante les cantaban.

Brinsley se quedó atrás.

—A ver, te he enviado un mensaje con mis tres recomendaciones principales de sérums para la piel seca —me dijo, antes de guardarse el móvil en el bolso—. También he incluido dos de mis cremas hidratantes favoritas y una paleta de colores de sombras de ojos que te quedarían genial. Y he añadido los datos de contacto de mi terapeuta. Hace sesiones online y seguro que puede solucionar buena parte de esto. —Brinsley señaló a mis padres con una mano de manicura perfecta—. Gracias por esta tarde tan agradable. ¡Seguidme en Instagram! —Dicho lo cual, desapareció.

Apoyé la cabeza en la mesa y recé para hacerme invisible. Gage se sentó a mi lado y me puso la mano en la espalda.

—Zoey, esto ha sido… una auténtica mierda.

—Qué vergüenza —gemí, pegada a la mesa—. Ni siquiera sé qué es peor: que mis padres sean mis padres, que todo el pueblo haya visto esto o que tú te hayas peleado con ellos. Gage, me lo van a hacer pagar el resto de mi vida.

Él tiró de mí y clavó sus ojos verdes en los míos.

—Lo siento.

—¡No es verdad!

—Vale. Ojalá lo sintiera. Pero Zoey, es que se han portado fatal. Cada vez que te imagino enfrentándote a esto sola cada cumpleaños, me entran ganas de pegarle a alguien.

—No son tan malos. Al menos tuve un techo sobre mi cabeza y comida en la mesa —declaré.

¿Qué tipo de persona soy para que ni mis propios padres puedan quererme? Llevaba haciéndome la misma pregunta desde que tenía uso de razón. A menudo me preguntaba si mi ADN tendría algún defecto. Pensaba que tal vez era mejor no poder tener hijos, porque cabía la posibilidad de que no fuera capaz de quererlos. Al menos, el sentimiento de ineptitud infligido no pasaría a la siguiente generación.

—Cariño, eso es poner el listón muy bajo. Que te proporcionaran lo mínimo para sobrevivir no los convierte en buenos padres. Y que tú necesites algo más que lo mínimo no te convierte en una carga. Tú nunca has sido excesiva. Es que ellos nunca han sido suficientes.

Sus palabras reabrieron una herida dentro de mí que creía haber sanado hacía mucho tiempo.

—Algún día serás un padre estupendo —le dije en voz baja.

—Ahora mismo estoy más centrado en ser una buena pareja.

Sorprendida, lo miré fijamente a los ojos. Aquel hombre coleccionaba monedas de diez centavos solo para poder escondérselas a su hermana porque sabía que la reconfortaban. Se había presentado sin invitación en mi comida de cumpleaños porque quería compartir el día conmigo. Y no solo se había involucrado voluntariamente en mi drama familiar, sino que además había regañado a mis padres por su conducta lamentable.

Una buena pareja.

Antes de que pudiera pedirle que me aclarara con detalle qué quería decir exactamente, nuestro momento de intimidad se vio interrumpido por la llegada de todo el personal del restaurante, Jessie la Gruñona incluida, y un *cannoli* aplastado bajo el peso de un número excesivo de velas.

—Que tus padres sean un asco no significa que tu día también tenga que serlo —dijo Wes mientras me ponía el plato delante.

—¡Feliz cumpleaños a la de tres, todos! —gritó Scooter, antes de volver a sacar el afinador.

Mientras todo un restaurante lleno de vecinos me cantaba, el hombre que había visto mi lado más oscuro me sonrió como si yo fuera alguien especial.

# 38

## Es que se me acaban de caer los pantalones cortos

### Gage

—No sé si te habrás olvidado ya del almuerzo catastrófico de hace unas horas, lo cual sería bastante preocupante desde el punto de vista médico, pero mi cumpleaños no es precisamente divertido para mí. Así que en cuanto has dicho «sorpresa de cumpleaños», me han entrado ganas de vomitar —me dijo Zoey, mientras la agarraba de la mano y la hacía entrar por la puerta principal del hotel.

Yo seguía cabreadísimo por todo aquel lío con sus padres. El hecho de que hubiera tenido que soportar que la trataran así durante toda su vida me sacaba de quicio. Abrí la boca para responder, pero ella me lo impidió.

—Y no me digas: «Hazme caso. Esta sorpresa te va a gustar». Deberías hacerme caso tú a mí, porque no va a ser así y hoy ya estoy demasiado tocada emocionalmente como para fingir que me ilusiono por no herir tus sentimientos.

—Espero que nuestra cláusula discotequera evite que cualquiera de los dos tenga que fingir para no herir los sentimientos del otro. —Saludé con la mano a la recepcionista.

—¡Hola, chicos! Ya está todo listo fuera —dijo Billie, mientras salía corriendo de detrás del mostrador para poder abrirnos la puerta del jardín.

—¿Qué quiere decir «todo», exactamente? —me preguntó Zoey.

—Ya lo verás —contesté.

—Es algo genial —le prometió Billie.

—¿Por qué no podemos limitarnos a escondernos en mi apartamento y echar un polvo? —protestó Zoey.

—Por favor, Zoey —murmuré.

Billie nos sonrió.

—Seguro que, después de la sorpresa, esa seguirá siendo una opción. Feliz cumpleaños y siento que tus padres sean tan terribles.

Zoey se rio, avergonzada.

—Veo que las noticias vuelan.

Billie le dio una palmadita en el hombro.

—Cotilleamos porque nos interesa. Yo crecí en un ambiente similar. Se suponía que debía seguir los pasos de mi familia en el sector de la contabilidad, pero en vez de eso acabé siendo una hostelera lesbiana. Y ¿sabes qué te digo? Que la familia de Hana ha compensado con creces las decepciones de la mía.

Me propuse llevar a mis padres a cenar fuera la semana siguiente para agradecerles que no fueran unos cabrones. Joder, si había metido la pata hasta el fondo al no contarles que iba a representar a Valerie y ellos, simplemente, se limitaron a quejarse un rato antes de decirme que confiaban en mi criterio.

—Siento que tuvieras que pasar por eso —le dijo Zoey.

Billie hizo un gesto con la mano para restarle importancia.

—Si te digo la verdad, creo que tener padres difíciles nos convierte en personas más interesantes a la larga. Por aquello de superar las adversidades a una edad tan temprana y todo eso. Cambiando a un tema más agradable: ¡tenemos el hotel completamente lleno para el Fin de Semana de los Lectores! La gente de la revista ha reservado las últimas habitaciones.

Zoey se animó un poco.

—¿En serio?

—Y esta mañana he hablado con Chevy y me ha dicho que las entradas para la firma ya están agotadas. El Fin de Semana de los Lectores va a ser un éxito total —auguró Billie.

Zoey me sonrió, olvidándose de las quejas por la sorpresa.

—Bueno, vale. ¡Este es oficialmente el mejor cumpleaños de mi vida!

El hecho de que le bastara tan poco para ser feliz hizo que me volviera a mosquear.

—En fin, que os divirtáis —dijo Billie, mientras nos acompañaba a la puerta.

—Vamos —le dije a Zoey, animándola a salir al jardín con vistas al lago.

—No pensarás llevarme a dar de comer a un águila calva, ¿verdad? Porque no puedo permitirme perder otro sujetador —refunfuñó ella, siguiéndome de mala gana.

—Yo jamás te haría eso. Te prometo que es algo que de verdad te va a encantar.

—¡Sorpresa!

Zoey se puso en actitud defensiva, mientras Hazel y toda mi familia nos saludaban desde el muelle del hotel. El Tiki Barge, la barcaza para fiestas recién reparada de Story Lake, se balanceaba en el agua, decorada para la ocasión.

—¿Qué es esto?

—Como tu familia es una mierda, se me ha ocurrido prestarte a la mía —le expliqué.

Le había dejado un poco de espacio a Zoey después de comer y luego le había pedido a Declan que me cambiara todas las citas de la tarde para hacer aquello posible. Ella se merecía más de lo que había recibido. Más de lo que jamás había pedido.

—Gage… —Le temblaba la voz.

—Es un crucero cumpleañero. Los Hernández van a empezar a alquilarla para grupos este fin de semana. Somos el viaje inaugural y van a poner fotos en las redes sociales, así que estás obligada por contrato a aceptar.

Ella volvió a mirar el barco.

—Es un detalle precioso, pero no era necesario.

—Ya, bueno, sea cual sea el plan de huida que estés tramando, ya no te puedes echar atrás —le dije, arrastrándola hacia el lago.

—Ay, madre. ¿Eso son…?

—¿Bolas de discoteca? Sí —confirmé, mientras las esferas que colgaban del dosel brillaban bajo el sol—. Mi madre ha ido expresamente a la tienda de artículos de fiesta. Ahora sí que no puedes decir que no.

—Ahora ya no quiero decir que no —reconoció.

—¡Moved el culo, que queremos descorchar el champán! —gritó mi madre, haciendo bocina con las manos.


—Este ha sido el mejor cumpleaños que he tenido en… toda mi vida —reconoció Zoey, mientras íbamos caminando de la mano hacia mi oficina.

El crucero cumpleañero había llegado a su fin y, dado que aquella vez el barco no había volcado y que Goose no le había cagado encima a nadie, todos lo habían considerado un éxito total. Sobre todo cuando Laura y Hazel habían unido fuerzas para tirar a Cam al agua, mientras atracábamos en el Fish Hook para recoger unos cócteles tropicales y unas pizzas.

—Cada vez se te dan peor los rollos de una noche —bromeó Zoey.

Yo me reí y le rodeé los hombros con el brazo. Al caer la noche, la gente se había dispersado, agotada por tantas risas y tanto sol, y cada uno había tomado su propio camino.

—Te dije que aún se podía salvar.

Ella frunció la nariz.

—A lo mejor aprendo y la próxima vez te hago caso —se burló.

—¿A quién se le dan fatal ahora los rollos de una noche?

Ella me rodeó la cintura con un brazo.

—Tu familia es genial. Estoy encantada de que Hazel vaya a formar parte de ella. Se merece contar con gente como vosotros.

Me entraron ganas de preguntarle qué creía que se merecía ella, exponerle mis argumentos para que llegara a la conclusión correcta, presentarle las pruebas que le hicieran cambiar de opinión, hacer que se diera cuenta de lo mucho que se merecía. Quería arreglar todo lo que estaba roto y convertirlo en algo nuevo y sólido para ella.

Nos detuvimos en la acera, delante de la puerta de mi edificio.

—Antes de entrar, tengo una cosa para ti —le dije.

Ella se rio, exasperada.

—Gage, ya has hecho suficientes cosas hoy.

—Ya, bueno, no te emociones demasiado. No es nada espectacular ni divertido. Solo práctico —le advertí, antes de llevarla hacia el lateral del edificio.

—¡Ay! Déjame adivinar. ¿Me has desinfectado los cubos de basura?

—No, pero te los he guardado.

—Muchísimas gracias. ¿Me has pintado la plaza de aparcamiento como si fuera la de un estudiante de segundo de bachillerato?

—Tampoco.

—¡Uy, ya sé! ¿Hay un coro infantil esperando para cantarme una serenata con un popurrí de canciones del año en que nací?

La conduje al pequeño aparcamiento que había detrás del edificio y la acompañé hasta su ridículo descapotable.

—No, pero hoy te he robado el coche.

—Pues está claro que no eres muy buen ladrón de vehículos, porque me lo has devuelto. Lo añadiré a tu lista de defectos. «Se le dan fatal los rollos de una noche y robar coches». Un momento. ¿Por qué brilla tanto? ¿Y cómo has conseguido abrir la capota?

—Lo he llevado al taller de Gator esta tarde, mientras te recuperabas de la catástrofe de la hora del almuerzo. Te ha cambiado el aceite, ha arreglado el cierre del techo, ha invertido la posición de los neumáticos y lo ha lavado. También le he pedido que lo revisara, así que puedes estar tranquila durante una temporada... Al menos hasta que se le caiga alguna pieza. No le ha dado tiempo a averiguar de dónde viene el ruido de la puerta, pero me ha dicho que, si se lo vuelves a llevar, quitará el panel y te lo arreglará gratis.

Zoey se quedó mirando boquiabierta aquella pequeña tartana.

—Ya te dije que no era nada divertido ni emocionante —añadí.

—Esto es mucho mejor que un coro infantil. Es un detalle muy considerado y útil y... —Se giró hacia mí y las farolas iluminaron su rostro como si se tratara de una obra maestra—. ¿Tienes idea de cuánto tiempo y frustración me acabas de ahorrar?

—Me alegro de que te guste...

Zoey se lanzó a mis brazos y su cuerpo se estrelló contra el mío, dejándome casi sin aliento.

—Gracias por hacer que mi cumpleaños no haya sido un asco —dijo una fracción de segundo antes de besarme.

Aquella mujer era capaz de matar a besos a cualquier hombre.

O puede que me estuviera insuflando vida. No lo tenía muy claro, pero en aquel momento me daba igual. La agarré por el culo para pegarla más a mí.

—Mejor seguimos dentro.

Ella respondió con un murmullo de aprobación, pegada a mi cuello, antes de hundir los dientes en mi piel. Introduje como pude la llave en la puerta trasera de la oficina y la abrí de una patada. Una vez dentro, pegué a Zoey a la pared y me permití disfrutar de ella.

Un instinto primitivo bullía en mi sangre mientras nos toqueteábamos desesperados.

—Al despacho —dijo Zoey, besándome apasionadamente.

—Tu cama es más cómoda y agradable, y está justo arriba —señalé.

Ella se apartó.

—Un argumento muy convincente, pero es que se me acaban de caer los pantalones cortos aquí abajo —replicó, bajándoselos por las piernas y quitándoselos de una patada.

Solté un gemido.

—Dios, cómo me pone que odies la ropa interior.

—Hoy has hecho algo milagroso —me dijo, agarrándome de la polla para arrastrarme al despacho.

—Ah, ¿sí? —Hipnotizado, la ayudé a quitarse la camiseta y el sujetador. Ahí estaba, desnuda y sonriente ante mí, con el pelo revuelto y las mejillas sonrosadas. Llena de vida, energía y caos.

Yo tenía un despacho ordenado para un trabajo ordenado. ¿Cómo coño iba a volver a concentrarme en algo si me follaba a Zoey Moody sobre el escritorio? Si apenas era capaz de pensar en otra cosa cuando la oía caminar y tirar cosas en el piso de arriba.

—Me has regalado un cumpleaños lleno de buenos recuerdos. Lo menos que puedo hacer es devolverte el favor.

—Cariño, tú ya eres una persona inolvidable.

Zoey se arrodilló delante de mí.

—Joder. —En cuando posó los dedos sobre mi bragueta, me olvidé de todas las razones por las que estaríamos más cómodos arriba. Me olvidé de preocuparme por si alguien nos veía a través de la ventana. Me olvidé de todo menos de Zoey, que me estaba sacando la polla de los vaqueros.

—Cuidado con la muñeca —le advertí, mientras me agarraba el miembro con ambas manos.

—Cuidado con esta boquita —replicó ella, justo antes de posarla sobre la punta de mi verga.

Me agarré con fuerza al borde del escritorio, mientras se metía mi polla hasta el fondo de la garganta.

—Joder, Zoey —murmuré entre dientes.

Estaba jugando conmigo, provocándome, torturándome. Y yo estaba disfrutando de cada puñetero instante. Introduje una mano entre sus rizos y los agarré para poder marcarle el ritmo.

Pero no era necesario. Su boca era un arma que había decidido desplegar contra mí. Algo a mi izquierda se cayó del escritorio y acabó en el suelo, pero apenas me di cuenta mientras Zoey pasaba la boca por mi miembro una y otra vez.

La sangre me hervía mientras la necesidad de correrme se encendía y chisporroteaba como una mecha de combustión rápida.

—Joder —gruñí, alejándola de mi polla.

Mientras la hacía levantarse del suelo, Zoey empezó a murmurar cosas muy poco halagadoras, como «revientamamadas» y «calientacumpleañeras», pero las quejas cesaron cuando barrí todo el contenido del escritorio, que se precipitó a la moqueta, y la senté encima de la mesa.

Sus ojos verdes se iluminaron con un fuego seductor e irresistible. La acerqué un poco más al borde del escritorio, mientras ella me quitaba la camiseta por la cabeza.

—¿A que esto es mejor que una cama? —susurró, mientras yo ponía la punta hinchada de mi erección en su abertura.

Aquella mujer me hacía alejarme tanto de mi zona de confort que nunca sabía si lograría salir vivo.

Respondí a su pregunta con una embestida implacable.

Ella jadeó y yo la sujeté poniéndole con suavidad la mano en el cuello. Parecía encantada, y me habría reído si hubiera tenido oxígeno de sobra. Sin romper el contacto visual, Zoey apoyó los talones en el borde del escritorio, invitándome a penetrarla más profundamente.

—Felicidades a la cumpleañera —ronroneó, mientras yo me retiraba poco a poco antes de volver a penetrarla.

La necesidad imperiosa de dar placer y recibirlo se apoderó de mí, como siempre me pasaba con Zoey. Todo lo demás se desvaneció en el fondo de mi mente, hasta que dejé de ser consciente de todo salvo de su cuerpo y del mío trabajando en tándem.

Me rodeó el cuello con los brazos, atrayéndome hacia ella mientras nos llevaba a ambos al límite. Se oyó un fuerte crujido y el escritorio se desplazó un poco, pero aun así no aminoré el ritmo. Seguí embistiéndola y llenándola mientras respirábamos el mismo aire y perseguíamos el mismo clímax.

—Gage... —dijo, con voz entrecortada.

—¿Sí, cariño? —gruñí, mientras sus paredes internas empezaban a oprimirme aún con más fuerza.

—Me encanta...

De repente Zoey se corrió, deshaciéndose en mis brazos y alrededor de mi verga, y arrastrándome al clímax con ella. El orgasmo se abrió paso a través de mi cuerpo y entró en ella, creando una sensación de intimidad que nunca había imaginado y de la que ahora temía no poder prescindir.

Nos corrimos a la vez, abrazándonos mientras nuestros cuerpos temblaban y nuestros músculos se tensaban, hasta que finalmente nos quedamos sin fuerzas y exhaustos, tumbados sobre el escritorio.

—Cuando deje de estar en bancarrota, te compraré una mesa nueva —jadeó debajo de mí.

Se me escapó una risilla. Solo Zoey podía hacerme sentir un placer tan desgarrador e inmediatamente hacerme reír.

*Declan*
Creo que han entrado a robar en tu despacho
Llamo a la policía?

# 39

## *¿Te vas a largar a Bolivia con mis córneas?*

### Gage

—¿Qué coño haces? Son las tres de la mañana —refunfuñé, desde el umbral de la puerta de la oficina/comedor de Zoey.

Estaba sentada en el suelo completamente desnuda, solo con unas pantuflas mullidas puestas, rebuscando entre varias pilas de papeles. Nana dormía boca arriba pegada a ella, roncando como una motosierra.

—Nada. Vuelve a la cama —contestó ella sin apenas levantar la vista.

—Pues a mí no me parece «nada». Tienes pinta de estar a punto de ponerte a arrancar el yeso de las paredes.

—Solo estoy buscando una cosa. No es importante.

El miedo que había en su voz me indicó que se trataba de algo muy importante.

Suspirando, me senté en el suelo junto a ella y cogí un montón de cartas.

—Dime qué estamos buscando.

Ella negó con la cabeza, revisando histérica el contenido de una carpeta.

—Solo es un sobre. Nada importante.

—¿Qué tipo de sobre?

—El tipo de sobre con todo el dinero en efectivo que el comité Machaca a Dominion tuvo la insensatez de confiarme. Creía que lo había puesto en el montón de NO PERDER, pero no está ahí, y tampoco en el de COSAS QUE VOY A NECESITAR PRONTO. Eran casi cuatrocientos dólares con los que iba a pagar a la banda que va a tocar el Fin de Semana de los Lectores, y ahora no lo encuentro. Y tampoco tengo cuatrocientos dólares de sobra en la cuenta, ni puedo vender ninguna de mis prendas lo suficientemente rápido como para compensar lo que falta. ¿Por qué no les dije que no se podían fiar de mí para algo así?

Calculé mentalmente el día exacto que había sido y me guardé la respuesta obvia para mí mismo.

—Vamos a hacer una cosa. Intentaremos buscarlo entre los dos. Y si no lo encontramos esta noche, yo le pago a la banda el fin de semana y continuamos con la búsqueda cuando todo haya terminado.

—Este lío tengo que solucionarlo yo. Soy la que ha perdido el dinero —dijo Zoey.

—Lamento comunicártelo, pero tus líos son mis líos. —Al ver que eso no la tranquilizaba, volví a intentarlo—. Si yo estuviera preocupado por algo en lo que tú pudieras ayudarme, querrías hacerlo, ¿no?

—No a las tres de la mañana.

—Puedo asegurarte que si Hazel o yo tuviéramos un puñetero problema a las tres de la mañana, nos ayudarías.

Ella se encogió de hombros.

—Puede.

—Sin duda alguna. Venga, ve a ponerte un albornoz. Llevo distraído desde que he entrado aquí y aún no he sido capaz de mirar ni un puto papel.

Con una leve sonrisa en los labios, Zoey se acercó y me dio un beso en la mejilla.

—Gracias.

—¿Por qué?

—Por no hacerme sentir peor.

—A mi chica no la trata mal nadie. Ni siquiera tú.

Veinte minutos más tarde, Zoey gimió desde donde se encontraba tumbada boca abajo en el suelo.

—Debo de haberlo tirado. Hace un par de días me dio por hacer limpieza y me deshice de un montón de cosas. —Tenía la cabeza apoyada en la barriga de Nana—. ¿A quién se le ocurre hacer eso? ¿Quién coge un sobre lleno de dinero en efectivo y piensa que es basura?

—Si supieras la cantidad de gilipolleces que hacemos el resto, te sorprenderías. Solo que nadie lo cuenta en las redes sociales —contesté mientras volvía a poner la alfombrilla del ratón y el protector de escritorio en su mesa.

—Toma. Mira en mi bolso. Yo ya lo he revisado dos veces, pero eso no quiere decir que no esté ahí —me pidió mientras dejaba el bolso en el escritorio, delante de mí.

—¿Estás segura?

—Por favor, Gage. No hay ninguna trampa para osos ahí dentro. Solo tampones, recibos y envoltorios de caramelos.

—Hablando de tampones, ¿la cagaría mucho si te digo que está a punto de bajarte la regla y que a lo mejor esa sensación de que se va a acabar el mundo tiene que ver con un cambio hormonal? —le pregunté, mientras rebuscaba en su bolso.

Zoey me lanzó una mirada amenazadora. Un fuego invisible brotó de sus ojos y vino directo hacia mí. En aquel momento tuve claras dos cosas:

La primera: que corría peligro.

La segunda: que estaba perdidamente enamorado de Zoey, sin el menor atisbo de duda.

No fue un descubrimiento lento y gradual, como siempre había imaginado. Fue como un puto puñetazo en la cara. Con todas las mujeres que había en el mundo y tenía que elegir a aquella. A la que no sería capaz de usar una agenda ni aunque le fuera la vida en ello. A la que me hacía bañarme desnudo en agua helada. A la que me había hecho caer de un tejado con solo mirarla.

—Mierda —murmuró.

Yo asentí en silencio.

—No me había dado cuenta de que ya me tocaba. ¿Y tú cómo lo sabes? —me preguntó.

—Me gusta fijarme en las cosas. —Salvo en las que hacía mi puñetero corazón, al parecer.

—Cómo no —refunfuñó ella, antes de volver a levantar la cabeza de la almohada canina y ponerse a repasar un montón de contratos.

Decidí guardarme la incómoda epifanía romántica para mí

mismo, de momento, e intenté concentrarme en la tarea que tenía entre manos.

—¿Sabías que te falta el carnet de conducir? —le pregunté después de revisar su cartera por segunda vez.

—¿En serio? Pero ¡qué mierda de vida! —dijo ella, con cara de consternación.

Me arrepentí al instante de haberlo mencionado.

—Vamos a centrarnos en una crisis cada vez.

El contenido del bolso de Zoey me permitió vislumbrar su mundo interior. Tenía la cartera abierta, y las tarjetas y el dinero estaban esparcidos por todas partes. La mitad de los papeles que había sacado de las profundidades eran listas de tareas pendientes arrugadas. Las alisé con cuidado y las alineé en el escritorio, por si había algo en ellas que todavía fuera relevante. Entre las tareas había cosas como «Hablar con Felicity sobre las noticias en directo del Fin de Semana de los Lectores», «Comentar con Cosmo el extracto de Hazel» y «Enviar una tarjeta regalo al hijo de ese tío por su cumpleaños. Y buscar el nombre del niño y del tío».

Había un informe de gastos con notas escritas a mano por todas partes, sujeto con un clip a una factura de una empresa de contabilidad, unas medias, tres de los bolígrafos de Hazel para firmar y dos agendas, una de ellas sin estrenar. Sueltos por el fondo, encontré una tarjeta del seguro médico, tres cupones de pizza y nueve tarjetas de visita de fontaneros, profesionales de la edición, *influencers*, un masajista y un veterinario especializado en aves.

Lo esparcí todo sobre el escritorio, junto con las listas de tareas pendientes.

Iba a comprarle a esa mujer un escáner digital y por la tarde haría subir a Declan para que le organizara la vida.

—Háblame de los montones —le pedí, cuando Zoey empezó a murmurar entre dientes.

—¿Qué? —Levantó la vista, con los ojos aún muy abiertos a causa del pánico.

—He visto que organizas las cosas por montones. ¿Qué tal te funciona?

—Mal, obviamente. Es que necesito tener las cosas importantes a la vista, donde pueda verlas o…

—¿O qué? —le pregunté, mientras le guardaba las tarjetas en la cartera una a una.

—O me olvido de que existen. ¿Te suena lo de «Ojos que no ven, corazón que no siente»? Bueno, pues mi cerebro se lo toma al pie de la letra. Si no las dejo a la vista para verlas todos los días, se me olvidan totalmente hasta que al cabo de unas semanas me despierto en mitad de la noche, presa del pánico. —Hizo un gesto con el brazo para señalar el panorama actual.

—Tiene su lógica —dije, mientras empezaba a rediseñar mentalmente el espacio de los montones.

—Debe de ser increíble tener un cerebro que funcione como es debido —replicó ella con un suspiro.

—Es verdad que facilita las cosas —admití mientras volvía a poner el montón de papeles, ya ordenado, sobre el aparador que había al lado de la pared. Cuando los dejé, me di cuenta de que no estaba completamente pegado atrás.

—Seguro que tú nunca has tirado cuatrocientos dólares —dijo Zoey.

Me puse a cuatro patas y miré debajo del mueble.

—Déjame el móvil.

—¿Para qué? ¿Para inmortalizar el momento en el que te diste cuenta de que era demasiado caótica para seguir acostándote conmigo?

—No. Para usar la linterna.

—¿Has descubierto alguna cosa? —me preguntó, animándose un poco. Nana también levantó la cabeza, con la lengua colgando por fuera de la boca.

Le pedí el teléfono con un gesto y Zoey me lo lanzó por la moqueta.

—He descubierto dos —anuncié, mientras metía la mano por debajo del aparador para sacarlas—. Tu carnet de conducir con una fotocopia de tu carnet de conducir y un sobre con dinero en efectivo.

Zoey se abalanzó sobre mí mientras aún estaba en el suelo y me cubrió la cara y el cuello de besos. Nana se unió a la celebración lamiéndonos a los dos.

Sintiéndome como un héroe, me eché a reír y nos hice levantarnos a los tres.

—¡Gracias, gracias, gracias! —dijo Zoey, rodeándome con los brazos cuando me senté—. No sé cómo voy a compensártelo, pero ya se me ocurrirá algo. ¿Quieres una bola de discoteca? Seguramente no. ¿Y alguna herramienta eléctrica sofisticada?

Puede que fuera porque me había hecho sentir como un héroe. O por la falta de sueño. O por el polvo que habíamos echado antes de quedarnos dormidos abrazados. En cualquier caso, decidí dejarme llevar.

—¿Podemos hablar un momento? —le pregunté.

—¿Qué te parece si volvemos a la cama, dormimos cien horas y luego me dices que ya no quieres seguir acostándote conmigo?

—Zoey, hay algo de lo que me gustaría hablar contigo.

Ella puso cara de estar tratando de decidir por qué puerta salir corriendo.

—No se trata de nada que justifique esa mirada. Pero tampoco tenemos por qué hablarlo ahora —dije.

Arrugó la nariz.

—Ya. El problema es que, si no lo hablamos ahora, voy a estar imaginándome qué podrá ser hasta convertirlo en algún drama, como que el FBI está a punto de desmantelar una red de apuestas ilegales que habías montado y me vas a robar unos cuantos órganos para tener de qué vivir cuando huyas a Bolivia. ¿Te vas a largar a Bolivia con mis córneas, Gage?

—Creo que podría salir bien.

—¿Qué es lo que podría salir bien? ¿La huida del FBI?

—Creo que lo nuestro podría salir bien. Nuestra relación.

Zoey abrió la boca y levanté las manos para frenar la avalancha de palabras que se avecinaba.

—Sé que es muy pronto, que aún estamos empezando y que acordamos no seguir por ese camino. Pero, Zoey, me encanta estar contigo. Creo que lo nuestro tiene futuro. Y me gustaría saber si tú también lo crees.

Ella salió de repente de su aturdimiento.

—¿Eh? ¿Qué?

—No estás respirando —señalé.

—Ah, vale. Sí. Oxígeno. Eso es importante —dijo con una risita ahogada, antes de respirar hondo.

—Te he asustado.

—No. ¿Qué? ¡No! Qué va. Para nada —chilló.

—No hace falta que me contestes ahora mismo. Pero… me gustaría saberlo en algún momento.

—Gage, sabes que no puedo tener hijos. Es médicamente imposible. ¿De verdad quieres renunciar a ese objetivo solo por mí?

—Tú me has aportado más en estas semanas que cualquier objetivo que haya logrado nunca. Por eso creo que merece la pena intentarlo. Me estoy enamorando de ti, Zoey. Deja de negar con la cabeza.

—No lo hago —replicó ella, sin dejar de hacerlo—. Tú quieres formar una familia aquí. Y yo quiero…, ya no sé ni lo que quiero.

—Hay más de una manera de formar una familia, pero esa es una conversación para otro día, cuando no sean casi las cuatro de la puñetera madrugada. Ahora mismo, solo quiero saber si sientes algo por mí. ¿Crees que podríamos tener futuro juntos?

Ella tomó aire de forma entrecortada.

—Es que… no sé si puedo darte lo que quieres.

La atraje hacia mí.

—Es más importante que me digas lo que quieres tú, no lo que crees que puedes darme.

—Uf. ¿Cómo puedes ser tan listo y lógico en plena noche? —se quejó, pegada a mi cuello.

—Dime lo que quieres, Zoey.

—Ya sabes lo que quiero —dijo con un resoplido, intentando ganar tiempo, obviamente—. Quiero que el libro de Hazel sea un gran éxito. Quiero conseguirle a Opal un contrato que haga que se le caigan las medias de compresión. Y quiero restregarles mi victoria por las narices a todos los que dudaron de mí.

—Unos objetivos admirables —reconocí—. Pero ¿y después de dominar el mundo de los agentes literarios?

—Por favor, no te lo tomes a mal, pero me da miedo que no puedas conmigo en todo mi esplendor —confesó—. Esta es una versión atenuada. Pero mi vida es… es como si la vida fuera una sopa y yo un tenedor. Espera a que meta la pata en algo gordo, como el pago de la hipoteca, o a que me olvide de que el padre de alguien ha muerto y le suelte «Hola, ¿qué tal tu padre?», aunque haya ido al funeral y le haya enviado flores. Así es mi vida. No sé cómo sentar cabeza y no ser un desastre.

—Vale —dije—. Y yo no sé cómo dar vida a cada habitación en la que entro. No sé cómo hacer que cada persona que conozco se sienta importante. No tengo ni puta idea de cómo convertir un día completamente ordinario en un recuerdo. Por eso encajamos. Porque ponemos diferentes cartas sobre la mesa.

—Y luego follamos encima de ella. —Zoey se llevó una mano a la frente—. ¿Te das cuenta de lo que tendrías que soportar? A veces se me escapan cosas sin querer. Como que deseo con todas mis fuerzas ser lo suficientemente buena para merecerte. Pero, Gage, soy un puto desastre. No puedes confiar en que sea una buena pareja. Te defraudaré. Te decepcionaré. Dependeré demasiado de ti y no podré darte lo suficiente a cambio. Tú mereces algo más. Mereces a alguien mejor que yo.

—No hay nadie mejor que tú.

—Por favor —resopló ella, antes de apoyarse en mí—. Tú te mereces lo que tienen tus padres.

—Zoey, cariño, mis padres tienen una relación en la que ambos sacan partido de sus puntos fuertes. Y eso es lo único que te estoy pidiendo.

—Ahora mismo estoy flipando —reconoció ella.

—Ya, pero todavía no me has echado, así que aún tengo la esperanza de conseguir lo que quiero.

—Venga ya —refunfuñó ella.

—¿De qué tienes miedo? —insistí.

Zoey se incorporó y me miró a los ojos.

—De apostarlo todo por ti, que veas lo desastrosa que soy, e intentes aguantar porque eres un buen tío, mientras yo sigo decepcionándote y dándote la lata sin parar hasta que al final no te quede más remedio que dejarme porque o me paso de rosca o no llego, y te des cuenta de que todo sería mucho más fácil con otra persona. Lo cual me destrozará, porque por fin me había permitido creer que era digna de ser amada. Y eso hará que deje de albergar en secreto cualquier tipo de esperanza de que en algún lugar haya un hombre que de verdad pueda amarme por lo que soy. Y no sé cómo vivir sin esa esperanza secreta.

—Solo hay una forma de solucionar esto —le dije.

—¿Irme de Story Lake al amparo de la noche y no volver más? —sugirió ella.

Yo me reí.

—No. Enséñamelo.

—¿Que te enseñe qué?

—Enséñame en qué me estoy metiendo —le pedí—. Quítate la máscara. Deja de censurar lo que piensas y sientes. Deja de ocultar tus errores y de intentar solucionarlos tú sola. Enséñame todo eso que estás tan segura de que me va a espantar.

Ella resopló.

—Sí, claro. Eso lo dices ahora, pero en el fondo esperas que sea como cuando la bibliotecaria se quita las gafas, se suelta el pelo y se vuelve diez veces más sexy. Y yo solo soy diez veces más desastrosa.

—Demuéstramelo. A ver si puedo contigo.

—¡Gage...! Ayer hice una llamada de Zoom dos días antes de lo debido porque la había apuntado mal en la aplicación de la agenda. Cené galletas saladas y queso rancio al que tuve que quitarle el moho, como llevo haciendo dos noches seguidas, porque se me volvió a olvidar hacer la compra. Fui andando a todas partes y le dije a la gente que era porque quería «disfrutar del tiempo primaveral», cuando en realidad era porque había perdido las llaves del coche y no las he encontrado hasta esta mañana, en la nevera, encima del condenado queso mohoso que todavía no he tirado. Aquí no hay ninguna bibliotecaria sexy esperando a que la descubran. Solo hay un caos absoluto.

—Bueno, por algo se empieza.

Ella resopló.

—Y ni siquiera estamos arañando la superficie.

—Zoey, una pareja no son dos personas a las que se les dan bien las mismas cosas. Una pareja de verdad son dos personas que aportan sus fortalezas y debilidades para un objetivo común.

—Ya, bueno, pues mi objetivo cada mañana es no fracasar estrepitosamente como adulta. *Spoiler*: cada noche me acuesto pensando en todas las cosas en las que he fracasado. Tú no necesitas a alguien como yo. Necesitas a alguien que tenga unas metas más ambiciosas que «llamar de una puñetera vez a la ginecóloga para pedir la cita que tengo pendiente desde quién sabe cuándo».

—¿Has terminado ya con las excusas cutres?

—Queso mohoso, Gage —me recordó Zoey.

Negué con la cabeza.

—No pienso caer en tu tierna e ingenua maniobra de distracción. Quiero una oportunidad para hacer esto realidad. Tienes una forma de conectar con la gente que le hace sentirse verdaderamente comprendida. Tu lealtad es admirable. Eres una negociadora despiadada. No puedes ser más divertida. Tu hombro es el más firme en el que alguien podría apoyarse en medio de una crisis. Estás tan atenta a las personas que te rodean que eres capaz de predecir qué es lo que van a hacer. Y cuando tengo la suerte de estar tan cerca de ti, me haces sentir como si fuera un puto héroe. Me la suda que no sepas dónde están las llaves del coche o que te hayas olvidado del cumpleaños del hijo de tu primo, porque haces que el tiempo que pasamos juntos sea tan increíblemente mágico que las gilipolleces rutinarias dejan de tener importancia.

—Pero las gilipolleces rutinarias forman parte de la vida real. Pagar facturas, ir a reuniones y decidir qué cenar cada puñetera noche de la semana. No quiero tener que decidir cada noche durante el resto de mi vida.

Le acaricié la espalda con la mano.

—Sé que te estoy pidiendo demasiado. Sé que da mucho miedo. Pero déjame demostrarte lo mucho que deseo esto. Lo mucho que te deseo a ti.

Zoey se tapó la cara con las manos.

—Esto va a acabar fatal, Gage.

La atraje hacia mí.

—Cada vez que dices eso, me enamoro más de ti.

Ella gimió.

—Cómo me fastidia que me gusten tanto tus chaquetas de punto.

—Oye, es tarde. El Fin de Semana de los Lectores es esta semana. Solo te pido que te lo pienses. ¿De acuerdo?

Ella respiró hondo.

—Vale. Pero recuerda: tú lo has querido —refunfuñó.

Le acaricié la cara con dulzura.

—Y mientras te lo piensas, recuerda que podría pasar el resto de mi vida con tu «yo excesivo» y seguiría sin parecerme suficiente.

—Deja de ser tan bueno con las palabras.

# 40

## Travesuras

### Zoey

Deja de rayarte

*Hazel*
Cómo sabías que me estaba rayando?

Porque es el día de la presentación y tú siempre
te rayas el día de la presentación

*Hazel*
No soporto ser tan predecible

Con una que aporte caos e incertidumbre
a la ecuación basta
Recuerda que este fin de semana solo están en
juego nuestro trabajo y el futuro de este pueblo
SIN PRESIÓN!

*Hazel*
Ja, ja

Te recojo en un rato
No te vistas como una andrajosa

—Desastre con Rizos llamando a Pequeña Mula. ¿Cuál es la situación en la granja? —dije por el walkie-talkie. Story Lake había cambiado el surtido de radios infantiles donadas el verano anterior por la versión para adultos más barata que habían podido encargar en la tienda de ultramarinos y, sinceramente, ya me parecía todo un logro.

Opal soltó un resoplido a mi lado, en el mostrador de bienvenida. Eran las nueve de la mañana y nos habíamos apostado a la sombra, cerca del aparcamiento del lago.

—Ríete todo lo que quieras. Pero he conseguido liarte para hacer de voluntaria desde primera hora de la mañana.

—Creo que ha sido más bien un chantaje emocional que algo voluntario —replicó ella, extendiendo los tacos de cupones sobre la mesa.

—Pequeña Mula llamando a Desastre con Rizos —contestó Isla por radio—. Tenemos el corral lleno. Repito: corral lleno. Abriendo prado inferior para ampliar plazas de aparcamiento.

—Aquí Desastre con Rizos. Excelente. Llámame si necesitas algo. Corto —dije. Taché la conexión que había que hacer cada media hora con la granja Bishop de la minuciosa lista de tareas que había elaborado Felicity y volví a concentrarme en la carpa de pícnic que estaban montando junto al lago. Si metía la pata en algo el fin de semana, no sería por falta de esfuerzo. Eso estaba claro. Volví a pulsar el botón de la radio—. Amante de la Logística, aquí Desastre con Rizos. Solicito parte meteorológico. Me gustaría dejar las paredes de la carpa sin montar, si es posible.

—Amante de la Logística a sus órdenes. —Pero la voz de Felicity no procedía de la radio. Venía de detrás de mí. Me giré en la silla metálica y me la encontré detrás de nosotras, con una camiseta del Fin de Semana de los Lectores de Story Lake.

—¿Qué haces aquí? Ya sabes que nos parecía bien que te encargaras de las comunicaciones desde casa —le dije, levantándome de un salto para saludarla.

Ella no dejaba de mirar constantemente hacia todas partes y tenía los brazos cruzados.

—Ya lo sé, pero esto es importante. Y, por una vez, quería estar presente para vivirlo en persona. Además, he horneado una docena de patatas por si aparecen los de Dominion —dijo, señalando la mochila.

—Es un acto muy valiente y generoso, y no pienso comentar nada más al respecto. ¿Por qué no te quedas aquí con mi amiga Opal mientras yo voy a ver cómo les va en la librería?

Opal resopló, mirando a Felicity.

—De amigas nada. Me chantajeó para que viniera.

—No es verdad. Y deja de decir eso antes de que alguien empiece a investigarme por maltrato a personas mayores —le advertí.

—En realidad yo he venido por el plan de venganza contra Dominion —dijo Felicity.

—Perdona. —Levanté la vista y vi a una mujer sonriente, con un piercing en la nariz, mirándome—. ¿Eres Zoey?

—Eso depende de en qué lío me haya metido.

—Soy Audrey, amiga y clienta de Gage. He venido a ofrecerme como voluntaria.

—Aquí tienes una camiseta —le dijo Opal, lanzándole una de las de personal.

—Perdona a la gruñona de mi amiga —me disculpé—. Muchas gracias por venir. No nos vendría mal un poco de ayuda en la carpa del bingo.

—Perfecto —dijo ella.

—Te acompaño, siempre y cuando vosotras dos prometáis no espantar a nadie —les dije a Opal y a Felicity.

—Yo no prometo nada —refunfuñó Opal.

—Así que estás saliendo con Gage —me dijo Audrey, mientras íbamos hacia la carpa.

—Bueno, yo no lo llamaría «salir».

—Da igual, sea lo que sea lo que haya entre vosotros, le hace sonreír, y me encanta verlo así. Es de los buenos —comentó ella.

—Eso es verdad —repliqué, con un suspiro. Gage era un buen tío. Para bien o para mal.

—Ojalá encuentre yo uno así algún día —dijo ella—. Estoy divorciada —aclaró, mientras me enseñaba la mano izquierda, en la que no llevaba anillo.

—Enhorabuena —contesté—. No hay nada como empezar de nuevo, ¿verdad?

Audrey sonrió.

—A eso es a lo que huele el fin de semana. A nuevos comienzos.

No se equivocaba. La dejé en la carpa del bingo y decidí pasarme por los comercios de Lake Drive para ver cómo estaban gestionando el aumento del tráfico.

Todo el pueblo se estaba esforzando al máximo. Las fachadas recién pintadas de las tiendas se encontraban llenas de plantas preciosas y carteles escritos a mano. Vi que la cafetería ya estaba haciendo el agosto, a juzgar por las decenas de personas que llevaban las bolsas que habían hecho para el Fin de Semana de los Lectores. Y Garland, que informaba desde el hotel, acababa de comunicarnos que había otro grupo de lectores desayunando y hablando maravillas del pueblo.

Pasaba por delante de la oficina de Gage, mirando hacia arriba para ver si me había acordado de cerrar las ventanas del salón, cuando me choqué con una mole humana. Lo habría reconocido por el olor, o como mínimo por el tacto de la chaqueta de punto, sin necesidad de abrir los ojos.

—Vaya, qué encuentro tan agradable —dijo él, frotándome los brazos. Aquella mañana, sus ojos verdes eran dulces y cariñosos. Me hizo sentir como si tuviera el estómago lleno de miel y el corazón lleno de brasas.

Mierda.

Yo, Zoey Moody, me había enamorado de un constructor buenorro que llevaba chaquetas de punto, tenía un perro y respetaba la ley. Seguía albergando la esperanza de que aquellos sentimientos desaparecieran. De despertarme un día y que todo volviera a la normalidad. Pero nooo. Cada vez me sentía más y más atraída por él.

Aquello iba a echarlo todo a perder.

—Hola —conseguí decir sin atragantarme.

—Hoy has salido muy temprano —me dijo él, quitándome una pelusa de la camiseta del Comité del Fin de Semana de los Lectores—. Creía que tendría tiempo para desearte suerte.

Me había propuesto evitar pasar demasiado tiempo con Gage vestida o consciente hasta después del fin de semana, mientras me aclaraba un poco las ideas tras aquella última conversación que podía cambiarnos la vida. Pero había fingido tantas veces que me quedaba dormida después del sexo, que él ya empezaba a sospechar.

—Tenía mucho lío. Muchas cosas que hacer —añadí rápidamente, por si no había quedado claro. Genial. Ahora era una idiota que no sabía cerrar la boca. E iba a quedarme allí, en aquel pueblo, para casarme con un hombre que me hacía decir chorradas porque estaba tan bueno y era tan majo que me descolocaba—. Estás muy guapo y todas esas cosas.

Bonita forma de arreglarlo, Zoey. Muy bien.

Por suerte, el walkie-talkie que llevaba en la cadera retrasó temporalmente la nueva oleada de vergüenza.

—Alcalde Maravilla llamando a Desastre con Rizos. Tenemos un pequeño problema en el lago.

—Ya voy —contesté.

—Te acompaño —se ofreció Gage.

—Ah, gracias.

—Solo lo hago porque crees que estoy «muy guapo y todas esas cosas».

—Venga ya —repliqué, poniendo los ojos en blanco y sintiendo una ligera sensación de pánico en el pecho mientras dábamos la vuelta para ir hacia el lago.

La palabra «problema» no describía ni de lejos lo que nos encontramos al cruzar la carretera y entrar en la zona de aparcamiento del lago.

Nina Vampic, tan diabólicamente guapa como siempre, estaba observando cómo cuatro personas con camisetas que ponían DOMINION DOMINA bajaban varias jaulas y transportines con animales de dos furgonetas.

—¿Por qué cada vez trae a unos tíos cachas distintos? —pregunté.

—Probablemente porque nadie la aguanta más de un día —supuso Gage.

Esa era la única respuesta válida.

—¿A qué coño viene esto? —exclamé, fingiendo que consultaba el portapapeles—. No veo nada en la agenda que ponga «Llegada de la reina de las mamarrachas».

Darius levantó las manos.

—La alcaldesa Vampic me estaba explicando…

—Querrás decir que nos estaba mintiendo a la cara —lo interrumpió Felicity, convenientemente. No veía la mochila, pero sabía que su alijo de patatas no podía andar lejos.

—La alcaldesa me ha dicho que se ha roto una de las tuberías principales del refugio y que necesita que acojamos a todos los perros sin hogar durante el fin de semana —dijo Darius.

Nina esbozó una de aquellas sonrisas perversamente falsas y me entraron ganas de darle un puñetazo en una teta.

—Como sois tan buena gente y vais a tener tanto tiempo libre después de que ese eventucho ridículo de lectura de libros fracase estrepitosamente...

—¿Por qué eres tan chunga? —le pregunté—. En serio. Con lo guapa que eres, si te limitaras a mantener la boquita cerrada, tendrías todos los amigos que quisieras.

—No sé por qué te crees con derecho a hablarme así. Lo que sí sé es que ahora tienes catorce gatos y perros de los que encargarte. Buena suerte, publicista —me soltó, antes de fingir una tos de lo más ruidosa.

Nadie se movió.

Nina se aclaró la garganta y volvió a toser con elocuencia.

—¿Te has tragado un insecto? —le preguntó Darius.

—Joder, Gary —dijo Nina—. ¡Hazlo de una vez!

Uno de los esbirros, que llevaba gafas y gorro de lana, levantó la vista.

—Ah, sí. Perdón. ¡Vaya, me he caído y he abierto sin querer esta jaula! —exclamó el tío, mientras se agachaba lentamente. Hizo un gesto exagerado con el brazo, extendió la mano hacia la puerta del transportín que tenía más cerca y, tras algunos intentos, consiguió abrirla.

Lo que había dentro no movió ni un músculo, pero dejó escapar un gemido lastimero.

—¡Joder, Gary! Te dije que abrieras la jaula del jack russell. El muy cabrón corre que se las pela.

—Lo siento, Nina.

—Vale —dijo Gage, poniéndose por si acaso delante de mí—. Seguro que tienes alguna otra opción. Sabemos que solo haces esto para que se líe una buena y distraernos.

Ella se encogió ligeramente de hombros.

—No sé de qué estás hablando. Por supuesto, si no queréis haceros cargo de ellos, siempre podéis llevarlos a la perrera de la zona. Se los cargan a todos —dijo con una sonrisa espeluznante.

—Eres un mal bicho, ¿te enteras? Vamos a hacer muñecos con tu cara para ponerlos en los jardines y espantar a las alimañas —le dije, asomándome por encima del hombro de Gage.

—Tranquila, Desastre —susurró él.

Darius se acercó a ella.

—Será un placer ayudarte. A cambio de cien dólares por animal al día.

Nina se puso seria un instante, antes de esbozar otra sonrisa burlona.

—Vale. Envíame la factura. —Nina silbó con estridencia—. ¡Volvemos al Privatag, dominionitas!

—Uy, eso suena muy forzado. ¿No sería mejor «dominadores»? —sugirió Felicity.

—Yo prefiero «dominós», porque así podemos derribarlos —repliqué, enseñando los dientes.

—A ti nadie te ha preguntado, Ricitos de Oro —me espetó la alcaldesa.

—Dejando a un lado las provocaciones, esto parece un invento cutre para fastidiarnos —dijo Gage.

—Tiene razón. Lo del Festival de Verano fue un sabotaje en toda regla. Pero esto parece un plan ideado por niños de segundo de primaria —comenté.

Uno de los dominionitas se acercó.

—Íbamos a lanzar «por error» unos fuegos artificiales en la plaza de vuestro pueblo, pero acabamos prendiendo fuego a nuestro propio cuerpo de bomberos durante los ensayos y luego nos cargamos la boca de incendios, que fue lo que inundó el refugio de animales. Así que solo hemos podido endosaros a un puñado de mascotas desplazadas.

—Ah —dijo Gage—, tiene sentido.

—Vaya panda de aficionados —murmuré.

Nina se echó el cabello rubio platino por detrás del hombro.

—Por cierto, la mayoría de los animales son viejísimos y necesitan medicación a todas horas. Que os divirtáis —dijo, antes de estamparle contra el pecho a Darius una bolsa de basura llena de frascos de pastillas—. Chao, pringados —añadió. Después se volvió pavoneándose a las furgonetas.

—Cómo me gustaría acribillar a patatazos todo su pueblo —murmuré.

—¿Qué vamos a hacer con catorce perros y gatos con necesidades médicas especiales? —preguntó Felicity.

Me acerqué a la jaula que estaba abierta y eché un vistazo al interior. Una pitbull plateada y flaca con un collar rosa temblaba patéticamente en un rincón. Estaba hecha una bolita, con la punta de la cola pegada a un pequeño hocico en forma de corazón. Me observó con sus ojos marrones y volví a sentir aquel ardor tan extraño en el pecho.

—Todo va a salir bien, peque —le prometí.

La perrita golpeó con la cola el fondo de plástico del transportín, sin demasiada convicción.

Me puse en pie y me dirigí a todos los presentes.

—Muy bien, chicos. Podemos perfectamente con esto. Mejor un par de mascotas monas que una explosión de fuegos artificiales ilícitos en la plaza del pueblo.

—¿Sabes quién es experto en pasarse todo el puñetero día tomando pastillas? —me preguntó Opal, mientras se acercaba cojeando a nosotros.

Esbocé una sonrisa.

—Sí, y me acabas de dar una idea.

—A mí se me ha ocurrido antes —replicó ella.

—Vale. Vamos.


Cuarenta minutos después, iba sentada en el asiento del copiloto del todoterreno de Gage con el pequeño pitbull en el regazo y el teléfono pegado a la oreja.

—Sí, vamos a necesitar parques infantiles, mochilas portabebés y juguetes, además de cualquier cosa que podamos usar como jaulas para perros y gatos. Pero jaulas para perros y gatos monas —especifiqué—. Necesito que esto parezca una feria de adopción, no una operación policial. Ah, y algo de donde los gatos no puedan escaparse.

La perrita a la que había bautizado para mis adentros como

Buttercup, por *La princesa prometida*, se retorció en mi regazo y me llenó la barbilla de besos. No pensaba enamorarme. Otra vez, no. Ni de coña. De ninguna manera. Seguiría concentrada en la tarea que tenía entre manos, que era… algo importante.

—Lo tuyo es increíble —dijo Gage, cuando colgué.

—¿Por?

—Mírate: con un perro en el regazo y organizando una feria de adopción exprés. Hay que ver lo que has cambiado desde que te metiste corriendo delante de mi todoterreno, despotricando sobre águilas y serpientes.

—Y, desde entonces, tú has podido verme las tetas —le recordé.

—Han sido un par de meses muy buenos para ambos —reconoció, mirándome fijamente.

—Sí, sí. Todavía me lo estoy pensando —mentí.

Ya estaba harta de pensar. Aquello era lo que quería. Pasar un sábado caótico con un buen perro y un buen hombre. Ningún éxito profesional temporal iba a proporcionarme tanta felicidad y satisfacción como aquel momento. Quería algo más y lo quería con Gage Bishop.

Solo necesitaba encontrar el gran gesto romántico ideal para decírselo, porque era muy dramática.

—¿Quieres hacer el favor de darte prisa? —refunfuñó Opal desde el asiento de atrás, donde estaba intentando meter a dos gatos muy unidos en una jaula.

—Te advertí que no la abrieras —le dije con suficiencia.

—¿Qué querías que hiciera? No paraban de maullar. A lo mejor alguien con un corazón frío y marchito puede ignorarlo, pero yo no —se quejó.

—Los va a adoptar —le susurré a Gage, que sonrió mientras se desviaba hacia Haven. Detrás de nosotros, el todoterreno de Levi nos siguió—. Muy bien, chicos. Vamos a solucionar esto… como buenamente podamos.

# 41

## Qué maravilla

### Zoey

—¿Seguro que no es la cola de la cafetería? —me preguntó Hazel por tercera vez.

Yo estaba cubierta de pelos de perro y seguía jadeando después de haber ido corriendo hasta la librería desde la feria de adopción de mascotas exprés de Story Lake Haven, donde Gage y Levi estaban construyendo unos recintos temporales para presentar entre sí a los ancianos humanos y a los del reino animal. Opal ya había conseguido que media docena de residentes y empleados se ofrecieran como voluntarios para el evento, lo que me había permitido volver rápidamente a la librería a tiempo para prepararme para la firma.

De momento no había decepcionado a nadie. Todavía.

Obligué a Hazel a sentarse en la silla, le di unas palmaditas en la cabeza y le puse los bolígrafos delante.

—Puedo asegurarte que es la cola de la firma.

Chevy y Cam se paseaban por delante de la puerta, deteniéndose de vez en cuando para mirar preocupados a través del cristal.

Vi a la mujer del equipo de redes sociales de *Thrive* corriendo al lado de la cola, cámara en mano, para inmortalizar el alegre bullicio. Yo estaba emocionadísima, llena de energía y a punto de vomitar…, pero en el buen sentido.

—Estamos desbordados. La librería no puede recibir a tanta

gente. ¿Cómo se nos ha ocurrido? —me dijo Chevy, retorciéndose las manos.

Cam se pasó la mano por la cara.

—Hay demasiadas personas. ¿Y si un grupo intenta secuestrar a Hazel? No tendría problema en enfrentarme a cinco o seis, pero a toda una cuadrilla de secuestradores... Habéis visto *Misery*, ¿no? ¿Debería llamar a Livvy?

—¿Y si escribo mal mi nombre? ¿Y si empiezo a poner «Hazle» en los libros de la gente? —preguntó Hazel.

Di unas cuantas palmadas que los sobresaltaron a todos.

—Tranquilos, ¿vale? A pesar de lo que os diga vuestro sistema nervioso, esta no es una situación peligrosa. Es una celebración. Los que están fuera son lectores de novelas románticas. Se trata de personas encantadoras y han venido a decirle a Hazel lo bien que lo ha hecho. Luego se gastarán un montón de pasta en tu librería, Chevy, y después repartirán su alegría y su dinero por el resto del pueblo.

—Me están saludando —dijo Cam, escondiéndose detrás de un expositor giratorio de libros.

—Pues finge que eres un ser humano y devuélveles el saludo —le sugerí.

Hazel tosió para disimular una risita.

—Hoy, vosotros dos tenéis una misión que cumplir —dije, señalando a Cam y Chevy—: ser encantadores. No quiero a ningún librero aterrorizado, ni a ningún Cactus Cam. Vais a ser majísimos con todas las personas que entren aquí.

—Ser majísimo. Entendido. —Chevy asintió con energía.

—¿Es que no me conoces o qué? —refunfuñó Cam.

—Sí, y sé que por muy gruñón que parezcas nada es más importante para ti que la felicidad de Hazel. Y lo que va a hacer feliz a Hazel hoy es que estés con ella para vivir el evento más mágico del mundo: la firma de una novela romántica. ¿Entendido?

—Hacer feliz a Hazel. Entendido. ¿Y qué vas a hacer tú? —preguntó.

—Todo lo demás.

—Vale, trato hecho —dijo Cam.

—Me parece perfecto —declaró Chevy.

—Genial. Ahora necesito que vayáis a la trastienda y volváis a contar las cajas de existencias antes de que abramos las puertas —dije.

Prácticamente entraron corriendo en la habitación.

—¿Y eso? —dijo Hazel—. Hoy ya has contado las cajas dos veces y ayer cuatro.

—Solo quería estar un momento a solas contigo.

—¡Ay, qué mona! ¿Tienes algún regalito para mí?

—Sí. Más o menos. —Respiré hondo—. Vale. Allá va. Me quedo.

—Te quedas.

Asentí con la cabeza.

—¿Aquí? ¿En Story Lake?

Asentí de nuevo.

—¿Cuánto tiempo? —me preguntó, con un recelo más que justificado.

—Mientras Gage siga queriendo tener una relación conmigo.

—¡Qué fuerte! —chilló Hazel. Se levantó tan rápido que tiró la silla que tenía detrás. Cam salió corriendo de la trastienda.

—¿Qué pasa? ¿Dónde está el secuestrador?

—No hay ningún secuestrador —le aseguré.

—¡Vuelve con tus cajas! —le gritó Hazel, antes de poner cara de circunstancias—. Perdona. Eso ha sido un poco agresivo. Te quiero. Por favor, vuelve con tus cajas.

Cam entornó los ojos.

—¿Por qué estáis tan raras?

—Cosas del mundo editorial —mentí.

—Y de las redes sociales —dijo Hazel.

Ambas sonreímos con falsa inocencia.

Él nos señaló con el dedo.

—Que conste que no os creo a ninguna de los dos. Pero tampoco veo a ningún secuestrador, así que vuelvo a lo de las cajas.

—¡Gracias! Te quiero —le gritó Hazel. En cuanto desapareció, me agarró por los brazos y empezó a sacudirme de un lado a otro—. Dime que va en serio y que no lo haces solo porque te he hecho sentir culpable.

—Va en serio y solo lo hago en parte por culpabilidad. El resto es porque Gage me pidió que me quedara. Algo que hizo después de verme sufrir una de mis crisis nocturnas y de conocer a mis padres. Y de saber que no podía tener hijos.

Nos pusimos a dar saltos de alegría. Hazel, mi mejor amiga y alma gemela, había estado a mi lado durante todo aquel proceso, desde el susto del embarazo y el diagnóstico inesperado, hasta el duelo por algo que ni siquiera sabía si deseaba. Se le llenaron los ojos de lágrimas.

—¡Ay, Zo! ¡Cuánto me alegro por ti!

—¡Yo también me alegro por mí! Pero no digas nada. Gage todavía no lo sabe. Quiero esperar hasta esta noche.

—Me parece perfecto. Pero cuéntamelo todo. ¿Cómo te pidió que te quedaras? Quiero saber hasta el más mínimo detalle.

—Prometo contártelo con pelos y señales, pero antes tienes algo más importante que hacer.

Hazel se sobresaltó y dejó de botar.

—¿Qué?

—Uf, tengo que hacer más cardio —jadeé—. Antes tienes que firmar los libros de unos cuantos cientos de lectores emocionados, porque hacía años que no presentabas una novela y va a ser un éxito.

—Ah, claro. Es verdad. ¡Un hurra por mí!

Comenzó a saltar de nuevo.

—De eso nada. Para esta celebración voy a quedarme quieta.

—¿Ya podemos salir? —gritó Cam desde la trastienda.

—Venga, vamos allá —dije, antes de acompañar a Hazel a la mesa y coger mi walkie-talkie.


—¡Vamos a necesitar más libros! —gritó Chevy desde la caja registradora, con cierto toque de histeria en la voz.

Llevábamos una hora con la firma de Hazel y la gente estaba comprando libros como si fuera el día de Nochebuena en Islandia.

—¡Voy! —respondí a gritos. Le hice una señal a Cam para que se ocupara de Hazel. Parecía que relacionarse con tanta gente lo había dejado un poco aturdido—. Tú puedes. Solo hay que pasarle las páginas —le dije, mientras le cedía mi asiento.

Me abrí paso entre los compradores, sonriendo y comentando sus elecciones, hasta llegar a la trastienda. Cerré la puerta al entrar y apoyé la espalda en ella. La firma estaba siendo un éxito y esperaba que aquello reflejara la forma en la que el resto del mundo estaba recibiendo al nuevo bebé de Hazel.

Los nervios me atenazaban el estómago como si estuvieran ejecutando rutinas de gimnasia deportiva en su interior. Deseaba con todas mis fuerzas que aquello saliera bien. Por Hazel y por mí. Ya estaba viendo nuestro futuro. Más libros. Más eventos como aquel. Quizá incluso algunos para Opal, que seguramente los detestaría por completo. Campeonatos de Bingo Definitivo y cruceros por el lago los fines de semana. Gage con sus chaquetas de punto sexis cuando las hojas empezaran a cambiar de color. Un árbol de Navidad altísimo en su salón. Un calcetín para mí en la repisa de la chimenea. Sin duda le haría falta una lámpara de araña o algo similar para añadir el factor sorpresa tan característico de Zoey.

—Contrólate, Moody. Céntrate en los libros. Libros, libros, libros —me repetí a mí misma, mientras rebuscaba en las cajas de las antiguas estanterías metálicas de Chevy.

Acababa de coger un cúter que estaba abierto encima de la mesa cuando sucedieron dos cosas de forma simultánea. En la librería se oyó una carcajada estridente y calculé mal la distancia entre mi cuerpo y la estantería más cercana. Me di un golpe contra la esquina y se me escapó el cúter. Lo observé horrorizada mientras salía volando por los aires como si estuviera poseído por un espíritu asesino. Al principio ni siquiera lo noté, pero en cuanto la tela vaquera empezó a llenarse de sangre, me di cuenta de que la había liado.

—Mierda.

> Necesito que me acerques un botiquín de
> primeros auxilios y unos pantalones a la puerta
> de atrás de Stories lo antes posible

*Gage*
Tengo algunas preguntas, pero intuyo que hay
sangre de por medio
Dame cuatro minutos

> Graciasgraciasgracias

*Gage*
Hay sangre, verdad?

Parece que me han atacado los
Vampiros Peleones

*Gage*
Joder, Zoey!

Ya me echarás la bronca más tarde!
Esto parece la escena de un crimen!

Tres minutos y medio después, la puerta de atrás se abrió de golpe y Gage entró corriendo con cara de pocos amigos.

—Vaya, qué rápido.

—Estaba en el despacho cuando me has mandado el mensaje. ¿Te encuentras bien? —me preguntó, mientras abría un botiquín de primeros auxilios de aspecto muy profesional.

Agité el puñado de toallitas de papel ensangrentadas.

—Perfectamente. Los vaqueros han evitado que el corte sea demasiado profundo. Es que no quería volver ahí fuera y manchar de sangre a todo el mundo.

Ambos bajamos la vista hacia el corte limpio que se veía a través de la tela vaquera empapada en sangre.

—Joder. No puedo dejarte sola ni un segundo —dijo Gage, antes de arrodillarse delante de mí y rasgar sin contemplaciones la pernera del pantalón destrozado hasta la rodilla.

—Vale, eso ha sido muy sexy —señalé.

—Zoey —replicó Gage, con aquel tonito de «deberías tomártelo más en serio»—. Tienes que ir al médico.

—¿Porque me voy a desmayar de lo sexy que me parece ver a mi novio rasgándome los vaqueros?

—¿Novio? Pica un poco —dijo, sin apartar la vista del corte que tenía en la pierna.

—¿«Picaunpoco»? ¿Quieres que te llame así? Porque como apodo… ¡Ay! ¡Ay! —Sentí un escozor en la pierna. Gage esbozó una sonrisa burlona, mientras me sujetaba una gasa con alcohol sobre la herida—. De «poco» nada —dije, echándoselo en cara.

—Esto te pasa por ser poco cuidadosa —me sermoneó Gage.

—No he sido poco cuidadosa. Estaba distraída. —Ni de coña iba a reconocer que aquella no era la primera vez que me enfrentaba a un cúter y perdía. Pero al menos en esa ocasión había evitado que la sangre salpicara los libros.

—Cualquier cosa que te haga olvidar temporalmente cosas como la seguridad personal entra en la categoría de descuido. —Su voz era áspera, pero sus manos me manipularon la pierna con suavidad mientras vendaba el corte. Se me puso la piel de gallina al sentirlas. ¿Sería siempre así? ¿La conexión sería siempre tan real, tan tangible? La gente que estaba en la librería aplaudió y luego se echó a reír—. ¿Cómo va la cosa ahí fuera? —me preguntó Gage, mientras pegaba el último trozo de esparadrapo. Me dio un beso en la tibia y volví a enamorarme perdidamente de él. Joder, qué buen tío era.

—Tan bien que espero que entre en las listas de best sellers. A los lectores les está encantando el pueblo y ver cómo adoran a Hazel es lo mejor del mundo para mí.

—¿Sabes? Dice que debe su regreso a Story Lake —comentó Gage, como sin darle importancia, mientras guardaba el material de primeros auxilios. Tuve que apretar los labios para no sonreír.

—Ah, ¿sí?

—Yo solo digo que aquí pasan cosas muy buenas. No me gustaría que te perdieras nada por volver a Nueva York.

—Lo tendré en cuenta. A ver, ¿dónde están esos pantalones?

—Como no conocía el alcance de las lesiones, te he traído tres para elegir y también un par de camisetas, por si el resto de la ropa había sufrido daños colaterales —dijo, pasándome una bolsa de la compra llena de prendas.

Suspiré mientras bajaba la vista hacia la pierna, cuidadosamente vendada.

—Eres mi héroe.

Él me revolvió el pelo, antes de dedicarme por fin la sonrisa que había estado esperando.

—Que no se te olvide. En fin, si ya has acabado de hacer el tonto, voy a echar un ojo a la feria de adopción de Haven y a ver cómo van las cosas en la granja.

Hice un saludo militar.

—Haré todo lo posible por reducir al mínimo las lesiones durante el resto del día.

—Eso no me tranquiliza en absoluto —replicó él.

—Oye, ¿nunca te has planteado poner una lámpara de araña chula en el salón? —le pregunté.

Él parpadeó, antes de soltar una risita.

—Algún día conseguiré seguir el hilo de tus pensamientos.

—Lo dudo mucho —contesté, tomándole el pelo.


La firma de libros duró tres horas y media. Cuando la última lectora salió por la puerta con un ejemplar recién firmado de *Amor en Story Lake* y otras seis novelas que había comprado mientras hacía cola, Chevy se tiró al suelo detrás de la caja registradora. Cam le estaba dando un masaje a Hazel en los hombros mientras le gritaba a Levi por teléfono un pedido de comida para llevar.

—Me importa una mierda. Tráeme todos los aros de cebolla que tengan —le soltó, antes de colgar—. Estoy muy orgulloso de ti, Calamidad.

—Cuánta gente —dijo Hazel, aturdida, con aire soñador.

—Y cuántos libros —añadí yo, masajeándome la cara dolorida de tanto sonreír.

Ella se acercó y me dio un pequeño puñetazo en el hombro.

—Hemos vuelto, nena.

Le dediqué una sonrisa que más bien debió de parecer una mueca.

—Vaya si hemos vuelto.

Me miró sorprendida.

—¿Cuándo te has cambiado de ropa?

—Hace más o menos una hora, después de pelearme con un cúter en la trastienda.

—¿De nuevo? ¿Es que la última vez no aprendiste nada?

—Al parecer no, pero al menos hoy no te he llenado los libros de sangre, en plan géiser.

—Llevo un kit de primeros auxilios en el bolso. ¿Por qué no me has avisado? —me preguntó, gimiendo mientras Cam le masajeaba la mano y la muñeca.

Me encogí de hombros.

—Porque estabas muy concentrada. Le he enviado un mensaje a Gage y ha venido a hacer de médico y estilista.

—Hablando de Gage, ¿cuándo se lo vas a decir? —quiso saber Hazel.

—¿Decirle qué? —preguntó Cam con aspereza.

—¿Puedo contárselo? Porfa, porfa, porfa —me suplicó Hazel—. Sabes cuánto odia hablar con la gente. Seguro que no se lo dice a nadie.

—Uf. Vale. —Estaba demasiado cansada y feliz como para preocuparme por eso.

—¡Gage le ha pedido a Zoey que se quede y Zoey le va a decir que sí! ¡Se va a quedar aquí, en Story Lake, y nosotros nos vamos a casar, y ellos también, y todos vamos a ser felices y comer perdices! —anunció Hazel.

—Eh, para el carro. No te precipites. Para empezar, solo he decidido quedarme. Nadie ha dicho nada de casarse.

Hazel negó con la cabeza.

—Me niego a dejar que me arrebates esta fantasía.

—Escribir libros geniales la vuelve un poco chiflada —le dije a Cam.

—A mí me gusta así. Y espero que Gage y tú no la caguéis —replicó él con acritud.

—Lo que quiere decir es «enhorabuena» —dijo Hazel, fulminándolo con la mirada.

—Sí, claro. Eso y que no la caguéis. Porque, como hagáis que mi mujer lo pase mal, haré que os arrepintáis.

Hazel y yo nos miramos.

—«Mi mujer» —murmuramos, antes de que nos entrara la risa histérica.

# 42

## *Un espectáculo bochornoso*

### Gage

*Zoey*
Tengo un notición
Bueno, dos nocitiones
Perdón, noticiones
En fin, reúnete conmigo en la hoguera y te cuento
todas las novedades

> Sabes que este tipo de mensajes
> me dan pánico

*Zoey*
Por qué crees que te los mando?
Nos vemos en el hotel!

Nunca había visto el hotel tan concurrido un sábado por la noche. Los antiguos y los nuevos habitantes de Story Lake socializaban en el patio y por la orilla con los lectores que estaban de visita. Hasta había un insólito grupito de vecinos de Dominion que habían decidido pasarse por allí.

La música que estaba pinchando la hermana pequeña de Darius al fondo del patio ahogaba el sonido de los grillos y las ranas arbóreas. Billie y Hana habían montado dos barras temporales en el exterior para atender a la gente que no cabía en la cafetería, donde Opal se encontraba con Darius, mis padres y algunos de los residentes de Haven, siendo el centro de atención.

Según parecía, el Fin de Semana de los Lectores había sido todo un éxito. Hazel había triunfado en la firma del libro. El refugio de la granja de mis padres se había estrenado por todo lo alto, recaudando más de cinco mil dólares en donaciones en un solo día. Los comercios de la ciudad estaban obteniendo unas ganancias sin precedentes. Y los catorce animales desplazados habían sido adoptados en cuestión de horas, la mayoría por los jubilados de Story Lake Haven.

Todo gracias a Zoey.

No sabía si se habría dado cuenta ya, pero ese día había quedado claro lo bien que encajaba en el pueblo. Y pensaba encontrar la forma de convencerla para que se quedara.

Sentí un pinchazo en el costado.

—¿Una salchicha?

Mi hermana se había acercado en la silla de ruedas blandiendo una brocheta.

—Ay, Larry. ¿Qué coño haces? —refunfuñé, frotándome las costillas.

—Es para la hoguera. He pensado que a lo mejor querías impresionar a Zoey con un perrito caliente —dijo con inocencia.

—Para que lo sepas, ya la he impresionado con otra salchicha.

—Puaj.

—Has empezado tú —le recordé.

—Sí, ya. Me gusta mucho, Gigi.

—A mí también.

—Y no solo porque se haya cargado el Privatag de Dominion —añadió Laura.

—¿Qué dices?

—Al parecer, el evento de Dominion no pasó la inspección sorpresa de seguridad de hoy. Y tiene pinta de que la compañía de seguros va a dejar de cubrir al pueblo —explicó, con aire de suficiencia.

—¿Y qué tiene que ver Zoey con todo eso?

Laura resopló.

—No pienso decírtelo, no vaya a ser que la denuncies.

—Yo siempre estaré del lado de Zoey —le aseguré.

—Los inspectores recibieron misteriosamente un aviso anónimo sobre el evento y la construcción chapucera de la plataforma. Cancelaron toda la movida antes de empezar —explicó.

—¿De dónde ha sacado tiempo para…? ¿Sabes qué? No importa. Esa mujer nunca dejará de sorprenderme —dije.

—¿No piensas echarle el lazo o qué? —me preguntó Laura.

—Solo si consigo convencerla para que deje de sembrar el caos el tiempo suficiente para enamorarse de mí.

—Pues buena suerte. —Mi hermana señaló a través de la multitud la hoguera de la playa, donde mi clienta Audrey se estaba riendo con sus hijos mientras intentaban asar nubes. Hacía años que no la veía tan relajada—. Por cierto, muy bien hecho lo de alejar a Audrey del capullo de Gerald. He oído que ella y los niños se van a mudar más cerca de sus padres.

—Seguro que les viene bien —auguré.

—A mí me ayudó. ¿Sabías que hoy es el aniversario de la primera vez que Miller y Levi se fueron a una misión después de que yo tuviera a los niños? —Los recuerdos me golpearon como un rayo. «Necesito que cuides de ellos, Gage. Vela por mi familia mientras yo no esté»—. Estaba muerta de miedo —añadió Laura—. Yo misma seguía sintiéndome como una niña, y allí estaba, con dos bebés. Pero tenía a mamá y a papá. Y siempre he podido contar contigo, don Cumplidor.

Lo estaba diciendo en broma, pero a mí me empezaron a zumbar los oídos. Puede que la ayudara a cambiar pañales y a llevar a los niños a la guardería, pero no la había ayudado en el momento más importante, al lado de aquella carretera. No los había protegido, ni a ella ni a los niños, de una pérdida que nunca superarían.

Cuando Miller me pidió que protegiera a su familia, yo era un chaval de veinte años. Su fe en mí, el hecho de que me confiara lo más valioso que tenía en la vida, me había llenado de orgullo. Aquella responsabilidad, aquella confianza, me habían hecho sentir como un hombre.

El dolor estaba formado por miles de instantes que tenían lugar a lo largo de la vida. Por las miles de maneras que había de extrañar a alguien.

—Para eso está la familia —respondí, emocionado.

—Pues me alegro de que formes parte de la mía.

—No llevas puesta la alianza —comenté. Mi voz me sonó tensa hasta a mí mismo.

Laura se metió la mano por debajo del cuello de la camiseta del Fin de Semana de los Lectores y sacó una cadena con dos anillos de boda.

—Me ha parecido que ya era hora. Pero quería seguir teniéndolo cerca un tiempo.

—Te quiero, Larry.

—Yo también te quiero, bicho raro. Y ahora, si me disculpas, tengo que ir a dar instrucciones a mis hijos para que nos preparen a Val y a mí unas nubes perfectas.

—Y yo tengo que hacer que una cabecita loca pelirroja se enamore perdidamente de mí.

Laura se quedó callada y respiró hondo.

—A Miller le habría encantado todo esto.

—Sí, le habría encantado —coincidí, mientras el sentimiento de pérdida me oprimía la garganta.

—Me gusta pensar que sigue aquí. Que sigue cuidándonos. Esta mañana me he encontrado una moneda de diez centavos en el felpudo.

—Es como si te encontraran ellas a ti —dije.

—Gracias, Gigi.

—¿Por qué? —le pregunté, inquieto.

Ella esbozó una sonrisa tierna y triste.

—Por ser como eres.

—No sé a qué te refieres —mentí.

—Ya, claro. —Laura me guiñó un ojo con complicidad y se alejó entre el gentío.

La observé mientras se dirigía hacia una mesa que había al otro extremo del patio. Hazel, que parecía feliz pero agotada, estaba sentada junto a Cam, que simplemente parecía agotado. Y allí estaba Zoey, de pie detrás de ellos. Su risa inconfundible flotaba en el aire nocturno.

Me dirigía directamente hacia ella, como si estuviera rodeada por una fuerza gravitatoria, cuando la gente se apartó y vi la correa rosa que tenía en la mano. Buttercup estaba sentada en una silla, al lado de Hazel, mirando con adoración a Zoey.

Zoey Moody había adoptado un perro por voluntad propia. Sin duda se trataba de una gran noticia. Era una señal. Iba a casarme con aquella mujer e íbamos a pasar el resto de nuestras vidas volviéndonos locos el uno al otro.

Joder, ya lo estaba deseando.

Mis padres y Levi se unieron al alegre grupo de la mesa.

Todas las personas que más me importaban estaban allí, a menos de quince metros de mí.

Todos excepto Miller.

Iba por el medio de la terraza cuando Valerie se acercó a la mesa con dos copas de vino. Dejó una delante de Laura y se sentó en la silla vacía que esta tenía al lado.

El dolor que había estado rondando los límites de mi conciencia me golpeó como un mazazo.

Aún no podía creer que fuera Valerie, y no Miller, quien le llevara una copa a Laura y bromeara con Cam y con Hazel. Era él quien debería haber estado ahí para ver crecer a sus hijos, para disfrutar cuando se retirara del ejército, para llevar a Laura a todos los viajes con los que ella siempre había soñado y para echar una mano en la granja. Para seguir siendo la persona a la que yo pedía consejos sobre la vida.

Pero se había ido, había desaparecido para siempre de nuestras vidas y ahora la mujer que nos lo había arrebatado estaba ocupando su sitio.

Por un instante fui consciente de la fragilidad de la vida. De cómo las cosas podían ir bien y, de repente, todo podía cambiar.

Habíamos sobrevivido a aquello. Lo estábamos haciendo lo mejor posible. Pero ¿sobreviviría a la siguiente desgracia? ¿Estaría preparado para ella? ¿Podría evitarla antes de que ocurriera?

Zoey se agachó y le dijo algo a mi hermana que hizo que Laura echara la cabeza hacia atrás y soltara una carcajada. El pelo rojo de Zoey resplandecía bajo la luz de la antorcha. Era etérea, auténtica, guapísima y desastrosa, y mi corazón deseaba con todas sus fuerzas estar más cerca de ella.

Estaba enamorado de Zoey. Quería que se quedara, que formara parte de mi vida, de mi familia. Pero ¿podría sobrevivir si le sucedía algo malo? ¿Podría ella sobrevivir si me ocurría algo a mí?

Si no la hubiera estado observando tan atentamente, me lo habría perdido. Zoey frunció el ceño mientras se fijaba en algo que pasaba en la orilla. Le pasó la correa a Laura y fue hacia allí antes de que el primer grito de sorpresa se escuchara por encima de la música y todo se detuviera.

Eché a correr sin saber siquiera por qué. Pero, en un instante, mientras esquivaba a la gente que seguía divirtiéndose, me quedó claro. Zoey iba corriendo hacia Audrey, que se encontraba en la playa con sus hijos. Pero estaba inclinada hacia atrás en una postura rara, con una mirada de terror en el rostro. Y entonces vi por qué.

Gerald, su futuro exmarido, estaba detrás de ella, rodeándole el cuello con el brazo. Pude ver el miedo brillando en los ojos de Audrey desde metros de distancia. Sus hijos estaban inmóviles, con las brochetas todavía en la mano.

—¡Zoey! ¡No! —grité, mientras ella se abría paso entre la multitud para llegar hasta ellos.

La adrenalina hizo que el tiempo se ralentizara y vi cómo las caras de los presentes pasaban de la sorpresa a la turbación y finalmente al horror al darse cuenta de lo que Zoey había visto antes que nosotros.

Yo estaba demasiado lejos. Iba a llegar demasiado tarde. No iba a poder salvarla.

—¡Cam! ¡Levi! ¡Miller! —grité, rezando para que alguno de ellos estuviera más cerca que yo.

Vi a Laura alejarse de la mesa y a Valerie ponerse delante de mi hermana, cerrándole el paso.

Y entonces Zoey emitió un chillido escalofriante. Se me heló el corazón, pero mi cuerpo siguió moviéndose. Mis sentidos lo captaron todo por partes. La sorpresa en los ojos inyectados en sangre de Gerald. El miedo en los de Audrey. El grito de Hazel mientras su amiga agarraba a los hijos de Audrey y los ponía a salvo, mientras Cam corría hacia ellos.

Cayeron al suelo y la perdí de vista durante una fracción de segundo.

Finalmente, todo el mundo entró en acción y formó un círculo alrededor del altercado, en lugar de huir. Porque eso era lo que hacíamos en Story Lake cuando uno de los nuestros estaba en apuros. Levi y Cam se abrieron paso entre la multitud, un paso por detrás de mí.

Gator cogió una silla plegable y la blandió como un luchador profesional.

—¡Dejádmelo a mí!

A mi izquierda, Erleen Dabner, del ayuntamiento, lideraba a un grupo de lectores furiosos armados con botellas de vino que salieron corriendo del patio hacia la arena.

—¡Zoey! —grité, avanzando entre la muchedumbre.

Audrey estaba a cuatro patas, sollozando y arrastrándose hacia sus hijos.

Y Zoey rodaba por la arena con Gerald. Él se le puso encima y echó el brazo hacia atrás. Iba a pegarle a mi chica.

Pero Zoey se le adelantó.

—¡Maldito cabrón hijo de puta! —dijo entre dientes, antes de darle una bofetada.

La rabia se apoderó de mí mientras mi cuerpo se movía por sí solo al ver cómo el puño de Gerald volaba a cámara lenta. Impulsado por una combinación de ira, dolor y una adrenalina que era capaz de saborear, agarré a aquel tío por detrás y se lo quité de encima. No recuerdo haber caído con él al suelo, pero sí memoricé todas y cada una de las percepciones de aquel primer puñetazo: el olor a alcohol de su aliento, la sensación del cartílago de su nariz rompiéndose bajo mis nudillos. Le pegué dos puñetazos más antes de que Cam y Gator me separaran de él.

El caos se desató cuando Levi puso boca abajo a Gerald, magullado y sangrando, para esposarlo. Mis padres y el doctor Ace se llevaron a Audrey y a sus hijos, que estaban temblando.

—Para ser tan buen tío, das unos buenos puñetazos —dijo Zoey alegremente desde el suelo. Tenía la frente y la cara manchadas de sangre, y empezaba a salirle un moretón en la mejilla.

Le ayudé a levantarse.

—Podía haber llevado una puta arma —repliqué con frialdad.

—Y la llevaba —contestó Levi, con una rabia glacial, mientras levantaba una navajita de hoja fija.

Zoey examinó el corte ensangrentado que tenía en el antebrazo izquierdo al tiempo que se sujetaba la muñeca vendada contra el pecho.

—Eso explica esto.

—Mierda, joder —susurré. Estaba tan cabreado que apenas conseguía ver con claridad.

—Caray, chica. ¿Dónde has aprendido a pegar así? —le preguntó Cam a Zoey, mientras media docena de personas empezaban a ofrecerle servilletas de cóctel.

Porque estaba sangrando. Porque se había abalanzado sobre un hombre armado y peligroso sin pensar en las consecuencias. Literalmente, había ido directa hacia el peligro.

No era capaz de respirar. No era capaz de pensar. No era capaz de hacer nada, salvo observar la sangre y la navaja.

Zoey podía haber muerto. Él podía haberla matado.

Podía haberla perdido por no haber conseguido llegar hasta ella. Porque no podía confiar en que ella diera prioridad a su propia seguridad.

—Joder, Zoey, esa ha sido la gilipollez más grande que podías haber hecho —le solté.

El tono en el que lo dije hizo que Cam y Levi se me quedaran mirando con cara de no entender nada.

—Oye, Gage. Vale que estés enfadado porque la cosa ha sido bastante intensa, pero ese tío la estaba arrastrando y nadie hacía nada —replicó Zoey—. ¿Alguien podría traerme una copa de vino o, mejor aún, un barreño de margarita?

—Así que, en vez de pedir ayuda, has decidido hacerte la puta heroína —insistí.

—Tío, déjalo ya —me advirtió Levi en voz baja. Pero yo lo ignoré.

Hazel llegó corriendo con una botella de champán abierta.

—Zo, ¿estás bien?

—Me han dado un puñetazo en la cara, una puñalada en el brazo y me vuelve a doler la muñeca, pero después de esa botella estaré estupendamente —bromeó ella.

Yo seguía sin poder moverme. No podía respirar. Así iba a ser la vida con ella: un desastre tras otro hasta que finalmente decidiera asumir un riesgo del que no fuera capaz de salir.

—Podían haberte matado —le dije.

Hazel se interpuso lentamente entre su amiga y yo.

—Está enfadado —dijo Zoey.

Rodeé a la prometida de mi hermano para señalarla a ella con el dedo.

—Sabía que eras impulsiva, pero esa ha sido una reacción estúpida y egoísta. No le has pedido ayuda a nadie. Te has metido de cabeza en una situación peligrosa sin pensar en nada ni en nadie más.

—Sí que ha pedido ayuda, tío —dijo Cam.

—Ha gritado tu nombre —añadió Levi.

Negué con la cabeza para intentar aclararme la mente y para tratar de recordar. Pero solo la veía alejándose de mí. Corriendo hacia el peligro.

De repente, Zoey estaba delante de mí con las manos apoyadas en mi pecho.

—Te llamé a ti y luego a Levi, porque sabía que él estaba cerca y podía esposar a ese tío —dijo tranquilamente.

Pero yo no podía escucharla, no podía mirarla. El miedo era como una fiera salvaje que intentaba abrirse paso a zarpazos y escapar de mi pecho.

—Vaya, qué rápido te late el corazón —susurró.

—Será porque no puedo creer que hayas sido tan idiota —repliqué con frialdad.

Ella me quitó las manos de encima. Y Hazel volvió a interponerse entre ambos, con pinta de tener ganas de matarme.

Zoey respiró hondo.

—Entiendo que ahora mismo estés teniendo sentimientos muy intensos, pero no puedes hablarme...

—Intentaste advertirme. Dijiste que sería un error. Y no era ninguna broma —le solté, con una risa sarcástica. Seguía con el corazón desbocado. Todo aquello era como una maraña en mi cabeza. Zoey tumbada en el suelo. Laura tumbada en una cama de hospital—. No puedo estar con una persona tan descuidada e imprudente. No puedo con esto. No puedo contigo. Se acabó.

Me sentía como si no hubiera suficiente oxígeno. Había estado a punto de perderla. No había podido protegerla. No podía proteger a nadie. Audrey había corrido peligro porque yo no había insistido en tramitar la orden de alejamiento y Zoey había estado a punto de pagar por ello.

—¡Oye! —me soltó Hazel, interponiéndose entre nosotros una vez más. Pero Cam se puso delante de ella y me dio un empujón.

—Cierra la boca de una puta vez. —La voz de Cam era grave y percibí en ella un tono de advertencia. Pero me dio igual.

Todo me daba igual.

—No pasa nada —dijo Zoey con frialdad—. Por supuesto que hemos acabado.

La firmeza de su tono traspasó la capa superficial de rabia y miedo.

Abrí la boca para decir algo, cualquier cosa. Pero no logré articular palabra. Solo sentí el sabor amargo del miedo.

Audrey volvió. Vi que llevaba una venda a través de un agujerito ensangrentado de la camiseta.

—¡Madre mía, Zoey! ¿Estás bien?

—Estupendamente, Audrey. Te lo prometo. ¿Y tú? —le preguntó ella, olvidándose por completo de mí y abriendo los brazos.

Audrey se lanzó hacia ellos y ambas se fundieron en un abrazo.

—Lo siento mucho. Muchísimo.

Zoey se apartó, dejando un brazo alrededor de Audrey.

—No es culpa tuya.

Audrey negó con la cabeza y parpadeó para contener las lágrimas.

—Las cosas habían… empeorado. Debería haber dicho algo, debería haberlo visto venir. Lo siento muchísimo.

Levi y yo intercambiamos una mirada furiosa. Mi hermano tenía razón. Había más cosas de las que Audrey nos había contado a ambos. Yo no me había dado cuenta y Zoey había estado a punto de pagar por ello. Voluntariamente. Era demasiado como para asimilarlo. Demasiados errores que analizar.

—Tú no eres responsable de nada de lo que él ha hecho. Pero, madre mía, ahora me alegro todavía más de lo del divorcio —dijo Zoey—. Vamos a tomar algo y, por qué no, a darnos unos cuantos abrazos más.

—Me parece bien —contestó Audrey con voz temblorosa.

Zoey me miró por encima del hombro, pero no vi más que vacío en aquellos preciosos ojos verdes. Hazel las siguió, lanzándome miradas asesinas mientras se alejaba. Juntas regresaron al patio, donde mis padres y la mayor parte de Story Lake se reunieron a su alrededor.

—Joder, ¿cómo coño pretenden que traslades a los asesinos potenciales en un puto todoterreno? —refunfuñó Cam, mientras subíamos a Gerald al asiento de atrás del coche de Levi.

—A lo mejor deberías habértelo planteado antes de obligarme a ser jefe de policía —le espetó Levi.

—¿Tenemos calabozo, al menos? —le pregunté, exhausto. Me sentía como si hubiera vivido una década en los últimos treinta minutos.

—Has gritado el nombre de Miller —me dijo Cam.

—¿Qué dices? De eso nada.

—Sí que lo has hecho —confirmó Levi.

—Da igual. ¿Ella está bien? —le pregunté, evitando pronunciar el nombre de Zoey en voz alta.

—¿Quién? ¿Audrey? —preguntó mi hermano.

—No —dije obstinadamente.

—Zoey está bien —replicó, compadeciéndose de mí.

—Pero ¿qué coño te pasa? —me preguntó Cam.

—Nada. Estoy bien.

Levi le cerró la puerta en las narices a Gerald, a pesar de sus súplicas etílicas.

—Lo que ha pasado ahí ha sido un puto despropósito.

—Ya. Nunca piensa antes de actuar —coincidí.

—No hablo de Zoey. Hablo de ti, gilipollas —replicó Cam—. Más te vale que sea tan indulgente como lo fue Hazel cuando yo me comporté como un energúmeno y estuve a punto de cargarme nuestra relación para el resto de mi miserable vida.

—Disfruté mucho esposándote esa noche —recordó Levi.

—Ya lo sé, capullo. Gigi, la has cagado. Más te vale encontrar la forma de arreglarlo —me dijo Cam.

Me pasé las manos por la cara.

—¿Seguro que ella está bien?

Levi me miró fijamente.

—¿Por qué no vas a comprobarlo tú mismo?

Negué con la cabeza.

—No puedo. Tengo que irme.


Estaba tomando la tercera copa de bourbon en el sofá, sin haber solucionado todavía nada de nada, cuando oí que alguien entraba en mi casa. Al cabo de unos instantes, Nana, la peor perra guardiana del universo, entró con mi madre en el salón.

Esta encendió las luces, se sentó a mi lado y apoyó los pies en la mesa de centro. Nana se subió de un salto al cojín que había junto a su abuela.

—Son las once de la noche. ¿Qué haces aquí? —le pregunté, a través de la agradable y anestesiante bruma del alcohol.

—He venido a ver si estabas bien.

—¿Por qué no iba a estarlo?

—Porque tu pareja sexual ha acabado herida por defender a una de tus clientas del hombre del que la estabas ayudando a divorciarse y has gritado pidiendo ayuda a tu difunto cuñado. Y luego has dicho una sarta de estupideces y te has venido solo a casa.

—Ha sido un día muy largo, mamá. Agradezco tu preocupación, pero estoy genial, la hostia de bien. —El bourbon no me dejaba pronunciar de forma correcta todas las palabras.

Ella suspiró y me dio una palmadita en la pierna.

—A veces se te da tan estupendamente ser casi perfecto, que me olvido de preocuparme también por ti.

—No tienes nada de qué preocuparte.

—Ya. Claro. Escúchame, cariño. Todos hemos pasado por un trauma horrible. Y cada uno lo estamos gestionando de forma distinta. Todos tenemos nuestros mecanismos de defensa. Algunos son sanos y otros no tanto. —Bebí ruidosamente otro trago de bourbon—. Cuando tú y tus hermanos por fin volvisteis a reuniros, aquella primera noche te metí en la cama y me quedé fuera de la habitación, oyéndote rezar. Querías tener la certeza de que, si te portabas bien, nunca más te pasaría nada malo.

—Mamá, solo tenía cuatro putos años.

—Y te has pasado los siguientes treinta haciendo todo lo posible por ser perfecto para asegurarte de que nunca volviera a pasar nada malo.

—Ya, bueno, pues está claro que no me he esforzado lo suficiente.

—Eras una monada. Cuando llegaron tus hermanos a nuestra casa, estuviste seis meses levantándote en plena noche simplemente para ir a su habitación y ver cómo estaban.

—Seguramente sería para comprobar que no tramaran nada que te hiciera arrepentirte de habernos acogido en tu casa.

—Entonces eras un crío —volvió a decir—. Pero ahora eres un hombre. Y sabes que, por muy bueno que seas, no puedes proteger a todos tus seres queridos de todas las cosas malas que hay en el mundo. Y también sabes que no puedes dejar de querernos.

Solté un gruñido.

—Lo cual es un puto coñazo, por lo que a mí respecta.

Ella me quitó el vaso y se acabó la copa.

—Oye, sírvete uno —me quejé.

—Esta noche la has cagado un poquito, cariño. No has sido perfecto. Pero eres excepcionalmente bueno. Y tengo la sensación de que, después de una buena noche de sueño, probablemente mañana por la mañana verás las cosas con más claridad.

Me dio unas cuantas palmaditas más en la pierna.

—Gracias, mamá.

—¿Quieres que te arrope? —me preguntó.

Esbocé un amago de sonrisa.

—Creo que puedo hacerlo solo.

—Vale. Nos vemos mañana en el hotel, para el brunch. Esto hay que celebrarlo. Hazel y Zoey han hecho algo muy importante por todos nosotros.

—Sí, claro.

Mi madre se levantó.

—Me voy a casa, a pelearme con tu padre por el último helado de crema de cacahuete.

—Mándame un mensaje cuando llegues.

—Mi pequeño. —Esbozó una sonrisa dulce, que luego se volvió un poco más malvada—. Mañana te vas a sentir fatal y te lo tendrás bien merecido, pero recuerda que te quiero.

# 43

## El Cabrón Caraculo

### Zoey

Me desperté con un gruñido, un silbido y un peso extraño sobre las piernas.

Me quité el antifaz a regañadientes y parpadeé para enfocar la vista. Y tuve que hacerlo una segunda vez, porque no podía creer que lo que veía a los pies de la cama de Hazel estuviera realmente ahí.

Pero, cuanto más parpadeaba, más claro veía que estaba compartiendo la cama con un perro, un gato obeso y un mapache enfadado. Buttercup soltó un gruñido chirriante que acabó en gemido, como si no tuviera muy claro hasta qué punto eran peligrosos aquellos intrusos.

—Uf. Bertha, ¿en serio? Eres un animal salvaje. ¡Vuelve al bosque! —refunfuñé. Los tres animales me miraron esperando que les dijera cómo actuar, pero yo no estaba en condiciones de hacer de adulta en aquella situación—. ¡Hazel!

Oí unos pies descalzos por el pasillo y, acto seguido, la puerta se abrió de golpe. Hazel entró en la habitación con unos de sus pantalones de pijama favoritos de «voy pilladísima con el plazo de entrega» y una camiseta de la constructora Bishop Brothers. Llevaba las gafas torcidas y daba la impresión de que su flequillo acababa de tener un encontronazo con un soplador de hojas. Tenía una Pepsi Wild Cherry en la mano.

—Hay que joderse. Te dejo sola cinco minutos y conviertes mi cama en el consultorio del doctor Dolittle.

—Se supone que solo uno de estos animales debería estar aquí —me quejé, dando unas palmaditas en el colchón.

Buttercup abandonó a sus nuevos amiguitos peludos y se acercó a mí. DeWalt, el gato, y Bertha, la mapache, creyeron que aquel gesto también iba dirigido a ellos e intentaron imitarla.

—¡No! ¡Todos los gatos y los mapaches fuera de aquí ahora mismo! —gritó Hazel, señalando hacia el pasillo.

Milagrosamente, tanto el gato como el mapache obedecieron. Aunque era probable que tuviera más que ver con el olor a beicon que subía desde el piso de abajo que con las instrucciones verbales de Hazel.

Cuando los intrusos se marcharon, esta cerró la puerta y se metió en la cama.

—¿Cómo te encuentras?

Me dolía la cara, el brazo y la pierna me escocían, la muñeca me palpitaba y tenía el resto del cuerpo tan hecho polvo como si hubiera pillado una gripe mutante. Pero lo que más me dolía era el corazón.

—Como si mi corazón tuviera resaca.

Buttercup me lamió generosamente la axila.

—¡No me jodas! ¡Bertha! —El grito que pegó Cam en la planta baja hizo vibrar la lámpara de cristal que había sobre la cama.

Hazel metió las manos bajo la cabeza y miró hacia el techo.

—Me lo voy a cargar —anunció.

—¿A quién? ¿A Cam?

—No, a Gage.

Oír su nombre fue como si me clavaran una flecha con púas en el pecho.

—¿Podemos dejar de pronunciar su nombre durante una década o dos?

—Me parece una buena idea. Lo llamaremos… el Cabrón Caraculo —decidió.

A Hazel se le ocurrían insultos mucho mejores en los libros que fuera de ellos.

—Me gusta. Es muy gráfico.

De repente se animó un poco.

—¡Oye! A lo mejor este no es el verdadero final. A lo mejor es la ruptura del tercer acto.

—Esta no es la ruptura en el tercer acto. Él me ha demostrado el tipo de persona que es. Y el tipo de persona que es hace que todas y cada una de mis cicatrices emocionales vuelvan a estar en carne viva. Tengo que afrontar la realidad. Soy de esas chicas a las que las águilas lanzan bichos aún más asquerosos que ellas mismas, no de las que se quedan con el chico.

—No. Eres la chica que consigue ser la protagonista de su propia historia.

—Pues esta protagonista piensa vivir a base de comida para llevar y con un pitbull asustadizo durante el resto de su vida, sin salir nunca más con nadie.

Hazel respiró hondo, antes de exhalar lentamente.

—Le he dado muchas vueltas y creo que voy a aplastarlo con la calabaza que gane el premio del Festival de Otoño.

—Nosotros no hacemos ningún concurso de calabazas en el Festival de Otoño —señalé. Solo que ya no había ningún «nosotros». Yo ya no formaba parte de Story Lake. Había formado parte de ese «nosotros» por asociación. Pero aquel era el pueblo de Gage. Eran sus vecinos, no los míos. Dios, ¿cómo había acabado metida en semejante lío? Para ser una mujer realista y desencantada con el corazón encallecido, había caído de cabeza en un pozo de esperanza tóxica. Y eso me cabreaba un montón.

—Me refería al libro. Me lo voy a cargar en el libro. Aunque estoy abierta a contemplar un homicidio en la vida real. Necesitaremos una lona.

—Si alguien va a cometer un asesinato, ese soy yo —declaró Cam desde la puerta. Estaba sosteniendo una bandeja con un plato de beicon y una taza de café. Flechazo apareció pisándole los talones, olisqueando el aire.

—¿Me has traído el desayuno a la cama? —le dije.

—No es un desayuno completo porque nos hemos quedado sin huevos. Así que te traigo un poco de carne y cafeína. He imaginado que, con esa cara, no te apetecería ir al brunch del Fin de Semana de los Lectores.

—¡Cam! —le gritó Hazel.

—¿Qué? No lo digo de mal rollo. Es que parece que le han dado un puñetazo en la cara.

—Me han dado un puñetazo en la cara y otro en el corazón

—repliqué, tocándome la mejilla con los dedos. Sí. Todavía me dolía.

—Ojalá algún tío listo mayor que tú, más sabio y demasiado guapo como para ser real te lo hubiera advertido —dijo Cam, poniéndome la bandeja sin contemplaciones sobre el regazo.

—Tenías razón —suspiré.

—No me digas —replicó él, acariciándole un instante las orejas a Buttercup—. A lo mejor algún día tu mami y tu tía aprenden a escuchar al sabio del tío Cam.

La perrita se volvía loca cuando alguien era cariñoso con ella, algo que no dejaba de partirme el puñetero corazón roto una y otra vez. Me propuse como misión en la vida asegurarme de que nadie más volviera a portarse mal con Buttercup.

—Es posible —reconocí.

—Aunque lo más probable es que no —bromeó Hazel.

Cam me señaló con el dedo.

—Tú, cómete la carne del desayuno. Yo voy a alimentar a tu perra y a sacarla a la calle, a ver si echa a ese condenado mapache de la mesa de pícnic. Y tú tienes que arreglarte para salir —añadió, señalando a Hazel.

Ella frunció el ceño.

—Vale. Pero si el cabrón caraculo de tu hermano está allí, pienso tirarle una copa a la cara.

—¿Antes o después de que yo le dé un puñetazo?

—Ya veremos —contestó Hazel.

—Trato hecho. —Cam me miró—. Va a tener que dar la puta cara y pedir perdón.

—Me dejó delante de todo el pueblo. No hay disculpa que valga.

—No te dejó. Se portó como un puto gilipollas y se le fue la pinza, que es muy distinto.

—Yo también le he dicho que a lo mejor era la ruptura del tercer acto —replicó Hazel con positividad.

—Doy por hecho que ninguno de vosotros dos querrá que siga con un hombre que me llama gilipollas egoísta y me grita delante de medio Story Lake —dije con frialdad.

Cam y Hazel se miraron.

—Venga, Buttercup. Vamos a pelearnos con un mapache. —Dicho lo cual, el héroe de Hazel salió apresuradamente de la habitación, acompañado de mi perra.

Suspiré y pinché un trozo de beicon.

—Dejando a un lado su interpretación errónea de la situación, Cam es genial. No puedo creer que anoche durmiera en la habitación de invitados para dejarnos poner verde a su propio hermano y llorar viendo *Orgullo y prejuicio*.

—Es el mejor. Lo que significa que su hermano debería ser al menos la mitad de bueno, por razones de ADN. ¿Sabías que prácticamente tienen la misma polla?

—Hazel, no pienso volver a hablar de la polla de ese hombre nunca más. —Por eso nunca salía con nadie. Había menos recuerdos que borrar después de un rollo de una noche.

Ella suspiró.

—No puedo creer que haya cortado contigo sin ton ni son.

—No fue sin ton ni son. Fue porque, una vez más, me pasé de rosca.

Hazel se giró hacia un lado y se apoyó en un codo.

—Eso es una chorrada.

—Eso es la historia de mi vida.

—¿Qué vamos a hacer con la ropa del Cabrón Caraculo? —me preguntó Hazel, señalando con la barbilla el montoncito que había en el suelo. Antes de presentarme en casa de mi amiga tras la segunda puñalada del día y con el corazón hecho pedazos, me había pasado por mi casa para coger todas las cosas que le había robado del armario a Gage.

—Pensaba quemarla, pero se admiten sugerencias —respondí.

—Lo de quemarla me gusta. O a lo mejor podríamos dejarla en la pocilga de la granja —propuso Hazel.

La granja. Sentí otro pinchazo en el pecho. Frank y Pep pondrían en marcha el refugio de animales. Frank ampliaría su presencia en redes sociales. Y Pepe, el burro, encontraría un nuevo amor. Todos se olvidarían de mí. Todos seguirían adelante como si yo nunca hubiera existido.

—Todo esto ha sido un gran error. ¿Y sabes qué es lo peor? Que anoche, cuando se puso a insultarme a gritos, yo no me defendí. No le respondí ni una sola palabra. Me quedé en blanco.

—Uf —gimió Hazel—. ¡No soporto cuando pasa eso! Lo bueno de ser escritora es que al menos yo puedo usar en los libros todos los insultos que se me ocurren *a posteriori*. Pero la gente normal seguro que anda por ahí toda la vida rayándose con la retahíla de respuestas ingeniosas que debería haber dicho.

—Pues sí. A lo mejor debería haberle soltado algo como: «¿Y tú te crees don Perfecto? Si no serías capaz de reconocer un momento de diversión ni aunque te diera con las tetas en los morros».

Hazel asintió, pensativa.

—No está mal. Definitivamente, deberías haberle dicho eso. A lo mejor puedes enviarle una nota. O podríamos imprimir carteles y colgarlos delante de su despacho.

—La Nueva Zoey Medicada y Mejorada opina que tal vez debería elegir la opción más sensata. —Hazel hizo una pedorreta con la boca—. Uf. Lo único positivo es que aún no le había dicho que pensaba quedarme —añadí.

—¿Por qué lo dices en pasado?

Miré con lástima a mi amiga.

—Haze, sabes que ahora ya no puedo hacerlo. Ya lo voy a pasar fatal al verlo cuando me invites a alguna fiesta. No podría soportar encontrarme con él y su futura esposa perfecta en el supermercado o en el lago con sus seis hijos ideales.

Todo aquello era terrible, dolorosísimo y superdesagradable. La esperanza era lo peor y lo más cruel del mundo. Y la culpa era de Gage Bishop, por hacerme creer en lo imposible.

—Ahora sí que me lo cargo de verdad —dijo Hazel, antes de apartar las sábanas y salir de la habitación dando un portazo.

—¿No piensas cambiarte para ir al brunch? —le grité.

—¡No quiero manchar de sangre y entrañas ningún modelito mono! —me contestó a gritos, mientras bajaba las escaleras como una exhalación.

Esperé hasta que oí cerrarse la puerta de abajo y escuché el ruido del todoterreno de Cam saliendo de casa antes de girarme para echar un vistazo al móvil. Aunque no pensaba encontrarme ningún mensaje de texto o de audio suplicante, el hecho de que Gage no hubiera intentado ponerse en contacto conmigo desde la noche anterior fue como recibir una nueva andanada de flechas puntiagudas.

Esas cosas no sucedían en la vida real. Todo aquello había sido un error y debería haberme dado cuenta.

Y encima él se iba a salir con la suya porque yo era demasiado madura para hacérselas pagar. Todo ese rollo de «ser menos impulsiva» era una gilipollez.

Oí el repiqueteo de las uñas de Buttercup sobre el parqué y sentí cómo se hundía el colchón cuando volvió a mi lado.

—Parece que a partir de ahora vamos a estar solas tú y yo, Buttercup.

Ella golpeó suavemente el edredón con la cola, fina como un látigo, mientras se tumbaba a mi lado.

El teléfono me vibró en la mano. Era un mensaje de texto de la editora de Hazel.

*Editora Susan*
Las ventas del primer día han sido astronómicas
Estamos encantados!
Seguro que no podemos convencer a Hazel para
que haga un par de eventos más?
O cinco?

# 44

## *Vomitona en las petunias*

### Gage

*Laura*
No olvidéis que tenemos la reserva del brunch a
las diez

*Cam*
Haze y yo estamos de camino
Yo voto por no invitar a Gigi
Es gilipollas.

*Hazel*
Ojalá se atragante con el cepillo de dientes

*Pep*
Vaya
Justo lo que me temía

*Frank*
Alguien ha visto mis vaqueros de salir?

*Levi*
Llego tarde
Sigo intentando mandar al prisionero a la cárcel
del condado
Os odio

*Laura*
Lo dices porque Gigi dejó en ridículo a toda la
familia cuando se le fue la pinza anoche?

*Cam*
Sí
Puto idiota

*Levi*
Es lo peor

*Hazel*
Pienso aplastarlo con una calabaza
en el próximo libro

*Mamá*
Calmaos de una puñetera vez

*Papá*
En serio: dónde están mis vaqueros?

Tenía una resaca tan brutal que me planteé seriamente (A) vomitar en la ducha y (B) pasar del brunch. Pero después de la visita nocturna de mi madre, sabía que si no daba la cara acabaría
con un montón de miembros de la familia Bishop en la puerta. Así que, con una buena dosis de determinación e ibuprofeno, conseguí vestirme, ponerle la comida a Nana y salir por la
puerta.

El sol de la mañana se burló de mis ojos enrojecidos e hizo que
el dolor de cabeza aumentara todavía más mientras conducía hacia la ciudad. Marqué el número de Zoey, consciente de que le debía una disculpa. Me había portado como un capullo en la hoguera y había roto con ella allí mismo, como un auténtico cabrón
impulsivo.

La llamada fue desviada directamente al buzón de voz. Puse
cara de circunstancias.

Flores. Pararía en la floristería y le compraría flores. Muchas flores. Aparqué al lado de la acera y al llegar a la puerta advertí que me había dejado la cartera en casa.

Protegiéndome los ojos del sol con un brazo, le envié a Zoey un mensaje con una sola mano.

> Siento lo de anoche
> Nos vemos en el brunch?

Cuando llegué al hotel, vi que el aparcamiento estaba lleno. Justo lo que necesitaba para la resaca: un restaurante ruidoso con un montón de olores raros. Pero me merecía pasarlo mal.

Me dejé puestas las gafas de sol para cruzar el vestíbulo y la zona del bar, sin darme cuenta apenas de que mis amigos y vecinos evitaban establecer contacto visual conmigo.

Vi a mi familia sentada en una mesa larga junto a las ventanas que daban al lago, demasiado cerca de los olores del bufé como para sentirme cómodo.

—Hola —dije con voz ronca, ocupando una de las tres sillas que quedaban libres.

—¿Gafas de sol dentro? ¿En serio? —me preguntó Laura, con una sonrisa burlona.

—Ha sido una noche dura —contesté, cogiendo la jarra de café.

Cam me miró con el ceño fruncido desde el otro lado de la mesa.

—¿Y a ti qué te pasa? —le espeté.

Hazel resopló y se cruzó de brazos.

—Como si no lo supieras.

Me froté las sienes.

—Mirad, os agradecería que me dejarais sufrir esta resaca sin añadir ninguna gilipollez más.

—Sí, claro, eso te encantaría, ¿no? —dijo Cam.

—Pues sí. Así es.

—¿Dónde está Zoey? —me preguntó mi padre, levantando la vista de la carta del bufé.

—Eso, Cabrón Caraculo, ¿dónde está Zoey? —dijo Hazel, cruzándose de brazos.

—¿Qué? —pregunté, sin tener muy claro si hablaba conmigo.

Hazel se limitó a mirarme asqueada, como si fuera una especie de pegote de mierda pegada a la suela de un zapato.

—Creo que anoche le dieron un buen puñetazo en la cara —dijo Laura—. ¿Cómo tiene el brazo? No puedo creer que recibiera una puñalada por una mujer a la que apenas conocía.

Me apreté el puente de la nariz. Ya podía ir olvidándome de lo del ramo de flores. Iba a tener que plantarle un campo entero.

—Ella está bien. Lo que no está tan bien es su corazón, payaso de mierda —soltó Hazel antes de echar dramáticamente la silla hacia atrás, levantarse de un salto y tirarme la copa de zumo de naranja a la cara.

—Pero ¿qué co...?

Ni siquiera había acabado de escupir el zumo que me había entrado en la boca, cuando Cam rodeó la mesa y me levantó bruscamente.

—¿Cuál es tu puto problema? —le pregunté.

—Tú eres mi puto problema —respondió.

—¿Me he perdido la paliza? —preguntó Levi, que acababa de materializarse al lado de la mesa.

—Muy bien. Solucionadlo fuera, chicos —dijo mi madre mientras se servía con tranquilidad una taza de café.

Cam me agarró por la camiseta empapada de zumo y me arrastró al patio. Luego intercambió mi sitio por el suyo y me empujó hacia un parterre.

—¿Por qué cojones no me haces caso nunca?

—¿De qué coño estás hablando? —repliqué.

—¿No te dije que dejaras en paz a Zoey? —me preguntó él.

—Puedo confirmarlo. Sí que te lo dijo —intervino Levi, que tenía una taza de café en la mano.

Le di una patada a Cam en la espinilla, antes de empujarlo hacia atrás.

—¿Por qué estás siendo tan gilipollas? —le dije.

—Porque ayer por la noche tuve que dejar en la cama a dos mujeres cabreadas e irme a dormir a la habitación de invitados con el condenado perro y el puto gato —refunfuñó.

—A lo mejor no deberías cabrear tanto a Hazel antes de la boda —le sugerí, colocándome la camiseta.

—No está enfadada conmigo, capullo. Está enfadada contigo por dejar a Zoey. Y yo estoy enfadado contigo porque te advertí que no salieras con ella, joder. Pero nunca me haces ni puto caso.

—Sí que te lo advirtió. Me acuerdo perfectamente —añadió Levi.

—¡Hay que joderse! ¡Que no la he dejado! —les aseguré—. Puede que dijera alguna barbaridad... —Hice una mueca de dolor al recordarlo—. Vale, muchas barbaridades.

—Según Zoey, rompiste con ella después de que se dejara la piel para que este fin de semana fuera un éxito. No solo para Hazel, sino para todo el puñetero pueblo. Además de haber evitado ella solita que el ex de tu cliente la secuestrara. Pero ¿tú de qué coño vas?

Levi puso cara de desagrado.

—Fue una puta gilipollez, tío. ¿En qué estabas pensando?

—No estaba pensando en nada porque es un memo con cero inteligencia emocional —replicó Cam.

—No hemos roto —insistí, mientras buscaba mi móvil en los bolsillos—. Solo fue una discusión. Me porté como un capullo, pero no rompí con ella, joder. Solo le dije que lo que había hecho había sido una gilipollez impulsiva, o algo así.

—¿Eres idiota o qué? —me preguntó Cam.

Eso parecía.

—Tío. —Levi consiguió reducir toda una bronca a una sola palabra.

—¿Qué? No soy perfecto, ¿vale? Dije una tontería y me fui a casa para tranquilizarme. ¿Tan grave es?

Por supuesto que era grave. Hasta con aquella resaca era consciente de que la había cagado.

—Sí —contestaron mis hermanos.

—¿Qué le dijiste exactamente? —me preguntó Levi.

—No lo sé, joder. Estaba cabreado y asustado. Mierda. —Me pasé la mano por la cara—. Le dije algo así como que era una gilipollas egoísta y que lo nuestro se había terminado.

Mis hermanos levantaron las manos y se dieron la vuelta como si acabaran de ver una jugada de fútbol pésima en la televisión.

—Joder, Gigi. ¿Y dices que no has roto con ella? —me preguntó Levi con incredulidad.

—Te lo advertí, joder —dijo Cam, clavándome un dedo en el hombro—. ¿Por qué todo el mundo pasa de mí?

—No hemos roto. Le había pedido que se quedara. Se lo estaba pensando. Si incluso ayer adoptó un puto perro —dije, sacando el teléfono del bolsillo. Volví a marcar su número. Volvió a saltar directamente el buzón de voz.

Marqué una vez más con el mismo resultado.

Entonces revisé los mensajes de texto. No solo no había respondido al que le había enviado, sino que ni siquiera lo había leído.

—No, no, no —repetí mientras empezaba a dar vueltas—. Esto no puede estar pasando.

—No te ofendas, pero esto no ha «pasado» sin más. Ha sido cosa tuya —aclaró Levi.

—¿Y dices que no me ofenda? Joder. Ayer no estaba pensando con claridad —insistí.

—¿Y decidiste usar todas las armas que tenías contra ella? —me soltó Cam.

—¿De qué estás hablando?

—¿De verdad es tan estúpido? —le preguntó Cam a Levi.

Levi puso los ojos en blanco.

—Tiene resaca. Sus neuronas necesitan tiempo para recuperarse.

—Tu chica te contó que se había sentido como una idiota toda su vida y que le daba miedo que la abandonaran por ser «demasiado intensa» —dijo Cam.

Esa vez no le llamé la atención por entrecomillar las palabras con los dedos.

—¿Y se puede saber cómo sabes tú eso? —le pregunté.

—Porque la oí llorar en mi casa después de que le rompieras el corazón, pedazo de mierda andante.

—¿Y vas tú y, básicamente, saboteas la relación a propósito utilizando todo lo que sabías que le haría daño? —preguntó Levi.

—Yo no... —Pero eso era exactamente lo que había hecho. Había entrado en pánico y, en aquel estado, había arremetido contra ella empleando todo lo que me había confiado.

—Odio a los putos hombres —murmuró Cam.

—No todos somos unos capullos —replicó Levi.

—Gracias, Livvy —le dije con gratitud.

—No me refería a ti. Obviamente, tú sí que eres un capullo.

—Deja que me aclare antes de partirte la cara —dijo Cam, cruzándose de brazos—. ¿Al principio ella no quería tener una relación contigo?

—No. ¿Y qué?

—Porque le daba miedo que no pudieras con ella —añadió Levi. Había que joderse.

—Espera, que la cosa aún se pone mejor. Encima va el muy lerdo y la hace cambiar de opinión con su numerito de héroe. Porque ayer por la noche Zoey iba a decirle que se quedaba —le explicó Cam a Levi.

—No me jodas —dije.

—Te lo juro por los pasteles de limón de la abuela. Me lo contó después de la firma. Ella y Haze se pusieron a bailar dando saltitos, gritando y todo eso.

—Creo que voy a potar.


Después de vomitar en el parterre, volví a entrar y me tomé dos tazas de café sin sentarme siquiera.

¿Era la paranoia de la resaca o todo el mundo me miraba?

Kitty Suárez estaba clavando con violencia las agujas de tejer en una especie de jersey para perros, mientras me observaba fijamente. Gator me fulminó con la mirada con una jarra de bloody mary en la mano, antes de señalarse los ojos con dos dedos y luego apuntar con ellos hacia mí, como advirtiéndome que me estaba vigilando. Y Darius, que odiaba los conflictos, se había escondido literalmente detrás de una planta de interior con sus gofres.

Joder. Las noticias volaban.

—¿Todo bien? —me preguntó mi madre tan campante, como si no acabara de verme vomitar en las petunias a través de la cristalera.

—Me he guardado los puñetazos para cuando esté sobrio, así le dolerán más —contestó Cam, volviendo a su silla.

—Pues yo no me arrepiento en absoluto de lo del zumo de naranja —declaró Hazel con obstinación.

—Creía que te gustaba de verdad, Gigi —dijo Laura, con

aquella voz calmada y recriminadora de madre que era mil veces peor que cuando gritaba.

—Y me gustaba… Es decir, me gusta. Lo arreglaré.

—¿Habéis probado las tortitas con trocitos de chocolate y fresas? Saben a gloria —dijo mi padre, antes de darles otro bocado.

—Frank —dijo mi madre, arreándole una patada por debajo de la mesa.

—¡Ay! ¿Qué?

Ella me señaló.

—Ah, sí. —Mi padre se aclaró la garganta—. Hijo, a veces hacemos tonterías, y cuando las hacemos…

—Ahórrate el sermón, papá. Ya sé que me toca arrastrarme.

—Pues entonces no hay más que añadir —dijo mi padre, encantado.

De pronto noté un cambio en el ambiente, como si se avecinara una tormenta. Lo mismo que había sentido la primera vez que la había visto. Aquel día que yo estaba en el tejado y ella allá abajo, con los rizos revueltos por el viento.

Zoey se acercó furiosa a la mesa. Todas las sillas del salón chirriaron mientras sus ocupantes intentaban ubicarse mejor para verla. Llevaba a Buttercup atada con una correa y un collar rosa con púas que no sabía cuándo habría tenido tiempo de comprar. Sus rizos formaban un halo ardiente alrededor de su cabeza, llevaba un vestido ceñido de color rojo sangre y había disimulado la mayoría de los moratones de su hermoso rostro con maquillaje. Todas aquellas cosas, desde el delineador de ojos hasta los tacones de aguja, me angustiaron muchísimo, al hacerme ser consciente del daño que le había hecho.

Parecía una heroína justiciera… Lo cual me convertía a mí en el villano.

—Zoey —dije, levantándome tan bruscamente que me dio la sensación de que el cráneo se me iba a caer—. Ha habido un malentendido…

—No. Tú ya hablaste suficiente anoche. Ahora me toca a mí.

Toda la sala contuvo la respiración, incluido yo.

—Puede que sea egoísta e impulsiva, pero nunca he sido tonta.

—Tienes razón. Anoche me comporté como un gilipollas integral —admití.

—Cierra el pico —me advirtió Levi disimuladamente, entre dientes.

Zoey siguió a lo suyo, como si yo no hubiera dicho nada.

—¿Quieres que hablemos de gilipolleces? Estás tan ocupado preocupándote por hacer todo perfecto, que te estás perdiendo lo mejor de la vida. Y eso me incluye a mí. Si te resulto excesiva, búscate a otra más mediocre.

Laura empezó a aplaudir. Rápidamente contagió a los demás y el aplauso se extendió a las mesas de alrededor.

—Zoey, cariño, deja que te lo explique —le pedí.

—Ni cariño ni leches. No ha habido ningún malentendido. No sé si dijiste esas cosas y luego rompiste conmigo o yo rompí contigo después de que dijeras esas cosas. Pero el resultado final es el mismo.

Ella era una puñetera belleza y yo un puñetero idiota.

Cam le pasó a Hazel su vaso de zumo de naranja. Hazel se lo dio a Zoey. Me preparé para lo que se me venía encima, pero era imposible prepararse para un vaso de zumo frío en la cara... aunque fuera el segundo. Zoey me lanzó el zumo y se dio media vuelta.

—Zoey, no puedes marcharte. Aún no hemos acabado.

En sus ojos verdes brillaba un fuego que me caló hasta los huesos, pero sus palabras me helaron la sangre en las venas.

—Yo creo que sí. —Y se marchó.

Me quedé allí mirándola, empapado, hasta que mi padre me dio una servilleta.

Hazel estaba de pie, liderando una ovación.

—¡Así se habla, Zoey! —gritó Gator.

Hasta Darius se asomó por detrás de la planta y me miró con el ceño fruncido, aplaudiendo. Mi propia madre empezó a batir palmas, mientras me pedía perdón en voz baja.

Me quedé allí de pie, aguantando el tirón, porque me lo merecía. Pero, mientras me limpiaba el zumo de naranja de los ojos, decidí que no pensaba permitir que aquello fuera el final.

—Toma. Igual esto te viene bien —me dijo Cam, antes de lanzarme un vaso de agua a la cara.

Intenté llamar a Zoey tres veces más de camino al aparcamiento y todas ellas saltó el buzón de voz.

—Zoey, contesta, por favor —le pedí por teléfono, dejando un rastro de bebidas del desayuno a mi paso—. Tenemos que hablar. Voy hacia ahí.

Volví en coche al pueblo sin prestar apenas atención al tráfico peatonal de las aceras, ni al grupo que estaba haciendo ejercicio en el parque, al lado del lago. Las cagadas de aquella magnitud eran nuevas para mí. Yo siempre era superprudente e intentaba por todos los medios hacer lo correcto. No tenía ni idea de cómo solucionar aquello.

Aparqué al otro lado de la calle, frente a mi edificio, y corrí hacia la puerta principal, hasta que me di cuenta de que no llevaba las llaves. Volví corriendo al coche tan rápido como me lo permitió la resaca y las cogí de la consola central.

Empecé a cruzar la calle y estuve a punto de meterme delante del todoterreno de Amos Rump. Él tocó el claxon.

—¿Es que tienes la cabeza en el culo, Bishop? —gritó Amos por la ventanilla del conductor.

El cabello rubio y rizado de Emily asomó por encima del techo, al otro lado del vehículo.

—Me he enterado de lo que le has hecho a Zoey. Muy mal, colega. Muy mal.

El brillo especialmente alegre de sus ojos debería haberme dado una pista de lo que estaba a punto de ocurrir. Pero mi instinto y mis reflejos eran más lentos de lo habitual por culpa de la resaca de bourbon. La patata asada me dio de lleno en el pecho con la fuerza suficiente como para recordarme que, en el instituto, Emilie era una lanzadora de softball rapidísima.

Los Rump se alejaron a toda velocidad, dejándome allí plantado con el zumo de naranja, la patata y la resaca.

Me limpié como pude los restos de patata de la camisa y volví a bajarme de la acera. Conseguí cruzar la calle sin incidentes y abrí la puerta principal. Mi estómago protestó mientras subía las escaleras del apartamento de Zoey de dos en dos, pero el deseo de arreglar las cosas era más fuerte que la necesidad de volver a vomitar.

—¡Zoey, abre! —dije, golpeando la puerta. Pero al otro lado

solo había silencio—. Vamos, Zo —le supliqué—. He sido un capullo. Te debo una disculpa. Varias disculpas. Y unos cuantos regalos. —Un sudor frío empezó a mezclarse con las bebidas de mi camisa—. Zoey, no puedes esconderte de mí eternamente.

# 45

## ¿Qué tal, capullo?

### Gage

Zoey estuvo evitándome durante los tres días más largos y llenos de patatazos de mi vida.

Cada vez que me presentaba en su apartamento, en casa de Hazel y Cam, o en la de Opal, acababa de marcharse. Zoey era toda una experta en el arte de la desaparición y yo el pobre idiota deslumbrado por su magia. Las flores que le había enviado, los cuatro ramos, habían sido devueltos al remitente. Y encima los de la floristería no me habían reembolsado el dinero.

El miércoles llegué a la oficina tras una larga mañana de discusiones. Primero con los proveedores, luego con mis hermanos, que como consecuencia apenas me dirigían la palabra, y finalmente con el niño de ocho años que se me había colado en la cafetería y se había llevado el último cruasán de chocolate.

Ni siquiera Nana había querido venir a trabajar conmigo. Al abrir la puerta había cogido la correa y me había mirado decepcionada, antes de escabullirse al salón. Y para colmo de males, yo de nuevo había sido víctima de un patatazo en marcha cuando George había pasado con el scooter eléctrico por delante de la casita de planta baja en la que yo estaba trabajando. Al parecer, las tradiciones de Story Lake se habían extendido a la comunidad de jubilados.

—Qué cara de cabreo —comentó Declan, cuando entré en la oficina.

—¡No me digas! Pues estoy teniendo el mejor día de mi vida —le solté.

—Y la voz también es de cabreo.

—Estoy bien —dije, vocalizando con precisión—. Me voy a mi despacho.

Cerré la puerta con la mayor calma posible y me apoyé contra ella. Al menos allí estaba a salvo de las miradas críticas y las patatas voladoras.

El sonido de algo que estaban arrastrando por el suelo en el piso de arriba captó mi atención. Zoey estaba en casa. Estuve a punto de salir corriendo hacia la puerta, pero decidí que primero necesitaba un plan de acción. De momento, llamar a la puerta y disculparme a gritos a través de ella no había funcionado. ¿Y si hacía que Declan subiera con alguna excusa relacionada con el alquiler y de repente aparecía detrás de él? Me froté la cara con las manos.

Dios, aquello se me daba fatal. Era mucho mejor evitando las meteduras de pata que disculpándome por ellas.

Y una simple disculpa no iba a ser suficiente. Tendría que defender mi caso y demostrarle lo mucho que lo sentía.

Darle vueltas al error que había cometido se había convertido en una obsesión. Me había olvidado de ducharme dos días seguidos. Lucía de forma involuntaria una barba incipiente y había tenido que ir a la tienda a comprar desodorante, entre una cita y otra con los clientes. Y Laura no solo no me había hecho el descuento familiar, sino que me había cobrado el doble.

Empecé a pasear sobre la moqueta, escuchando las señales de vida procedentes del piso de arriba. ¿Estaría cambiando los muebles de sitio o haciendo ejercicio? ¿Habría perdido algo y lo estaría buscando? ¿Le vendría bien que la ayudara? Si lograba recordarle que al menos podía ser útil, a lo mejor accedía a escucharme.

Yo era capaz de defenderme con uñas y dientes ante los tribunales, influir en los jurados y mediar en divorcios complicados. Solo necesitaba una oportunidad para que Zoey me escuchara. Así entendería mi punto de vista y se daría cuenta de lo arrepentido que estaba.

—Eres patético —dije en voz alta, antes de dejarme caer en la silla.

Había un trozo de papel cuidadosamente doblado en medio del escritorio. La palabra «casero» estaba garabateada en él con la letra descuidada de Zoey. Lo cogí inmediatamente y lo desdoblé con tal agresividad que le arranqué un trozo de una de las esquinas superiores.

—Pero ¿de qué coño va?

Con el papel en la mano, fui a toda prisa hacia la mesa de Declan.

—¿Qué leches es esto? —le pregunté, dejando con fuerza el papel sobre su escritorio.

Declan lo miró, tan tranquilo.

—Un trozo de papel.

—¿Cómo ha llegado aquí este papel y por qué no la retuviste?

El pasante se tomó con calma una cucharada de yogur natural.

—Lo ha traído Zoey esta mañana. Y no sabía que se me permitía retener físicamente a los inquilinos. Tiene pinta de ser ilegal.

—¿Cree que puede marcharse solo porque he cometido un error? —Las cosas no iban a acabar así entre nosotros. Haría que entrara en razón.

—Fue un error bastante grave —dijo Declan despiadadamente—. ¿Al menos le diste las gracias por defender a la clienta 0347? ¿Es decir, a Audrey?

—Declan, valoro el trabajo que haces aquí mucho más de lo que imaginas, pero este no es momento para críticas. Estoy al límite.

—Entendido. Solo quería asegurarme de que supieras que tú eres el responsable de esto.

Estaba en mitad de un gruñido cuando vi el todoterreno de Hazel parado en la calle para dejar pasar a un grupo de residentes de Haven que iban a paso de tortuga y capté el destello de un cabello rojizo en el asiento del copiloto.

Zoey se iba a marchar y yo pensaba poner fin a aquello de una vez por todas, aunque tuviera que secuestrarla en plena calle.

Cogí la nota y salí corriendo a la acera. Abrí las dos puertas de golpe y esquivé al grupo de ancianos para ponerme delante del vehículo.

Hazel me miró con los ojos entornados a través del parabrisas y levanté las manos.

—¡Espera! ¡Espera, por favor! —El rugido gutural del motor del todoterreno ahogó mi súplica y Hazel avanzó hasta embestirme con fuerza. Puse las manos sobre el capó—. ¿En serio, Hazel?

Me dio la impresión de que Zoey no sabía si escandalizarse o echarse a reír.

Mi futura cuñada bajó la ventanilla y sacó la cabeza.

—Que sepas que no ha sido un accidente. ¡Lo he hecho a propósito y quiero que te quede claro!

—No puedes jugar a los coches de choque en la calle.

—¡Y tú no puedes ir por ahí rompiéndole el corazón a la gente! Zoey se desabrochó el cinturón de seguridad.

—Ya me encargo yo, Haze. Dame un momento —dijo.

—Pon el coche en punto muerto ahora mismo —le ordené a Hazel.

Zoey salió del todoterreno y se enfrentó a mí cruzándose de brazos delante del capó. Esa vez no llevaba maquillaje. El moretón que tenía en la mejilla había pasado de un terrible morado oscuro a unos tonos más verdosos. Sentí cómo la rabia volvía a apoderarse de mí.

—¿Hay alguna razón en concreto por la que estés cortando el tráfico? —me preguntó con frialdad.

—Sí, tú. Nunca en mi vida he infringido la ley, pero pienso tumbarme sobre el capó de Hazel como no hables conmigo.

—Creo que ya he dicho todo lo que tenía que decir.

Extendí un brazo hacia ella, pero Zoey levantó las manos y dio un paso atrás.

—Ni se te ocurra —me advirtió.

—El sábado por la noche me porté como un capullo. Lo siento. Déjame explicarte...

—Mira, no necesito ni explicaciones ni disculpas. No estoy enfadada —dijo, interrumpiéndome—. De hecho, debería darte las gracias.

Aquello me sonaba a trampa.

—¿Por qué?

—Por recordarme una lección importante que había olvidado. Definitivamente, no me gustaba la pinta que tenía aquello.

—¿Qué lección?

—Que solo puedo contar conmigo misma. Puede que me creyera temporalmente ese numerito de niño bueno, pero tú me has recordado que cualquiera es capaz de ser encantador cuando las cosas van bien. Es cuando pasan cosas malas cuando se ve en realidad cómo es una persona. Así que gracias por recordármelo antes de que cometiera un error monumental, como mudarme aquí definitivamente.

—¡Que sepas que pienso matarte por esto en la ficción! —gritó Hazel, que había bajado la ventanilla.

—Ibas a decirme que querías quedarte aquí... conmigo —le dije a Zoey—. Y yo la cagué. Metí la pata hasta el fondo, pero puedo arreglarlo.

—Oye, no voy a enfadarme contigo porque me hayas recordado que tenía razón. Los dos sabíamos que esto sería un error descomunal. Los dos somos adultos y medianamente responsables. Pero quiero que te quede clara una cosa: tal vez pienses que yo soy excesiva, pero en realidad eres tú el que no está a la altura.

Todas las disculpas y súplicas para que me diera una segunda oportunidad se me atascaron en la garganta. Me quedé allí paralizado y ella aprovechó la oportunidad para volver al coche.

Aquello no iba a acabar así. Un simple error no podía destruir lo mejor que me había pasado en la vida.

—Pienso arreglar esto, Zoey —le aseguré.

—Pues buena suerte —replicó ella, abrochándose el cinturón de seguridad.

Hazel tocó el claxon con fuerza y varios coches que estaban detrás se unieron a ella.

—¿Hay algún problema? —Levi, que estaba al otro lado de la calle, salió del todoterreno y se acercó pausadamente.

—El Cabrón Caraculo está bloqueando el tráfico, lo cual supone un peligro y, si no me equivoco, es ilegal —gritó amablemente Hazel por la ventanilla.

—Ni se te ocurra, Livvy —le dije a mi hermano, que siguió avanzando hacia mí.

—Llevo mucho tiempo deseando hacer esto —reconoció él mientras cogía las esposas.

—Te lo advierto: como te acerques a mí con eso, me aseguraré de que salgas reelegido durante el resto de tu vida.

Me esposó una muñeca y supe que era mejor no resistirse.

—Merece la pena. Una sonrisita para el paseíllo hasta el calabozo —dijo con sorna.

Mientras me esposaba la segunda mano, me fijé en las maletas que había en la parte de atrás del todoterreno de Hazel.

*Laura*
Junior Wallpeter acaba de contarme que Gage la ha liado parda en Lake Drive y lo han detenido

*Cam*
Me ha llamado Hazel
Dice que ha hecho algo que a mí me ha parecido muy gracioso, pero que por razones traumáticas inapropiadas no puedo explicar delante de Larry

*Laura*
LO HA ATROPELLADO CON EL COCHE?
Hala! Qué guay
Un aplauso para ella

*Levi*
No sé si bromear sobre eso os convierte en los hermanos más sanos o en los más tarados del grupo

*Laura*
En serio has detenido a Gigi?

*Levi*
Lo he detenido para evaluar riesgos
Menos papeleo
El sospechoso ha sido puesto en libertad bajo fianza
Aquí está la foto extraoficial de la ficha

*Gage*
Cabrones, sabéis perfectamente que estoy en este grupo, no?

*Laura*
Sí

*Cam*
Qué tal, capullo?

*Levi*
No se te ocurra salir del pueblo

—He traído esto, que no sé qué coño es, y el último bote que me quedaba de salsa de pollo al estilo búfalo —anuncié, mientras Nana y yo entrábamos en el garaje de Cam.

Eran las nueve de la noche y nos había invitado a participar en una operación de espionaje de mapaches solo para hermanos. Nana fue corriendo hacia Flechazo y Buttercup, que masticaba obsesivamente un martillo de juguete chirriante en una cama para perros.

—¿Por qué tenéis vosotros el perro de Zoey? —le pregunté.

—Cierra la puerta —refunfuñó Cam.

Estaba de pie junto a la ventana, vigilando la casa con unos prismáticos. Junto a él, sobre el alféizar, había un visor térmico. En el banco de trabajo que estaba al lado tenía un ordenador portátil y dos tablets. Todas las pantallas se hallaban divididas en cuatro y cada una de ellas estaba conectada a una cámara de seguridad del exterior o del interior de la vivienda.

Levi, el agente que me había detenido sin cortarse un pelo, se encontraba recostado en una tumbona reclinable con el ordenador portátil.

—¿Qué problema tiene ese? —le pregunté a Levi.

Cam bajó los prismáticos y me miró enfadado.

—¿Que qué problema tengo? ¿Que qué problema tengo?

—Va a decir que su problema eres tú —predijo Levi sin levantar la vista de la pantalla.

—Pues mi problema es que mi mujer se va a ir a Bangor, en Maine, a Beavercreek, en Ohio, y a otros sitios más que no están en este pueblo gracias a ti.

—¿A mí? —me agaché para acariciarle las orejas a Buttercup.

—Como tú la cagaste y le rompiste el corazón a su mejor amiga, algo que te advertí expresamente que no hicieras, Zoey ha convencido a Hazel para hacer una gira promocional improvisada del libro.

—¿Una gira promocional? —Me sentí a la vez devastado y aliviado. Eso explicaba lo de las maletas—. Entonces ¿va a volver?

—Nos casamos el mes que viene. Claro que va a volver.

—Me refería a Zoey. Me ha avisado de que anulaba el contrato de alquiler para mudarse.

—No serás tan tonto como para sorprenderte, ¿verdad? —me preguntó Levi.

Me senté a su lado y me llevé las manos a la cabeza.

—Solo fue un puto error. Ni siquiera me ha dejado explicárselo.

—Hay que joderse —dijo Cam, apartándose de la ventana para mirarnos—. ¿Y qué querías explicarle? La explicación es que fuiste un capullo y te ensañaste con ella.

—Ya, pero si pudiera explicarle por qué...

—Tío —dijo Levi, mirándome finalmente—. Hasta yo sé que eso no es lo que una mujer quiere oír.

—Esto se te da fatal. No estás defendiendo un caso, idiota. Aquí no hay ninguna «prueba número uno». No hay jurado al que impresionar. No hay forma de ganar —señaló Cam.

—¿Y cómo coño voy a conseguir que me perdone?

Cam abrió la boca, antes de negar con la cabeza.

—¿Sabes qué? No. Esto tienes que resolverlo tú solito. Yo también tuve que apañármelas para arreglar las cosas con Hazel.

Levi se rascó la cabeza.

—¿Papá y mamá no te apretaron las tuercas y te dieron unos cuantos consejos?

—Sí, pero la cagada la deshice yo solo.

Tenía que reconocer que Cam había hecho que fuera imposible que Hazel no lo perdonara. Había terminado de arreglar la casa de sus sueños, había conseguido devolverle los derechos de autor de sus libros y, encima, le había regalado un anillo de compromiso y dos mascotas.

—Vale. Puedo deshacer la cagada. Si tú lo conseguiste con Hazel después de haber metido la pata hasta el fondo, no puede ser tan difícil —dije.

—Recordadme que nunca salga con nadie —murmuró Levi—. El mero hecho de escucharos me agota. Es como si os hubierais enamorado de unas mujeres que os han puesto un espejo delante y os han enseñado vuestros peores defectos para que luego los corrijáis o seáis unos desgraciados y os quedéis solos para siempre.

Cam y yo nos encogimos de hombros.

—Pues sí, más o menos así son las relaciones —reconocí.

Nos quedamos sentados en silencio durante unos minutos, ignorándonos los unos a los otros, hasta que el silencio se me hizo insoportable.

—¿Sabíais que las mujeres pueden quedarse atascadas en los sujetadores deportivos?


No tenía muy claro quién roncaba más fuerte, si Flechazo o Levi.

Eran más de las tres de la madrugada y Cam estaba de nuevo en la ventana, con las piernas separadas y los prismáticos en alto. Las cervezas vacías dibujaban una línea serpenteante hasta la puerta. La salsa de pollo al estilo búfalo se había acabado y me arrepentía de no haberme llevado un colchón hinchable. Se me escapó un bostezo.

—Esta es una de las peores ideas que has tenido nunca. ¿Por qué no llamas al servicio de recogida de animales para que se lleven a Bertha por ahí, a algún bosque bonito?

—Porque Hazel adora a ese puñetero panda de la basura y yo adoro a Hazel —contestó—. Y es normal hacer tonterías por las personas que adoras, aunque vayan a estar fuera del pueblo una semana porque tu hermano es gilipollas.

—Me alegra que lo hayas superado —repliqué con frialdad.

Cam dejó los prismáticos y volvió a la silla de camping. Se frotó los ojos con las manos.

—¿Te ha contado Larry que esta semana Felicity ha ido a la tienda a recoger el pedido?

—Algo he oído —respondí, con otro bostezo. Felicity solía engañarnos o chantajearnos para que le lleváramos la compra—. Me alegra verla salir.

—Pues sí. Ella sí que se está esforzando, en vez de limitarse a refunfuñar porque las cosas no son como le gustaría que fueran.

—Doy por hecho que estamos retomando el tema de mi cagada —supuse.

—No es solo culpa tuya. Te gastaste decenas de miles de dólares en la facultad de Derecho, donde te metieron en la mollera que nunca admitieras la culpa ni asumieras ninguna responsabilidad por nada. No sabrías cómo disculparte ni aunque lo llevaras apuntado en una tarjeta —bromeó Cam.

—Eso no es verdad —protesté.

—La vida no es un juicio ni una argumentación jurídica que tienes que ganar. La gente comete errores, joder. Errores graves. Y tu labor como puto ser humano no es hacer de juez ni de jurado. No puedes obtener el perdón litigando.

Me recosté en la silla y me quedé mirando fijamente el techo oscuro. Joder. Tenía razón. Había dedicado tanto tiempo en la vida a asegurarme de que las personas que hacían cosas malas fueran castigadas como era debido, que no había aprendido nada sobre el perdón. Y mucho menos sobre cómo ganármelo. Una cosa era la justicia y otra el perdón; ahora me daba cuenta de ello.

—No soporto que tengas raz…

—Cierra la puta boca, capullo —murmuró Cam.

—Acabo de tener una revelación gracias a esa sabiduría fraternal que rara vez sacas a relucir, ¿y quieres que me calle?

Estaba señalando una de las tablets.

Movimiento detectado.

—No jodas. La puerta de la cocina acaba de abrirse.

—No me digas.

—¿La casa está encantada? —pregunté.

Observé la pantalla mientras Cam volvía a acercarse a la ventana caminando de puntillas, tan sigilosamente como era posible para un hombre de su tamaño. Al cabo de un rato, una bola de pelo se subió a la terraza y fue directamente hacia la puerta, como si tuviera que fichar.

—Hijo de puta peludo —gruñó Cam—. Voy a acabar con esto de una vez por todas.

Se giró hacia la puerta y, sin querer, le dio una patada a la primera botella, lo que dio lugar a una explosiva reacción en cadena.

Los tres perros se despertaron sobresaltados y empezaron a

ladrar como si un camión de la basura y un furgón de correos hubieran tenido un accidente delante de ellos.

Levi se incorporó bruscamente.

—¿Qué pasa? ¿Dónde está la salsa de pollo?

—No te lo vas a creer —contesté.

—Hola —dije casi sin aliento dos horas más tarde, cuando Valerie me abrió la puerta.

—Ah… Hola. No son ni las siete de la mañana, Gage —contestó. Tenía el pelo revuelto y una taza gigante de café en la mano. Detrás de ella se escuchaban los sonidos de un programa de televisión infantil y unas risitas procedentes de la sala de estar.

—Lo sé. Y lo siento. Es que no he pegado ojo porque el gato de mi hermano le abre la puerta a un mapache por las noches. Tienen manillas en lugar de pomos en las puertas, y la de atrás tiene las campanitas del perro colgando del tirador, así que el gato tira de ellas y… En fin, da igual. He tomado demasiada cafeína. Lo que sí importa es que he metido la pata hasta el fondo con Zoey y me he dado cuenta de que, si yo no puedo perdonarte a ti, ¿cómo va a perdonarme ella a mí?

Valerie parpadeó, confundida.

—Creo que voy a necesitar mucho más café para esto.

—Valerie —le dije, estrechándole la mano que tenía libre—, te perdono.

—¿Qué?

La agarré de los hombros, por encima de la bata.

—Creo que no me di cuenta hasta el sábado por la noche, cuando te interpusiste entre mi hermana y el peligro. Pero te perdono.

Empezó a temblarle el labio inferior.

—No tienes por qué hacerlo. Lo que hice es imperdonable.

—Cometiste un error. Un simple error. No deberías tener que pagarlo durante el resto de tu vida. Y menos cuando te estás esforzando tanto por hacer las cosas bien.

—Nunca volverán a estar bien —contestó en voz baja.

—Nunca volverán a ser como antes. Para ninguno de nosotros. Pero saber que tú también estás sufriendo es importante.

Que asumas la responsabilidad, que no pongas excusas, que no pidas nada a cambio es importante. Así que te perdono. Lo digo en serio.

Con el rostro descompuesto, Valerie se lanzó a mis brazos. Tenía la bata pegajosa, manchada de algo que esperaba que fuera sirope. Y llevaba una pegatina de una mariposa en el pelo. Estaba abrazando a la mujer que había acabado con la vida de mi cuñado. Estaba abrazando a la mujer que estaba lo suficientemente arrepentida como para que la perdonaran, a la mujer que me había enseñado todo lo que necesitaba saber sobre el perdón.

—Gracias, Gage —dijo, retrocediendo.

Volví a estrecharle los hombros.

—Pienso solucionar esto. Pienso solucionarlo todo.

# 46

## *No es un altar de boda*

## Gage

Para: Zoey
De: Gage
Asunto: Disculpa discotequera

Querida Zoey:

Me despierto de madrugada intentando recobrar el aliento porque no dejo de ver tu rostro junto a la hoguera aquella noche. Hiciste exactamente lo que había que hacer antes de que nadie más reaccionara, y yo, presa del pánico, te culpé absurdamente de la situación. He pasado gran parte de mi vida intentando hacer las cosas bien. Y, sin embargo, con la persona que más me importa —tú, por si no ha quedado claro—, me comporté de manera autodestructiva y cometí un error colosal.

No dejo de darle vueltas al daño que te hice de forma gratuita. No puedo reprocharte que no me perdones. Lo que hice surgió de una parte de mí que ni siquiera sabía que existía. Una herida que hay que exorcizar, como me dijo Opal, antes de lanzarme una patata cruda. Su tratamiento terapéutico extraoficial resulta bastante… doloroso.

Aquella noche, en la hoguera, te estaba buscando. Porque siempre lo hago. Te vi con mi hermana y pensé en lo bien que encajabas en mi familia. Como si fueras la pieza que faltaba y que había estado esperando. Entonces vi a Valerie y me hizo pensar en la otra pieza que nos falta.

Al principio, yo no tenía una relación con Miller tan estrecha como la que tenían Cam y Levi. Era el típico hermano pequeño que iba detrás de ellos todo el rato cuando éramos niños. Pero fue a mí a quien le pidió que cuidara de su familia mientras estuviera de misión. Los dos éramos unas personas intensas, cautas y responsables, y siempre intentábamos hacer lo correcto. Y ahora se ha ido.

No fui capaz de proteger a Laura de eso.

No fui capaz de proteger a Audrey de su ex.

Tú te diste cuenta de que estaba en peligro antes que nadie. Antes que yo. Ella acudió a mí para que la protegiera de él. Pero todos esos trámites legales y documentos no impidieron que él intentara hacerle daño delante de sus hijos. La ley le falló. Yo le fallé. Hacer «lo correcto» no fue suficiente.

Pero tú apenas la conocías y, sin embargo, corriste en su ayuda.

Y yo, en lugar de reconocer lo valiente que habías sido y cómo le habías salvado la vida a Audrey, solo pude ver que te habías alejado de mí y habías ido directa hacia el peligro. La persona más importante de mi vida. Y no pude protegerte. Ni tampoco a Audrey. Ni a Laura.

Así que hice la mayor tontería del mundo y utilicé tus peores miedos y convicciones contra ti. Te hice sentir como si tú fueras el problema. Aunque ambos sabemos que el problema era yo.

Toda la vida haciendo «lo correcto». Esforzándome al máximo por evitar cometer errores. Y aun así no bastó para mantener a salvo a mis seres queridos. Así que me desahogué contigo, cuando tú no habías hecho nada malo. Desde que te conozco, he aprendido que el mundo no es tan blanco y negro como siempre había creído. Y que tampoco es gris. Es de todos los colores y eres tú la que me lo ha enseñado. Tú y tu dichosa bola de discoteca.

He vivido toda mi vida «con el culo apretado», como dirían mis hermanos, intentando ser lo suficientemente bueno como para evitar que sucedieran cosas malas, en lugar de aceptar que lo malo es inevitable y que, por lo general, escapa a nuestro control. Debería haber comprendido que, sin las cosas malas, subestimaríamos las buenas.

Jamás volveré a subestimarte, Zoey. No puedo prometerte que no vaya a volver a comportarme como un patán inmaduro, pero sí puedo prometerte dedicar mi vida a convertirme no solo en un hombre que te merezca, sino en el hombre que tú mereces. Mi objetivo vital será convertirme en ese hombre para ti..., aunque no me perdones.

Te pido una segunda oportunidad, a pesar de que estás en todo tu derecho de mandarme a la mierda. Aun así, no voy a dejar de tener esperanza ni de intentarlo. Y ahora, si me disculpas, voy a seguir con la ronda de humillaciones en el juzgado, porque tú me enseñaste el valor de la vulnerabilidad y creo que por fin sé cómo salvar a Valerie.

Story Lake no es lo mismo sin ti. Te echo de menos. Lo siento.

Te quiero,

GAGE

Cam me pidió que no te lo contara porque le das miedo, pero como va a volar a Houston para reunirse contigo y con Hazel, Buttercup se va a quedar a dormir en mi casa
Espero que te guste esta foto de los tres perros en tu lado de la cama
No se admiten mofetas
Te echo de menos
Te quiero

Hoy, mientras intentaba esquivar los patatazos que me lanzaban los simpatizantes del equipo Zoey (todo el pueblo), he hablado con Billie y Hana
Me han dicho que el hotel está completo hasta mediados de agosto
El sistema de reservas ya se les ha bloqueado dos veces desde el Fin de Semana de los Lectores por la cantidad de gente que quiere reservar para verano
Lo llaman «el efecto Zoey»

Hay que joderse: Nana les ha enseñado a
Buttercup y Flechazo a perseguir mofetas
Apesto
Y ellos también
Te mando una foto de los tres apretujados en el
fregadero
Odio absolutamente todo menos a ti
Te echo de menos

Buttercup y yo te echamos de menos
Mira qué caritas más tristonas

Obviamente, le has contado a Cam que yo te había
dicho que me había quedado con tu perra, porque
me acaba de zurrar con un pedazo de pladur
Me lo merecía
También me ha dicho que has conocido a un
príncipe europeo moreno y con bigote, y que te
vas a mudar a un país del que nunca he oído
hablar para formar parte de la familia real
Creo que estaba mintiendo, pero, por si acaso,
que sepas que estoy dispuesto a dejarme bigote
si así consigo que vuelvas a casa

Ese artículo de *Thrive* sobre ti, Hazel y Story Lake
está dando sus frutos
La semana que viene Darius va a enseñar tres
casas y el Angelo's ha tenido que abrir una lista
de espera para los sábados por la noche
Por primera vez en la historia

No sé si podré seguir haciendo esto de «vivir» sin ti
Y no solo porque la gente no deje de tirarme
patatas
Ayer, Los Jilgueros me echaron del Fish Hook con
una interpretación a capela de *All Too Well*
La versión de diez minutos

El ex de Audrey no ha pagado la fianza, así que va a quedarse en la cárcel hasta el juicio por agresión
He pensado que te gustaría saber que Audrey y los niños van a estar a salvo al menos una temporada

Son las dos de la mañana
No dejo de pensar en cuánto echo de menos a Miller
En cuánto echo de menos a la Laura de antes
En cuánto te echo de menos a ti
Pero lo peor es saber que te estoy echando de menos porque yo me cargué lo nuestro

Cam me ha contado que te ibas a quedar en Story Lake
No puedo creer que me cargara de un plumazo la oportunidad de tener un final feliz
(Estoy leyendo algunos de los libros de Hazel e intentando no empatizar demasiado con los protagonistas masculinos cuando meten la pata)

Voy a poner en riesgo mi vida y mi integridad física para contártelo a ti primero, Desastre
He ido al juzgado y me he puesto a merced de la fiscal
Para empezar, he aceptado la responsabilidad de haberla presionado para que presentara cargos contra Valerie, le he suplicado que me perdonara y he reconocido haber utilizado de forma egoísta mi dolor para imponer un castigo injusto a otros
Un único error fatal no debería hacer que otra familia se quedara sin uno de sus progenitores
Tarini, como es lógico, me ha puesto a caer de un burro y luego me ha echado del despacho para poder pensar
Y acaba de llamarme hace tres minutos para

proponerme un acuerdo judicial, mientras estaba
reunido con Valerie en la oficina
Conducción temeraria y homicidio involuntario
Nada de cárcel
Valerie ha aceptado (y me ha dicho que te lo podía
contar)
Por aquí parece que alguien está cortando
cebollas
Hasta Declan tiene que parar de vez en cuando
para sonarse la nariz mientras lo celebra con la
coreografía de la lucha de espadas de *La princesa
prometida*
Buttercup es Íñigo Montoya
NO LE DIGAS A LAURA QUE TE LO HE CONTADO A
TI PRIMERO

Me encanta lo orgullosa que se te ve de fondo en
todas las fotos de Hazel en las redes sociales
(No te estoy acosando por internet. Bueno, un
poco sí, pero no en plan chungo)
Una gira promocional con todas las entradas
agotadas y un best seller en el número uno, y
todo gracias a ti
Has sido un regalo para todos nosotros
Estoy superorgulloso de ti

Ojalá pudiéramos celebrarlo juntos

Vuelve a casa, Zoey
Nada tiene sentido sin ti

Por favor, vuelve y cena conmigo

Aparqué en la entrada de la casa de Cam y Hazel, mientras se oía de fondo un ruido de herramientas eléctricas. Flechazo se acercó corriendo para saludar a Nana y a Buttercup, antes de que los tres salieran disparados hacia el florido jardín delantero.

—Vaya, si es don Gilipollas Cágalotodo —dijo Cam, mientras lanzaba un trozo de madera tratada recién cortado al montón que tenía al lado, delante del garaje.

—Estás enfadado porque te he robado el título —repliqué, dándole una patada a la pata de uno de los dos caballetes que sostenían un sencillo arco de estilo rústico—. ¿Qué coño es esto? ¿Un altar?

Cam se quitó las gafas de seguridad y frunció el ceño.

—No es un altar de boda; es una pérgola nupcial. Y no he talado ningún puto árbol. He comprado la madera en un aserradero, como la gente normal. Y como se te ocurra pronunciar la palabra «altar» delante de Hazel, te clavo en lo alto del arco.

—Vale. Me da que no tengo suficiente contexto. ¿Por qué no empiezas por explicarme qué es un altar de boda?

—¡Que es una pérgola nupcial! —refunfuñó Cam.

Cogí el boceto que estaba medio sujeto por la nevera portátil y le eché un vistazo mientras él volvía a encender la sierra circular para acabar el último soporte. A juzgar por el dibujo, iba a ser una pérgola en arco sencilla pero elegante, lo suficientemente grande como para que cupieran dos personas y un oficiante debajo.

Cuando volvió a apagar la sierra, dejé el boceto y miré a mi hermano.

—¿Se puede saber por qué te rayas tanto por una pérgola nupcial? ¿Es que has perdido una apuesta o algo así?

—No hicimos ninguna apuesta. Pero cuando nos conocimos, Hazel me dijo que me iba a coger tanto cariño que acabaría construyéndole un altar de boda.

Señalé el dibujo sin entender aún cuál era el problema.

—Pues está claro que se equivocó. Porque esto es una pérgola, no un altar.

Él se encogió de hombros.

—No había suficiente espacio para un altar aquí atrás. Así que se me ocurrió hacer una pérgola. Podemos grabar todos nuestros nombres y las fechas de nuestras bodas en ella y luego colgar un columpio para los niños.

Aquello me sorprendió.

—¿Todos nuestros nombres?

Cam volvió a encogerse de hombros.

—Si la construyo, a lo mejor el resto de zoquetes también acabáis usándola. Y se convierte en una tradición familiar, o algo así. ¿Qué? ¿No me vas a soltar ninguna pullita inteligente de estudiante de Derecho?

—Estoy demasiado ocupado buscando pruebas concluyentes de una abducción alienígena.

—Vete a la mierda.

—En serio, Cam. Esto es… un detallazo. Mamá se va a emocionar muchísimo cuando la vea.

—Cuando colguemos esto, más le vale —contestó, pasándome una tabla plana en forma de arco con las palabras FELICES PARA SIEMPRE talladas.

—Joder —dije, luchando contra el puto nudo que tenía en la garganta. Quería estar presente cuando Cam y Hazel leyeran los votos y tuvieran su final feliz. Y yo también quería el mío—. Necesito que me ayudes.

—Ya era hora, joder.

—Si ni siquiera sabes lo que quiero —repliqué.

—Quieres recuperar a Zoey —dijo él, mientras rebuscaba en la bolsa de herramientas que tenía en el maletero.

—Estoy enamorado de ella. La cagué. Y jamás me dejará defender mi caso. No es de las que dan segundas oportunidades, pero necesito una. ¿Cómo la consigo sin pasarme de la raya y empeorar las cosas?

—Trae eso —me dijo Cam, señalando con la barbilla el arco de la pérgola.

A regañadientes, me lo eché al hombro y fui detrás de él tambaleándome hasta el jardín. Las peonías y las azaleas se mecían con la suave brisa. Las enredaderas serpenteaban y trepaban por la valla.

—¿Vas a aprovechar la mano de obra gratis antes de mandarme a la mierda?

—Sí. Pero primero puede que te ayude.

—Vaya, gracias.

—¿De verdad quieres estar con Zoey? ¿O solo te sientes culpable por haberle hecho daño?

—Cam, no puedo dormir por las noches porque las sábanas huelen a ella. Trabajo en la sala de conferencias porque no dejo de recordar lo que hicimos en mi escritorio. Zoey convirtió mi vida en algo divertido, emocionante e impredecible, lo cual debería haberme horrorizado, pero no. Me lo estaba perdiendo todo por intentar controlar las cosas, por intentar que todo tuviera sentido. La quiero con locura y le hice daño, y no sé si alguna vez podré perdonármelo.

Cam gruñó.

—Puede que no seas tan inútil. —Me ayudó a dejar el arco sobre el césped.

—¿Y si no soy lo suficientemente bueno para ella? ¿Y si no me merezco una segunda oportunidad?

Cam me puso una mano en el hombro.

—Bienvenido al club.

—¿A qué club?

—Al club de los hombres que saben que no son lo suficientemente buenos para sus mujeres y dedican todos sus recursos a hacérselo olvidar. Al reconocer tus enormes y evidentes deficiencias, te has hecho un poco más digno.

—Ah, ¿gracias?

—Zoey está muy por encima de ti. Mucho.

—No me estás haciendo sentir mejor. Si soy tan malo, ¿no es un error intentar convencerla de que me dé otra oportunidad?

—Le estás pidiendo una oportunidad para ser mejor persona a su lado. Le estás pidiendo una oportunidad para convertirte en alguien que esté a su altura. Intentarás mejorar por ella, ¿no?

—Por supuesto. Haré lo que sea. Le construiré un establo para los zapatos. Programaré todos los cambios de aceite y las revisiones del coche durante el resto de nuestras vidas. Me mudaré a Nueva York.

El chillido agudo de un pájaro acompañó a la sombra oscura que se cernió sobre nosotros.

—Ni se te ocurra cagarte en la pérgola nupcial, Goose —le advirtió Cam.

El águila rebelde hizo como si no lo hubiera oído y se lanzó en picado hacia nosotros con dramatismo.

—¿Qué coño es eso? —pregunté, protegiéndome los ojos del sol mientras Goose soltaba lo que llevaba en las garras.

El objeto cayó revoloteando hacia el suelo y aterrizó en mi bota.

—Si no sabes reconocer un sujetador cuando lo ves, me queda mucho trabajo por delante —refunfuñó Cam, mientras yo recogía el sujetador rosa fucsia. El sujetador de Zoey. Estaba un poco deteriorado, tenía manchas de suciedad y le faltaban algunas lentejuelas, pero sin lugar a dudas era el suyo. Los tres perros vinieron corriendo, ladrando como locos mientras el águila dibujaba perezosamente un último círculo sobre nosotros. Cam me dio unas palmaditas en la espalda, encantado—. Si para Goose eres lo bastante bueno, acabas de ganarte oficialmente una audiencia con el experto.

—Espero que el experto no seas tú.

—No soy yo. Y tampoco Levi. Pero mándale un mensaje para que venga a ayudarnos con la pérgola, por si alguna vez encuentra a una mujer dispuesta a casarse con un tío que agota todas las palabras del día antes del desayuno.

<blockquote>
Cam me ha dado permiso para escribirte y
humillarme
Necesito tu sabiduría
</blockquote>

*Hazel*
Qué sabiduría, Cabrón Caraculo?

<blockquote>
Estoy enamorado de Zoey
Sé que estás tan enfadada conmigo como ella
Sé que la he cagado
Pero también sé que es mi media naranja
Y yo la suya
Por favor, ayúdame a arreglarlo
</blockquote>

*Hazel*
Mmm... Me lo pensaré

<blockquote>
Y si te soborno con un poco de inspiración
romántica?
</blockquote>

*Hazel*
Mmm... Me gustan los sobornos

Aquí tienes una foto de lo que Goose me acaba de devolver después de que confesara mi amor por Zoey y dijera que estaría dispuesto a mudarme a Nueva York y construirle un armario del tamaño de un apartamento para los zapatos

*Hazel*
Goose te ha devuelto su sujetador de brillos?

Parece una señal, no?
Estoy dispuesto a hacer lo que sea para que me dé una segunda oportunidad

*Hazel*
Espera un momento...

*Zoey*
Vale
Como parece que no captas las indirectas, iré a cenar contigo
Pero solo porque Hazel dice que es una buena forma de explicarte todas las razones por las que eres un puto payaso
Ya he empezado a apuntarlas en el móvil para no dejarme ninguna
Ah, y espero que sea una cena en condiciones y no una de esas porquerías precocinadas ricas en proteínas

# 47

## *«Emergencia intestinal» no va a ser mi legado*

### Zoey

Querida Zoey:

Enhorabuena por el exitazo de Hazel. Nos encantaría hablar contigo sobre vuestro regreso a Beau Monde. Como probablemente ya sabrás, Jim Whitehead ya no trabaja en la agencia, y nos gustaría comentar contigo la posibilidad de que te hagas cargo de su cartera de clientes. También estamos muy interesados en la saga de fantasía romántica de tu nueva cliente.

Atentamente,

LAWRENCE RAWLEY
Director ejecutivo

—Genial. Gracias. Me pondré en contacto contigo en cuanto Opal tome una decisión —dije, antes de colgar. Buttercup estaba hecha un ovillo a mi lado. No había dejado de mover el rabito desde que Cam nos había recogido a Hazel y a mí en el aeropuerto. Yo estaba agotada y muerta de hambre, y toda mi ropa olía a avión. Hazel lo había petado en las cinco escalas de la gira promocional, vendiendo todas las entradas. Estaba tan orgullosa de ella que se me había quedado en la cara una macabra sonrisa perpetua.

Lo único que quería era darme una ducha y acurrucarme bajo

las sábanas con mi perrita durante cuarenta y ocho horas sin hablar con una sola persona más.

Y eso era lo que pensaba hacer en cuanto le diera la noticia a Opal de que estaba a punto de cerrar uno de los acuerdos más lucrativos para un escritor novel de la última década.

—¿Buenas noticias? —me preguntó Hazel desde el asiento delantero, donde ella y Cam iban agarrados de la mano como si hubieran pasado semanas en lugar de días desde la última vez que se habían visto. Flechazo estaba sentado en su regazo, mirando por la ventanilla con las patas apoyadas en la puerta.

—No puedo hablar contigo de los contratos de otros clientes —contesté en un tono superprofesional.

—Por supuesto que no —replicó Hazel—. Pero...

—¡Pero que sepas que soy la mejor agente de la historia de los agentes literarios!

Cam encorvó los hombros mientras nos poníamos a bailar y a chillar dentro del coche para celebrarlo.

—Acabáis de estar ocho días juntas de viaje. ¿Todavía no os habéis hartado la una de la otra?

—¡Nunca! —gritamos al unísono.

El cartel de bienvenida de Story Lake apareció ante nosotros y el corazón me dio un vuelco. Gage no había parado de enviarme mensajes de disculpa desde que me había ido del pueblo con Hazel. Había estado a punto de contestarle mil veces. Pero me había resistido.

Me había hecho daño. Mucho daño. Pero una de las veces que había hablado con Opal mientras estaba fuera, ella me había explicado bruscamente y sin rodeos por qué las personas como yo a veces éramos más sensibles al rechazo que el resto, por naturaleza.

Aquello me había proporcionado algo en lo que pensar mientras pasaba demasiado tiempo en silencio en habitaciones de hotel anónimas. Seguía enfadada y dolida. Y si algo tenía claro era que no pensaba tomar ninguna decisión trascendental solo por una semana de correos electrónicos y mensajes de texto agradables. Pero lo echaba de menos. Y en cuanto recuperara mi espléndida y descansada apariencia, al menos escucharía lo que Gage Bishop tenía que decirme.

Era increíble lo que hacía la madurez... y la medicación... y una terapeuta jubilada sin escrúpulos.

Cam nos llevó por la plaza del pueblo. El local que había al lado de la futura tienda de quesos ya no tenía el cartel de SE VENDE. En su lugar había un letrero que anunciaba la próxima apertura de una peluquería canina.

Al día siguiente le mandaría un mensaje a Gage y quedaría para cenar con él a finales de semana, cuando ya me hubiera duchado y me sintiera menos vulnerable emocionalmente. Entretanto, concertaría algunas visitas a apartamentos que admitieran perros en Nueva York. Porque tenía opciones.

Cam se detuvo en el pequeño aparcamiento que había detrás del edificio de la oficina de Gage. Mi coche y mis cubos de basura seguían en su sitio.

—Hogar, dulce hogar —dijo Hazel alegremente.

«O algo así», añadí para mis adentros. Deseé con todas mis fuerzas que Gage no estuviera en la oficina. Todavía no estaba preparada para verlo.

—Te llevo las maletas —se ofreció Cam mientras salía del todoterreno prácticamente de un salto.

—Gracias.

Yo me bajé con Buttercup. Hazel y Flechazo me siguieron.

—Bueno, supongo que esto ha sido todo —bromeé, acercándome para darles un abrazo.

—¿Te importa que suba un momento? Me estoy haciendo pis... y necesito un vaso de agua. El aire del avión me seca la garganta. —Lo demostró con una tosecilla.

Cam apareció con mi equipaje de mano y mi bolsa de viaje.

—Te subo esto —dijo, con una sonrisa extrañamente sospechosa en su apuesto rostro. Pero el pobre llevaba cuatro días sin ver a su prometida y el amor hacía que la gente actuara de forma muy rara, así que no le di más vueltas.

—Vale, pues todos arriba entonces —dije.

Buttercup subió corriendo las escaleras delante de mí, mientras Hazel y Cam cerraban la comitiva.

—Mierda —murmuré—. Un momento. Tengo que buscar las llaves.

—¿Y si la tiro abajo? —sugirió Cam cinco minutos más tarde, mientras Hazel y yo rebuscábamos en mi bolso y en mi maleta.

—¡Ajá! —exclamé triunfante a la vez que levantaba el llavero que había encontrado dentro de uno de mis zapatos de tacón favoritos.

Cam me lo arrebató y abrió la puerta con una violencia muy mal disimulada.

—Tranquilo, ¿no? ¿Es que tienes una emergencia intestinal o algo así? —le pregunté, mientras él prácticamente arrancaba la puerta de las bisagras.

—Sí. Sí la tiene —contestó Hazel de inmediato—. Te dije que no te comieras ese... queso gigante.

Cam fulminó con la mirada a Hazel antes de acompañarnos al otro lado del umbral.

—Vale. Tú mismo. Pero no atasques el váter, que no quiero llamar al casero —le advertí.

Dejé a Hazel y Cam susurrando sospechosamente en la cocina y fui hacia el dormitorio. Dejé las bolsas en el suelo y me disponía a lanzarme en plancha a la cama cuando me di cuenta de que había algo raro. Unas cuantas cosas. Los montones de ropa limpia y sucia habían desaparecido. Y el cajón de los calcetines se había cerrado del todo milagrosamente, aunque antes de irme estaba a rebosar.

Abrí el cajón y ahogué un chillido. Estaba vacío.

Tiré del siguiente y del siguiente, y descubrí que también lo estaban. Después de tropezarme con la maleta, abrí la puerta del armario y solté un grito.

—¡Me han robado!

—Qué poco ha tardado en descubrirlo —dijo Cam desde la puerta.

—Te dije que se daría cuenta —replicó Hazel—. Zoey, cariño. Sé que esto parece un poco raro...

—¡Alguien ha entrado aquí y me ha robado toda la ropa! Incluso la sucia. ¿Qué clase de pervertido roba ropa sucia? —Los aparté para ir corriendo al salón—. ¿Dónde están mis cojines? ¿Y mi portavelas con forma de bola de discoteca? Que alguien llame a Levi. ¡Han entrado a robar!

Hazel se acercó a mí con las manos en alto y la típica expresión que solía reservarse para los animales asustadizos.

—Nadie te ha robado. Hay una explicación muy sencilla para todo esto.

—Vale, pues explícamelo —dije, cruzándome de brazos.

Miró a Cam con cara de culpabilidad.

—Es que no podemos. Pero podemos llevarte a ver a alguien que sí puede.

—¿Quieres llevarme a ver a la persona que me ha robado? Vale, vamos. Espera, que cojo el espray de pimienta.

—Te dije que no se lo iba a tomar bien —murmuró Cam con disimulo.

Hazel, que seguía sonriendo, le palmoteó en el brazo.

—Ya te daré la razón más tarde.

—¿Qué coño está pasando? —pregunté.

Ella me sonrió.

—Es que no podemos decírtelo, pero necesito que te pongas esto, porque tenemos que ir a un sitio muy importante.

—¿Que me ponga qué? ¿Unas esposas? ¿Una bolsa en la cabeza?

Hazel le dio un codazo a Cam.

—Ah, sí. —Él sacó una camiseta que tenía detrás y me la lanzó. La prenda me dio en la cabeza y me cayó sobre la cara.

—Estoy cansada y sucia. Todavía tengo los pulmones llenos de aire reciclado de avión. ¡Necesito una ducha y recuperar mi puñetera ropa! —Estuve a punto de patear el suelo, pero me ahorré la humillación por puro agotamiento.

Hazel se acercó y me puso las manos en los hombros.

—Sé que estás cansada. Y que tienes muchas cosas que hacer. Pero va a pasar algo maravilloso en tu honor. Y no pienso permitir que te lo pierdas.

Cerré los ojos y exhalé ruidosamente por la nariz.

—¿Al menos habrá comida?

—No —contestó Cam.

—Puede haberla, si quieres —dijo rápidamente Hazel.

—No tenías ninguna emergencia intestinal, ¿verdad? —le dije a Cam.

—Hoy no.


—Así que me vais a acompañar. Vale. Muy bien. Esto no es nada raro —refunfuñé, colocándome bien el dobladillo de la camiseta del Bingo Definitivo de Story Lake, mientras Hazel y Cam caminaban agarrados de la mano por la acera delante de mí. Estábamos montando un desfile en toda regla. Todas las personas con las que nos cruzábamos me dedicaban la misma sonrisita cursi y enigmática, y echaban a andar detrás de nosotros—. ¿Alguien puede decirme qué está pasando? —le pregunté a la gente, mientras íbamos en dirección al lago.

—Ay, mirad. Ahí está Goose —dijo alguien. El águila calva volaba en círculos lentos sobre nuestras cabezas, por encima de una pancarta gigantesca que decía: JORNADA INAUGURAL DE BINGO DEFINITIVO.

—No. No. No. ¡No! No me ha dado tiempo a leer el manual. No me sé las reglas ni las consignas. ¡No estoy en condiciones de liderar un equipo! —Di media vuelta para intentar huir, pero una hilera de vecinos del pueblo que sonreían como psicópatas me cortaron el paso—. ¡No podéis secuestrar a alguien para obligarlo a jugar al bingo! —Buttercup tiraba nerviosa de la correa, trotando a mi lado—. Tú nunca me secuestrarías y me obligarías a participar en un extraño ritual pueblerino cuando lo único que quiero es ducharme y dormir, ¿verdad, bombón? —le dije a mi perrita.

Ella me miró con auténtica adoración. Me fijé en cómo rebotaban aquellas orejitas puntiagudas tan monas mientras caminaba a mi lado. Los pedazos de mi corazón roto se volvieron a unir mientras suspiraba con ternura. Por eso la gente tenía perros. Por el amor incondicional y las orejas saltarinas.

Hazel se puso a mi lado y me agarró de la mano mientras cruzábamos Lake Drive.

—¿Qué está pasando? —le pregunté, incapaz de ver más allá de la muchedumbre que teníamos delante.

—Ya lo verás.

—Hazel Tocapelotas Hart, como este sea uno de esos gestos sentimentaloides y exagerados en público, no te lo perdono en la vida.

—No sé a qué te refieres —replicó ella con insolencia.

—Ah, ¿no? ¿Uno de los protagonistas de tus libros no se disfrazaba de Papá Noel, se quedaba atascado en la chimenea de la protagonista y tenía que declararse desde una camilla delante de todo el pueblo después de que lo rescataran los bomberos?

—Venga ya. Si hoy ves algún traje de Papá Noel, te doy permiso para salir corriendo.

—Oye, he dicho que cenaría con él para que pudiera arrastrarse ante mí. No me he presentado voluntaria para otro numerito de humillación pública.

—Ah, no, esto no es cosa de Gage —dijo Hazel, con la suficiencia de alguien que sabía perfectamente lo que estaba ocurriendo—. Es cosa de Story Lake.

—Debería haberme quedado en el aeropuerto —murmuré entre dientes, mientras mi séquito me acompañaba por el aparcamiento hasta la pista deportiva. Vi a Levi bajándose del todoterreno y le hice señas para que esperara—. Hola, jefe de policía. Necesito denunciar un delito. Alguien me ha robado casi todas mis cosas.

Él miró con elocuencia a Cam y Hazel, y suspiró mientras echaba a andar a mi lado.

—Luego hablamos.

—¿Qué sabéis exactamente sobre mi ropa? —les pregunté, un instante antes de chocar con la espalda de Cam, que se detuvo de repente delante de mí—. Ay. ¿De qué estás hecho? ¿De acero?

Cam se hizo a un lado para quitarse de en medio y dejarme ver a una hilera de habitantes de Story Lake de aspecto solemne, todos ellos vestidos con la misma camiseta que yo llevaba puesta.

Darius y Scooter estaban en el centro. Cam y Hazel se unieron al resto del consejo municipal, que se encontraba a la izquierda. A la derecha estaban Levi, Laura, unos cuantos comerciantes y... la única cara que realmente vi.

La de Gage Bishop.

Estaba indecentemente guapo, con unos vaqueros y una camiseta ajustada del Bingo Definitivo de Story Lake. La expresión de su boca era seria. Y una barba de tres días cubría su mandíbula cuadrada. Tenía el pelo más revuelto de lo habitual y una mancha de pintura en el antebrazo y otra en los vaqueros. Parecía como si hubiera ido allí directamente desde alguna obra. O puede que estuviera ayudando a sus padres en la granja. La vida de Gage no se habría detenido solo porque yo me hubiera ido del pueblo. A pesar de su constante avalancha de correos electrónicos, mensajes y fotos, supuse que la semana anterior habría sido como cualquier otra para él.

Entonces vi su mirada. Aquellas intensas llamas verdes se posaron sobre mí. Y no precisamente con indiferencia.

El simple hecho de mirarlo me resultaba doloroso. ¿Cómo me había permitido a mí misma enamorarme tanto de él? ¿Cómo había podido olvidar todos los momentos maravillosos que habíamos compartido? ¿Cómo iba a poder mirarlo sin desearlo?

Buttercup suspiró y se recostó contra mi pierna, ofreciéndome un poco de consuelo canino.

Mierda. Estaba empezando a tener visión de túnel. No, un momento, Gage se estaba acercando. Venía hacia mí con paso firme, aproximándose cada vez más. No podía respirar. No podía pensar.

No se detuvo. Me metió una mano entre el pelo para agarrarme de la nuca y utilizó la otra para atraerme hacia su cuerpo.

—Te quiero —dijo, antes de darme un beso de infarto.

Mi cerebro empezó a dar vueltas como una docena de huevos revueltos en una sartén. ¿Me quería? ¿Gage Bishop me quería?

Sentí su boca cálida, firme y dolorosamente familiar sobre la mía. Echaba de menos aquello, lo echaba de menos a él.

—¡Oooh! —dijo Hazel.

—Este no era el plan —dijo Cam desde algún lugar que sonaba muy muy lejano.

Gage se apartó, sin dejar de mirarme.

—Lo siento. Me he dejado llevar —dijo con voz ronca.

Y entonces deslizó las manos por mis brazos, me soltó y dio un paso atrás. Casi se me doblan las rodillas.

—¡Se le va a llenar la boca de moscas! —gritó Gator, entre la multitud.

Por fin conseguí cerrarla y volver a la realidad. Estaba de pie en el centro de la pista, rodeada prácticamente por todo Story Lake. Darius y Los Jilgueros se acercaron a mí con solemnidad. Scooter imitó el sonido de una trompeta con la boca, justo delante de mis narices, rompiendo el hechizo de la declaración de Gage.

El alcalde le hizo un gesto ceremonioso con la cabeza. Scooter se inclinó y regresó a las filas de Los Jilgueros.

Darius desenrolló un pergamino de los de verdad y se aclaró la garganta.

—Hoy, Story Lake tiene el orgullo de otorgar una de sus máximas distinciones a una de nuestras vecinas —gritó.

¿Era yo? ¿Yo era esa vecina? ¿La máxima distinción era que Gage te besara? Porque era un premio cojonudo. Mierda. ¿Y si se trataba de alguna ceremonia extraña de entrega de galardones para algún otro bicho raro y yo había dado por sentado que era para mí por lo de la falsa emergencia intestinal y la marcha grupal hasta el lago?

—Zoey Moody. —Menos mal—. Por los servicios prestados a Story Lake al concebir el superexitoso Fin de Semana de los Lectores, promocionar el turismo, hacer que nuestros pequeños comercios sean más rentables y, lo más importante, frustrar los peligrosísimos planes de Dominion, ¿aceptas el honor?

—Ah. ¿Qué honor es ese, exactamente? —pregunté, mirando nerviosa a Gage. Seguía teniendo cara de querer echarme un polvo allí mismo. Y la idea no me desagradaba en absoluto.

Darius dejó el pergamino y cogió una tarjeta de bingo gigante.

—El honor del cuadrado central.

—¡Oooh! —exclamó la multitud con asombro cuando el alcalde señaló la casilla libre. Hasta entonces, en la casilla del centro había una estrella amarilla normal y corriente. Pero la habían sustituido por una bola de discoteca con varias palabras diminutas apretujadas que era incapaz de leer.

—La casilla libre queda oficialmente rebautizada como… —Darius hizo un gesto de director de orquesta para que la multitud se uniera a él.

—¡Zoey Moody no sé qué no sé qué más…! —dijeron todos al unísono.

Me acerqué un poco más a Darius.

—¿Zoey Moody qué?

Él me pasó la tarjeta y una lupa.

—La Casilla Libre Zoey Moody a la Excelencia en el Servicio Público —anunció con grandilocuencia.

—Ostras, cómo mola —dije, mirando la tarjeta.

—Habrá que abreviarlo como Zoey Moody EXSP —dijo—. Pero servirá para recordar a los jugadores que, al igual que la casilla libre, todos nos beneficiamos de los servicios públicos.

—Por supuesto. Tiene mucho sentido —dije con solemnidad, como si hubiera entendido mínimamente su razonamiento.

Emilie Rump dio un paso al frente.

—Como inspectora oficial del Bingo Definitivo, por la presente te otorgo la capacidad de elegir una rima o gesto que los jugadores tendrán que realizar cuando utilicen la Zoey Moody EXSP.

—Uf, ¿ahora mismo? —le pregunté.

Ella asintió con majestuosidad.

Vaya, esa gente se tomaba el bingo muy en serio. Vale, si algo no iba a decir en ese momento era «emergencia intestinal». Por más que mi «yo» impulsivo deseara hacerlo. «Emergencia intestinal» no iba a ser mi legado.

—Vale, una rima o un gesto. Una rima o un gesto… —Me toqué la barbilla y me puse a caminar de aquí para allá. El público me imitó—. ¡No, esperad! Estoy pensando, no es ninguna coreografía.

—«No, esperad. Estoy pensando, no es ninguna coreografía» —repitieron todos.

—Joder.

—«¡Joder!».

Miré a Gage.

—Socorro —le susurré.

Él vino hacia mí. Cada paso que daba para acercarse hacía que el corazón me latiera con más fuerza.

—¿Qué necesitas? —me preguntó con una voz ronca y susurrante que me trajo recuerdos de todas las noches que pasamos juntos.

—No sé cómo inventarme algo sobre la marcha que me represente como es debido. Soy un desastre.

—No eres ningún desastre, Zoey. Eres increíble.

—Deja de comerme la boca y lamerme el culo, y empieza a pensar en alguna solución.

—Vale —replicó Gage, con una sonrisa cariñosa.

—Este honor me está generando ansiedad. ¿Cuál es mi esencia? ¿Y cómo la aplico al bingo?

—¡Estás buenísima! —gritó Harry.

Laura puso los ojos en blanco, antes de darle un puñetazo afectuoso a su hijo en una de las corvas.

—Y eres muy trabajadora —dijo Chevy.

—¡Y siempre recoges tu propia mesa en la terraza del Fish Hook! —berreó uno de los camareros.

—¡Y no te reíste cuando se me escapó un pedo en la clase de Gimnasia Junto al Lago! —gritó George desde su scooter.

—¡Y machacaste a los de Dominion! —bramó Kitty Suárez, algo que fue recibido con una ovación ensordecedora por parte del público.

—Y no eres tan petarda como creía —declaró Opal—. Y te interesaste por una vieja gruñona y le recordaste lo que era querer quedarse.

—Y haces que todo brille —dijo Gage.

—No te pases —susurré.

—Es verdad —aseguró Hazel—. Tiene razón.

—«Brillibrilli» mola —dijo Laura, moviendo los dedos en el aire.

Darius puso cara de alivio.

—Menos mal. Es mucho más apto para familias que la antigua llamada al 069.

Aquello no debería parecerme tan conmovedor. No debería emocionarme tanto. Pero aquel pueblo, aquel maravilloso pueblecito de locos, me había hecho un hueco. Literalmente.

Se me llenaron los ojos de lágrimas. Sin la menor duda, alguien estaba cortando un montón de cebollas allí en el parque.

—No sé qué decir, aparte de gracias —dije con voz aguda.

—Scooter, por favor, haz entrega de los clínex ceremoniales —le pidió Darius.


—Aquí tienes —le dije a Opal, dándole una hoja. Una vez terminada oficialmente la ceremonia del bingo, nos habíamos sentado en un banco del parque a orillas del lago, mientras el sol se ponía en el horizonte. Buttercup tenía la cabeza apoyada en las patitas y la mirada clavada en el agua, como si estuviera reflexionando sobre la vida—. Un anticipo de siete cifras y el editor de tus sueños —añadí con satisfacción.

—Por mis libros —dijo ella, mirando con los ojos entornados la cifra que le había escrito. Una cifra que le cambiaría la vida.

—Por tus libros —le confirmé.

—Esto está que te cagas.

—Pues hoy mismo no me vendría mal.

—Parece que alguien necesita más fibra en la dieta.

—Venga. Vuelve a admirar la maravillosa oferta y luego dime lo bien que lo he hecho —le pedí, señalando el papel con el dedo.

Ella me miró a través de los cristales tintados de las gafas.

—No creí que fueran a tomarme en serio. No pensé que nadie quisiera darme una oportunidad y mucho menos que fueran tan tontos como para ofrecerme tal cantidad de dinero.

—Ya ves, a veces ganan los buenos. Y tú, Opal, eres una buena persona. Un poco gruñona, pero una buena persona al fin y al cabo, y con mucho talento. Así que, ¡enhorabuena! Dime que tienes una botella de champán en casa.

—Llevo una encima —contestó, antes de sacar una botellita de vino espumoso del bolso.

Gage estaba de pie en el muelle, a unos cuantos metros de distancia, disfrutando de la puesta de sol con su hermana y Val, mientras los cinco niños jugaban.

—¿Y ahora qué hago? —me preguntó ella, mientras desenroscaba el tapón y bebía un trago.

—Pues primero nos bebemos el champán caliente del bolso directamente de la botella y luego decides si aceptas la oferta.

—Pues claro que acepto la puñetera oferta. Alice no se casó con una idiota —replicó Opal.

Me desplomé contra el respaldo del banco.

—Menos mal. Me daba miedo que me mandaras a la mierda por pura cabezonería cuando ya me había comprado unos zapatos para celebrarlo.

—Solo lo hago para evitar que te arruines —contestó, pasándome la botella.

—Mentirosa —repliqué, antes de beber otro trago—. Ahora quiero que disfrutes a tope de este maravilloso momento de gloria en el que tú, Opal Mallory, una mujer de setenta y tres años, has sido cortejada en una subasta por tres de las editoriales más importantes de la industria, todas ellas babeando ante la idea de hacerse con los libros que escribiste.

—Eres mucho menos insoportable cuando me traes sacos de dinero.

Le devolví la botella con un guiño.

—Lo mismo estaba pensando yo de ti.

Eso le hizo esbozar una pequeña sonrisa.

—Eres increíble, Zoey.

—Tú quédate conmigo, nena, y haré que los próximos veinte años de tu vida sean una puta pasada.

—¿Y quién hará que lo sean los tuyos? —me preguntó Opal, mirando con elocuencia a Gage.

—Yo —contesté con firmeza.

—Desde luego, aquí la gente te quiere mucho —añadió Opal—. Incluido él.

—Es posible —me limité a responder, antes de volver a coger la botella.

—Todos cometemos errores, cielo. Pero ¿sabes qué te digo? Que mientras aprendamos de ellos para mejorar, no tienen por qué definirnos.

—Oye, Opal. Llevo una semana sin dormir más de cinco horas por noche. No me he duchado en dos… —Me interrumpí para olerme el sobaco—. Más bien en tres días. Estoy agotada y muerta de hambre, y alguien me ha robado toda la ropa. No me encuentro en condiciones de tomar ninguna decisión trascendental relacionada con el tío bueno que me rompió el corazón.

—Pues más te vale empezar a estarlo —dijo, dándome un codazo.

Alcé la vista y vi que Gage se estaba acercando. Buttercup levantó las orejas y empezó a darme golpecitos con el rabo en la pierna. Normal. Hasta yo tenía el corazón desbocado mientras veía cómo se acercaba. Tan serio. Y mirándome tan fijamente.

Y estaba enamorado de mí.

No podía dejar de pensar en lo que me había dicho.

Se detuvo delante de nosotras y Buttercup se levantó de inmediato. Tuve que contenerme para no hacer lo mismo.

—Opal —dijo Gage a modo de saludo, mientras se agachaba para acariciar a mi perrita, que se había vuelto loca.

No estaba para nada celosa. Qué va. En absoluto.

—No la cagues —le advirtió Opal, levantándose.

—Haré lo que pueda —le prometió él.

—¿Adónde vas? —le pregunté al verla guardar el papel de la oferta en el bolso y coger el bastón.

—Tengo cosas que hacer. Botellas de champán más grandes que abrir. Nos vemos mañana —dijo, y dirigió una mirada a Gage—. Pero no demasiado temprano —añadió antes de marcharse.

Era imposible no pillar la indirecta. Pues se iba a enterar. Zoey Moody jamás tropezaba dos veces con la misma piedra. Era una mujer fuerte e independiente con un mínimo de autoestima. No pensaba volver a dejarme hechizar tan fácilmente por los ojos verdes y los labios firmes de Gage Bishop.

—¿Lista para esa cena? —me preguntó Gage.

—Por supuesto.

Era lo peor.

# 48

## *Déjate de grandes gestos románticos*
### Zoey

Tal vez sucumbiera a la invitación demostrando una vergonzosa falta de agallas, pero al menos disponía de los medios necesarios para ir con Buttercup en mi propio coche a casa de Gage.

Todavía tenía el pelo húmedo por la ducha, pero abrí la capota para que la brisa solucionara el problema. En consonancia con mi actitud de esfuerzo cero, volví a ponerme la camiseta del Bingo Definitivo, la única prenda limpia de la que disponía, dado que alguien me había robado todo el armario.

Al parecer, yo era la única persona en todo el pueblo preocupada por el paradero de mi ropa.

Puse la música a todo volumen y asentí con aprobación mientras observaba en el espejo retrovisor la línea afilada que me había pintado en los ojos. Puede que me hubiera maquillado de forma un poco sexy, pero no era para seducir a Gage. Era mi armadura. Un recordatorio de que era una mujer fuerte e independiente... que, sin pretenderlo, había aceptado una invitación para cenar con un hombre que la había hechizado temporalmente con su polla, le había roto el corazón y después le había dicho que la quería. Si los ojos ahumados y los labios rojos le recordaban a Gage que era un puto gilipollas, mejor que mejor.

Buttercup gruñó en el asiento del copiloto.

—Deja de juzgarme —le dije—. Algún día, cuando seas una perrita adulta y algún perrito (o perrita) te rompa el corazón, lo entenderás.

Buttercup pasó olímpicamente de lo que acababa de decirle y empezó a acicalarse con entusiasmo sus partes íntimas.

Me pregunté si yo también debería haberme acicalado más a fondo por si Gage lograba lo imposible y conseguía oficialmente mi perdón. No, eso era absurdo. Por una vez en mi vida iba a actuar de forma lógica con respecto a algo. No iba a darle una segunda oportunidad así a lo loco, sin sopesar con cuidado todas las opciones. Me lo debía a mí misma… y a mi perra.

La puerta del coche empezó a vibrar con más fuerza, ahogando los agudos de Freddie Mercury.

—¡Me cago en todo lo que se menea! —exclamé, desviando el coche hacia el arcén—. ¡Estoy harta de ese puñetero traqueteo! —Abrí la puerta de un empujón y sacudí violentamente la manilla con ambas manos. El zarandeo retumbó en mi cabeza—. Condenado traqueteo de las narices —dije entre dientes mientras palpaba el panel de la puerta, buscando una forma de abrirlo—. ¡Ajá! La rejilla del altavoz está suelta —le dije a Buttercup, que me observaba con la cabeza ladeada.

Arranqué la rejilla y el altavoz cayó inmediatamente de la puerta y se quedó colgando de los cables. Metí la mano en el agujero que había dejado y palpé el interior de la puerta. Rocé con los dedos algo… extraño.

—Pero ¿qué narices…?

Estuve a punto de hacerme un esguince en el cuello, pero conseguí coger el objeto y sacarlo.

Parpadeé incrédula ante aquello que llevaba semanas molestándome. Era un rollo entero de monedas de diez centavos.

—Tiene que ser una broma —murmuré, negando con la cabeza.

Buttercup inclinó la suya hacia el otro lado, intentando entenderlo.

Contemplé la puesta de sol en busca de alguna respuesta.

Buttercup también miró hacia arriba y soltó un pequeño ladrido.

Pero ni ella ni yo obtuvimos ningún tipo de contestación.

Finalmente conseguí incrustar de nuevo el altavoz en el agujero y volví a la carretera.

—Esto no puede ser una señal del cuñado fallecido de cierta

persona, al que ni siquiera conocía. Solo es una coincidencia —me dije, mientras seguía conduciendo. Giré hacia el camino de la casa de Gage mientras la luz del atardecer bañaba los campos. Los faros del coche iluminaron la casa. Me invadió una nostalgia tan intensa que me quedé sin respiración. Con lo que aquello podía haber sido. Algo que solo me había atrevido a desear en secreto.

Me quedé mirando el rollo de monedas de diez centavos que tenía en el regazo.

No. Aquello era un error. Cada vez que me acercaba a aquel hombre perdía la cabeza. Estaba a punto de dar la vuelta con el coche, y buscar el restaurante de comida rápida más cercano que aceptara monedas, cuando Gage salió descalzo de la casa con Nana pisándole los talones. Buttercup gimió, emocionada, a mi lado.

—Uf. Ya lo sé. Son ideales, pero recuerda que Gage es un capullo —refunfuñé.

Aparqué delante del garaje y me guardé las monedas en el bolso, antes de salir del coche. Buttercup se bajó ágilmente de un salto detrás de mí.

Ignoré a propósito a Gage y observé el reencuentro de los perros. Nana parecía especialmente contenta de verme, si comparábamos su nivel de alegría con el habitual al ver a cualquier otro ser humano. Y también parecía encantada de ver a Buttercup.

Ambas se pusieron a correr a toda velocidad alrededor del coche, dejándome sin excusas para evitar a Gage.

—Te ha echado de menos —dijo—. Y yo también.

—Yo también la he echado de menos —repliqué, intentando desesperadamente no mirarlo a los ojos. Llevaba unos vaqueros desgastados y caídos sobre las caderas y una camiseta gris vieja que habría acabado en mi colección si todavía siguiera robándole la ropa. A pesar de la distancia física que había entre los dos, podía oler su gel de baño.

Un escalofrío delicioso y completamente indeseado me recorrió el cuerpo al recordar de lo que eran capaces esas manos en la ducha.

Aquello había sido un error. No debería haber ido allí esa noche. Debería haber propuesto una comida menos sexy en un lugar más público. Como un desayuno en una cafetería con luz fluorescente y manchas de café en la mesa. Con bancos de polipiel que hicieran ruidos de pedos cuando te sentabas en ellos.

—He hecho unos filetes —dijo Gage, señalando con el pulgar hacia la terraza.

—Me parece bien —contesté sin moverme.

Puede que nos hubiéramos quedado allí toda la noche si Nana no se hubiera subido al asiento del conductor por la puerta que me había dejado abierta y hubiera apoyado las dos patas delanteras en el claxon. Buttercup dejó de correr de repente.

—Como tu perra le enseñe ese truco a la mía, te demando —grité por encima del estruendo de la bocina.

—Joder, Nana —refunfuñó Gage, antes de sacarla del coche y cerrar la puerta.

En cuanto la soltó, ella y Buttercup se adentraron en la oscuridad de la noche, corriendo por la hierba fresca.

Las imágenes de mofetas y otros peligros nocturnos incrementaron mi nerviosismo. ¿Y si Buttercup se adentraba en el bosque? ¿Y si un oso la confundía con un bocadillo? ¿Y si una vaca la pisaba? ¿Y si no volvía?

—Tranquila. Hemos reubicado a la mofeta y Buttercup no se separa de Nana —dijo Gage, leyéndome el pensamiento.

Me hizo un gesto para que subiera por la rampa de la terraza delante de él. Por suerte, llevaba puestos los vaqueros que me hacían culazo, así que sabía que las vistas de Gage estaban siendo inmejorables. Por desgracia, las mías también.

El brasero estaba encendido y había puesto velas. Las guirnaldas de luces que proyectaban un cálido resplandor sobre nosotros tenían forma de bolas de discoteca. La mesa estaba preparada como para una cena romántica, con copas de vino y hasta puñeteras servilletas de tela. Me detuve de repente y Gage chocó conmigo. Noté una descarga eléctrica cuando su pecho entró en contacto con mi espalda. El calor sólido de su cuerpo reavivó una docena de recuerdos en los que la ropa era opcional.

—Esto es un error —declaré.

—Solo es una cena —dijo él, con la boca a un centímetro de mi oído.

Me puso las manos en las caderas y me empujó hacia adelante.

Su tacto anuló mi capacidad de pensar racionalmente. Quería más. Más de aquello, más de él, más de ese lugar.

Joder. Iba a acabar perdonándolo, quisiera o no.

Mierda. Mierda. Mierda.

—Siéntate —me pidió, apartando una silla para mí.

Me dejé caer en ella como un títere abandonado a su suerte. Él me miró con ojos ardientes y extendió una mano para apartarme un rizo de la cara.

Me negué a ceder al impulso de ronronear. En lugar de ello, me abalancé sobre el vaso de agua que tenía delante del plato y me lo bebí como si llevara una semana perdida en el desierto.

Gage fue hacia la parrilla y destapó dos apetitosos filetes y un par de patatas asadas enormes envueltas en papel de aluminio.

—No irás a lanzármelas, ¿verdad? —le pregunté con recelo. Desde que había llegado a Story Lake, aquello había dejado de ser una guarnición inocente para mí.

—Si alguien merece que le den un patatazo, soy yo —dijo él, mientras volvía a la mesa y repartía la comida entre los dos platos. Los perros volvieron a toda velocidad a la terraza después de haber estado jugando y metieron la cabeza en un cuenco de agua que había al lado de la barandilla.

—Le encanta estar aquí —comenté, mientras Buttercup se tumbaba de lado y le daba paraditas a Nana.

—Es como la pieza que faltaba del puzle —dijo Gage, sin apartar los ojos de mí—. ¿Quieres un poco de vino?

Negué con la cabeza. Necesitaba conservar la calma y la claridad mental en lo que a él se refería.

—¿A qué viene todo esto? —le pregunté, antes de hincarle el diente al filete.

—Solo estamos hablando.

—¿Es que queda algo por decir? —Joder. El filete se me derritió en la boca como mantequilla con sabor a carne. ¿Por qué tenía que ser tan fastidiosamente bueno en todo?

—Te quiero, Zoey.

Ahí estaba otra vez aquella declaración que hacía que todo mi cuerpo se paralizara. Me atraganté con el filete y, tras un breve ataque de tos, me bebí el resto del agua de un trago.

—Joder, Gage.

—¿Qué?

—Creía que empezarías disculpándote por ser un payaso de mierda sin remedio, o algo así.

—Perdón por ser un payaso de mierda sin remedio. Te quiero —dijo, esbozando una sonrisa burlona.

Unté con fuerza la mantequilla en la patata.

—Oye, vale, te perdono. Los dos sabíamos en lo que nos metíamos cuando nos embarcamos en este desastre. Y los dos sabíamos que no iba a acabar bien, así que no tiene sentido enfadarse por ello. Y a mí me afectó más el rechazo de lo que debería. Así que estamos en paz. Gracias por el filete.

—Zoey, quiero otra oportunidad.

—No. —Cogí un poco de patata, mantequilla y crema agria con el tenedor. Que no quisiera que volviéramos a estar juntos no significaba que no pudiera disfrutar de la comida, al menos.

—Esperaba que dijeras eso —replicó él.

Golpeé violentamente el plato con el tenedor.

—¡Venga ya! ¡Eso no es verdad!

Él sonrió.

—Si hubieras cedido, habría sido demasiado fácil. Tengo que defender mi caso.

—Como empieces a citar precedentes, me largo —le advertí, antes de meterme otro trozo de filete en la boca.

—Te necesito más que todo lo que creía que necesitaba antes de conocerte. No me di cuenta de cuánto te quería hasta que te fuiste. Hay muchas cosas de las que no me había dado cuenta. Como de la cantidad de luz y color que has aportado a mi vida. Antes de que tú llegaras, todo era blanco y negro. No tenía ni idea de la cantidad de cosas que me estaba perdiendo. Hasta que te conocí.

—Ya. ¿Te vas a comer eso? —le pregunté, señalando con el tenedor su filete intacto.

—Sí, pero hay otro en la parrilla. La he cagado. He metido la pata hasta el fondo y he subestimado el daño que te he hecho.

Cerré los ojos y respiré hondo.

—Gage, de verdad, no pasa nada. La gente sufre desengaños constantemente. Las rupturas están a la orden del día. No hay razón para que no podamos seguir siendo amigos.

—Sí la hay. Yo no voy por ahí acostándome con mis amigas ni casándome con ellas.

Me atraganté con una patata.

—Joder, tío.

—Zoey, te ataqué porque me sentía vulnerable. En aquel momento hice honor a las bajas expectativas que tenías de mí. Y lo siento mucho. Pero lo que más siento es que, en el fondo, tú te lo esperabas. Crees que tienes algún tipo de defecto interno o que no estás a la altura, y que por eso las personas que quieres no dejan de decepcionarte.

—Puede, aunque estoy convencida de que en este caso la culpa es toda tuya —le dije, señalándolo con el cuchillo.

—Deberías estarlo. Pero no es así. Al menos, no del todo. Te han hecho daño tantas veces las personas que se supone que deberían quererte que crees que el problema eres tú. Y no es verdad. Nunca lo has sido. No es culpa tuya. Ni que yo descargara mis inseguridades contigo, ni que tus padres te trataran como si fueras la causa de todos sus males, ni que el idiota de Sam te abandonara cuando más lo necesitabas. No tiene nada que ver contigo, sino con ellos. Nada de eso es culpa tuya.

La garganta se me secó y se me tensó.

—Yo creo que las relaciones son una vía de doble sentido. Nadie es del todo inocente.

Él extendió el brazo y me agarró de la mano.

—Zoey, la idea de haberte hecho daño me quita el sueño. No puedo dormir. No puedo pensar. No puedo ni respirar, joder. No porque no me vayas a perdonar, sino por haberte hecho dudar de lo que de verdad siento por ti. Sé que te he hecho muchísimo daño y entiendo que no quieras darme una segunda oportunidad. Pero te prometo no volver a hacerlo nunca más. Seguro que encuentro otras formas de meter la pata. Pero nunca más te haré sentir que eres demasiado intensa para mí.

Quería creerlo. Deseaba con todo mi corazón que fuera verdad. Pero tenía que ser fuerte. Me lo debía a mí misma. No podía arriesgarme a que volvieran a herirme así.

—Oye, Gage, no puedes hacerte responsable de mis sentimientos. Soy más sensible que otras chicas, pero eso es problema mío, no tuyo.

—No hay otras chicas. Yo no me caigo de un tejado por cualquiera. Tú eres la mujer de mi vida, Zoey.

—Somos demasiado diferentes —dije, aferrándome a un último atisbo de instinto de supervivencia.

—¿En qué?

—A mí me van las bolas de discoteca y no llevar ropa interior, y a ti las agendas y cocinar.

Esbozó una sonrisa triunfal.

—Me alegra que hayas sacado el tema. Tengo algunas pruebas que me gustaría presentar.

Me hizo levantarme y me condujo hacia la puerta. Los perros salieron disparados para ser los primeros en llegar y pegaron los hocicos húmedos al cristal antes de que Gage lo abriera. Entraron corriendo en el salón, que estaba completamente a oscuras. Percibí un ligero olor a pintura fresca.

Nana y Buttercup nos adelantaron y fueron hacia la cocina.

—Toma —me dijo Gage, mientras me entregaba un mando a distancia sin soltarme. Qué agradable era estar allí, dejando que me tocara.

—¿Quieres que nos pongamos a ver la televisión? ¿No estábamos haciendo otra cosa?

—Tú actívalo.

—¿Qué es lo que tengo que activar? —refunfuñé, pulsando el botón de encendido.

Las luces y los colores cobraron vida y empezaron a girar sobre nuestras cabezas.

—Venga ya —exclamé. Allí, colgada de la viga central del salón de Gage, había una bola de discoteca girando en silencio—. No me lo puedo creer.

—Pues créetelo. ¿Te gusta?

—¿Que si me gusta la bola de discoteca gigante que has colgado del techo del salón? Pues claro que me gusta, Gage. —Me alejé y empecé a dar vueltas bajo el arcoíris de luces—. ¿Lo has hecho por mí?

—Todo es por ti —contestó él, deteniéndome en mitad del giro.

—Anda. Si también has puesto cojines. Un momento. ¡Esos cojines son míos! Y ahí está mi manta. ¡Y mi vela! —exclamé, al darme cuenta de que mis cosas estaban mezcladas con las suyas.

—Y aún hay más.

—¿Más?

—Ven conmigo.

Me dejé arrastrar al dormitorio y me sentí un poco decepcionada al ver que no nos deteníamos en la cama. El desconcierto se apoderó de mí cuando nos dirigimos al cuarto de baño. Pero me quedé deslumbrada cuando abrió la puerta del armario.

—No me lo puedo creer —volví a susurrar.

El armario sin terminar ya no estaba sin terminar. Estaba lleno de estantes, cubículos y barras para colgar la ropa. En medio del espacio había una isla, o más bien todo un continente, con una preciosa encimera de piedra y un montón de cajones. La ropa de Gage, sus trajes elegantes y sus prendas de trabajo desgastadas seguían estando en la parte delantera, como siempre, pero el resto... ¡el resto era mío! Mi ropa, mis accesorios, todo mi armario estaba organizado por colores y expuesto como si estuviéramos en una tienda de lujo.

—Así que es a ti a quien Levi tiene que detener por robo —dije.

—Pues tendrá que detenerse a sí mismo, porque fue él quien me ayudó a trasladar todo. Me apetecía hacer algo especial, pero tampoco quería limitarme a robarte todas tus cosas y traerlas aquí, porque sería un poquito inquietante. Así que me decidí por lo que más impacto causaría.

—Es todo precioso. Además, ya sabes cuánto odio hacer y deshacer maletas. —Me volví hacia él—. Esto es manipulación emocional.

—Pues claro. ¿Está funcionando?

—Puede —me limité a responder.

Entonces me fijé en una lata llena de monedas de diez centavos que había escondida en un estante de la zona de Gage. La prueba de que, pasara lo que pasara, en el fondo Gage Bishop era un buen tío.

Mierda. ¿Qué se suponía que debía hacer ahora? ¿Aceptar sus disculpas? ¿Empezar a probarme toda la ropa delante del espejo? ¿Proponerle abandonar el armario e ir al dormitorio? Nunca había estado en aquella situación, a las puertas de una segunda oportunidad. Ojalá fuera una de las heroínas de Hazel para saber qué hacer y qué decir.

—Zoey, te quiero. Quiero compartir mi vida contigo. Como pareja. No tiene por qué ser aquí. Si quieres volver a la ciudad…

Me mordí el labio.

—En Manhattan no hay armarios como este.

Ni hombres que reunían monedas de diez centavos para esconderlas y recordarles a sus hermanas, que estaban pasando por un mal momento, que las querían.

Los perros entraron dando saltos por la puerta y se pusieron a olisquear todas las novedades.

—Ni jardines traseros para perros —añadí. Necesitaba una señal. Algo que me dijera cómo hacer aquello—. ¡Coño! ¿Ese es mi sujetador?

Allí, colgado solitariamente en una percha deslumbrante, estaba mi sujetador rosa con lentejuelas de doscientos dólares.

—¿Cómo has conseguido otro? Los dejaron de fabricar hace seis años.

—Es el original —respondió Gage—. Goose nos ha dado el visto bueno.

Me volví hacia él.

—¿Me estás diciendo que el águila calva que me robó el sujetador te lo ha devuelto a ti?

—Dicho así, parece increíble. Pero es cierto.

—Hay demasiadas cosas que asimilar —dije, mirando a mi alrededor.

—Esperaba abrumarte emocionalmente y dejarte fuera de comba… ¿Adónde vas?

—Quédate aquí —le ordené—. Ahora vuelvo.

Los perros me siguieron como si tuviera un filete en los bolsillos. Salí a la terraza, cogí el bolso y volví al armario. Gage seguía en el mismo sitio.

—No sabía si volverías —reconoció.

Metí la mano en el bolso y dejé el rollo de monedas de diez centavos sobre la encimera.

—Sé lo de las monedas. Lo que haces por Laura. Lo sé desde hace tiempo y prácticamente es la única razón por la que no te di aquel puñetazo cuando te lo merecías, porque cualquiera que haga eso por su hermana no puede ser tan mala persona.

—Vaya, gracias. Supongo —replicó él, tamborileando nervioso con los dedos sobre el muslo.

Exhalé un suspiro.

—Me he encontrado esto en la puerta del coche cuando venía hacia aquí. Es como una especie de letrero de neón increíble y exagerado del universo.

Nos quedamos mirando el rollo como si fuera algún tipo de objeto sagrado.

—Sin duda es una señal —declaró Gage con voz firme y grave.

—Vale. De acuerdo. Es una señal. Entonces supongo que solo queda una cosa por hacer.

—¿Qué?

Me abalancé sobre él, rodeándole la cintura con las piernas y el cuello con los brazos. La boca de Gage buscó desesperadamente la mía, mientras les cerraba la puerta a los perros en las narices.

—Te quiero. Lo digo en serio, no solo por el subidón del armario —le aseguré—. Aunque lo del armario ha ayudado mucho.

—Joder, menos mal —murmuró Gage—. Creía que me ibas a dar una paliza por robarte tus cosas.

—Todavía estoy a tiempo de hacerlo. Depende de cómo evolucione la noche. —Intenté apoyar una mano para evitar que nos cayéramos, pero él giró para impedírmelo.

—No toques nada. Parte de la pintura aún está fresca. Solo era para que vieras el efecto final —dijo entre besos apasionados.

—Cállate y quítate los pantalones.

Gage se despegó de mí de nuevo y me miró.

—Que sepas que pienso pedirte que te cases conmigo.

—Sí, vale. Genial. Vamos a casarnos. Quítese los pantalones de una vez, caballero.

—Pero no lo voy a hacer esta noche. Ya has tomado demasiadas decisiones y no quiero presionarte con otra tan grande.

—Lo entiendo. Ya entraré en pánico por eso más tarde. Ahora, hablando de cosas grandes —dije, mirando hacia abajo con elocuencia.

—También había pensado que podíamos convertir el estudio en tu nueva oficina y me gustaría saber qué opinas de la adopción.

Es decir, el hecho de estar contigo ya me hace feliz, con hijos o sin ellos. Pero hay varias opciones y podemos hablar de ellas luego.

El corazón me dio un vuelco y bajó directamente hacia mi entrepierna.

—Me gustaría mucho hablar de esas opciones más tarde —declaré.

Él sonrió y, por un instante, me imaginé nuestro futuro juntos. Lleno de perros, niños y muchos más animales de los que me gustaría. De familia. De días de ocio en el lago. Y de libros. De muchos libros.

—Voy a necesitar estanterías —dije.

—Zoey, te construiré una biblioteca entera.

—Vale, genial. Me alegro de que esté decidido. ¡Y ahora, déjate de grandes gestos románticos y fóllame!

—Soy todo tuyo, Desastre —dijo él, desabrochándose los vaqueros, antes de sentarme en la encimera.

—Espera, espera, espera —le dije, apoyando las palmas de las manos en su pecho mientras él se colocaba en posición entre mis piernas—. ¿Estás seguro de esto?

Gage apoyó la frente en la mía.

—Cariño, es tan fácil quererte que no he estado tan seguro de nada en toda mi vida.

—Vaya, qué frase tan bonita. —Exhalé un suspiro—. ¿Qué tipo de anillo me vas a regalar?

—El más brillante que encuentre.

# Epílogo

## Zoey

*Unos cuantos meses después*

No puedo creer que esté aquí..., en una terraza con vistas al lago..., con un vestido de dama de honor del que he tenido que limpiar a toda prisa las manchas de desodorante..., viendo cómo mi mejor amiga del mundo se casa con su alma gemela..., mientras mi prometido me mira con ojos de «vamos a echar un polvo» desde el otro lado del pasillo.

Por supuesto, yo soy la dama de honor. Y estoy fabulosa con mi vestido de dama de honor de gasa, sobre todo porque ya no tengo que llevar una muñequera como complemento. Los huesos rotos y los corazones partidos se han curado. Este lugar prácticamente tiene propiedades medicinales.

Hazel está tan guapa que no puedo mirarla a los ojos sin llorar. Y Cam está más contento de lo que jamás lo he visto, lo cual no parece gran cosa, pero confiad en mí: si los vierais, vosotros también creeríais en los finales felices.

Es mi segundo verano aquí, lo que significa que ya he traspasado con el sudor el desodorante mal aplicado. La humedad de Pennsylvania no es ninguna broma.

Por eso Gage y yo nos vamos a casar en otoño, cuando haga más fresco. ¿Os he dicho que va a ser en la granja de sus padres? Sí, habéis oído bien. Yo, Zoey Moody, me voy a casar en una granja.

Qué curiosa es la vida, ¿verdad?

Nunca me había imaginado casándome. Y mucho menos en una granja. Y menos todavía despertándome en un granero de verdad, bajo una montaña de perros, junto a un constructor buenorro de un pueblecito pequeño. Pero así son las cosas. Básicamente estoy radiante, gracias a los orgasmos diarios y a las comidas regulares ricas en proteínas. Me daría mucho asco, si no estuviera hablando de mí misma.

Han sido unos meses muy ajetreados. Gracias al libro de Hazel, que se convirtió en el número uno de la lista de best sellers en *The New York Times*, y al astronómico anticipo de siete cifras de Opal, he logrado salir del bache financiero y he estado reconstruyendo de forma responsable mi vestuario y mi plan de jubilación. Trabajo en el estudio que Gage ha tenido el detallazo de convertir en un despacho para mí. También ha ampliado el pastizal hasta la ventana de mi oficina para que Pepe, el burrito en miniatura, pueda saludarme todos los días.

Sí, ya lo sé. Ahora acaricio burros en los descansos. De no ser por los rizos y la torpeza crónica, seguramente ni me reconocería en el espejo.

Cuando no está intimidando a los turistas del pueblo, Goose se pasa el día en el tejado del garaje, cagando por toda la cúpula. Creo que es la forma que tiene de expresar su amor. Gage dice que mientras no empiece a comerse las carpas del estanque, no le importa tener que limpiar el tejado una vez a la semana con agua a presión.

Don Responsable también insistió en que me comprara un coche nuevo y más seguro con tracción a las cuatro ruedas, así que hice algo de lo más irresponsable y le regalé el Miata a Isla. ¡Soy oficialmente su tía favorita! ¡Toma ya, Hazel! Y ahora tengo un todoterreno con asientos climatizados. Así que todos salimos ganando. Además, tanto Gage como yo llevamos monedas de diez centavos en los portavasos para que nos den suerte.

En los ratos libres entre los torneos de bingo —mi equipo va segundo gracias sobre todo a que Gage es el cocapitán—, las dos empresas de Gage y los mimos a mis escritoras para que escriban libros, no paramos de hablar de niños —Gage y yo, no mis escritoras y yo—. ¿Deberíamos tenerlos? ¿Cómo? ¿Cuántos?

Es algo difícil de asimilar después de haber aceptado durante tantos años que, simplemente, ese no era mi destino. Pero Gage hace que todo parezca posible. Además, me da menos pavor plantearme tener hijos sabiendo que Pep y Frank están al otro lado de la colina, con varias décadas de experiencia como padres.

La relación con los míos sigue siendo tensa, aunque un poco menos. Estuve casi un mes sin saber nada de ellos después de lo del cumpleaños. Y entonces, de repente, los dos empezaron a enviarme mensajes. Mi madre porque había visto a Hazel presentando el libro en el programa de la mañana y mi padre para pedirme consejo sobre su nuevo vestuario. Estamos muy lejos de llevarnos bien y no creo que lleguemos a tener nunca una conversación profunda y sincera en la que se disculpen por no haber sido como necesitaba que fueran.

Pero no me importa.

Todos lo hacemos lo mejor que podemos.

Yo continúo siendo un desastre total. Sigo teniendo TDAH, pero estoy aprendiendo a sobrellevarlo —y a sobrellevarme a mí misma— con un poco más de elegancia. Voy con una agenda física a todas partes. Opal me regaló unos auriculares con cancelación de ruido tremendamente caros que me ayudan a concentrarme. Y Gage es muy complaciente cuando le pido ayuda para terminar algo importante. Aunque, obviamente, acaba complaciéndome sin ropa. Pero nadie tiene ninguna queja al respecto —salvo Declan, que nos pilló una vez en plena acción, después del trabajo, justo cuando Gage se estaba quitando los pantalones.

Tener una pareja que me quiere y me valora a pesar de mis pequeñas «peculiaridades» hace que la vida sea mucho mejor.

Y estar conmigo también ha hecho que Gage se relaje un poco. Ni siquiera pestañeó cuando puse un colchón hinchable y un montón de velas en el jardín de atrás para que pudiéramos echar un polvo al aire libre durante una lluvia de meteoritos.

Por supuesto, los perros pincharon el colchón y una de las velas quemó la hierba. Pero aun así el polvo fue increíble. ¡La vida es una aventura!

Hablando de aventuras, Levi ha insinuado, a través de una serie de gruñidos y frases monosilábicas, que podría estar listo para compartir conmigo el borrador de su libro. Es bastante tierno ver a un tío tan duro y reservado cagado de miedo, creativamente hablando.

Me hace tanta ilusión leer su manuscrito que no le he advertido que tenga cuidado con Hazel. Cuando vuelva de la luna de miel en las Islas Turcas y Caicos, querrá buscar inspiración para la siguiente novela. Lo que significa que tendrá que procurarse un nuevo objetivo para satisfacer su obsesión por emparejar a la gente, y ¿quién mejor que el apuesto policía soltero de un pueblo pequeño?

Uf. Pobrecito mío.

¡Estoy deseando ver qué pasará!

Así es la vida en Story Lake: ¡Aquí los pájaros te lanzan serpientes!

# Agradecimientos

A Kari March Designs, por otra cubierta espectacular.

A Deb Werksman, Katie Stutz y al resto del equipo de Bloom Books, por su perspectiva y su esfuerzo.

Al equipo de Lucy, incluidos Joyce, Tammy, Lona, Rachel, Heather, Dan y Tim, literalmente por todo. En serio.

A Jess y al equipo de LEO PR por PRomocionarme.

A Flavia y Meire, las mejores agentes del mundo.

A todos los lectores de sensibilidad, por sus valiosas sugerencias.

A Jess, la editora, por su buen ojo.

A los narvales, por creer en sí mismos aunque yo no creyera en ellos.

A Jami y Erika, por el mejor retiro del mundo. ¡Os quiero!

A James, Cissy, Nathan y Boo. Puede que no tengamos un castillo, pero siempre nos quedará el Tiki Bar.

A Madison, Avery y Jill, por ser las mejores compañeras de *sprints* de escritura que una escritora podría desear.

# Nota de la autora

Querido lector:

Tengo varias cosas en común con nuestra protagonista, Zoey. Al igual que ella, hasta hace muy poco no sabía que los narvales existían. A mí también tuvieron que sacarme de un sujetador deportivo empapado en sudor, una vez. Tuve que interrumpir al señor Lucy durante una partida de videopóquer con sus amigos para que me liberara.

Pero quizá mi mayor similitud con Zoey es que a mí también me diagnosticaron TDAH a los treinta y tantos.

A los ocho minutos de la primera sesión, el terapeuta fue al grano y me cambió la vida. Tras décadas de humillación y fracasos, por fin todo cobró sentido y pude dejar de verme a mí misma como una persona «perezosa» o «tonta».

He pasado los últimos años investigando, buscando la medicación adecuada para mí y aprendiendo trucos que me ayuden a gestionar el funcionamiento de mi cerebro.

Sigo cometiendo errores. Sigo sin poder seguir instrucciones verbales. Y no sería capaz de usar la aplicación de la agenda ni aunque me fuera la vida en ello. Pero ya no vivo sumida en la vergüenza que me provocan los tropiezos relacionados con la función ejecutiva. También he aprendido a celebrar mis victorias porque, como bien sabe cualquiera que tenga a un ser querido con